DIE SCHNEEWEISSE BRAUT

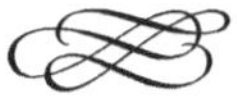

CLAIRE DELACROIX

Übersetzung:
EVA MARKERT
Redaktion:
CHRISTINA LÖW

DEBORAH A. COOKE

DIE JUWELEN VON KINFAIRLIE

Höhergeschätzt als Gold sind die Juwelen von Kinfairlie und nur die Würdigsten dürfen um ihre Liebe kämpfen ... Der Laird von Kinfairlie hat fünf unverheiratete Schwestern – jede für sich ein Kleinod. Und er hat keine andere Wahl, als sie in aller Eile zu verheiraten.

1. Die schöne Braut
Madelyn & Rhys

2. Die rosenrote Braut
Vivienne & Erik

3. Die schneeweiße Braut
Alexander & Eleanor

4. Die Ballade von Rosamunde
Rosamunde & Padraig

~

Die „Juwelen-von-Kinfairlie“-Trilogie ist meinen Lesern und Leserinnen gewidmet, denen ich meinen tief empfundenen Dank für ihre Treue und Unterstützung aussprechen möchte.

Mögen Sie so viel Freude an der Lektüre der „Juwelen von Kinfairlie“ haben, wie ich beim Schreiben ihrer Geschichten hatte.

DIE SCHNEEWEISSE BRAUT

KAPITEL 1

Kinfairlie, Schottland — 24. Dezember 1421

Der Schnee fiel schnell und dicht, der sternlose Himmel war dunkler als Indigo. Es war weit nach Mitternacht, als Eleanor klar wurde, dass sie nicht weiter fliehen konnte. Zu dem kleinen Dorf, das vor ihr lag, schien sie der Himmel gesandt zu haben. Es hatte keine hohen Mauern und keine vergitterten Tore. Sie konnte kaum glauben, dass es irgendwo in der Christenheit so friedlich sein konnte, die Stille in dem kleinen Ort war verführerisch.

Sie kannte seinen Namen nicht und es war ihr gleichgültig. Sie erblickte die Kirche und entschied sofort, dass dieses verschlafene Dorf mit seiner ruhigen Gewissheit, dass die Welt in Ordnung war, der Platz sein würde, an dem sie sich ausruhen wollte.

Nicht mehr lange, und die Nacht war zu Ende. Schon wich die Dunkelheit dem ersten Licht der Morgenröte. Eleanor wusste nicht, wohin sie von hier aus gehen würde, doch ihr war klar, solange sie so erschöpft war, konnte sie keinen Entschluss fassen.

Das Kirchenportal war nicht abgeschlossen und Eleanor seufzte erleichtert, als sich diese letzte Angst als unbegründet erwies. Sie trat in die Schatten, die sie einhüllten, und ließ die schwere Tür hinter sich ins

Schloss fallen. Sie erwartete beinahe, die Illusion der Ruhe würde zerstört werden, und verharrte, doch nur Stille drang an ihre Ohren. Sie stand auf der Schwelle und atmete tief den Duft von Bienenwachskerzen ein, die von Gebet und Frömmigkeit gesättigte Luft, die Aura eines heiligen Ortes.

Einer Zufluchtsstätte.

Über dem Altar befand sich ein einzelnes kleines Fenster. Die Helligkeit des Schnees warf Licht durch die Glasscheibe in das karge Innere der Kapelle. Es war zweifellos eine bescheidene Kirche. Selbst in den Schatten konnte sie erkennen, wie schlicht sie war. Auf dem Altar fehlten der Kelch und die Monstranz – ein Beweis, dass selbst diese Gemeinde glaubte, Schätze sollten weggeschlossen werden.

Eleanor erspähte eine Bank nahe dem Altar, vielleicht eine, die vom Priester benutzt wurde. Vorsichtig setzte sie sich. Zum ersten Mal seit einer gefühlten Ewigkeit rannte sie nicht mehr weg.

Sie lauschte und befürchtete das Schlimmste.

Doch sie hörte nichts außer dem Pochen ihres Herzens. Keine Hufschläge, die sie verfolgten. Keine Hunde, die bellten, weil sie ihre Fährte aufgenommen hatten. Keine Männer, die riefen, dass sie ihre Fußabdrücke entdeckt hätten.

Der heftige Schneefall könnte sich noch als Segen erweisen, denn er würde schnell ihre Spuren verwischen und ihren Geruch überdecken. Sie saß da mit der Absicht, so lange abzuwarten, bis sie wusste, dass sie in Sicherheit war.

Eleanor spürte jeden Schmerz in ihrem erschöpften Körper und sie merkte erst jetzt, wie kalt ihr geworden war. Sie konnte ihre Fingerspitzen nicht mehr spüren, daher verschränkte sie die Arme und presste ihre Hände in die Achselhöhlen. Sie vermutete, dass ihr Bauch leer war, aber sie fühlte sich zu betäubt, um es genau zu wissen. Auf jeden Fall hatte sie brennenden Durst.

War es wirklich erst drei Tage und Nächte her, seit sich alles verändert hatte, und zwar unwiderruflich? Sie scheute sich, darüber nachzudenken, was jetzt mit ihr geschehen würde, war zu müde, um nachzugrübeln, wie sie entkommen könnte – ein Ziel, das fast unmöglich zu erreichen war.

Stattdessen saß sie da und staunte, dass sie nur das leise Rauschen des Meeres hörte. Es war ein sanftes Geräusch, in seiner Wirkung einem Schlaflied nicht unähnlich. War es möglich, dass Ewens Sippe ihr nicht länger nachjagte?

Eleanor konnte das nicht glauben. Sie blieb wachsam und lauschte, aber langsam wurde ihr wärmer. Die Wärme war eine Verräterin, sie untergrub ihre Entschlossenheit, wach zu bleiben, und verleitete sie dazu, der Erschöpfung nachzugeben. Eleanor kämpfte gegen den Schlummer an, aber sie hatte in der letzten Zeit zu viel durchgemacht. Es dauerte nicht lange, bis sie ihre Füße in den Stiefeln näher an sich heranzog, ihren hermelingefütterten Umhang fester um sich wickelte und es zum ersten Mal seit Ewens Tod wagte, an Schlaf zu denken.

Obwohl sie ein Gebet murmelte, betete Eleanor nicht für die Seele ihres kürzlich verstorbenen Mannes. Sie wusste, Ewen war rettungslos verloren. Sie wusste, er schmorte in der Hölle.

Aber das Schlimmste von allem war, dass Eleanor tief in ihrem Herzen froh darüber war. Und sie war auch frevelhaft genug, zu glauben, dass er nichts anderes verdient hatte.

Wenn der Morgen dämmerte, würde sie beginnen, für ihre Sünden in Gedanken und Werken zu büßen. In diesem Moment schaffte sie es nur, die Kapuze über ihr Haar zu ziehen, bevor sich ihre Augen schlossen und sie sich wohltuendem Schlaf hingeben konnte.

DIE FRÜHANDACHTEN in der Kirche von Kinfairlie wurden hauptsächlich von den Frauen besucht, die auf dem Burggelände und im Dorf lebten. An diesem Morgen war es nicht anders, obwohl Heiligabend war.

Madeline kam mit ihren Schwestern – Vivienne, Annelise, Isabella und Elizabeth. Sowohl Madeline als auch Vivienne waren schwanger, die anderen Schwestern waren noch Jungfrauen. Es war eine geräuschvolle Gesellschaft, denn seit Madeline vor einigen Monaten und kurz darauf auch Vivienne geheiratet hatte, waren sie nicht mehr zu Hause auf Kinfairlie gewesen. Alle fünf Schwestern plauderten miteinander, als sie die Dorfkirche erreichten.

Die Frau, die vor dem Altar kniete, schreckte bei ihrer Ankunft hoch. Sie schnappte nach Luft und blickte über ihre Schulter. Angst stand ihr ins Gesicht geschrieben.

Sie war so schön, dass Madeline vor Erstaunen der Mund offen stand.

Und sie war eine Fremde. In Kinfairlie gab es nur wenige Fremde, besonders zu dieser Jahreszeit. Madeline war fasziniert, wie wahrscheinlich jede andere Seele auch, die nach den Lammergeier-Schwestern in die Kirche trat.

Diese Unbekannte war keine Jungfrau, denn sie trug einen hauchdünnen Schleier und einen Stirnreif. Was Madeline von ihrem Haar erkennen konnte, war eher golden als flachsblond. Die Fremde starrte die Schwestern an und Madeline fiel auf, dass ihre Haut so weiß war, als wäre die Frau aus Alabaster geschnitten. Ihre Augen leuchteten überraschend grün und ihre Lippen waren rubinrot. Sie schien im gleichen Alter zu sein wie Madeline.

Aber ihre Angst ließ sich fast mit Händen greifen. Nachdem sie die Ankommenden beäugt hatte, drehte sie sich jäh um und zog die Kapuze ihres saphirblauen Umhangs über den Kopf, um ihre Gesichtszüge zu verbergen. Dann neigte sie sich erneut zum Gebet. Madeline fragte sich, welche Schrecken diese Frau durchlebt haben musste, dass sie sich so sehr vor anderen Menschen fürchtete.

Der Umhang der Fremden war an sich schon bemerkenswert, aus feiner als fein gesponnener Wolle und mit Hermelin verbrämt, der so viel gekostet haben musste wie das Lösegeld für einen König. Sie war also adlig, denn keiner aus dem gemeinen Volk hätte sich ein solches Gewand leisten können.

Doch sie war unbegleitet und es stand kein edles Pferd vor der Kirche. Sicherlich würde eine solche Frau doch nicht zu Fuß oder allein reisen?

Es sei denn, sie war in großer Gefahr. Madeline stockte der Atem bei dieser einfachen Wahrheit und sofort verspürte sie den starken Wunsch, ihr zu helfen. In der Tat hätte jede andere Adlige an die Tore der Burganlage geklopft und um die Gastfreundschaft eines Mitchristen gebeten.

Aber diese Frau hatte kein Ross. Ihre Stiefel waren verdreckt, am Saum ihres Umhangs klebte Schmutz. Sie musste Angst davor gehabt haben, um Hilfe zu bitten, was wenig Gutes über ihre Lage verriet.

Pater Malachy schenkte der betenden Frau ein mildes Lächeln und runzelte dann die Stirn über die lärmenden Schwestern. Madeline und die anderen knicksten kleinlaut vor dem Altar und wurden mucksmäuschenstill, als sie sich vorne in der Kirche neben die Fremde setzten. Madeline konnte die Fragen ihrer Schwestern förmlich spüren und war nicht überrascht, als sie ihr in gegenseitigem stillem Einvernehmen den Platz unmittelbar neben der Fremden überließen.

Als Älteste war sie dazu ausersehen worden, mehr in Erfahrung zu bringen.

Der Gottesdienst schien unglaublich lang und Madeline ertappte sich dabei, dass sie mehr an die Unbekannte neben sich dachte als an ihre Gebete. Endlich war der Priester fertig und die Frau versuchte, die Kirche gleich hinter ihm zu verlassen.

„Ihr seid hier fremd", stellte Madeline fest.

Die Augen der Frau weiteten sich, als sie merkte, dass sie umringt war, doch sie nickte. „Ich will keiner Seele etwas zuleide tun. Ich habe nur haltgemacht, um zu beten." Sie wollte gehen, aber die Schwestern blieben entschlossen stehen.

„Irgendjemand will Euch etwas antun", sagte Vivienne entschieden. „Sonst hättet Ihr nicht im Haus Gottes Zuflucht gesucht."

Die Frau kniff misstrauisch die Augen zusammen. „Wer seid Ihr und mit wem seid Ihr verbündet?"

„Wisst Ihr nicht, wo Ihr seid?", fragte Madeline.

Die Frau schüttelte den Kopf.

Das war an sich schon interessant. Sie musste in der Tat weit weg von zu Hause sein. Was würde sie dazu bewegen, ohne festes Ziel in die Nacht hinein zu fliehen? Madeline selbst hatte so etwas schon einmal getan und fühlte deshalb eine gewisse Verbundenheit mit dieser Fremden.

„Ich bin Madeline FitzHenry, einst von Kinfairlie und jetzt Lady von Caerwyn", sagte sie und milderte ihre Worte mit einem Lächeln ab. „Dies sind meine Schwestern. Wir haben uns hier versammelt, um gemeinsam das Julfest auf Kinfairlie, unserem Familiensitz, zu feiern, und wir tun keinem Gast in unserer Halle etwas zuleide."

„Kinfairlie." Der Blick der Frau huschte zwischen ihnen hin und her. „Dann müsst Ihr mit den Lammergeiers verwandt sein. Ich habe Geschichten über sie gehört."

„Lammergeier ist unser Familienname", bestätigte Vivienne.

Die Frau holte tief Luft, als müsste sie sich beruhigen, als wäre die Mitteilung, wo sie sich befand, ihr unwillkommen. „Den Lammergeiers sagt man nach, dass sie sich mit niemandem lange verbünden."

„Das ist ein ziemlich harter Vorwurf von jemandem, der uns nicht kennt", begann Isabella, aber Madeline legte eine Hand auf ihren Arm, um sie zum Schweigen zu bringen.

„Welche Bedeutung haben unsere Bündnisse für Euch? Benötigt Ihr Hilfe?", fragte Madeline. „Fürchtet Ihr jemanden, der in dieser Gegend Verbündete haben könnte?"

Die Frau raffte ihre Röcke und machte erneut Anstalten, zu gehen. „Ich danke Euch für Eure Anteilnahme, aber es wäre sicherer für Euch, wenn Ihr nicht mehr über mich erfahrt." Sie drehte sich um und angesichts ihrer Entschlossenheit gaben Isabella und Annelise den Weg frei. Die Kirche hatte sich inzwischen geleert bis auf die Schwestern und diese Frau, die mit der Anmut einer Königin davonschritt.

„Und was wäre sicherer für Euch?", fragte Madeline ruhig. Ihre Worte hallten durch die Kirche.

„Erzählt uns, vor wem Ihr flieht und warum", setzte Isabella hinzu, die sich nie scheute, solche Details zu erfragen.

Anscheinend in Versuchung hielt die Frau inne. „Woher soll ich wissen, dass ich Euch vertrauen kann?"

„Wem könnt Ihr sonst trauen?", fragte Madeline. „Ihr habt nicht einmal ein Pferd, geschweige denn eine Zofe, die Euch begleitet. Ich würde wetten, dass Ihr nicht viel weiter rennen könnt, als Ihr es bereits getan habt. Ich würde außerdem wetten, dass Ihr in Gefahr seid. Wir bieten Euch unsere Hilfe an."

Da schien die Kraft der Frau zu schwinden und sie blickte zu Boden. Madeline streckte ihr eine tröstende Hand entgegen, doch die Fremde richtete sich auf und warf ihre Kapuze zurück.

Sie sprach mit einer königlichen Entschlossenheit: „Meine Geschichte ist nicht sonderlich ungewöhnlich. Mein Vater verheiratete mich mit einem Mann seiner Wahl – einem, der sehr viel älter war als ich. Als ich einige Jahre später Witwe wurde, verheiratete mein Vater mich mit einem anderen Mann."

„Der ebenfalls verstarb", warf Vivienne ein, die den nächsten Teil der Geschichte erriet, so, wie sie es gern tat.

„Aber nicht vor dem Tod meines Vaters. Ich habe keine anderen Verwandten als die Familie meines Mannes – meine Mutter starb vor langer Zeit und keiner meiner beiden Ehemänner hat mir ein Kind geschenkt."

„Sicherlich wird doch Eure Mitgift wieder an Euch zurückfallen?", fragte Isabella.

Die Frau lächelte ironisch. „Sicherlich nicht." Dann blitzte etwas in ihren Augen auf, eine Entschlossenheit, die stärker war als jede Angst, und Madeline vermutete, dass die Frau die Sippe ihres Mannes nicht mochte. Ihre Abneigung musste sehr stark sein, wenn sie auf ihre Aussteuer verzichtete.

„Man sagt seit alters her, dass eine Frau einmal aus Pflichtgefühl und einmal aus Liebe heiratet", bemerkte Vivienne. „Zweimal aus Pflichtgefühl zu heiraten, geht über das hinaus, was man erwarten kann."

„Und es geschah gegen meinen Willen!", setzte die Frau mit blitzenden Augen hinzu. „Ich habe alles getan, was ich konnte, um einem solchen Schicksal zu entgehen. Ich habe meine Bleibe mit nicht mehr als Kleidung auf dem Leib verlassen, ich habe aufgegeben, was mir gehören sollte, aber das genügt ihnen nicht. Sie verfolgen mich wie Hunde auf der Jagd. In der Tat wage ich es nicht, den Namen dieses Anwesens irgendeiner Seele zu offenbaren, damit sie mich nicht finden." Es zerriss Madeline das Herz, wie sie ihre bebenden Lippen zusammenpresste.

„Ihr braucht Schutz, keine weitere Flucht", sagte Madeline.

„Wer wäre so töricht, mich zu beschützen?"

„Ein neuer Ehemann würde Euch verteidigen", warf Vivienne ein.

„Einer, den Ihr Euch selbst gewählt habt!", setzte Elizabeth hinzu.

„Unmöglich." Die Frau schüttelte den Kopf. „Es tut mir leid. Ich hätte Euch nicht mit meinem Elend behelligen sollen."

„Aber wohin werdet Ihr gehen?", fragte Elizabeth.

„So weit ich gehen muss", erwiderte sie und zog ihren Umhang enger um sich, während sie den Mittelgang hinuntereilte. „Ich wage es nicht, noch länger hier zu verweilen. Nur bis nach Kinfairlie", flüsterte sie, wie zu sich selbst. „Sie werden mir bald dicht auf den Fersen sein." Sie zog ihre Kapuze hoch und griff nach der Klinke der schweren Holztür.

„Wir können sie nicht gehen lassen", erklärte Madeline und ihre Schwestern nickten. „Sie wird es nie schaffen, weiter zu fliehen, als sie ihr folgen können."

„Sicherlich sind ihre Ängste überzogen", meinte Vivienne. „Die Verwandten ihres Mannes mögen sie bedroht haben und ihr vielleicht sogar hinterherreiten, aber sobald sie einen anderen Mann ehelicht, würden sie die Verfolgungsjagd aufgeben. Es wäre nicht vernünftig, etwas anderes zu tun, besonders wenn sie bereits ihre Mitgift haben."

„Zweifellos hatte sie kaum Gelegenheit, ihre Gedanken zu ordnen", überlegte Madeline, die Mitleid mit der Frau empfand. „Ich frage mich, wann sie zuletzt eine Mahlzeit zu sich genommen hat."

„Oder geschlafen hat, ohne befürchten zu müssen, dass sich ihre gierige Verwandtschaft in der Nacht auf sie stürzt." Vivienne schauderte bei dieser Vorstellung.

„Sie braucht einen treuen Beschützer", sagte Elizabeth genüsslich. „Einen, der wie ein tapferer Ritter in einer alten Erzählung all ihre Feinde bezwingt."

„Es wird ein außergewöhnlicher und ehrenhafter Mann sein, der sich ihrer Sache annimmt", stimmte Annelise zu.

„Es wird ein kühner Mann sein, der keine Angst hat, sich jedwedem Feind zu stellen, um die Sicherheit seiner Lady zu gewährleisten", fuhr

Elizabeth fort, deren Liebe zu Geschichten offensichtlich war. „Er wird für sie Drachen erschlagen und das Böse von den Toren vertreiben!"

„Es gibt keine Drachen, die es zu besiegen gilt", sagte Isabella trocken. „Nur habgierige Verwandte."

Madeline tauschte ein Lächeln mit Vivienne, als ihnen offenbar gleichzeitig eine Idee kam.

„Hmmm", sinnierte Madeline, „ein heldenhafter Ritter, unverheiratet, aber im Besitz seines Erbes, also berechtigt, zu heiraten."

„Ein Mann mit dem Ruf, für Gerechtigkeit zu sorgen." Viviennes Lächeln wurde breiter.

„Ein Mann, der um die Gunst der Lady wirbt und sie mit der ihr gebührenden Ehre behandelt", fügte Annelise hinzu, die offensichtlich Madelines Gedanken durchschaute.

„Wäre es nicht wunderbar, wenn wir einen solchen Mann kennen würden?", fragte Madeline.

„Vor allem, wenn das Ehegelübde eines solchen Mannes dafür sorgen würde, dass seine Schuld gegenüber seinen eigenen Schwestern vollständig gesühnt wird?", fügte Vivienne hinzu.

Elizabeth begann zu lachen, während Isabella immer noch verwirrt schien.

„Alexander hat Ehemänner für uns gefunden, als wir keine wollten", erklärte Madeline. „Ich schlage vor, wir erwidern den Gefallen und helfen gleichzeitig dieser bedrängten Adligen."

„Es würde Alexander recht geschehen, es mit gleicher Münze heimgezahlt zu bekommen", meinte Elizabeth hitzig. „Obwohl ich finde, sie ist zu gut für ihn."

„Die Lady selbst muss zustimmen", bemerkte Vivienne, ohne weiter darauf einzugehen. Elizabeth hatte sich in letzter Zeit ziemlich über Alexander geärgert und war zunehmend geneigt, ihre wenig schmeichelhafte Meinung über ihn zu äußern.

„Lady!", rief Madeline, als die Schwestern gemeinsam hinter ihr herrannten. „Flieht nicht weiter!"

Sie stürmten aus der Kirche und hinter ihr her. Die Frau blieb auf dem Vorplatz stehen, der Neuschnee war knöcheltief. Sie blickte zurück, als würde sie nicht zu hoffen wagen, dass ihr irgendjemand beistehen könnte.

„Mein Bruder, der Laird von Kinfairlie, braucht eine Braut", sagte Madeline.

Die Schwestern umringten die Frau erneut, ihre Augen leuchteten angesichts der Vollkommenheit ihres Plans.

„Er ist ein Mann von Ehre", setzte Vivienne hinzu, „einer, der Euch beschützen wird. Er sieht auch nicht übel aus und kann charmant sein."

„Er spielt allerdings gern Streiche." Isabella fühlte sich verpflichtet, die Frau zu warnen.

„Doch er nimmt seine Pflichten sehr ernst und leistet Kinfairlie als Laird gute Dienste", fügte Annelise hinzu.

„Aber Ihr könnt nicht von ihm erwarten, dass er mich ehelicht. Ihr kennt mich kaum, und er kennt mich überhaupt nicht."

„Ehen werden ständig arrangiert." Vivienne lächelte und Elizabeth lachte. Die Frau schaute zwischen ihnen hin und her, sie verstand die Anspielung nicht. Vivienne trat vor und hakte sie unter. „Kommt und seht ihn Euch an. Wenn Ihr Gefallen an ihm findet und eine Hochzeit mit ihm Euch als gangbarer Weg erscheint ..."

Madeline nahm den anderen Arm der Frau. „Dann könnt Ihr Euch darauf verlassen, dass wir die Einzelheiten regeln."

„Es werden heute Abend viele Gäste in der Halle sein", sagte Vivienne. „Niemand wird eine weitere Person bemerken, und wenn Ihr Euch gegen diesen Plan entscheidet, könnt Ihr am nächsten Tag weiterreisen."

Die Fremde nickte zu diesem Plan, aber Madeline ließ sich von deren scheinbarer Zurückhaltung nicht täuschen. Ihre Schritte wurden beschwingter, nur weil sie eine Wahl hatte, und Madeline wusste, dass Alexander sich in dieser Nacht von seiner liebenswürdigsten Seite zeigen würde. Ihr Bruder mochte versuchen, seine Pflicht zu heiraten hinauszuzögern, er könnte sogar gegen die Einmischung der Schwestern protestieren, aber wenn diese Schönheit erst in seinem Bett war, wenn er erst ein Kind hatte, das er auf seinen Knien reiten lassen konnte, würde er ihr und Vivienne dankbar sein, dass sie ihm geholfen hatten, eine solche Braut zu finden.

Davon war Madeline überzeugt.

ALEXANDER LAMMERGEIER, der Laird von Kinfairlie, hatte mehr als genug Verantwortung. Die Bilanzen von Kinfairlie würden niemals ausgeglichen sein, nicht ohne einen gewaltigen finanziellen Zugewinn aus irgendeiner unerwarteten Quelle. Er hatte in diesem Jahr zwei seiner Schwestern verheiratet auf Anraten derer, die mehr von der Verwaltung von Landbesitz verstanden als er, doch er konnte beim besten Willen nicht erkennen, welchen finanziellen Nutzen es gebracht hatte, zwei Mäuler weniger stopfen zu müssen. Immerhin lebten noch Dutzende andere Menschen innerhalb seiner Mauern.

Fröhlicher Lärm klang aus Kinfairlies Halle zu ihm herauf. Es war Heiligabend und er quälte sich mit Kinfairlies Büchern ab, um einen einzelnen verirrten Denar zu finden.

Es gab keine verirrten Denare. Alexander wusste das genau. Und außerdem verabscheute er es, Laird von Kinfairlie zu sein. Er wollte seine Eltern zurückhaben, gesund und munter. Er wollte seinen Vater fragen, wie er mit der Last der Verantwortung fertiggeworden war. Er wollte wissen, was er tun sollte, wenn die Saat weggeschwemmt wurde und die Bauern, die auf ihn angewiesen waren, hungrig blieben.

Außerdem wollte er, dass sein Onkel Tynan, auf den er sich nach dem Tod seiner Eltern so sehr verlassen hatte, aus der Grotte unter Ravensmuir herauskam und verkündete, dass er doch nicht tot wäre. Er wollte, dass seine Tante Rosamunde, die ebenfalls in den Trümmern von Ravensmuir verschollen war, unter den Steinen hervorsprang, erklärte, die Berichte über ihren Tod wären reine Übertreibung, und eine uralte Reliquie mitsamt ihrer Geschichte präsentierte.

Alexander wollte Antworten, er wollte Rat, er wollte wieder so ausgelassen sein können wie in seinem früheren Leben.

Doch alles, was er nun hatte, waren Bürden. Seine Schwestern waren nicht länger Zielscheiben seiner Neckereien oder gar Opfer seiner Scherze, sondern Jungfrauen, für die geeignete Ehemänner gefunden werden mussten. Er hatte die beiden ältesten seiner Schwestern verheiratet, aber er leugnete nicht einen Moment, dass ihm das Glück in beiden Fällen hold gewesen war. Er war bei der Vermittlung dieser Ehen nicht geschickt vorgegangen, und nur dank einer schicksalhaften Fügung waren Madeline und Vivienne glücklich vermählt.

Seine beiden Brüder waren auf Onkel Tynans Vorschlag hin zur Ausbildung nach Inverfyre und Ravensmuir geschickt worden, was Alexander die Kosten für ihren Unterhalt ersparte, ihm aber auch ihre fröhliche Gesellschaft vorenthielt. Schlimmer noch, Malcolm war nun der designierte Erbe von Ravensmuir, obwohl er jünger und weniger erfahren war als Alexander – und er wandte sich an ihn, wenn er einen Rat benötigte, den der ältere Bruder nur selten zu geben vermochte. Ross war für absehbare Zeit auf Inverfyre, um dort ausgebildet zu werden und sich seine Sporen zu verdienen, und obwohl Alexander dies als einen großen Gefallen ihres Onkels, Hawk von Inverfyre, ansah, vermisste er doch die Kameradschaft mit Ross.

Alexander war einsam, er war frustriert und er sah keine Aussicht auf Veränderung in seiner Zukunft. Er hatte auf der ganzen Linie versagt, wo er doch einst nichts hatte verkehrt machen können. Missmutig blickte er auf die vermaledeiten Bücher, lauschte der Musik, hatte keine Ahnung, wie er die Musiker bezahlen sollte, und fluchte voller Inbrunst.

Es war Weihnachten. Er hatte es für angebracht gehalten, die Bauern von Kinfairlie zu bewirten, wie es Tradition war, trotz des Mangels an Münzen in seiner Schatzkammer. Da konnte er die Festlichkeiten genauso gut auch selbst genießen.

Es könnte das letzte fröhliche Weihnachtsfest auf Kinfairlie sein.

Alexander schlug die Bücher wütend zu und warf sie zurück in die Truhe, wo sie aufbewahrt wurden. Er genoss den lauten Aufprall, dann ließ er den Deckel auf die Truhe fallen, dass es nur so knallte. Er schloss sie ab und konnte sich gerade noch zurückhalten, den Schlüssel aus dem Fenster in den Schnee zu schleudern, der den ganzen Tag unaufhörlich gefallen war.

Tatsächlich hatte er gerade die Faust gehoben, als das diskrete Hüsteln des Kastellans ihn innehalten ließ.

Alexander drehte sich geschmeidig um, ließ den Schlüssel in seine Tasche gleiten und lächelte Anthony an, als hätte der Mann nicht gerade eine menschliche Reaktion unterbrochen. „Guten Abend, Anthony. Ich hoffe, in der Halle läuft alles gut?"

Anthony musterte die Kammer und zog seine weißen Brauen missbilligend zusammen. „Gut genug, Mylord. Darf ich annehmen, dass Ihr Kinfairlies Jahresbilanz ausgeglichen habt?"

„Das dürfen Sie", sagte Alexander mit einer Heiterkeit, die er seit geraumer Zeit nicht mehr verspürt hatte. „Aber da würden Sie sich irren."

Anthony runzelte die Stirn. „Euer Vater hätte seine Kammer nie verlassen, bevor seine Arbeit getan war."

„Mein Vater ist tot und obwohl seine Gepflogenheiten vorbildlich waren, sind es nicht notwendigerweise meine." Alexander rauschte an dem älteren Mann vorbei und schnupperte genießerisch. „Wildbret! Was sind Sie doch für ein Wunderknabe, Anthony."

„Der Müller hat zwei Böcke erlegt, angeblich aus Versehen, Mylord." Anthonys Stirnrunzeln vertiefte sich. „An der Geschichte ist sicher mehr dran, als uns erzählt wurde, denn jeder weiß, dass das gemeine Volk kein Recht hat, Wild zu jagen, und es ist schwierig, einen Hirsch für etwas anderes zu halten, als was er ist. Ich würde vorschlagen, dass wir der Geschichte auf den Grund gehen, damit nicht alle denken, sie könnten jagen, ohne dass es ein Nachspiel gibt."

„Ich schlage vor, dass wir das Fleisch und die Festtage genießen und die Sache auf sich beruhen lassen", erwiderte Alexander entschieden.

„Aber –"

„Aber sie sind hungrig, Anthony. Die Ernte ist schlecht ausgefallen und das meiste in den Gärten ist auch nicht gediehen. Es ist verdienstvoll, dass sie die Ausbeute mit allen teilen."

Der ältere Mann richtete sich voller Missfallen auf. „Euer Vater hätte eine solche Verletzung seiner Rechte niemals zugelassen."

„Er hätte auch nicht zugelassen, dass die Menschen, die unter seiner Fürsorge stehen, verhungern." Alexander milderte seinen Ton und legte dem älteren Mann eine Hand auf die Schulter. „Dieses Jahr war äußerst ungewöhnlich, Anthony, und ich werde meine Gäste nicht dafür bestrafen, dass dank ihnen die Tafel heute Abend unter der Last ächzt. Weihnachten ist eine Zeit des Feierns und der Vergebung. Lassen Sie uns das neue Jahr mit Hoffnung begrüßen."

Anthony holte tief Luft, aber Alexander wollte nicht weiter über diesen Verstoß gegen die Regeln streiten. Anstatt einige wenige Bauern aus dem Dorf von Kinfairlie für das Festmahl in der Halle des Lairds auszuwählen, hatte Alexander sie alle eingeladen. Die Bevölkerung des Dorfes war im vergangenen Jahr aufgrund der schlechten Bedingungen geschrumpft und er wollte, dass jeder Mann, jede Frau und jedes Kind an den großzügigen Gaben teilhatte, die er bieten konnte. Seit der Morgenmesse kamen sie unaufhörlich und brachten ihre Servietten, ihre Löffel und zweifellos auch ihren Appetit mit. Viele hatten die Hühner und Kerzen zu diesem Festmahl mitgebracht, die sie dem Laird schuldig waren.

Alexander hatte seinen Dorfbewohnern gegeben, was er konnte – er ließ ihnen Gerechtigkeit widerfahren, er versuchte, Saatgut für ihre Felder zu liefern, und egal, was es kostete, er würde dafür sorgen, dass ihre Bäuche an diesem Abend gefüllt wurden.

Es war Weihnachten. Sollte Anthony doch sagen, was er wollte!

Alexanders Schwager Rhys FitzHenry und seine Schwester Madeline waren am Tag zuvor eingetroffen und auf Alexanders Bitte hin war er mit zwei von Kinfairlies Falken und den Männern in seinem Tross auf die Jagd geritten. Er war mit vier Dutzend Kaninchen zurückgekehrt.

Auf ihrer Reise nach Kinfairlie hatten Alexanders Schwester Vivienne und ihr Mann Erik auf Inverfyre Halt gemacht und von dort fünf Körbe Aale mitgebracht. Außerdem führte Vivienne ein halbes Dutzend Ziegen mit, die viel Milch gaben, um den Viehbestand auf Kinfairlie zu vergrößern.

Alexander selbst hatte sechs gepökelte Schinken in York bestellt und die Bauernkinder hatten nach Eiern von Wildgeflügel gesucht. Die Musiker waren an diesem Tag gleichzeitig mit den Schinken angekommen und hatten um Unterkunft und Almosen für die Festtage gebeten, was Alexander ihnen nicht hatte abschlagen können.

Das Erstaunlichste an all dem war, dass Alexander sich sogar dabei ertappte, in Vorräten zu denken. Er rechnete und kalkulierte und kam zu dem Schluss, dass die Lebensmittel für diese beträchtliche Anzahl an Gästen vielleicht für vier Tage ausreichten, danach würde er ein Problem bekommen.

Doch bis dahin waren es immerhin noch vier Tage.

Alexander marschierte an seinem verblüfften Kastellan vorbei und blieb am oberen Ende der Treppe erneut stehen. Er schnippte mit den Fingern und drehte sich zu Anthony um, dessen silbrige Brauen eine einzige buschige Linie des Vorwurfs bildeten. „Es sind noch zwei Fässer Wein im Keller, Anthony, so steht es in den Büchern. Bitte lassen Sie sie in die Halle bringen und heute Abend öffnen."

Die Brauen schossen in die Höhe. „Mylord –"

„Tun Sie unverzüglich, was ich Ihnen sage, Anthony", unterbrach Alexander ihn scharf, wohl wissend, dass sein Kastellan von seinem Befehl ebenso überrascht war wie von seinem Ton. „Und kosten Sie den Wein unbedingt selbst, bevor Sie ihn ausschenken lassen."

Der Wein würde seinem korrekten Kastellan guttun, dachte Alexander. Er schritt die Treppe hinunter, die Musik machte ihm das Herz leichter und er beschloss, selbst auch von dem Wein zu trinken.

ALEXANDER NAHM mit Freuden zur Kenntnis, dass seine Schwestern etwas Grünzeug in die Halle gebracht hatten, denn er war so in seine Bücher vertieft gewesen, dass er dieses Ritual vergessen hatte. Hunderte von Kerzen waren angezündet und im Kamin brannte der Julklotz, ein besonders riesiges Exemplar, das sicher die vierzehn Tage halten würde. Zum Glück hatte sich irgendeine Seele auch an dieses Ritual erinnert.

Die Halle war von Wärme und goldenem Licht erfüllt, überall standen aufgebockte Tische, an denen Menschen saßen und plauderten. Er konnte das gebratene Fleisch riechen und die Musiker begleiteten die Zusammenkunft mit einer fröhlichen Melodie. Seine Schwestern waren aufs Feinste herausgeputzt und lachten an der erhöhten Tafel. Selbst der

Anblick der offenen Haare seiner drei unverheirateten Schwestern konnte ihn an diesem Abend nicht beunruhigen.

Alexander hätte dort auf der Treppe innehalten können, um den Anblick zu genießen, aber zu seiner Überraschung wurde er in seiner eigenen Halle mit lautem Jubel begrüßt. Die Bauern von Kinfairlie standen auf, drehten sich um und hoben ihre mit Bier gefüllten Becher zum Gruß. „Mylord!", riefen sie wie aus einem Mund.

Sie huldigten ihm. Tränen traten in Alexanders Augen angesichts dieser unerwarteten Ehrbezeugung. Was hatte er getan, um ihren Respekt zu verdienen? Er hatte zwar sein Bestes versucht, aber das Schicksal hatte sich gegen jeden Erfolg verschworen. Immer zu einem Scherz bereit, drehte er sich um und schaute hinter sich, was schallendes Gelächter hervorrief.

„Gott segne den Laird von Kinfairlie!", rief der Müller, der offensichtlich zum Sprecher ernannt worden war. „Den holdesten Laird, den es je gab." Wieder brandete Gelächter auf und der Müller errötete. „Ich meine natürlich, er ist uns hold und seine Gerichtsurteile sind gerecht." Der Müller grinste. „Obwohl meine Frau mir sagt, dass er auch nicht gerade unansehnlich ist."

Die Versammelten lachten. „Unser Laird braucht eine Frau", rief eine kühne Seele.

„Nein, ein Dutzend Kinder braucht er", rief ein anderer, aber der Müller hob seine Hand, damit Ruhe einkehrte.

Er wurde ernst, während er Alexanders Blick festhielt. „Es war ein Jahr voller unerwarteter Herausforderungen für Kinfairlie. Natürlich hat sich keiner von uns den plötzlichen Verlust unseres einstigen Lairds und seiner Lady gewünscht." Viele in der Gesellschaft bekreuzigten sich bei diesem Verweis auf den Tod von Alexanders Eltern. „Ich bin von uns allen auserwählt worden, Euch dafür zu danken, dass Ihr Eure Pflichten so tapfer auf Euch genommen habt, Mylord", setzte der Müller hinzu.

Alexander neigte den Kopf. „Wie ihr wisst, wurde ich dazu erzogen, diese Aufgabe zu übernehmen."

Der Müller schüttelte den Kopf. „Nur wenige Männer hätten das vergangene Jahr mit so viel Mut bewältigen können, Mylord, und noch weniger mit solcher Würde und Großzügigkeit. Ihr erweist dem Andenken Eures Vaters alle Ehre, Alexander Lammergeier, und möget Ihr und Kinfairlie Jahr um Jahr wachsen und gedeihen." Damit erhob er seinen Becher.

„Lang lebe der Laird von Kinfairlie!", rief ein Gast und die Anwesenden wiederholten den Segensspruch. Sie hoben ihre Becher ebenfalls, dann nahmen sie kräftige Züge.

Alexander war zutiefst gerührt, wenngleich er seine Reaktion wie üblich mit einem Scherz überspielte: „Ich danke euch herzlich", sagte er und verneigte sich tief vor der Gesellschaft. „Aber ihr solltet wissen, dass ich darum gebeten habe, den Wein zu öffnen, bevor ich wusste, dass ihr mich auf diese Weise begrüßen wolltet."

Die Anwesenden lachten und die Musiker sangen ein Lied, das die Vorzüge des Weins pries, der in dieser Gegend eher eine Seltenheit war. Alexander bahnte sich einen Weg durch die Gäste, begrüßte die Bauern mit Namen und tauschte Segenswünsche zu Weihnachten aus. Er ertappte sich dabei, wie er über eine Geschichte lachte, einem Kind in seine Pausbäckchen kniff und sich trotz der widrigen Umstände gut unterhielt.

Er schaute auf, als er spürte, dass jemand ihn intensiv anschaute, und begegnete dem unverwandten Blick einer Frau, die er nicht kannte. Sie musste zu der Gruppe um Madeline oder Vivienne gehören, vielleicht war sie eine Freundin einer seiner Schwestern. Alexander war von ihrer bloßen Erscheinung fasziniert. Sie beobachtete ihn von der erhöhten Tafel aus. Ihre Augen waren von dem klarsten Grün, das er je gesehen hatte.

Allerdings fiel Alexander auf, dass ihre Mundwinkel nach unten gezogen waren und in ihren Augen ein Ausdruck von Traurigkeit lag. Sie schaute weg, sobald sich ihre Blicke trafen, und zog sich in die Schatten zurück. Sie trug einen Schleier wie eine verheiratete Frau, aber kein Mann begleitete sie. Schlimmer noch, sie war nicht fröhlich an diesem festlichen Abend und da entschied Alexander, was seine Aufgabe war.

Er würde diese Lady zum Lächeln bringen. Einst war er gut darin gewesen, den Frauen ein Lachen zu entlocken. Einst hatte er weibliche

Gesellschaft genossen. Sein Puls beschleunigte sich bei dieser Herausforderung, denn im letzten Jahr hatte er sich nicht allzu viel mit Frauen beschäftigt. Es wäre gut, zu beweisen – wenn auch nur sich selbst –, dass er sich nicht ganz und gar seinen Pflichten als Laird geopfert hatte.

Der Kastellan brachte ihm einen Kelch mit rubinrotem Wein. Die Lippen des Mannes waren noch immer zusammengepresst. „Ich danke Ihnen, Anthony." Alexander trank auf die in der Halle von Kinfairlie versammelten Gäste. „Und ich danke euch nicht nur für eure freundliche Begrüßung, sondern auch dafür, dass ihr mir in dieser Nacht der Nächte Gesellschaft leistet. Ich bitte euch, seid fröhlich in der Halle von Kinfairlie, ein jeder von euch, und möge dieses Festmahl am Weihnachtsabend nur das erste von vielen sein, die wir miteinander teilen werden."

Die Gäste stimmten lautstark zu und erhoben ihre Becher, dann tranken sie ausgiebig von Alexanders Bier und Wein. Der prostete der schönen Lady an seiner Tafel zu, die so tat, als würde sie dies nicht bemerken. Sie nippte an ihrem Getränk und ihre Wangen röteten sich leicht, was immerhin ein kleiner Fortschritt war.

Alexander Lammergeier würde sich nicht so leicht geschlagen geben.

Daher bahnte er sich zielstrebig seinen Weg durch die Menge, um sich direkt neben sie zu setzen, ohne sich auch nur einen Deut darum zu scheren, dass er damit die Sitzordnung änderte, die Anthony so sorgfältig für den Haupttisch festgelegt hatte.

Er würde das Lächeln dieser Lady gewinnen, koste es, was es wolle.

ELEANOR WAR KEINE WANKELMÜTIGE FRAU, aber ein einziger Blick auf Alexander Lammergeier reichte, dass sie ihre Meinung änderte. Sie hatte einen Fehler gemacht, als sie das Angebot der Schwestern annahm. Kaum hatte sie den fraglichen Mann erspäht, wusste sie, dass sie ihn nicht heiraten konnte.

Denn der Laird von Kinfairlie war nicht so, wie Eleanor es erwartet hatte. Sie hatte sich einen korpulenten Griesgram von einem älteren Bruder vorgestellt, vielleicht aus einer früheren Ehe des Vaters dieser

Frauen, einen Mann, der viel älter und weniger begehrenswert war als seine hübschen Schwestern.

Aber Alexander entsprach in nichts dieser Beschreibung. Zum einen war er jung, nur ein halbes Dutzend Jahre älter als sie selbst. Außerdem war er verflucht gut aussehend, was Eleanor bis ins Mark misstrauisch machte, und schlimmer noch, er war sich seiner eigenen Vorzüge deutlich bewusst. Wie Kinfairlie besaß auch er eine Anziehungskraft, die oberflächlich sein musste. Kein Mann konnte attraktiv, gutherzig und unverheiratet, keine Burganlage vollkommen friedlich sein. Sowohl der Laird als auch das Anwesen waren Trugbilder und daher nicht vertrauenswürdig.

Tatsächlich bezeugten die Bauern Alexander solch außerordentliche Hochachtung, dass Eleanor zu dem Schluss kam, sie täuschten ihre Zuneigung nur vor. Sie mussten kriecherisch sein, aus Angst vor seinen Launen.

Außerdem gab es bei seinem Aussehen keinen Grund, warum der Laird von Kinfairlie Schwierigkeiten haben sollte, eine Gattin zu finden. Was wussten seine Schwestern über ihn, was Eleanor nicht wusste? Sie konnte sich tausend hässliche Eigenarten vorstellen.

Mit welcher besonderen Schwäche er geschlagen war, hatte jedoch keine große Bedeutung. Sie würde die Abmachung brechen, hier und jetzt, und ihre Entscheidung besiegeln. Sie würde Kinfairlie verlassen. Niemand würde sie verfolgen, wenn es ein Festmahl in einer warmen Halle zu genießen gab.

„Ich habe meine Entscheidung getroffen", flüsterte sie Madeline zu, die ihr zuversichtlich ihren Blick zuwandte. „Ich werde Euren Bruder nicht heiraten."

Madelines Lächeln verschwand. „Das könnt Ihr doch nicht machen!"

„Das kann ich sehr wohl." Eleanor erhob sich.

„Ihr müsst wenigstens noch zum Essen bleiben", protestierte Vivienne.

„Aber Ihr wisst nichts über ihn." Madeline Bemerkung klang so sachlich, dass Eleanor sich unter anderen Umständen vielleicht hätte überreden lassen. „Lernt ihn wenigstens kennen, bevor Ihr Euch entscheidet."

Eleanor schüttelte den Kopf und griff nach ihrem Umhang. „Es war eine schlechte Idee, wenn auch gut gemeint", sagte sie und zwang sich, die Schwestern höflich anzulächeln. „Ich weiß Eure Freundlichkeit zu schätzen und wünsche Euch beiden alles Gute." Damit drehte sie sich um und wollte fliehen, doch Alexander selbst stand plötzlich direkt vor ihr.

Er schien nicht geneigt, zur Seite zu gehen. So groß und breitschultrig, wie er war, stellte er ein beeindruckendes Hindernis dar, aber es war wegen seines charmanten Lächelns, dass sich Eleanor nicht unhöflich zeigen wollte. Sie war verwirrt und fühlte, wie sie unter seinem aufmerksamen Blick errötete, was ihm bestimmt bewusst war. „Ihr wollt doch sicherlich nicht schon gehen, wenn wir einander noch gar nicht vorgestellt wurden?"

Hatten seine Schwestern ihn über ihren Plan in Kenntnis gesetzt? War sie diejenige, die in die Enge getrieben und verheiratet werden sollte, und nicht Alexander? Entsetzen erfasste Eleanor, dass ihr wieder einmal wegen des Reichtums, den sie einem Gatten bringen könnte, nachgestellt wurde.

„Verzeiht meine Eile, aber es ist schon später, als ich gedacht habe. Ich muss sofort aufbrechen", sagte sie.

„Sucht Ihr Euren Gatten? Wir können nach ihm schicken lassen", erwiderte er mit einer Höflichkeit, der sie nicht traute.

„Ich habe keinen Gatten. Ich bin verwitwet", entgegnete sie und machte Anstalten, an ihm vorbeizugehen.

Alexander griff jedoch nach ihrem Ellenbogen. Sie zuckte bei seiner Berührung zusammen, obwohl sein Griff sanft war, und er zog seine Hand sofort weg. „Entschuldigt. Es ist nicht meine Absicht, Euch etwas zuleide zu tun." Seine Worte klangen so zerknirscht, dass eine andere Frau ihm vielleicht geglaubt hätte.

Aber Eleanor hörte eine solche Entschuldigung nicht zum ersten Mal und sie war schon zuvor von ehrgeizigen Männern in die Falle gelockt worden. Ihre Gedanken rasten. Wie konnten die Schwestern etwas über ihr Erbe erfahren haben? Sie hatte ihnen noch nicht einmal ihren Namen genannt. Doch die Kunde von einem Vermögen, das zu erringen war, verbreitete sich in Windeseile, wie Eleanor erfahren hatte.

Selbst wenn Ewens Verwandte hierhergekommen wären, während sie in der Kirche von Kinfairlie schlief, hätten sie doch sicher nicht den wahren Grund verraten, warum sie nach ihr suchten? Ihr Vermögen konnte leicht von jedem Mann mit einem Schwanz und einer Hand ohne Ehering beansprucht werden.

Eleanor wusste es nicht. Es war ihr auch nicht wirklich wichtig. Sie fühlte sich erhitzt und in die Enge getrieben unter dem ruhigen Blick dieses Mannes, und unbehaglich, dass er ihre Abneigung gegen Berührungen bemerkt hatte. Am liebsten würde sie fliehen, so weit sie konnte.

„Ich danke Euch für Eure Gastfreundschaft." Sie hörte die Furcht in ihren eigenen Worten. „Aber ich muss sofort aufbrechen."

„Dann werde ich Euch zu den Ställen begleiten", erwiderte Alexander in einem Ton, der keinen Widerspruch duldete.

„Ihr könnt nicht gehen, bevor das Mahl aufgetischt wird", protestierte Vivienne.

„Niemand sollte an Heiligabend unterwegs sein!", setzte Madeline hinzu.

„Die Lady soll tun, was sie möchte", sagte Alexander entschlossen und Eleanor war überrascht, dass er ihre Entscheidung unterstützte. Er zwinkerte ihr völlig unerwartet zu und ihr Herz machte einen Sprung. Wann hatte ein Mann je mit ihr geflirtet?

„Und ich werde dafür sorgen, dass sie ihre eigene Wahl treffen kann", fügte Alexander mit fester Stimme hinzu. Er bot Eleanor seinen Ellenbogen und sie war fassungslos, dass ein Mann sich ihr gegenüber so nachgiebig zeigte.

Sie nahm seinen Arm, erlaubte sich jedoch nicht, weniger wachsam zu werden, und Alexander führte sie aus der Halle. Sie fühlte sich keineswegs entspannter, als sie allein im Gang außerhalb der Halle waren, wo es nur noch Schatten gab und aus der Ferne ein Klappern zu hören war, als das Festmahl aufgetragen wurde.

Denn natürlich begleitete der Laird sie höchstpersönlich und seine Aufmerksamkeit war ganz auf sie gerichtet.

„Ich möchte Euch um einen Gefallen bitten, bevor Ihr Kinfairlie verlasst", sagte er und warf ihr einen Blick zu.

Er hatte blaue Augen, stellte Eleanor fest, Augen, die von tausend Fünkchen erfüllt waren, als ob seine gute Laune nicht zu bändigen wäre. Sein Haar war so schwarz wie Rabenflügel, seine schwarzen Wimpern ließen seine Iris geradezu sündhaft blau erscheinen. Um seine Augen herum zeigten sich feine Linien, als ob er oft lächeln würde, und er war braun gebrannt, als hielte er sich oft im Freien auf. Seine Manieren waren untadelig, seine Liebenswürdigkeit unübertroffen. Sie sträubte sich gegen seine Anziehungskraft und ermahnte sich selbst, dass sie niemandem trauen durfte. Wer wusste schon, welche Lügen ein Mann erzählen würde, um sie zu umgarnen?

„Ich habe wenig zu geben und bin noch weniger geneigt, das, was ich besitze, abzutreten." Sie schaute weg.

Alexander lachte leise und es war das verführerischste Geräusch, das sie sich vorstellen konnte. „Ich bitte Euch nur, mir Euren Namen zu verraten", sagte er. „Ich bin Alexander Lammergeier, Laird von Kinfairlie, und ich heiße Euch in meiner Halle willkommen, wie kurz Euer Besuch auch ausfallen mag."

„Ich war nur mit der Duldung Eurer Schwestern hier, aber ich danke Euch für Eure Gastfreundschaft." Mehr erwiderte Eleanor nicht, obwohl sie spürte, dass er das erwartete. Sie fühlte, dass sein Blick auf sie gerichtet war und sich die Röte ihrer Wangen ganz leicht vertiefte.

„Habt Ihr keinen Namen?", fragte er ein wenig belustigt.

„Wozu solltet Ihr den wissen wollen?" Sie liefen gemessenen Schrittes nebeneinanderher, trotz Eleanors Versuch, sich zu beeilen. „Ich beabsichtige, fortzugehen und nie mehr wiederzukommen."

„Dann werde ich Euch vielleicht aufspüren, wie ein Ritter auf seiner Heldenreise. Es wäre viel einfacher, dieses Kunststück zu vollbringen, wenn ich Euren Namen kennen würde."

Eleanor war sicher, dass er sich auf ihre Kosten lustig machte, und warf ihm einen verstohlenen Blick zu. Sie bemerkte, dass seine Augen noch immer funkelten, aber er betrachtete sie aufmerksam, als wäre er wirklich an ihrer Antwort interessiert. Sie rief sich die Summe des Vermögens ihres Vaters ins Gedächtnis und machte sich klar, dass dies für so manchen Mann eine Veranlassung wäre, von ihr fasziniert zu sein.

„Ihr habt keinen triftigen Grund, mich aufzuspüren", erwiderte sie spröde.

„Oh doch, den habe ich!"

Er sagte dies mit solcher Überzeugung, dass Eleanor wieder in seine Richtung schauen musste. Seine Lippen verzogen sich zu einem Lächeln. Er hatte ein Grübchen unter einem Mundwinkel und sah damit aus wie der personifizierte Übermut.

Er drohte ihr scherzhaft mit einem Finger. „Ihr wollt mir weismachen, dass Ihr nicht neugierig seid, aber ich kann sehen, dass Ihr es seid. Vielleicht wollt Ihr mich nicht ermutigen, da Ihr wisst, dass das Ungeheuer, das zu Eurem Wächter ernannt wurde, die Gelegenheit nutzen würde, um mich zu verschlingen."

„Es gibt kein solches Ungeheuer!"

Alexander nickte weise. „Vielleicht zeigt Ihr Euer Interesse an mir dadurch, dass Ihr um meine Haut fürchtet, wenn ich mich auf eine solche Quest begebe. Es zeigt eine Herzensgüte, die noch reizvoller ist als Eure Schönheit."

„Vielleicht zeige ich keinerlei derartige Anteilnahme."

Er lachte unbeeindruckt und Eleanor war versucht, zu lächeln. „Ihr seid doch gewiss nicht frei von Neugierde", neckte er sie. „Dennoch fragt Ihr nicht einmal nach den Einzelheiten meiner Quest, obwohl sie Euch allein betrifft."

„Ich vermute, es ist wie bei den meisten Männern, wenn sie einer Frau nachstellen", entgegnete Eleanor. Sie wagte es, ihm einen strengen Blick zuzuwerfen. „Sie wollen sie begatten, entweder mit ihrer Zustimmung oder ohne, und sie wollen einen Sohn, entweder ehelich oder nicht."

Das Funkeln wich aus seinen Augen, doch sie empfand keinen Triumph darüber, dass sie ihn gekränkt hatte. „Ihr habt harsche Ansichten über meine Geschlechtsgenossen."

„Man hat mich gelehrt, nicht mehr und nicht weniger zu erwarten."

Er betrachtete sie, bevor er sagte: „Wie ungewöhnlich für ein Fräulein. Was für ein trauriges Schicksal!"

„Ich bin kein Fräulein, sondern eine zweifache Witwe." Eleanor reckte ihr Kinn vor und schaute ihn ruhig an. „Es gibt viele, die mich für eine Frau halten würden, von der reichlich gekostet wurde. Und was das Schicksal angeht, so ist es ein wankelmütiger Geselle."

„Das weiß ich nur allzu gut", bemerkte er so trocken, dass sie es wagte, erneut in seine Richtung zu blicken. Er lächelte sie an. „Aber der Wert einer Frau bemisst sich doch sicher nicht an ihrer Unschuld?" Er sprach mit so sanfter Überzeugung, dass Eleanor versucht war, zu glauben, dass er wirklich so dachte.

Aber Männer logen. Nicht einem von ihnen durfte man trauen, schon gar nicht einem, der sich seines eigenen Charmes so sicher war wie dieser Alexander.

Sie erwiderte nichts, und gemeinsam traten sie durch das letzte Portal in den Burghof. Eleanor sog die schneidend kalte Luft tief in sich ein. Der Schnee fiel immer noch, wenn auch nicht mehr so dicht wie in der Nacht zuvor, und es war dunkel. Schnee glitzerte auf den Dächern des Dorfes von Kinfairlie. Das Land schien in Stille gehüllt und obwohl sie aufmerksam lauschte, hörte sie keinen näherkommenden Hufschlag.

„Also nehmt Ihr an, dass ich von der gleichen Art bin wie die Männer, die Ihr bisher kennengelernt habt, aber das bin ich nicht. Wie könnte ich Euch vom Gegenteil überzeugen?"

Bei seinen Worten wurde Eleanor bewusst, dass Alexander sie beobachtet hatte. Sie fragte sich, wie viel er von ihren Gedanken erraten hatte, und fürchtete seine Absichten aufs Neue. „Das wird Euch nicht gelingen."

Da lächelte er und dieses Lächeln war so voll Zuversicht, dass sie wusste, sie hatte ihn nicht abgeschreckt. Tatsächlich schien sie das Gegenteil bewirkt zu haben. „Dann wird meine Quest wohl ausgesprochen interessant werden."

„Wenn Ihr mir nachstellt, werdet Ihr mich nicht in Euer Bett bekommen."

„Das ist auch nicht meine Absicht."

Da konnte sie ihre Neugierde nicht bezwingen. „Ich verstehe nicht. Was ist dann das Ziel Eurer Quest?"

„Euch lächeln zu sehen, nicht mehr und nicht weniger."

Eleanor starrte Alexander an, so verblüfft war sie. Er lächelte sie an, schon sein Gesichtsausdruck betörte sie, brachte sie in Versuchung, ließ die Möglichkeit, den Plan seiner Schwestern zu verwirklichen, verlockend erscheinen. Er hatte volle Lippen und einen festen Blick.

Es wäre nicht so schrecklich, mit ihm im Bett zu liegen. Eleanors Herz überschlug sich auf höchst ungewöhnliche Weise.

Dann erkannte sie die Hintergedanken in seinen Worten und spottete: „Ah, aber Ihr würdet doch sicher einen Lohn für Euren Erfolg verlangen."

Alexander schüttelte den Kopf. „Wenn Ihr geneigt wärt, mir einen zu gewähren, würde ich ihn annehmen, aber es ist nicht meine Art, mich unwilligen Frauen aufzudrängen."

Sie hatte vergessen, dass sie sich immer noch bei Alexander eingehakt hatte, aber jetzt, unter seinem selbstsicheren Blick, wurde sie sich dessen bewusst. Sein Arm war warm und stark unter ihren Fingerspitzen und Eleanor glaubte, das Pulsieren seines Blutes unter der Haut zu spüren, sogar durch den Stoff hindurch. Er war kein alter Mann, sondern jung und vital, und er war von ihr fasziniert. Sie sah ihn an, bemerkte den schelmischen Zug um seine Lippen und wusste, dass sie ein paar Jahre zuvor Alexander Lammergeier ihr Herz ohne Murren geschenkt hätte.

Aber sie war keine unschuldige Jungfrau mehr. Sie wäre froh gewesen, wenn sie die Lektionen, die sie gelernt hatte, nie hätte lernen müssen, doch das änderte nichts daran, wie sie ihr Leben geprägt hatten.

Eleanor zog ihre Hand aus Alexanders Armbeuge und trat von ihm zurück, halb überzeugt, dass er sie verspottete. „Ihr seid bemerkenswert unbeschwert für einen Mann, der so mit Verantwortung belastet ist, wie es ein Laird sein sollte." Sie verschränkte die Arme vor der Brust. Jetzt, wo sie zwei Schritte von seinem warmen Körper entfernt war, spürte sie die Kälte. „Vielleicht seid Ihr überhaupt kein Laird."

Alexander wurde ernst und ließ seinen Blick über das Dorf vor ihnen schweifen. Als er ihr wieder in die Augen sah, war sein Lächeln weniger schelmisch und seine Worte klangen leise: „Vielleicht habe ich beschlossen, meine Verpflichtungen für diese Nacht zu vergessen."

Wenn seine Schalkhaftigkeit bereits verführerisch war, so war es seine Nachdenklichkeit noch mehr. Eleanor hatte schon immer Männer unwiderstehlich gefunden, die Verstand besaßen. Sie musste aufbrechen, und zwar sofort.

Sie zwang sich zu einem Lächeln, wenn auch zu einem traurigen, und zuckte dann mit den Schultern. „Damit ist Eure Quest erfüllt, Alexander Lammergeier, und nun gehe ich. Ihr mögt Eure Pflichten vernachlässigen, aber ich werde meine nie vergessen."

„Nicht einmal für eine Nacht?"

„Nicht einmal für einen Augenblick." Damit wandte sich Eleanor von diesem faszinierenden Mann ab, raffte ihren Umhang und machte sich auf den Weg.

Kinfairlie war kein Zufluchtsort, nicht mit einem Laird wie Alexander, einem Mann, der sie sogar für einen Moment an allem zweifeln lassen konnte, was ihrer Überzeugung nach die Wahrheit war.

Am besten entfernte sie sich von diesem Trugbild eines sicheren Hafens – je weiter und je früher, desto besser.

KAPITEL 2

Alexanders angeborene Talente im Umgang mit dem weiblichen Geschlecht waren im letzten Jahr eindeutig verkümmert. Tatsächlich hatte sich seine Fähigkeit, eine Frau zu betören, in nichts aufgelöst. Noch nie hatte er erlebt, dass ihm eine den Rücken kehrte oder seine Anwesenheit so leicht abtat.

Aber diese Lady schritt entschlossen davon und zog eine Nacht im Schnee ihm und den Vergnügungen in seiner Halle vor.

Es war kaum ein Trost, dass sie die faszinierendste Frau war, der er je begegnet war. Sie war nicht nur hübsch, sondern auch schlagfertig, und sie hatte ihn schon mehr als einmal überrascht.

Er wollte sie besser kennenlernen und nicht, dass sie wegging und für immer verschwand.

Alexander fuhr sich mit der Hand durchs Haar. Er hätte ihren Arm ergreifen und sie mit Gewalt aufhalten können, aber er erinnerte sich, wie sie vor seiner Berührung zurückgeschreckt war.

Er war also auch abstoßend. Offensichtlich mangelte es ihm an Charme.

„Habt Ihr kein Pferd?", rief er ihr nach.

Sie drehte sich nicht um, als ob sie die Antwort für offensichtlich hielte. Auch verlangsamte sie nicht ihren Schritt, geschweige denn, dass sie stehen blieb. Als hätte er gar nichts gesagt.

Alexander verwünschte den Umstand, dass er anscheinend so leicht zu vergessen war, dann folgte er ihr. Er nahm seinen Umhang schwungvoll ab und legte ihn um ihre Schultern. Sie war zierlich gebaut und ihr luxuriöser Mantel konnte gegen die Kälte der Nacht nichts ausrichten.

Bei dieser kleinen Höflichkeit blickte sie auf und die Überraschung in ihrer Miene verriet ihm, dass sie nicht gelogen hatte.

Zweimal verheiratet und beide Male Pech gehabt, würde er wetten. Sein Wille, ihr zu zeigen, dass nicht alle Männer ihren Erfahrungen entsprachen, verstärkte sich.

„Ihr könnt Kinfairlie nicht am Weihnachtsabend verlassen", sagte er mit aufgesetzter Fröhlichkeit. „Als Laird dieser Burganlage verbiete ich es."

„Ihr wart derjenige, der sich entschieden hat, seine Verpflichtungen beiseitezuschieben. Wenn Ihr in dieser Nacht nicht Laird seid, könnt Ihr mir nicht befehlen, was ich zu tun habe."

Alexander lächelte. „Das ist wahr. Dann argumentiere ich mit der Sorge um Euer Wohlergehen. Ihr werdet keinen Herd finden, an dem Ihr in dieser Nacht willkommen seid."

„An Heiligabend? Ihr habt eine schlechte Meinung von der Nächstenliebe Eurer Mitmenschen!"

„Sie sitzen alle an meiner Tafel und sind nicht zu Hause, um auf Euer Klopfen zu antworten. So sieht die Situation in Wirklichkeit aus."

Sie biss sich auf die Lippe, um das zu überdenken. Dann legte sich ein Schatten auf ihre Züge, als würde sie sich an eine dringende Angelegenheit erinnern, und sie beschleunigte ihren Schritt. „Wie dem auch sei, ich wage es nicht, zu verweilen."

„Bin ich denn so furchterregend?", fragte Alexander. „Ich werde dafür sorgen, dass kein Mann in meiner Halle Euch belästigt."

Sie schaute ihn schief von der Seite an. „Und wie steht es mit Euch?"

„Ich will doch nur ein Lächeln. Es wird Euch wenig kosten, wenn Ihr zulasst, dass ich eine einzige Nacht lang das Ziel meiner Quest zu erreichen suche."

Sie zögerte, bevor sie mit Bedacht antwortete: „Sicherlich wird Eure Gattin etwas dagegen haben, dass Ihr die Gunst einer anderen Frau begehrt."

„Sicherlich nicht, da ich keine Gattin habe."

„Warum nicht?" Ihr Ton verriet jedoch, dass sie nicht überrascht war. „Ihr besitzt eine Burg, also könnt Ihr Euch vermählen. Ihr seid im heiratsfähigen Alter und Ihr verfügt eindeutig über ein gewisses Maß an Charme."

Alexander grinste, aber als sie nicht belustigt schien, schüttelte er den Kopf. „Die Angelegenheit ist nicht so einfach, wie sie erscheinen mag. Ich habe noch drei Schwestern, die ich glücklich verheiraten muss, und ich habe noch viel über die Bewirtschaftung meines Besitzes zu lernen. Mein Onkel riet mir, mit einer Heirat zu warten, bis ich für ein sicheres Auskommen von Kinfairlie gesorgt habe, allerdings fürchte ich, dass dieses Ziel nicht leicht zu erreichen sein wird."

Er warf ihr einen Blick zu, weil er befürchtete, sie zu langweilen, aber er erwischte sie dabei, wie sie ihn abschätzend ansah. „Aber warum belaste ich Euch mit solchen Einzelheiten? Meine Sorgen sind nicht die Euren." Er drohte ihr spielerisch mit dem Finger und sie richtete ihre Aufmerksamkeit unvermittelt wieder auf den Schnee. „Ihr seid wenig hilfreich bei meinem Vorhaben, meine Verpflichtungen heute Nacht zu vergessen."

„Dann solltet Ihr mich vielleicht gehen lassen."

„Ah, aber dann wird nicht genug Zeit sein, Euch besser kennenzulernen, bevor ich die Last meiner Pflichten ab morgen früh wieder tragen muss", wandte er gut gelaunt ein. „In der Tat wäre es für uns beide am besten, wenn Ihr für eine Nacht in meine Halle zurückkehrtet, damit meiner Quest mehr Erfolg beschieden ist und Ihr es warm habt und in Sicherheit seid. Würde es Euch nicht reizen, von dem Wein aus meinen Kellern zu kosten?"

„Ihr müsst in der Tat wohlhabend sein, wenn Ihr Wein in Euren Kellern habt, noch dazu, wenn Ihr ihn mit Euren Bauern teilt."

Alexander lachte. „Ich bin so verarmt, wie ein Mann es nur sein kann", gab er zu. „Aber ich hatte Familie in Sizilien und noch mehr Familie, die mit Waren handelte, und so habe ich das Glück, mehrere Fässer Wein geschenkt bekommen zu haben, die noch in meinem Keller aufbewahrt werden." Er zwinkerte ihr zu. „Es ist besser, man trinkt ihn, als dass man ihn verkommen lässt."

„Und mancher Mann ist betrunken ein besserer Mensch, obwohl ihn das ins Verderben führen könnte", gab sie zurück, was ihn erneut zum Lachen brachte.

„Nur Männer mit hitzigem Gemüt sind betrunken besser als nüchtern, denn dann sind sie nicht fähig, nach ihrer Gemütslage zu handeln", sagte Alexander. „Obwohl ich Euch versichern möchte, dass ich nicht dazugehöre."

„Ist das wahr?", fragte sie zurückhaltend, als wäre sie nicht überzeugt.

Alexander wusste nicht, ob sie an seiner Einschätzung betrunkener Männer oder an seinem eigenen Verdienst zweifelte.

Er fröstelte heftig. „Obwohl es mir widerstrebt, unser Gespräch zu beenden, ist es wirklich zu kalt, um im Burghof zu scherzen. Sicherlich könnten wir an diesem Punkt so weit gehen, uns einander vorzustellen? Wie ist Euer Name, holde Frau? Ihr müsst doch einen haben, auch wenn Ihr ihn nur widerwillig nennt."

„Eleanor", teilte sie ihm zu seinem Erstaunen mit.

„Eleanor." Alexander ließ den Namen über seine Zunge rollen, während er darüber nachdachte, wie er weiter vorgehen sollte. Er wunderte sich, dass sie ihren Namen preisgegeben hatte. Allerdings fiel ihm auf, dass sie keinen Familiensitz hinzugefügt hatte, obwohl sie eindeutig adlig war, und er fragte sich, ob es ihr richtiger Name war. Er hatte wenig zu verlieren, wenn er sie neckte, also fügte er hinzu: „Vielleicht heißt Ihr gar nicht wirklich so."

„Was soll dieser Unsinn?" Sie sah dermaßen empört über seine Vermutung aus, dass er wusste, es musste ihr Name sein, oder zumindest ein Teil davon.

„Es ist doch ungewöhnlich, dass eine Lady so wenig von ihrem Namen verrät, wenn die meisten ihn vollständig angeben würden. Ihr nennt keinen Titel und keinen Familiensitz. Vielleicht habt Ihr einen anderen Namen."

„Vielleicht bin ich nicht adlig."

Sie war beunruhigt über seine Scharfsinnigkeit, stellte Alexander fest, also machte er einen Scherz: „Woher habt Ihr dann Euer Kleid?", stichelte er. „Ihr habt ein solches Gewand doch sicher nicht weggeworfen in einer Gosse gefunden?"

Sie biss sich auf die Lippe, abgesehen davon zeigte sie keine Regung.

Alexander berührte das herabhängende Ende ihres Ärmels und rieb den Stoff zwischen Daumen und Zeigefinger. Er war versucht, ihr Handgelenk zu berühren, so nah kam er ihrer Haut, aber er wagte nicht, sie zu sehr zu bedrängen.

Tatsächlich zog sie ihre Hand fort und trat einen Schritt zurück. Alexander machte weder eine Bemerkung darüber, noch entging ihm ihre Reaktion.

Sie legte Wert auf ihre Geheimnisse, so viel stand fest, aber er war es leid, dass sie seinen Charakter so gering achtete. Er beschloss, sie ein wenig unter Druck zu setzen.

„Ein so fein gewebter Stoff kann nur aus den Lowlands stammen", überlegte er, „und er kann nur in Frankreich in einem so satten Farbton eingefärbt worden sein. Die Stickerei ist in der Tat aufwendig. Das kann kein Kleid meiner Schwestern sein, denn dann würde ich mich noch gut an die Kosten erinnern. Und der Umhang ..." Er pfiff durch die Zähne. „Hermelin würde heutzutage einen König an den Bettelstab bringen." Er begegnete erneut ihrem Blick. „Keine Bürgerliche könnte sich ein solches Gewand leisten, also müsst Ihr adlig sein. Und ich würde wetten, dass Eure Ehemänner auch nicht zum niederen Adel gehörten."

Sie holte Luft und beschleunigte ihren Schritt. „Ich könnte eine Diebin sein."

Alexander grinste und passte seine Schritte mühelos den ihren an. „Wen hättet Ihr bestehlen sollen? Ihr hättet mit Eurem unrechtmäßig erworbenen Gut weit reisen müssen, um Euch in meiner Halle wiederzufinden."

Sie reckte das Kinn vor und er sah, wie sie trotzig ihre Lippen schürzte. „Vielleicht bin ich ja die Konkubine eines reichen Mannes."

Alexander tat so, als würde er darüber nachdenken, dann schüttelte er den Kopf. „Eures Wohltäters beraubt und so voller Furcht vor der Liebkosung eines Mannes, wie Ihr es seid?", fragte er sanft. „Das glaube ich nicht."

Sie wandte sich ihm mit blitzenden Augen zu. „Ich habe keine Angst!"

Alexander zuckte mit den Schultern, obwohl ihre Antwort ihn in Wahrheit bezauberte. „Eine Kurtisane würde sich einen anderen Gönner suchen und ich bin das beste Angebot in dieser Gegend." Er breitete seine Hände aus und lächelte sie an. „Ich lade Euch ein, Eleanor, mich zu verführen."

Sie teilte jedoch seine Heiterkeit nicht. „Oh! Ihr seid so selbstsicher, dabei kennt Ihr nur so wenige Details!", fauchte sie. Sie sah ihn an, die Hände in die Hüften gestemmt, und ihre Augen leuchteten wie das Meer im Sonnenlicht. „Vielleicht vereinnahmt mich mein Gönner ganz und gar. Vielleicht bin ich so klug, dafür zu sorgen, dass ich eine treue Konkubine bin." Ihre Augen funkelten herausfordernd. „Vielleicht beeile ich mich, um meinen Geliebten zu treffen."

„Wo?" Alexander blickte demonstrativ zurück zu seiner Halle. „Meiner Erfahrung nach verstecken sich reiche Männer nicht so gut, dass sie unbemerkt bleiben, selbst als Gäste."

„Doch sie empfangen ihre Geliebten nicht an der Tafel, wenn sich ihre Familie zu einem religiösen Festmahl versammelt."

„Sie versäumen es aber auch nicht, jeder Seele, die sie schätzen, ein Reittier zur Verfügung zu stellen. Warum meidet Ihr meine Ställe? Ihr wollt doch nicht etwa das Pferd zurücklassen, das Euer Gönner Euch stellt?"

Sie schlang ihre Arme noch fester um sich. „Ihr seid ein hartnäckiger Gegner", erwiderte sie mit zusammengebissenen Zähnen.

Alexander lachte. „Stimmt. Stellt Euch vor, wie lästig es wäre, wenn ich Euch nachstellen würde."

Sie gab einen verärgerten Laut von sich und er schnalzte mit der Zunge, als hätte er Mitleid, dass sie so geplagt wurde. Sie begegnete seinem Blick und schien genügend amüsiert, dass er sich ermutigt fühlte. „Mir ist kalt und ich würde Euch gern eine Wette vorschlagen, schöne Eleanor."

„Eine, die mich teuer zu stehen kommen wird, Eurem Anblick nach zu urteilen."

Er lachte erneut. „Nicht so teuer, wie Ihr denkt. Gewährt mir eine Nacht, um Euer Lächeln zu gewinnen."

„Zwischen den Laken?"

„In der Halle, am Tisch, in der Gesellschaft anderer."

„An manchen Orten würden diese Bedingungen einen Versuch, zwischen die Schenkel einer Frau zu gelangen, nicht ausschließen."

Alexander grinste. „In meinem Haus aber schon. Ich würde versuchen, Euer Lächeln heute Abend einzig und allein mit Worten und mit Galanterie zu gewinnen." Er legte eine Hand auf sein Herz. „Ich gebe Euch mein Ehrenwort."

Sie zog eine Braue in die Höhe. „Ich weiß allerdings nicht, was dieses wert ist."

Verdrossen lehnte er sich zu ihr hinüber, senkte seine Stimme und sagte ernster als zuvor: „Ginge es mir um eine Vergewaltigung, hätte diese schon längst stattfinden können, ohne dass es einen Zeugen gäbe."

Eleanor wich einen Schritt zurück und er verfluchte sich selbst, dass er sie wieder misstrauisch gemacht hatte. „Manch ein Mann täuscht Ehre vor, um das Vertrauen einer Lady zu gewinnen."

Alexander zuckte mit den Schultern. „Es gibt nur einen Weg, wie Ihr meine wahre Vortrefflichkeit erkennen könnt." Er hielt ihr seine Hand hin.

Sie starrte auf seine Handfläche, dann straffte sie die Schultern und schaute ihn mit festem Blick an. Sie hob ihr Kinn, als wollte sie ihn herausfordern – und das tat sie wirklich. Sie sah so majestätisch aus wie eine Königin und so unbezwingbar wie eine Kriegerin, und Alexander war völlig verzaubert. „Ich wage zu behaupten, dass Euer Preis höher wäre als ein bloßes Lächeln, wenn Ihr Erfolg hättet."

„Ich wünsche mir nichts mehr, als Euch lächeln zu sehen", beharrte er. „Wenn ich mein Ziel erreiche, wird dieser Anblick Belohnung genug für mich sein. Euer reicher Gönner hat Euch in Wahrheit nicht viel geboten, wenn er Euch nicht fröhlich gemacht hat."

Eleanor sagte nichts dazu. „Ihr werdet mich nicht berühren."

„Ich möchte Euch Hilfe beim Gehen anbieten, damit Ihr nicht ausrutscht", sagte er ein wenig gereizt. „Ob Ihr Euch auf meinen Arm stützt oder nicht, ist Eure Entscheidung, ebenso, ob Ihr eine warme Mahlzeit, einen Becher Wein und ein warmes Lager für die Nacht annehmt."

Sie holte kurz Luft und legte dann ihre kleine Hand in seine. Ihre Finger waren kalt und Alexanders Drang, Eleanor an sich zu ziehen, wurde beinahe unbezähmbar. Er hielt sich jedoch zurück und schob ihre Hand lediglich in seine Armbeuge. Sofort wandte er sich wieder dem Burggelände zu, die Sorge um ihr Wohlergehen beschleunigte seine Schritte. „Seid gewarnt, schöne Eleanor, ich habe nicht vor, zu scheitern."

„Ihr messt einem Lächeln zu viel Bedeutung bei."

Er legte eine Hand auf sein Herz, weil er wusste, sie würde denken, dass es ein Scherz wäre, aber seine Worte waren die reine Wahrheit: „Ich setze alles darauf. Wenn ich Euch heute Abend kein Lächeln entlocken kann, habe ich weit mehr verloren, als ich im letzten Jahr gewonnen habe." Er zwinkerte ihr zu und bemerkte ihre Überraschung. „Und wahrlich, wenn Ihr mir zu meinem Triumph mehr als ein Lächeln schenken wolltet, würde ich nicht übermäßig protestieren."

Sie schnaubte, obwohl ihre Augen gegen ihren Willen belustigt funkelten. „Keine Frau könnte von Euch so hingerissen sein, wie Ihr es selbst seid."

„Lasst uns sehen, ob wir an dieser Situation etwas ändern können", entgegnete er mit neu gewonnener Entschlossenheit und war sich fast sicher, dass sie dagegen ankämpfte, zurückzulächeln.

ES MUSSTE AN DER ERSCHÖPFUNG LIEGEN, entschied Eleanor. Nur das konnte der Grund sein, warum sie Alexanders Bitten nachgegeben hatte. Sie änderte ihre Meinung nicht aus einer Laune heraus, schon gar nicht, wenn ein Mann versuchte, sie dazu zu überreden.

Schließlich fand sie nicht, dass Alexander Anziehungskraft besaß. Eleanor warf ihm einen Blick von der Seite zu und korrigierte sich.

Vielleicht besaß er ein kleines bisschen Anziehungskraft.

Ihr gefielen Alexanders Größe, seine Entschlossenheit und sein schallendes Lachen. Sein Witz, seine Einfälle und wie seine Augen strahlten. Und dass er ihre Abneigung gegen die Berührung eines Mannes, wie beiläufig sie auch sein mochte, bereits bemerkt hatte. Noch besser fand sie, dass er danach handelte und sie nicht ungefragt berührte.

Und sie war entzückt gewesen, als er betrübt zugegeben hatte, dass er an Geldmangel litt, denn er hatte diese Angelegenheit abgetan, statt seine Hoffnungen auf sie zu richten. Dies hatte Eleanor überzeugt, dass Alexander nichts von ihrer wahren Identität wusste, dass er noch weniger Ahnung von dem Vermögen hatte, das sie in eine Ehe mitbringen konnte, und damit waren ihre Ängste verflogen. Er hatte sie nicht als die Rettung aus seinen Nöten betrachtet und das hatte sich in der Tat als verführerisch erwiesen.

Noch erstaunlicher war, dass Alexander fand, sie besäße Anziehungskraft.

Dies war eine ganz neue Erfahrung für Eleanor. Kein Mann hatte sie je angeblickt, ohne den Reichtum zu sehen, den sie ihm verschaffen konnte. Kein Mann hatte je um ihrer selbst willen um ihre Gunst geworben. Und ganz sicher hatte niemand zuvor nur ihr Lächeln erstrebt.

Während sie miteinander scherzten, hatte Eleanor sich gefragt, wie es wohl wäre, allein im Mittelpunkt des Interesses dieses gut aussehenden und charmanten Mannes zu stehen.

Vielleicht war Neugier ebenso der Grund für ihre Entscheidung wie Erschöpfung, denn in dem Augenblick beschloss Eleanor, sich etwas zu gönnen. Sie hatte in ihrem Leben schon viel ertragen und würde zweifellos noch viel mehr erdulden müssen. Aber in dieser einen Nacht würde sie so sorglos sein wie ihr Gastgeber. Sie würde seine Versuche zulassen, ihr ein Lächeln zu entlocken, als ob sie beide keine dringendere Angelegenheit zu verfolgen hätten als seine wunderliche Quest.

Die Wärme der Halle umfing sie, als sie die Schwelle überschritten, und das goldene Licht war das Einladendste, was Eleanor je gesehen hatte. Es herrschte ein Gedränge von mehreren hundert Menschen und sie roch gebratenes Fleisch und Bienenwachskerzen. Die Musik war laut und fröhlich, das Lachen ausgelassen.

Jubelrufe ließen die Halle erbeben, als Alexander gesichtet wurde. Er zwinkerte Eleanor zu, dann verneigte er sich tief vor seinen Gästen. Offensichtlich fand der Wein Anklang, denn viele Gäste klatschten ihm begeistert Beifall.

„Habt ihr mir wenigstens einen kleinen Happen übrig gelassen?", fragte er mit gespielter Entrüstung und ein üppiges Frauenzimmer am nächsten Tisch hielt ihm ihren eigenen Holzteller hin.

„Das Fleisch ist sehr schmackhaft, Mylord", sagte sie und lächelte ihn keck an. Eleanor bezweifelte nicht, dass sie ihm viel mehr anbot als nur das Fleisch auf ihrem Brot.

Alexander lehnte sich weiter vor und tat, als würde er das Fleisch begutachten. „Ist das das Wildbret, Anna?"

„In Pfeffersoße, Mylord", bestätigte die Frau. „Scharf, aber dennoch schmackhaft. Die herrliche Würze verweilt auf der Zunge."

Eleanor musste wegen dieser Dreistigkeit schlucken, aber Alexander wählte mit Bedacht ein Stück aus. Sie bemerkte, dass er das beste Stück vom Teller nahm. Sie hatte nur einen Herzschlag Zeit, um über seine schlechten Manieren nachzudenken, bevor er sich umdrehte und ihr das Fleisch an die Lippen hielt.

„Meine schöne Lady?", murmelte er und ermunterte sie, von dem Bissen zu kosten.

Für einen Moment wusste Eleanor nicht, was sie tun sollte. Es war eine mehr als vertrauliche Geste, wenn ein Mann eine Frau fütterte, und dass er dies in einer so überfüllten Halle tun wollte, wo alle Augen auf sie gerichtet waren, schockierte sie bis ins Mark. Es gefiel ihr jedoch, dass die Weibsperson so ungehalten über das Scheitern ihres Plans war, und ihre eigenen Manieren waren gut genug, um zu wissen, dass sie Alexanders Gabe annehmen sollte. Andererseits wollte sie sich nicht so gewöhnlich benehmen wie die Frau, die ihm das Fleisch ursprünglich angeboten hatte.

Ganz gewiss hatten ihre Hauslehrerinnen sie nicht auf einen solchen Moment vorbereitet.

Es war der verwegene Glanz in Alexanders blauen Augen, der sie aus ihrem Zwiespalt befreite. Er dachte, sie würde ablehnen, und das war für Eleanor genug.

Immerhin hatte sie behauptet, sie wäre eine Kurtisane. Und sie hatte beschlossen, sich in dieser Nacht etwas zu gönnen.

„Ich danke Euch, Mylord", murmelte sie und machte ein erfreutes Gesicht, wenngleich sie nicht lächelte. Mit ihren Lippen nahm sie das Fleisch genüsslich von seinen Fingerspitzen, während sie seinen Blick festhielt. Und als sie den letzten Rest Bratensoße von seinem Knöchel schleckte, sorgte sie dafür, dass ihre Zunge seine Haut liebkoste. Sie kaute langsam, schob das Fleisch in ihrem Mund hin und her und fuhr sich dann mit der Zungenspitze über die Lippen.

Alexander schluckte sichtlich.

„Köstlich!", sagte sie und senkte dabei ihre Stimme, sodass es fast wie ein Schnurren klang. „Das muss ein sehr starker Bock gewesen sein."

„Und Ihr findet Geschmack an solch kraftvoller Männlichkeit?", fragte er, wobei seine Augen blitzten.

„Gelegentlich amüsiere ich mich damit", räumte sie ein. „Tatsächlich stelle ich fest, dass mein Appetit auf solches Fleisch mit diesem Happen geweckt wurde."

„Dann müssen wir uns beeilen, an die Tafel zu kommen", sagte Alexander und lächelte, damit das kühne Frauenzimmer nicht beleidigt sein konnte. Schwungvoll zog er Eleanor mit in Richtung des erhöhten Tisches. „Ihr führt mich absichtlich in Versuchung", murmelte er.

„Während Ihr nicht die Absicht hattet, mich zu verführen?", flüsterte Eleanor, dann lief sie voraus zur erhöht stehenden Tafel. „Ihr wurdet gewarnt: Ich bin eine Kurtisane. Ich kenne kein anderes Spiel."

Da leuchteten Alexanders Augen so schalkhaft auf, dass Eleanors Herz einen Sprung machte. „Ist das die Wahrheit?", sinnierte er halblaut. „Wie sollte ein Mann eine Kurtisane zum Lächeln bringen ohne ein bisschen Spaß im Bett? Ich werde darüber nachdenken müssen."

Eleanor zweifelte nicht daran, dass er mehr tun würde, als nur darüber nachzudenken. In der Tat verspürte sie ein Kribbeln der Vorfreude, denn sie konnte nicht erraten, was er tun würde.

Seine Schwestern stießen sich gegenseitig an, wahrscheinlich dachten sie, ihr Plan wäre nun doch Erfolg versprechend. Eleanor widersprach ihnen nicht. Sie wurde allen förmlich vorgestellt – Madeline, Vivienne, Annelise, Isabella und Elizabeth – und dann Rhys und Erik, den Ehegatten von Madeline beziehungsweise Vivienne. Zwei kleine Mädchen, die Töchter von Erik und Vivienne, lugten hinter den Röcken ihrer Mutter hervor, als sie vorgestellt wurden. Es waren Mairi und Astrid, wobei Eleanor nicht sicher war, wer wie hieß. Die beiden schienen von der Aussicht auf das Festmahl entzückt zu sein.

Sie ließ sich von Alexander zu seiner Linken setzen, ohne sich darum zu kümmern, was irgendjemand in der Halle darüber dachte, und nahm den Kelch mit Wein entgegen, den er ihr eigenhändig eingeschenkt hatte.

Er stieß mit ihr an. Ein gewisser Mutwille ließ die Fünkchen in seinen Augen von Neuem tanzen, dann erhob er seine Stimme: „Auf das Lachen", rief er und nippte am Inhalt seines Kelches.

Eleanor nahm vorsichtig einen Schluck in der Annahme, dass der Wein bestenfalls als mittelmäßig durchgehen würde, doch dann weiteten sich ihre Augen. Es war sehr zu ihrem Erstaunen ein edler französischer Wein, der im Festsaal eines Königs gerühmt worden wäre.

„Ihr habt gelächelt!", flüsterte Alexander triumphierend.

„Wegen des Weins, nicht wegen Euch", erwiderte sie und wurde sofort wieder ernst. „Ihr habt Eure Quest nicht erfüllt, Mylord."

„Das ist nicht gerecht", protestierte er so gutmütig, dass sie wusste, er war nicht wirklich verärgert. „Ich werde nicht zulassen, dass ein einfaches Getränk mich übertrifft!"

„Dieser Wein besitzt einen beträchtlichen Charme", räumte Eleanor ein, dann nippte sie erneut daran.

„Ihr habt kaum das volle Ausmaß von meinem gesehen", wandte er ein und sie unterdrückte den Drang, zu kichern.

Aber sie konnte nicht zulassen, dass ein Mann mit einem so verflixt ausgeprägten Selbstbewusstsein so einfach seinen Willen bekam.

~

DIE LADY WOLLTE ihn also glauben machen, sie wäre eine Kurtisane. Allein die Vorstellung war schon absurd angesichts ihrer Abneigung gegen Berührungen, aber Alexander war bereit, mitzuspielen, wenn dies bedeutete, dass sie diesen Abend in seiner Halle bleiben würde.

Das hinderte ihn jedoch nicht daran, sie wegen dieser Angelegenheit zu necken.

Als unverzüglich Wildbret auf den Teller gelegt wurde, den sie sich teilen würden, fragte er: „Ist es wahr, dass Freudenmädchen ihren Gönnern oft jeden Bissen mit den Fingerspitzen reichen?" Er hielt Eleanor ein weiteres Stück Fleisch hin und achtete darauf, dass die Soße nicht auf ihr Gewand tropfte.

Diesen Bissen nahm sie etwas hastiger an und warf ihm dabei einen warnenden Blick zu. „Es gibt welche, die das tun, zumindest habe ich das gehört. Ich selbst bevorzuge meinen eigenen Löffel." Sie wollte ein weiteres Stück Fleisch mit diesem Utensil zum Mund führen, aber Alexander beugte sich vor und schnappte es ihr weg, noch bevor sie seine Absicht erkennen konnte. Sie war herrlich erschrocken, ihre roten Lippen rundeten sich vor Erstaunen.

Er nahm ihren Löffel und legte ihn außerhalb ihrer Reichweite, zusammen mit seinem eigenen. „Ich gestehe, ich bevorzuge die Fingerspitzen. Wollt Ihr nicht dafür sorgen, dass mein Hunger gestillt wird?" Er blickte vielsagend auf den Teller zwischen ihnen.

Eleanor nahm das größte Stück Fleisch zwischen Zeigefinger und Daumen und bot es ihm an. Alexander wollte abbeißen, aber sie schob es ihm ganz zwischen die Lippen. „Das wird Euch für ein paar Augenblicke zum Schweigen bringen", sagte sie in überraschend neckischem Ton. Dann aß sie in aller Ruhe weiter, während er damit kämpfte, das Stück Fleisch zu zerkauen.

Seine Schwestern, die mit am Tisch saßen, schmunzelten.

„Ihr habt einen Tropfen Wein am Mund", flüsterte er Eleanor zu, als er dazu in der Lage war, obwohl es nicht stimmte. Eleanor leckte sich hastig über die Lippen und beim Anblick ihrer Zungenspitze durchzuckte Alexander ein Funke.

„Auf der anderen Seite", log er, da er dies noch einmal sehen wollte. Sie leckte sich erneut über die Lippen und begegnete dann seinem Blick.

„Nein", sagte er und schüttelte mit Nachdruck den Kopf. „Ihr habt den Tropfen verfehlt. Ein bisschen mehr nach rechts."

Diesmal neigte sie den Kopf und wischte sich den Mund mit der Serviette ab.

„Es ist in der Tat schwierig, den Tropfen zu erwischen", sagte er leise. „Gestattet mir, Euch diese Gefälligkeit zu erweisen." Bevor sie etwas dagegen einwenden konnte, strich er mit seiner Fingerspitze über ihre Unterlippe. Er begann an einem Mundwinkel, hielt dabei die ganze Zeit ihren Blick fest und ließ seinen Finger mit quälender Langsamkeit zum anderen Mundwinkel wandern.

Ihre volle rubinrote Lippe bebte, ihre Weichheit verlockte ihn, zu verweilen. Eleanor starrte ihn an, ihre Augen waren weit aufgerissen und sie schien nicht zu atmen. Alexander war versucht, sie zu küssen, obwohl sie wahrscheinlich fürchtete, er würde genau das tun.

Und das würde ihr sicherlich kein Lächeln entlocken.

Stattdessen leckte er seine Fingerspitze ab, als würde er den Tropfen Wein genießen, den er von ihrer Lippe gewischt hatte. „Süß", sagte er und zog eine Augenbraue hoch, „auch wenn er säuerlich erscheinen mag, wenn man zum ersten Mal davon kostet. Ein unachtsamer Mensch könnte seinen Wert verkennen."

Eleanor errötete, ihr ganzes Gesicht färbte sich purpurrot, dann blickte sie nach unten, auf ihre Seite des Holztellers. Sie aß ein halbes Dutzend Fleischstücke so hastig, dass sie nichts geschmeckt haben konnte, und Alexander nippte an seinem Wein, wohl wissend, dass sie nicht so unempfänglich für ihn war, wie sie ihn glauben machen wollte.

Doch er musste sie immer noch zum Lachen bringen.

Spontan fasste er einen Plan, wie er das bewerkstelligen konnte.

ALEXANDER STAND AUF, klatschte in die Hände und wandte dabei glücklicherweise den Blick von Eleanor ab. Sie hatte sich gefragt, ob es klug gewesen war, sich seine Aufmerksamkeit zu wünschen, nachdem er sie so hartnäckig auf sie gerichtet hatte. Der Mann brachte sie aus der Fassung, so viel stand fest, und das verwirrte sie.

Und doch fühlte sie sich seltsamerweise so lebendig wie schon seit Jahren nicht mehr. Jede Faser ihres Körpers kribbelte. Sie war sich der Wärme seines muskulösen Oberschenkels so nahe an ihrem bewusst, des leisen dunklen Klanges seiner Stimme, auch wenn er mit anderen sprach, und sie hätte schwören können, dass sie es spürte, wenn sein Blick auf sie fiel.

Der Mann rief unwillkommene Fragen in ihr wach – oder vielleicht auch nur eine: War es möglich, dass im Ehebett mehr Vergnügen zu finden war, als sie es erlebt hatte? Es war nicht schwierig, das zu glauben, und Eleanor wurde von einem ungewohnten Bedürfnis erfasst, die Wahrheit zu erfahren. Sie zweifelte nicht daran, dass der Mann an ihrer Seite ihre Neugierde mit Begeisterung erschöpfend befriedigen würde.

Wie würde Alexander eine Frau im Bett betören? Die Vorstellung allein entfachte tief in ihr ein unbekanntes Feuer. Sie betrachtete seine Hände, schlank und stark und gebräunt, und ihr wurde der Mund trocken bei dem Gedanken, wie es wäre, sie auf ihrer Haut zu spüren. Seine Berührung war sanft, so viel wusste sie bereits, und er war aufmerksamer als alle Männer, die sie bisher gekannt hatte. Aber zweifellos würde es am Ende wenig Unterschied zwischen ihm und den anderen geben, wenig Unterschied, sobald seine Lust befriedigt war oder sie eine seiner Erwartungen nicht erfüllt hatte.

Währenddessen wurde es auf Alexanders Aufforderung hin still in der Halle und alle Augen richteten sich auf ihn. Er lächelte die Gäste an und sagte so, dass seine Stimme durch die Halle getragen wurde: „Ich heiße euch nochmals an meiner Tafel willkommen und ich hoffe, ihr habt heute Abend gut gegessen."

Die Gesellschaft johlte und mehr als ein paar Steingutbecher klirrten aneinander. Im hinteren Teil des Saals wurde gegrölt und getrampelt, als hätte eine Gruppe fröhlicher Leute zu viel getrunken.

Alexander lachte und klatschte noch einmal in die Hände. „Das werte ich als Zustimmung", sagte er, obwohl ihn bei dem Tumult kaum jemand verstehen konnte.

Er schüttelte den Kopf, als keine Ruhe einkehrte, und stieß dann einen durchdringenden Pfiff von schier unglaublicher Lautstärke aus. Seine Schwestern protestierten und hielten sich mit beiden Händen die Ohren zu, doch in der Halle wurde es still.

Alexander verbeugte sich leicht. „Obwohl ihr euch alle offensichtlich bereits amüsiert, möchte ich für heute Abend eine besondere Unterhaltung vorschlagen." Die Musiker begannen, eine Melodie zu spielen, doch er winkte ab. „Es gibt eine Tradition, die in anderen Hallen üblich, in unserer aber neu ist, zumindest am Weihnachtsabend. In der Vergangenheit haben wir unsere Narretei auf Dreikönige beschränkt."

„Erzählt uns Euren Einfall!", brüllte eine unerschrockene Seele.

Eleanor bemerkte, dass Alexanders drei jüngere Schwestern misstrauisch dreinblickten. „Er genießt diesen Moment zu sehr", murmelte Elizabeth, die Jüngste. „Das ist ein schlechtes Omen für uns."

Und Alexanders Augen blitzten wirklich so schalkhaft, dass selbst Eleanor halb fürchtete, was er nun vorschlagen würde. „Was sagt ihr zur Ernennung eines Narrenprinzen?", rief er.

„Solange er keine Ehen stiften kann", antwortete Isabella.

Alexander täuschte Empörung vor. „Sei nicht albern! Meine Schwestern sollen sich ihre Gatten selbst aussuchen. Ich habe meine Lektion gelernt."

„Traut ihm keinen Augenblick", knurrte Elizabeth, doch sie wurde nicht beachtet.

Die Gesellschaft brachte ihre Zustimmung zu Alexanders Vorschlag lautstark zum Ausdruck und stampfte ohrenbetäubend mit den Füßen.

Alexander pfiff erneut. „Ich behalte mir das Recht vor, jede Person in diesem Saal in ihre neue Position zu erheben. Wir werden heute Abend unsere Rollen spielen und am Morgen zum normalen Umgang zurückkehren. Keiner darf einen anderen verletzen, niemand darf grausam sein. Dies hier ist Narrheit und Vergnügen, nicht mehr. Ist das klar?" Die Anwesenden brummten zustimmend und mehr als einer nickte beifällig.

„Dann fangen wir an." Alexander drehte sich um sich selbst und musterte die Gäste so schelmisch wie ein Kobold. „Marjorie, die Bierbrauerin, wird mit meiner Schwester Madeline tauschen und heute Abend Lady von Caerwyn sein."

Eine ältere Frau mit freundlichem Gesicht erhob sich, sichtlich verlegen, im Mittelpunkt der Aufmerksamkeit zu stehen, aber auch aufgeregt. Sie wurde scharlachrot, als ihre Gefährten ihr zujubelten. Madeline lächelte und erhob sich anstandslos, um mit der Frau den Platz zu tauschen. Marjorie hätte sich vermutlich vor Madeline verneigt, aber Madeline kam ihr zuvor und küsste Marjorie die Hand. Der Frau blieb der Mund offen stehen und ihr stockte beinahe der Atem vor Wonne, als Madeline ihren eigenen seidigen Schleier über ihren Kopf legte und ihr auch den Stirnreif gab. Madeline ließ sich dann bei Marjories Sippe an der Tafel nieder, als hätte sie die ganze Zeit dort gesessen.

„Setzt Euch auf die Bank am erhöhten Tisch", forderte Madeline Marjorie auf, als die Frau zögerte. Marjories Augen glänzten vor Aufregung, während sie die Halle durchquerte, und sie kicherte, als sie sich auf den Platz quetschte, den Madeline gerade frei gemacht hatte. Madelines Mann küsste Marjorie galant die Hand und die Frau gluckste.

„Rose, die Frau des Kochs, wird die Rolle meiner Schwester Vivienne spielen und heute Abend Lady von Blackleith sein", sagte Alexander. Eine andere Matrone stürzte geradezu begeistert zum erhöhten Tisch und Vivienne überließ ihr ebenfalls ihren Schleier und Stirnreif. Rose setzte sich neben Erik und warf ihm einen koketten Blick zu.

„Glaub nicht zu früh, dass der Laird von Blackleith in wenigen Augenblicken noch derselbe Mann sein wird wie jetzt", neckte sie ihr Mann, der Koch, und die Gesellschaft brach in Gelächter aus. Er gab Vivienne einen herzhaften Kuss auf die Wange, als sie an dem Platz ankam, den Rose geräumt hatte. Rose wirkte so entrüstet, dass die Anwesenden erneut lachten.

„Was du sagst, trifft in der Tat zu", bestätigte Alexander. Er nannte schnell zwei Personen, die die Rollen seiner Schwäger spielen sollten, einen Erwachsenen und einen Jungen, der von einem älteren Mann nach vorne geschoben wurde.

„Der Gerber und sein Lehrling", verriet Isabella Eleanor.

Alexander arbeitete sich an der hohen Tafel voran und ersetzte seine Geschwister in einer solchen Geschwindigkeit durch Bauern, dass es chaotisch in der Halle zuging.

„Elizabeth tauscht mit der ältesten Tochter des Schmieds, Annelise mit Ellen, der Spinnerin, und Isabella wird die Frau des Schafhirten. Pater Malachy tauscht mit dem Müller und Owen, der Stallmeister, mit Siobhan, der Bäckersfrau."

Der Stallmeister, ein bulliger Mann mit einem imposanten Schnurrbart, zog die Schürze der Bäckerin an, die selbst keine zierliche Frau war. Dann schnappte er sich zwei runde Brotlaibe von einem Tisch und schob sie unter sein Hemd. Er klimperte mit den Wimpern und die Gäste johlten.

Die Bäckersfrau klopfte Owen sanft tadelnd auf die Schulter, offensichtlich war sie an seine Possen gewöhnt. Dann steckte sie ihre Röcke in die Stiefel, stürzte einen ganzen Krug Bier hinunter, wischte sich den Mund am Ärmel ab und rülpste so laut, dass die Wände wackelten.

Das musste eine äußerst zutreffende Imitation des Stallmeisters gewesen sein, denn selbst er fand es lustig.

Dann zwinkerte Alexander Eleanor zu. „Meine schöne Lady bekundet den Wunsch, heute Abend eine Kurtisane zu sein." Er hielt inne, während die Gesellschaft lautstark ihre Zustimmung zu diesem Einfall zum Ausdruck brachte, und Eleanor errötete aufs Neue.

Alexander senkte die Stimme, sein Gebaren war so ernsthaft, dass wohl niemand an seinen Worten zweifelte. „Ihr könnt jedoch sicher sein, dass ich mich an jede Unhöflichkeit, die ihr in dieser Nacht widerfährt, am morgigen Tag erinnern werde, wenn ich meine üblichen Pflichten wieder aufnehme." Er hob eine Hand, um den gutmütigen Protest abzuwehren, der auf seine Drohung folgte. „Und Anna wird den Platz meiner Lady einnehmen."

Eleanor beobachtete, wie die Maid, die Alexander vorhin zu verführen versucht hatte, aufstand und mit einem verständnisinnigen Glitzern in den Augen ihr Mieder zurechtzog. Eleanor erhob sich ebenfalls, um den Platz mit ihr zu tauschen. Sie wusste, dass sie selbst nicht einmal die leiseste Andeutung, sie wäre eine Kurtisane, so lässig hingenommen hätte wie diese Frau.

Es sei denn, es wäre nicht nur die Wahrheit, sondern auch allen bekannt.

Die beiden Frauen liefen aufeinander zu, doch Eleanor steckte ihr kein Schmuckstück zu, damit sie ihre Rolle spielen konnte. Ihre Schultern berührten sich, als sie aneinander vorbeigingen.

In diesem Moment flüsterte Anna etwas in triumphierendem Ton, was nur für Eleanors Ohren bestimmt war: „Du siehst, dass er doch mir gehört. Jeder Mann hat lieber Feuer als Eis."

Anna bekam jedoch keine Gelegenheit mehr, schadenfroh zu sein, denn Alexander erhob erneut seine Stimme: „Und ich möchte meinen Platz bis Schlag Mitternacht an den Narrenprinzen und neuen Laird von Kinfairlie abtreten." Die Gäste hielten alle den Atem an. Eleanor drehte sich um und sah, dass Alexander grinste. „Matthew, der Sohn des Müllers!", rief er. „Komm und nimm heute Abend meinen Platz ein!"

Annas Ausdruck des Entsetzens ließ mehr als eine Person in der Halle in lautes Gelächter ausbrechen.

Ein schlaksiger junger Mann stand auf, die Augen ungläubig geweitet. „Ich, Mylord?"

„Ja, du, Matthew." Alexander winkte ihn zu sich „Beeile dich und komm an die erhöhte Tafel."

Matthew sah das ältere Paar an, das mit ihm am Tisch saß, und der Müller – der jetzt die Soutane des Geistlichen trug – nickte ermutigend. Matthew war hochrot im Gesicht, weil er im Mittelpunkt der Aufmerksamkeit stand, und er sah nicht so aus, als könnte er sich entschließen, zur erhöhten Tafel hinüberzugehen. Pater Malachy klopfte Matthew aufmunternd auf die Schulter.

Die Frau wischte sich eine Träne ab und lächelte. „Nun geh schon, Matthew", sagte sie. „Sei ein guter Junge und tu, was der Laird dir befiehlt."

„Aber ich kann nicht Laird sein", erwiderte Matthew so stur, dass Eleanor sich fragte, ob der Junge langsam im Denken war.

„Nur für eine Nacht, Matthew", redete Alexander ihm gut zu. „Die

Last wird dich in dieser kurzen Zeit nicht erdrücken! Ich brauche einen Laird, der dafür sorgt, dass in Kinfairlie alles in Ordnung ist, einen Mann mit einem guten Herzen, und ich weiß, du bist derjenige, der für diese Aufgabe am besten geeignet ist."

Der Müller erhob sich, als Matthew sich immer noch nicht rührte, nahm seine Hand, wisperte seinem Sohn etwas ins Ohr und schob ihn dann in die Richtung des Podests.

Matthews Verwunderung war für alle sichtbar, als er an Alexanders Seite stand. Alexander zog ihm seinen Tappert über den Kopf, dann sahen er und der Müller zu, dass Matthew in die Farben von Kinfairlie gekleidet wurde.

„Ich werde Euer Vertrauen nicht enttäuschen, Mylord", sagte Matthew und seine Ehrfurcht vor Alexander war deutlich erkennbar.

Alexander lächelte. „Nichts anderes erwarte ich von dir." Dann tat er so, als wollte er ihm im Vertrauen etwas zuflüstern, sprach aber laut genug, dass alle Anwesenden es hören konnten: „Achtet darauf, dass niemand auf Eurem Land Rotwild jagt, Mylord, denn das ist nach dem Gesetz des Königs verboten." Bei diesem Rat wurde der Müller rot wie eine Tomate und mehrere Männer in der Gesellschaft lachten schallend. Alexander grinste den Müller an und Eleanor merkte, dass dies eine alte Geschichte zwischen den beiden war.

„Für diese Nacht und für diese Nacht allein steht Kinfairlie unter dem Befehl von Matthew, dem Narrenprinzen!", rief Alexander, dann senkte er die Stimme und setzte hinzu: „Ich bitte Euch, sorgt dafür, dass alle gut unterhalten werden." Er zwinkerte Matthew zu, steckte seinen Siegelring an den Finger des Jungen, verneigte sich dann tief und küsste ihm die Hand. Matthew starrte auf den Goldring an seiner schwieligen Hand.

Der Kastellan holte missbilligend Luft. „Mylord! Ihr solltet ein solches Kleinod nicht so einfach weggeben!"

„Es ist nur für eine Nacht." Alexander legte seine Hand auf Matthews Schulter. „Man kann Matthew vertrauen, dass er darauf aufpasst."

Zwischen den beiden herrschte eine Zuneigung, die Eleanor überraschte. Sie hatte nicht oft erlebt, dass Lairds großes Interesse an denjenigen zeigten, die auf ihrem Land arbeiteten. Aber Matthews Vater strahlte und sie wusste, dass diese Wärme nicht vorgetäuscht war.

„Kann ich noch mehr Wein haben?", fragte Matthew mit hoffnungsvollem Blick.

„Noch besser: Du kannst für diese eine Nacht allen befehlen, deinen Willen zu tun", erklärte der Müller.

„Und sie müssen gehorchen?"

„Nur für diese eine Nacht", mahnte sein Vater, der eindeutig Schwierigkeiten daraus erwachsen sah. Er und Alexander lachten.

Matthews Augen leuchteten mit plötzlicher Entschlossenheit. „Aber wenn ich Laird bin, dann muss ich auch eine Lady haben."

Alexander wandte sich dem Frauenzimmer zu, das er auf Eleanors Platz gesetzt hatte. „Aber Anna –"

„Ich werde nicht seine Lady sein", fauchte Anna und wandte sich ab.

„Solange sie nicht Matthew, den Sohn des Müllers, geküsst hat, hat sie noch nicht jeden Mann in Kinfairlie willkommen geheißen", rief eine kühne Seele. Die Gesellschaft lachte, während die wütende Anna nach dem Mann Ausschau hielt, der diesen Kommentar abgegeben hatte.

Matthew blieb davon unbeeindruckt. „Ich möchte eine Frau an meiner Seite haben", wiederholte er und blickte zu Alexander. „Könnte Ceara meine holde Lady sein?"

Ein molliges junges Mädchen im hinteren Teil des Saals keuchte erschrocken und wurde röter als rot, als sich die ganze Gesellschaft zu ihr umdrehte. Sie stand auf, dann setzte sie sich wieder und kauerte sich zusammen, als ob sie sich verstecken wollte. Sie war keine Schönheit, aber sie hatte ein nettes Gesicht. Die Art, wie Ceara ihre Augen niederschlug, ließ Eleanor vermuten, dass sie schüchtern war.

Und vielleicht wurde Matthews Bewunderung erwidert.

„Ein achtbarer Mann muss um die Gunst einer Dame bitten", riet ihm Alexander.

„Ceara, willst du meine Lady sein?", rief Matthew durch die Halle. Hilfreiche Hände drängten die schüchterne Ceara aus ihrem Versteck und sie nickte, offenbar mit Stummheit geschlagen ob dieser Ehre.

In der Zwischenzeit hatte Elizabeth aus grünen Zweigen in der Halle zwei Kränze geflochten, die sie mit einer schwungvollen Bewegung präsentierte. Der neue Lord und die neue Lady wurden nun zur Begeisterung aller gekrönt. Die beiden lächelten sich schüchtern an. Matthew schluckte, dann nahm er die Hand seiner Lady. Diese vertrauliche Geste schien beide zu überwältigen, so schüchtern waren sie, und sie schauten voneinander weg und erröteten heftig. Alexander und der Müller wechselten verständnisinnige Blicke.

Eleanor war gerührt, dass Alexander dem Jungen seinen Herzenswunsch erfüllt hatte. Sie hatte noch nie einen Laird gesehen, der sich um das Glück seiner Bauern scherte.

Matthew holte tief Luft und zeigte dann auf den Priester. „Pater Malachy, Ihr sagtet, Ihr würdet gern tanzen, aber es wäre nicht schicklich für einen Priester."

„Das stimmt, Matthew, aber in dieser Nacht bin ich ein Müller."

„Dann müsst Ihr tanzen, Pater Malachy! Ihr müsst die ganze Nacht tanzen!" Matthew schaute sich um, begierig, jemanden zu finden, dem er einen Befehl erteilen konnte. Sein Blick fiel auf Eleanor. „Und Ihr müsst mit der Lady des Lairds tanzen."

„Mit Ceara?"

„Nein, mit Laird Alexanders Lady."

Pater Malachy kam gut gelaunt zu Eleanor herüber und verneigte sich tief. „Wie Ihr befehlt, Lord Matthew." Er zwinkerte Eleanor zu. „Mit einer Kurtisane zu tanzen, wird in der Tat ein seltenes Vergnügen für mich sein." Zweifellos nahm er an, dass er sie zu einem höfischen Tanz geleiten würde, aber die Spielleute stimmten sofort ein derbes Lied an.

„Alle müssen tanzen!", rief Matthew. „Schließlich ist Weihnachten!"

Die Musiker sangen ein ausgelassenes Liedchen über einen Seemann und eine Meerjungfrau, mit einer Melodie, die in dieser Gegend offensichtlich gut bekannt war, und mit einem Text, der wenig von den intimen Wonnen des glücklichen Pärchens der Fantasie überließ. Der Priester war ein gewandter Tänzer und Eleanor fand Gefallen an den schnellen Schritten und der fröhlichen Musik. Er drehte sie elegant und war so zuvorkommend, wie ein Mann nur sein konnte, und ihre Sorgen schwanden noch mehr. Alexanders Halle war warm, seine Leute schienen glücklich, sein Wein war gut und dies war eine Nacht zum Feiern.

Sie fürchteten ihn nicht. Sie vertrauten ihm. Und das würde sie auch tun – für eine einzige Nacht.

Mehrere Paare schlossen sich ihnen beim Tanzen an und eine Melodie ging in die nächste über. Bald war die ganze Halle in Bewegung. Eleanor geriet außer Atem, es mangelte ihr nicht an Partnern. Offensichtlich wollte jeder Mann mit der Kurtisane tanzen – sogar der Stallmeister mit seiner Schürze. Sie erhaschte nur zwischendurch kurze Blicke auf Alexander, wenn er in der Halle umherlief.

Eleanor tanzte, wie sie selten getanzt hatte, denn die Melodien waren schwungvoll und das Klatschen der Gäste ansteckend. Sie hatte keine Verpflichtungen, kein Mann behielt sie ständig kritisch im Auge, niemand würde später Rechenschaft über jeden ihrer Schritte verlangen. Ihr Becher wurde bei jeder Gelegenheit mit Wein gefüllt und die Musikanten schienen hundert Melodien zu kennen.

Matthew rief die ganze Zeit über Kommandos vom erhöhten Tisch herunter. In jeder Richtung konnte Eleanor irgendeine Torheit erspähen. Ein Mann bemühte sich, auf Geheiß des Narrenprinzen einen Löffel auf seiner Nase zu balancieren – ein Kunststück, das durch seinen vorherigen Bierkonsum erschwert wurde. Ein anderer Mann versuchte, schnell hintereinander drei Krüge Bier zu leeren, während seine Begleiter ihn lautstark anfeuerten. Eine unscheinbare Maid kassierte von jedem Mann in der Halle einen Kuss und errötete heftig dabei. Es war ein harmloser Spaß, ohne jegliche Bosheit, und Eleanor kam zu dem Schluss, dass Alexander seinen Stellvertreter gut gewählt hatte.

„Ein Kuss!", rief Matthew plötzlich. „Jeder Mann muss sich einen Kuss von seiner Tanzpartnerin abholen!" Der Stallmeister in seiner Schürze war in diesem Moment zufällig Eleanors Partner und wahrlich, Eleanor hatte noch nie einen Mann geküsst, der sowohl einen dichten Schnurrbart als auch zwei beachtliche Brotlaibe als Brüste hatte.

Am Ende war es nicht Annas wohlverdiente Strafe, die Eleanor zum Lächeln brachte, und es waren auch nicht die zahllosen Dummheiten, die in der Halle von Kinfairlie begangen wurden. Es war nicht die verirrte „Brust" des Stallmeisters, nicht einmal, als er unter die Tische kriechen musste, um sie zu aufzuheben. Das Brot war herausgerutscht, als er eine Ohnmacht vortäuschte, nachdem sie ihm ein Küsschen auf die Wange gegeben hatte.

Es war der Ausdruck der Verzückung auf Matthews Gesicht, als Ceara ihm einen schnellen Kuss mitten auf den Mund gab, der dafür sorgte, dass sich Eleanors Mundwinkel nach oben zogen. Der junge Mann schien von dieser Ehre überwältigt zu sein, während Ceara selbst erstaunt über ihre eigene Kühnheit wirkte. Die beiden sahen sich so innig an, dass Eleanor nicht daran zweifelte, dass das Liebeswerben bald beginnen würde.

„Gott segne unseren Laird Alexander", sagte eine Frau in nächster Nähe. Keine drei Schritte von ihr entfernt entdeckte Eleanor Matthews Mutter, deren Blick auf ihren Sohn gerichtet war. „Das ist ein Mann mit Augen im Kopf und dem Willen, etwas an dem zu ändern, was er sieht. Ich dachte, Matthew würde niemals auch nur mit Ceara sprechen, so vernarrt ist er in das Mädchen, aber unser Laird hat die Angelegenheit geregelt."

Eleanor spürte, wie ihr Lächeln breiter wurde. Was für ein Weihnachtsgeschenk hatte Alexander dem Müllerssohn gemacht! Sie schaute sich nach besagtem Mann um und brauchte nicht lang zu suchen. Denn schon spürte sie seine Hand an ihrem Rücken und hörte seine tiefe Stimme hinter sich.

„Wenn Sie mir die Unterbrechung verzeihen, Frau Bäckerin", sagte Alexander zu dem Stallmeister, der vor Lachen prustete. „Ich möchte Ihre Partnerin für den nächsten Tanz entführen."

„Selbstverständlich, Mylord", erwiderte der Stallmeister mit verstellter hoher Stimme. „Allerdings habe ich ihren Kuss bereits eingefordert."

„Ah, ich trachte nach einem wertvolleren Preis", gab Alexander zurück, als er Eleanor schwungvoll in seine Arme zog und der Tanz begann. „Lächelt Ihr wirklich?"

„In der Tat, Eure Quest ist geglückt." Eleanor musterte ihn, denn er sah nun sowohl jünger als auch gefährlicher aus, da er seinen Tappert nicht mehr trug und sein Haar zerzaust war. Seine Chemise war aus feinem Leinen, aber er hätte irgendein charmanter Schurke sein können, nicht der Herr einer Burganlage. Wahrlich, es war erstaunlich, wie sehr die Augen des Mannes funkelten.

„Und der Abend ist noch jung", sinnierte er mit einem schelmischen Lächeln. „Könnt Ihr Euch vorstellen, dass Euch ein weiteres Lächeln entlockt werden kann?"

„In dieser Nacht und in dieser Halle würde ich nicht dagegen wetten."

Er grinste. „Ich fasse das als Kompliment für meine Gastfreundschaft auf."

„Es ist Matthews Gastfreundschaft in dieser Nacht, glaube ich", berichtigte ihn Eleanor und Alexander lachte. Sie wurde ernst. „Ihr habt ihm heute Abend ein schönes Geschenk gemacht. Das war sehr nett von Euch."

Alexander zuckte mit den Schultern. „Er hat ein gutes Herz und verdient ein glückliches Leben. Ich habe lediglich seinen unvermeidlichen Erfolg beschleunigt."

Eleanor fand es gut, dass er nicht auf Dankbarkeit für seine Tat bestand. Ihr gefiel auch, dass er sich um seine Leute kümmerte und dass sie ihm so sehr vertrauten. Seine Hand lastete nicht schwer auf ihnen und sie verließen sich auf sein Urteil, das war offensichtlich. Ihre frühere Vermutung, dass sie ihn fürchteten, war falsch gewesen und genauso hatte sie sich geirrt, als sie annahm, Alexander wäre nur auf sein eigenes Vergnügen bedacht. Sie stellte fest, dass sie deutlich weniger darauf erpicht war, am Morgen von Kinfairlie zu fliehen.

„Mehr Wein?", fragte eine von Alexanders Schwestern plötzlich von der Seite.

„Ihr erinnert Euch sicher an Isabella", sagte er und rief Eleanor auf diese Weise höflich und taktvoll ins Gedächtnis, wer welche Schwester war. Sie ertappte sich dabei, wie sie erneut lächelte. Sie hatte seine

Schwestern so kurz nur gesehen, dass sie zweifellos ihre Namen verwechselt hätte.

„Die übernächste Schwester, die Alexander verheiraten muss", bemerkte Isabella mit einer Grimasse.

„Ja, aber zumindest nicht heute Abend", stimmte er freundlich zu und beachtete ihren finsteren Blick nicht. „Du könntest dir zu gegebener Zeit auch selbst einen geeigneten Ehemann suchen und ich würde mich umso mehr darüber freuen."

„Hier ist Wein für euch", sagte Isabella und drückte ihnen die Kelche in die Hand. „In diesem ist mehr, Alexander, für dich."

„Ah, aber Eleanor schätzt guten Wein und findet diesen hier angenehm." Alexander bot ihr galant den volleren Kelch an, aber Eleanor sah den Schrecken in Isabellas Augen. Die junge Frau schüttelte den Kopf, während die Aufmerksamkeit ihres Bruders abgelenkt war, und Eleanor vermutete, dass das vollere Trinkgefäß aus irgendeinem Grund für ihn bestimmt war.

„Ich habe mir heute Abend zu viel zu Gemüte geführt", sagte sie und griff nach dem weniger vollen Kelch. „Nehmt den anderen, Mylord, damit der Wein nicht vergeudet wird."

„Wenn Ihr darauf besteht."

„Das tue ich." Eleanor beobachtete, wie Isabella erleichtert nickte. Da fragte sie sich, was man Alexander in den Kelch getan hatte, aber sie brauchte nicht lange zu rätseln.

Drei Tänze später stolperte der Mann auf höchst alarmierende Weise über seine eigenen Füße.

KAPITEL 3

Eleanor folgte der Gruppe, die sich den Weg nach oben zur Kammer des Lairds von Kinfairlie bahnte. Die Geräusche der Feier drangen von unten durch den Boden zu ihnen herauf. Erik und Rhys schleiften Alexander die Treppe hoch und sorgten so dafür, dass der Laird es bis zu seinem Bett schaffte. Madeline und Vivienne folgten Eleanor, die anderen Schwestern liefen hinterdrein. Der Streich, der Alexander gespielt worden war, brachte Eleanor mehr aus der Fassung, als sie erwartet hätte.

„Du könntest etwas helfen", brummte Rhys.

Doch Alexander, der offenbar keinen Fuß vor den anderen setzen konnte, gab keine Antwort.

„Ich bezweifle, dass er helfen könnte", bemerkte Eleanor. Sie machte sich Gedanken über den Trunk, den er bekommen hatte, und fürchtete, dass bei der Rezeptur ein Fehler unterlaufen war.

„Hoffentlich lässt das, was ihr ihm gegeben habt, in seiner Wirkung rasch nach", sagte Erik. „Es hat ihn schneller umgehauen, als man es für möglich gehalten hätte."

„Ich hoffe auch, dass Ihr ihn nicht verletzt habt", setzte Eleanor hinzu.

„Es ist harmlos genug", erwiderte Isabella kühl. „Das hat Jeannie behauptet."

„Jeder Trunk kann unberechenbar sein", knurrte Rhys. „Ich habe meine Lektion gründlich gelernt."

„Aber wir kennen Jeannie gut, und ihre Fähigkeiten im Umgang mit Kräutern werden weithin gerühmt." Madeline legte eine Hand auf seinen Arm. „Sei unbesorgt, Rhys, man kann ihr trauen."

Eleanor vermutete, dass in der Vergangenheit mal irgendein zweifelhafter Trunk eine Rolle gespielt hatte, denn Rhys schien sich überaus unbehaglich zu fühlen. Das beruhigte sie nicht gerade. Sie teilte sein Misstrauen gegenüber solchen Elixieren.

„Wir hätten auch anders dafür sorgen können, dass er schläft", murmelte Rhys.

„Aye, ich schulde ihm noch ein oder zwei Hiebe", stimmte Erik zu und die beiden Krieger grinsten sich an. Eleanor konnte sich nicht vorstellen, dass ein Mann wie Alexander so etwas verdient haben könnte. Sie hoffte, dass die beiden nur einen Scherz machten, denn sie sahen in der Tat respekteinflößend aus.

„Schaut nicht so ängstlich", sagte Elizabeth zu Eleanor. „Alexander ist kräftig genug."

„Und der Trunk wird nur bewirken, dass er bis weit in den Morgen tief durchschläft", fügte Isabella hinzu. „Jeannie hat mir das versichert."

Sie blieben auf einem Treppenabsatz stehen und Vivienne schob sich an den drei Männern vorbei und förderte einen Schlüssel aus ihren Röcken zutage. Sie steckte ihn ins Schloss, drehte ihn um und stieß die Tür auf. Dann trat sie zur Seite, damit Alexander in sein Gemach getragen werden konnte.

„Ich kann mich nicht ausruhen", murmelte Alexander, doch er sprach so undeutlich, dass es schwierig war, seine Worte zu verstehen. „Ich habe Gäste. Ich habe eine Quest zu erfüllen, ich muss durch die Weiten der Christenheit reiten, um Ungeheuer zu besiegen …"

Eleanor hielt den Atem an. Sie fand es beängstigend, wie Alexanders Gedanken abschweiften. Die Männer warfen den Laird von Kinfairlie nicht allzu sanft auf sein Bett.

„Deine Gäste werden bald aufbrechen", sagte Rhys.

„Und du kannst deine Quest morgen fortsetzen", fügte Erik hinzu, aber Alexander war bereits wieder eingeschlafen.

Seine langen Glieder lagen ausgestreckt auf seinem Bett, sein Haar war zerzaust und sein Gesicht gerötet von dem, was in dem Wein gewesen war. Auf Eleanor wirkte er jung, aber trotzdem anziehend. Sie konnte sich nicht von der Bettkante fernhalten, konnte dem Drang nicht widerstehen, sein Augenlid hochzuziehen. Er zappelte, als sie das tat, und mit einiger Mühe sah sie, dass seine Pupille sehr klein war.

Bei diesem Anblick stockte ihr das Herz. Vielleicht benötigte er Schutz vor seiner eigenen Sippe.

„Was war in Eurem Trunk?", fragte sie, aber Isabella zuckte bloß mit den Schultern. „Nur Jeannie kennt die Geheimnisse ihrer Elixiere."

Eleanor legte die Fingerspitzen an Alexanders Hals und war nicht beruhigt, als sie spürte, wie sein Puls raste.

„Ich habe ihn noch nie so fröhlich gesehen wie heute Abend", stellte Rhys fest.

„Er war früher immer so", erklärte Elizabeth. Sie verschränkte die Arme vor der Brust und starrte auf ihren schlafenden Bruder. „Alexander war lustig, bevor er Laird wurde. Das ist das erste Mal seit einem Jahr, dass der alte Alexander wieder zum Vorschein kam."

Erik legte ihr eine Hand auf die Schulter. „Er hat dieser Tage viele Verpflichtungen. Du solltest Mitleid mit ihm haben, denn der Tod eurer Eltern war für ihn am schwersten."

Elizabeth schnitt eine Grimasse. „Ich hätte Mitleid, wenn er nicht die ganze Zeit so ernst wäre und so entschlossen, uns alle loszuwerden. Er will Kinfairlie ganz für sich allein, wie es scheint!"

„Du bist alt genug, um zu heiraten", wagte Rhys zu bemerken, und die Jüngste der Familie Lammergeier fuhr ihn wütend an: „Mama und Papa haben mit der Heirat gewartet! Sie haben gewartet, bis sie einander gefunden hatten, bis sie eine Liebe gefunden hatten, die sich nicht verleugnen ließ! Mama wurde nicht versteigert und genauso wenig wurde sie entführt oder schmählich behandelt."

Rhys ergriff Madelines Hand, als diese den Mund zum Sprechen öffnete. „Aber eine Auktion kann gut ausgehen."

Madeline lächelte ihn an und rückte enger an ihn heran. „In der Tat.", stimmte sie zu.

Vivienne trat an Eriks Seite und er legte einen Arm um ihre Taille. „Genauso wie eine Entführung", sagte er und schenkte seiner Gemahlin ein Lächeln.

Vivienne schiegte ihre Wange an seine Brust. „Das ist wahr."

Eleanor war gerührt von der offensichtlichen Zuneigung zwischen den Eheleuten. Alexander hatte es also gar nicht so schlecht gemacht, als er die beiden Schwestern verheiratete. Beide Ehemänner hatten Burganlagen, beide waren jung und gesund, beide Schwestern wirkten sehr glücklich. Sie warf einen Blick auf den tief schlafenden Mann im Bett und dachte, dass ihm seine Bemühungen übel vergolten wurden.

Elizabeth war eindeutig nicht geneigt, ihrem Bruder Anerkennung zu zollen. „Nur weil eure Ehen, die Alexander gestiftet hat, zufälligerweise glücklich sind, heißt das nicht, dass die anderen es auch sein werden", wandte sie ein. Ihr heißer Zorn verriet ihre Furcht. Es war eine Furcht, die Eleanor nachempfinden konnte, auch wenn sie sie in diesem Fall für ungerechtfertigt hielt.

„Man könnte erwarten, dass sich das Schicksal gegen ihn wendet", mutmaßte Annelise leise.

„Zweimal hat er wider Erwarten Erfolg gehabt", fügte Isabella hinzu. Die drei jüngeren Schwestern standen beieinander. Sie stimmten in ihrer Körperhaltung genauso überein wie in ihrer Einstellung. „Es ist unwahrscheinlich, dass eine solche Tendenz anhält."

„Deshalb würden wir ihn gerne selbst verheiratet sehen", sagte Madeline bestimmt.

Vivienne grinste, in ihren Augen stand derselbe Schalk, den Eleanor vorhin in Alexanders Blick bemerkt hatte. „Wenn er heiratet, wird er zu beschäftigt sein, um euch dreien seinen Willen aufzuzwingen."

Elizabeth nickte heftig. „Er wird eine Kostprobe von dem bekommen, was er anderen angetan hat." Sie sah Eleanor an und knabberte mit erneutem Zweifel an ihrer Lippe. „Das heißt, wenn Ihr ihn nach all dem, was Ihr heute miterlebt habt, immer noch heiraten wollt."

Die ganze Gruppe wandte sich Eleanor zu. Diese verstand die Ängste der jungen Frauen nur allzu gut, denn sie hatte zwei unglückliche Ehen hinter sich und befürchtete, dass diese häufiger vorkamen als glückliche.

Aber in Wahrheit galt ihre Sympathie Alexander, und diese Erkenntnis ließ sie an ihrem eigenen Urteilsvermögen zweifeln. Sie kannte den Mann erst einen Abend und schon brachten sein Charme und sein gutes Aussehen sie dazu, sich auf seine Seite zu stellen. Schien er nicht zu gut, um wahr zu sein?

„Kannst du ihre Bänder erkennen?", fragte Madeline unvermittelt. Sie lächelte über Eleanors offensichtliche Verwirrung. „Elizabeth hatte vorausgesagt, dass unsere Ehen glücklich werden. Sie konnte die Bänder sehen, die von jeder von uns ausgehen und mit denen unserer Ehegatten verflochten sind."

„Elizabeth kann Feen wahrnehmen", fügte Rhys so ernsthaft hinzu, dass es kein Spott sein konnte. „Sie hat eine seltene Gabe."

Elizabeth schnaubte. „Ich kann nichts Ungewöhnliches erkennen, nicht seit Dargs Verschwinden." Sie begegnete Eleanors fragendem Blick. „Darg war ein Spriggan, eine Fee, die eine Zeitlang bei uns weilte."

„Aber sie ist mit Rosamunde nach Ravensmuir zurückgekehrt", setzte Annelise leise hinzu und ein Schatten legte sich über die kleine Gruppe.

„Keiner von beiden ist von Ravensmuir zurückgekommen", erklärte Isabella Eleanor.

„Ah", erwiderte die, weil sie nicht wusste, was sie sonst antworten sollte. Dies schien wahrhaftig eine außergewöhnliche Familie zu sein. Vielleicht lag ihnen der Wahnsinn bis zu einem gewissen Grad im Blut.

„Aber das ist heute Abend nicht von Bedeutung", fuhr Madeline mit aufgesetzter Fröhlichkeit fort. „Ihr habt gesehen, dass Alexander gar nicht so übel ist, wie Ihr vielleicht befürchtet habt."

„Und Ihr braucht keine Angst zu haben, dass er leichtfertig ist. Er benimmt sich normalerweise nicht so wie heute Nacht", versicherte Annelise Eleanor.

„Er ist für gewöhnlich sehr vernünftig und verantwortungsbewusst", fügte Isabella hinzu.

„Zu vernünftig und verantwortungsbewusst", beschwerte sich Elizabeth, doch niemand schenkte ihr große Beachtung.

„Er ist zuvorkommend zu Frauen", sagte Vivienne, „denn unser Vater hätte nichts anderes geduldet."

„Kinfairlie ist, wie Ihr seht, ein schöner Besitz", steuerte Madeline bei. „Zwar ist es nicht so reich wie viele andere, jedoch gut ausgestattet."

Eleanor stockte bei dieser Beteuerung. Sie musterte wieder die Gesichter derer, die sie so erwartungsvoll anblickten, und merkte, dass sie nicht ahnten, wie schlimm es um ihren Familiensitz stand.

Sie wussten nicht, dass die Schatztruhen von Kinfairlie leer waren.

Es gab nur eine Seele, die sie vor dieser Wahrheit hatte beschützen können. Eleanor ging durch die Kammer zum Bett und starrte auf Alexander hinunter. Dieser Mann, der alle glauben machen wollte, dass es ihm nur um seine eigenen Wünsche ging, hatte seine Geschwister vor einer Tatsache beschirmt, die sie alle erschüttert hätte.

Er hatte sein Geheimnis ein ganzes Jahr lang für sich behalten, obwohl er mit der neuen Bürde der Verwaltung eines Anwesens und der Trauer über den plötzlichen Verlust beider Eltern zu kämpfen hatte. Sie empfand erneut Bewunderung für Alexander Lammergeier – diesen Mann, der den Anstoß zu einer Liebesbeziehung zwischen zwei schüchternen Seelen in seinem Dorf gegeben hatte, allein aus Güte. In ihm steckte mehr als ein Hang zu fröhlichen Späßen. Er beschützte die, die auf ihn angewiesen waren, und das gefiel ihr.

Wahrlich, seine Fähigkeit, ihre starke Abwehr gegen alle Männer zu schwächen, war gefährlich. Sie beugte sich vor und legte ihre Fingerspitzen an seinen Hals. Beruhigt stellte sie fest, dass sich sein Puls bereits zu normalisieren begann. Kinfairlie war nicht ihr Ziel gewesen und sie fragte sich, ob irgendeine göttliche Macht dafür gesorgt hatte, dass sie an die Tore von Kinfairlie gelangte.

Denn unerwarteterweise hielt Eleanor den Schlüssel zu Kinfairlies Rettung in ihrer Hand, doch weder Alexander noch seine Sippe ahnten dies. Es war erstaunlich, dass sie so wenig von ihr verlangt hatten, auch wenn ihnen unbekannt war, wie viel sie ihnen geben konnte. Ebenso, dass sie ihr diesen Platz in ihrer Familie anboten, einfach wegen ihres Geschlechts und weil sie Mitgefühl mit ihr in dieser Notlage hatten, über die sie kaum etwas wussten. Aber sie waren eine Familie. Eleanor hatte die Zuneigung, die Vertrautheit zwischen ihnen gesehen und die Ungezwungenheit, mit der jedes Mitglied Ängste und Freude ausdrückte.

Eleanor war nie Teil einer solchen Familie gewesen. Sie schaute wieder zu der aufmerksamen Gruppe hin und spürte die unverhohlene Angst der jüngeren Schwestern. Sie betrachteten sie mit einer Mischung aus Hoffnung und Unsicherheit. Sie wusste, sie konnte sicherstellen, dass sie sich gut vermählten, so gut wie ihre älteren Schwestern.

Aber es gab nur eine Möglichkeit, wie sie das bewerkstelligen konnte, und das war als Alexanders Frau.

„Ich werde auf Kinfairlie bleiben und Alexander heiraten", sagte sie mit plötzlicher Entschlossenheit und fand, ihre Stimme klang heiserer, als sie gedacht hätte. „Ich werde mich an unsere Vereinbarung halten."

Zu Eleanors Erstaunen jubelten die drei jüngeren Schwestern auf und umarmten sie spontan. Sie war kurzzeitig verwirrt über diese überschwängliche Bekundung von Zuneigung.

„Das wird gut ausgehen, darauf kannst du dich verlassen", sagte Isabella. „Er mag dich, das merken wir."

„Und du weckst das Beste in ihm", fügte Elizabeth hinzu und drückte herzlich Eleanors Hand. „Er war seit einem Jahr nicht mehr so fröhlich."

„Wir werden unser Möglichstes tun, damit du glücklich wirst", flüsterte Annelise an ihrer Schulter und Eleanor merkte, wie ihr die Tränen in die Augen stiegen. Sie waren ihr praktisch fremd und doch hatten sie ihr Mitgefühl und Verständnis entgegengebracht.

Und sie hatten ihr einen Zufluchtsort gewährt, ohne zu wissen, wie kostbar dieser für sie war. Sie würde ihr Vertrauen nicht enttäuschen.

„Ihr müsst jetzt gehen", sagte sie entschieden. „Und nehmt alle unsere Kleidung mit, damit Alexander keinen Zweifel daran hat, was in dieser Nacht geschehen ist."

Madeline runzelte die Stirn. „Aber heute Nacht kann die Ehe nicht vollzogen werden. Das ist unmöglich ..." Rhys und Erik lachten, die jüngeren Schwestern erröteten.

„Gebt mir ein scharfes Messer", sagte Eleanor. „Sich in den Finger zu schneiden, ist ein alter Trick, aber deswegen nicht weniger wirksam." Zwar hatte sie ihm gegenüber eingeräumt, zweifach verwitwet zu sein, aber es gab keine Garantie, dass sie nicht doch noch jungfräulich war. Nach dem, was sie von Alexander gesehen hatte, vermutete sie, dass er sie sofort heiraten würde, wenn er glaubte, ihr die Unschuld geraubt zu haben.

Sie schob ihn vorsichtig etwas zur Seite, schnitt sich in den Finger und ließ das Blut auf das Laken in der Mitte der Matratze tropfen.

Dann wurden die drei jüngeren Schwestern weggeschickt und seine Schwäger entkleideten Alexander. Madeline und Vivienne schirmten Eleanor vor ihren Blicken ab, während sie sich ihrer Gewänder entledigte. Die Männer verließen die Kammer mit abgewandten Blicken, dann war Eleanor allein mit den beiden älteren Schwestern.

„Er ist ein guter Mann", versicherte Madeline ihr und küsste sie dann auf die Wange.

„Solange du ihn nicht täuschst, wird er sich bemühen, dich glücklich zu machen." Vivienne küsste sie auf ihre andere Wange.

Eleanor hielt es nicht für klug, anzumerken, dass der Schnitt in den Finger von jedem Standpunkt aus gesehen ein trügerischer Anfang für ihre Verbindung war.

„Wird es ihm morgen wieder gut gehen?", fragte sie.

Madeline gluckste. „Er ist so gesund wie ein Ochse. Dieser Schlaf wird ihm nicht mehr als Kopfschmerzen bescheren."

„Als hätte er zu viel von dem Wein genossen", stimmte Vivienne zu. „Hab keine Angst um ihn."

Alexander schnaufte und rollte sich auf den Rücken, dann begann er, geräuschvoll zu schnarchen. Die Schwestern lachten, dann huschten sie mit Eleanors Gewand aus der Kammer und machten die Tür hinter sich zu.

Der Schlüssel drehte sich im Schloss und Eleanor verschränkte die Arme vor der Brust. Das Flüstern und die Schritte der Schwestern waren bald nicht mehr zu hören, aber sie stand noch lange an derselben Stelle.

Einmal allein mit einem Mann in einer verschlossenen Kammer kam sie nicht umhin, ihr eigenes törichtes Handeln zu hinterfragen.

~

ES HATTE AUFGEHÖRT ZU SCHNEIEN. Der Himmel vor dem Fenster des Lairds von Kinfairlie war klar und die Sterne funkelten. Eleanor fröstelte in der eisigen Luft. Mit gemessenen Schritten lief sie über den Boden, das Holz war kalt unter ihren Füßen. Ein warmes Bett erschien ihr überaus verlockend.

Alexander schlief wie ein Toter und Eleanor wusste, es bestand keine Möglichkeit, ihn bald zu wecken. Das Rot ihres eigenen Blutes hob sich scharf von dem Weiß der Bettwäsche ab und konfrontierte sie mit der Bedeutung ihrer Tat.

Am nächsten Tag um diese Zeit würde Alexander ihr angetrauter Ehemann sein. Sie würden sich wirklich im Bett begegnen. Sie würde sein Eigentum sein und viele Jahre haben, um zu erfahren, ob sie sein Wesen in dieser Nacht richtig eingeschätzt hatte.

Es war in vielerlei Hinsicht eine furchterregende Aussicht.

Eleanor zog die Bettdecke zurück und betrachtete Alexander kühner, als sie es gewagt hätte, wenn er wach gewesen wäre. Wie sie vermutet hatte, war er gut gebaut, und etwas tief in ihr regte sich bei der Aussicht, mit einem Mann zu schlafen, der weder alt noch dick war.

Alexander war muskulös, was bewies, dass er aktiv an den Waffen trainierte. Der letzte Rest von Bräune verblasste an seinen Händen und im Gesicht. Sie schaute auf das dunkle Haargewirr auf seiner Brust und das noch dunklere etwas tiefer, auf die feineren schwarzen Härchen auf seinen Unterarmen und Beinen. Seine dichten, ebenholzfarbenen Wimpern hätten jede Frau stolz gemacht, aber er war zweifellos ein Mann. Sie betrachtete ausgiebig seine festen Lippen, die selbst im Schlaf noch leicht nach oben gebogen waren, als ob er von irgendeinem lustigen Scherz träumen würde. Es war seine Fröhlichkeit, die sie anzog, sein Humor, der im Gegensatz zu seiner Nachdenklichkeit stand.

Lange Zeit stand sie da und starrte auf ihn herunter. Nachdem sie sich vergewissert hatte, dass er nicht aufwachte, sich nicht rührte oder sein Leben aushauchte, streckte sie sich neben ihm auf dem Bett aus. Sie legte sich auf die Seite und achtete darauf, dass sie ihn an keiner Stelle berührte, trotz der Kälte in ihren Gliedern.

Doch kaum hatte sie die Bettdecke hochgezogen, kuschelte Alexander sich von hinten an sie. Als er einen Arm über ihre Mitte legte, flogen ihre Augen auf und sie versteifte sich. Er brummte etwas und zog sie enger an sich heran., sodass ihr Rücken seine Brust berührte und ihr Gesäß seine Oberschenkel.

Starr vor Schreck wartete sie auf den Liebesangriff, der nun sicher kommen würde. Aber die Sekunden vergingen und Alexander griff ihr weder an die Brust noch presste er seine Erektion gegen ihren Körper.

Tatsächlich schien er gar keine Erektion zu haben. Er atmete langsam und tief und blies dabei seinen Atem in ihr Haar. Und Alexander war warm, herrlich warm. Sie spürte seine Lippen auf ihrer Schulter, seine Stirn schmiegte sich an ihren Nacken, als wäre er eingeschlafen, während er ihr einen Kuss aufdrückte.

Er schlief. Natürlich. Das Elixier hatte dafür gesorgt. Sie lagen zusammen wie zwei Löffel in einer Schublade, eine intime, aber keine erotische Umarmung.

Eleanor war noch nie umarmt worden, ohne dass ihr Partner eine sexuelle Absicht verfolgte. Sie wagte es, ihre Hand unter Alexanders zu schieben, die vor ihrem Bauch auf der Matratze ruhte.

Sofort verschränkte er instinktiv seine Finger mit ihren, dann schob er seine Knie noch näher an ihre. Wieder hielt sie den Atem an, aber mehr wollte er nicht. Darüber wunderte sie sich. Sie fühlte sich verwöhnt, von seiner Wärme umgeben, beschützt.

Sie fühlte sich sicher, spürte seinen Puls, ließ sich von dem gleichmäßigen Rhythmus beruhigen wie von einem Wiegenlied und schloss die Augen. Die Zuflucht, die Alexander ihr bot, war ihr unendlich willkommen.

Endlich war das Glück Eleanor hold und sie war nicht so töricht, das Geschenk dieser Dame zu verschmähen.

~

ALEXANDER ERWACHTE am nächsten Morgen mit einem Stöhnen.

Er rollte sich auf den Rücken, dann zog er eine Grimasse wegen des Dröhnens in seinem Kopf. Er öffnete vorsichtig die Augen, um die Ratte zu suchen, die offenbar in seinem Mund geschlafen hatte, und wurde von einem grellen Sonnenstrahl getroffen. Benommen sank er zurück in die Laken.

Er wäre noch ein Weilchen im Bett geblieben, aber er musste dringend zu dem Eimer unter dem Fenster eilen. Sein Bauch rumorte, dann beruhigte er sich aber. Alexander wurde schwindelig und er war desorientiert. Wenigstens hatte er seinen Darm nicht entleeren müssen. Eine Schweißperle rann ihm den Rücken hinunter und er fühlte sich unwohl.

Er lehnte sich an die Wand und wunderte sich über seinen Zustand. Wie viel hatte er in der Nacht zuvor getrunken? Und überhaupt, was war passiert? Seine Gedanken waren ungewohnt verworren.

Er hielt die Augen geschlossen, während er nachdachte. Der Morgen war eindeutig angebrochen, aber er war erschöpft. Wie lange hatte er geschlafen? Er erinnerte sich nur an wenig von der vergangenen Nacht, an so wenig, dass er misstrauisch war, ob es zutraf. Wein war ausgeschenkt worden, das wusste er noch, und er hatte die Verantwortung abgegeben.

Wein und Musik und er selbst sorglos – und eine bildhübsche Frau namens Eleanor. Alexander stöhnte. Er war sicher, dass er sie über alle Maßen beleidigt haben musste. Seine Zunge fühlte sich pelzig und eklig und fremd an in seinem Mund. Sein Kopf tat weh – ja, sein ganzer Körper schmerzte bis ins Mark.

Was hatte er getan?

Sein Siegelring war fort, das vertraute Gewicht fehlte an seinem Finger. Er erinnerte sich, dass er einen Narrenprinzen ernannt hatte, und war erleichtert, denn Matthew würde den Ring noch haben.

„Ich wünsche ein frohes Weihnachtsfest", sagte eine Frau in erschreckender Nähe.

Alexander stieß einen Schrei aus und richtete sich auf, seine Augen waren nun weit geöffnet. Zum Glück schien sich die Wand nicht bewegen zu wollen, denn er war gezwungen, sich an ihr festzuhalten, um nicht das Gleichgewicht zu verlieren.

Er starrte Eleanor an, die auf seinem Bett lag und nicht mehr als eines seiner Laken trug. Ihr Haar hing offen, die goldenen Locken fielen in

Kaskaden über ihre nackten Schultern und auf die Matratze. Ihre Haltung war steif, als wüsste sie nicht, was sie von ihm erwarten sollte, und ihr Blick war misstrauisch, wenn nicht sogar strafend.

Plötzlich gab es eine Reihe von wichtigen Einzelheiten über die vergangene Nacht, an die sich Alexander für sein Leben gern erinnert hätte. Wie war Eleanor in sein Bett gekommen? Und was war geschehen, nachdem sie dort angelangt war?

Er war ebenfalls nackt, was vielversprechend gewesen wäre, hätte die Lady erfreuter ausgesehen. Alexander war noch nie so berauscht gewesen, dass er eine Frau enttäuscht hätte – geschweige denn, dass er sich eines derartigen Vorkommnisses nicht hätte entsinnen können. Und dieser Morgen mit dieser Lady war seiner Meinung nach denkbar ungünstig, um mit einer solchen Angewohnheit zu beginnen.

Nichtsdestotrotz konnte er sich nicht erinnern.

Er wusch sich und widmete seiner Toilette große Sorgfalt, während er versuchte, seine Gedanken zu ordnen. Dort stand ein Becher mit Bier, den der umsichtige Anthony vermutlich bereitgestellt hatte, weil er wusste, dass er Bier brauchen würde, um die Wirkung des Alkohols zu bekämpfen. Er spülte sich dreimal den Mund aus, dann nahm er einen kräftigen Schluck und war beruhigt, dass sein Bauch dies gut vertrug.

Alexander kehrte zum Bett zurück und stützte sein Gewicht auf seinem Ellenbogen ab, als er sich neben Eleanor ausstreckte und sich dabei bemühte, nicht allzu erstaunt über ihre Anwesenheit zu wirken. Er bezweifelte jedoch, dass seine Überraschung ihrem scharfen Blick entging.

Er seufzte in gespielter Verzweiflung. „Ich sehe, dass Ihr immer noch nicht lächelt."

„Würdet Ihr dann Eure Quest aufgeben?"

Alexander sah Eleanor an. Er verstand nicht, warum sie so einen harten Ton anschlug. Was hatte er vergessen? Etwas Wichtiges, würde er wetten. Er vergaß sonst nie etwas, aber es gab große Lücken in seiner Erinnerung an die vergangene Nacht.

„Ich bin ausgesprochen hartnäckig, wenn es darum geht, meine Ziele zu verfolgen", erwiderte er, dann streckte er seinen Arm aus, um sie zu berühren. „Wir müssen weiter versuchen, Euch ein Lächeln zu entlocken. Schließlich kann man das am höchsten gesteckte Ziel nicht erreichen, wenn man die Quest zu früh aufgibt."

Fast wäre seine Hand auf ihrer Taille gelandet, doch seine Finger schlossen sich um leere Luft. Eleanor war auf der anderen Seite von der Bettkante gerutscht und hatte sich so im letzten Moment seiner Liebkosung entzogen. Sie nahm sogar das Laken mit und wickelte es mit einer heftigen Geste um sich, sodass er nicht den geringsten Blick auf ihren nackten Körper erhaschen konnte.

Was hatte er getan, um sie zu beleidigen? Denn sie war beleidigt, daran bestand kein Zweifel. Ihre Lippen waren zu einer dünnen Linie zusammengepresst und ihre Augen funkelten mit einem Feuer, das er betörender gefunden hätte, wäre es aus Leidenschaft geboren statt aus Zorn.

„Vielleicht möchtet Ihr lieber das dreiste Frauenzimmer sehen, das Euch einen Happen von ihrem Teller angeboten hat."

Alexander versuchte verzweifelt, sich an dieses Detail zu erinnern. „Anna, die Tochter des Stallmeisters?" Er kratzte sich am Kopf, selbst das tat weh. „Ich nehme an, dass sie inzwischen einen anderen Verehrer gefunden hat."

„Sie muss recht ehrgeizig sein, wenn sie Anstrengungen unternimmt, den Laird selbst in Versuchung zu führen. Möglicherweise steht sie vor der Tür und wartet auf Eure Gunst."

Alexander grinste. „Wohl kaum! Das würde Anthony nicht dulden."

„Anthony?"

„Mein Kastellan. Nach seiner Vorstellung müssen alle Leute da schlummern, wo sie hingehören. Er ruht nicht eher, bis alles so ist, wie es sein sollte."

„Was natürlich meine Anwesenheit hier erklärt. Lässt er Euch oft gewähren, wenn es Euch beliebt, Frauen mit in Euer Bett zu nehmen?"

„Ich nehme keine Frauen mit in mein Bett."

Eleanor widersprach ihm auf höfliche Weise, indem sie sich räusperte.

„Vielleicht habt Ihr mich verführt", neckte er sie. „Vielleicht seid Ihr

Anthonys scharfem Blick ausgewichen, um zu mir in mein Bett zu kommen. Ihr sagtet doch, Ihr wärt eine Kurtisane."

„Vielleicht aber auch nicht." Sie wies mit einem Finger auf die Matratze.

Alexander runzelte die Stirn und blickte verwirrt nach unten. Der leuchtend rote Fleck auf dem Laken erstickte jeden klugen Kommentar, den er hätte abgeben können. Er starrte mit offenem Mund darauf. Er blinzelte, schüttelte den Kopf, aber das Zeichen ihrer verlorenen Jungfräulichkeit war immer noch auf dem Betttuch erkennbar.

Kein Wunder, dass sie aufgebracht war. Er war selbst ärgerlich, dass er sich nicht an diese Vereinigung erinnern konnte.

Als er aufblickte, zum ersten Mal in seinem Leben sprachlos, betrachtete Eleanor ihn kühl. Sie war nun ganz in das Leinentuch gehüllt, hatte das eine Ende über ihre Schulter geworfen und die Arme vor der Brust verschränkt.

„Ihr seid keine Kurtisane", sagte er.

„Damit hattet Ihr recht."

Alexander schüttelte erneut den Kopf. Er versuchte immer noch, sich das Blut zu erklären. „Ihr behauptet, Ihr wärt zweimal verwitwet."

„Und beide Ehen blieben kinderlos", fügte sie leise hinzu. Dann zog sie eine Braue hoch, als wollte sie ihn herausfordern, sich selbst zusammenzureimen, wie es zu diesem Umstand gekommen sein könnte.

Alexander ließ sich verblüfft auf die Matratze zurücksinken. Eleanor, die verführerischste Frau, der er seit Jahren begegnet war, war zweimal verheiratet gewesen und zwei verschiedene Männer hatten es nicht geschafft, die Ehe mit ihr zu vollziehen. Es mochten ältere oder kränkliche Männer gewesen sein, aber Alexander hätte noch nicht einmal auf den Vollzug der Ehe mit Eleanor verzichtet, wenn er tot gewesen wäre.

Vielleicht war die Lady diejenige gewesen, die sich geweigert hatte.

Warum hätte sie sich ihm allerdings in der ersten Nacht ihrer Bekanntschaft ganz hingeben sollen, zudem, als er betrunken war? Er warf einen Blick in ihre Richtung und sah sie so ungerührt wie zuvor.

Oh, er hatte sich maßlos geirrt.

„Warum? Warum ich?"

Eleanor zuckte mit den Schultern. „Ich war neugierig."

„Ich war betrunken!"

„Und trotzdem liebeshungrig."

„Aber ich erinnere mich an nichts davon!" Er setzte sich auf und blickte sich in der Kammer um. Er widerstand dem Drang, gegen die Ungerechtigkeit des Ganzen zu protestieren. „Ich kann mich noch nicht einmal entsinnen, wie ich hierher zurückgekehrt bin."

Sie beobachtete ihn, ihr Ausdruck wurde listig. „Vielleicht war das Teil Eurer Anziehungskraft."

„Was soll das heißen?" Alexander sprang mit einem Satz aus dem Bett, warf die Decke beiseite und lief auf sie zu. Der Boden war kalt, aber das war ihm gleich.

Eleanors Augen weiteten sich und vielleicht wurde ihr Griff um das Leinen etwas fester, aber sie wich nicht zurück. Sie standen Zeh an Zeh voreinander und er konnte den Duft ihrer Haut wahrnehmen, die nach süßem Schlaf roch, und die unzähligen Grüntöne in ihren Augen sehen.

„Ihr habt mich gewählt, weil ich alles vergessen würde?", fragte er ungläubig. Sie nickte ganz leicht. „Welche Frau wünscht sich einen besinnungslosen Liebhaber? Welche Frau benutzt einen Mann zu ihrem eigenen Vergnügen und gewährt ihm im Gegenzug nichts?"

Sie legte den Kopf schief, um ihn eingehend zu betrachten. „Kennt Ihr keine Männer, die so etwas tun?"

„Nein! Doch!" Alexander fuhr sich mit der Hand durchs Haar und lief in der Kammer auf und ab. „Das ist hier nicht von Bedeutung."

„Habt Ihr selbst so etwas nicht auch getan?"

Er errötete, dann blickte er sie verärgert an. „Falls ja, dann war es anders."

Eleanor verschränkte die Arme noch fester vor der Brust. „So wie hier. Es spielt keine Rolle, was ich getan habe, und schon gar nicht, warum. Was geschehen ist, ist geschehen."

„Was geschehen ist, hat gerade erst begonnen", entgegnete Alexander. Bevor sie zurückweichen konnte, umfasste er ihr Kinn und küsste sie. Es war keine leidenschaftliche Umarmung, aber sie war offensichtlich davon überrascht. Sie versteifte sich, doch Alexander drückte seinen Mund erneut auf ihren.

So hatte er wenigstens einen Kuss, an den er sich erinnern konnte, wenn schon nicht an mehr.

Sie küsste wie eine Jungfrau, atemlos und zaghaft und voller Angst, was er als Nächstes tun könnte. Es war, als hätte sie noch nie einen Mann umarmt. Vor seinem geistigen Auge sah Alexander den roten Fleck. Vielleicht war sie heute Morgen wund. Vielleicht war er nicht so sanft zu ihr gewesen, wie er es hätte sein können. Vielleicht hatte er sie verletzt.

Alexander wünschte, er könnte sich erinnern. Er empfand eine Welle des Mitgefühls für sie und beendete den Kuss. Sie sah ihn einen Moment lang verwundert an, dann trat sie einen Schritt zurück.

„Ich hoffe, das reicht aus, um Euch zu befriedigen", sagte sie mit heiserer Stimme.

Alexander fühlte sich wie ein Schweinehund, aber er war entschlossen, diese Angelegenheit nicht auf sich beruhen zu lassen. „Es wird nicht ansatzweise ausreichen", murmelte er und erfreute sich an ihrem kurzen, verwirrten Blick.

„Wie meint Ihr das?" Sie war unsicher, so unsicher, dass sie ihre Gedanken nicht vor ihm verbergen konnte. War es möglich, dass die Lady sich ihrer vielen Reize nicht bewusst war?

Alexander wusste, wie er sie besser kennenlernen könnte. Er würde sie mit seiner Zärtlichkeit entwaffnen. Es dauerte vielleicht Jahre, aber er würde ihr die Lust zeigen, die man im Bett finden konnte, er würde ihr den Hof machen und sie umwerben, und es würde ihm gelingen, ihr Lächeln zu erobern.

Es gab nur einen Weg, dies ehrenhaft zu tun, denn er hatte bereits mehr genommen, als ihm zustand.

Alexander lächelte mit einer Zuversicht, die er nicht fühlte. „Wir werden heute Morgen getraut werden", sagte er entschlossen und rechnete fest damit, dass sie ihn verschmähen würde. „Es soll niemand sagen, dass der Laird von Kinfairlie nicht zu Ende bringt, was er begonnen hat."

Eleanors Augen verengten sich, aber sie ließ durch nichts weiter erkennen, dass sie überrascht war, obwohl sie das doch sicherlich sein musste. Sie blickte zum Bett, schluckte und nickte dann mit einer Demut, die er ihr nicht zugetraut hätte. „So soll es sein", stimmte sie leise zu.

Alexander zögerte einen Herzschlag lang. Bei jeder seiner Schwestern wäre eine solche Nachgiebigkeit der Hinweis auf eine Verschwörung gewesen, aber Eleanor betrachtete ihn mit großen Augen und unschuldigem Blick. Er lächelte und verringerte wieder den Abstand zwischen ihnen.

„Eine solche Übereinkunft sollte mit einem Kuss besiegelt werden", murmelte er.

„Einmal genügt doch sicher", erwiderte sie atemlos.

„Sicher nicht. Ihr Kuss ist sehr wohltuend, schöne Lady. Vielleicht bringt er mir sogar die Erinnerung an unsere erste gemeinsame Nacht zurück." Ihre Augen weiteten sich bei dieser Vorstellung. „Ihr werdet doch bestimmt nichts zu befürchten haben", neckte er sie und zwinkerte ihr zu, als sie nicht antwortete. Dann forderte er erneut ihre Lippen.

SEIN KUSS VERÄNDERTE ALLES.

Eleanor war noch nie mit einem Kuss umworben worden. Sie war flüchtig geküsst und zum Vergnügen eines Mannes benutzt worden, sie hatte nur ihre ehelichen Pflichten im Bett erfüllt und war wie Eigentum behandelt worden.

Nie war sie verführt worden.

Nie hatte man ihr Zeit gewidmet. Alexander hingegen küsste sie, als ob es ihm gleichgültig wäre, wie lange sie brauchte, um sich an seine Berührungen zu gewöhnen, als ob es ihn nicht kümmerte, wie lange es dauerte, bis ihre Leidenschaft entfacht war. Er küsste sie, als ob er erwartete, Lust sowohl zu schenken als auch selbst zu empfinden.

Er war wundersam, dieser Kuss von ihm, und sie gab sich dieser neu entdeckten Wonne hin. Etwas taute in ihr auf, etwas öffnete sich wie eine Blüte, die von der Wärme der Sonne berührt wurde.

Eleanor schloss die Augen, denn es war nur ein Kuss, und verlor sich in dem, was sie fühlte. Sie öffnete ihre Lippen, lud ihn ein, ihr noch näher zu kommen, und hielt den Atem an, als er seinen Kuss vertiefte. Noch immer umschmeichelte er sie, noch immer glaubte sie, dass sie ihn mit einer Fingerspitze aufhalten könnte, und gab sich ihm mehr hin.

Sein Kuss war die reinste Hexerei. Es lag keine ungezügelte Gewalt in seiner Umarmung, so viel war sicher, und diese Überzeugung brach Eleanors letzten Widerstand. Er verurteilte sie nicht und hielt sie nicht für unzulänglich, er wollte nicht nur eins von ihr.

Er umwarb sie um ihrer selbst willen. Eleanor merkte, dass ihre Hände wie von selbst über seine Schultern glitten, dass ihre Finger seine starken Muskeln kneteten und sich dann mit seinem dichten, gewellten Haar verwoben. Sie ertappte sich dabei, dass sie seine Umarmung genoss wie die Kurtisane, als die sie sich ausgegeben hatte, dass sie ihm bei jeder Berührung entgegenkam und sich nach mehr sehnte.

Seine Hand wanderte zu ihrer Brust und umfasste sie, sein Daumen glitt über ihre Brustwarze und reizte sie, bis sie sich aufrichtete. Eleanor wölbte ihren Rücken, presste sich regelrecht an ihn, und er gab ein lustvolles Stöhnen von sich, das sie erregte. Sie wollte ihn noch näher zu sich heranziehen, war nicht mehr in der Lage, klar zu denken. Sie konnte ihm nicht böse sein, dass er das eigentliche Ziel seiner Quest vergessen hatte. Sie konnte an nichts Wichtiges mehr denken, nur das betörende Gefühl von Alexanders Mund auf ihrem wahrnehmen.

Und das war in der Tat gefährlich. Sie war noch nie einem Mann begegnet, der entschlossen war, sie um ihrer selbst willen zu umwerben. Eleanor wünschte sich von ganzem Herzen, dass sie in der Nacht zuvor wirklich miteinander im Bett gewesen wären und dass er ihr dabei die Jungfräulichkeit genommen hätte und sie ihn darüber nicht täuschen müsste.

Die Erinnerung an ihre List war ernüchternd. Eleanor beendete mühsam den Kuss. Sie schob Alexander weg, sodass ein Fußbreit Abstand zwischen ihnen war, ebenso wie vieles andere.

Er betrachtete sie mit heißem Blick, dann stützte er sich zu beiden Seiten ihrer Schultern mit den Fäusten an der Wand ab. Obwohl er sie nicht berührte, war sie zwischen seinen Armen gefangen. In der Falle zu sitzen, seine Entschlossenheit zu spüren, seine Fäuste an der Wand zu sehen, all das weckte eine alte Angst in ihr. Eleanor schnappte nach Luft.

Hatte sein süßer Kuss sie alles vergessen lassen, was sie kannte?

„Ich bin noch wund", log sie hastig. Sie duckte sich unter seinem Arm hinweg und lief schnell zum anderen Ende der Kammer.

Sehr zu ihrer Erleichterung ließ Alexander sie gehen.

Als sie es wagte, einen Blick zurückzuwerfen, stand er in seiner prächtigen Nacktheit da, die Füße fest auf dem Boden und die Arme vor der Brust verschränkt. Sein Gesichtsausdruck war schwer zu lesen und er war ungewöhnlich still.

„Habe ich dich gestern Abend verletzt?" Seine leise gestellte Frage schien in der Kammer widerzuhallen, in der Luft zu hängen und eine Antwort zu verlangen.

Natürlich hatte er das nicht, allerdings bot ihr die Vermutung eine einfache Möglichkeit, seine Zärtlichkeiten auf ein Minimum zu beschränken. Eleanor zuckte mit den Schultern. „Nicht mehr, als die meisten Männer es getan hätten, nehme ich an." Sie wandte sich ab, als könnte sie ihn nicht ansehen, aber nicht so schnell, dass sie nicht wahrnahm, wie er zusammenzuckte.

Da fühlte sie sich schuldig, denn er erinnerte sich nicht an die wahren Geschehnisse und sie verwendete seine Unwissenheit gegen ihn. Aber eine Ermutigung würde sie zweifellos wieder in seine Arme führen und die Wahrheit würde ihn dazu bringen, seinen Antrag zurückzunehmen. Eleanor war noch nie so zwischen der Wahrheit und ihren eigenen Zielen hin- und hergerissen gewesen und sie wusste nicht, was sie sagen sollte.

Schlimmer noch, ihre Lippen brannten bei der Erinnerung an Alexanders Liebkosung und ließen sie an Sinnliches denken. Es war nicht ihre Art, sich nach der Berührung eines Mannes zu sehnen. Sie brauchte einen Moment, um sich zu sammeln, damit sie wieder Vernunft walten lassen konnte.

„Es tut mir leid", sagte Alexander, und sie hörte seine Schritte, als er den Raum durchquerte. „Gewähre mir diese Chance, Eleanor, deine Gunst zu gewinnen. Heirate mich und lass mich dich erneut im Bett umwerben. Lass mich dir zeigen, dass unsere gemeinsamen Nächte nicht wie die erste sein müssen." Dann bot er ihr seine Hand, und seine Entschlossenheit gefiel ihr. „Leg deine Hand in meine, Eleanor, heirate mich und lass uns den schlechten Anfang hinter uns lassen. Es ist möglich."

Sie richtete sich auf. „Ich hatte dich für einen Mann gehalten, der seine Quest ernst nimmt."

„Das tue ich auch." Er neigte den Kopf, um sie anzusehen, und in seinen Augen tanzten wieder diese entzückenden Fünkchen. „Sicherlich wird es dir nicht so lästig sein, einen Ritter an deiner Seite zu haben, der sich Tag und Nacht um deine Gunst bemüht."

„Aber mein Lächeln hast du doch schon gewonnen. Sag nicht, dass du sogar deinen eigenen Triumph vergessen hast?"

Er starrte sie entgeistert an und sie wusste, dass er sich dessen auch nicht mehr entsinnen konnte. Hatte der Trunk ihm die Erinnerung geraubt oder war er so achtlos, wenn es darum ging, die Gunst von Frauen zu gewinnen, dass er es auch ohne den Trunk vergessen hätte?

Eleanor wünschte, sie könnte es erfahren.

Sie wünschte auch, sie würde sich nicht so schäbig fühlen, weil sie das Lachen aus seinen Augen vertrieben hatte.

Alexander fuhr sich mit einer Hand durchs Haar. „Ich stehe also doppelt in deiner Schuld und muss mich mächtig anstrengen, um deine Gunst zu erringen. Ich entschuldige mich, Eleanor. Ich weiß nicht, was letzte Nacht mit mir los war."

Eleanor blickte weg. Sie wusste es und fühlte sich deswegen unbehaglich.

„Gestatte mir, dass ich erneut versuche, deine Gunst zu gewinnen." Er neigte sich tief über ihre Hand und hätte in seiner Nacktheit eigentlich komisch aussehen müssen. Stattdessen wurde sich Eleanor seiner breiten Schultern, seiner Kraft und seiner Männlichkeit bewusst. Sie begehrte ihn mit solch plötzlicher Heftigkeit, dass ihr die Luft wegblieb. „Vertraue darauf, dass ich dir zu Diensten stehe, wie alle ehrenhaften Männer zu Diensten einer Dame stehen sollten, die in Gefahr schwebt."

„Ich bin nicht in Gefahr", korrigierte sie ihn hastig.

Alexander warf ihr einen strengen Blick zu. „Natürlich bist du das. Du bist in Gefahr, dein Herz zu verlieren, denn ich beabsichtige, diesen Preis als Nächstes zu gewinnen." Er berührte mit dem Finger die nackte Haut, die über ihrem Laken zum Vorschein kam, und zwar genau an der Stelle, wo ihr Herz als Reaktion auf seine Nähe heftig pochte. „Du kannst sicher sein, dass ich diesen Preis nie wieder hergeben werde, wenn ich ihn erst einmal sicher in meiner Hand halte."

Eleanor spürte, wie sich ihre Augen weiteten. Sie konnte seine Haut riechen. Wärme ging von diesem kleinen Berührungspunkt aus und sie sah, wie sich Alexanders Augen zu Indigo verdunkelten. Sie leckte über ihre Lippen, unfähig, es nicht zu tun, und er beobachtete begierig ihre Zungenspitze. Er flüsterte ihren Namen und trat näher an sie heran. Sie spürte seine Erektion an ihrer Hüfte, nur dünner Stoff trennte sie, doch seltsamerweise hatte sie nicht das Bedürfnis zu fliehen.

„Aber warum ist dir das wichtig?", fragte sie und ihre Stimme klang so heiser, als wäre es nicht ihre eigene.

Er lächelte. „Weil es für einen Mann nur recht und billig ist, das Herz seiner Frau zu besitzen, so wie sie auch das seine besitzen sollte."

Eleanor sah zu ihm auf und starrte ihn an, erstaunt über seine wunderliche Bejahung der Liebe. Noch nie hatte sie einen Mann so bewusst wahrgenommen, sich nie so sehr nach der Berührung eines Mannes gesehnt wie in diesem Augenblick. Sie wollte mit Alexander ins Bett, noch heute Morgen, und die Stärke ihres Verlangens erstaunte sie.

Alexander neigte den Kopf und berührte ihren Mund mit seinen Lippen. Dieser Kuss war zaghaft, als würde er sie um die Erlaubnis bitten, fortzufahren, und die Wirkung war berauschender als die des besten Weins.

Eleanor schloss die Augen und hob ihr Gesicht noch entschiedener zu seinem auf. Alexanders Mund legte sich mit besitzergreifender Leichtigkeit auf ihren, seine Hände umfassten ihre Taille. Er hob sie hoch, drückte sie an seine Brust und küsste sie dieses Mal ausgiebig.

Und – Wunder über Wunder! – Eleanor empfand keine Furcht. Sie öffnete ihre Lippen, erwiderte jede seiner Berührungen, sie schmeckte ihn, während er sich an ihr ergötzte. Sie vergaß sich selbst, ihre Vergangenheit, ihre Ängste und wusste nur noch, dass sie die Hitze von Alexander Lammergeier in sich spüren wollte.

Sofort.

In diesem Moment wurde plötzlich und geräuschvoll der Schlüssel in der Tür zum Privatgemach umgedreht.

~

„FROHE WEIHNACHTEN!", rief Alexanders Familie. Fünf Schwestern und zwei Schwäger drängten über die Schwelle in den Raum. Ihre Vorfreude auf das, was sie vorfinden würden, war fast mit Händen zu greifen.

Was sie tatsächlich vorfanden, ließ sie vor Erstaunen laut keuchen.

Alexander fluchte. Er schob Eleanor hinter sich und sie spürte, wie ihr Gesicht brannte. Sie ließ ihre Stirn gegen seine Schulter sinken und genoss es, dass er einen Schutzschild für sie bildete, obwohl sie diejenige war, die das Laken hatte. Er stand nackt vor seinen errötenden Schwestern und starrte seine glucksenden Schwäger an, bis sie ihren Blick abwandten. Die Männer versperrten hastig den Anblick für die jüngeren Schwestern, während ihre Ehefrauen laut lachten.

„Alexander!", prustete Madeline. „Du Rüpel!"

„Er ist noch rüpelhafter, als wir gedacht hätten", stimmte Vivienne zu.

„Ich nehme an", sagte Alexander, während er das Ende von Eleanors Laken ergriff und es sich um die Hüften wickelte, „dass ihr es alle amüsant findet, mich im Bett mit meiner zukünftigen Braut zu stören."

„Braut!", riefen Madeline und Vivienne wie aus einem Mund und mit gespieltem Erstaunen, dann wechselten sie einen verschwörerischen Blick. Eleanor war sicher, dass dieser Alexander verraten würde, dass sie an den Entwicklungen beteiligt waren.

„Ja, Braut", erwiderte er, anscheinend ohne diesen Austausch bemerkt zu haben. „Elizabeth, bitte informiere Anthony, dass noch heute Morgen eine Hochzeit gefeiert wird. Isabella, sag bitte auch Pater Malachy Bescheid –"

„Aber das Aufgebot ...", protestierte diese Schwester.

„Darauf wird verzichtet", erklärte Alexander bestimmt. „Wenn er die

Angelegenheit erörtern möchte, können wir das tun, wenn meine Lady und ich zur Kirche kommen." Er ergriff Eleanors Hand und warf ihr einen Blick zu, der zweifellos beruhigend wirken sollte. „Es wird eine kurze Auseinandersetzung werden."

„Du hast Beweismittel", sagte Eleanor und erinnerte ihn so an die Bettwäsche.

Alexander nickte knapp. „In der Tat. Madeline, würdest du die Bettwäsche zusammenraffen? Annelise kann dafür sorgen, dass der Priester und das Gesinde sie sehen." Eleanor bemerkte, dass er seine jungfräulichen Schwestern in aller Eile aus dem Privatgemach geschickt hatte. „Und ich möchte meine bezaubernden Schwestern um Hilfe bitten, Eleanor angemessen einzukleiden. Es wäre ein gutes Omen, wenn sie ein neues Gewand bei unserer Hochzeit trüge."

„Oh, er schmeichelt uns", sagte Vivienne mit einem Lächeln. „Sicherlich bedeutet das, uns allen droht Ungemach."

„Hast du Brüder, Eleanor?", fragte Isabella mit gespielter Unschuld. Da lachte Alexander schallend und verscheuchte sie in alle Richtungen.

„Ich würde mir ein passenderes Gewand als das Betttuch suchen", sagte er zu Eleanor, als sie allein waren. Er zwinkerte ihr verschmitzt zu und das war ihre einzige Warnung, bevor er ihr das Laken wegriss und sie nackt vor ihm stand. Eleanor bedeckte ihre Brüste mit den Händen, bis sie die Torheit ihres Tuns erkannte.

Ohne ihre Geste richtig wahrzunehmen, lief Alexander zur Tür und nahm den Schlüssel an sich. Er runzelte für einen Moment die Stirn, weil er außen steckte, und Eleanor war überzeugt, ihm würde nun klar werden, dass sie eingeschlossen worden waren und nicht die anderen ausgesperrt hatten. Dann schüttelte er den Kopf und drehte schwungvoll den Schlüssel von innen um, bevor er sich Eleanor erneut zuwandte. Ihr blieb fast das Herz stehen, so vertraut war ihr dieser Umstand.

Ein nackter Mann mit einer Erektion, ein stattlicher Mann, dessen Augen vor Entschlossenheit glänzten, hatte sie in seiner Kammer eingesperrt und ihr die einzige Bekleidung weggenommen. Trotz allem, was Eleanor über Alexander zu wissen glaubte, erfasste sie wilde Panik.

Die Situation war ihr nur zu gut bekannt, der Ausgang allzu gewiss.

Drei Küsse, und sie war genauso dumm, wie sie einst gewesen war. Drei Küsse, und sie vergaß, was ein Mann tun konnte, wenn ihm auch nur sein geringster Wunsch verweigert wurde.

„Und was haben wir gerade gemacht, bevor wir so unsanft unterbrochen wurden?", sinnierte er. Sein selbstbewusstes Auftreten und seine Nacktheit gaben ihrem Entsetzen weitere Nahrung.

„Nichts!", rief Eleanor zu seiner offensichtlichen Verwunderung. Sie stürzte zur Tür, ihr war gleichgültig, dass sie keinen Faden am Leib hatte, mit dem sie sich hätte bedecken können. Alexander versuchte, sie um die Taille zu fassen, aber Eleanor stellte ihm ein Bein.

Alexander fluchte, als er stürzte. „Was stimmt nicht mit dir?", rief er und fluchte erneut, als er mit dem Knie aufschlug. Der Schlüssel fiel ihm aus der Hand und sprang über den Boden.

Eleanor warf sich regelrecht darauf und rannte damit zur Tür.

„Eleanor! Du hast mich gerade noch bereitwillig geküsst!"

Mit zitternden Fingern schob Eleanor den Schlüssel ins Schloss und rannte auf den Gang hinaus. Zurück ließ sie einen verblüfften Mann.

„Was habe ich getan?", brüllte Alexander, aber Eleanor schenkte ihm keine Beachtung. Er fluchte hörbar, verfolgte sie jedoch nicht.

Eleanor floh nach unten. Sie schaffte es nur, eine Treppe hinunterzulaufen, bevor die Schwestern sie umringten, lebhaft darüber schwatzten, was sie anziehen könnte, und sie in ihre Gemächer drängten. Zitternd stand sie in ihrer Mitte und versuchte, ihr wildes Herzklopfen zu beruhigen. Seide und Samitstoffe waren auf dem Boden ausgebreitet, Schuhe lagen durcheinander und Strümpfe stapelten sich vor den Truhen. Eine mollige Bedienstete rief die Schwestern vergeblich zur Ordnung.

Eleanor ließ sich schwer auf eine Truhe fallen und stieß einen Seufzer der Erleichterung aus, als die Tür verriegelt wurde, sodass keine Männer hereinkommen konnten. Sie atmete langsamer und beruhigte sich genug, um zu erkennen, dass Alexander wahrscheinlich nur seinen Kuss zu Ende bringen wollte.

Und dann fühlte sie sich wie eine siebenfache Närrin, weil sie vor ihm geflohen war.

Der Mann würde sie sicher für schwachsinnig halten. Und in der Tat hätte Eleanor dieser Ansicht nicht widersprochen, denn ihre eigene Handlungsweise könnte sie durchaus die Atempause in Kinfairlie kosten, die sie sich so sehnlichst wünschte.

Es WAR eine besondere Art von Wahnsinn, der auf Kinfairlie herrschte, und Alexander wusste nicht, was er davon halten sollte. Er konnte sich weder Eleanors plötzliche Angst vor ihm erklären noch seine Entschlossenheit, ihr die Angst zu nehmen. Sie war ihm ein Rätsel, eine Frau, die ihre Geheimnisse unbedingt bewahren wollte, und er hätte sich damit begnügen sollen, sie ihr zu lassen.

Stattdessen wollte er ihr helfen.

Und wahrhaftig, er begehrte erneut mit ihr ins Bett zu gehen, denn dieses Mal würde er sich mit Sicherheit daran erinnern. Er würde gewiss nicht den Anblick ihres Lächelns vergessen, sollte sie ihm jemals wieder eines schenken. Er würde eine Weile brauchen, um die vielen Dämonen, die sie quälten, zu erkennen und auszutreiben, und die Ehe würde ihm das Geschenk der Zeit gewähren.

Je länger er über die Angelegenheit nachdachte, desto mehr war Alexander davon überzeugt, dass seine Faszination für die Lady ein gutes Omen für ihre gemeinsame Zukunft war – auch wenn dieses Argument vielleicht überzeugender gewesen wäre, wenn die Frau nicht voller Angst vor ihm geflohen wäre.

Er hatte doch wohl in der Nacht zuvor nicht die Hand gegen sie erhoben? Dieser Gedanke ließ ihn im Schritt verharren. Er konnte sich nicht vorstellen, dass er das getan hatte. Bestimmt hätte er nicht jede Chance zerstört, das Vertrauen der Lady zu gewinnen. Alexander wünschte, er könnte sich dessen sicher sein.

Wie seltsam, dass er so tief geschlafen hatte. Er glaubte nicht, dass er derart viel von dem Wein getrunken hatte. Er war zu sehr damit beschäftigt gewesen, Eleanor zum Lächeln zu bringen. Es war doppelt merkwürdig, dass der Schlüssel für seine Zimmertür von außen im Schloss steckte. Hatte er gehört, wie sich der Schlüssel drehte, bevor seine Familie in Eleanors lieblichen Kuss hineingeplatzt war?

Und warum waren sie in seine Kammer gekommen, als ob sie etwas von ihm erwarteten? Das war höchst ungewöhnlich. Normalerweise traf er sie in der Halle, aber solche Gewohnheiten wurden wohl während der Feiertage schon mal gebrochen.

Vielleicht hatten sie mehr von seinem Werben um Eleanor mitbekommen, als ihm in Erinnerung geblieben war. Vielleicht hatten sie geahnt, was – oder wen – sie in seiner Kammer vorfinden würden.

Wenn das noch nicht ausreichte, um einen Mann zu verwirren – ganz zu schweigen von einem, dessen Kopf so schmerzte wie Alexanders –, dann gab es noch eine weitere Merkwürdigkeit: Es schien ihm, als hätten alle von seiner Hochzeit gewusst, bevor er sie darüber in Kenntnis gesetzt hatte. Zugegebenermaßen war er an diesem Morgen nicht ganz er selbst und ihm war klar, dass sich Klatsch und Tratsch schnell verbreiteten. Aber er hatte wirklich den Eindruck, als hätte jeder auf Kinfairlie von seiner Absicht gewusst, an diesem Tag zu heiraten, bevor er es selbst auch nur geahnt hatte.

Anthony hatte bereits Vorbereitungen für ein Festmahl getroffen und in der Küche duftete es nach gebratenem und geschmortem Fleisch. Eier wurden gekocht, Brot wurde gebacken und Gemüse gegart, und das alles, als Alexander sein Gemach gerade erst verlassen hatte, nur wenige Augenblicke, nachdem er Eleanor überredet hatte, seinen Antrag anzunehmen. In der Halle wurden die Tische gedeckt und um das Eingangstor scharten sich bereits Bauern, die erwartungsvoll Löffel, Schüsseln und Servietten in den Händen hielten.

Es war zwar der erste Weihnachtstag, aber auf Kinfairlie gab es normalerweise nur am Heiligen Abend ein Festmahl in der Halle des Lairds und dann erst wieder am Dreikönigstag.

Aber alle schienen zu wissen, dass die Tradition in diesem Jahr gebrochen werden sollte, noch dazu für eine Hochzeit.

Alexander nahm an, er hatte Eleanor in der vergangenen Nacht tatsächlich verliebt umworben, sodass seine Absichten selbst für seine Vasallen deutlich erkennbar gewesen waren.

Oder gab es eine andere Erklärung?

Die Art und Weise, wie seine Schwestern miteinander kicherten, machten ihn argwöhnisch. Ihr Verhalten ließ ihn vermuten, dass vielleicht nicht alles so war, wie es schien. Möglicherweise war das alles nur ein ausgeklügelter Streich, an dem Eleanor beteiligt war, und sie hatte in Wahrheit keineswegs die Absicht, ihn zu heiraten.

Vielleicht war Eleanors Flucht vor seinem Kuss ein Hinweis auf das, was noch kommen würde. Alexander traute es seinen Schwestern durchaus zu, dass sie sich einen Scherz mit ihm erlaubten. Während er dafür sorgte, dass seine Halle vom gestrigen Fest wieder in Ordnung gebracht wurde, und Befehle für seinen Hochzeitstag erteilte, machte er sich auf das Schlimmste gefasst. Ja, er konnte sich vorstellen, dass Vivienne und Madeline dachten, eine öffentliche Bloßstellung vor dem Altar wäre eine angemessene Vergeltung dafür, dass er sie verkuppelt hatte.

Vielleicht wussten sie nicht – oder hatten nicht damit gerechnet –, dass er eine gewisse Anziehungskraft auf die Lady ausübte. Alexander kannte sich ein wenig mit Frauen aus und obwohl Eleanor geheimnisvoller war als die meisten, bestand für ihn kein Zweifel, dass ihr sein Kuss willkommen gewesen war.

Vielleicht konnte sie überzeugt werden, ihn wirklich als ihren Gemahl anzunehmen, welchen Plan seine Schwestern auch immer ausgeheckt haben mochten. Die Aussicht darauf beflügelte seinen Schritt, während er seinen morgendlichen Pflichten nachging.

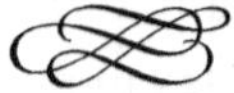

KAPITEL 4

Eleanor schwelgte in einem Traum.

Sie stand am Weihnachtsmorgen auf der Schwelle der Kirche von Kinfairlie, die Wärme des Sonnenlichts auf ihrem Gesicht und ihren Schultern, das Glitzern von frisch gefallenem Schnee überall um sie herum. Die Luft war kalt und das Brausen des Meeres wurde von den Klippen an Kinfairlies Küste zu ihr herübergetragen.

Sie war in leuchtenden Purpur gekleidet, ein hauchzarter Schleier aus goldener Seide umgab ihren Kopf und an den Füßen trug sie herrliche, mit Gold verzierte rote Lederschuhe. Alexanders Schwestern hatten ihre eigenen Kleiderschränke geplündert, um sie für ihre Hochzeit angemessen zu kleiden, und sie fühlte sich prächtig herausgeputzt in Rot und Gold. Sie war von fünf lachenden Frauen umgeben gewesen, die so darauf bedacht waren, dass sie so gut wie möglich aussah, als wären sie ihre leiblichen Schwestern.

Sie wusste, dass sie ihr Ziel erreicht hatten, denn Alexanders Augen hatten aufgeleuchtet, gleich als sie in seine Halle trat. Er hatte ihre Hand ergriffen, ihre Knöchel geküsst und sie seitdem nicht mehr von seiner Seite gelassen. Es war berauschend, im Mittelpunkt seiner Aufmerksamkeit zu stehen, und Eleanor wagte zu träumen, dass dieser Tag nie enden würde.

Alexander hatte sie nicht wegen ihrer Flucht vor ihm zur Rede gestellt, doch er schien entschlossen, sie in seiner Nähe zu behalten, und dafür war sie ihm dankbar. Er hatte sich sogar geweigert, ihre Entschuldigung anzuhören, und stattdessen darauf bestanden, seine eigene vorzubringen.

Eleanors Herz pochte auf höchst ungewohnte Weise und sie wusste, dass ihre Wangen rosig waren. Sie fragte sich, ob etwas von dem Sternenlicht aus Alexanders Augen in ihre eigenen gelangt war. Trotz allem, was sie erfahren hatte, ging sie ein Risiko ein, aber die Hoffnung auf eine bessere Zukunft war in der Tat ein starker Anreiz.

Alexander gab ihr Hoffnung, ein seltenes Geschenk für jemanden, der so viel gesehen und erlebt hatte wie sie.

Er hielt ihre Hand fest in der seinen, auch jetzt, als Pater Malachy erschien. Alexanders Geschwister waren hinter ihnen versammelt, die Bauern von Kinfairlie scharten sich dahinter und die ganze Gesellschaft lächelte. Alexander rieb mit seinem Daumen gemächlich über Eleanors Hand, eine Liebkosung, die ihr den Mund trocken werden ließ.

Sie wagte es, in seine Richtung zu schauen, und bemerkte, dass sein Blick auf ihr ruhte. Die Fünkchen in seinen Augen tanzten mit jener unbändigen Fröhlichkeit, die sie so verführerisch fand. Er schien sich zu freuen, dass er neben ihr stand, um mit ihr das Ehegelübde abzulegen.

Als hätte er sie selbst zu seiner Braut auserkoren.

Als hätten sie einander erwählt. Eleanor fügte dieses Element zu ihrem Traum hinzu. Er war gut gebaut, dieser Mann, der gewillt war, sie zur Frau zu nehmen, dieser Mann, den sie überlistet hatte. Und er war ehrenhaft, so ehrenhaft, dass Eleanor Reue empfand, ihn getäuscht zu haben.

Sie beschloss, einen Moment lang zu glauben, dass diese Verbindung von Dauer sein würde, dass Alexander sich nicht als Rohling erweisen würde, dass dieser sonnige Weihnachtsmorgen Gutes für ihre Zukunft verhieß. Und sie gab sich der unmöglichen Vorstellung hin, dass dies ihr erstes, vielleicht ihr einziges Ehebündnis war. Was, wenn sie in der Nacht zuvor noch Jungfrau gewesen wäre? Die Lüge, mit der sie Alexander in die Falle gelockt hatte, war so viel reizvoller als die Wahrheit, dass sie sich inständig wünschte, es wäre die Wahrheit.

Ihre Hand hob sich wie von selbst, um das Kruzifix zu berühren, das sie immer unter ihrem Kleid trug, das Kruzifix, das sie bei ihrem Ehegelübde zieren sollte, aber da war nichts.

Natürlich war das Schmuckstück nicht mehr dort. Eleanor hatte es so lange getragen, dass sie immer noch vergaß, dass es fort war. Sie holte tief Luft, denn sie wusste, das Vorhandensein dieses Erbstücks hätte ihre Verbindung gesegnet, so wie es ihre letzten beiden nicht hatte segnen können. Sie sagte sich, dass der Verlust des Kleinods im Tausch für ihr Leben nicht schwer wog.

„Was ist los?", flüsterte Alexander. Er sah ehrlich besorgt aus, so besorgt, dass sie ihm eine Antwort geben musste.

„Ich habe ein Schmuckstück meiner Mutter verloren und vermisse es immer noch." Eleanor zuckte mit den Schultern, als wäre die Angelegenheit nicht von Bedeutung.

„Was für ein Schmuckstück?"

„Ein Kruzifix. Es hatte nur sentimentale Bedeutung", log sie, denn er sollte nicht erfahren, dass sie ein so wertvolles Erbstück wie das rubinbesetzte goldene Kruzifix, das Ewen an sich gerissen hatte, ihr Eigen genannt hatte.

Zu ihrer Bestürzung ließ sich Alexander jedoch nicht von dem Thema abbringen. Der Priester räusperte sich vielsagend, aber Alexander setzte ihr Gespräch trotzdem fort: „Du scheinst nicht die Art von Frau zu sein, die etwas verliert, besonders Dinge von sentimentalem Wert", murmelte er und sah sie forschend an. „Sollen wir es suchen?"

„Und doch habe ich es verloren, und zwar schon vor langer Zeit." Eleanor schaute den Priester an. Sie wollte, dass er fortfuhr. „Es ist weg, unwiederbringlich verloren." Der Priester ließ seinen Blick zwischen den beiden hin und her huschen und presste verärgert die Lippen aufeinander. Eleanor senkte den Kopf tief, als wäre sie zerknirscht.

Alexander drückte ihre Finger fester. „Du musst es mir beschreiben und ich werde dir ein anderes besorgen", sagte er, während er seinerseits den Kopf senkte.

Eleanor holte tief Luft. Sie war gerührt, dass er ihr ein solches Angebot machte, nur um ihr eine Freude zu bereiten, bevor ihr einfiel, dass er gar nicht dazu in der Lage war. „Was immer in deinen Schatztruhen liegt, solltest du doch sicher nicht für solch einen Firlefanz verschwenden?", sagte sie leise und er atmete scharf ein. Sie hatte das Gefühl, es war unhöflich von ihr gewesen, dass sie Alexander an seine finanzielle Lage erinnert hatte.

Pater Malachy sah das unaufmerksame Paar, das vor ihm stand, strafend an. Alexander schenkte dem Mann ein so strahlendes Lächeln, dass sich dessen finsterer Blick sofort aufhellte. Dann steckte Alexander einen schweren Ring an Eleanors linke Hand.

Sie schaute darauf, überrascht von seinem Gewicht und noch überraschter von dem Ring selbst. Ein großer runder Smaragd bedeckte ihren Knöchel, seine grünen Tiefen schimmerten und er war mit einer Vielzahl von kleinen weißen Perlen eingefasst. Es war ein wertvolles Schmuckstück, das kein mittelloser Mann hätte erwerben können.

Hatte Alexander über seinen Geldmangel gelogen? Oder waren die Lammergeiers wirklich Diebe, wie es ihr Ruf vermuten ließ?

Ihr Erstaunen musste deutlich gewesen sein, als sie seinem Blick begegnete, denn Alexander grinste. „Es war der Ehering meiner Mutter", erklärte er. „Mein Vater nahm ihn als seinen einzigen Anteil an Ravensmuirs Schätzen an und meine Mutter ließ ihn zur sicheren Verwahrung in der Schatzkammer zurück, bevor die beiden die Reise antraten, die ihre letzte sein sollte." Er berührte Eleanors Kinn mit einer Fingerspitze. „Bis heute Morgen konnte ich es kaum ertragen, das Kleinod anzuschauen, aber nun erinnert es mich an die Farbe deiner Augen."

„Du könntest es verkaufen, wenn es dir an Geld mangelt."

„Niemals", entgegnete er heftig. „Es gibt Schätze, die mehr wert sind als ihr Preis."

„Dann solltest du den Ring behalten, falls du ihn mal brauchen solltest."

Er presste die Lippen zusammen und erwiderte dann mit Nachdruck: „Ich sollte ihn meiner Gemahlin übergeben, wie es meine Eltern zweifellos beabsichtigt haben, damit er an seinem rechtmäßigen Platz an ihrer Hand glänzen kann."

Eleanor blinzelte, sie wusste nicht, was sie zu solcher Großzügigkeit sagen sollte. Sie fühlte sich über alle Maßen geehrt durch dieses Geschenk und schämte sich aufs Neue, dass sie ihn überlistet hatte. Ihr fehlten die Worte.

Gelegenheit zu sprechen hatte sie jedoch keine mehr, denn Alexander bedachte sie mit noch einem seiner verwirrenden Küsse. Dankbar für seine Zuwendung zögerte sie nur sehr kurz, ehe sie sich in seine Umarmung schmiegte. Sie genoss seine Wärme und seinen frischen Duft, gab sich seiner Liebkosung mit einer bemerkenswerten Gewissheit hin, dass er nicht zu weit gehen würde.

Sie würde ihr Bestes tun, ihm eine gute Ehefrau zu sein.

Die Gesellschaft johlte über diese öffentliche Liebesbezeigung und Eleanors Wangen wurden heiß, aber Alexander setzte seinen schmachtenden Kuss fort. Er legte eine Hand in ihren Nacken, mit der anderen hielt er ihre linke Hand fest und umschloss den Ring, den sie nun trug. Wieder fühlte sich Eleanor verwöhnt und geborgen. Hitze breitete sich bis in ihre Zehenspitzen aus und ihre Haut kribbelte, ihre Hand wanderte zu seiner Schulter und sie stellte sich auf die Zehenspitzen. Sie wollte mehr von dem, was er ihr bot.

Alexander beendete den Kuss allzu schnell und schaute sie mit einem warmen Lächeln an. Eleanor lächelte zurück und es gefiel ihr, wie seine Augen aufleuchteten.

„Das ist ein schönerer Anfang", sagte er, nur für ihre Ohren bestimmt, und Eleanor spürte, wie sie noch stärker errötete. Ihr Herz war leicht, leichter, als es ihrer Erinnerung nach je gewesen war.

Pater Malachy bekundete erneut leichtes Missfallen über Alexanders Verhalten, dann drehte er sich um und führte die Gesellschaft in die Kirche, um die Messe zu feiern. Alexander bot Eleanor galant seinen Arm und seine Schwestern strahlten über das, was sie zustande gebracht hatten.

Die Zeremonie war perfekt – so, wie Eleanor sich ihre Hochzeit immer erträumt hatte. Sie hatte einen Kloß im Hals, wenn sie daran dachte, dass es nun Wirklichkeit geworden war. Wenn dies bloß eine Illusion war, dann war sie nicht nur kunstvoll gestaltet, sondern entsprach auch ihren sehnlichsten Wünschen.

Die Kerzen brannten und der Priester hatte gerade den Kelch zur Feier der Eucharistie erhoben, als Schlachtrosse in das Dorf von Kinfairlie galoppierten. Eleanor wusste in diesem Augenblick, dass ihr gerade erst wahr gewordener Traum zerstört werden würde. Sie wappnete sich für das Schlimmste und bedauerte schmerzlich, dass ihre Vergangenheit sie so schnell eingeholt hatte.

ALEXANDER HÖRTE die Pferde und hätte sich wenig dabei gedacht, wäre Eleanor nicht vor Schreck zusammengezuckt. Sie blickte über ihre Schulter, ihre Augen waren weit aufgerissen und ihre Finger umklammerten seine. Er schaute sie an, als sich das Kirchenportal öffnete, merkte, wie sie nach Luft schnappte und ihr die Farbe aus dem Gesicht wich.

Dann drehte sie sich um und sah Pater Malachy an. Alexander wusste, er bildete sich nicht ein, dass ihre Hand in seiner zitterte, obwohl sie hoch aufgerichtet dastand.

Er wandte sich um und presste die Lippen zusammen, als er die Neuankömmlinge erkannte. Es war der Black-Douglas-Clan mit Alan an der Spitze. Alan hatte etwas Unheimliches an sich und das lag nicht nur an der blassen Farbe seiner Augen oder dem eigenartigen Hellblond seiner Haare. Sein Anblick allein genügte, dass die Leute sich unwohl fühlten.

Alans Gruppe marschierte geräuschvoll in die Kirche und nahm keine Rücksicht auf den gerade stattfindenden Gottesdienst. Alan lächelte bei Eleanors Anblick, doch es war kein freundliches Lächeln, sondern ließ Alexander an hungrige Wölfe denken. Er zog Eleanor dichter an sich heran. Rhys und Erik folgten seinem Blick und führten ihre Frauen aus dem Mittelschiff.

Alan warf seinen Helm und seine Handschuhe einem Knappen zu, dann drang er tiefer in die Kirche hinein. Die Bauern wichen ihm aus und Gemurmel folgte ihm. Er drängte sich zwischen Erik und Rhys hindurch, die keinen Fingerbreit zur Seite wichen, und griff dann nach Eleanors Ellenbogen. Woher kannte er sie?

Eleanor blickte nicht auf, aber sie zog ihren Arm abrupt weg.

„Schön, dich zu sehen, Schwester“, sagte Alan, ohne sich um den Priester zu kümmern.

„Wirklich?“, murmelte Eleanor.

„Wohl kaum“, warf Alexander ein und wunderte sich über die Verbindung zwischen den beiden. Waren sie Geschwister? „Hast du denn keine Ehrfurcht vor der heiligen Messe?“

„Irdische Angelegenheiten sind in diesem Moment von größerer Bedeutung“, erwiderte Alan, dann ergriff er Eleanors linke Hand und hob sie so an, dass sich das Licht in dem Edelstein des Ringes brach, den Alexander ihr gerade angesteckt hatte. „Ah, wie ich sehe, unterbreche ich gerade das Ehegelübde.“ Sein Lächeln wurde grausam, während er Eleanor musterte. „Ich wusste schon immer, dass du ein gerissenes Luder bist, aber das hier ist noch durchtriebener, als ich es von dir gedacht hätte.“

Alexanders Schwestern keuchten gleichzeitig. Rhys und Erik traten bei der Beleidigung von Alexanders Lady vor. Pater Malachy verschlug es den Atem, dass solche Ausdrücke in seiner Kirche verwendet wurden, aber keiner von ihnen hatte eine Chance, zu reagieren.

Alexander hatte Alan bereits geschlagen. Seine Faust landete hart auf dessen Nase und er war nicht unzufrieden, als er einen Knochen unter seinem Hieb brechen hörte. Alan stolperte nach hinten, Blut quoll aus einem Nasenloch und niemand trat vor, um ihm zu helfen.

Alan gewann sein Gleichgewicht wieder und ließ seinen Blick über die Gesellschaft schweifen, die alles aufmerksam beobachtete. Eleanor sagte nichts, doch ihr Blick huschte zwischen den Männern hin und her, wobei ihr anscheinend keine Nuance einer Reaktion entging. Alans Mannen machten Anstalten, sich vorwärts zu bewegen, aber Alexanders Männer versperrten ihnen den Weg.

Alan betastete seine Nase, die anschwoll, während sie sich gleichzeitig rötete. Er starrte Alexander böse an. „Ich habe schon immer angenommen, dass du nicht übermäßig scharfsinnig bist."

„Und ich habe schon immer jegliche Ritterlichkeit an dir vermisst, allerdings geht dieser Vorfall über alle meine Erwartungen hinaus", entgegnete Alexander. „Niemand spricht auf meinem Land so grob zu einer Adligen, geschweige denn in einer Kirche, die unter meinem Schutz steht."

„Amen", sagte Pater Malachy.

Alan grinste nur. Er richtete sich auf, dann beäugte er Alexander erneut. „Lass mich dir einen Rat geben, Nachbar, und dich vor einem Irrtum bewahren, bevor du ihn ausgeführt hast."

„Ich lege keinen Wert auf deinen Rat."

„Das solltest du aber." Alan packte Eleanors Hand und zog ihr den Ring vom Finger. Sie keuchte empört auf und er warf ihn Alexander zu. Der fing den Ring auf und im selben Augenblick riss Alan Eleanor so schnell an seine Seite, dass sie stolperte. „Behalte deinen Tand, Nachbar. Es ist verhängnisvoll, sich diese Braut zu nehmen."

„Nein!", protestierte Eleanor und entzog Alan ihre Hand.

„Die Entscheidung liegt nicht bei dir", knurrte Alan. Er griff erneut nach ihrer Hand und Eleanor zuckte zusammen, weil er eindeutig zu hart zupackte.

„Ist Eleanor deine Schwester?"

„Nay."

„Ist sie deine Nichte oder Tochter?"

Alan bedachte Eleanor mit einem unangenehmen Lächeln. „Sie ist die Witwe meines Bruders Ewen."

Alexander blinzelte bei dieser Neuigkeit, dann sah er Alan böse an. „In dem Fall liegt die Wahl ganz sicher bei der Lady." Er packte Alans Handgelenk, obgleich der Mann ihn voller Hohn anstarrte. Alexander war jünger als Alan und er zweifelte nicht daran, dass er auch kräftiger war. Er verstärkte seinen Griff stetig, bis Alan Eleanor losließ.

Alan fluchte.

Eleanor trat hastig von ihm zurück. Der rote Fleck auf ihrem Arm machte Alexander ausgesprochen wütend.

„Es gibt keinen Grund, eine Frau so zu behandeln!" Er drängte die Lady hinter sich. „Du hast keinen Anspruch auf sie und noch weniger das Recht, sie in meinem Haus zu beleidigen. Verschwinde, Alan, bevor heute noch Schlimmeres gesagt wird."

Alans Augen verengten sich. „Du weißt wenig von der Angelegenheit, so viel ist klar. Da sie die Witwe meines Bruders und ihre Verwandtschaft tot ist, muss ich über Eleanors Zukunft entscheiden. Ich habe zweifellos Anspruch auf sie und ich beabsichtige, für Gerechtigkeit zu sorgen."

„Ich schulde dir nichts!", sagte Eleanor hitzig.

„Die Lady lehnt deine freundliche Anteilnahme an ihrer Zukunft ab", entgegnete Alexander kalt. „Und wahrlich, es besteht keine Notwendigkeit für deine Einmischung, da sie mich bereits geheiratet hat."

„Ist das wahr?", wollte Alan von Eleanor wissen.

„Allerdings."

„Und du hast ihn freiwillig geheiratet, ohne Zwang?"

Alexander spürte, wie sich Eleanor hinter ihm aufrichtete, und ihre Worte verrieten, dass etwas von ihrer Entschlossenheit zurückgekehrt war. „Das ist eine verwunderliche Frage von einem Mann, der mich mit Gewalt verheiraten würde."

Mit wem wollte Alan Eleanor verheiraten?

Alexander bemerkte den Ausdruck von Begierde in Alans Miene und glaubte, die Antwort auf diese Frage erraten zu können. Er nahm an, dass Alan eine Schwäche für die Frau seines verstorbenen Bruders hatte, dass diese Zuneigung von der Lady jedoch nicht erwidert wurde, und nach dem Gesetz der Kirche war dies auch nicht erlaubt. Diese Erkenntnis machte ihn doppelt gewillt, Eleanor zu verteidigen. Seine Schwestern hatten oft Angst vor Alan Douglas geäußert und er konnte sich gut vorstellen, warum Eleanor vor dem Mann geflohen war.

„Ich will nur für dein Wohlergehen sorgen, Schwester", sagte Alan.

„Dafür ist gesorgt", erklärten Alexander und Eleanor wie aus einem Mund.

„Du bist weit von deinem Wohnsitz entfernt, Nachbar", fügte Alexander betont höflich hinzu. „Du musst dich beeilen, um heute Abend an deiner eigenen Tafel zu sitzen."

„Wir verbringen das Julfest dieses Jahr auf Tivotdale, das ist nicht so weit entfernt." Alan nickte Eleanor zu. „Obwohl deine Braut dir das hätte sagen können, wenn sie gewollt hätte. Immerhin ist sie von dort hierhergelaufen."

Dass Eleanor so weit durch den Schnee marschiert war, um Alan und seinem Plan zu entkommen, verriet Alexander alles, was er wissen musste.

Alan grinste Eleanor spöttisch an. „Bist du extra nach Kinfairlie gelaufen, weil du gehört hattest, dass der Laird unverheiratet ist?"

„Nein!", erwiderte Eleanor so heftig, dass Alexander ihr glaubte. „Ich bin einfach geflohen und wusste nicht, wohin ich rannte. Die Richtung war von geringerer Bedeutung als die Flucht selbst!"

Alan lächelte und hätte vielleicht noch etwas hinzugefügt, aber Alexander hatte genug gehört. „Deine Anwesenheit auf diesem Land ist unerwünscht, Alan", sagte er in bestimmtem Ton. „Denn du erweist dich als ein schlechter Gast. Geh jetzt, dann sehen wir uns vielleicht in entspannter Atmosphäre wieder. Wenn du bleibst und weiterhin Beleidigungen ausstößt, ist das weniger wahrscheinlich."

„Meine Absicht ist lediglich, ein guter Nachbar und Verbündeter zu sein", behauptete Alan geschmeidig und verbeugte sich mit so viel Charme vor Eleanor, dass Alexanders Misstrauen nur noch gesteigert wurde. „Ich möchte dich bloß vor den Verdiensten der Frau warnen, die du zur Gemahlin nehmen willst, bevor es zu spät ist."

„Ich kenne die Verdienste der Lady", erwiderte Alexander und nahm Eleanors Hand wieder in die seine. Ihre Finger waren kalt. Er konnte ihre Angst vor Männern gut verstehen, wenn sie mit Ewen Douglas verheiratet gewesen war. Dieser Mann war nach Alexanders Einschätzung ein lärmender und gewalttätiger Trunkenbold gewesen.

„Kennst du sie wirklich?" Alan zeigte wieder dieses wölfische Lächeln. „Ein Mann mit Verstand würde es sich doch sicherlich zweimal überlegen, bevor er eine Mörderin mit in sein Bett nimmt?"

Die Anwesenden wichen schockiert zurück, wie Alan es offensichtlich erwartet hatte. Er wandte sich an seine gebannten Zuhörer und nickte, als würde er ihnen ein Geheimnis anvertrauen. „Es ist wahr. Wir haben diese Viper vier Tage und Nächte lang gejagt, und zwar seit wir meinen Bruder Ewen, ihren rechtmäßig angetrauten Gatten, ermordet in seinem eigenen Bett auf Tivotdale gefunden haben. Es gab keine Spur von seiner Frau außer ihren sich entfernenden Fußabdrücken im Schnee."

Die Anwesenden schnappten nach Luft, aber Alan hob einen Finger. Alexander bemerkte, dass Eleanor die einzige Person war, die von dieser Enthüllung nicht überrascht war. Sie starrte Alan wütend und mit unverhohlenem Hass an.

Es musste eine dreckige Lüge sein, die Alan erzählte, und Alexander nahm es Eleanor nicht übel, dass sie ihn dafür verachtete.

„Du erhebst Anschuldigungen, ohne Beweise zu haben", sagte er.

Alan hielt erneut einen Finger hoch. „Die einzige Seele in Ewens Gesellschaft war seine Frau, keine andere als die Lady, die euer Laird heute Morgen heiraten wollte. Sie floh mitten in der Nacht nur mit ihrer Kleidung am Leib aus ihrer Kammer, und das in derselben Nacht, in der mein Bruder getötet wurde."

Er warf einen Blick in die Runde. „Mein Bruder Ewen hatte sich über die Geschichten hinweggesetzt, die man sich über das Hinscheiden des ersten Ehemanns dieser Lady erzählte, und über die Gerüchte, dass die Lady bei seinem Ableben ihre Hand im Spiel gehabt haben soll, und das gereichte ihm zum Schaden."

Er drehte sich zu Alexander um. Sein verschlagener Blick trug wenig dazu bei, diesen von der Wahrheit seiner Worte zu überzeugen. „Rette dich jetzt, Nachbar, und verschmähe diese Frau, bevor die Ehe vollzogen ist. Sie kann dir nur Unglück bringen."

„Und wenn Alexander sie verstößt, was wird dann ihr Schicksal sein?", verlangte Madeline zu wissen. Alexander war klar, dass seine Schwester ihm alle Folgen einer solchen Entscheidung deutlich machen wollte, aber er hatte nicht die Absicht, Eleanor zu zurückzuweisen.

Wie könnte er sie in die Obhut eines Mannes geben, der sie so bereitwillig verunglimpfte? Alexander zweifelte nicht daran, dass unter Alans

Hand noch Schlimmeres als grausame Worte auf Eleanor warten würden.

Alan lächelte sein kaltes Lächeln. „Sie wird zu unserem Wohnsitz zurückkehren und sich einem gerechten Urteil stellen."

Alexander betrachtete Eleanor, deren Miene undurchdringlich war. Sie hob eine Braue, als ob sie ahnte, was er fragen würde. „Tut, was immer Ihr wollt, Mylord", sagte sie bissig. „Schließlich steht es einer Frau nicht zu, Entscheidungen zu treffen."

Alexander sah, dass Eleanor wenig von ihm erwartete, und ihm war klar, dass sie diese Haltung erlernt hatte. Zweifellos hatte Ewen sie gelehrt, nichts, nicht einmal Höflichkeit, von einem Ehemann zu erhoffen. Das musste die Lektionen ihres ersten Gatten vertieft haben.

Alexander würde ihr beibringen, etwas anderes von ihrem Ehemann zu erwarten.

„Der Platz meiner Frau ist jedoch auf Kinfairlie, an meiner Seite", sagte er und wusste, dass er sich die Überraschung, die Eleanors Augen aufleuchten ließ, nicht einbildete.

„Was für eine Torheit ist das?", fragte Alan.

„Überhaupt keine Torheit. Ich danke dir für deinen Rat, Nachbar, aber die Lady und ich haben unsere Ehe bereits vollzogen." Er zog Eleanor an seine linke Seite, wo sie rechtmäßig hingehörte, und schenkte ihr ein Lächeln. „Ich fürchte, wir haben die Hochzeitsnacht gefeiert, bevor wir unser Ehegelübde abgelegt haben. Das macht am Ende wenig aus, solange beides rechtzeitig geschieht und wir beide keine Annullierung wünschen."

„Aber das kann nicht sein!", protestierte Alan.

Alexander schnippte mit den Fingern und winkte. Vera, die Bedienstete seiner Schwestern, schritt durch die Menge der Versammelten und präsentierte stolz das befleckte Laken von seinem Bett. Der Priester segnete den Blutfleck und betete dafür, dass dem Paar Söhne geschenkt werden würden, während sich Alans Miene noch mehr verfinsterte.

„Das ist unmöglich", sagte er voller Wut. „Es beweist gar nichts."

„Wenn er nie in Versuchung kam, seine Braut zu erobern, ist das ein Zeichen, dass Ewen kein Blut in den Adern hatte", erwiderte Alexander ruhig. „Es scheint, dass die beiden früheren Ehemänner der Lady viel gemeinsam hatten, wenn auch sicherlich wenig Verdienstvolles."

Der andere Mann sah aus, als wollte er eine scharfe Antwort geben, aber Alexander ließ ihm keine Gelegenheit, zu sprechen. „Heißt es nicht schon lange, dass Ewen sein Bier mehr als alles andere schätzte? Vielleicht fiel er in seiner Kammer um, weil er zu berauscht war, um sein eigenes Bett zu finden."

„Du weißt nichts über meinen Bruder und wie er war!", begann Alan, doch Alexander schüttelte den Kopf.

„Und du scheinst nichts von seinem Ableben zu wissen. Du bringst bloß Anschuldigungen vor und lieferst keine Indizien, die gegen meine Frau sprechen, abgesehen von ihrer Abwesenheit in deiner Halle, und du hast keinen Beweis für ihre Schuld. Es muss Leute geben, die sich wundern, dass Ewen nicht schon vor Jahren an seinen Ausschweifungen gestorben ist."

„Aber –"

„Tatsächlich spricht dein Verhalten dafür, dass die Lady vernünftig gehandelt hat, als sie Tivotdale nach dem Tod ihres Gatten verließ. Keine Frau mit Verstand würde von dir Gerechtigkeit erwarten."

„Du kannst nicht mit mir streiten! Du hast kein Recht, eine Mörderin zu beherbergen!"

„Deine Anschuldigung ist ein erbärmliches Geschenk für einen Nachbarn am Weihnachtsmorgen, noch dazu an seinem Hochzeitstag", sagte Alexander, ohne auf Alans Einwurf einzugehen. „Außerdem störst du uns dabei, das wundersame Ereignis an diesem Tag zu feiern." Er begegnete dem Blick des älteren Mannes. „Schließ dich uns an oder geh."

„Du kannst mich nicht zwingen."

„Kinfairlie ist mein Eigentum und ich habe die Befehlsgewalt über diejenigen, die sich auf diesem Land befinden." Alexander legte eine Hand an den Griff seines Schwertes. „Triff deine Wahl." Aus dem Augenwinkel sah er, dass seine beiden Schwäger ebenfalls bereit waren, ihre Waffen zu ziehen.

In der Kirche war es einen Moment lang still, dann fluchte Alan.

Er drehte sich um, lief zurück zu seinen Männern und entriss dem

Knappen seine Handschuhe, dann funkelte er Alexander wütend an. „Diese Angelegenheit zwischen uns ist noch nicht abgeschlossen", rief er drohend, doch Alexander lächelte.

„Ich sage, dass sie erledigt ist, und zwar zu Recht."

Damit wandte Alexander dem unwillkommenen Besucher den Rücken zu und forderte ihn so geradezu heraus, seine Drohung wahr zu machen.

Der andere Mann verließ fluchend die Kirche, wie Alexander es vorhergesehen hatte, dann schlug das Portal zu. Die Geräusche der Pferde wurden in das Gebäude getragen, doch allmählich verklang das Echo der Hufschläge. Die Anwesenden stießen einen kollektiven Seufzer der Erleichterung aus und begannen, aufgeregt miteinander zu reden.

Alexander nahm den Ring zwischen Daumen und Zeigefinger und hielt ihn hoch. Er bot ihn Eleanor dar, schaute sie an und ließ sie selbst entscheiden, ob sie ihn erneut anstecken wollte oder nicht.

Sie erwiderte einen Moment lang seinen Blick, Verwunderung in ihren Augen. Es war offensichtlich, dass die Lady bisher nie gegen versteckte Anschuldigungen und Gerüchte verteidigt worden war, aber Alexander wollte ihr zeigen, dass die Ehe besser sein konnte als das, was sie bisher kennengelernt hatte.

Ohne ein Wort zu sagen, ließ sie den schweren Ring feierlich über ihre Fingerknöchel gleiten. Alexander sah, wie sie Tränen zurückdrängte, und fühlte sich ermutigt, weil sie ihm eine Chance geben konnte nach allem, was sie durchgemacht hatte.

Ewen Douglas war ein Rohling gewesen. Nicht viele würden um ihn trauern.

„Der Ring sieht richtig an deiner Hand aus", raunte er ihr zu. „Als wäre er mir vererbt worden, damit ich ihn dir schenken kann."

„Ich danke dir", wisperte Eleanor. Dann lächelte sie und ihr Lächeln war so strahlend, dass es Alexander schwindeln ließ. Er wusste, er würde niemals aufhören, nach einem Lächeln von ihr zu streben, geschweige denn, es vergessen. „Dein Geschenk an mich übersteigt alle meine Erwartungen", flüsterte sie, dann schlossen sich ihre Finger um seine.

Alexander hörte den Worten von Pater Malachy nur teilweise zu. Er hatte einen Kloß im Hals und hielt die Hand seiner Braut fest in der seinen. Allen Widrigkeiten zum Trotz war ihm eine Frau vergönnt, die sein Blut erhitzte, und sie beide, das wusste Alexander, würden eine Ehe führen, die alles Gold der Christenheit wert war. Ihr Bund fürs Leben mochte zwar unkonventionell begonnen haben, doch das traf auch auf seine Schwestern zu, die trotzdem ihr Glück gefunden hatten.

Also würde er sich dadurch ebenfalls nicht aufhalten lassen.

MOIRA GOODALL HATTE ein Talent dafür, das Wenige, das Gott ihr zugestanden hatte, anzunehmen und das Beste daraus zu machen. Ihr war eine Natur beschieden, die sich am besten zum Dienen eignete, und sie hatte ihrer Herrin treu gedient, bis Lady Yolanda starb.

Außerdem hatte sie das Gelöbnis abgelegt, das Lady Yolanda ihr auf dem Sterbebett in der Geburtskammer abverlangt hatte: Sie hatte Eleanor, der Tochter der Lady, von dem Augenblick an gedient, als das Kind seinen ersten Schrei tat, und das trotz der Proteste von Lady Yolandas Ehemann und der Ehemänner von Lady Eleanor. Moira war im jeweils neuen Heim ihrer Herrin nicht immer willkommen gewesen, aber sie hatte ein Talent, sich nützlich zu machen, und es war ihr jedes Mal gelungen, an Eleanors Seite zu bleiben.

Das Kind hatte sie weiß Gott gebraucht!

Außerdem hatte Moira ein unscheinbares Gesicht, aber sie hatte auch diese Bürde Gott geweiht und darin einen Nutzen gefunden. Das Auge eines Mannes ging so leicht über sie hinweg, dass sie sich jeder Gesellschaft anschließen konnte, ohne dass jemand sie bemerkte oder sich an sie erinnerte. So hatte sie sich der Truppe von Alan Douglas angeschlossen, als jener aufbrach, um die Witwe seines Bruders zu finden, und sich unter die Huren gemischt, die jeder Reisegruppe folgten. Moira vermutete, Habgier würde dafür sorgen, dass Alan Eleanor aufspürte, und sie wusste, dass er ihre Anwesenheit in seiner Gefolgschaft niemals zur Kenntnis nehmen würde.

Und so kam es, dass Moira ihre umherirrende Herrin fand, wenn auch in einer glücklicheren Lage, als sie zu hoffen gewagt hätte. Ihr treues Herz zersprang fast vor Freude, als sie Eleanor in der Kirche von Kinfairlie entdeckte, wo der Laird höchstpersönlich sie mit dem Respekt betrachtete, den sie verdiente.

Moira verließ die Huren von Tivotdale, während Alan Douglas sich mit dem Laird von Kinfairlie stritt. Sie reihte sich in die fröhliche Runde der Feiernden aus dem Dorf von Kinfairlie ein, als wäre sie schon die ganze Zeit in ihrer Gesellschaft gewesen. Die Huren waren so fasziniert von den Ereignissen, die sich vor ihren Augen abspielten, dass sie Moiras Verschwinden aus ihrer Mitte nicht einmal wahrnahmen.

Und so kam es, dass Alan Douglas Kinfairlie mit einer Seele weniger in seiner Gruppe verließ, ohne dass Moiras An- oder Abwesenheit aufgefallen wäre. Niemand würde sie je in Tivotdale vermissen, das wusste Moira genau, und sie konnte ihrer Herrin nun erneut treu dienen. Es gab nur eine einzige Seele auf Kinfairlie, die sie bemerken würde, und Moira wollte sich erst der Umstände ihrer Herrin vergewissern, bevor sie sich zu erkennen gab.

Sie zog ihre Kapuze hoch, blieb bei den Dorfbewohnern und lauschte auf alle Einzelheiten, die ihr zu Ohren kamen. Man wusste nie, welches Detail man einmal gebrauchen konnte, besonders wenn man in Diensten dieser unglückseligen Lady stand.

EINE WAHL.

Wie freundlich war es von Alexander, dass er ihr die Wahl ließ! Er verteidigte sie, stellte es ihr jedoch frei, ob sie seinen Ring wieder anstecken wollte oder nicht. Eleanor hatte noch nie eine Wahl gehabt, bei keinem Mann, und an diesem Morgen betete sie mit seltener Inbrunst und dankte Gott, dass Er ihre Schritte zu den Toren von Kinfairlie gelenkt hatte.

Sie würde Alexander einen Sohn gebären.

Dieser Gedanke kam ihr so plötzlich, dass es vielleicht nicht ihr eigener war, aber sie wusste sofort, dass er richtig war. Sie würde Alexander einen Sohn schenken, denn dann könnte sie ihr Erbe antreten und der Fortbestand dieses kostbaren Zufluchtsortes wäre gesichert. Dies war das Geschenk, das sie ihm machen konnte, im Austausch dafür, dass er ihr die Wahl gelassen hatte.

Das war etwas, was sie tun konnte, um zu begleichen, was sie ihm schuldig war.

Kaum hatte sie ihren Entschluss gefasst, kaum hatte ihr Herz bei der Vorstellung, mit Alexander das Bett zu teilen, zu pochen begonnen, hob Pater Malachy die Hände und die Gemeinde sang gemeinsam das Schlusslied der Messe. Dann jubelten die Anwesenden und tauschten den Friedenskuss und fröhliches Stimmengewirr erhob sich in der Kirche.

Alexander ergriff Eleanors Hand, zweifellos in der Absicht, sie herzlich zu küssen, zwickte dabei aber versehentlich in die Wunde an ihrem Daumen. Eleanor zuckte zusammen und sog scharf die Luft ein, als sie den stechenden Schmerz spürte. Die Wunde, die sie sich in der Nacht zuvor selbst zugefügt hatte, war noch nicht verheilt und begann wieder zu bluten.

Alexander blickte auf ihre Hand hinunter. Er runzelte die Stirn über den sauberen Schnitt und vermutete offensichtlich, dass er von einer Klinge verursacht worden war. „Du hast dich verletzt“, sagte er etwas verwirrt.

„Es war nichts“, erwiderte sie so hastig, dass sein Blick zu ihr hinüberhuschte.

„Aber es ist ein Schnitt von beträchtlicher Länge.“ Er schüttelte den Kopf. „Ich kann mich nicht erinnern, dass du heute Morgen eine solche Verletzung hattest, obwohl sie noch frisch ist.“

„Es ist letzte Nacht passiert.“

„Aber ich habe dich doch sicher nicht derart verletzt?“

„Nein, nein. Das war ich selbst. Törichterweise. Mit meinem Essmesser. An der Tafel.“

Er musterte sie, sein Blick wurde argwöhnisch. „Aber ich erinnere mich an das Ende des Festmahls und du hast während der gesamten Mahlzeit dein Messer nicht benutzt.“

Eleanor leckte sich über die Lippen. Sie entsann sich ebenfalls nur zu gut, wie er sie so verführerisch mit Häppchen gefüttert hatte. Sie senkte die Stimme, während sie daran dachte, was sie in dieser Nacht im Bett tun könnten. „Ich weiß noch, ich brauchte keins, denn du hast dafür gesorgt, dass ich befriedigt war."

Aber Alexander runzelte erneut die Stirn. „Tatsächlich glaube ich nicht, dass du ein Messer dabeihattest." Er schaute auf ihren Gürtel, in dem tatsächlich keine kleine Klinge steckte, denn Ewen hatte ihr verboten, eine zu besitzen.

„Ich muss das Messer in der Kammer deiner Schwestern vergessen haben", log Eleanor.

Alexander drehte ihre Hand um und untersuchte unbeirrt den Schnitt. Eleanor zog ihre Hand aus seiner, wusste jedoch, dass er nicht aufhören würde, über die Angelegenheit nachzudenken.

„Wir sollten uns in die Halle begeben", sagte sie in der Hoffnung, ihn abzulenken.

Doch Alexander ließ mit gerunzelten Brauen seinen Blick über die Gesellschaft schweifen. „Sie alle wussten vor mir von der Hochzeit", überlegte er laut und Eleanor fürchtete, dass er der Wahrheit allzu nahe kam.

„Nun, du hast dich letzte Nacht sehr verliebt aufgeführt", wandte sie hastig ein.

Alexander begegnete ihrem Blick. „Ich habe noch nie vergessen, wenn ich mit einer Lady im Bett war", sagte er mit einem leichten Kopfschütteln. „Ich bezweifle stark, dass es bei dir das erste Mal wäre."

„Kann es nicht für jede Angelegenheit ein erstes Mal geben?" Eleanor hörte die Angst in ihrer Stimme und wusste, sie tat sich keinen Gefallen, wenn sie weitersprach. Dennoch schien sie nicht den Mund halten zu können.

„Es gibt da einen alten Trick", sagte er ruhig. Sein Blick war starr auf sie gerichtet, die Fünkchen in seinen Augen waren erloschen und ihr Herz begann zu hämmern. „Wenn eine Frau für eine Jungfrau gehalten werden möchte."

„Was sollte ich von solchen Tricks wissen?" Eleanor hatte zu schnell reagiert, das merkte sie, denn Alexanders Augen verengten sich.

„Welchen Scherz treibt ihr mit mir, du und meine Schwestern?"

„Keinen!"

„Sag mir die Wahrheit über diesen Schnitt. Erzähl mir, was gestern Abend zwischen uns vorgefallen ist." Er richtete sich auf und schaute so finster drein, dass Eleanor sein Urteil fürchtete. „Sag mir ehrlich, was ich getan habe. Habe ich dich geschlagen? Habe ich dich gekränkt?"

„Natürlich nicht!"

„Was ist dann passiert?"

Eleanor blickte sich um, aber Alexanders Schwestern hatten die Kirche verlassen und sie den schwierigen Fragen ihres Bruders überlassen. Sie war dummerweise eine schlechte Lügnerin und, was noch schlimmer war, Alexander war gefährlich scharfsinnig.

„Ich sehe keine Notwendigkeit für solche Geständnisse", sagte sie achselzuckend. „Wir sind verheiratet, und zwar glücklich." Sie lehnte sich nach vorn und gab zum ersten Mal in ihrem Leben jemandem von sich aus einen Kuss, wenn es auch nur ein Küsschen auf die Wange war. „Ziehen wir uns in unsere Kammer zurück, mein Gemahl, und lassen wir die anderen an unserer Stelle schmausen."

Alexander wich ein Stück zurück. „Was ist der Grund für Alans falsche Anschuldigungen? Warum fürchtest du ihn so?"

„Das ist kaum von Bedeutung."

„Ich denke schon."

„Er hat vor, mich anstelle seines Bruders zu heiraten", gestand sie und hoffte, das würde seine Wissbegier ablenken.

Dem war nicht so. Alexanders Stirnrunzeln vertiefte sich nur noch mehr. „Warum nimmt er an, dass du einwilligen würdest? Eine solche Verbindung wäre höchst ungewöhnlich, ja, sie wäre sogar gegen das Gesetz der Kirche."

„Weshalb ich diese Heirat natürlich umgehen wollte."

„Das ergibt wenig Sinn." Alexander lief in der inzwischen leeren Kirche auf und ab. Er fuhr sich mit der Hand durchs Haar. „Warum hast du nicht zugegeben, Ewens Witwe zu sein? Hältst du es nicht für wichtig, welchen meiner Nachbarn ich beleidige? Ich bin kaum in der Lage, mich gegen alle zu verteidigen."

„Es ist doch bloß ein Schnitt!", rief Eleanor frustriert aus.

„Hättest du mir nur deinen Namen genannt, hätte ich die Wahrheit erkannt", entgegnete er. „Warum hast du sie mir verheimlicht?"

Eleanor warf die Hände in die Luft. „Wie konnte eine einzige Wunde an meinem Daumen solche Zweifel in dir wecken?"

„Sie müssen schon die ganze Weile bestanden haben", sagte er grimmig. „Aber deine Schönheit hat mich davon abgelenkt."

Es war unmöglich, sich in diesem Zusammenhang von seiner Bemerkung geschmeichelt zu fühlen. „Aber diese Fragen sind nicht wichtig, nicht für unsere Ehe. Alans Plan ist nicht von Belang, nicht jetzt!"

Er verschränkte die Arme vor der Brust und betrachtete sie. „Dann beantworte mir meine Fragen. Wenn die Wahrheit so unbedeutend ist, sollten deine Ausführungen uns nicht allzu lange aufhalten."

Eleanor holte tief Luft, ihr gefiel die Ecke nicht, in die sie geraten war. Ach, wenn doch schon ein Kind in ihrem Bauch wäre!

Aber sie hatte kein Kind im Bauch, tatsächlich waren sie noch nicht einmal im Bett zusammengekommen. Das wagte sie Alexander allerdings nicht zu gestehen, denn er könnte sie wegen dieser Information nur allzu leicht verstoßen.

Und Alan war immer noch in gefährlicher Nähe.

„Es ist ungehobelt, solche Geständnisse so kurz nach der Hochzeit zu verlangen", sagte sie in leichtem Ton. „Sicherlich können wir diese Dinge in aller Ruhe besprechen."

Alexander blickte sie finster an. „Beantworte mir nur eine Frage und ich werde die Angelegenheit auf sich beruhen lassen."

Eleanor richtete sich auf und betete, dass er nicht die eine Frage stellen würde, die alles zum Scheitern bringen könnte. „In Ordnung", erwiderte sie mit einer Selbstsicherheit, die sie nicht fühlte.

„Erkläre mir den Schnitt."

Eleanor fühlte, wie sich ihre Lippen öffneten, obwohl einen Moment lang keine Worte aus ihrem Mund kamen. „Deine Schwestern haben gesehen, wie ich mich verletzt habe", antwortete sie aus einer plötzlichen Eingebung heraus. „Ich bin sicher, sie werden sich daran erinnern, dass es unabsichtlich geschah." Sie zwang sich zu einem

Lachen. „Wirklich, Alexander, du machst aus einer Kleinigkeit eine große Sache."

Er beobachtete sie, seine Miene war unergründlich. „Du musst eins verstehen, meine Schöne: Ich werde mich bemühen, auf diesem schlechten Anfang eine gute Ehe aufzubauen, aber ich werde keine Verbindung hinnehmen, die auf einer Lüge beruht. Ehrlichkeit muss der Grundstein unserer Beziehung sein, Eleanor, denn ohne Ehrlichkeit können wir gar nichts aufbauen. Das Fundament von Vertrauen ist Aufrichtigkeit, ebenso von Zuneigung und sogar Liebe. All das wird untergraben von Täuschung. Wahrlich, es gibt nichts, was mich so zornig macht wie eine Lüge."

Es gefiel ihr nicht, wie er seine Stimme senkte. „Und ohne Ehrlichkeit?", wagte sie zu fragen.

Alexander schüttelte den Kopf. „Dann sind wir in Wahrheit nicht verheiratet und es ist nur eine Formalität, diese unter falschen Voraussetzungen geschlossene Ehe für ungültig erklären zu lassen." Er schaute sie durchdringend an und sie fürchtete, er würde ihre vielen Geheimnisse erkennen. „Waren wir letzte Nacht miteinander im Bett? Habe ich dir wirklich deine Jungfräulichkeit genommen? Lüg mich nicht an, Eleanor."

Eleanor erwiderte seinen Blick, denn in diesem Moment hatte sie keine andere Wahl, als die Unwahrheit zu sagen. „Natürlich war es so", behauptete sie und hoffte wider besseres Wissen, dass Alexander die Wahrheit nie erfahren würde.

Und sie war eine schlechte Lügnerin, genauso, wie sie befürchtet hatte. Er musterte sie ausgiebig und sie wusste, sie bildete sich weder sein Zögern ein, ihr die Hand zu reichen, noch seine förmliche Haltung.

Er glaubte ihr nicht.

Sie hatte gelogen, um diese Ehe zu schließen, doch damit hatte sie diese Verbindung zum Scheitern verurteilt. Zwischen ihnen war eine Mauer, die es vorher nicht gegeben hatte. Genau wie er gesagt hatte, untergrub ihre Lüge alles, was sie beide hätten haben können.

Als Eleanor ihre Hand in seine legte, fragte sie sich, was sie tun konnte, um die Sache wieder in Ordnung zu bringen.

ALEXANDER WAR außer sich vor Zorn.

Eleanor hatte gelogen. Trotz seiner Warnung, trotz seines Drängens, ihm die Wahrheit zu sagen, trotz seiner Mahnung, dass Ehrlichkeit zwischen ihnen herrschen müsste, hatte Eleanor gelogen. Das Blut auf seiner Bettwäsche stammte von ihrem Daumen, darauf hätte er seine Seele verwettet.

Ihre Ehemänner hatten es nicht unterlassen, die Ehe zu vollziehen. Er selbst hatte die Lady nicht bedrängt, geschweige denn mit ihr geschlafen. Er hatte nicht vergessen, was sich zwischen ihnen abgespielt hatte, denn es hatte sich nichts abgespielt. Eleanor hatte ihn ausgetrickst, zweifellos mit Hilfe seiner durchtriebenen Schwestern, und sie alle hielten dies ganz sicher für einen lustigen Scherz.

Es stimmte, dass ihn nichts mehr erzürnte als eine Unwahrheit, außer vielleicht, wenn eine Lüge alle, die unter seiner Obhut standen, teuer zu stehen kam.

Seine Schwestern und seine neue Frau wussten nichts von den Umständen, mit denen er konfrontiert war. Sein Vater war immer mit der Black-Douglas-Familie verbündet gewesen und nun hatte Alexander Alan verprellt. Es war nur eine Frage der Zeit, bis eine Armee an seine Tore kommen würde, und Kinfairlie könnte einem größeren Angriff nicht standhalten. Alexander hatte keine Mittel in seiner Schatzkammer, um sich auf das Unvermeidliche vorzubereiten. Die Aussicht, dass diejenigen, die von ihm abhängig waren, leiden würden, nur weil seine Schwestern sich amüsieren wollten, erzürnte ihn über alle Maßen.

Alexander betrat übel gelaunt die Halle, begleitete Eleanor zur erhöhten Tafel und ließ sie dort ohne ein weiteres Wort zurück. Er erspähte Matthew und ging zu dem jungen Mann hinüber.

„Matthew, du musst noch meinen Siegelring haben", sagte er kurz angebunden. „Ich wollte ihn heute Morgen zurückhaben." Er streckte seine Hand aus und Matthew wurde rot. „Ich habe ihn nicht, Mylord", erwiderte er.

„Was soll das heißen?", fragte Matthews Vater mit erhobener Stimme. „Du kannst den Siegelring des Lairds doch nicht verloren haben!"

Die Gäste, die an den anderen Tischen saßen, drehten sich um.

„Wo ist der Ring, Matthew?" Alexanders Geduld war fast am Ende.

„Ich habe ihn Euch wiedergegeben, Mylord", antwortete Matthew und sein Blick huschte über den Boden. Er schien an diesem Tag noch schüchterner als sonst.

Alexander befürchtete, dass auch Matthew ihn anlog, aber er bemühte sich, gerecht zu bleiben. „Wann?"

„Als … als Ihr Euch zurückgezogen habt, Mylord. Da habe ich Euch den Ring gegeben."

Alexander wechselte einen Blick mit dem Müller. „Bist du dir da sicher? Er ziert meinen Finger heute Morgen nicht."

„Vielleicht habt Ihr ihn noch nicht angesteckt, Mylord."

„Vielleicht hast du ihn noch nicht zurückgegeben, Matthew."

„Nennt Ihr meinen Sohn einen Lügner, Mylord?", fragte der Müller leise und Alexander wurde bewusst, dass seine Enttäuschung über Eleanor sein Verhalten beeinflusste.

„Nein, natürlich nicht", antwortete er und zwang sich zu einem Lächeln. „Ich bin nur irritiert, weil ich den Ring nicht finden kann. Wie du weißt, ist er das Zeichen meiner Autorität und kein Gegenstand, den man verlegen möchte."

Matthew starrte hartnäckig zu Boden. Seine Ohren waren hochrot und er sagte nichts mehr.

Der Müller räusperte sich. „Vielleicht habt Ihr ihn an einer anderen Stelle abgelegt, als es Eure Gewohnheit ist, Mylord", schlug er vor. „Ihr wart ja gestern Abend nicht ganz Ihr selbst."

„Das habe ich gehört", erwiderte Alexander. Er nickte dem Müller und seinem Sohn zu, dann schritt er zurück zur erhöht stehenden Tafel. Es war seltsam, dass seine Erinnerung an den Abend so unvermittelt abbrach, denn er wusste, dass er nicht so viel von dem Wein getrunken hatte. Andererseits hatte er auch nicht viel gegessen, sodass der Wein eine stärkere Wirkung auf ihn gehabt haben könnte.

„Wo ist der Ring?", fragte Eleanor, als er seinen Platz neben ihr einnahm, denn sie ahnte offensichtlich sein Anliegen.

Alexander zuckte mit den Schultern. „Matthew behauptet, er hätte ihn mir ausgehändigt, als ich mich zurückziehen wollte."

„Lügner!", murmelte sie.

Alexander warf ihr einen Blick zu, verblüfft über ihren Vorwurf.

„Ich erinnere mich an jeden Schritt zwischen der erhöhten Tafel und deinem Privatgemach", sagte sie mit solcher Überzeugung, dass er ihr glaubte. „Und Matthew hat dir den Ring nicht zurückgegeben."

„Ich kann ihn kaum einer Lüge bezichtigen, wenn ich mich selbst der Ereignisse nicht entsinnen kann", entgegnete Alexander.

„Dann hättest du vielleicht nicht so viel Wein trinken sollen", stichelte Elizabeth.

„Ich habe nicht viel Wein getrunken. Das ist ja das Merkwürdige." Alexander sah den schuldbewussten Ausdruck auf Isabellas Gesicht, dann bemerkte er die Blicke, die sie mit Madeline und Vivienne wechselte.

Seltsames Verhalten breitete sich am Tisch aus. Rhys wirkte plötzlich grimmig. Eleanor hatte eine Faszination für ihre Suppe entwickelt, obwohl sie nur den Löffel füllte und die Flüssigkeit zurück in die Schale rinnen ließ. Elizabeth schien in sich hineinzulachen, während Annelise vom Hals bis zum Haaransatz puterrot geworden war.

Alexander musterte seine Geschwister und rückte etwas von der Tafel ab. „Tatsächlich ist das Letzte, woran ich mich erinnere, dass du, Isabella, Eleanor und mir jeweils einen Becher Wein gebracht hast."

Nun lief Isabella ebenfalls scharlachrot an. „Ich wollte nur dafür sorgen, dass du etwas davon abbekommst", sagte sie so fröhlich, dass er wusste, sie hatte eine Ausrede erfunden. „Die Leute haben den Wein mit solchem Vergnügen getrunken, dass ich befürchtete, es würde nichts für dich übrig bleiben."

„Und du hast darauf bestanden, dass ich einen bestimmten Becher nehmen sollte." Alexander verspürte Anspannung bei der Gewissheit, dass er die Zielscheibe eines Scherzes gewesen war, der nicht im Geringsten lustig war. „Was war in dem Wein, Isabella?"

Sie wand sich. „Nichts. Überhaupt nichts, außer dem Wein selbst.“

„Du bist eine noch schlechtere Lügnerin als meine Frau“, sagte Alexander hitzig. Er schleuderte seine Serviette auf den Tisch und erhob die Stimme: „Was war in dem Wein?“

Isabella warf ihm einen rebellischen Blick zu. „Du brauchst eine Frau. Wir können uns nicht darauf verlassen, dass du uns nicht gegen unseren Willen verheiratest, so wie du es mit Vivienne und Madeline getan hast.“

„Vielleicht ergreift eine Frau eher Partei für uns“, meinte Annelise.

„Vielleicht hast du Glück, dass deinem Wein nicht noch mehr zugesetzt wurde“, sagte Elizabeth. „Denn die Last deiner Autorität ist in der Tat erdrückend, Alexander.“

„Aha!“, brüllte Alexander. „Es war also etwas beigemischt.“

„Ich habe dir gleich gesagt, dass nichts Gutes dabei herauskommen würde“, sagte Rhys zu Madeline.

„Er ist gesund und kräftig“, entgegnete seine Frau. „Alexander, du bauschst die Sache zu sehr auf. Wir wollten dir nur mit gleicher Münze heimzahlen, was du mit uns gemacht hast, und außerdem Eleanors Sicherheit gewährleisten.“

„Also sorgt ihr dafür, dass ich betäubt werde, dass sich meine Verbündeten gegen mich wenden und“, er wandte sich an Eleanor, die den Anstand hatte, verlegen dreinzuschauen, „ihr lügt mich an und erwartet von mir, dass ich diese Enthüllungen wohlwollend aufnehme.“

Er ließ seinen Blick durch die Halle schweifen und sah, dass die alte Hebamme ihn angrinste. Sie war halb verrückt, die Jeannie, aber ihr Gesichtsausdruck verriet ihm, dass sie etwas über die Angelegenheit wusste. Er zeigte auf sie. „Jeannie, hast du gestern Abend einen Trunk gemischt?“

„Ja, das habe ich, Mylord, um dafür zu sorgen, dass Ihr tief schlummert. Ich hoffe, der Geschmack hat Euch zugesagt.“

„Ich hätte nie vermutet, dass dem Wein etwas beigemischt wurde, wenn du das meinst.“

Jeannie nickte voller Stolz und murmelte etwas in sich hinein.

„Jeannie, du weißt, was du hinzugefügt hast, also sag es mir“, forderte Alexander sie auf. Die ganze Gesellschaft lauschte hingerissen. „Könnte ein Mann bei einer Frau gelegen haben, könnte er seinen Samen in sie gepflanzt haben, nachdem er etwas von diesem Trunk zu sich genommen hat?"

Jeannie lachte. Sie schlug sich auf die Schenkel und lachte so laut, dass niemand an der Antwort zweifeln konnte. „Er hätte weder den Willen noch die Möglichkeit dazu gehabt, Mylord, nachdem er den Inhalt dieses Bechers zu sich genommen hat. Alles an ihm würde schlummern, wenn Ihr versteht, was ich meine. Alles an ihm wäre so schlaff, als wäre kein Leben mehr darin."

Alexander senkte seine Stimme und wandte sich nur an seine Familie, die an der Tafel saß. Er sprach mit zusammengebissenen Zähnen und seine Worte klangen zornig: „Aber da war Blut in meinem Bett. Blut, das scheinbar von der Jungfräulichkeit einer Lady stammte, jedoch offensichtlich von einer Frau kam, die zweimal verwitwet ist."

Alexander hob Eleanors Hand und zeigte dem ganzen Tisch die Schnittwunde an ihrem Daumen. Es bestätigte seinen Verdacht, dass keine seiner Schwestern von diesem Anblick überrascht war. „Allerdings war es Blut aus ihrem Daumen und ich würde wetten, dass ihr alle das ganz genau wisst."

„Alexander", begann Madeline, um ihm widersprechen, aber ihr Bruder hatte kein Interesse an ihrer Sicht der Dinge.

Erstaunlicherweise brachte Eleanor nichts zu ihrer eigenen Verteidigung vor. Sie war blass und saß mit gesenktem Kopf da, die Finger ineinander verkrampft.

„Ihr habt mich ausgetrickst", sagte Alexander wütend zu seinen Schwestern. „Nun gut, ihr hattet euren Spaß. Das Vergnügen endet jedoch sofort."

„Aber Alexander –", protestierte Vivienne.

„Du kannst nicht –", begann Madeline.

Doch Alexander war bereits aufgestanden, Zorn brannte heiß in seiner Brust. Sie hatten gelogen, sie hatten ihn getäuscht, wegen ihnen war einer seiner Verbündeten vor den Kopf gestoßen und jede Seele in Kinfairlie in Gefahr gebracht worden. Alexander Lammergeier fand diese Situation kein bisschen lustig.

„Seid fröhlich, ihr alle!", rief er der Gesellschaft zu. „Genießt die Gastfreundschaft von Kinfairlie, aber wisset, dass ihr heute nicht an einer Hochzeitsfeier teilnehmt."

Die Versammelten starrten ihn erstaunt an.

„Meine Hochzeit war nur ein Scherz, ersonnen von der Lady und meinen Schwestern im Rahmen der Narrenherrschaft, die wir gestern Abend hatten. Sicherlich seid ihr alle belustigt." Alexander hielt inne, aber niemand lächelte. „Also, schlemmt, esst euch satt und erfreut euch an der Geschichte meiner Torheit. Pater Malachy, ich möchte Sie bitten, den Eintrag in Ihrem Kirchenbuch zu diesem Tag zu streichen, als ob keine Eheschließung stattgefunden hätte."

Der Priester stand auf, holte deutlich sichtbar tief Luft und schüttelte den Kopf. „Ich kann nicht ungeschehen machen, was geschehen ist, Mylord. Ihr habt trotz meines Protestes darauf bestanden, auf das Aufgebot zu verzichten, und deshalb möchte ich Euch raten, zu dem zu stehen, was Ihr getan habt. Viele Ehen fangen wenig verheißungsvoll an und nehmen dann einen guten Verlauf."

Alexander warf dem Priester einen harten Blick zu, verärgert über noch mehr Widerstand. „Keine achtbare Ehe beruht auf einer Lüge", sagte er entschieden. „Denn aus Betrug kann keine Zuneigung erwachsen."

„Wie bitte?", wandte Madeline ein.

„Dazu habe ich auch etwas zu sagen", setzte Vivienne hinzu und beide Schwestern erhoben sich entrüstet.

Alexander ignorierte beide. Da die Überzeugung des Priesters nicht ins Wanken geriet, fuhr er fort: „Dann lasse ich euch jetzt weiteressen, denn ich habe einen Brief an den Bischof zu schreiben. Wenn alles gesagt und getan ist, werden die Lady und ich unsere Ehe aufheben, als wäre sie nie geschlossen worden, darauf könnt ihr euch verlassen."

Damit verließ er wutschnaubend die Tafel.

Er blickte nur einmal vom Fuß der Treppe aus zurück und sah, dass Eleanor ihn über die Halle hinweg starr anblickte, das Kinn hoch erhoben und die Schultern gestrafft. Er erlebte einen Moment des Zweifels, denn er hätte sie nicht so in Verlegenheit bringen dürfen. Das gehörte sich nicht.

Aber sie hatte ihn angelogen, obwohl er ihr die Chance gegeben hatte, die Wahrheit zu sagen. Alexander ermahnte sich, dass er sich weder von ihrer Schönheit noch von ihrem Temperament beirren lassen durfte. Sie hatte sich an dem Betrug beteiligt und selbst als er ihr die Gelegenheit gegeben hatte, alles zu erklären, hatte sie an der Lüge festgehalten.

Eine Frau, die so wenig vertrauenswürdig war, brauchte er nicht, ganz gleich, dass jede Seele in seiner Halle anders darüber dachte.

Je eher er an den Bischof schrieb, desto besser.

KAPITEL 5

„Was war in dem Trunk, Jeannie?", verlangte Eleanor zu wissen, als Alexander gegangen war und Tumult in der Halle ausbrach.

„Ich muss Euch nicht meine Geheimnisse verraten", erwiderte das alte Weib mit einem Gackern.

Eleanor bedachte sie mit einem strengen Blick. „Du könntest wegen versuchten Mordes an dem Laird, dem du Lehnstreue geschworen hast, vor Gericht gestellt werden", sagte sie und sah die Welle des Schocks, die die Gesellschaft durchlief. Sie stand auf und ging auf die alte Hebamme zu, deren Mut mit jedem Schritt, den Eleanor machte, mehr schwand.

„Ich habe keine solche Tat begangen. Jeder weiß, dass ich keinen Groll gegen den Laird hege."

Eleanor begann, die Wirkungen des Trunks an ihren Fingern abzuzählen, während jede Seele in der Halle aufmerksam zuhörte: „Sein Puls raste gestern Abend wie wild und seine Haut war gerötet."

„Das ist nichts Ungewöhnliches für einen Mann im Hochzeitsbett", scherzte eine wackere Seele, aber Eleanor würdigte den Mann nicht einmal eines Blickes.

Sie zählte weiter auf, ihre Augen auf die alte Jeannie gerichtet: „Er wusste nicht genau, wo er war, seine Gedanken schweiften ab, seine Pupillen waren so klein wie Stecknadelköpfe." Eleanor blieb neben der Hebamme stehen, die unruhig auf ihrem Stuhl hin und her rutschte. „In seinem Bauch rumorte es heute Morgen recht heftig, nachdem er wirklich sehr tief geschlafen hatte. Wir beide wissen, dass dies die Zeichen eines Giftes im Blut eines Mannes sind." Sie lehnte sich näher zu Jeannie hin. „Was hätten wir gesehen, wenn wir einen Tropfen seines Urins in das Auge einer Katze geträufelt hätten?"

Die Alte erschrak und starrte Eleanor angstvoll an. „Ihr könnt nicht wissen, was ich benutzt habe. Ihr könnt es nicht erraten!"

„Es war Nachtschatten." Bevor die Frau sich abwandte, erkannte Eleanor an ihrer Miene, dass sie recht hatte.

„Ihr solltet meine Geheimnisse nicht preisgeben", beschwerte sich Jeannie.

„Du solltest nicht versuchen, deinen Laird zu töten", fauchte Eleanor und drehte sich zum erhöhten Tisch um. Sie verfluchte sich selbst, denn sie hätte das Kraut früher erraten müssen. Nur Nachtschatten konnte so schnell wirken.

Und Nachtschatten konnte auch leicht einen Menschen töten, so gesund er auch sein mochte. Alexander hatte am Abend zuvor nur sehr wenig gegessen, weit weniger, als man hätte erwarten können. Nur weil er sie nach draußen begleiten wollte, um sie zum Bleiben zu überreden, und das war in der Tat erschreckend. Ihr zu folgen, hätte zu seinem Tod führen können – und die Art und Weise, wie seine Gegenwart ihren Verstand benebelte, hatte sie davon abgehalten, so klar zu denken, dass sie ihm hätte helfen können.

Sie war in der Tat eine Närrin!

Aber sie war nicht die einzige Närrin in dieser Angelegenheit. Eleanor funkelte Isabella an. „Wie konntest du so töricht sein, Alexander Nachtschatten zu verabreichen?" Alle an der Tafel schreckten bei ihrem Ton auf, außer Madelines Gatte Rhys. Er betrachtete sie mit zurückhaltender Hochachtung.

„Jeannie hat gesagt, sie wüsste, wie man den Trunk richtig mischt", verteidigte sich Isabella, der die starke Wirkung dieser Pflanze offensichtlich nicht bewusst gewesen war.

„Und du vertraust ihrem Wort ohne Weiteres?" Die ganze Gesellschaft blickte Eleanor an, aber die war so wütend, dass es sie nicht kümmerte. „Nachtschatten kann einen Menschen umbringen. Schon drei Beeren töten ein Kind. Drei!"

„Die Pflanze lässt einen Mann schlafen", erklärte Jeannie mit einem Kopfschütteln. „Ihr habt zu viel Angst davor."

„Während du nicht genug Angst davor hast. Ein Mann wird aus einem durch Nachtschatten hervorgerufenen Schlaf erwachen, aber nur, wenn es die richtige Menge war. Und der Unterschied zwischen einer Dosis, die ihn für eine Nacht in einen tiefen Schlaf versetzt, und der Menge, die ihn für alle Ewigkeit schlummern lässt, ist in der Tat gering." Eleanor drohte Isabella mit einem Finger. „Du magst es gut gemeint haben, aber das Ganze war eine gefährliche Dummheit. Dein Bruder hätte heute Morgen tot aufgefunden werden können."

„Ich kenne das rechte Maß", beharrte Jeannie.

Dass die Frau sich einer Sache dermaßen sicher wähnte, deren man nicht gewiss sein konnte, machte Eleanor nur noch wütender. Sie fuhr die Alte so zornig an, dass diese zusammenzuckte: „Gerade du solltest wissen, wie aberwitzig diese Erklärung ist! Jede Pflanze hat seine eigene Stärke, und diese Abweichungen müssen beachtet werden. Jede Handvoll Erde verleiht einem solchen Gewächs eine andere Wirksamkeit. Und selbst von Jahr zu Jahr variiert die Potenz sogar von Pflanzen, die am selben Ort wachsen, durch Unterschiede in Sonneneinstrahlung, Regen und Hitze. Nicht umsonst wurde der Göttin Atropos von den Griechen nachgesagt, dass sie Nachtschatten verwendete, um den Lebensfaden abzuschneiden." Eleanor tat einen zittrigen Atemzug. „Mir wurde beigebracht, dass nur Narren und Mörder Nachtschatten benutzen. Was davon trifft auf dich zu, Jeannie?"

Die Anwesenden schwiegen einen langen Moment, dann brach aufgeregtes Gerede los. Eleanor bezweifelte nicht, dass sie über die List der Schwestern spekulierten, aber sie blickte die Heilerin unbeirrt an.

Die Wut in den Augen der alten Jeannie schien zu verebben und einer gewissen Verschlagenheit zu weichen. „Für eine Lady wisst Ihr viel über Gifte“, meinte sie listig und es wurde still in der Halle. „Vielleicht ist Eure Absicht bedeutsamer als meine.“

Eleanor würde eine solche Unterstellung nicht hinnehmen, nicht wenn sie grundlos war, oder an diesem Ort, der ihr schon so sehr am Herzen lag. „Wohl kaum!“, erwiderte sie. „Du hast den Trunk gemischt, der deinem Laird gereicht wurde, nicht ich, und er wurde nicht nach meinen Weisungen zubereitet. Bis jetzt wusste ich nichts davon. Nur die Absicht derer, die davon wussten, ist fragwürdig, und wahrlich, Jeannie, ich vermute, dass nur du die Wirkkraft von dem kennst, was du da zusammengebraut hast.“

Die Augen der Alten verengten sich, aber Eleanor gab ihr keine Gelegenheit, weiterzusprechen. Sie schaute wieder zu Alexanders Schwestern. Es ehrte Isabella, dass sie Eleanors Blick nicht standhalten konnte. „Obwohl ich zur Kenntnis nehme, dass ihr es nicht böse gemeint habt, hätte daraus leicht Schaden entstehen können. Ihr schuldet meinem Mann Abbitte.“

„Er ist nicht mehr dein Ehemann, jedenfalls nicht nach seiner eigenen Einschätzung“, merkte Elizabeth an.

„Bis jetzt ist noch kein Brief an den Bischof abgeschickt worden“, entgegnete Eleanor. „Alexander ist mein Ehemann, bis eine Nachricht vom Bischof kommt, und vielleicht sogar noch danach.“

Der Gesellschaft verschlug es den Atem, aber Eleanor hatte ihnen genug Stoff zum Nachdenken gegeben. Sie drehte sich um und wollte die Halle verlassen, ihre karmesinroten Röcke raschelten, das Kinn hatte sie hoch erhoben.

„Jetzt wird sie wohl dafür sorgen, dass wir abscheuliche Ehemänner bekommen, einfach aus Gehässigkeit“, murmelte Elizabeth und ihre Worte drangen vom erhöhten Tisch bis an Eleanors Ohren.

Sie drehte sich um und ließ dabei den Seidenstoff um ihre Knöchel wirbeln, um dem Mädchen zu zeigen, dass ihre Bemerkung unwillkommen war. „Ich bin entsetzt, dass dem Laird dieser Burganlage, einem Mann, der mich aus kaum einem anderen Grund als aus Güte mit ungewöhnlicher Freundlichkeit behandelt hat, in seiner eigenen Halle so wenig Respekt entgegengebracht wird."

„Hört, hört", rief ein Dorfbewohner an einem Nebentisch.

Elizabeth wurde rot, aber sie wandte ihren Blick nicht von Eleanor ab. Vielmehr stand sie auf, wobei ihre Augen herausfordernd funkelten. „Alexander würde uns gegen unseren Willen verheiraten, so wie er es mit unseren beiden ältesten Schwestern getan hat."

„Und was wäre daran so schlimm?", wollte Eleanor wissen. „Eure Schwestern sind mit Ehrenmännern getraut, mit Männern, die Besitz haben, die jung und mannhaft sind und ihre Frauen zuvorkommend behandeln."

„Aber –"

„Sag mir, was an einem dieser Männer auszusetzen ist", verlangte Eleanor und Elizabeth' herausfordernde Haltung ließ nach.

„Alexander hat einfach Glück gehabt –"

„Oder vielleicht hat er einen scharfen Blick für den Charakter eines Menschen."

Vivienne hob einen Finger, um zu widersprechen: „Du kannst nicht behaupten, dass Elizabeth' Sorge unberechtigt ist."

„Das kann ich und das tue ich", entgegnete Eleanor heftig. „Schlägt dein Mann dich? Teilt er deine Gunst mit seinen Männern? Verteidigt er dich nicht? Beleidigt er dich an deiner eigenen Tafel? Stellt er sicher, dass niemand in seinem Haushalt dir ein gewisses Maß an Respekt entgegenbringt?"

Die Gesellschaft begann, bei dieser Aufzählung übler Möglichkeiten zu murmeln, und die Schwestern wechselten entsetzte Blicke. „Natürlich nicht!", erklärten Vivienne und Madeline wie aus einem Mund.

„Dann wisst ihr wenig davon, wie erbärmlich eine Ehe sein kann", sagte Eleanor. „Tatsächlich wirst du bei mir in dieser Angelegenheit auf wenig Verständnis stoßen, Elizabeth. Wie viele Sommer hast du schon erlebt?"

„Zwölf."

„Und doch sitzt du noch an der Tafel deines Bruders, eine wohlgenährte, schön herausgeputzte und wohlbehütete Maid." Eleanor hob eine

Hand und deutete auf die zweitjüngste Schwester. Sie wollte Alexanders Geschwistern unbedingt bewusst machen, wie verwöhnt sie waren. Es machte sie unglaublich wütend, dass sie seine Besorgnis nicht zu schätzen wussten, dass sie ihn herabsetzten, während er darum kämpfte, die Wahrheit über die Finanzen von Kinfairlie vor ihnen zu verbergen. „Genauso wie deine ältere Schwester, Isabella. Wie viele Sommer hast du gesehen, Isabella?"

Die größte Schwester mit den prächtigen roten Locken, dem feinen Gewand und der Vorliebe für Jeannies Trünke, zuckte mit den Schultern. „Vierzehn. Warum fragst du?"

„Und Annelise?"

Diese Schwester war ruhiger, ein schüchternes Mädchen mit rotbraunem Haar, das ihr offen über die Schultern fiel. Sie allein schien sich von Eleanors Zorn gescholten zu fühlen. „Sechzehn, Mylady."

„Und doch sitzt ihr alle hier und seid überzeugt, dass ihr ein Recht darauf habt, über euer Schicksal selbst zu bestimmen, ja, Forderungen an euren Bruder zu stellen. Hier sitzt ihr, in der ruhigen Gewissheit, dass es immer genug Fleisch geben wird, um eure Bäuche zu füllen, Flitter, um eure Rocksäume zu schmücken, und bewaffnete Männer, die eure Keuschheit verteidigen. Ich bin sicher, dass ihr wenig darüber nachdenkt, wodurch diese wunderbaren Dinge ermöglicht werden."

Die Schwestern wechselten Blicke, die beiden Ältesten nickten in schweigender Zustimmung. Eleanor sah ebenfalls Verständnis in den Augen der beiden Ehemänner.

Nicht aber bei Elizabeth. Das Mädchen öffnete den Mund, um zu widersprechen, doch Eleanor hatte die Geduld verloren: „Du glaubst, du wirst schlecht behandelt, Elizabeth, so viel ist klar. Ich schlage vor, du denkst mal darüber nach, wie dein Schicksal ausgesehen hätte, wenn Alexander heute Morgen wirklich tot aufgefunden worden wäre." Das Mädchen wollte etwas sagen, aber Eleanor war noch nicht fertig: „Lass mich dir erzählen, was es bedeutet, schlecht behandelt zu werden. Ich wurde im Alter von zwölf Sommern gegen meinen Willen mit einem Freund meines Vaters verheiratet, der selbst schon mehr als sechzig Sommer erlebt hatte."

Die Schwestern blickten gleichzeitig mit weit aufgerissenen Augen hoch, aber Eleanor fuhr hitzig fort: „Wenn man ihn als grausam bezeichnen würde, hätte man sein Mitgefühl für jede Kreatur außer für sich selbst noch überschätzt. Und als ich mich darüber beklagte, was ich in seinem Haushalt ertragen musste, sagte mein Vater, ich wäre nichts weiter als das Eigentum meines Mannes." Sie richtete sich auf und hielt Elizabeths Blick fest. „Mein eigener Vater meinte, wenn mein Mann mir gegenüber Missfallen bekundete, hätte ich seine Zurechtweisung wohl verdient."

Elizabeth wandte den Blick ab.

Das war noch nicht einmal die Hälfte von Eleanors Geschichte, doch mehr wollte sie nicht mit ihnen teilen. Sie wusste, dass die Klügeren unter ihnen ihre vorherigen Fragen mit ihrem ersten Ehemann in Verbindung bringen würden, und das zu Recht. Millard war ein ausgesprochener Schuft gewesen; ein charmanter Schuft von abgefeimter Grausamkeit.

Die Anwesenden schwiegen und starrten Eleanor an.

Die zitterte vor Wut über das, was sie erduldet hatte, über die Dreistigkeit von Alexanders Schwestern, mehr zu erwarten, als ihnen zustand. „Meiner Ansicht nach", fuhr sie fort, „könnt ihr euch über die Absichten eures Bruders nicht beklagen, denn er hat größere Fürsorge an den Tag gelegt als so mancher andere Mann, der dafür sorgen würde, weniger Mäuler in seiner Halle stopfen zu müssen. Frauen können verheiratet werden, sobald ihre Monatsblutungen beginnen, also seid dankbar für jeden Monat, in dem ihr nicht gezwungen wurdet, gegen euren Willen einen Mann zu heiraten, noch dazu einen, der nicht zu euch passt."

Da stand Madeline auf und legte Elizabeth eine Hand auf die Schulter. „Du gehst in dieser Sache zu weit, Eleanor. Dass wir gute Ehen führen, liegt daran, dass wir uns darum bemühen. Wir haben es nicht Alexanders Einmischung zu verdanken."

Doch die wollte nicht einmal das einräumen: „Jede Ehe ist ein Werk des Zufalls, aber indem Alexander verdienstvolle Männer für euch auswählte, sorgte er dafür, dass das Glück auf eurer Seite war. Habe ich nicht gehört, dass ihr die Gelegenheit hattet, eure Gatten selbst zu wählen, diese Möglichkeit aber beide nicht wahrgenommen habt?" Madeline und Vivienne erröteten leicht, als sie nickten. „Ehre, wem Ehre gebührt, sage ich euch allen. Mein Herr Gemahl hat euch einen guten Dienst erwiesen, einen weitaus besseren, als es die meisten Männer getan hätten. Ihr solltet genug Verstand haben, um das anzuerkennen, und genauso, um für die Segnungen dankbar zu sein, die euch zuteilgeworden sind."

Damit drehte Eleanor sich um und verließ die Halle, während die Leute hinter ihr zu reden begannen. Kaum hatte sie den Korridor erreicht, hörte sie, wie ein Mann Beifall zu klatschen begann. „Hört, hört", rief er und Eleanor verharrte in den Schatten, um zu lauschen. Sie lächelte erleichtert, als ein weiterer Mann sich anschloss, dann noch einer und noch einer, bis schließlich die ganze Halle von Applaus erfüllt war.

Sie hatte viel mehr von ihrer eigenen Vergangenheit preisgegeben, als sie vorgehabt hatte, aber sie war sehr zufrieden, dass sie Alexander verteidigt hatte. Sie hatte sich so verhalten, wie es sich für eine gute Ehefrau gehörte, und einmal in ihrem Leben war sie froh darüber. Diese Pflicht war ihr nicht aufgezwungen worden und sie war erfreut, dass sie sie so gut erfüllt hatte.

Jetzt musste sie nur noch Alexander überreden, sie als seine Frau zu behalten.

Doch bevor sie ihn aufsuchen konnte, musste sie noch eine Sache erledigen. Es würde nicht schaden, dass sich währenddessen sein Zorn abkühlen konnte und sie genug Zeit hatte, einen Plan zu entwickeln.

Die traurige Wahrheit war, dass sie keine Ahnung hatte, was sie diesem Mann bieten könnte, um ihn davon zu überzeugen, sie weiterhin an seiner Seite zu lassen.

ALEXANDER TROMMELTE mit den Fingern auf den Tisch. Das Schreiben lag fertig vor ihm, ein in äußerst höflichen Worten abgefasstes Gesuch, und das Wachssiegel trocknete, während er zusah. Er runzelte die Stirn.

Es missfiel ihm, dass er sich gezwungen gefühlt hatte, diesen Brief zu verfassen.

Der Grund für sein Unbehagen lag nicht darin, dass der Antrag auf Annullierung der Ehe einen halben Tag nach der Hochzeit ihn wie einen impulsiven Narren aussehen ließ. Auch nicht darin, dass Pater Malachy sich geweigert hatte, die Eintragung der Trauung einfach aus seinen Büchern zu löschen, und sein Widerstand kein gutes Zeichen war. Ihn ärgerte nicht einmal, dass das rote Wachs nicht mit dem Abdruck des Siegels von Kinfairlie versehen war – denn dass er seinen Siegelring eingebüßt hatte, war nur seiner eigenen törichten Vertrauensseligkeit und dem Trunk seiner Schwestern zuzuschreiben.

Die Erinnerung an Alan Douglas und die Entschlossenheit dieses Mannes, Eleanor einer wie auch immer gearteten Gerechtigkeit zuzuführen, ließen Alexander zögern, das Schreiben abzusenden. Egal, wie sehr die Lady ihn getäuscht hatte oder wie richtig es war, sie zu verstoßen, man konnte unmöglich der Ansicht sein, sie hätte eine Verhandlung vor Alans Gericht verdient.

Man müsste schon sehr dumm sein, um zu glauben, dass er Eleanor nichts Böses wollte. Er log, um sie für den Tod seines Bruders verantwortlich zu machen, und das konnte nichts Gutes für sie bedeuten. War Alexander ein Narr, dass es ihm nicht gleichgültig war, was mit ihr geschah, obwohl sie ihn in einer so wichtigen Angelegenheit betrogen hatte? Er erhob sich und lief in der Kammer auf und ab, hielt gelegentlich inne und blickte auf die wogende See.

Noch nie hatte er sich den Rat seines Vaters und seines Onkels so sehr gewünscht wie in diesem Moment.

Ein leises Klopfen an seiner Tür ließ ihn zusammenzucken, dann schaute er wieder auf das Meer hinaus. „Treten Sie ein, Anthony", sagte er, wohl wissend, dass der Kastellan sich daran ergötzen würde, ihm seine vielen Fehler aufzuzählen. An diesem Tage müsste er Anthony durchaus recht geben.

„Ich bin zwar nicht Anthony, aber darf ich trotzdem eintreten?"

Alexander blickte über seine Schulter, als er die vertraute weibliche Stimme hörte, und war trotzdem überrascht, Eleanor auf der Schwelle zu sehen. Sie hatte die Tür nur einen Spaltbreit geöffnet und hielt den Riegel weiter fest, so als wäre sie bereit, jeden Augenblick zu fliehen. Ihre Vorsicht ließ ihn erneut bedauern, dass er seinen Zorn öffentlich kundgetan hatte, obwohl er ihr immer noch nicht traute.

„Ich habe nicht damit gerechnet, dich wiederzusehen", sagte er und wandte ihr den Rücken zu.

„Darauf war ich gefasst." Ihre Stimme verriet nichts, es gab keine Möglichkeit für ihn, zu erschließen, ob sie das gut oder schlecht fand.

Aber sie hatte ihn aufgesucht. Das musste etwas zu bedeuten haben.

„Wenn du hergekommen bist, um mir zu sagen, dass ich ein außerordentlicher Schuft bin, dann sag es, und das war's dann. Ich bestreite nicht, dass meine Manieren zu wünschen übrig ließen. Wirf mir meinetwegen schnell an den Kopf, dass ich sauertöpfisch bin, weil ich den Scherz meiner Schwestern nicht lustig finde, und dann lass mich in Ruhe."

„Sie hätten dich mit diesem Trunk töten können", entgegnete sie heftig. „Was sie getan haben, ist kein bisschen lustig, und wahrlich, ich würde dich für schwachsinnig halten, wenn du Humor darin entdecken könntest."

Überrascht über den Zorn in ihrer Stimme blickte er zurück und stellte fest, dass ihre Augen blitzten.

„Ich habe ihnen gesagt, dass sie dich um Verzeihung bitten müssen", fuhr sie mit grimmiger Miene fort. „Diese Jeannie ist in der Tat eine Närrin, wenn sie sich einbildet, die Wirkung eines Nachtschattengewächses so ohne Weiteres einschätzen zu können. Du hattest letzte Nacht so gut wie kein Fleisch im Bauch. Nur ein Quäntchen mehr Kraut oder ein Bissen weniger Essen, und du wärst heute Morgen nicht mehr aufgewacht."

Alexander blinzelte. Es war selten, dass jemand ihn verteidigte. „Ich habe den Wein, den Isabella mir gebracht hat, nicht ganz getrunken", erwiderte er, etwas anderes fiel ihm nicht ein.

„Das ist also der Grund. Diese Alte hätte dich umgebracht, wenn du den Kelch vollständig geleert hättest. Das Schlimmste daran ist, dass sie nicht einmal weiß, was sie beinahe angerichtet hätte!"

Eleanor war in ihrer Wut wie verwandelt, als wäre das Eis in ihr plötzlich weggeschmolzen. Dass ihr Auftreten so temperamentvoll wirkte, weil sie sich um seinetwillen empörte, war in der Tat bemerkenswert.

„Und ich dachte, du wärst hergekommen, um mir zu einzureden, dass meine Schwestern doch recht hätten."

Eleanor lächelte schief und betrat den Raum. Sie betrachtete es anscheinend als Einladung, dass er nicht protestierte. „Man muss ihnen zugutehalten, dass auch ich oft gedacht habe, was dem einen recht ist, ist dem anderen billig."

„Ich wollte keiner meiner Schwestern etwas Böses, ich wollte sie nur verheiratet sehen, und zwar glücklich."

„Aber es scheint, in beiden Fällen hätte Schaden entstehen können, obwohl du es nicht beabsichtigt hast. Vielleicht gibt es keinen so großen Unterschied zwischen den drei Situationen."

„Vielleicht doch." Alexander hielt ihren Blick fest. „Ein Unrecht, das vergolten wird, macht anderes Unrecht nicht wieder gut."

„Zugegeben, aber du kannst ihnen keinen Vorwurf daraus machen, dass sie auch dich verheiratet sehen wollen."

„Aber ich kann ihnen vorwerfen, dass sie nicht verstehen, was auf dem Spiel steht. Bei den Ehen meiner Schwestern geht es um nicht mehr und nicht weniger als ihr Glück und ihre Sicherheit."

„Du kannst ihnen nicht anlasten, dass sie nicht wissen, was du ihnen verschwiegen hast", stellte sie fest und er blickte sie verwirrt an. „Ich meine deine leere Schatzkammer."

„Nein, das kann ich nicht, aber das hat weniger Bedeutung für meine Eheschließung als für meine Stellung als Laird. Die Hoheit über Kinfairlie, seine Sicherheit und der Schutz derjenigen, die durch einen Eid daran gebunden sind, müssen gewährleistet sein, selbst wenn der Preis dafür mein eigenes Glück ist."

Eleanor schaute auf ihre Schuhe.

Alexander holte tief Luft, dann sagte er, was gesagt werden musste. Tatsächlich war es eine Erleichterung, eine Person zu haben, mit der er offen sprechen konnte. „Du musst wissen, dass ich den Black-Douglas-

Clan nicht aus freien Stücken verärgert hätte. Wenn du mir gestern Abend verraten hättest, an wen du gebunden bist, hätte ich dich vielleicht ziehen lassen."

Eleanor presste die Lippen zusammen und er sah sich genötigt, seine Aussage näher zu erläutern. „Ich hätte es natürlich in Unkenntnis von Alans Absicht getan, denn ich würde niemals wissentlich eine Dame in Gefahr bringen. Traditionsgemäß sind wir jedoch mit ihnen verbündet und diese Angelegenheit hebt die alte Vereinbarung auf. Eine solche Entscheidung sollte mit Bedacht getroffen und nicht dem Zufall überlassen werden, denn sie könnte jede Seele betreffen, die mir die Lehnstreue geschworen hat. Das Risiko der Vergeltung ist ziemlich hoch."

Sie senkte den Blick, offenbar enttäuscht über seine Antwort. „Du würdest es vorziehen, mit ihnen verbündet zu sein."

„Es war das, was mein Vater vorzog und auch mein Onkel." Alexander betrachtete sie, dann beschloss er, weiterhin rückhaltlos ehrlich zu sein. „Vielleicht verstehst du ihre Überzeugung, dass es besser ist, einen Black Douglas an deiner Seite zu haben als in deinem Rücken."

Eleanor lachte, als wäre sie von seiner Offenheit überrascht, und schaute ihn dann belustigt an. „Ich kann solche Gefühle durchaus verstehen. Es sind Männer, die vor nichts zurückschrecken, um ihre Ziele zu erreichen." Sie zog eine Braue hoch und wurde wieder ernst. „Es gibt keine Schlechtigkeit, die unter ihrer Würde wäre."

Er war versucht, nach ihrer Ehe mit Ewen zu fragen, sich zu erkundigen, was sie über den Tod dieses Mannes wusste, aber bevor er das tun konnte, ergriff sie das Wort.

Später würde er sich fragen, ob sie sich absichtlich dafür entschieden hatte.

„Du hast also deine Schwestern in aller Eile verheiratet, wenn auch auf unkonventionelle Weise, und du wolltest nur für ihr Glück und ihre Sicherheit sorgen. Und sie nehmen dir dein Vorgehen übel, obwohl sie durchaus gute Ehemänner gefunden haben. Vielleicht war es nicht das Glück, das ihnen hold war. Vielleicht hast du ein Gespür für Menschen, die zusammenpassen." Sie suchte seinen Blick. „Vielleicht hast du das wahre Wesen dieser Männer erkannt trotz der Umstände, die sie in ein schlechtes Licht rückten."

Alexander schüttelte den Kopf. „Ich würde mir nicht anmaßen, zu behaupten, dass ich eine solche Gabe besitze."

„Das habe ich mir gedacht", sagte sie mit sanftem Nachdruck. „Deshalb habe ich sie für dich geltend gemacht."

Alexander blickte auf und sah ihre Augen glänzen. Sein Herz machte bei ihrem Anblick einen Satz. „Was heißt das?"

Eleanor lächelte auf höchst bezaubernde Weise. „Ich habe ihnen erklärt, dass sie keinen Grund haben, sich zu beklagen, denn sie hätten es viel schlechter antreffen können als in ihren Ehen mit Rhys und Erik, die du arrangiert hast."

„Nur, dass ich diese Ehen nicht vermittelt habe", fühlte Alexander sich verpflichtet anzumerken. „Beide Männer haben mich getäuscht und ich habe beide verfolgt, als die Wahrheit ans Licht kam. Ich hätte sie ohne Skrupel getötet, wenn meine Schwestern verletzt worden wären."

„Du behütest also die, die unter deinem Schutz stehen, und doch begreifen sie nicht, warum du so darauf bedacht warst, sie eilig zu verheiraten. Keine von ihnen weiß, dass Kinfairlies Schatztruhen leer sind, stimmt's?"

„Wie könnte ich ihnen so etwas sagen?"

„Wie konntest du jede Last allein tragen?", fragte sie mit einiger Ungeduld. „Du musstest doch ahnen, dass sie deine Absicht fürchten würden, wenn sie deine Gründe nicht kennen. Du musstest wissen, dass sie dich verunglimpfen würden!"

Alexander seufzte erneut und fuhr sich mit der Hand durchs Haar. „Und wenn ich es ihnen sagen würde, könnte sich eine von ihnen mit unangebrachter Hast für einen Bewerber entscheiden und sich so dazu verdammen, unglücklich zu werden. Auf diese Weise kommt keine gute Wahl zustande." Sein Blick wanderte zum Fenster und von dort zu den Feldern, die in diesem Jahr so wenig Ertrag gebracht hatten. Er dachte an die Natur, die an diesem Tag so harmlos zu sein schien und doch dafür gesorgt hatte, dass die Saat auf den Feldern verrottete.

„Sie fürchten also dich, statt um Kinfairlies Wohlergehen zu bangen", sagte Eleanor und legte ihre Hand auf seinen Arm. „Diese Angst hat sie dazu gebracht, dich zu täuschen, was dein eigenes Leben gefährdet hat."

Alexander zuckte die Achseln. „Ich bezweifle nicht, dass du recht hast. In der Tat werde ich niemandem widersprechen, der meint, dass ich der Verantwortung eines Lairds nicht gerecht geworden bin." Er dachte, sie würde ihn vielleicht weiter kritisieren wollen, deshalb fuhr er überstürzt fort: „Was ist mit dir? Verabscheust du deinen Vater dafür, dass er diese Ehepartner für dich ausgewählt hat?"

Wieder betrachtete Eleanor ihre Schuhspitzen. Sie runzelte leicht die Stirn und er lechzte danach, die Furche zwischen ihren Brauen mit einer Fingerspitze zu glätten.

„Das habe ich getan", gab sie zu und schaute hoch. Ihr Blick war klar. „Es gab Jahre, in denen ich ihn von ganzem Herzen und aus tiefster Seele hasste, in denen ich nicht glauben konnte, dass ein Mann, der mich so sehr liebte, wie ich dachte, mich so unglücklichen Ehen ausgeliefert hatte."

„Das klingt, als hättest du deine Meinung geändert."

Sie musterte ihn eingehend. „Während ich nun mit dir spreche, frage ich mich, ob ich alles wusste, was ihn belastete. Ich frage mich, welche Wahl er hatte, ob er weniger Möglichkeiten hatte, als ich annahm. Ich frage mich, was in unseren Schatztruhen war und wer sich an unseren Grenzen zusammenrottete." Sie lächelte und schüttelte den Kopf. „Er war mein Vater, der einzige Elternteil, den ich kannte, und ich gebe zu, ich glaubte, er hätte Sonne und Mond am Himmel aufgehängt." Sie stieß einen Seufzer aus und ihre Stimme wurde weicher. „Ich frage mich, ob er Verantwortlichkeiten gegen seine eigenen Wünsche abwägen musste und ob ich das Einzige war, was er gewinnbringend einsetzen konnte."

„Du hast ihn nie gefragt?"

„Er sprach nicht gern über solche persönlichen Dinge", sagte sie leise. „Wie alle, die sein Vertrauen genossen." Eleanor schaute nun ihrerseits aus dem Fenster. „Und mein Vormund würde mir nichts von den Gedanken meines Vaters erzählen, selbst wenn er sie kennt. Er würde das als Verrat betrachten, da bin ich mir sicher."

Alexander runzelte die Stirn. „Du hast einen Vormund? Aber warum?"

Eleanor antwortete schnell: „Ich nenne ihn noch so, obwohl er seine Pflichten inzwischen erfüllt hat. Immerhin war ich schon zweimal verheiratet."

„Aber –"

„Schau mal." Sie hob die Hand, offenbar verbarg sie etwas in ihrer Faust. „Ich bin hergekommen, um dir etwas zu geben."

Neugierig streckte Alexander seine Hand aus. Eleanor hielt seinen Blick fest, während sie etwas Kaltes und Hartes in seine Handfläche drückte und dann seine Finger über dem Gegenstand schloss.

Vor Erstaunen riss Alexander den Mund auf. Es war sein Siegelring! Das wusste er, ohne die Finger zu öffnen. Er starrte Eleanor an und war nicht weniger verwundert, als sie lächelte. Ihre Augen glänzten vor Freude über die Überraschung, die sie ihm bereitet hatte.

„Wie hast du ihn gefunden?" Alexander löste seine Faust und starrte auf den Ring. „Du hattest ihn die ganze Zeit?"

Sie lachte. „Nein. Ich habe nur erraten, wo er sich befand, und ich habe die Person, die ihn an sich genommen hatte, überredet, ihn mir zu überlassen." Sie zog ihre hellen Augenbrauen hoch. „Sie war sehr erschrocken über deinen Zorn an der Tafel und so hast du mir unabsichtlich die Aufgabe einfacher gemacht."

Erleichtert schob Alexander den Ring zurück auf seinen Finger, dann schüttelte er den Kopf. „Ich verstehe das nicht. Sie, sagst du? Du hast den Ring doch sicher Matthew abgeluchst?"

Eleanor schüttelte den Kopf. „Er hat ihn dir gestern Abend nicht zurückgegeben. Daran erinnere ich mich, auch wenn du dazu nicht in der Lage bist. Aber er konnte ihn dir heute nicht aushändigen, weil er ihn nicht mehr hatte."

„Ceara!", rief Alexander und Eleanors Lächeln blitzte wieder auf.

Sie zeigte mit dem Finger auf ihn. „Egal, was deine Schwestern sagen, du scheinst ein Talent zu haben, Ehen zu stiften. Matthew und Ceara haben sich gestern Abend die Treue geschworen. Allerdings wollten sie die Angelegenheit geheim halten, bis Cearas Eltern ihre Zustimmung gegeben haben."

„Und so gab er ihr den Ring, meinen Ring, um ihr Verlöbnis zu besiegeln?"

Eleanor lachte, ein hinreißendes Geräusch. „Du bist schockiert!"

„Es handelt sich wohl kaum um ein Schmuckstück, das für solche Zwecke benutzt wird." Alexander ertappte sich dabei, dass er ebenfalls lächelte.

„Sie kennen den Wert nicht, wissen nur, dass es ein schönes Stück ist." Sie hob seine Hand und drehte sie so, dass die Insignien des Rings das Licht einfingen. Ihre Berührung war leicht und ihre Augen funkelten auf die verführerischste Weise. „Und sie respektieren den Mann, dessen Hand er normalerweise ziert." Ihr Lächeln wurde schelmisch, als sie sich näher zu ihm hinüberbeugte, und Alexander war wie verzaubert. „Sie hatte ihn unter ihrer Chemise versteckt, er hing an einer Schnur. Ich bezweifle, dass dein Ring jemals mehr verhätschelt wurde als zwischen Cearas Brüsten."

Alexander lachte. Es war ungewohnt, dass irgendeine Seele in diesem Haushalt mit ihm im Bunde war, dass seine Sorgen geteilt wurden, und dieses Gefühl behagte ihm. „Sie denken doch hoffentlich nicht, dass ihr Verlöbnis jetzt ungültig ist?"

Eleanor schüttelte den Kopf. „Isabella hat ihnen einen silbernen Ring angeboten, um diesen zu ersetzen. Um ehrlich zu sein, ich glaube, er gefiel ihnen besser, denn er passt an Cearas Finger."

Alexander runzelte misstrauisch die Stirn. „Isabella gibt kein Schmuckstück so bereitwillig her." Er schaute Eleanor mit hochgezogenen Augenbrauen an. „Ich würde wetten, dass jemand ihr das nahegelegt hat, und vermutlich warst du das."

Eleanor wurde ernst. „Sie schuldet dir mehr als den Wert eines einzigen Silberrings", sagte sie mit der gleichen Heftigkeit, die sie zuvor an den Tag gelegt hatte. Alexander wurde warm ums Herz, weil sie so Partei für ihn ergriff. Zu seinem Erstaunen trat sie dichter an ihn heran und legte eine Hand auf seine Brust. „Ihre Torheit hätte deinen Tod zur Folge haben können."

Durch ihre Nähe setzte Alexanders Herz einen Schlag aus. Er fühlte sich wieder einmal betört und zumindest im Moment verspürte er keinerlei Beklommenheit. Eleanor schmiegte sich geradezu an seine Brust, ihre vollen Lippen wirkten einladend. Ihre Wangen waren leicht gerötet und ihre Augen funkelten. Er spürte, wie sich sein Puls bei der Aussicht auf einen weiteren Kuss der Lady beschleunigte.

„Ich wette, keine Seele in dieser Halle hätte mich vermisst", sagte er und hoffte, dass dem nicht so war.

Eleanors Augen glitzerten und er war wie gebannt von diesem Anblick ihrer Leidenschaft. „Das vermutest du zu Unrecht, Alexander Lammergeier", sagte sie entschieden, „denn ich hätte dich vermisst."

Zu seinem Staunen reckte sich Eleanor und berührte seinen Mund mit ihren Lippen.

Ihre Entscheidung war vernünftig, zumindest sagte Eleanor sich das. In der Tat wusste sie nicht, warum sie nicht schon eher darauf gekommen war.

Eine Ehe konnte nur aus zwei Gründen annulliert werden: wenn Mann und Frau vom selben Blut waren oder wenn die Ehe nicht vollzogen werden konnte. Sie und Alexander waren nicht blutsverwandt, also würde jede Begründung, die er dem Bischof gegenüber vorbringen könnte, allein auf der Unmöglichkeit beruhen, die Ehe zu vollziehen.

Und dieses Argument konnte recht einfach ausgeräumt werden.

Sie hatte nie einen Mann verführt. Wahrhaftig, sie hatte sich nie gewünscht, mit einem ihrer Ehemänner das Bett zu teilen, und hatte ihre ehelichen Pflichten mit einigem Widerstreben erfüllt. Hätte sie es außerdem gewagt, einen dieser Männer von sich aus zu umarmen, hätte sie für ihre schamlose Dreistigkeit deren Handrücken zu spüren bekommen.

Alexander hatte Begehren in ihr geweckt und sie nicht gezwungen, sich ihm hinzugeben. Und wie sich herausstellte, störte es ihn auch nicht, wenn sie ihm Leidenschaft zeigte. Sie küsste ihn, zunächst zaghaft. Sie schmeckte seine Überraschung, hörte seine unzusammenhängenden, lustvoll geraunten Worte und wusste, dass sie sich richtig entschieden hatte.

Sie legte ihren Mund auf seinen, ahmte seine frühere Umarmung nach und berührte seine Lippen mit ihrer Zunge. Alexander knurrte und sein Arm schloss sich um ihre Taille. Eleanor stellte sich auf die Zehenspitzen, sie umfasste sein Gesicht und zog ihn näher zu sich heran. Sie konnte die feinen Stoppeln auf seinem Kinn spüren, seine Haut riechen, ihn stöhnen hören.

Alexander umfasste ihre Pobacken und presste sie an sich. Eleanor schloss die Augen und küsste ihn erneut, gab sich ganz ihrem Verlangen hin.

Körperliche Liebe war für Eleanor immer eine Art Eroberung gewesen, die Eroberung ihres Körpers durch einen feindlichen Angreifer. Es ging darum, sich zu unterwerfen, sich auszuliefern und einem Mann Vergnügen zu bereiten, selbst wenn es auf ihre Kosten geschah. Sie war es nicht gewohnt, solch eine intime Nähe auszukosten, aber Alexander begnügte sich damit, sie mit Muße zu küssen. Zwar konnte sie die Heftigkeit seiner Reaktion spüren, aber er drängte sie nicht, er drückte sie nicht nieder, um sich zu nehmen, was ihm zustand.

Er lud sie ein, mit ihm gemeinsam Lust zu erleben.

Das allein wäre schon verlockend genug gewesen, aber da war auch noch das Hämmern seines Pulses unter ihren Fingerspitzen. Sie konnte spüren, wie sein Herz an ihrer Brust pochte, sie konnte fühlen, dass es ihm bis zum Hals schlug, sie konnte hören, wie er schnell einatmete, als sie ihn noch leidenschaftlicher küsste.

Sie hatte Macht bei dieser Begegnung, eine Macht, von der sie nie gewusst hatte, dass sie sie besaß, und sie würde lernen müssen, damit umzugehen. Sie zweifelte nicht, dass Alexander jede ihrer Bemühungen auskosten würde, und die Aussicht darauf ließ sie unter seinem Kuss lächeln.

„Was ist los?", fragte er und hob seine Lippen ein wenig. Er musterte sie, seine Augen waren strahlend blau, und ihr Lächeln wurde breiter.

„Vielleicht hätte ich mir mein Lächeln mit einem Kuss entlocken lassen sollen", murmelte sie und er grinste.

„Ich meine mich zu erinnern, dass es mir verboten wurde, dich zu berühren", sinnierte er. „Vielleicht ist meine Liebkosung ja doch nicht so unangenehm, wie du befürchtet hast."

„Vielleicht nicht", erwiderte sie und hielt seinen Blick fest.

„Und jetzt bietest du mir einen Kuss an."

„Ich biete dir weit mehr als einen Kuss an", flüsterte sie und erfreute sich daran, wie sich seine Augen verdunkelten. Unter seinem feurigen Blick löste sie das Band ihrer Chemise und zog es heraus. Ihr Busen kamen zum Vorschein, die Brustwarzen wurden unter seiner Betrachtung und in der kühlen Luft prall.

Er hob seine Hand und umfasste eine Brust, seine Finger griffen in die Seide ihres Gewandes. Dann beugte er sich vor und küsste die Brustspitze. Eleanor keuchte vor Wonne. Sie wölbte sich ihm entgegen und schloss die Augen, ließ es zu, dass er sie schmeckte, dass er ihr Freude bereitete.

Sie krallte ihre Finger in sein Haar und als er den Kopf hob, zog sie seine Lippen auf ihre. Sie küssten sich mit neu entdeckter Inbrunst und Eleanor spürte, wie seine Finger ihren Zopf lösten. Ihr Reif fiel, ihr Schleier wurde beiseitegeworfen. Sie fühlte sich wie die Kurtisane, für die sie sich ausgegeben hatte, und es war ihr gleichgültig.

„Ich bin Eurer Ritterlichkeit überdrüssig, Sir", flüsterte sie ihm ins Ohr, dann küsste sie es so ausgiebig, dass er aufstöhnte. „Vielleicht spielst du nur mit mir. Vielleicht begehrst du mich überhaupt nicht."

„Vielleicht bist du taub und blind", gab er zurück und Eleanor lachte. Er nahm sie in seine Arme und setzte sie auf den Tisch. Dann stützte er sich mit den Händen auf dem Holz ab und schaute sie an. „Ich dachte, du hättest Angst vor Männern."

Eleanor lächelte, denn sie wusste, dass jener Dämon in der Gegenwart dieses Mannes gebannt war. „Ich habe mich in der Vergangenheit vor Männern gefürchtet." Sie löste die Schnürungen an den Seiten ihres Kleides, wohl wissend, dass er sie begierig beobachtete. „Du scheinst mich von dieser Krankheit geheilt zu haben." Sie zog die Schnüre heraus und legte das seidene Kleidungsstück zur Seite. Die heruntergerutschte Chemise, die man ihr geliehen hatte, war in der Tat hauchdünn und verbarg nur wenig.

Alexander schaute sie an und schluckte.

Bestärkt durch seine Reaktion löste Eleanor das letzte Band, das ihr Haar zusammenhielt, und schüttelte den Kopf, sodass ihr die langen Locken über die Schultern fielen. Er beobachtete sie, ein Staunen in seinen Augen, das sie nur noch mehr ermutigte. Sie entledigte sich ihrer Chemise, dann lehnte sie sich rücklings gegen den Tisch. Dabei spürte sie das kalte Holz an ihrem nackten Gesäß. Sie trug nur noch Strümpfe und Schuhe und fühlte sich einen Moment lang verletzlich unter der Glut seines Blickes.

Dann schenkte er ihr ein Lächeln, das seine Augen zum Leuchten brachte, und legte eine Hand in ihren Nacken. „Hab keine Angst", flüsterte er und ihr Herz setzte einen Schlag aus, weil er ihre Unsicherheit bemerkt hatte. „Dein Vertrauen ist eine Ehre, der ich gerecht werden möchte." Sie hätte vielleicht gelächelt, so beruhigt war sie, aber Alexander neigte den Kopf und küsste sie intensiv.

Er verführte sie sowohl sanft als auch fordernd, er wartete auf ihr Einverständnis und ließ sie dann nach mehr verlangen. Seine Finger streichelten sie, während er eine Spur von Küssen auf ihrer Schulter und entlang des Schlüsselbeins verteilte. Es war, als würde er jede Rundung, jedes Muttermal allein durch Berührung kennenlernen. Eleanor hatte sich noch nie so umhegt gefühlt, ihr Körper war noch nie so sinnlich erkundet worden. Es war keine Gewalt in ihm und er hielt sie nicht fest. Eleanor wusste, dass sie ihn mit einer Fingerspitze zur Seite schieben könnte, und das war in der Tat ein berauschender Gedanke.

Alexander hatte es nicht eilig, vielmehr genoss er sie. Er umschloss ihre Brustwarze mit seinen Lippen und fand heraus, wie er diese am besten mit Zähnen und Zunge reizen konnte, bis sie sich keck noch weiter aufrichtete. Er fand die kitzelige Stelle in ihren Kniekehlen und liebkoste sie dort, bis sogar ihre Knochen beinahe dahinschmolzen. Irgendwie kam er dahinter, dass ein Kuss an ihrem Ohr jede Hemmung bei ihr beseitigte. Er umfasste ihre Taille mit seinen Händen und konnte sie fast ganz umschließen.

„Füreinander geschaffen", flüsterte er und Eleanor wagte zu hoffen, dass es so etwas gab.

Schließlich hob er den Kopf und sah so strubbelig und schalkhaft aus, dass sie begriff, er hatte noch etwas anderes im Sinn. Eleanor wusste, dass sie rot und zerzaust war und so erregt wie noch nie zuvor in ihrem Leben. Sie lechzte geradezu danach, seine Hitze in sich zu spüren.

Er lächelte frech, schob seine Hände auf ihre Hüften und dann wurde sein Kuss tatsächlich intim. Sein Kopf verschwand zwischen ihren Schenkeln, sein heißer Mund erreichte ihre geheimste Stelle. Lust durchflutete Eleanor und sie sank keuchend rückwärts auf den Tisch.

Alexander hörte nicht auf, sie zu streicheln, und das wollte sie auch gar nicht. Er weckte eine Leidenschaft in ihr, von der sie nicht geahnt hatte, dass sie sie besaß, und zwar mit einer solchen Leichtigkeit, dass sie erstaunt war, was sie verpasst hatte. Ihr Körper schien in Flammen zu stehen – ihre Finger hätten Funken sprühen können. Lust loderte in ihr wie ein Feuer, sodass sie fürchtete, davon verzehrt zu werden.

Sie stöhnte seinen Namen, er gluckste und sein Atem kitzelte sie noch mehr. Unerbittlich schürte er das Inferno in ihr, bis es lichterloh brannte. Sie krümmte und wand sich, sie suchte ein Ziel, das sie nicht zu benennen vermochte. Sie keuchte und es war ihr gleichgültig, wer sie hörte. Es gab nichts auf der Welt außer Alexanders betörendem Kuss.

Plötzlich schoss eine Stichflamme der Lust mit unerwarteter Heftigkeit in ihr hoch und verschlang sie. Eleanor schrie auf, sie schloss ihn zwischen ihren Knien ein, sie umklammerte die Tischkante. Noch nie hatte sie eine solche Leidenschaft empfunden, noch nie war sie so bis ins Mark erschüttert worden.

Als die Zuckungen nachließen, starrte sie ihn fassungslos an und er grinste, wohl wissend, was er getan hatte.

„Mehr", flüsterte sie, als sie wieder zu Atem gekommen war. „Ich will mehr."

Alexander war schnell bereit, dem Folge zu leisten. Er legte sich auf sie, seine Beinlinge waren offen, aber ansonsten war er vollständig bekleidet. Es stand Entschlossenheit in seinem Gesicht und ein so wildes Funkeln in seinen Augen, dass ihr Herz aufs Neue zu rasen begann. Sie schnappte nach Luft, als er in sie eindrang, denn er war ungewöhnlich groß, und packte seine Schultern, während er auf sie wartete.

Sie lächelte ihn an. Sie mochte seine Leidenschaft. Seine Stärke befriedigte sie, wie es kaum etwas anderes hätte tun können – oder so dachte sie, bis seine neckischen Finger wieder diese empfindliche Stelle fanden. Er küsste ihren Hals, die bewusste Stelle an ihrem Ohr, und Eleanor verlor von der Wonne, die er in ihr heraufbeschwor, beinahe die Besinnung. Er liebkoste sie, während sie sich in diesem uralten und intimen Tanz wiegten.

Seine Augen leuchteten in einem atemberaubenden Blau, sein Haar war wirr und feucht von Schweiß, seine Aufmerksamkeit war ganz auf sie gerichtet. Eleanor fühlte sich mächtig und gefangen zugleich, frei und gefesselt. Sie wusste, das war richtig, so sollten sich Mann und Frau im Bett begegnen und ihre Lust teilen.

Tränen stiegen ihr in die Augen, weil er ihr eine so wundersame Wahrheit zeigte. Sie hielt ihn fest und wünschte, dieser Moment würde niemals enden, aber auch, dass sie erneut diese berauschende Erlösung finden würde. Die Hitze zwischen ihnen nahm immer mehr zu, ihr Herz raste und Alexander lächelte sie an. Sie bewegten sich gemeinsam, einer im Bann des anderen, während sie ihrer Leidenschaft frönten. Dann traf sie der Blitz bis ins Mark.

„Alexander!", schrie sie, ohne sich darum zu kümmern, wer es hörte.

„Eleanor!", brüllte er und vergrub sich tief in ihr. Sie erschauerten beide, als sie gleichzeitig den Höhepunkt erreichten, dann wurden sie still. Er rollte von ihr herunter und legte sich neben sie auf den Tisch, hielt sie weiterhin fest im Arm und stieß ein zufriedenes Stöhnen aus. Eleanor streckte sich befriedigt aus und legte ihre Wange auf seine Brust.

Mit den Fingerspitzen spürte sie den Puls an Alexanders Hals, schloss erschöpft die Augen und lächelte, weil ihre Herzen im selben Rhythmus schlugen.

~

ELEANOR WÜRDE IHN UMBRINGEN.

So viel war sicher. Sollte sie ihn jeden Tag seines Lebens auf diese Weise verführen, würde er die Last, Laird von Kinfairlie zu sein, nicht mehr lange tragen müssen. Er war schockiert, dass er Eleanor genommen hatte, ohne sich auch nur zu entkleiden, doch sie hatte ihm nur die Zeit gelassen, seine Beinkleider aufzuschnüren. Während er nach Luft schnappte, wusste er, dass er nie wieder an diesem Tisch sitzen und über seinen Büchern brüten konnte, ohne sich an diesen Moment zu erinnern.

Sie lächelte ihn schüchtern an, ihre Haut war so rosig und ihr Haar so zerzaust, dass er versucht war, sie unverzüglich erneut zu nehmen. Er ließ eine Fingerspitze an der Seite ihres Kinns hinuntergleiten und sie senkte scheu die Lider. „Warst du zufrieden?"

Ihr Lächeln wurde schelmisch. „Konntest du das nicht merken?"

„Ich glaube schon", sinnierte er, begeistert von der Frau in seinen Armen.

Was immer Alexander sonst noch hätte sagen können, kam nicht mehr über seine Lippen. Auf der Treppe waren polternde Schritte zu hören, die sich anschließend seiner Kammer näherten, und er hatte nur einen Wimpernschlag Zeit, um zu erkennen, was geschehen würde, bevor es geschah.

„Nein!", brüllte er in dem Augenblick, als die Tür aufgerissen wurde. Er sprang auf und stellte sich vor die Lady, um ihre Nacktheit vor neugierigen Blicken zu verbergen.

„Alexander, geht es Euch gut?", fragte Anthony.

„Ich hörte Schreie und befürchtete Gewalt", sagte Isabella, während sie versuchte, um den Kastellan herumzuspähen. Alexander stützte sich auf dem Tisch ab und bemühte sich, Eleanor – und die intime Position, in der sie sich befand – vor den beiden an der Tür zu verbergen.

Anthony fluchte mit ungewohnter Heftigkeit und schob die neugierige Maid zurück in den Korridor. Er knallte die Tür zu und durch das Holz drang viel Hüsteln und Räuspern.

„Gott im Himmel, hat man denn keine Ruhe in dieser Behausung?", stöhnte Alexander und ließ seine Stirn auf Eleanors Schulter sinken.

Zu seiner Erleichterung begann die Lady zu lachen. „Du benötigst ein Schloss an dieser Tür."

„Ich habe eins", gab er zurück, dann warf er ihr einen schalkhaften Blick zu. „Hätte ich gewusst, dass du vorhast, mich zu verführen, hätte ich davon Gebrauch gemacht."

Sie tat so, als würde sie nachdenken. „In Zukunft sollte ich vielleicht die Tür abschließen, wenn ich so etwas vorhabe."

„Das solltest du vielleicht tun", stimmte er zu. Sie lächelten einander an, dann entfernte sich Alexander widerstrebend von ihrer wohligen Wärme. „Du wirst dich erkälten." Er legte seinen Tappert ab und gab ihn ihr. Dann entfachte er ein größeres Feuer in der Feuerschale und reichte ihr eine Schüssel mit Wasser und ein Tuch.

Anthony räusperte sich nachdrücklich auf der anderen Seite der Holztür. „Ich nehme also an, Mylord, dass Ihr keine Nachricht an den Bischof schicken werdet?"

Alexander sah Eleanor an, die seinen Blick erwiderte. Dann schauten sie gleichzeitig auf das Schreiben, das er erst vor Kurzem verfasst hatte, und ihm wurde klar, dass er keinen Grund mehr hatte, die Auflösung der Ehe zu erbitten.

Und es gab Zeugen dafür.

Eleanor war plötzlich sehr darauf bedacht, ihre Schnüre richtig zu binden, und ihr Verhalten nährte Alexanders Misstrauen. Sie sah schuldbewusst aus, genau wie seine Schwestern, wenn einer ihrer Streiche ans Tageslicht kam.

„Sag mir, dass es kein Plan war, den du ausgeheckt hast", sagte er mit heiserer Stimme.

Sie erwiderte nichts, zog lediglich ein Band fester zu. Ihre zusammengepressten Lippen verrieten jedoch eine Dickköpfigkeit, die er nur allzu gut kannte.

Er trat an ihre Seite, umfasste ihren Ellbogen und zwang sie, ihn anzusehen. „Hast du mich verführt, um sicherzugehen, dass es keine Annullierung geben kann?"

„Ich muss dir nicht antworten."

„Oh doch, das musst du", erwiderte er hitzig. „Ich will eine Antwort und ich will, dass Ehrlichkeit zwischen uns herrscht, oder wir werden keine Ehe führen. Wenn du mir nicht die Wahrheit sagen kannst, werde ich einen Weg finden, dich loszuwerden, darauf kannst du dich verlassen."

Ihre Augen blitzten. Sie hob ihr Kinn und hielt seinem Blick kühn stand. „Ich möchte mit dir verheiratet sein, Alexander Lammergeier. Ich habe mich entschieden, dich zum Ehemann zu nehmen, und ja, deshalb habe ich beschlossen, dafür zu sorgen, dass unsere Ehe vollzogen wird. Ich wollte sicherstellen, dass es keine Grundlage für eine Annullierung gibt."

„Ich kann dich immer noch loswerden."

Sie presste ihre Lippen zusammen. „Das wird nicht so einfach möglich sein."

„Hast du darauf geachtet, dass es Zeugen gibt?"

Ihre Wangen wurden schon bei dem bloßen Gedanken flammend rot. „Nein!"

Alexander glaubte ihr, zumindest in diesem Punkt. Er schritt in der Kammer auf und ab und fuhr sich mit der Hand durch die Haare. Die Wahrheit, die sie preisgab, gefiel ihm nicht. Er starrte sie von der anderen Seite des Raumes her an. „Warum?"

Sie biss die Zähne zusammen und schaute ihn vorsichtig an. „Weil du nicht wie die anderen Männer bist, die ich kenne. Weil ich die Gelegenheit ergreifen wollte, mit einem Mann verheiratet zu sein, der mich mit Würde behandelt."

Wenn sie sich auf Leidenschaft berufen hätte, wenn sie ihm ihre Liebe gestanden hätte, wäre es vielleicht leichter gewesen, ihrer Regung Glauben zu schenken. Aber Alexander betrachtete die eigensinnige Frau, die vor ihm stand, und wusste, dass sie wenig von Leidenschaft und Liebe verstand und dass selbst Würde etwas ganz Neues für sie war.

Und damit war die Entscheidung für ihn gefallen. Es zerriss ihm das Herz, dass sie so schlecht behandelt worden war, und obwohl er wusste, dass er sie lehren konnte, etwas Besseres zu erwarten, war ihm auch klar, dass der Weg nicht einfach sein würde. Er stieß einen Seufzer aus. „Offenheit", beharrte er sanft. „Zwischen uns muss Offenheit herrschen."

Sie holte tief Luft und nickte. „Du sollst alle Offenheit von mir bekommen, die du dir wünschst, Alexander Lammergeier. Ich möchte dich jedoch bitten, mir nicht die Schuld zu geben, wenn sie dir nicht schmeckt."

Ihre Blicke begegneten sich und hielten einander über die gesamte Breite der Kammer hinweg fest. „Einverstanden." Sie hatte viel erlebt, das hörte er aus ihren Worten heraus. Er nahm das Schreiben vom Tisch und warf es in die Flammen der Feuerschale. Er sah, wie sie vor Erleichterung aufatmete und ungeweinte Tränen in ihren Augen schimmerten.

„Ich danke dir", sagte sie leise und er wurde demütig vor ihrer Schönheit und ihrem Stolz.

Eleanor würde nie um einen Bissen von seinem Tisch betteln und sie hatte keine Skrupel, ihm zu sagen, dass er im Unrecht war. Er respektierte ihren Verstand und ihr Wissen. Ihr Rat würde ganz sicher von unschätzbarem Wert für ihn sein.

Er konnte ihr im Gegenzug beibringen, dass ein Gatte seiner Lady mehr schuldete, als ihre früheren Ehemänner ihr gewährt hatten.

Alexander lächelte Eleanor an. Er sah den Ring seiner Mutter gern an ihrem Finger, es gefiel ihm, dass sein Herz einen Sprung gemacht hatte, als er sie zum ersten Mal erblickte. Er nahm ihre Hand in seine und küsste ihre Knöchel und als sie errötete, wagte er zu hoffen, dass ihre Wunden heilen würden.

Dann erhob Alexander seine Stimme, ohne seine Braut aus den Augen zu lassen. „Sie haben richtig vermutet, Anthony. Es wird keine Aufhebung der Ehe geben und Kinfairlie hat seit dem heutigen Tag eine neue Herrin."

„Hurra!", rief Isabella auf der anderen Seite der Tür. Eleanor und Alexander lächelten einander an, als sie hörten, wie die Maid in die Hände klatschte. „Ich werde es den anderen erzählen!"

Isabellas Schritte entfernten sich eilig, dann räusperte sich der ältere Mann. „Sehr wohl, Mylord." Er senkte die Stimme. „Darf ich also davon ausgehen, dass Ihr heute Nachmittag beschäftigt sein werdet, Mylord?"

„Das dürfen Sie in der Tat", erwiderte Alexander mit einem Lächeln. „Wie Sie wissen, ist es unerlässlich, dass ich meine Bücher vor Jahresende gründlich überprüfe. Es gibt Vermögenswerte auf Kinfairlie, die ich noch nicht vollständig in den Bestand aufgenommen habe."

Er nahm Eleanor in seine Arme und sie begann zu lächeln. Beide vergaßen Anthonys Anwesenheit, bis sich der Mann erneut räusperte. „Sehr wohl, Mylord."

„Verschließ die Tür", flüsterte Eleanor, als sie das Bett erreichten, und Alexander kam dieser Bitte nur allzu gern nach. Dass er seiner Ehefrau den Schlüssel mit einer schwungvollen Bewegung überreichte, brachte ihm ein Lächeln ein, das ihn bis in die Zehenspitzen erwärmte.

Es wurde bereits dunkel, als Eleanor in dem großen Bett im Privatgemach des Lairds von Kinfairlie erwachte. Einen Moment lang war sie verwirrt, weil sie sich in einem fremden Bett befand und nichts trug außer einem Ring, der ein ungewohntes Gewicht an ihrer Hand darstellte. Alexander schlummerte neben ihr, sein Haar war zerzaust und ein Lächeln lag auf seinen Lippen. Sie gab einem Impuls nach und strich die dicken Haarsträhnen aus seiner Stirn, nur um zu sehen, dass sich seine Augen öffneten.

„Es muss der König von Jerusalem höchstpersönlich gewesen sein", sagte er mit funkelnden Augen.

Eleanor lächelte. Er hatte heute Nachmittag im Scherz versucht, den Namen ihres ersten Ehemannes zu erraten. Allerdings waren seine Vorschläge von Anfang an recht wunderlich gewesen. Hatte es jemals einen Mann gegeben, der so sehr darauf bedacht war, sie zum Lächeln zu bringen?

Es hatte, das wusste sie, noch nie einen gegeben, der bei diesem Unterfangen so erfolgreich war.

„Natürlich nicht!", sagte sie und täuschte Strenge vor. „Es gibt heutzutage keinen König von Jerusalem."

„Seit wann? Keiner hat mir von dieser schockierenden Tatsache erzählt." Alexander beugte sich vor und küsste sorgfältig eine ihrer Brustwarzen, als ob die Antwort auf politische Fragen an ihrem Busen zu finden wäre.

Eleanor lachte, dann stockte ihr der Atem, als er begann, mit der Zunge ihre Haut zu liebkosen. Dieser Mann könnte eine Statue verführen, so viel stand fest. „Es ist Jahrhunderte her, dass Saladin Jerusalem eroberte."

„Wirklich?" Alexander ließ seine Finger zwischen ihre Schenkel gleiten, ohne großes Interesse an der Geschichte des Königsreichs Jerusalem zu zeigen. „Jemand hätte mir das sagen müssen."

„Ich habe keinen Zweifel daran, dass du deinem Hauslehrer nicht allzu viel Aufmerksamkeit geschenkt hast."

Alexander gluckste. „Stimmt." Eleanor keuchte, als er ihre Leidenschaft erneut so einfach erweckte. „Dann war dein Mann vielleicht der große Dichter Taliesin", überlegte er weiter, als würde er nicht gerade ein Feuer in ihr entfachen.

„Seit vielen Jahrhunderten tot", stieß Eleanor hervor.

„Der Ritter Lanzelot."

„Der war in Guinevere verliebt."

„Obwohl nirgendwo der Name einer Frau, die er sich genommen haben könnte, verzeichnet ist. Und wahrlich, würde es eine Frau nicht gegen die Männer aufbringen, wenn sie mit einem Ritter verheiratet wäre, der so leidenschaftlich um die Frau eines anderen Mannes wirbt?"

„Ich vertraue darauf, dass du das nicht tun wirst."

„Ich beabsichtige, nur meiner eigenen Frau den Hof zu machen", sagte er und sah sie mit schmachtendem Blick an.

„Sie wird auf jeden Fall gründlich verführt."

Alexander grinste und streckte sich neben ihr aus. Seine Finger bewegten sich immer noch an ihrer empfindlichen Stelle und brachten sie dazu, sich zu winden und an ihm zu reiben. Mit seiner freien Hand hielt er ihre Handgelenke über ihrem Kopf fest.

Eine solche Position versetzte Eleanor in Panik, aber sie kämpfte gegen ihr instinktives Verlangen an, sich ihm zu entziehen. Alexanders Griff war locker, sein Verhalten ungezwungen, ja, er lächelte sie sogar an.

Sie bemühte sich, ihren Atem zu kontrollieren und die Furcht zu verbergen, die sie ergriffen hatte.

Er betrachtete sie und sie fragte sich, was er sah, denn er gab ihre Hände kommentarlos frei. Seine Fingerspitzen tanzten über ihren ganzen Körper und lösten eine Vielzahl von lustvollen Schauern aus, und als sie lächelte, begannen die Fünkchen in seinen Augen wieder zu tanzen.

Dass seine Lust daher rührte, dass er ihr Lust verschaffte, war für Eleanor neu, doch dieser Gedanke gefiel ihr. Ihr gefiel ebenfalls, dass er ihr Zeit ließ, sich an ihn zu gewöhnen.

„Aber das Herz meiner Lady ist noch schwieriger zu erreichen als ihre Zufriedenheit im Bett", sagte er leise.

Eleanor hielt den Atem an. „Ihr Herz?"

Er zog eine Braue hoch. „Welcher Ritter würde nicht die unsterbliche Liebe seiner Ehefrau erringen wollen?"

„Liebe?" Eleanor löste sich aus seiner Umarmung. „Liebe hat keinen Platz in einer Ehe", sagte sie entschieden.

Seine Augen verengten sich. „Beabsichtigst du also, sie außerhalb der Ehe zu suchen?"

„Nein, nein! Aber Liebe übersteigt sicherlich die Erwartungen und Wünsche vernünftiger Männer und Frauen."

Sie erhob sich vom Bett und zog hastig ihre Chemise über. Alexander blieb liegen, nackt, seine Augen funkelten wie die eines Katers auf der Jagd.

Eleanor richtete sich auf und fühlte sich durch das hauchdünne Leinen zwischen ihnen etwas vor ihm geschützt. „Schließlich sollten Vergnügen und Respekt genug sein", sagte sie lächelnd.

Alexander war von dieser Auffassung offensichtlich nicht überzeugt. „Deine Ehemänner können nicht viel getaugt haben, wenn dich beide von einer solchen Vorstellung überzeugt haben."

„Es war mein Vater, der mich das gelehrt hat."

Alexander sah sie mit festem Blick an und sie wusste, dass sie ein weiteres Thema gefunden hatte, das ihm am Herzen lag. Ein lebhafter Blick aus seinen blauen Augen traf sie und er rührte sich nicht. Sie spürte die Kraft seines Willens, der sich auf sie richtete, und ihr war klar, dass er sich nicht so leicht von seiner Meinung abbringen lassen würde.

„Mein Vater hat mich gelehrt, dass Liebe eine gute Ehe ausmacht", sagte er mit samtiger Stimme.

Eleanor drehte sich um und griff nach ihrem Kleid.

„Wohin gehst du?"

„Du musst hungrig sein. Ich hole eine Mahlzeit aus der Küche."

„Das brauchst du nicht zu tun. Ich kann Anthony herbeirufen."

„Ich muss auch die Latrine aufsuchen", log sie. Alexanders Blick huschte zu dem Eimer, der zu diesem Zweck aufgestellt war, aber er sagte nichts weiter.

Er erhob sich mit katzenhafter Anmut vom Bett und kam an ihre Seite. „Ich würde vorschlagen, dass du dich ordentlich kleidest, bevor du dich in der Halle zeigst", neckte er sie und schnippte mit den Fingerspitzen gegen ihre Seiten. Sie hatte die Schnur so schnell durchgezogen, dass sich die Ösen nicht genau gegenüberlagen und sich die Seiten des Kleides bauschten.

Eleanor errötete, denn so ungeschickt war sie sonst nie. Alexander lächelte, als er die Schnürung wieder löste. Er beugte sich vor, berührte mit seinen Lippen ihre Schläfe und flüsterte: „Es ist nicht so schlimm, dass die Aussicht, deinen Mann zu verlassen, dir so viel Unbehagen bereitet."

„Das ist es nicht!"

„Nicht?" Er beobachtete sie und sah für Eleanors Geschmack zu viel.

Sie wandte ihm den Rücken zu und fühlte sich in der Tat unbehaglich. Sie kämmte ihr Haar und richtete ihren Schleier, aber sie konnte ihren unregelmäßigen Herzschlag genauso wenig kontrollieren wie zu der Zeit, als sie nackt gewesen war. Zu sehr war sie sich Alexanders starker Finger bewusst, als er gemächlich die Schnüre befestigte, zu sehr spürte sie seine Wärme an ihrer Seite und die Lust, die er in ihr mit einer Berührung erwecken konnte. Sie wagte nicht zu vergessen, wie wenig sie erst über ihn wusste und dass jeder Mann für ein paar Tage oder Wochen charmant sein konnte.

Millard war immerhin fast ein Jahr lang reizend zu ihr gewesen. Sie hielt den Atem an, als Alexander ihre Taille mit seinen Händen umfasste, und schloss die Augen vor seiner ungeheuren Anziehungskraft.

„Ich erwarte mehr von der Ehe, Eleanor", flüsterte er. „Du hast vielleicht gelernt, weniger zu erwarten, aber ich erwarte mehr. Du wirst mir dein Herz schenken, auch wenn es dir noch so sehr widerstrebt."

Eleanor schluckte. Sie fürchtete, er könnte tatsächlich Erfolg haben. Und was würde dann aus ihr? Wie machtlos würde sie sein, sobald dieser Mann ihr Herz in seinen Händen hielt?

Sie konnte nicht anders, als den Blick zu heben, denn sie spürte das volle Ausmaß seiner Aufmerksamkeit, doch sie war auf das tiefe Blau seiner Augen nicht gefasst. Sie starrte ihn wortlos an, gleichzeitig erschrocken und berauscht von dem, was er ihr versprach, dann grinste er plötzlich und schnippte mit den Fingern. „Prester John! Das muss dein Gemahl gewesen sein, von ihm hast du deine Vorliebe für ausländische Textilien."

„Den gibt es doch gar nicht!", protestierte Eleanor mit einem unfreiwilligen Lächeln.

Alexander drohte ihr mit dem Finger, sein Verhalten war verschwörerisch. „Das erzählt man, aber es ist sicher alles eine ausgeklügelte List." Er rückte dicht an sie heran und senkte seine Stimme: „Sag mir, hat er dir irgendwelche Geheimnisse über die Herstellung von Münzen verraten? Ich habe gehört, dass er Unrat in Gold verwandeln konnte, und ich muss sagen, dass ich Unrat im Überfluss habe."

Er scherzte, doch Eleanor wusste, dass sie ihm in dieser Angelegenheit behilflich sein konnte.

„Erhebe höhere Zölle auf ein- und ausgehende Waren", sagte sie knapp. Ihr Gebaren stand in so scharfem Gegensatz zu seinem, dass Alexander blinzelte. „Und höhere Gebühren für die Rechtsprechung bei deinen Gerichtsverhandlungen. Die Leute sind nicht kleinlich, wenn sie für einen Vorteil bezahlen sollen. Lass Jahrmärkte stattfinden, aber gegen ein fürstliches Entgelt dafür, dass du das Land zur Verfügung stellst. Verlange auch Gebühren für die Benutzung der Brücken und Straßen in deinem Herrschaftsgebiet sowie für das Recht, in deinem Hafen anzulegen, falls du einen hast. Erhebe eine Steuer auf Luxusgüter, von Seide und Bier bis zu Silber, denn die Reichen, die sich solche Waren leisten, können auch ein paar Pennys für die Schatztruhen des Lairds entbehren."

Alexander betrachtete sie erstaunt. „Woher weißt du über solche Dinge Bescheid?"

„Mein Vater hat mir Lesen, Schreiben und Rechnen beigebracht, um sicherzugehen, dass mich nie jemand betrügen würde." Eleanor richtete sich auf. „Bis ich das erste Mal verheiratet wurde, habe ich die Bücher in seinem Haushalt geführt."

„Hat er das nicht selbst gemacht?"

„Er ist viel gereist."

Alexander blinzelte. „Aber er hatte doch sicher Sekretäre?"

„Er hatte mich und das genügte." Sie begegnete seinem Blick, als wollte sie ihn herausfordern, sie weiter zu befragen, aber Alexander runzelte nur die Stirn. Er sah aus, als wollte er etwas hinzufügen, aber Eleanor drehte sich um. „Ich gehe besser, bevor der Koch die Küche verlässt."

„Soso." Alexanders Stimme klang versonnen. Er zog seine Beinlinge an, wobei er mehr als einen durchdringenden Blick in ihre Richtung warf. Er war zu nachdenklich, sein Blick zu prüfend und Eleanor war froh, aus seinem Gemach treten zu können, bevor er alle ihre Geheimnisse enthüllte.

Es bestand kein Zweifel, dass Alexander zu viel sah. Dass er entschlossen war, ihr Herz zu gewinnen, ließ sie schneller die Treppe hinunterlaufen. Es bestand keine Aussicht, dass sie ihren Mann jemals lieben würde, ganz gleich, wie gut aussehend und charmant er sein mochte. Eleanor hatte sich das schon vor Jahren geschworen und sie würde nicht zulassen, dass ein einziger Tag in der Gesellschaft von Alexander Lammergeier ihre Meinung änderte.

Am besten wappnete sie sich mit aller Macht dagegen, damit er nicht zu viele ihrer Geheimnisse herausfand. Und am besten machte sie sich nützlich, denn sie wünschte sich bereits verzweifelt, auf Kinfairlie bleiben zu können, und sie hatte nichts als ihre eigenen Werte, die sie dem unwiderstehlichen Laird anbieten konnte.

Gab es einen besseren Zeitpunkt als diesen, um den Haushalt ihres

Ehemannes zu organisieren und dafür zu sorgen, dass alles wie am Schnürchen lief? Sie würde Alexander eine Mahlzeit bringen lassen und hoffen, dass er einschlief, bevor sie in sein Gemach zurückkehrte. Er konnte sich nicht darüber beschweren, dass sie ihre Pflichten erfüllte, zumal sie an diesem Tag schon einige Male miteinander geschlafen hatten.

Perfekt.

DEN GANZEN ABEND über hatte Isabella mit ihren Schwestern zusammengesessen und an einem Wandbehang für den Saal gestickt, den Annelise entworfen hatte. Sie wartete ungeduldig auf die Möglichkeit, ihre Absicht auszuführen. Wie lange konnten Alexander und Eleanor im verschlossenen Privatgemach bleiben? Isabella hatte sich viel öfter nach ihnen Ausschau gehalten als ihre Schwestern, viel öfter als diejenigen, die zum Trinken und Plaudern in der Halle verweilten.

Schließlich sah Isabella Eleanor die Halle betreten. Es war der Moment, auf den sie gewartet hatte, und sie zappelte förmlich vor Ungeduld, dass Eleanor hingehen würde, wo auch immer sie hingehen musste.

Sie wusste, dass nur sie ihre neue Schwägerin beobachtete.

In der Tat blieb Eleanor in den Schatten, als wollte sie nicht auffallen. Das war auch besser so. Ihre Schuhe passten nicht zueinander und ihre Wangen waren gerötet. Sie sah aus, als hätte sie ihre Chemise verkehrt herum angezogen. Isabella lächelte und vermutete, dass ihr Bruder diese Frau so verwirrt hatte, obwohl sie zuvor gewirkt hatte, als könnte sie beinahe nichts aus der Ruhe bringen.

Alexander besaß schließlich ein ziemliches Maß an Charme.

Isabella behielt sie verstohlen im Blick. Sobald Eleanor überzeugt war, dass man sie nicht bemerkt hatte, machte sie sich auf den Weg zur Küche und verschwand im dunklen Korridor.

Natürlich, das neue Paar würde hungrig sein, denn sie hatten das Abendessen verpasst. Durch seine Abwesenheit in der Halle gab es ein Detail, das Alexander noch nicht über seine neue Frau wusste, und

Isabella wollte diejenige sein, die ihn darüber in Kenntnis setzte, immerhin schuldete sie ihm mehr als nur einen Gefallen.

Hier war ihre Chance!

Isabella steckte ihre Nadel vorsichtig in den Wandteppich und gähnte ausgiebig. „Oh, ich bin unglaublich müde", sagte sie und lächelte ihre Schwestern an. „Ich glaube, ich muss ins Bett."

„Du willst nur aufhören, zu sticken", warf Elizabeth ihr vor.

„Ich bin müde, weil du die letzte Nacht die ganze Zeit geschnarcht hast", gab Isabella zurück.

„Das habe ich nicht!"

„Du hast tief geschlafen und geträumt, Elizabeth, denn selbst als ich dich mit meinem Fuß angestupst habe, hast du nicht aufgehört." Isabella gähnte erneut. „Ihr wisst, dass ich meinen Schlaf brauche."

Vivienne lächelte. „Ich bezweifle, dass es ein sanfter Stupser war."

Elizabeths Gesichtsausdruck wurde störrisch. „Du bist faul, das ist alles."

„Mach dich nicht lächerlich", rügte Annelise sie leise. „Isabella hat doppelt so viel Arbeit geleistet wie du."

„Es ist nicht meine Schuld, dass sie geschickt mit der Nadel umgehen kann und ich nicht", brummte Elizabeth.

„Aber es ist deine Schuld, dass du in letzter Zeit ungewöhnlich mürrisch bist", bemerkte Madeline. „Was ist los mit dir, Elizabeth?"

„Nichts." Die jüngste Schwester presste eigensinnig die Lippen aufeinander und beugte sich über ihre Arbeit. Die anderen tauschten besorgte Blicke, aber Elizabeth übersah sie geflissentlich.

Isabella verließ die Gruppe, mehr mit ihrem Ziel beschäftigt als mit Elizabeths Launen. Sobald sie außer Sichtweite der Halle war, rannte sie die Treppe hinauf bis in die Etage, die Alexander vorbehalten war. Sie klopfte an seine Tür, ermutigt durch den Lichtstreifen, der darunter hindurchfiel. „Alexander?"

„Komm rein, Isabella."

„Siehst du anständig aus?"

Alexander lachte, ein Echo seines alten Ichs. „Ich bin angezogen, wenn du das meinst."

Isabella stieß die Tür auf und blieb stehen, als sie ihres Bruders ansichtig wurde, der über seine Bücher gebeugt war. Er wirkte zerzaust und sein Hemd war nur teilweise zugeschnürt, die Ärmel hatte er hochgeschoben, sodass man die verblassende Bräune auf seinen Unterarmen erkennen konnte. Er stützte sich auf seine Fäuste und ging mit ungewöhnlichem Eifer seine Bücher durch. Er war so voller Lebenskraft wie schon seit Monaten nicht mehr. Isabella fiel erst in diesem Moment auf, wie alt und müde Alexander im letzten Jahr gewirkt hatte und dass er nur noch ein Schatten seiner selbst gewesen war.

Ein Schmerz durchzuckte sie, als ihr klar wurde, dass zutraf, was Eleanor über Alexanders Bürde gesagt hatte, und dass sie alle für diese Wahrheit blind gewesen waren.

„Bist du wirklich mein Bruder?", fragte sie in neckischem Ton. „Denn ich weiß, dass er keine solche Begeisterung für seine Bücher an den Tag legt."

Alexander grinste, ein Abbild seines alten schalkhaften Ichs. „Eleanor hat mich auf einen Einfall gebracht, genauer gesagt, auf mehrere." Er legte seine Feder mit unverhohlener Zufriedenheit beiseite. „Es sind auf jeden Fall gute Ideen. Was auch immer deine Absicht war, du hast einen Schatz von einer Ehefrau für mich gefunden." Er lächelte sie voller Zuneigung an. „Und bist du wirklich meine Schwester Isabella? Es ist zu früh für sie, um sich zurückzuziehen, denn sie ist immer die Letzte, die ein Fest verlässt. Erzähl mir nicht, dass alle anderen Seelen am Weihnachtsabend schon so früh zu Bett gegangen sind!"

„Natürlich nicht." Isabella trat über die Schwelle, die Hände ineinander verschränkt. „Eleanor hatte recht. Ich muss mich bei dir entschuldigen, Alexander. Ich habe nicht geahnt, wie stark der Trunk war, den Jeannie gemischt hat, und ich habe nie gefragt, was sie hineingetan hat. Ich hätte vorsichtiger sein müssen." Die Angst, die sie empfunden hatte, als Eleanor von dem Kraut erzählt hatte, wallte wieder in ihr auf und ihre Stimme wurde lauter: „Ich wollte dir nie etwas Böses. Das musst du mir glauben!"

Alexander durchquerte sofort den Raum und umarmte sie. „Ich weiß, Isabella. Es ist keine Bosheit in dir."

„Trotzdem hätte etwas Schlimmes passieren können!"

„Es ist aber nichts passiert und damit ist die Sache erledigt."

„Aber du –"

„Bist gesünder als erwartet, das ist klar." Er hielt sie an den Schultern fest und warf ihr einen strengen Blick zu, so wie es ihr Vater getan hätte. Sie wusste, er wollte nichts mehr davon hören. „Wie ich erfahren habe, hast du Ceara deinen Silberring überlassen."

Isabella trat von einem Fuß auf den anderen. „Das schien mir das Mindeste zu sein, was ich tun konnte, um Wiedergutmachung zu leisten."

„Das war lieb von dir und ich bedaure, dass ich keinen Ring habe, mit dem ich ihn ersetzen könnte."

Sie berührte seinen Siegelring. „Außer dem, den ich ersetzt habe."

Alexander schüttelte den Kopf. „Ich habe vor, ihn vom heutigen Tag an ständig zu tragen."

„Das ist auch gut so, denn einen weiteren Silberring habe ich nicht." Sie lächelten sich an und Isabella berührte erneut seine Hand. „Es war nett von dir, Alexander, dafür zu sorgen, dass die beiden die Möglichkeit hatten, miteinander zu sprechen."

„Na ja, ich hatte es satt, dass Matthew immer zum Himmel hinaufseufzte, wenn ich an der Mühle vorbeikam", sagte er mit einem Augenzwinkern. „Sein Vater sicher auch. Die beiden brauchten nur einen kleinen Anstoß, um auf Kurs zu kommen."

Bezeichnenderweise rechnete Alexander sich das, was er getan hatte, kaum als Verdienst an, obwohl er es als seine Pflicht angesehen hatte, es zu tun.

Isabella blickte zu Boden, unsicher, wie sie beginnen sollte. „Ich möchte, dass du weißt, Eleanor hat dich kühn verteidigt, so wie eine Lady ihren Gemahl verteidigen sollte. Und ich bedaure, dass ich nie deine Seite der Dinge gesehen habe."

„Das hat sie getan?" Alexander schaute sie interessiert an.

„Mir war nicht klar gewesen, was für ein Glück wir haben, dass es uns auf Kinfairlie so gut geht, bis sie von ihrem eigenen Schicksal erzählte."

Er horchte auf. „Und was hat sie gesagt?"

„Sie wurde mit zwölf Jahren gegen ihren Willen mit einem Mann verheiratet, der mehr als sechzig Sommer gesehen hatte!" Isabella konnte ihr Entsetzen nicht unterdrücken. „Und er war grausam zu ihr, dessen bin ich mir sicher."

„Und dann wurde sie mit Ewen Douglas getraut", setzte Alexander nachdenklich hinzu.

Isabella konnte es sich nicht verkneifen, eine Grimasse zu ziehen.

„Kein Wunder, dass sie so wenig von Männern und der Ehe erwartet", fuhr Alexander fort.

„Sie muss denken, du bist zu gut, um wahr zu sein", neckte Isabella ihn, doch ihr Bruder schien diese Vorstellung ernüchternd zu finden.

„Möglicherweise." Er durchquerte die Kammer, offensichtlich in Gedanken versunken, und Isabella scheute sich, ihn zu unterbrechen. Er drehte sich plötzlich um und blickte sie an, dann lächelte er. „Ich möchte dich um einen Gefallen bitten, Isabella."

„Jeden!"

„Sei nicht so schnell bereit, etwas zu geloben, ohne zu wissen, was es ist", tadelte er sie, genau wie ihr Vater, der immer gesagt hatte, Isabella wäre zu voreilig mit ihren Versprechen.

„Was ist es denn?"

„Ich bitte dich, mir zu sagen, ob es einen Mann gibt, der dein Herz erobert hat. Oder auch, ob es einen gibt, den du unbedingt treffen möchtest. Erzähl es mir einfach und ich werde dafür sorgen, dass es geschieht."

Ihr stockte der Atem. „Willst du mich gegen meinen Willen verheiraten?"

Er betrachtete sie mit ernster Miene. „Du kannst nicht für immer auf Kinfairlie bleiben", sagte er sanft. „Du solltest es auch nicht wünschen. Erwähle dir einen Bräutigam, sonst bin ich gezwungen, einen für dich auszusuchen. Das ist meine Pflicht als dein Vormund."

Isabella nickte. Sie verstand die ganze Tragweite seiner Worte. „Gibt es ein Datum, bis zu dem ich mich entscheiden muss?"

Alexander warf einen flüchtigen Blick auf seine Bücher, einen besorgten Blick, der Isabella einen Kälteschauer über den Rücken jagte. „Natürlich nicht", antwortete er mit der ungezwungenen Zuversicht, die sie so gut kannte. Einst verbarg sich hinter einem solchen Ton ein Scherz. Jetzt wusste sie nicht, was sie davon halten sollte. Er zwinkerte ihr zu. „Aber du musst wissen, dass du jung und hübsch bist, und Männer verlieben sich leichter in Jungfrauen, die ein blühendes Aussehen haben."

Isabella stemmte eine Hand in die Hüfte. Zorn stieg in ihr auf, als sie ihre neue Schwägerin verteidigte: „Oh, heißt das, dass du Eleanor nicht lieben wirst, nur weil sie schon einmal verheiratet war und somit nicht mehr jungfräulich ist?"

„Nein!" Alexanders Lächeln wurde breiter, und er schüttelte den Kopf. „Nein, solch ein grausames Schicksal erwarte ich nicht." Sein alter Humor ließ seine Augen blitzen.

„Ihr seid heute Nachmittag nicht in die Halle gekommen", wagte sie zu sagen.

„Nein, das sind wir nicht." Alexander erwiderte ihren Blick ungerührt.

Isabella, die furchtbar neugierig auf intime Dinge war, traute sich, etwas hinzuzufügen, obwohl ihre Wangen über ihre eigene Unverfrorenheit brannten: „Ich habe nicht richtig erkennen können, was ihr heute Morgen gemacht habt, und ich habe mich gefragt, was genau ..."

„Und du hättest nicht so viel sehen sollen, wie du bereits gesehen hast", tadelte er sie mit gespielter Missbilligung, die sie eher an Anthony erinnert hätte, wenn seine Augen nicht so verschmitzt gefunkelt hätten. „Dem Blick einer Jungfrau sollten manche Dinge verborgen bleiben, Isabella Lammergeier."

„Ich bin aber neugierig!"

„Und deine Neugierde wird in deiner Hochzeitsnacht befriedigt werden, so wie es sich gehört. Ist das nicht Anreiz genug, sich einen Ehegatten auszuwählen?"

„Du passt jedes Detail deinen Zielen an!", sagte Isabella lachend, dann lächelten sie einander verständnisinnig zu.

Anthony klopfte an die Tür und stieß sie auf. Als er Isabella erblickte, blieb er überrascht auf der Schwelle stehen. Er trug ein schwer beladenes Tablett und seine Züge waren von etwas erleuchtet, was man auf einem anderen Gesicht vielleicht als Freude bezeichnet hätte. Alexander und Isabella verstummten.

„Ich bitte um Verzeihung, Mylord, aber ich dachte, Ihr wärt allein."

„Selbst Sie können sich gelegentlich irren, Anthony", erwiderte Alexander, und Isabella musste grinsen. Ihr Bruder zwinkerte ihr zu und hielt dann die Tür auf.

Der Kastellan durchquerte die Kammer und beschäftigte sich mit dem Anrichten des Mahls, wobei sein Verhalten darauf hindeutete, dass er nicht gleich wieder gehen würde. Er musste Alexander etwas zu sagen haben.

Isabella entschuldigte sich und eilte zu der Kammer, die sie mit ihren Schwestern teilte. Dabei lächelte sie die ganze Zeit. Welche Beanstandungen Alexander auch im Hinblick auf seine Hochzeit gehabt haben mochte, offensichtlich waren sie beseitigt und sein Glück mit Eleanor schien gesichert.

Isabella hatte nun nichts weiter zu tun, als sich alle Männer in Erinnerung zu rufen, denen sie bisher begegnet war, und dann zu entscheiden, welchen von ihnen sie besser kennenlernen wollte. Alexander hatte in einem Punkt recht: Es gab nur einen Weg, ihre Neugierde darüber zu stillen, was zwischen Mann und Frau im Bett geschah. Eleanors Bemerkungen überzeugten sie, dass es an der Zeit war, die Wahrheit zu erfahren.

JEANNIE, die alte Vettel, lungerte in der Küche herum, murmelte verächtliche Bemerkungen vor sich hin und brachte Eleanor mit ihrer bloßen Anwesenheit dazu, immer mehr zu tun. Eleanor hatte nicht vorgehabt, so lange zu bleiben, aber Jeannies Bemerkungen stachelten sie an.

Als Eleanor darauf bestand, dass der letzte Wein für Alexander aufbewahrt wurde, hatte Jeannie gegackert: „Sie will ihn für sich selbst, wartet's nur ab." Das Weib hatte diesen Vorwurf in durchdringendem Ton geäußert, der an jedes Ohr gedrungen war.

Während Eleanor mit den Mägden über die Streukräuter sprach, die in der Halle erneuert werden mussten, hatte Jeannie gemurmelt: „Sie will bloß dafür sorgen, dass ich keine Pflanzen mehr zur Verfügung habe, aber sie weiß nicht einmal, wo die Hälfte von ihnen zu finden ist."

Nachdem Eleanor verschiedene Saucen für das Wildbret vorgeschlagen hatte, da der Koch es offensichtlich leid war, aus den gleichen Zutaten ständig etwas Neues zu kreieren, schnaubte Jeannie: „Sie wird euch jeden Handgriff vorschreiben, das sage ich euch. Wir haben eine Herrin bekommen, die strenger ist, als es ein Laird jemals war."

Den Leuten in der Küche wurde immer unbehaglicher zumute, doch Eleanor ignorierte die ältere Frau absichtlich. Sie wusste aus eigener Erfahrung, dass Jeannie verärgert war, weil sie sie öffentlich bloßgestellt hatte, indem sie Jeannies Fähigkeiten – ihrer Einschätzung nach zu Recht – vor der gesamten Gesellschaft angezweifelt hatte. Das würde nur dazu führen, dass in Zukunft weniger Leute an Jeannies Tür kamen, um sie um Hilfe zu bitten.

Weniger Leute, die ihr Münzen in die knotigen Hände drückten.

Eleanors Verdacht bestätigte sich, als sie mit dem Koch die Bestände durchging. „Pass auf, dass sie sich nicht an deinen Vorräten vergreift!", rief Jeannie. „Es ist in der Tat tückisch, dass wir eine, die sich so gut mit Giften auskennt, im Bett unseres Lairds haben. Wird jemand, der so töricht ist, ihr zu trotzen, den Tod finden?"

„Ihr solltet ihren Unsinn nicht dulden", sagte der Koch unwirsch.

„Sie ist aufgebracht und es ist besser, sie spricht ihren Ärger aus, als dass sie danach handelt", meinte Eleanor.

„Wollt Ihr Euren Rat den Menschen auf Kinfairlie zuteilwerden lassen?", fragte der stämmige Koch.

Eleanor nickte. „Solches Wissen sollte man teilen, statt es geheim zu halten. So hat man es mich gelehrt. Ich werde jedem beistehen, der mich um Hilfe bittet."

„Und das ist es, was Jeannie fürchtet", erwiderte der Koch. „Nur wenige werden noch an ihre Tür kommen, nachdem Ihr ihre Fähigkeiten bestritten habt, und noch weniger, wenn Ihr denselben Rat ohne Drohungen und Geheimniskrämerei erteilt."

Eleanor warf ihm einen scharfen Blick zu. „Ich habe zu Recht die

Absichten einer Person hinterfragt, deren Taten das Leben meines Ehemanns bedroht haben."

Der Koch nickte, während er mit den Schlüsseln für die Lagerräume hantierte. „Das ist wahr, Mylady, aber ich würde nicht wollen, dass die alte Jeannie ihr Gift hinter meinem Rücken verspritzt, um keinen Preis."

Dann zeigte er ihr, wie das Vorratslager angelegt war, und verschloss sorgfältig die Türen hinter ihnen. Eleanor stellte erfreut fest, dass eine Reihe wirksamer Kräuter in der Burg selbst aufbewahrt wurden, ebenso wie einige Gewürze. Als sie fertig waren, reichte der Koch Eleanor die Schlüssel. „Diese gehören nun Euch, Mylady."

Eleanor nahm den Schlüsselbund entgegen und freute sich über dessen Gewicht in ihren Händen. Sie war nun wirklich die Lady von Kinfairlie und als Alexanders Ehefrau stand ihr die Führung des Haushalts zu, so wie es gut und richtig war. Sie konnte ihre Freude nicht verbergen und lächelte den Koch an.

„Ich hoffe, Ihr werdet auf Kinfairlie glücklich werden", wünschte er ihr.

„Das hoffe ich auch", antwortete Eleanor und schüttelte dann den Kopf. „Obwohl es bis jetzt ein Ort zu sein scheint, der zu gut ist, um wahr zu sein."

„Oh, in dieser Festung gibt es auch Stolpersteine!", erwiderte er lachend und führte sie zurück in die Küche. Jeannie war glücklicherweise inzwischen verschwunden und Anthony traf die letzten Vorbereitungen für das Tablett, das er Alexander bringen wollte.

Eleanor eilte an die Seite des Kastellans, vergewisserte sich, dass genügend Käse und Fleisch vorhanden war, und schnupperte dann an dem Wein. „Er ist seit gestern Abend schal geworden. War da nicht ein Dutzend Nelken im Vorratslager? Ich möchte mit ein oder zwei den Geschmack des Weins für meinen Gemahl verbessern."

Und so wurde es gemacht. Eleanor brachte den Wein selbst in den Vorratsraum, um die Gewürze hinzuzufügen. Sie erhitzte den Wein sogar ein wenig, wobei sie nur an Alexanders Genuss dachte, und freute sich, dass Anthony anerkennend das Aroma einsog, als er das Tablett anhob. Sie würde sich ihrem Gatten gegenüber hilfreich erweisen, das war gewiss.

~

ALEXANDER FRAGTE SICH, was für eine Aufgabe seine Frau von seiner Kammer fernhielt. Er hatte gehofft, Eleanor würde mit dem Mahl zurückkehren, dass sie es gemeinsam einnehmen würden, vielleicht im Bett, und dass er mehr von ihren Geheimnissen erkunden könnte. Stattdessen machte sich Anthony am Docht einer Laterne zu schaffen und war eindeutig darauf bedacht, im Privatgemach zu bleiben.

Alexander seinerseits saß wieder über seinen Büchern und dachte über den Nutzen von Eleanors Vorschlägen nach. Tatsächlich verlangte er viele der von ihr genannten Gebühren, doch diese waren nicht erhöht worden, seit sein Vater Anspruch auf das Siegel von Kinfairlie erhoben hatte. Wenn er zum Beispiel zu jeder der von seinem Gerichtshof verhängten Bußgelder einen halben Penny hinzufügte, ergaben sich viel angemessenere Beträge. Er wollte seine Leute nicht übermäßig belasten, aber vielleicht war etwas Wahres an Eleanors Behauptung, dass Menschen bereitwillig für etwas zahlten, was sie als Vorteil erachteten.

Und die Idee, einen Jahrmarkt abzuhalten, gefiel ihm sehr. Es konnte nur dienlich sein, Kaufleute aus der Ferne auf seine Ländereien zu holen, damit sie seine Schatztruhen mit Pennys füllten, die nicht von seinen eigenen Pächtern stammten. Er würde Eleanor um genauere Informationen bitten müssen, wie solche Dinge geregelt wurden.

Anthony räusperte sich. Alexander blickte auf und sah seinen Kastellan strahlen. Der Mann hielt eine mit Öl gefüllte Laterne in der Hand und ersetzte auf Alexanders Nicken hin die fast leere Laterne, die vor ihm stand. Anthony beschnitt den Docht mit viel Aufwand, was er sonst nie tat, und daher wusste Alexander, dass der ältere Mann etwas loswerden wollte.

„Was beunruhigt Sie heute Abend, Anthony?"

„Nichts, Mylord, gar nichts." Der ältere Mann lächelte steif. „Ich muss Euch nur zur Wahl Eurer Gemahlin gratulieren."

„Ich danke Ihnen für Ihre Glückwünsche, Anthony."

Der Kastellan richtete sich auf und warf einen Blick auf das Tablett, das er abgestellt hatte. Er schüttelte den Kopf, als würde er sich wundern, und wider Erwarten wurde sein Lächeln breiter. „Ich hätte nie gedacht, dass ich Euch mal darum bitten müsste, Mylord, aber könntet Ihr Eure Bücher beiseiteräumen, damit ich Eure Mahlzeit anrichten kann?"

„Sicherlich hat meine Lady die Absicht, zurückzukehren und dies zu tun?"

„Ich bin nicht sicher, Mylord. Sie ist sehr beschäftigt in der Küche."

„Aber die Mahlzeit wurde bereits aufgetragen. Es gibt Brot, Käse und kaltes Fleisch genug für jedermann und sicherlich mehr als reichlich für die Lady und mich."

Anthonys Augen schienen zu glitzern. „Aber die Lady versucht, Kinfairlie unter ihre ordnende Hand zu bringen, und sie hat offensichtlich die Fähigkeit dazu."

„Wirklich?", fragte Alexander interessiert.

„Wirklich", bestätigte Anthony zufrieden. „Mit ein paar freundlichen, aber entschiedenen Worten hat sie den Koch dazu gebracht, sich eine neue Soße für das Wildbret einfallen zu lassen. Der hatte sich kurz vor ihrer Ankunft noch beschwert, dass Wildbret eine Verschwendung seiner beträchtlichen Talente sei. Sie hat die Mägde zusammengerufen und die Anweisung gegeben, heute Abend mit der gründlichen Entfernung der Streukräuter zu beginnen, damit die Aufgabe bis zum Morgen erledigt ist. Die Stallknechte waren noch dabei, in der Halle ihr Feiertagsbier zu trinken, als sie sie liebenswürdig dazu überredet hat, morgen die Ställe so sorgfältig auszumisten, dass man vom Boden essen könnte."

„Zum Glück brauchen wir das nicht zu tun, wir haben ja Tische", murmelte Alexander, aber sein Kastellan lachte nicht.

„Die Lady hat die Gabe, diejenigen auf Trab zu bringen, die sonst so wenig wie möglich tun wollen", stellte Anthony fest. „Außerdem sind die Mahlzeiten für den Rest der Weihnachtszeit geplant. Solltet Ihr oder Eure Gäste wünschen, auf die Jagd zu gehen, Mylord, liegt in der Küche eine Liste aus, was je nach Eurem Erfolg zu den jeweiligen Mahlzeiten hinzugefügt werden könnte."

„Das ist gut." Alexander klappte bedächtig eines der Rechnungsbücher zu und räumte es mit so offensichtlicher Konzentration in eine Truhe, dass er hoffte, der ältere Mann würde ihn allein lassen.

Doch Anthony dachte gar nicht daran. „Und – obwohl ich Euch sicher nicht von den Reizen der Lady zu überzeugen brauche – sie hat es geschafft, Euren Ring wieder aufzutreiben."

Alexander sah, dass sein Kastellan wie ein liebevoller Großvater mahnend einen Finger erhob. Er blinzelte und der neuerdings so geschwätzige Anthony schüttelte wohlwollend den Kopf. „Ein Mann sollte auf seine Schätze achten, Mylord, das hat man mich immer gelehrt. Ihr wart unvorsichtig, wenn ich so sagen darf, und habt Glück gehabt, dass Ihr Euren Ring zurückbekommen habt. Was für eine tüchtige Frau Ihr da geheiratet habt!"

Anthony lächelte breit, ein so seltener Anblick, dass Alexander nicht glauben konnte, dass dies der mürrische Kastellan war, den er so gut kannte.

„Und außerdem", fuhr Anthony fort, „hat die Lady Euch in nur einem Tag überzeugt, freiwillig Zeit mit den Büchern zu verbringen. Ich habe, wie Ihr wisst, ein Jahr lang versucht, dasselbe Ziel zu erreichen, Mylord, und kann die Überzeugungskraft der Lady nur bewundern." Der ältere Mann zwinkerte ihm höchst unerwarteterweise zu. „Mit Verlaub, natürlich hat eine Frau andere Waffen in ihrem Arsenal, die sie gegen ihren Gatten einsetzen kann, als ich jemals nutzen könnte."

Alexander blinzelte. „Haben Sie etwa gerade einen Scherz gemacht, Anthony?"

Der Mann wackelte mit seinen silbernen Brauen und zwinkerte erneut. „Ich gestehe, Mylord, ich habe verfüge nicht über Eure Erfahrung in solchen Dingen, aber ich habe in der Tat gerade versucht, zu scherzen."

„Dann hat die Lady allerdings eine beträchtliche Veränderung in dieser Burg bewirkt."

Anthony lachte und Alexander war sicher, dass er dieses Geräusch noch nie gehört hatte. „Sie ist ein Wunder, daran kann es keinen Zweifel geben. Möchtet Ihr Wein, Mylord?"

Alexander schüttelte bei dem bloßen Gedanken angewidert den Kopf. „Ich mag keinen, nicht nach dem vergangenen Abend."

Anthony runzelte die Stirn. „Aber es ist der letzte Schoppen aus dem Fass, Mylord. Mylady bestand darauf, dass er für Euch aufbewahrt wird, so wie es sich gehört."

„Dann ist der Wein verschwendet, denn ich kann noch nicht einmal daran denken, ihn zu trinken."

Der ältere Mann schürzte die Lippen und betrachtete den Krug. „Aber Lady Eleanor hat sich große Mühe gegeben, ihn so zu würzen, dass er Euch zusagt, Mylord. Ich möchte nicht, dass Ihr, wenn auch ungewollt, ihre Bemühungen verschmäht."

„Dann werde ich ihn aus dem Fenster schütten und ihr ein Kompliment über den Wein machen. Ich kann ihn nicht trinken, Anthony. Bei der bloßen Vorstellung dreht sich mir der Magen um."

„Mylord! Ihn wegzuschütten, wäre eine ziemliche Verschwendung." Anthony sah alarmiert aus, aber Alexander zuckte mit den Schultern. „Auf Anweisung meiner Herrin habe ich kein Bier mitgebracht", fuhr Anthony fort, „aber ich kehre gern in die Küche zurück und – "

„Das ist nicht nötig, Anthony." Alexander nahm sich ein Stück Brot und gähnte herzhaft. „Im Moment bin ich so müde, dass ich sowieso kaum Appetit habe."

„Das ist schade, Mylord." Anthony betrachtete stirnrunzelnd den Krug und war sichtlich ungehalten.

„Haben Sie den Wein gestern Abend gekostet, Anthony?", fragte Alexander spontan. „Es ist ein ganz hervorragender Jahrgang, der sich unerwartet gut gehalten hat."

„Ihr wisst, dass ich meiner Vorliebe für Wein nie nachgebe."

„Es ist Weihnachten, Anthony", sagte Alexander freundlich. „Ich bestehe darauf, dass Sie diesen Krug an sich nehmen und seinen Inhalt selbst genießen."

„Mylord! Ich könnte niemals so pflichtvergessen sein. Es macht mich stolz, dafür zu sorgen, dass Ihr keiner Schwäche anheimfallt, und –"

„Nach Ihrer eigenen Aussage, Anthony, hat Mylady die Verwaltung von Kinfairlie gut im Griff. Sie könnten sich heute Nacht eine Atempause gönnen."

Der ältere Mann betrachtete den Wein, Verlangen stand in seinem Blick. „Einst hatte ich eine Vorliebe für guten Wein", sagte er.

„Dann greifen Sie zu, ich bestehe darauf. Niemand wird merken, dass Sie an meiner Stelle diesen Wein genossen haben. Sie könnten allerdings so freundlich sein, mir morgen früh zu berichten, wie er geschmeckt hat, damit ich mich meiner Frau gegenüber lobend dazu äußern kann."

„Sehr wohl, Mylord."

„Lassen Sie das Mahl, wie es ist, Anthony. Ich werde entweder allein essen oder auf die Gesellschaft meiner Lady warten. Sie brauchen sich heute Abend nicht weiter um mich zu kümmern." Alexander stand auf und gähnte erneut. „Tatsächlich werde ich gleich vielleicht schon schlafen."

Anthony drohte ihm mit dem Finger. „Und das zu Recht. Ich bitte Euch, daran zu denken, Mylord, dass Ihr Eure Kräfte für die Abrechnungen schonen müsst."

Alexander lachte und dachte dabei, er könnte sich an seinen neuerdings so liebenswürdigen Kastellan gewöhnen.

Der ältere Mann entfernte sich mit dem Wein, als wäre er eine Trophäe, und obwohl Alexander etwas von dem Essen zu sich nahm, verweilte er nicht lange am Tisch. Seine Lady kam nicht und obwohl er sich nicht vorstellen konnte, was so viel von ihrer Zeit in Anspruch nahm, zweifelte er nicht daran, dass sie seine Mittel auf eine Weise nutzte, die er nicht für möglich gehalten hätte.

Er gähnte erneut, konnte nicht länger gegen die Erschöpfung ankämpfen, die ihn übermannte, und legte sich wieder ins Bett.

Eleanor kam immer noch nicht zurück und die Stille in der Burg begann, Alexander einzulullen. Er wusste, dass er in einem einzigen Tag große Fortschritte gemacht hatte, die Ängste der Lady zu zerstreuen. Sie mochte ihm noch nicht ganz vertrauen, aber sie hatte ihn in seiner Halle verteidigt, seinen Siegelring wiedergefunden und dafür gesorgt, dass ihre Ehe nicht annulliert werden konnte.

Alexander lächelte, während er in den Schlaf hinüberglitt. Seine neue

Braut mochte ihn, das wusste er genau, ob sie das nun zugab oder nicht. Er würde ihr Herz gewinnen, bevor der Frühling über Kinfairlie hereinbrach, daran bestand kein Zweifel.

ELEANOR GÄHNTE IHRERSEITS, als sie die Treppe zum Privatgemach hinaufstieg. Es hatte eine Weile gedauert, aber sie war zuversichtlich, dass am morgigen Tag alles auf Kinfairlie ein wenig besser sein würde. Alexander würde ihre Verdienste bald erkennen, und selbst wenn sie es nicht wagte, ihn zu lieben, würde er sicher sehen, dass sie es wert war, nicht beiseitegeschoben zu werden. Sie würde alle ihre Aufgaben perfekt ausführen, sodass er keinen Fehler an ihr finden konnte, und vielleicht würde er sie dann sogar mögen.

Und sie würde ihm innerhalb eines Jahres einen Sohn schenken, was ihr seine Zuneigung und Kinfairlie eine volle Schatzkammer bescheren würde. Sie mochte diesen Wohnsitz und die Leute darin ebenso wie den Laird.

Sie blieb auf der Schwelle der Kammer stehen, die sich Alexanders Schwestern teilten, und lächelte über die Geräusche ihres Schlummers. Ihre Zofe wachte über sie, ihr Schatten war selbst in der Dunkelheit erkennbar, während sie dieser oder jener etwas zuflüsterte, die Mädchen zudeckte und ein wachsames Auge auf die Tür hielt. Vielleicht hatte Eleanor Alexanders Schwestern mit ihrer eigenen Geschichte erschreckt, aber sie war genauso entschlossen wie er, sie glücklich verheiratet zu sehen. Mit etwas Mühe war das auch zu schaffen.

Sie gähnte erneut und begann mit dem nächsten Treppenabschnitt, aber bevor sie oben ankam, hörte sie hinter sich schnelle Schritte. Sie drehte sich um und sah die Frau des Kochs, die auf sie zurannte. Rose war rot im Gesicht, ihre Augen waren vor Schreck weit aufgerissen.

„Was ist los?", fragte Eleanor.

Vera, die Zofe der Mädchen, trat auf den Treppenabsatz hinaus, ihr freundliches Gesicht zeigte Besorgnis, als sie die Tür hinter sich zuzog.

„Es ist was mit Anthony! Er kam in die Küche und klagte, dass sein Herz wie wild raste, dann fiel er zu Boden."

„Gott im Himmel!" Eleanor raffte ihre Röcke und wollte die Treppe wieder hinuntereilen. Zu ihrem Erstaunen legte die Frau des Kochs eine Hand auf ihren Arm, um sie zurückzuhalten.

„Ich möchte Euch keinen schlechten Dienst erweisen, Mylady, aber es gibt Leute, die nicht wollen, dass Ihr gerufen werdet."

„Was soll das heißen?"

„Einige sagen, Ihr wüsstet zu viel über Gift und es sähe so aus, als wäre Anthony vergiftet worden."

„Warum sollte ich den Kastellan von Kinfairlie vergiften?" Eleanor schob diesen Gedanken ungeduldig beiseite. „Der Mann ist gut zu mir gewesen und ich verlasse mich auf seinen Rat." Sie hastete die Treppe hinunter, ohne darauf zu warten, dass die Frau des Kochs voranlief.

„Aber alle wissen, dass Anthony den Wein getrunken hat, den Ihr für Euren Herrn Gemahl zubereitet habt", sagte Rose mit klarer und deutlicher Stimme.

Eleanor drehte sich zu ihr um und sah die Verurteilung im Blick der Frau.

Vera wich mit angstvollem Gesicht zurück.

Rose hob ihr Kinn, als wollte sie sich für ihre eigene Dreistigkeit wappnen. „Wird nicht gemunkelt, Mylady, dass Ihr nur allzu gern Ehemänner beerdigt? Welchen Plan habt Ihr für unseren Laird Alexander?"

„Keinen!", antwortete Eleanor. „Was für einen Plan hast du, dass du eine Heilerin von Anthonys Seite fernhalten willst?" Damit rannte sie die Treppe hinunter, um zu helfen, so gut sie konnte. Sie hoffte nur, dass es nicht schon zu spät war.

ALEXANDER WACHTE am nächsten Morgen auf und fühlte sich erfrischt und gestärkt. Zu seinem Erstaunen sah es nicht so aus, als wäre Eleanor überhaupt zu Bett gegangen. Eilig wusch er sich und zog sich an, verwundert, dass Anthony ihm noch kein warmes Wasser gebracht hatte. Die Sonne schien und es war eindeutig nicht mehr so früh am Morgen.

Lächelnd überlegte er, dass sein Kastellan dem Wein wohl übermäßig zugesprochen hatte. Es war gut, dass Eleanor nicht in der Nähe war und einen Kommentar zu den Gewürzen erwartete. Überzeugt, dass alles in Ordnung war, verließ Alexander seine Gemächer.

In seiner Halle erkannte er das ganze Ausmaß seines Irrtums. Alles auf Kinfairlie war weit davon entfernt, in Ordnung zu sein.

KAPITEL 7

Bei Morgengrauen war Eleanor so erschöpft, dass sie wusste, sie sah Dinge, die nicht da waren.

Nachdem Rose sie gerufen hatte, war sie in die Küche gerannt. Anthony hatte auf dem Boden gelegen und sich gekrümmt. Eine Berührung seiner Halsschlagader verriet das Schlimmste, denn sein Puls ging schnell und unregelmäßig. Es war keine Zeit zu verlieren und sie schob ihm ihre Finger in den Hals.

Er übergab sich heftig, sein Erbrochenes hatte die tiefrote Farbe von Wein. Keuchend von der Anstrengung sank er zurück und schloss die Augen, aber Eleanor gönnte dem älteren Mann keine Ruhepause. Sie zwang ihn wieder und wieder und wieder, seinen Magen zu entleeren, bis nur noch Galle von seinen Lippen troff. Die Mitglieder des Haushalts versammelten sich schweigend um sie herum und sie konnte spüren, wie schwer die Sorge auf ihnen lastete.

Für den Moment kümmerte sie sich jedoch nur um Anthony. Als klar war, dass er nichts mehr herausbringen konnte, setzte sie sich hin und überdachte die Situation.

„Was fehlt ihm?", fragte der Koch in dem argwöhnischen Ton, den Eleanor nur allzu gut kannte.

„Der Wein war vergiftet", sagte sie und bemühte sich, dabei keine

Regung zu zeigen. Er war für Alexander bestimmt gewesen! Und wegen ihrer Gewürze hätte niemand das Gift darin bemerkt. Würde das Unglück nie von ihrer Seite weichen? „Ich vermute, es war Eisenhut. Wird diese Pflanze hier angebaut?"

Der Koch zuckte mit den Schultern. „Ich interessiere mich wenig für die Bestände an Heilkräutern." Er räusperte sich. „Ihr, Mylady, habt sie noch an diesem Abend in Augenschein genommen."

Das traf zu. Eleanor war ziemlich sicher, dass sich Eisenhut im Vorratslager befand, denn das war üblich, besonders im Norden. In winzigen Mengen konnte ein Pulver aus der Wurzel, das einer Salbe für schmerzende Gelenke zugesetzt wurde, lindernd wirken, deshalb wollten die Menschen nur ungern darauf verzichten.

„Was sollen wir für ihn tun?", fragte der Koch und hockte sich neben sie.

Eleanor betrachtete den auf dem Rücken liegenden älteren Mann, dessen Gesichtsfarbe sich leicht zu verbessern schien. Mit den Fingerspitzen suchte sie seine Halsschlagader. Sein Puls verlangsamte sich, aber das konnte auch ein Zeichen dafür sein, dass der Eisenhut weiterwirkte. „Ich weiß nicht, ob ich noch rechtzeitig gekommen bin", sagte sie, denn sie sah keinen Grund, die Wahrheit zu beschönigen. „Vielleicht erholt er sich, vielleicht auch nicht. Man sollte ihn beobachten und warm halten, ihm Milch zu trinken geben, wenn er danach verlangt. Bis zum Morgen werden wir wissen, wie es ausgeht."

„Wir werden nicht alles wissen, Mylady", wandte die Frau des Kochs ein. „Denn bis dahin werden wir wahrscheinlich nicht erfahren, warum der Wein überhaupt vergiftet wurde."

„Oh, ich denke, das ist wenig zweifelhaft", sagte Eleanor unverblümt. „Jemand hat versucht, meinen Gemahl zu töten, aber das Schicksal hat eingegriffen."

Die Umstehenden wichen vor Eleanors deutlichen Worten zurück und tuschelten miteinander, aber Eleanor kümmerte das nicht. Sie war nicht verantwortlich für das, was geschehen war, und sie hatte keine Geduld mit Menschen, die einen anderen ohne Beweise für schuldig befanden.

Sie sorgte dafür, dass Anthony es bequem hatte, und obwohl er seine Umgebung nicht vollständig wahrnahm, konnte sie ihn überreden, an etwas Milch zu nippen. Es war frische, süße Milch von Ziegen, die in den Küchengärten angebunden waren.

Eleanor wachte die ganze Nacht über ihn, wischte ihm den Schweiß ab, den das Kraut auf seine Stirn trieb, und sprach mit ihm, um ihn wachzuhalten, wenn sich sein Puls zu sehr verlangsamte. Mehr als einmal fragte sie ihn um Rat und der Kastellan war so pflichtbewusst, dass er mit großer Mühe zu antworten versuchte.

Eleanor war selbst müde und trug schwer daran, dass ihr von allen Seiten Verdacht entgegenschlug. Mit jeder Stunde, die verging, wurde sie zuversichtlicher, dass Anthony überleben würde.

Mitten in dieser langen, dunklen Nacht sah sie Dinge, von denen sie wusste, dass sie nicht da waren. Sie bildete sich ein, dass ihr Vater sie von der im Schatten liegenden Tür aus beobachtete und seine Lippen fest zusammenpresste vor Unmut darüber, dass sie so dumm gewesen war, Zweifeln an sich selbst Nahrung zu geben. Sie glaubte, dass ihre treue Zofe Moira immer hinter ihr stand, mit einem Ausdruck der Sorge und des Mitgefühls auf ihrem Gesicht. Warum hatte sie Moira zurückgelassen? Sie hatte geglaubt, dass eine Reise mit unbekanntem Ziel für Moira eine größere Gefahr darstellte, als auf Tivotdale zu bleiben, aber jetzt wünschte Eleanor, sie hätte eine Verbündete auf Kinfairlie.

Doch als der Morgen kam und Alexander in der Küche erschien, wusste Eleanor: Das, was sie vor sich sah, war Wirklichkeit. Die Miene ihres Mannes war so düster wie eine Gewitterwolke – ein Gesichtsausdruck, den sie so gut kannte wie ihren eigenen Namen.

Ihre aufkeimende Überzeugung, dass in Alexander Lammergeier keine Gewalttätigkeit steckte, starb einen schnellen Tod und sie fürchtete ihn aufs Neue.

Sie richtete sich neben Anthonys Pritsche auf, ihr Herz raste und sie bemühte sich, angemessen ernst zu wirken. Sie war sich des roten Flecks vom Erbrochenen des Kastellans auf dem Seidenkleid, das ihr die Schwestern ihres Mannes geliehen hatten, peinlich bewusst. Eleanor zweifelte nicht daran, dass ihre Unachtsamkeit seinen Zorn auf sich ziehen würde.

So wie ihr sonstiges Handeln. Die Mitglieder des Haushalts tuschelten, zogen sich zurück und beobachteten die unvermeidliche Begegnung zwischen dem Laird und seiner Lady. Eleanor verachtete sie wegen ihrer Neugierde, war aber gleichzeitig froh über ihre Anwesenheit. Denn es war unwahrscheinlicher, dass ein Mann seine Fäuste vor Zeugen erhob.

„Guten Morgen, mein Gemahl", sagte sie mit aller Demut, die sie aufbringen konnte. „Ich hoffe, du hast gut geschlafen."

„Wenn ich gut geschlafen habe, dann nur, weil ich nichts von dem mitbekommen habe, was in diesen Mauern geschehen ist", gab Alexander zurück und trat neben sie. „Wie konnte man mir das verschweigen?"

Eleanor schluckte, als sie merkte, dass niemand sonst in der Küche antworten würde. „Ich wollte verhindern, dass du gestört wurdest."

„Würdest du mich auch bei der Wiederkunft des Herrn weiterschlummern lassen?" Alexander schüttelte ungeduldig den Kopf. „Eleanor, nichts ist so wichtig wie das Wohlergehen aller, die unter meinem Dach leben. In Zukunft wird sich ein solches Versäumnis nicht wiederholen."

Eleanor biss sich auf die Lippe, da sie es nicht für den richtigen Zeitpunkt hielt, um Alexander daran zu erinnern, dass er seinen Schlaf gebraucht hatte, um sich von dem vergifteten Wein zu erholen, den er in der Nacht zuvor zu sich genommen hatte. Ihr brach der Schweiß auf der Stirn aus, denn seit ihrer Ankunft waren in dieser Burg zwei Becher mit vergiftetem Wein serviert worden und sie konnte sich schon denken, wem man die Schuld dafür geben würde.

Sie warf einen Blick auf die Bediensteten in Alexanders Haushalt und fühlte sich ganz elend angesichts der Verurteilung, die sie in deren Augen las. Oh, diese Wahrnehmung kannte sie gut, doch bei aller Vertrautheit missfiel ihr die Situation.

Alexander hockte inzwischen neben seinem Kastellan und die Zuneigung zu dem älteren Mann milderte seine Miene. „Wie geht es ihm?"

„Ich denke, er wird sich wieder vollständig erholen", antwortete Eleanor, die merkte, dass Anthony ihrem Gespräch folgte. Sie lächelte dem älteren Mann zu, dem es gelang, schwach zurückzulächeln. „Er hat sich in dem Kampf, den er in der Nacht ausfechten musste, wacker geschlagen."

„Ich hatte mutige Unterstützung, das steht fest", flüsterte Anthony. Er griff nach Alexanders Hand und die Sehnen auf Anthonys Handrücken zeichneten sich durch sein Alter deutlich ab.

„Was ist passiert?", fragte Alexander knapp.

„Es war Eisenhut in dem Wein, der letzte Nacht in deine Kammer geschickt wurde", erklärte Eleanor, die keinen Sinn darin sah, die Wahrheit zu verschweigen. Alexander blickte zu ihr auf. „Es ist ein starkes Gift, das einen Mann mit furchterregender Geschwindigkeit tötet. Soviel ich verstanden habe, hat Anthony den Wein an deiner Stelle getrunken."

Alexander schaute zu seinem Kastellan hin und Eleanor konnte seinen Gesichtsausdruck nicht erkennen. „Wer hat den Wein zubereitet?", fragte er in betont sachlichem Ton. Sie konnte seine Gedanken nicht erraten und diese Tatsache nährte ihre Angst vor seiner Reaktion.

In der Küche war es so still, dass Eleanor beinahe die Mäuse im Keller atmen hören konnte.

„Das war ich", erwiderte sie. Sie war noch nie vor der Wahrheit zurückgeschreckt, ganz gleich, wie hoch der Preis für das, was sie getan hatte, auch sein mochte.

„Und wurde der Wein unbeaufsichtigt gelassen?"

Eleanor überlegte. „Das entzieht sich meiner Kenntnis. Er wurde eingeschenkt, bevor der Koch und ich die Bestände in den Vorratsräumen überprüft haben. Ich weiß nicht, wer sonst noch während unserer Abwesenheit in der Küche war."

Alexander nickte, dann spießte er sie mit seinem wachen Blick förmlich auf. In seinen Augen waren keine Sterne mehr zu sehen und kein Lachen umspielte seine Lippen. Er war todernst und sie fürchtete sein Urteil mehr als alles, was sie je zuvor gefürchtet hatte. „Und hast du aus irgendeinem Grund den Eisenhut in den Wein gemischt?", fragte er, ohne dass seine Stimme vorwurfsvoll klang.

Er beobachtete sie aufmerksam und Eleanor wusste, er suchte nach Anzeichen dafür, dass sie log.

Eleanor hielt seinem Blick stand. „Nein, mein Gemahl, das habe ich nicht", sagte sie mit fester Stimme. „Es ist wahr, dass mir der Geruch des Weins bei unserer Rückkehr aus der Vorratskammer nicht zusagte, als Anthony ihn dir bereits bringen wollte. Ich erhitzte ihn und fügte einige Gewürznelken hinzu, denn ich dachte, das würde sein Aroma verbessern."

„Der Geschmack war ganz ausgezeichnet", sagte Anthony, wobei seine Entschlossenheit, sie zu verteidigen, ihr geradezu das Herz zerriss. Er drückte Alexanders Hand noch fester. „Gebt niemandem die Schuld, Mylord, wenn nicht bewiesen werden kann, dass eine Schuld vorliegt."

Alexander richtete sich auf und lächelte dünn. Dass er die Hand seines Kastellans mit solcher Bestimmtheit wegschob, war in Eleanors Augen kein gutes Omen. „Ich danke Ihnen, Anthony, für Ihren Rat", sagte er freundlich. „Und nun würde ich Ihnen raten, zu schlafen und sich zu erholen." Er drohte dem älteren Mann mit dem Finger und zum ersten Mal, seit er die Küche betreten hatte, schien er zu scherzen: „Was sollte ich ohne Ihren weisen Rat wohl machen?"

„Ihr habt Eure Gattin, Mylord."

„Ich möchte Sie, Anthony", sagte Alexander mit einer Entschiedenheit, die Eleanor erzittern ließ.

Der Kastellan wehrte sich gegen die Ruhebedürftigkeit seines Körpers. Wahrscheinlich hielt er es für unhöflich, in Gegenwart seines Lairds einzuschlafen, aber er verlor den Kampf. Seine Augenlider, die so dünn wirkten wie feinstes Pergament, flatterten. Anthony wirkte viel älter und gebrechlicher als zuvor und Eleanor hatte keine Zweifel, dass er nahe daran gewesen war, seine Schlacht zu verlieren.

Die Atmung des Kastellans wurde tiefer, obwohl sie für Eleanors Geschmack nicht tief genug war. Auch seine Blässe gefiel ihr nicht und sie beugte sich vor, um mit den Fingerspitzen noch einmal den Puls an seinem Hals zu fühlen.

Zumindest schien er wieder zu einem normalen Rhythmus zurückgekehrt zu sein.

Alexander runzelte die Stirn, während er den Kastellan beim Schlafen beobachtete. „Wie wird das ausgehen?", fragte er mit leiser Stimme.

„Das kann ich nicht sagen."

Er begegnete ruhig ihrem Blick. „Du kannst es vermuten."

Eleanor seufzte. „Er wird sich ausruhen müssen."

Alexander schaute sie an und sie sah, dass er die Bedeutung ihrer Worte verstand. „Aber du erwartest eine Genesung?"

„Ich hoffe darauf. Es ist ein starkes Gift und es war länger in seinem Bauch, als einem lieb sein kann."

Sein Blick streifte den Fleck auf ihrem Gewand. „Ist ihm der Wein nicht bekommen?"

Eleanor hielt zwei Finger hoch. „Ich habe seinen Magen überredet, sich zu entleeren."

Alexander stieß einen Seufzer aus und betrachtete seinen Kastellan erneut. „Dann hast du ihm das Leben gerettet. Anthony kann sich glücklich schätzen, dass du hier warst und dass jemand daran gedacht hat, dich zu rufen." Er nahm ihren Ellenbogen. Eleanor blieb nicht verborgen, dass sein Wohlwollen seine Augen nicht erreichte. Mit fester Stimme fuhr er fort: „Ich danke dir, meine Holde, für deine Geistesgegenwart. Wir werden jetzt in unsere Gemächer zurückkehren und man wird dir ein heißes Bad richten."

„Ich sollte bei Anthony bleiben", sagte Eleanor voller Panik. Jede erdenkliche Tat könnte hinter der schweren Kammertür begangen werden und eine Drehung des Schlüssels würde sicherstellen, dass keine Seele ihr helfen konnte.

Alexander schüttelte den Kopf. „Andere sollen sich in deiner Abwesenheit um ihn kümmern. Du brauchst selbst deinen Schlaf und ich will keine Widerworte hören." Er machte sich daran, Eleanor aus der Küche zu führen, aber die Frau des Kochs stellte sich ihnen in den Weg. „Ich bitte um Verzeihung, Mylord, aber ich muss Euch darauf hinweisen, dass Eure Lady diesen Wein zubereitet und darauf bestanden hat, dass er Euch gebracht wird!"

Alexanders Augen verengten sich und er sagte mit schneidender Stimme: „Meine Lady steht über jeglichen Vorwürfen von Mitgliedern meines Hauses. Jede Diskussion über diese Angelegenheit wird zwischen der Lady und mir in der Privatsphäre unserer Gemächer geführt werden.“

Eleanor schauderte, wenn sie daran dachte, was dies bedeuten könnte.

„Aber –“, protestierte Rose.

„Es gibt keinen Grund, warum meine Lady mir den Tod gewünscht haben sollte, und noch weniger Grund für sie, Anthonys Ableben zu wünschen.“ Alexanders Ton duldete keinen Widerspruch. „Anstatt über Unsinn zu spekulieren, möchte ich euch bitten, euch daran zu erinnern, wer gestern Abend in der Küche war.“ Er wies auf seinen Schwager, der ihm aus der Halle gefolgt war. „Ich beauftrage Rhys FitzHenry, mir eine Zusammenfassung aller Angaben zu liefern.“

„Das werde ich tun“, sagte Rhys. „Keiner von euch wird mit den anderen reden, bevor ihr nicht mit mir gesprochen habt.“

Der Koch trat vor. „Ich fange an und werde meinem Laird Alexander meine Erinnerungen darlegen.“

„Rede mit Rhys, wie ich es befohlen habe. Ich habe eine andere Angelegenheit zu erledigen.“ Die ruhige Selbstsicherheit, die Alexander ausstrahlte, ließ Eleanors Mut schwinden. „Und diejenigen unter euch, die nicht sofort zu Rhys gerufen werden, sollen der Lady geschwind ein Bad bereiten.“

Eleanor verstand, dass sie ihrem Gatten gegenüber Rechenschaft ablegen musste, und obwohl sie es schätzte, dass dies nicht vor dem versammelten Haushalt geschehen würde, war sie dennoch nicht erpicht darauf, sich seinem Urteil zu stellen. Seine Kieferpartie war angespannt und sie befürchtete, dass er wie ihre anderen Ehemänner seinen Charme abgelegt hatte.

Er drängte sie regelrecht zur Treppe. Eleanor spürte, wie ihre Brust mit jedem Schritt enger wurde. Sie wagte nicht, sich ihm zu widersetzen, um seinen Zorn nicht noch weiter zu schüren, doch sie hoffte, sie würde die Gelegenheit bekommen, seine Gunst zurückzugewinnen.

Tatsächlich fürchtete Eleanor ihren jetzigen Gemahl mehr, als sie jemals einen anderen Mann gefürchtet hatte. Alexander war jung, stark und behände. Wenn er sich entschied, sie zu schlagen, könnte er sie durchaus töten. Sie hatte bereits begriffen, dass in dieser Burg – genauso wie in den anderen Burgen, in denen sie sich aufgehalten hatte – keiner eine Hand rühren würde, um ihr zu helfen.

Aber Eleanor war überrascht, wie anders sie selbst geworden war, seit sie in diesen anderen Burgen einem Mann gegenübergestanden hatte. Sie hatte ein starkes Verlangen zu leben, und noch mehr verspürte sie den Wunsch, auf Kinfairlie zu leben. Obwohl sie Alexanders Zorn fürchtete, wagte ein Teil von ihr, zu hoffen, dass sein Zorn abgewendet und sein Charme wieder beschworen werden konnten und dass sich Kinfairlie als Zufluchtsort erweisen würde, so wie sie es ursprünglich gehofft hatte.

Sie wusste, dass sie alles tun würde, was er von ihr verlangte, wenn er ihr auch nur die geringste Chance einräumte, diesen Traum zu verwirklichen.

Und das war in der Tat eine furchterregende Aussicht. Wie hatte der Mann in dieser kurzen Zeit so viel Macht über sie erlangen können, dass sie sich ihm bereitwillig ausliefern würde, um ihn zu besänftigen?

Eleanor wusste es nicht. Sie war nicht sicher, ob sie mehr Angst vor Alexander haben sollte oder vor ihrem eigenen Wunsch, ihm zu gefallen.

Sie traten gemeinsam über die Schwelle seines Gemachs, dann stieß Alexander die Tür mit den Fingerspitzen zu. „Es ist an der Zeit, meine Liebe, dass endlich die Wahrheit über deine Lippen kommt", sagte er mit Nachdruck.

Eleanor beobachtete ihn und wagte nicht, sich vorzustellen, wie er sie dazu bringen würde, diese Wahrheit zu gestehen. Dann nickte sie zustimmend und so demütig, wie es ihr möglich war.

ALEXANDER HATTE die Veränderung in Eleanors Verhalten bemerkt, sobald sie sich in der Küche zu ihm umgedreht hatte. Sie stand hoch aufgerichtet da, ihr Körper war angespannt, ihre Gefühle blieben ihm verborgen. Es war, als begännen sie wieder von vorn, wie zwei Fremde. Er wurde an ihre Flucht aus dem Privatgemach am Tag zuvor erinnert, wie verzweifelt sie bei dieser Gelegenheit den Schlüssel eingefordert und wie entsetzt sie ihn angeblickt hatte, als er zufällig ihre Hände über dem Kopf festhielt.

Wenn er es nicht besser gewusst hätte, wäre ihm der Gedanke gekommen, dass sie Angst hatte, aber er konnte sich nicht vorstellen, dass seine beeindruckende Ehefrau Furcht vor ihm empfand.

„Bist du sicher, dass Anthony wieder gesund wird? Oder gibt es irgendein Detail, das du nicht vor den anderen hinzufügen wolltest?"

Sie schüttelte den Kopf, dann schlang sie die Arme um ihren Körper. Unter ihren Augen lagen Schatten, die sie sowohl müde als auch gequält aussehen ließen. „Ich denke, er wird sich erholen, aber es wird einige Zeit dauern."

„Was ist mit dem Eisenhut? Weißt du, wer ihn dem Wein zugesetzt hat?"

Sie schüttelte den Kopf, schaute ihn jedoch nicht an.

„Könnte es nicht ein Versehen gewesen sein?", fragte er in der Hoffnung, ihr Vertrauen zu gewinnen.

Ihr Gesichtsausdruck sagte alles. „Nein. Jemand wollte Schaden anrichten, das ist sicher. Hätte Anthony sich nicht erbrochen, und zwar so schnell, wäre er eines raschen und schmerzhaften Todes gestorben."

Alexander fuhr sich mit einer Hand durchs Haar. „Glaubst du, der vergiftete Wein war für mich bestimmt?"

Sie neigte den Kopf, um ihn anzusehen, und ihre Augen verengten sich. „Warum fragst du nicht einfach nach meiner Absicht?"

„Weil du natürlich nicht diejenige warst, die dem Wein das Gift beigemischt hat." Sie schien so verwundert über seine Gewissheit, dass Alexander lächelte. „Was wir gestern miteinander getan haben, Eleanor, hat dir sehr gut gefallen, das weiß ich, und obwohl du keinem Mann dein Herz schenken willst, glaube ich nicht, dass du mir derart übel gesinnt bist. Immerhin hast du dafür gesorgt, dass unsere Hochzeit nicht annulliert werden kann." Sie öffnete voll Erstaunen den Mund und er merkte, dass sein Lächeln breiter wurde. „Wenigstens bin ich nicht der Einzige, der überrascht ist, dass er in Schutz genommen wird", scherzte er.

Sie schluckte und er sah Tränen auf ihren Wimpern schimmern, bevor sie sie wegblinzelte. Was hatte er getan oder nicht getan, wofür sie ihm offenbar so dankbar war?

„Du hast auch in Anthony einen Fürsprecher gefunden, schon vor diesem traurigen Vorfall. Er war sehr beeindruckt, wie du meine spärlichen Mittel eingesetzt hast, und ich bin von der Idee eines Jahrmarkts sehr angetan." Er beobachtete, wie sie aufblickte, und konnte den Grund für ihre Zurückhaltung nicht benennen. Er entschloss sich, sie mit einem Gespräch zu ermutigen: „Wo hast du gelernt, einen Haushalt zu führen? Ich dachte, in Ewens Burg hätte seine Schwester das Sagen."

„Das hat sie auch", sagte Eleanor knapp. Mit dem Rücken zu ihm durchquerte sie die Kammer.

„Dann musst du das Haus deines ersten Mannes geführt haben."

Eleanor schüttelte energisch den Kopf. „Millard hat nur eines von mir als seiner Frau verlangt und das hatte nichts mit dem Haushalt zu tun." Sie drehte sich zu ihm um. Ihre Selbstbeherrschung war so vollkommen, als wäre sie aus Stein gemeißelt. „Seine Mutter herrschte in seiner Burg."

„Und du?"

„Ich habe ihn im Bett erwartet – auf dem Rücken liegend, schweigend und mit weit gespreizten Beinen."

Alexander warf ihr einen schiefen Blick zu. „So genau wollte ich das eigentlich gar nicht wissen."

Eleanor lächelte leicht. „Es war mehr, als ich von den ehelichen Pflichten wissen wollte, das kannst du mir glauben."

„Isabella sagte, du hättest erzählt, dass du jung verheiratet wurdest."

Sie verschränkte die Arme vor der Brust und hielt seinem Blick stand, als wollte sie ihn auffordern, ihr zu glauben. „Ich war am Tag meiner ersten Heirat zwölf Sommer alt, während Millard schon zweiundsechzig Sommer erlebt hatte."

„Wo hast du solch einen Mann kennengelernt?"

„Am Altar. Mein Vater sagte, dass es die Gerüchte über meine Schönheit waren, die Millard dazu bewogen haben, mich zu heiraten, nicht mehr und nicht weniger." Eleanor zuckte mit den Schultern. „Er muss zufrieden gewesen sein, denn er kam bis zu seinem Ableben täglich zu mir."

Alexander zögerte, doch er wusste, dass er nachhaken musste. An diesem Morgen waren seine Gedanken voll von Alans Anschuldigungen und das Verhalten der Lady trug wenig dazu bei, dessen harschen Worte zu entkräften. „Wie ist Millard gestorben?"

Eleanor erwiderte seinen Blick unbeirrt. „Er hörte auf zu leben."

„Und das heißt?"

„Dass er einfach aufhörte zu atmen, und so starb er." Sie schien ihn herausfordern zu wollen, sie irgendeiner üblen Tat zu beschuldigen, und allein deshalb widerstrebte es Alexander, dies zu tun.

Trotzdem wünschte er sich eine klarere Antwort. „Es gab also keinen anderen Faktor, der dabei eine Rolle spielte, außer seinem Alter?"

„Er zog sich gesund zurück, erwachte aber nicht mehr aus dem nächtlichen Schlummer."

„Ich würde wetten, du weißt mehr darüber, als du zugibst. Erzähl es mir."

Sie wandte ihren Blick ab.

Alexander wartete. Er hörte die Wellen des Meers ans Ufer schlagen und sah zu, wie Eleanor mit einem inneren Dämon kämpfte.

Schließlich schluckte sie und als sie sprach, klang ihre Stimme gepresst: „Es wurde selbstverständlich gemunkelt, dass er keines natürlichen Todes gestorben wäre, und auf dieses Gerücht spielte Alan Douglas wohl an."

„Warum ,selbstverständlich'?"

„Weil Millards junge Braut unglücklich war, und alle wussten das. Sie war nicht klug genug, ihre wahren Gefühle vor denen zu verbergen, die solche Einzelheiten gegen sie verwenden konnten." Eleanor leckte sich über die Lippen, so verlegen, wie Alexander sie noch nie gesehen hatte.

Er fand es faszinierend, dass sie von ihrer eigenen Vergangenheit sprach, als handelte es sich um die eines anderen Menschen. Wenn es so leichter für sie war, dann musste sich in Millards Haus irgendetwas Schreckliches ereignet haben. „Und da du viel von Giften verstehst, wurdest du beschuldigt", vermutete er, weil er ihr helfen wollte, ihre Geschichte weiterzuerzählen.

„So simpel war es nicht." Sie wandte sich zum Fenster, die Arme noch immer fest um sich geschlungen.

Alexander wartete und ließ ihr alle Zeit, die sie brauchte, auch wenn er sich vor dem fürchtete, was sie nun sagen könnte.

Ihre Worte überraschten ihn: „Es ist wahr, dass ich etwas über Pflanzen gelernt habe, auch über die giftigen, aber nicht, weil ich ein besonderes Interesse daran hatte. Es war nur bedingt durch die Umstände im Haushalt meines Vaters."

Ihre Auskunft war knapp, als fiele es ihr schwer, darüber zu sprechen, und er verstand, dass es nicht einfach für sie war, solche Informationen über sich selbst preiszugeben. Er fühlte sich geehrt, dass sie sich ihm anvertraute, obwohl er nicht begriff, warum sie es tat.

„Als ich ein Kind war, gab es im Haus meines Vaters eine Alte, die sich mit dem Mischen von Trünken auskannte. Sie war wie deine Jeannie, eine Frau voller Geheimnisse, mit der nur wenige sprachen, es sei denn, sie brauchten ihre Talente. Sie lehrte mich ihr Können."

„Dein Vater hat dir eine solche Lehrmeisterin besorgt?"

Angesichts seines Erschreckens lächelte Eleanor dünn. „Das wohl kaum!" Sie schaute ihn über ihre Schulter hinweg an und für einen langen Moment wandten sie ihre Blicke nicht voneinander ab.

Er konnte ihre Unsicherheit spüren und wusste, dass sie sich noch nie einer anderen Seele offenbart hatte. Er hob die Hand, um sie zu ermutigen, aber Eleanor drehte ihm jäh wieder den Rücken zu. Alexander fragte sich, ob sie versuchte, etwas vor ihm zu verbergen, oder ob sie eine Ablenkung durch die Anziehungskraft zwischen ihnen vermeiden wollte. Er war sich ihres wohlgeformten, schlanken Körpers bewusst, nahm wahr, wie das Wintersonnenlicht sie wie hartes Eis und zugleich zerbrechlich erscheinen ließ. Ihre Verletzlichkeit berührte ihn ebenso wie ihre außergewöhnliche Leidenschaft.

Er legte seine Hand auf ihre Schulter und war erschrocken, als er spürte, dass sie zitterte.

Vielleicht war ihr kalt. Der Wind war kühl an diesem Morgen und die Fensterläden waren offen. Er nahm ihren Umhang, der so dick gefüttert war, und legte ihn um ihre Schultern. Sie krallte ihre blutleeren Finger hinein.

„Mein Vater wäre schockiert gewesen, wenn er es gewusst hätte, und er hätte diesen Gesprächen sicherlich ein Ende gesetzt. Sie war nur eine Frau aus dem Wald, zerlumpt und überaus seltsam, aber sie redete mit mir." Eleanor zuckte die Achseln und ihr Atem stockte, bevor sie fortfuhr: „Ich habe ihren Unterweisungen gelauscht, damit sie mich nicht wieder allein ließ."

Eleanor war ein einsames Kind gewesen. Sie gab es nicht ausdrücklich zu, doch Alexander hörte es aus ihren Worten heraus. „Und du hast die Wahrheit vor deinem Vater geheim gehalten, damit er nicht einschritt."

„Das war nicht schwer. Er war die meiste Zeit im Krieg."

Alexander ließ seine Fingerspitze über ihre Schultern gleiten, wobei er ihr seidiges Haar zur Seite schob, und fragte leise: „Und deine Mutter?"

„Starb bei meiner Geburt. Wir waren nur zu zweit, denn mein Vater hat nie wieder geheiratet."

Alexander konnte nun ein wenig besser nachvollziehen, woher die kühle Art seiner Lady rührte. Sie war als Kind allein gewesen und er hatte Mitleid mit ihr. Kein Wunder, dass sie keine Liebe von der Ehe erwartete – ihr Vater hatte wahrscheinlich nichts für ihre Mutter empfunden und ihre Ehemänner hatten ihr wenig Gefühl gezeigt. Was verstand sie schon von Liebe? Wo sollte sie etwas darüber gelernt haben?

Alexander wurde in diesem Moment klar, mit welchem Reichtum er auf Kinfairlie beschenkt worden war. Er war beschämt, dass er so lange so viele Gaben besessen hatte, ohne ihren Wert zu schätzen zu wissen. Er hatte kein Recht, sich zu beklagen, jetzt, da seine Segnungen weniger üppig waren. „Erzähl mir von deinem Vater", bat er und ließ seine Fingerspitzen über die Haut im Nacken der Lady wandern.

Sie starrte hartnäckig aus dem Fenster auf das Dorf von Kinfairlie. „Da gibt es wenig zu erzählen. Er war ein Lord, wie du, und einer, der seine Pflichten sehr ernst nahm."

„Auch die Pflichten eines Vaters?"

„Er sorgte für Essen und Kleidung", lautetes Eleanors bündige Antwort. „Er ritt in den Krieg und kümmerte sich um die Sicherung unserer Grenzen."

„Das ist nicht viel, Eleanor."

Sie richtete sich auf. „Man nimmt, was man bekommt, und macht das Beste daraus."

„Man kann sich immer mehr wünschen."

Sie sah auf ihre Hände hinunter und er spürte, wie ihre Schultern erneut bebten. „Jedes Mal, wenn er losritt", sagte sie leise, „habe ich gehofft, es würde das letzte Mal sein, aber ehrlich gesagt glaube ich, dass er nicht bei mir zu Hause verweilen wollte. Er war immer ruhelos, immer bestrebt, fortzugehen."

„Deinetwegen?"

„Offensichtlich." Eleanor drehte sich zu ihm um und es schmerzte ihn, die Einsamkeit in ihren Augen zu sehen. „Meine Mutter starb bei meiner Geburt und ich vermute, mein Vater konnte mich nicht ansehen, ohne an seinen Verlust erinnert zu werden. Er hat mich jedenfalls nicht lange oder oft angeschaut."

Alexander runzelte die Stirn, als mehrere Details in seinen Gedanken zusammenkamen. „Warte. Du willst mir doch nicht sagen, dass du den Haushalt deines Vaters anstelle deiner Mutter geführt hast, obwohl du noch ein Kind warst?"

Eleanor zuckte mit den Schultern. „Es war etwas, das ich tun konnte, eine Möglichkeit, ihm behilflich zu sein."

„Aber du wurdest mit zwölf Jahren verheiratet!"

„Töchter können ihren Vätern selten so nützlich sein wie Söhne. Ich habe versucht zu zeigen, dass meine Anwesenheit einen gewissen Vorteil mit sich brachte."

Alexander vermutete, dass der wahre Grund woanders lag. „Du hast so viel getan, um sein Wohlwollen zu gewinnen", mutmaßte er und sie wandte ihren Blick ab. „Hast du deshalb gestern Abend in meiner Halle so viel Verantwortung übernommen? Wolltest du meine Gunst mit deinen Talenten gewinnen?"

Sie nahm einen schnellen Atemzug und straffte die Schultern. „Ich habe gelernt, dass Männer es vorziehen, wenn ihre Halle sauber und ordentlich ist, wenn ihre Mahlzeiten pünktlich aufgetragen werden und sie keine Streitigkeiten in der Küche schlichten müssen."

„Und du hast gelernt, dass Männer sich das und nur noch eine weitere Leistung von ihren Frauen wünschen, stimmt's?"

Sie begegnete seinem Blick, als wollte sie ihn herausfordern, etwas anderes zu sagen. „Was sollte ein Mann sonst von seiner Frau erwarten?"

„Kameradschaft", erwiderte Alexander mit Nachdruck. „Freundschaft und wechselseitigen Rat." Eleanor schaute so skeptisch, dass er seine Gedanken weiter ausführte: „Mein Vater verließ sich auf die Fähigkeit meiner Mutter, Menschen zu verstehen, denn sie hatte eine Einsicht in das Wesen anderer, die seine bei Weitem übertraf. So herrschten sie gemeinsam gerechter über Kinfairlie, als jeder für sich allein es hätte tun können."

Eleanor sagte nichts und rührte sich nicht. Sie zeigte so wenig Reaktion, als hätte er gar nicht gesprochen, doch Alexander spürte, dass sie seine Worte überdachte. Er beobachtete sie und wartete, fragte sich, was er tun könnte, damit sie mehr von ihrer wahren Vergangenheit preisgab, wie er sie von seinen guten Absichten überzeugen könnte und ob er in der Lage war, ihre Wunden zu heilen, ohne zu wissen, woran sie litt.

„Du hattest Angst, als wir die Küche verließen", stellte er ruhig fest. „Sag mir, warum. Was, dachtest du, würde ich tun?"

Da richtete seine kriegerische Königin sich auf und begegnete seinem Blick mit Entschlossenheit. Sein Herz hämmerte vor Stolz über ihre Tapferkeit. Er bezweifelte nicht, dass sie viel durchgemacht hatte, aber sie hatte einen kämpferischen Geist und ließ sich nicht so leicht einschüchtern.

„Nicht mehr und nicht weniger als andere Männer auch."

„Man hat mich gelehrt, was Männer tun sollten, und das habe ich getan. Ich habe dich um Rat gefragt", entgegnete er. „Was sonst würdest du von mir erwarten?"

Eleanor schlüpfte unter seiner schweren Hand hinweg und durchquerte mit eiligen Schritten die Kammer.

„Ohne Ehrlichkeit kann es keine Zweisamkeit zwischen uns geben", mahnte Alexander. „Obwohl du offensichtlich gelernt hast, mit deinem Vertrauen vorsichtig umzugehen, musst du dich mir offenbaren, Eleanor. Sonst können wir nie eine richtige Ehe führen."

„Du ärgerst dich über mich."

„Ich ärgere mich über meine vergeblichen Versuche, aus einem schlechten Anfang eine gute Ehe zu machen. Nur deine Verschlossenheit ist das Hemmnis zwischen uns."

Sie musterte ihn. „Nicht das Gerücht?"

„Ich schenke Gerüchten keinen Glauben, auch nicht den Anschuldigungen eines Alan Douglas. Vertrau dich mir an, Eleanor."

Sie holte tief Luft, als wollte sie um Fassung ringen. „Dann lass mich dir Folgendes sagen: Die Gerüchte über Millards Tod erhielten dadurch weitere Nahrung, dass seine junge Witwe sich weigerte, bei seiner Beerdigung zu weinen."

Alexander wählte seine nächste Frage mit Bedacht, denn offensichtlich steckte viel mehr hinter dieser Geschichte und er wollte nicht, dass Eleanor so schnell verstummte. „Und wurden die Gerüchte auch durch das Verhalten seiner jungen Frau ihm gegenüber angeheizt? Hat sie sich seinen Tod gewünscht?"

Eleanor nickte heftig. „Oft und sehnlichst." Ihre Worte klangen erstickt und Alexander erinnerte sich an Isabellas Gewissheit, dass Eleanors erster Mann grausam gewesen war. „Es war ihr unmöglich, Trauer über sein Ableben zu fühlen, und sie empfand nur Erleichterung, dass er sie nicht länger quälen konnte." Sie durchquerte den Raum, ein seit Langem bestehender Zorn ließ ihre Züge angespannt erscheinen.

„Aber es wurde keine Anschuldigung gegen sie erhoben, oder?"

„Es gab Gerüchte und den Wunsch ihres Vaters, sich mit dem Black-Douglas-Clan zu verbünden. Ewen Douglas kam mit dem Vater der Witwe, um sie zu sich zu holen, bevor die Gerüchte zu einer Anklage führen konnten." Eleanor warf ihm einen listigen Blick zu. „Aber das bedeutet nicht, dass die Anklage nicht gekommen wäre, und gewiss nicht, dass Millards Witwe nicht für schuldig befunden worden wäre und man sie nicht für ihre Sünde hingerichtet hätte."

„Ihre Sünde? Du sprichst, als ob sie schuldig wäre."

Eleanor starrte ausdruckslos in die Ferne. „Sie hat ihn tatsächlich getötet, wenn auch nicht auf die Art und Weise, wie alle glaubten."

Alexander setzte an, etwas zu sagen, doch Eleanor schien ihn nicht wahrzunehmen, so sehr war sie in schmerzliche Erinnerungen versunken.

„Millard starb auf seiner Frau, an der Stelle, die er als seinen Lieblingsplatz auf dem ganzen Anwesen bezeichnete", sagte sie bitter. „Er hievte sich in dieser Nacht mit gewohnter Wucht auf sie und erstarrte dann abrupt. Zuerst war sie froh, dass die Tortur von kürzerer Dauer gewesen war als sonst. Dann bemerkte sie nicht nur, dass er sich nicht mehr bewegte, sondern auch, dass er sehr schwer war und sie sich nicht von seinem Gewicht befreien konnte."

Alexander blickte angewidert weg.

Doch Eleanor starrte ihn an, ihre Augen glitzerten, ihre Worte klangen aufgewühlt: „Und so lag sie die ganze Nacht da, fühlte, wie er auf ihr kalt wurde, und wartete darauf, dass eine Bedienstete kam und sie befreite. In dieser Nacht begriff sie, dass sie von Sünde erfüllt war, und erkannte dies als ihre Strafe an. Sie hatte auf niederträchtige Weise den Tod ihres Gatten herbeigewünscht."

„Das ist nicht dasselbe, wie ihn zu töten."

„Millard hatte oft geäußert, die bloße Anwesenheit seiner Frau errege ihn so sehr, dass er kaum noch an etwas anderes denken könne, als mit ihr zu schlafen. Und da es diese von ihr genährte Lust war, die ihn das Leben gekostet hat, könnte man ohne Weiteres behaupten, dass sie ihn tatsächlich getötet hat."

„So würde ich nicht argumentieren", entgegnete Alexander, doch sie beachtete ihn nicht.

Sie nahm einen zitternden Atemzug, dann sprudelten die Worte nur so aus ihr hervor: „Und es wäre keine Lüge, zu behaupten, dass sie sich in späteren Jahren oft wünschte, es wäre Anklage gegen sie erhoben worden und man hätte sie ihrer Sünden für schuldig befunden, denn wenn ihre Zeit auf Erden an diesem Punkt geendet hätte, wäre sie nicht mit Ewen Douglas verheiratet worden." Sie warf den Kopf in den

Nacken, hielt Alexanders Blick fest und sah ihn erneut herausfordernd an.

„Weil er sie geschlagen hat?"

Eleanor schloss die Augen, dann holte sie tief Luft. „Oft, aber immer nur da, wo andere den blauen Fleck nicht sehen würden."

Alexander atmete schwer aus, erschüttert von ihrem Geständnis. „Aber wenn man die junge Witwe hingerichtet hätte, wäre sie nie nach Kinfairlie gekommen", sagte er.

Ohne zu zögern, nickte Eleanor. „Und das wäre in der Tat schrecklich gewesen."

„Warum meinst du das?"

„Weil es hier Hoffnung gibt, weil dies hier eine Zufluchtsstätte ist." Sie durchquerte die Kammer und streckte eine Hand nach ihm aus, dabei sah er den flüchtigen Schimmer von Tränen in ihren Augen. „Denn hier auf Kinfairlie regiert ein Laird, der seine Gemahlin nicht ungerecht behandeln wird, ein Laird, der unbewiesenen Gerüchten keinen Glauben schenkt." Sie schluckte. „Hier, so hoffe ich, regiert ein Laird, der keine Gewalt in sich trägt."

Alexander nahm ihre Hand in seine, spürte ihr Zittern und verschlang seine Finger mit ihren. „Damit hast du recht, auch wenn ich überwältigt bin, dass du mir so bereitwillig solches Vertrauen schenkst."

Eleanor lächelte dünn. „Man braucht nur einmal von einem Hund gebissen zu werden, um den Unterschied zwischen guten und bösen Hunden zu erkennen." Sie zuckte mit den Schultern. „Allerdings muss ich gestehen, dass meine Angst vor Hunden und ihren Zähnen zu tief sitzt, als dass ich mich ihr völlig entziehen könnte."

„Jetzt bin ich also ein so vielschichtiges Wesen wie ein Hund", witzelte Alexander.

„Es tut mir leid. Ich wollte nicht –"

„Ich weiß, was du meintest. Ich wollte dich lediglich zum Lächeln bringen." Alexander hob eine Hand und umfasste ihr Gesicht. Er wusste nicht, wo er anfangen sollte, um seine Bewunderung für sie zum Ausdruck zu bringen, denn sie hatte in ihrem Leben schon viel durchgemacht. Er fühlte sich geehrt, dass sie ihm die Chance gab, zu beweisen, dass nicht alle Männer brutal waren. „Wir sollten dieses Gespräch besser beenden, bevor ich mich wegen der Richtung, die es genommen hat, beleidigt fühle."

Trotz seines scherzhaften Tons flackerte Panik in ihren Zügen auf, doch Alexander kannte jetzt die Ursache dafür.

Er beugte sich vor und streifte ihre Lippen mit den seinen. „Sei gewarnt, meine Liebe: Wenn ich mich davon beleidigt fühle, wie eine Lady mich einschätzt, verspüre ich einen überwältigenden Drang, ihre Erwartungen zu widerlegen."

Sie lächelte flüchtig, die Unsicherheit stand ihr noch in den Augen. Da küsste Alexander sie mitten auf den Mund.

Er brauchte nur einen Herzschlag lang zu warten, bevor sie nachgab und sich an ihn schmiegte. Sie zitterte, als er sie an sich drückte, aber sie öffnete ihre Lippen für seinen Kuss.

Alexander wusste, dass seine Lady ihre Dämonen mit der gleichen Entschlossenheit bekämpfte wie er, und er bezweifelte nicht, dass sie diese unwillkommenen Kreaturen mit vereinten Kräften bald aus ihrem Reich verbannt haben würden.

DIESER MANN ENTSPRACH ÜBERHAUPT NICHT ihren Erwartungen. Er war keiner, der seine Fäuste benutzte, nicht wie Ewen, worüber sie wirklich erleichtert war. Dennoch blieb Eleanor vorsichtig. Schließlich hatte selbst Millard einen sanften Charme besessen, der seine Grausamkeit kaschierte. Sie hatte früh gelernt, dass es das Leben im Haus friedlicher machte, wenn sie ihn im Bett willkommen hieß.

Es war jedoch viel einfacher, die Vorzüge zu sehen, wenn sie Alexander zwischen ihren Schenkeln empfing. Er küsste sie mit verführerischer Leichtigkeit, die Berührung seiner Lippen war unwiderstehlich.

Eleanor zögerte kaum, seine Liebkosung mit eigener Inbrunst zu erwidern. Er hatte sie nicht verurteilt. Er hatte sie nicht geschlagen. Er hatte ihr voller Mitleid zugehört. Sie fühlte sich nicht bloßgestellt, nachdem sie ihr Geständnis abgelegt hatte, und obwohl sie nicht geloben konnte, Alexander Lammergeier zu lieben, machte es ihr Mut, dass Ehrlichkeit und Vertrauen wichtig für ihn waren.

Und natürlich ein Sohn.

Ihr Kuss wurde mit erstaunlicher Geschwindigkeit intensiver, ihre Hände verfingen sich in seinem Haar, seine Arme legten sich um ihre Taille. Er küsste sie mit solch köstlicher Hingabe, dass Eleanor fast die Anweisungen vergaß, die er unten in der Küche gegeben hatte.

Deshalb fuhr sie so heftig zusammen wie Alexander, als laut angeklopft wurde. „Euer Bad, Mylady!", rief jemand und stieß die Tür auf. Alexander winkte und die hölzerne Wanne wurde in die Mitte der Kammer gerollt. Eine regelrechte Armee folgte aus der Küche, die Leute schleppten Kessel mit dampfendem Wasser und schütteten den Inhalt in die Wanne.

Dann erschien Isabella. Ihr Auftreten war zaghaft, so wie es bisher in Eleanors Gegenwart nicht gewesen war, aber sie lächelte Alexander an. „Ich möchte euch ein Hochzeitsgeschenk machen", sagte sie mit einem schnellen Blick zu Eleanor. Sie hielt ihnen ihre Faust hin, in der etwas verborgen war, und ihre Wangen färbten sich rot.

„Und was ist es?" Eleanor nahm das Glasfläschchen entgegen, wusste aber nicht, ob sie den Korken herausziehen sollte oder nicht. War das ein Scherz oder eine Anspielung auf ihr Wissen über Kräuter?

„Es ist für das Bad", antwortete Isabella. „Ich wusste, es ist das perfekte Geschenk, als ich hörte, dass Alexander ein Bad für Eleanor anordnete. Rosamunde hat mir das Fläschchen zu meinem dreizehnten Geburtstag überreicht und mir gesagt, ich sollte es für meine Hochzeitsnacht aufbewahren. Sie behauptete, es würde Zärtlichkeit zwischen Mann und Frau bewirken, auch wenn ich nicht genau weiß, was sie damit meinte. Ich möchte es euch geben, als Entschuldigung und als Hochzeitsgeschenk."

„Bist du dir sicher?" Eleanor hatte bereits bemerkt, dass diese Geschwister sehr an ihrer verstorbenen Tante hingen. „Bestimmt möchtest du dieses Geschenk für dich behalten, wie es dir angeraten wurde."

„Ich habe nie getan, was mir angeraten wurde", gab Isabella lachend zurück.

„Das stimmt allerdings", murmelte Alexander voll Zuneigung.

„Wohingegen du, wie ich annehme, so unschuldig warst wie ein Engel!", entgegnete Isabella und knuffte ihren Bruder in die Schulter. „Ich werde nie den Frosch vergessen, den du in meine besten Schuhe gesetzt hast."

„Das muss schon zehn Jahre her sein." Alexander grinste ohne Reue. „Wie kannst du dich überhaupt so genau daran erinnern?"

„Ich habe den Geruch nie aus dem Leder herausbekommen", schnaubte Isabella. „Ein Ratschlag für dich, Eleanor: Behalte deine Schuhe stets im Auge …"

„Oder deine Frösche", warf Alexander ein.

„… denn dieser Schurke ist verflucht schnell."

„Das werde ich tun", erwiderte Eleanor, die sich ein Lächeln nicht verkneifen konnte. Auf Kinfairlie musste wirklich allerhand los gewesen sein mit diesen Kindern, die überall herumliefen und sich gegenseitig Streiche spielten!

Vielleicht sollte sie Alexander mehr als einen Sohn schenken, um sicherzustellen, dass ihre Kinder inmitten des Lärms und der Fröhlichkeit aufwuchsen, die sie selbst nie gekannt hatte. Allein die Aussicht darauf ließ Eleanors Blut in Wallung geraten und sie ertappte sich dabei, wie sie ihren Gatten betrachtete.

Er blickte mit glänzenden Augen auf das Fläschchen. „Ich hielt dich für neugierig, Isabella. Befürchtest du nicht, dass du einen Teil des Geheimnisses anderen überlässt, ohne es selbst zu erforschen?"

„Natürlich musst du mich meinen spontanen Entschluss bereuen lassen!", erwiderte Isabella und Alexander lachte.

„Tatsächlich wirst du keine weiteren Geschenke von Rosamunde erhalten", sagte er und wurde wieder ernst. „Wenn du jetzt deine Meinung änderst, wird niemand hier schlecht von dir denken."

Eleanor hielt ihr das Fläschchen in stummem Einverständnis hin, doch Isabella schüttelte den Kopf. „Ich muss etwas von Bedeutung opfern, um diese Angelegenheit wiedergutzumachen. Ich habe dir gegenüber einen großen Fehler begangen, Alexander, und dieses Fläschchen ist nur ein kleiner Preis, den ich für deine Vergebung zahlen muss."

„Genauso wie dein Silberring?"

„Genauso", bekräftigte Isabella.

Eleanor musste diese Geschwister bewundern, die gelehrt worden waren, Dinge wieder ins Lot zu bringen, sich für ihr Fehlverhalten zu entschuldigen und dafür zu sorgen, dass die Gerechtigkeit gewahrt blieb.

„Ich habe dir bereits vergeben", sagte Alexander und Isabella lächelte.

„Dann sieh es als Geschenk an."

Alexander nahm Eleanor das Fläschchen aus der Hand und begutachtete es mit gespielter Skepsis. „Dies und der silberne Ring", sinnierte er. „Mich deucht, Mylady, dass mit diesem Elixier etwas nicht stimmen kann, sonst passt diese Geste nicht zu meiner Schwester Isabella."

„Wirklich?" Eleanor senkte ihre Stimme, sodass sie genauso leise sprach wie er.

„Oh, sie ist eine Schönheit, aber eine, die sehr auf ihren Besitz bedacht ist. Es ist untypisch für sie, etwas von Wert herzugeben."

„Oh, du könntest dich auch einfach bedanken!", rief Isabella.

Alexander zog den Korken heraus, dann schnupperten er und Eleanor gemeinsam.

„Lavendel", meinte Eleanor. „Mit Rose und Honig, würde ich sagen." Sie legte ihre Hand auf Alexanders und begegnete seinem funkelnden Blick. „Ich muss gestehen, dass ich diese Duftmischung immer besonders betörend fand."

Alexander kippte den gesamten Inhalt des Fläschchens in die dampfende Wanne, dann lächelte er frech. „Bist du betört, Mylady?"

„Sicherlich durch mehr als nur den Duft." Eleanor lächelte und genoss es, dass sie Isabella neckten, doch Alexanders Blick wurde leidenschaftlich.

Er drehte sich abrupt zu seiner Schwester um und wies auf die Tür. „Es ist Zeit, dass du gehst."

„Oh, gerade wenn es interessant wird!", protestierte sie gutmütig. „Ich werde nie erfahren, was zwischen Mann und Frau passiert."

„Umso mehr ein Grund, dir schnell einen Ehemann zu suchen", sagte Eleanor.

Zu ihrer Verwirrung lachte Alexander darüber und Isabella hob die

Hände. „Du klingst schon genauso wie er, und das nach nur zwei Tagen!", stellte sie lachend fest und verschwand.

Alexander machte die Tür mit Nachdruck hinter ihr zu und schloss sie schwungvoll ab. Er warf den Schlüssel hoch, fing ihn wieder auf und warf ihn dann Eleanor zu.

Die bekam ihn trotz ihrer Überraschung zu fassen.

„Du hattest gestern Angst, als ich die Tür verschlossen habe", sagte er leise und seine Augen glänzten. „Ich mag es nicht, wenn eine Frau Angst hat, und ich halte es nicht für angemessen, dass eine Lady sich gezwungen fühlt, aus dem Gemach zu fliehen, das sie als ihr eigenes betrachten sollte. Dieser Schlüssel wird immer in greifbarer Nähe für dich sein."

Eleanor lächelte, während sie den kalten Schlüssel in den Fingern drehte. Dann band sie ihn an ihren Gürtel. Es gefiel ihr, dass ihr neuer Ehemann so einfühlsam und freundlich war. Vielleicht war es ja gar nicht so schlecht, das eine oder andere Geheimnis zu verraten, vorausgesetzt, man überließ solch kostbare Gaben der richtigen Person.

Wagte sie zu hoffen, dass ihr Ehemann diese richtige Person war?

„Eine solche Rücksichtnahme verdient eine Belohnung", überlegte sie laut und schleuderte ihre Schuhe von sich.

Alexander blickte sich in gespielter Verwunderung um. „Ah, aber mir fällt nichts ein, was mir in meinem Leben fehlt", sagte er mit einem Stirnrunzeln. „Ich habe eine schöne Frau, meine Geschwister sind gesund und meine Burg ist ausreichend warm."

Dass er aufrichtig Vorteile aufzählen konnte, die er in seinem Leben hatte, obwohl seine Schatzkammer leer war, erwärmte Eleanor das Herz. Sie blieb vor ihm stehen und hob eine Hand, um sein Kinn zu berühren. Dort war ein Schatten von Bartstoppeln, die sich rau unter ihren Fingerspitzen anfühlten. Er beobachtete sie, lächelte leicht, ohne sie zu drängen oder etwas von ihr zu fordern. Eleanor stellte sich auf die Zehenspitzen und legte ihre Lippen auf dieses Lächeln.

„Mir fällt etwas ein, was dir fehlt", flüsterte sie an seinem Hals. Der Geschmack seiner Haut ließ ihr Blut schneller fließen und ihren Mund trocken werden. Seine Größe und Stärke gaben ihr das Gefühl, zart und feminin zu sein. Seine Geduld ließ sie ihre eigene Macht spüren.

„Dann kläre mich auf", murmelte er und sie spürte seinen Atem in ihrem Haar. „Denn ich kann mir nicht vorstellen, was es sein könnte."

„Du hast keinen Sohn."

„Das ist wahr. Aber was könnten wir tun, um das zu ändern?"

Eleanor bemerkte das fröhliche Funkeln in seinen Augen und tat so, als würde sie über diese missliche Lage nachdenken. Es gefiel ihr, dass Alexander ihr das Tempo beim Liebesspiel überließ, und noch besser gefiel ihr, dass er im Bett einfallsreich war. Seine Art steigerte ihr Vertrauen in ihre Anziehungskraft und offenbarte ihr viel von ihrem eigenen Verlangen nach Intimität.

Wenn man bedachte, dass sie von ihren Gatten immer als gefühlskalt bezeichnet worden war! Dieser Mann entfachte ein Feuer in ihr, das sich nicht verleugnen ließ. Was er ihr gab, war ein Geschenk, das ein Gegengeschenk verdiente, und Eleanor wusste, dass der Sohn, dessen Geburt die Schatzkammer von Kinfairlie füllen würde, das Einzige war, was genügen würde.

Dass Alexander um ihre Gunst warb, ohne zu wissen, was sie ihm bieten konnte, war dabei der verführerischste Gedanke.

Alexander beobachtete, wie Eleanor die Lippen schürzte und so tat, als dächte sie über die schwierige Frage nach, wie sie ihm einen Sohn beschaffen sollte. Ihre Lippen waren so voll und rot, dass er sich danach sehnte, sie zu küssen, aber er beherrschte sich und wartete. Es war die Gewalt eines Mannes gewesen, die sie verunsichert hatte, allerdings spürte er bereits, dass sie diese Erinnerungen überwand.

Hatte Millard sie geschlagen, ebenso wie Ewen? Vielleicht hatte auch ihr Vater sie misshandelt. Ein Teil von Alexander kochte vor Zorn, dass ein Mann es für angemessen erachtete, eine Frau zu verletzen, um seinem Willen Geltung zu verschaffen.

Dass ihm Eleanor im Bett trotzdem mit so wenig Angst begegnete, erfüllte ihn mit Staunen und Bewunderung. Sie war tapfer, daran gab es keinen Zweifel, obwohl Alexander wusste, dass volles Vertrauen zwischen ihm und seiner Frau erst dann entstehen würde, wenn sie sich seiner Absichten sicher war.

Sein Blut war bereits in Wallung geraten, doch er wartete und ließ sich von ihr verführen. Es war eine süße Folter, die er um der ehelichen Harmonie willen erduldete, aber er hätte nicht anders handeln und der Mann sein können, der er war.

Ihre Fingerspitzen glitten seinen Hals hinunter. Die leichte Liebkosung hinterließ eine feurige Spur auf seiner Haut. Eleanor hielt am Pulsschlag inne und begegnete seinem Blick, als wäre sie von der Wirkung ihrer Berührung überrascht. Alexander lächelte und hoffte, dass sie die ganze Tiefe seiner Bewunderung für sie ermessen konnte.

Sie hielt den Atem an und ihre Wimpern senkten sich, als könnte sie den Anblick seiner Leidenschaft nicht ertragen. Sie spreizte ihre Finger und ließ sie über seine Brust wandern. Ihre Berührung war nun fester, da sie ihn durch seine Kleidung hindurch ertastete. Alexander stand vollkommen still da und beobachtete sie, außerstande, ihre Reaktion zu deuten.

Ihre Hände landeten zielstrebig auf seiner Gürtelschnalle und er hielt den Atem an. Dann sah sie auf, ihre Augen glitzerten vor Verlangen und sein Herz krampfte sich zusammen. „Du könntest ein Findelkind aufnehmen und ihm deinen Namen geben", überlegte sie.

Alexander tat so, als würde er dies überdenken. Er ballte die Hände an seinen Seiten zu Fäusten, denn er wagte noch nicht, nach ihr zu greifen, weil er befürchtete, er würde sie damit erschrecken. „Das könnte ich machen, wenn ich nur nicht so stolz auf meine Abstammung wäre. Vielleicht wäre das passender für einen zweiten Sohn statt für meinen Erben."

Eleanor öffnete seinen Gürtel und legte ihn zur Seite, dann schob sie ihre Hände unter seinen Tappert. „Was du sagst, ist zweifellos richtig", erwiderte sie, während sie ihm das Kleidungsstück über den Kopf zog. Mit flinken Fingern löste sie das Band an seinem Hemd. Sie zog die Nase kraus, dann warf sie ihm einen verspielten Blick zu. „Aber ich habe gehört, dass deine Frau gefühlskalt ist und dich nicht zwischen ihren Schenkeln willkommen heißt."

Alexander drohte ihr mit dem Finger. „Du solltest Gerüchten keinen Glauben schenken!"

„Ist sie also nicht frostig?" Eleanor riss die Augen weit auf, dann zog sie ihm das Hemd über den Kopf und warf es beiseite. Sie schluckte, als sie ihn ansah, dann hob sie langsam eine Hand und legte sie dorthin, wo sie seinen Herzschlag spürte.

Alexander ergriff ihre Hand, drehte sie um und küsste die Handfläche. Eleanor beobachtete ihn, sie schien kaum zu atmen, und er lächelte sie an. „Sie hat viel erlitten", sagte er leise. „Und deshalb hütet sie ihre Geheimnisse gut. Jeder Mann mit gesundem Menschenverstand würde erkennen, dass Zeit das beste Heilmittel für diese Wunde ist."

Sie löste ihre Hand aus seiner und zog an der Schnürung seiner Beinlinge. „Mein Vater hat oft gesagt, dass eine Frau ein Kind in ihren Armen braucht, um wirklich zufrieden zu sein. Vielleicht ließe sich deine Ehefrau dazu überreden, dir diesen Sohn zu schenken."

Alexander war verwirrt, weil sie immer wieder von Söhnen sprach. War das Ausbleiben einer Schwangerschaft der Grund für den Unmut ihrer früheren Ehemänner gewesen? „Mein Vater hat oft gesagt, dass es die Liebe ist, die eine Frau wirklich zufrieden macht. Obwohl ich mich über einen Sohn oder auch eine Tochter freuen würde, ist es nicht zwingend notwendig, dass ich ein Kind habe."

Sie blickte sichtlich überrascht auf.

Alexander lächelte. „Ich habe zwei jüngere Brüder. Einer hat keinen Titel und der andere hat sein Erbe in Schutt und Asche sinken sehen. Beiden wäre die Herrschaft über Kinfairlie genehm, sollte ich ohne Erben bleiben."

„Es gibt noch mehr von euch außer den Schwestern, die ich kenne?"

„Ich habe sieben Geschwister. Fünf Schwestern und zwei Brüder."

„Das ist erstaunlich", sagte sie sichtlich verwundert. „Und dein Vater hatte wie viele Frauen?"

„Nur eine. Er liebte sie mit solcher Inbrunst, dass er sich nie eine andere genommen hätte, wenn sie vor ihm gestorben wäre." Alexander nahm Eleanors Gesicht in seine Hände, während sie noch darüber staunte, und streifte ihre Lippen mit seinen. „Aber dank meiner Brüder braucht meiner lieben Frau das Gebären von Söhnen kein Kopfzerbrechen zu bereiten. Sie braucht sich keine Sorgen zu machen, dass sie sich als nützlich erweisen muss, um meine Zuneigung zu behalten."

Eleanor schaute ihn einen langen Moment an, dann glitten ihre Finger in seine Beinlinge. Sie streichelte ihn, sodass er nach Luft rang, und lächelte. „Das gefällt dir", sagte sie, doch ihr Verhalten wirkte so pflichtbewusst, dass Alexander den Grund für ihr Handeln ahnte.

Er griff nach ihrer Hand und hielt ihre Finger fest. „Deine Berührung ist betörend, aber ich möchte nicht nur aus Pflichtgefühl umarmt werden." Er betrachtete sie und bemerkte ihre Überraschung. „Ich begrüße deine Liebkosung, Eleanor, aber nur, wenn du sie geben willst, und nicht, wenn du dich dazu verpflichtet fühlst."

Sie sah ihn erneut lange an, dann verzogen sich ihre Lippen zu einem warmen Lächeln. Sie griff nach den Schnüren an ihrem Kleid, löste schnell ihr Gewand und trat aus den üppigen seidenen Falten heraus. Mit vor Hast zitternden Fingern löste sie ihre Strumpfbänder und warf die Strümpfe zur Seite. Sie entledigte sich ihrer Chemise und schüttelte ihr glänzendes Haar aus, sodass es über ihren Rücken fiel. Ihre Haut schimmerte im Morgenlicht, ihre Brustwarzen richteten sich in der Kälte der Kammer auf. Sie war so schön wie eine Nymphe, so anmutig wie eine Fee in einer von Viviennes Lieblingsgeschichten.

Sie drehte sich um und reichte Alexander die Hand, ihre Augen leuchteten ungewöhnlich hell, ein Lächeln lag auf ihren Lippen. „Isabella hat recht", sagte sie mit heiserer Stimme. „Ihr Elixier beschwört in der Tat eine Zärtlichkeit zwischen Mann und Frau herauf, die ihresgleichen sucht. Komm, mein Gemahl, nimm ein Bad mit mir, bevor es zu sehr abkühlt. Du magst dein Leben als vollkommen ansehen, aber mein sehnlichster Wunsch ist es, dir einen Sohn zu schenken. Um dieses Ziel zu erreichen, brauche ich deine Hilfe."

Alexander lachte und nahm die Hand seiner Lady. Er küsste ihre Knöchel, während er seine Beinlinge ablegte. „Ich bin nur zu gern bereit, einer Lady zu Hilfe zu kommen", sagte er galant und sie drohte ihm tadelnd mit dem Finger.

„Du wirst nur dieser Lady helfen, wenn es darum geht, Söhne zu zeugen", scherzte sie mit einem fröhlichen Blitzen in den Augen und Alexander war es recht, auch dieser Forderung nachzugeben.

Diesmal, so beschloss er, würde die Lady auf ihm sitzen, damit er ihr Selbstvertrauen besser stärken konnte. Allein die Erwartung von Eleanors Überraschung ließ Alexander lächeln, allerdings dauerte es noch eine ganze Weile, bis diese herausfand, was ihren Gatten so amüsierte.

Und dann war sie dermaßen erstaunt, dass er laut lachte.

ES WAR SPÄTER NACHMITTAG, als Alexander in die Halle hinunterging. Er ließ sich etwas kaltes Fleisch bringen, da er wegen ihres Liebesspiels die Mittagsmahlzeit verpasst hatte, und setzte sich zu Rhys an den Tisch. Sein Schwager schaute grimmiger drein als sonst.

„Wie geht es Anthony?", fragte Alexander.

„Recht gut, nehme ich an. Er hat den ganzen Morgen geschlafen."

„Und was hast du über den Wein herausgefunden?"

Rhys rollte mit den Augen. „In deiner Burg herrscht Betriebsamkeit, Alexander. Es scheint, dass jede Seele auf Kinfairlie gestern Abend durch deine Küche gegangen ist. Einige haben den Wein bemerkt, andere nicht; einige wissen, wann sie dort waren, andere nicht. Alle haben dem Bier des Lairds in verschiedenem Ausmaß zugesprochen und das spiegelt sich auch in ihren Aussagen wider."

„Ah. Ich hatte schon befürchtet, dass es so sein könnte."

„Es ist unmöglich, auch nur eine Person aus der Reihe der möglichen Täter auszuschließen." Rhys stützte sich mit den Ellbogen auf die Tafel und warf Alexander einen festen Blick zu. „Das bedeutet natürlich, dass jeder vernünftige Mensch zuerst in Betracht ziehen muss, wer das meiste Interesse an deinem Ableben hat. Wünscht dir irgendjemand den Tod?"

„Nicht, dass ich wüsste." Alexander zuckte mit den Schultern. „Aber es wäre ja auch unklug, sein Opfer über derartige Absichten zu informieren."

„Das ist kein Scherz", sagte Rhys streng.

„Das sollte auch kein Scherz sein. Ich dachte nur, dass jemand, der sich einen Plan ausdenkt, der sicherstellt, dass er oder sie nicht beschuldigt werden kann, sehr scharfsinnig sein muss."

„Das ist richtig", räumte Rhys ein. Er beschrieb mit dem Finger einen Kreis auf dem Holztisch und Alexander ahnte, dass ihm nicht gefallen würde, was sein Schwager als Nächstes sagen würde: „Es ist auch festzuhalten, dass derjenige, der dafür verantwortlich ist, etwas von Giften verstehen muss." Rhys blickte auf, sein Gesichtsausdruck war düster.

Alexander schob die Reste seines Brotes beiseite, ihm war der Appetit vergangen. „Du sprichst von Eleanor."

Rhys nahm einen tiefen Atemzug. „Ich gebe zu, dass ich ein gewisses Misstrauen gegen Heilerinnen hege und jenen, die sich mit Giften auskennen, aber bei dieser Sache treffen mehrere ungewöhnliche Umstände zusammen." Er zählte die Punkte an seinen Fingern ab. „Bedenke, dass Alan Douglas sie eine Mörderin genannt hat –"

„Alan Douglas ist wohl kaum ein Mann, dessen Wort etwas gilt!"

„Zudem spielte er auf ein Gerücht an, das besagt, sie hätte ihren ersten Gatten ebenfalls umgebracht."

„Sie hat es mir erklärt. Es ist nicht von Bedeutung."

„Bedenke auch, dass sie dir nicht ihren vollen Namen genannt hat", fuhr Rhys entschlossen fort. „Ich spreche meine Frau und ihre Schwestern nicht von der Verantwortung für diese Machenschaften frei, aber Eleanor war die Einzige, die wusste, dass eine Hochzeit mit ihr deine Nachbarn gegen dich aufbringen würde. Sie hätte ihre Verbindungen erwähnen müssen."

„Sie und ich haben diese Angelegenheit ebenfalls besprochen."

„Aye, und wenn man eine Frau heiratet, die des Mordes beschuldigt wird, selbst wenn es nur ein Gerücht ist, sollte man sich fragen, ob vielleicht doch etwas daran ist, spätestens wenn das eigene Leben in Gefahr gerät." Rhys hielt zwei Finger hoch. „Zwei Mal in ebenso vielen Tagen hat dein Leben auf der Kippe gestanden, Alexander. Was hat deine Frau davon, wenn du nicht mehr da bist? Kinfairlie ist bestimmt ein Gewinn für sie."

Alexander wandte sich mit einem Stirnrunzeln ab, denn er wollte diese Annahme über Kinfairlies Reichtum nicht korrigieren. Jedes Geständnis, das er Rhys machte, würde mit Sicherheit Madeline zu Ohren kommen und damit all seinen Geschwistern. „So reich ist Kinfairlie nicht", erwiderte er deshalb nur schroff.

Rhys schnaubte. „Es ist mehr, als viele ihr Eigen nennen können, so viel steht fest. Findest du es nicht seltsam, dass eine Frau so sehr auf eine Heirat erpicht ist, wie es deine Lady nachgewiesenermaßen ist?" Er beugte sich vor. „Als du vorhattest, die Ehe zu annullieren, hat die Lady dafür gesorgt, dass eure Ehe vollzogen wurde und dass es auch Zeugen gab. Findest du das nicht seltsam? Du kannst Eleanor nun nicht mehr so einfach beiseiteschieben."

„Ich glaube nicht, dass sie die Zeugen gerufen hat", meinte Alexander.

„Glaub, was du willst."

Alexander starrte auf die Tafel, Zweifel nagten an ihm. „Sie hat nur gestanden, dass sie sich einen Sohn wünscht", sagte er leise.

„Nach deinem Ableben würde sie also Kinfairlie als Regentin anstelle deines Sohnes verwalten", höhnte Rhys. „Sie wäre nicht die erste Frau, die sich Wohlstand und Macht sichern will, ohne sich mit einem Gemahl belasten zu müssen."

„Rhys, das kannst du nicht wissen!", protestierte Alexander.

„Nein, das kann ich nicht." Rhys erhob sich. „Es sind nur Gerüchte und Spekulationen und ich bete, dass ich nicht eine unschuldige Frau verleumde. Aber in deiner Halle wird gemunkelt, Alexander, und viele hegen diesen Verdacht."

„Alan Douglas hat keinen guten Leumund."

„Und doch ist sein Bruder Ewen tot und seine Frau kam hierher mit nicht mehr als ihrem Gewand auf dem Leib. Warum sonst hätte sie nach dem Tod ihres Mannes von Tivotdale fliehen sollen, wenn nicht, weil sie schuldig ist?"

Alexander starrte auf den Tisch, seine Gedanken überschlugen sich.

Rhys stieß einen Seufzer aus. „Wir wollen morgen nach Caerwyn aufbrechen, wie du ja weißt, aber wenn du möchtest, dass wir noch länger auf Kinfairlie bleiben, werden wir das tun. Ich will dich nicht in einer gefährlichen Situation zurücklassen."

Alexander zwang sich zu einem Lächeln und verteidigte seine Ehefrau, ohne zu zögern: „Rhys, ich weiß deinen Rat zu schätzen, aber ich glaube, du übertreibst. Die Gerüchte haben der Lady keinen guten Dienst erwiesen, genauso wie ihre früheren Gatten, doch ich weiß, dass sich unsere Verbindung als liebevoll erweisen wird."

„Dann stelle ihr Fragen. Das ist alles, was ich von dir verlange. Sie soll wenigstens erklären, was auf Tivotdale passiert ist.“

„Er hat sie geschlagen, Rhys.“

„Das erklärt nicht den Tod eines Mannes.“

Alexander überlegte. Rhys hatte recht. Was war auf Tivotdale geschehen? Warum war Eleanor geflohen und hatte so sehr gefürchtet, verfolgt zu werden?

Rhys betrachtete Alexander einen langen Moment und zuckte dann mit den Schultern. „Ich danke dir, dass du mir die Höflichkeit erweist, meine ehrlichen Worte als das zu akzeptieren, was sie sind“, sagte er in förmlicherem Ton als zuvor.

„Und ich danke dir für deinen Rat.“

Damit ließ Rhys ihn allein. Alexander beobachtete, wie Madeline mit einem Lächeln zu ihrem Gatten kam und Rhys seiner Gattin den Kopf zuneigte. Seine Hand wanderte zu ihrem Bauch, als er ihren Worten lauschte, und Alexander freute sich über das Leuchten in den Augen seiner Schwester.

Er wandte sich ab, weil er es für unschicklich hielt, sie so offen zu beobachten, und schaute in seinen Bierbecher. Rhys irrte sich doch bestimmt? Allerdings war Eleanor in der Nacht zuvor zu nah am Geschehen gewesen und sie hatte sich ungewöhnlich lange in der Küche aufgehalten, nachdem der Wein zu ihm geschickt worden war. Es gab keinen Grund, warum sie am Weihnachtsabend eine Bestandsaufnahme gemacht haben sollte.

Es sei denn, sie wollte dafür sorgen, dass jeder den Wein hätte anrühren können. Und sie hätte den Wein auch selbst zu ihm bringen können, anstatt weitere Arbeit in der Küche zu verrichten.

Es sei denn, sie wollte sichergehen, dass ihrem Opfer nicht mehr zu helfen war, wenn sie zum Privatgemach hinaufstieg.

Alexander stieß einen Seufzer aus, er fühlte sich unbehaglich angesichts seiner Verdächtigungen. Er konnte nicht abstreiten, dass sie ihn vorsätzlich verführt hatte, und sie selbst hatte dieser Schlussfolgerung auch nicht widersprochen. Er erinnerte sich an Eleanors Fähigkeiten bei der Abrechnung, an ihren Rat, wie er seine Bücher ausgleichen könnte, an ihre umsichtige Führung seines Haushalts. Wozu brauchte eine solche Frau noch einen Ehemann, sobald sie einen Sohn hatte?

Die Lady hatte so gut wie zugegeben, dass sie nicht vorhatte, ihn zu lieben. In der Tat glaubte sie nicht an die Liebe, was bedeutete, dass alle ihre Ziele materieller Natur sein mussten.

Wie Besitz und Macht.

Könnte Rhys recht haben?

Alexander richtete sich auf. Erneut überkam ihn Unruhe. Er strebte in die Küche, um sich zu vergewissern, dass Anthony sich erholte.

Es wäre eine Schande, wenn die Loyalität dieses Mannes mit Tücke belohnt worden wäre. Alexander hoffte und betete, dass niemand in seinem Haus den Preis für üble Absichten zahlte, die gegen ihn selbst gerichtet waren.

DIE PRITSCHE des Kastellans war aus dem Weg und näher an die Feuerstelle geschoben worden, damit er es wärmer hatte. Anthony musste sich erholt haben, denn er stützte sich auf einen Ellbogen, um das Treiben um ihn herum zu beobachten.

„Du solltest weniger Safran in der Soße verwenden“, sagte er zum Koch. „Dieses Gewürz ist verdammt teuer und Mylord ist nicht aus Münzen gemacht.“

„Wenn ich nicht genügend Safran verwende, wird die Soße zu hell und dünn“, wandte der Koch ein. „Das wird jedem Gast zeigen, dass seine Anwesenheit am Tisch des Lairds nicht erwünscht ist.“

„Aber trotzdem –“, widersprach Anthony.

„Aber trotzdem, die Lady hat eine Safransoße bestellt!“

„Aber trotzdem –“, beharrte Anthony.

„Aber trotzdem“, erwiderte der Koch, dessen Stimme mit jedem Wort lauter wurde. „Es ist Weihnachten und die Kosten für Safran sind weniger wichtig als eine ordentliche Soße!“

„Gut gesagt“, warf Alexander ein.

Alle in der Küche richteten sich bei seinen Worten auf und fuhren zu ihm herum, denn keiner hatte seine Ankunft bemerkt.

Der Koch verneigte sich tief. „Guten Tag, Mylord. Möchtet Ihr das Menü für den morgigen Tag durchgehen?"

„Hat meine Gemahlin es mit dir besprochen?"

„Ja, Mylord."

„Dann bin ich sicher, dass alles in Ordnung ist."

„Sehr wohl, Mylord." Der Koch gab seinen Gehilfen ein Zeichen und sie machten sich wieder an ihre Arbeit. Seine Frau hackte verbissen Zwiebeln, die Lippen missbilligend zusammengepresst.

„Gibt es ein Problem, Rose?", fragte Alexander und die Frau nahm all ihren Mut zusammen und holte tief Luft: „Ich bitte Euch, Mylord, frei sprechen zu dürfen."

Alexander neigte den Kopf. „Natürlich." Er befürchtete, dass auch Rose Eleanor beschuldigen würde, aber sie stieß ihr Messer in Anthonys Richtung.

„Wenn jemals ein Mann ein weiteres Maß von dem verdient hätte, was ihn niedergestreckt hat, so ist er es! Den ganzen Tag lang erteilt er uns Ratschläge zu dem, was wir am besten können, und wahrhaftig", sie fuchtelte ausgesprochen drohend mit der Klinge, „meine Geduld geht zu Ende." Sie holte noch einmal Luft und begegnete Alexanders Blick. „Wenn es Mylord recht ist, wäre es auch uns recht, Euren Kastellan woanders genesen zu lassen."

Alexander senkte seine Stimme, als er in verschwörerischem Ton erwiderte: „Meine Mutter sagte oft, dass jeder, der gesund genug ist, um sich zu beschweren, auch gesund genug ist, um vom Krankenlager aufzustehen."

Rose lächelte zufrieden. „Ich wusste immer, dass Eure Mutter überaus weise war, Mylord. Gott sei ihrer Seele gnädig." Sie bekreuzigte sich, wobei sie die große Klinge immer noch in der Hand hielt.

„Sei vorsichtig, Rose, sonst hast du gleich keine Nase mehr", neckte Alexander sie und die Frau des Kochs lachte. Er ging zu Anthony hinüber und stellte erfreut fest, dass der Blick des älteren Mannes klar war und er eine gute Gesichtsfarbe hatte. „Was sagen Sie dazu, Anthony? Sind Sie wieder wohlauf?“

„Ich warte nur auf die Anweisungen Eurer Gemahlin, Mylord, denn sie ist in solchen Dingen mehr als bewandert.“ Der ältere Mann strahlte, seine Bewunderung für Eleanor war offensichtlich ungebrochen. „Lady Eleanor hat darauf bestanden, heute Abend nach mir zu sehen, und ich habe versprochen, ihre Entscheidung bis zu diesem Zeitpunkt abzuwarten.“

Alle in der Küche Anwesenden stöhnten gleichzeitig auf.

„Vielleicht könnten Sie sich dazu überreden lassen, sich in der großen Halle weiter zu erholen“, schlug Alexander vor. „Dort brennt der Julklotz, sodass es fast so warm ist wie in der Küche, und Sie können von da aus den Austausch der Streukräuter besser überwachen.“

„Ein ausgezeichneter Gedanke, Mylord. Ich möchte nicht, dass so eine einfache Sache das Missfallen Eurer Lady erregt.“

Der Koch gab ein Zeichen und zwei Küchenjungen eilten herbei, um Anthony auf die Beine zu helfen. Alexander unterdrückte ein Lächeln, weil er den Eindruck hatte, dass der Kastellan in aller Hast aus der Küche geführt wurde. Bevor er mit dem Kastellan hinausging, zwinkerte er dem Koch zu und der zwinkerte zurück. Er wusste, dass er sich den gedämpften Jubel, der hinter ihnen erschallte, nicht einbildete.

„Frauen“, erklärte Anthony, „haben eine höchst bewundernswerte Vorliebe für Einzelheiten und Ihre Gemahlin hat, getreu diesem Umstand, sehr genau festgelegt, welche Kräuter in der Halle verstreut werden sollen. Was für einen Durchblick Ihr doch habt, Mylord! Ihr habt erkannt, dass ich dabei sein wollte, um dafür zu sorgen, dass alles so gemacht wird, wie sie es befohlen hat.“ Er stieß einen Seufzer aus, als er eine Bank erreichte, und warf Alexander einen Blick zu. „Ein solches Wunder von einer Frau muss im eigenen Heim natürlich immer eifersüchtigen Klatsch über sich ertragen. Es ist ja ein Fehler in der menschlichen Natur, dass man diejenigen verachtet, die besser sind als man selbst.“

„Wirklich?“, fragte Alexander. „Was haben Sie über meine Frau gehört?“

„Ich möchte Eure Ohren nicht mit solchen belanglosen Details beleidigen, Mylord."

„Ich bitte Sie, es mir zu sagen, Anthony. Ich werde meiner Lady die Geschichten nicht weitererzählen, davor brauchen Sie keine Angst zu haben."

Der ältere Mann lächelte. „Ihr wart immer ein sehr edler Mensch, Mylord. Euer Vater wäre stolz auf Euch."

Alexander wandte den Blick ab, da er nicht sicher war, ob er darüber Mutmaßungen anstellen wollte.

Der Kastellan räusperte sich. „Es war Jeannie, Mylord, die das Schlimmste gesagt hat. Ich glaube, sie war verdrossen, wie jemand, der an Ansehen verloren hat. Sie war nicht zugegen, um mir zu helfen, und sie ist verärgert, dass es nun jemanden gibt, der genauso viel über Kräuter weiß wie sie selbst."

„Und was hat Jeannie gesagt?"

„Dass Eure Lady mir nicht das Leben gerettet hat. Könnt Ihr Euch eine solche Torheit vorstellen?" Anthony schnaufte empört. „Nachdem Eure Gemahlin geruht hat, sich die edlen Finger schmutzig zu machen."

„Aber wie hat Jeannie das gemeint?", hakte Alexander nach.

„Sie behauptete, wenn es eine tödliche Dosis gewesen wäre, wäre ich gestorben, egal, was Eure Lady getan hätte, um mir zu helfen. Und sie sagte auch, dass von den Giften der Eisenhut am schnellsten wirkt und tödlich ist." Er hielt Alexanders Blick fest. „Denkt daran, Mylord, dass Jeannie alt und verbittert ist."

„Was hat sie noch gesagt?"

„Dass eine Menge, die nicht ausreicht, um einen Mann zu töten, sondern ihn lediglich schwächt, eine Warnung gewesen sein muss."

Alexander legte die Fingerkuppen aneinander, während er darüber nachdachte. Warum sollte irgendjemand ihn warnen wollen? Und wovor? Er konnte diesen Gedankengang nicht nachvollziehen, denn wenn man einen Mann tot sehen wollte, gab es keinerlei Rechtfertigung für halbe Sachen.

Dennoch setzte er für Anthony ein Lächeln auf. „Ich erinnere mich auch daran, dass Jeannie oft für verrückt gehalten wird."

„Eben, Mylord, eben." Anthony lächelte, beruhigt, dass keinen Anstoß erregt hatte, und Alexander verließ ihn, sodass der Kastellan die Dienstmädchen schikanieren konnte, die sich in der Halle abmühten.

Er musste nachdenken, und zwar in Abwesenheit seiner Frau. Obwohl die Beweise gegen Eleanor spärlich oder gar nicht vorhanden waren, erschienen ihm die Möglichkeiten beunruhigend genug. Wenn Rhys recht hatte, dann könnten Alexanders Tage gezählt sein, sobald er seinen Samen in den Schoß seiner Frau gepflanzt hatte.

Andererseits kannte Rhys nicht Eleanors ganze Geschichte. Alexanders Instinkt sagte ihm, dass Eleanor sein Vertrauen brauchte, damit die Wunden der Vergangenheit heilen konnten, ganz gleich, welche Beweise gegen sie vorgebracht wurden. Für den Moment entschied er sich, seine Lady und ihre mannigfachen Reize zu meiden.

Glücklicherweise hatte er jede Menge Pflichten zu erfüllen.

Irgendetwas stimmte nicht.

Eleanor konnte es förmlich riechen. Sie wachte allein in Alexanders Bett auf und obwohl sie dort verweilte, bis der Himmel dunkel wurde, kam er nicht zu ihr zurück. Sie wusch sich, kleidete sich an und ging hinunter in die Halle. Jeder dort grüßte sie höflich, aber die Blicke der Leute wichen ihr aus. Die Umgangsformen waren tadellos, doch niemand blieb an ihrer Seite.

Es war Misstrauen, das sie spürte, und Eleanor kannte den Grund dafür. Lediglich Anthony begrüßte sie mit einer Freude, die aufrichtig wirkte. Er bedankte sich für ihre Hilfe und Aufmerksamkeit, war aber sichtlich froh, wieder zu seinen Pflichten zurückkehren zu dürfen.

Und dann war Eleanor wieder allein, so wie sie es die meisten Tage und Nächte ihres Lebens gewesen war. Sie überprüfte die verschiedenen Aufgaben, deren Erledigung sie veranlasst hatte, obwohl sie ganz genau wusste, was sie vorfinden würde. Jeder Befehl, den sie erteilt hatte, war ausgeführt worden, jedes Detail war so erledigt worden, wie sie es für angemessen erachtet hatte. Alexanders Haushalt war so gut organisiert, wie sie es gewährleisten konnte, nur Alexander selbst war auffallend abwesend.

Sie hörte, dass er sich auf den Weg ins Dorf gemacht hatte, um einer alten Tradition folgend vom Schultheißen einen Becher Bier anzunehmen, und sie empfand Enttäuschung, dass er sie nicht mitgenommen hatte. Zweifellos hatte Alexander sie nicht wecken wollen, denn er war durch und durch ritterlich, doch Eleanor hatte das hartnäckige Gefühl, dass mehr dahintersteckte.

Seine Schwestern luden sie ein, sich an ihrer Stickerei zu beteiligen, aber es war deutlich, dass jede von ihnen ein bestimmtes Stück des Bildes für sich beansprucht hatte, um ihre eigene Arbeit hervorzuheben. Sie plauderten über Menschen, die sie nicht kannte, über Verwandte, denen sie nie begegnet war, und über vergangene Julfeste, die sie nicht mit ihnen gefeiert hatte. Eleanor wusste, dass sie nicht grausam sein wollten, aber sie wurde sich schmerzlich bewusst, dass sie normalerweise nicht in ihrer Gesellschaft war.

Und dass sie bisher noch nicht zur Gemeinschaft von Kinfairlie gehörte.

Viviennes zwei Töchter, die vielleicht ihre bedrückte Stimmung spürten, wollten eine Geschichte von ihr hören, aber diesen Wunsch musste Eleanor ihnen abschlagen. Sie kannte keine Geschichten, zumindest keine, die für kleine Mädchen geeignet waren. Die beiden bekundeten ihr Erstaunen über ihre Unwissenheit mit so viel kindlicher Offenheit, dass sie nicht gekränkt sein konnte, und wandten sich wieder an ihre Mutter, die viele Geschichten zu erzählen wusste.

Wieder einmal sehnte sich Eleanor nach all dem, was sie in ihrem Leben nie kennengelernt hatte. Ihr Vater hatte kein Verständnis für fantasievolle Geschichten gehabt und ihre Hauslehrer hatten auf sein Geheiß keine Zeit auf solchen „Firlefanz" verwendet.

Unzufrieden schritt sie in der Halle auf und ab, weil ihr eine Zutat zu ihrem Rezept für Freude fehlte. Dass es eine war, die sie leicht benennen konnte, machte wenig Unterschied. Dass es sich um die Anwesenheit eines Mannes handelte, hätte sie mehr beunruhigen sollen, als es der Fall war.

Alexander blieb weg, bis es längst an der Zeit war, sich für die Nacht zurückzuziehen. Eleanor wollte seine Abwesenheit nicht als ein Problem anerkennen, denn dies würde bedeuten, dass sie bereits auf seine Nähe angewiesen war. Immerhin waren sie an diesem Tag bereits miteinander im Bett gewesen, um einen Sohn zu zeugen, sodass es kaum von Bedeutung war, wenn sie ihm nicht begegnete.

Das sagte ihr die Vernunft, und doch ertappte sie sich dabei, dass sie hoffte, einen Blick auf sein fröhliches Lächeln erhaschen zu können, und immer hochschaute, wenn sich das Tor zum Burghof öffnete.

So kurz nach ihrer Hochzeit, so kurz nachdem sie sich kennengelernt hatten, konnte sie ihren gut aussehenden Ehemann doch nicht schon vermissen? Sie konnte doch nicht so sehr vom Charme eines Mannes betört worden sein, dass sie ihre eigene Entschlossenheit vergessen hatte, sich auf niemanden zu verlassen?

Trotzdem stieg Eleanor erst die Treppe zum Gemach des Lairds hinauf, als sich alle anderen auf Kinfairlie bereits zur Ruhe begeben hatten. Die Kammer war kalt und einsam ohne die Aussicht, Alexanders Lachen zu hören, obwohl Anthony in nicht weniger als drei Schalen ein Feuer entfacht hatte. Eleanor entledigte sich ihrer Kleidung, kletterte in das große, kalte Bett und lauschte bis tief in die Nacht.

EIN NACHMITTAG, eine Nacht und ein Morgen ohne ihren Gemahl sagten Eleanor die Wahrheit. Sie war des Versuchs, ihn zu vergiften, für schuldig befunden und verurteilt worden, sogar von ihm selbst, obwohl er als gerecht galt. Eleanor war enttäuscht, obwohl sie sich selbst als Närrin bezeichnete, weil sie sich mehr von ihm erhofft hatte.

Dass sie nichts von einem Ehemann erwartet hätte, bevor sie Alexander begegnet war, dass er ihre Gedanken so schnell beeinflusst hatte, war fast zu beängstigend, um darüber nachzudenken.

Was hatte er noch verändert?

Ihre Erwartungen im Bett, soviel stand fest. Eleanor wusste, dass sie nie mehr widerstandslos unter einem Mann liegen konnte, der sich nur für sein eigenes Vergnügen abmühte. Ebenso wenig würde sie die Falten in den Bettvorhängen zählen, bis er sein Vorhaben beendet hatte.

Sie stieg in die Halle hinunter, denn an diesem Tag reisten die Gäste ab und sie wollte ihre Pflichten nicht vernachlässigen. Ihr Herz hüpfte beim Anblick ihres Gatten, der am Fuße der Treppe auf sie wartete. Eleanor verschlang ihn mit den Augen. Sein Haar klebte noch feucht an seinem Kragen und er hatte sein Hemd gewechselt. Er trug einen dunklen Tappert und Beinlinge, wie es seine Gewohnheit war, und die Kugel des Wappens von Kinfairlie leuchtete beinahe auf der dunklen Wolle seines Tapperts. Seine hohen Stiefel glänzten und er hatte einen pelzgefütterten Umhang über seine Schultern geworfen.

Er sah zu ihr hoch und sie blieb auf der Treppe stehen. Sie bemerkte, dass er blasser war als vorher, dass Schatten unter seinen Augen lagen, und sie wagte zu hoffen, dass auch er ohne sie schlecht geschlafen hatte. Alexanders grimmige Miene ermutigte sie jedoch nicht und Eleanor hatte Angst, dass die ehrfürchtige Bewunderung, mit der er sie anfangs betrachtet hatte, für immer verflogen war.

Die Veränderung ihres Mannes machte ihr das Herz schwer, denn er war nicht länger fröhlich. Noch schlimmer war es, zu wissen, dass ihre eigene Geschichte dafür verantwortlich war. Es half wenig, dass ihr ganzer Körper in seiner Gegenwart kribbelte, dass sie sich danach sehnte, ihn wieder voll Kühnheit zu berühren, dass sie sich nichts mehr wünschte, als seine Hitze in sich zu fühlen.

Wobei das eigentlich nicht stimmte. Eleanor begehrte Alexanders Lächeln mehr als seine Zuneigung im Bett. Und sie wollte den Schimmer von Sternenlicht in seinen Augen sehen.

Doch Alexander hatte kein Lächeln für sie übrig. Am Fuße der Treppe nahm er ihre Hand und legte sie in seine Ellenbeuge. Seine Manieren waren tadellos, doch sein Gebaren wirkte kalt.

„Ich hoffe, im Haus des Schultheißen ist alles gut?", fragte Eleanor, die das Bedürfnis verspürte, ein paar Worte mit ihm zu wechseln.

„Alles in Ordnung", antwortete er und sie sehnte sich nach einem Scherz oder einem Augenzwinkern von diesem Mann, der früher so gern andere geneckt hatte.

„Ich habe gehört, dass du gestern Abend ein Glas mit ihm getrunken hast."

„Das ist der Brauch."

Eleanor ging neben ihrem Gatten her und fragte sich, ob sie sich einbildete, dass ein Raunen durch die versammelte Gesellschaft ging. Anna, die Tochter des Stallmeisters, grinste, als würde sie nur darauf warten, die Aufmerksamkeit des Lairds auf sich zu ziehen. Alexander würdigte Eleanor keines Blickes.

Gerechterweise musste sie sich vor Augen halten, dass er sie oft verteidigt hatte, mehr als je ein anderer Mann zuvor. Ungerechterweise machte das seine derzeitige Zurückhaltung nur noch schmerzhafter.

Sie erreichten den Burghof, wo die Gruppen warteten, die nach Blackleith und Caerwyn aufbrechen wollten. Die Pferde waren unruhig, alle Reiter trugen warme Kleidung in gedeckten Farben.

Alexander schaute kurz zum Himmel hinauf und Eleanor folgte seinem Blick. Er war bewölkt, ein Winterhimmel, aber nicht so dunkel, dass bald Regen oder Schnee fallen würde. Ein leichter Wind wehte und brachte einen Hauch vom Salz des Meeres mit sich.

Es gefiel ihr, dass Alexander um das Wohlergehen seiner Gäste und seiner Schwestern besorgt war, auch dann noch, wenn sie seine Burg verließen. Er beschirmte die, zu deren Schutz er sich verpflichtet fühlte, oder vielleicht auch diejenigen, für die er Zuneigung empfand.

Eleanor wünschte sich sehnlichst, dazuzugehören.

Anthony brachte den Abschiedstrunk, einen massiven, aus Bronze gegossenen Kelch, der bis zum Rand mit Wein gefüllt war. Er reichte ihn Eleanor, was ihren Rang als Hausherrin für alle bestätigte. Er lächelte sie auch an – er war der Einzige, der das tat – und Eleanor war ihm dankbar für seine Freundlichkeit. Da erkannte sie, dass die Missbilligung, die ihr von den anderen entgegenschlug, daher rührte, dass die Lehnsleute und Pächter ihren Laird beschützen wollten. Diese Leute mochten Alexander und sie würden keine Gefährdung seiner Gesundheit hinnehmen. Das konnte sie ihnen kaum verübeln.

Eleanor nippte zuerst an dem Kelch, wie es sich gehörte, und ein vertrauter süßer Duft überwältigte sie. Hunderte Erinnerungen wurden durch den Geruch wachgerufen und jede einzelne trieb ihr Tränen in die Augen. So oft hatte Eleanor ihrem Vater den Abschiedstrunk gereicht, wenn er in eine Schlacht geritten war, und so oft hatte sie gefürchtet, er würde nicht mehr zurückkehren und sie wäre dann noch einsamer, als sie es ohnehin schon war. Der Duft ließ sie auch wieder an die Angst bei ihren eigenen Aufbrüchen denken, wenn sie sich zu unbekannten Männern an weit entfernten Altären aufgemacht hatte.

Der Geruch war bitter für sie, oder zumindest waren es die Erinnerungen, die er hervorrief.

Eleanor atmete tief ein, verbannte die Vergangenheit aus ihren Gedanken und lächelte dem Kastellan zu. „Sie haben den Wein mit Waldmeister gewürzt", sagte sie freundlich und er nickte. „Das ist die perfekte Note, um Reisende zu verabschieden, denn der Duft macht das Herz fröhlich." In ihrem Fall traf das nicht zu, doch sie hatte es schon oft von anderen gehört.

Anthony stellte ihre Einschätzung nicht in Frage. Die Spitzen seiner Ohren färbten sich sogar leicht rosa, als würde ihr Lob ihn in Verlegenheit bringen. „Ich danke Euch, Mylady. Ich tue nur mein Bestes."

Eleanor drehte sich um und bot Alexander den Kelch dar. Er betrachtete sie aufmerksam, als sie das Gefäß an seine Lippen hob, und seine Augen leuchteten so hell, dass sie wusste, er hatte ihre Bemerkung nicht überhört.

„Macht der Duft des Weins dich fröhlich?", flüsterte er.

Eleanor schüttelte ganz leicht den Kopf, wieder einmal überrascht von seiner Beobachtungsgabe. „Abschiede können für die Zurückbleibenden kein fröhliches Ereignis sein", erwiderte sie. Dabei sprach sie so leise wie er.

Bevor Alexander mehr sagen konnte, drehte sie sich um und reichte Rhys den Kelch. Der zögerte ein wenig, ihn anzunehmen.

„Rhys!", sagte Madeline mit tadelndem Unterton.

„Eleanor ist meine Frau", stellte Alexander frostig fest. „Und ich wäre dir dankbar, wenn du ihr den Respekt entgegenbringst, der ihr in unserem Hause gebührt."

Madeline schnappte nach Luft und schaute zwischen den beiden Männern hin und her. Rhys nahm den Becher. Eleanor wusste, dass sie nicht die Einzige war, die bemerkt hatte, wie sich seine Augen verengten und er am Inhalt des Bechers schnupperte, bevor er einen Schluck davon trank.

Eleanor wandte ihre Augen von seinem kühlen Blick ab, ihr Herz pochte heftig in ihrer Brust. Hatte Alexander sie verteidigt, weil er die Wahrheit kannte? War es nur die Pflicht gewesen, die ihn von ihrer Seite ferngehalten hatte? Oder bestand er bloß auf Höflichkeit, wo sie angebracht war?

Sie wusste es nicht und es überraschte sie, dass sie sich vor der Wahrheit fürchtete. Sie schaute in alle Richtungen, nur nicht zu ihrem Mann, denn sie hatte Angst, Missbilligung in seinen Augen zu lesen. Da glaubte sie, in dem Gedränge ein vertrautes Gesicht zu entdecken. Sie hatte nicht erwartet hatte, dieses Gesicht jemals wiederzusehen.

Moira? Moira war hier?

Moiras Anwesenheit wäre in diesem Moment ein Geschenk des Himmels!

Eleanor spähte begierig in die wogende Menge, um einen weiteren Blick auf ihre treue Zofe zu erhaschen. Aber da waren nur die Gesichter von Fremden, die sie alle bei flüchtigem Hinsehen mit Moira hätte verwechseln können.

Zweifellos war es der Waldmeister, der Duft der Erinnerung, der einen vertrauten Anblick heraufbeschworen hatte. Schließlich war Moira oft dicht an ihrer Seite gewesen, wenn Eleanor an einem solchen Kelch genippt hatte. Doch nun war Moira in Sicherheit auf Tivotdale, wo Eleanor sie zurückgelassen hatte. Dort hatte sie Unterkunft und Verpflegung und würde weiterhin ihren Dienst verrichten. Für eine so tüchtige Person wie Moira bestand kein Grund zur Sorge.

Tränen sammelten sich wieder in Eleanors Augen, obwohl sie versuchte, diese wegzublinzeln. Die Gesellschaft verharrte in betretenem Schweigen, als Rhys den Becher an seine Ehefrau weiterreichte.

Rhys' Pferd beschnupperte Eleanors Schulter und in ihrer Einsamkeit wandte sie sich von Rhys' argwöhnischem Blick ab und hielt dem Pferd ihre Hand hin. Das Schlachtross bohrte seine Nüstern hinein und sie genoss die Berührung seiner weichen Nase.

„Ein Himmelreich für einen Apfel", murmelte sie. Sie blickte auf und sah, dass Madeline sie freundlich anblickte. Madeline nippte ohne Zögern an dem Inhalt des Kelchs und ignorierte das leichte Stirnrunzeln ihres Mannes. Rhys' Pferd knabberte an Eleanors Haar, um ihre Aufmerksamkeit zurückzugewinnen, und sie lächelte unwillkürlich.

Dann brachte sie Erik und Vivienne den Becher und streichelte ebenfalls die Nasen ihrer Pferde. Es hatte sie immer beruhigt, in der Nähe von Pferden zu sein, und sie erinnerte sich daran, wie oft sie geritten war, einfach nur um ihrer Lage zu entfliehen.

Unweigerlich musste sie an den schrecklichen Vorfall in Millards Haus denken und Galle stieg ihr in die Kehle. Abrupt wandte sie sich von Vivienne ab und brachte den Kelch zurück zu Alexander. Der Schmerz des Verrats war noch genauso heftig wie damals, als er gerade aufgetreten war.

Alexander nahm den Kelch erneut und hielt ihn an ihre Lippen. „Wer hat dich so oft verlassen, dass du noch immer traurig bist?", fragte er, als der Wein ihre Lippen benetzte und sie nicht zur Seite treten konnte.

„Ich wäre schneller fertig, wenn ich die aufzählen würde, die mich nicht verlassen haben", erwiderte sie. Dann erteilte Pater Malachy den Segen. Sie spürte, dass ihr Mann ihr noch mehr Fragen stellen wollte, aber er bekam keine Gelegenheit mehr dazu.

Tatsächlich war sie auch nicht in der Stimmung, ihre Geheimnisse vor seinem prüfenden Blick zu enthüllen. Sie kannte ihn gerade mal drei Tage und das reichte keinesfalls aus, um uneingeschränktes Vertrauen zu ihm zu fassen. Hatte sie den Verstand verloren? Millard war ein Jahr lang nett zu ihr gewesen!

„Reitet geschwind und bei gutem Wetter!", rief Alexander und hob den Kelch in die Höhe. „Und kehrt bald gesund zu uns zurück!"

„Amen!", rief die Gesellschaft, dann pfiffen die Männer ihren Gruppen. Zwei Dutzend Pferde in verschiedenen Brauntönen drehten sich um. Sie schlugen mit den Schweifen und trabten aus dem Burghof hinaus. Rhys und Madeline führten eine Gruppe an, Erik und Vivienne die andere, jeweils gefolgt von Knappen und Mägden und mit Koffern beladenen Zeltern.

Eriks zwei kleine Mädchen ritten mit ihren Eltern, die Ältere in Eriks Schoß gekuschelt, die Jüngere bei Vivienne. Sie winkten so lebhaft, dass sie beinahe aus den Sätteln gefallen wären, wenn ihre Eltern sie nicht festgehalten hätten. An einem anderen Tag hätte der Anblick ihrer Begeisterung Eleanor ein Lächeln entlockt.

Beide Reisegruppen ritten durch die Menge der Dorfbewohner, deren gute Wünsche Madeline und Vivienne entgegennahmen, dann passierten sie die alten Mauern. Die Schwestern warfen einander Kusshände zu, dann der Gesellschaft vor den Toren von Kinfairlie. Alexander winkte, ebenso wie seine jüngeren Schwestern, die auch Abschiedsworte riefen. Die Reisegruppe teilte sich in zwei, eine wandte sich nach Norden, die andere nach Süden, und die Pferde verfielen in donnernden Galopp.

Die Mitglieder von Kinfairlies Haushalt standen vor dem Tor der Burganlage, bis das letzte Echo der Hufschläge verklungen war, dann reichte Alexander Eleanor erneut die Hand. Es war nicht mehr als eine Höflichkeitsgeste, das konnte sie merken, denn in seinem Blick lag immer noch Vorsicht, aber er war ihr Ehemann, den sie sich erwählt hatte.

Es war ihre Pflicht, sein Vertrauen zurückzugewinnen. Eleanor wusste, dass es Dinge gab, für die es sich zu kämpfen lohnte, und sie glaubte, dass Alexanders Vertrauen dazugehörte. Sie begriff, dass sie nicht frei von der Last ihrer Vergangenheit war und dass es nicht in ihrer Natur lag, anderen bereitwillig zu vertrauen.

Aber sie war bereit, sich um eine gute Ehe zu bemühen, ja sogar zu versuchen, eine so wundervolle Ehe zu führen, wie Alexander es sich vorstellte.

Außerdem war Eleanor klar, wie sie am besten mit dem Streben nach einer solchen Verbindung beginnen sollte. Es gab zumindest eine Sache, die zwischen ihr und Alexander einfach war, und Vertrauliches ließ sich leichter im Bett und unter vier Augen besprechen.

Eleanor fühlte sich ungewöhnlich kühn, aber ihr war klar, dass alles auf dem Spiel stand. Sie hob Alexanders Hand und küsste seine Knöchel. Dabei wusste sie, es war keine Einbildung, dass er den Atem anhielt. Es war ermutigend, ein kleines Zeichen dafür zu haben, dass sie einen gewissen Reiz auf ihn ausübte.

„Ich habe dich letzte Nacht vermisst, mein Gemahl", murmelte sie, und das war nur für seine Ohren bestimmt. Alexander begegnete ihrem Blick. „Das Bett war kalt ohne dich", fügte sie hinzu.

Zu ihrem Leidwesen verengten sich Alexanders Augen. „Dann solltest du vielleicht Anthony bitten, diese Nacht eine weitere Feuerschale für dich anzuzünden", sagte er. Sein Ton war so gleichmütig, als sprächen sie über das Wetter und nicht über seine Abwesenheit in ihrem Bett. „Ich habe bis zum Jahreswechsel noch Pflichten zu erfüllen. Ich gehe davon aus, dass du in diesen Tagen etwas finden wirst, womit du dich beschäftigen kannst."

Damit wandte sich brüsk ab und ließ sie stehen. Er rief Anthony und einen seiner Knappen zu sich, während er über den Burghof von Kinfairlie schritt und Eleanor ihm sehnsüchtig nachblickte.

Und wie er es angekündigt hatte, kehrte er an diesem Abend nicht in die Schlafkammer zurück.

ALEXANDER BEHAGTE DIE WAHL NICHT, die er getroffen hatte, obwohl er wusste, dass eine schmerzliche Entscheidung oft Ergebnisse zeitigte.

Das machte es allerdings nicht leichter, sie zu ertragen.

Sogar das Wetter hatte sich gegen ihn und seinen Entschluss verschworen, die Grenzen von Kinfairlie zu kontrollieren. Kurz nachdem seine Gruppe die Burg verlassen hatte, begann es in Strömen zu regnen und der Wind vom Meer wurde rauer. Der Schnee schmolz und wurde zu Matsch aus Schlamm und Eis, was ihre Reise noch beschwerlicher machte, als sie es schon war.

Sein einziger Trost bei all dem war, dass er nicht auf seinem Schlachtross losgeritten war, sondern stattdessen einen kleineren Zelter gewählt hatte. Alexander wusste, dass Uriel gegen eine solche Zumutung wie dieses Wetter rebelliert hätte, und das Letzte, was er derzeit gebrauchen konnte, war der Tadel des Stallmeisters, weil er die Gesundheit eines kräftigen und teuren Pferdes riskierte.

Die Knappen, die ihn begleiteten, schwatzten nicht, wie es ihre Gewohnheit war, ebenso wenig wie der Vogt. Die kleine Gruppe kontrollierte die westliche und südliche Grenze, wobei einige beherzte Anwohner sie begleiteten, als sie dem Dorf am nächsten waren. Einige Mütter brachten ihren kleinen Kindern den Verlauf der Dorfgrenze auf die alte Weise bei, indem sie ihnen eine Ohrfeige verpassten, wenn sie diese Linie erreichten, damit sie sich die Markierungen besser einprägen konnten.

Die Gruppe kam in dieser Nacht im Heim des Schultheißen unter und Alexander spürte die Last ausschließlich männlicher Gesellschaft. Der Schultheiß war unverheiratet, aber gastfreundlich. Er deckte eine einfache Tafel, die Alexander jedoch für ihre Großzügigkeit lobte. Das Haus erschien Alexander, der sich nach seiner eigenen Halle sehnte, bar jeglicher Behaglichkeit. In der Tat vermisste er mehr als die Bequemlichkeit seines eigenen Bettes, die Wärme seines eigenen Kamins und die Geräusche, wenn seine Schwestern sich um Kleinigkeiten stritten.

Er sehnte sich nach dem Leuchten in den Augen seiner Frau, nach ihrem scharfen Verstand, nach der Zärtlichkeit ihrer Küsse im Bett. Schlimmer noch, Alexander wusste, dass sich die Lady seiner Umarmung gern hingegeben hätte, wenn er zu dem Entschluss gekommen wäre, zu Hause zu bleiben.

Aber es verlangte ihn nach Ehrlichkeit und ihm war aufgefallen, dass Eleanor nur dann Einzelheiten über sich preisgab, wenn sie sich dazu verpflichtet fühlte. Es lag in ihrer Natur, ihre Geheimnisse für sich zu behalten, und in Anbetracht dessen, was sie durchgemacht hatte – oder was Alexander darüber wusste –, hatte sie auch gute Gründe dafür. Er war jedoch ungeduldig und bereit, sie zu drängen, ihm mehr über ihre Vergangenheit zu erzählen.

Er hielt Rhys' Befürchtungen zwar nicht für glaubwürdig, aber dass Eleanor mit ihm verheiratet sein wollte, war eine Tatsache, auch wenn Alexander nicht wusste, warum. Sie hatte sich kurzfristig bereit erklärt, ihn zu ehelichen, hatte sich in den Daumen geschnitten, um seinen Antrag zu erzwingen, und hatte dafür gesorgt, dass ihre Ehe vollzogen wurde, als er gedroht hatte, sie annullieren zu lassen. Sie gab nur zu, dass sie sich einen Sohn wünschte, obwohl Alexander nicht verstand, warum ausgerechnet er ihr dieses Kind schenken sollte.

Schließlich glaubte die Lady nicht an die Liebe zwischen Mann und Frau. Sosehr es Alexander auch wurmte, dies zuzugeben, aber sie konnte nicht in ihn verliebt sein.

Warum also hatte sie ihn ausgewählt?

Er wusste es nicht, nur, dass sie ihm Teile ihrer eigenen Geschichte enthüllte, wenn sie glaubte, ihre Ehe wäre in Gefahr. Also ließ er sie auf Kinfairlie zurück, denn er konnte nicht in ihrer Nähe verweilen und grundlos Zorn auf sie vortäuschen. Alexander fühlte sich immer noch wie ein Schuft wegen seiner Entscheidung, aber er war entschlossen, seiner Lady ihre Geheimnisse zu entlocken.

Weil er an die Liebe glaubte und daran, dass Eleanor sein Herz ganz und gar erobern konnte. Er musste sich jedoch sicher sein, dass sie seines Vertrauens würdig war. Alexander hoffte nur, dass diese kurze Zeitspanne Früchte tragen würde, denn er wusste nicht, was er sonst tun sollte.

Er fürchtete, dass er nicht viel mehr Zeit in der Gegenwart seiner Lady verbringen und ihre Stärke, ihren Tatendrang und ihren Verstand erleben konnte, ohne sein Herz ganz und gar zu verlieren.

IN DERSELBEN NACHT, in der Alexander im Haus des Schultheißen wach lag und Eleanor im Privatgemach auf und ab lief, träumte Elizabeth einen ihr wohlbekannten Traum. Sie wälzte sich auf ihrem Lager, aber der Traum schritt unaufhaltsam voran. Sie wollte sich nicht wieder vor Augen führen, welchen Anteil sie an Rosamundes Tod gehabt hatte, aber die Dämonen der Nacht ließen ihr keine Wahl. Elizabeth bewegte sich im Bett und kämpfte gegen den Schlummer an, aber ohne Erfolg.

. . .

SIE IST *mit ihren Geschwistern in einer Taverne und Besorgnis sitzt mit ihnen an der Tafel. Der Traum ist so lebendig, als wäre sie dort. Sie reiten hinter Madeline und Rhys her, und Elizabeth schmeckt wieder ihre Erschöpfung, ihre Furcht, Alexanders Verdruss. Sie sieht sich selbst dabei zu, wie sie die Spriggan Darg vor ihrer Vorliebe für Bier rettet. Sie hätte sich nicht anders entscheiden können, sie hätte die Fee nicht ertrinken lassen können, aber eins ist klar:*

Einmal hat sie der Spriggan das Leben gerettet.

Der Traum wechselt mit gnadenloser Vorhersehbarkeit. Sie kennt ihn und sie verabscheut ihn, aber er hält sie wie immer fest in seinen Klauen. Elizabeth sitzt mit Vivienne in der oberen Kammer von Ravensmuir. Zeit ist vergangen – ihr Haar ist länger und Vivienne ist mehr Frau, als sie es Monate zuvor in der Taverne war. Wieder einmal bringt ihre Schwäche für Bier Darg in Gefahr und Elizabeth bewahrt die Spriggan vor dem sicheren Tod. Wieder hätte sie keine andere Wahl gehabt und wieder sieht sie die Tragweite ihres eigenen Handelns.

Denn zweimal hat sie der Fee das Leben gerettet.

Der Traum verändert sich erneut und Elizabeth weiß, dass nun der schlimmste Teil kommt. Sie kämpft darum, aufzuwachen, aber sie kann nicht. Sie würde schreien, um zu protestieren, aber der Traum verdammt sie zum Schweigen. Sie befindet sich im Labyrinth unter Ravensmuir. Sie sieht ihre Tante Rosamunde und es tut ihr im Herzen weh, dass sie den Tod dieser Frau hätte verhindern können. Alles läuft genauso ab, wie es sich vor so vielen Monaten zugetragen hat. Darg und Rosamunde streiten sich und in dem darauffolgenden Gerangel und Durcheinander wird die Spriggan beinahe im kalten Wasser, das in den Abgründen des Labyrinths fließt, vergessen.

Doch Elizabeth bemerkt ihre Abwesenheit und besteht darauf, Darg zu retten. Sie setzt ihr eigenes Leben aufs Spiel, um sie zu herauszufischen.

Dreimal hat sie Darg das Leben gerettet. Dreimal hat Elizabeth die Chance gehabt, sich abzuwenden, dreimal hätte sie die eindeutig bösartige Spriggan sterben lassen können. Aber weil sie nicht weggeschaut hatte, überlebte Darg.

So wie der Hass der Spriggan auf Rosamunde.

UND DANN, in dem Moment, als sie erwartete, aufzuwachen, nahm Elizabeths Traum eine neue Wendung.

. . .

SIE BEFINDET sich im Labyrinth von Ravensmuir, dem Labyrinth, das nicht mehr betreten werden kann, weil es in Trümmern liegt. Sie kriecht durch den Schutt und ruft nach ihrer verschollenen Tante. Elizabeth fühlt die Feuchtigkeit von Tränen auf ihren Wangen, sie spürt die Wärme, die von der einzelnen flackernden Flamme ihrer Laterne ausgeht.

Irgendwie weiß sie, dass sie sich in der großen Höhle befindet, die einst den tiefsten Punkt des Labyrinths bildete, in der in den Stein gehauenen Kammer mit der hohen Decke. Von hier aus konnte man in die Burg hinaufsteigen oder zu der verborgenen Grotte gehen, die zum Meer führte und in der ein kleines Boot versteckt werden konnte. Sie weiß nicht, woher sie das weiß, denn um sie herum liegen nur Schutt und lose Steine und ein furchterregender Schatten hängt über ihrem Kopf.

Sie schmeckt Galle, denn sie fürchtet, dass sie an den Ort geführt wurde, an dem Rosamunde ums Leben gekommen ist. Tatsächlich sieht sie in den Trümmern etwas, das die Spitze eines schwarzen Lederstiefels sein könnte.

Elizabeth betet, aber sie kriecht näher heran, offenbar außerstande, etwas anderes zu tun. Gerade als sie den Stiefel erreicht hat – es ist tatsächlich einer –, lässt ein Windstoß die Flamme ihrer Laterne erlöschen.

Elizabeth ist von Dunkelheit umgeben und ihr bleibt das Herz vor Schreck fast stehen. Ist es ihr bestimmt, ebenfalls in dem Labyrinth zu sterben? Wie kann sie sich in Sicherheit bringen? Wie soll sie ohne Licht aus den Trümmern herausfinden?

Das Gestein über ihr beginnt zu ächzen. Es verschiebt sich. Elizabeth keucht entsetzt. Der erste lose Stein trifft sie an der Schulter und sie schreit auf vor Angst.

Jetzt beginnen die Felsbrocken richtig zu fallen. Sie krabbelt in die Richtung, aus der sie gekommen zu sein glaubt, aber ihre Finger berühren plötzlich das Leder der Stiefelspitze. Sie spürt, wie sich ein Schrei in ihrer Kehle bildet, denn sie ahnt, dass der Fuß einer Leiche in diesem Stiefel steckt. Sie wird in Ravensmuirs Höhlen verrückt werden und niemand wird von ihrem Schicksal erfahren. Der Schrei beginnt sich aus ihrer Kehle zu lösen.

Dann erscheint ein Licht. Das Licht ist golden und einladend, es scheint eine

Türöffnung zu füllen, die Elizabeth noch nie zuvor gesehen hat. Und darin steht eine vertraute Silhouette, eine Frau, deren bloße Anwesenheit Elizabeth vor Erstaunen nach Luft schnappen lässt.

„Beeil dich, Kind", sagt Rosamunde mit einer gewissen Dringlichkeit. „Wir haben nicht den ganzen Tag und die ganze Nacht Zeit, um diese Sache zu klären. Beeil dich! Komm sofort zu mir!"

Dann wird alles schwarz.

ELIZABETH ERWACHTE, kalter Schweiß lief ihr über den Rücken und Tränen rannen über ihre Wangen. Der Traum nannte die Wurzel des Übels: Weil Elizabeth mehrere Male nicht zugelassen hatte, dass das Schicksal die Spriggan holte, und indem sie sich in die Ordnung der Dinge eingemischt hatte, war sie selbst für Rosamundes Tod verantwortlich.

Es war ihre Schuld, dass Rosamunde umgekommen war, es war ihre Schuld, dass Rosamunde gezwungen gewesen war, nach Ravensmuir zurückzukehren, um die Gier der Fee zu befriedigen, es war ihre Schuld, dass Rosamunde in den Labyrinthen von Ravensmuir gewesen war, als diese zusammenbrachen. Elizabeth weinte, denn es war bitter, dass sie, die sie Rosamunde so sehr liebte, diejenige sein sollte, die ihren Tod verursacht hatte.

Dennoch hatte sie getan, was sie tun musste, denn sie hätte nicht wegsehen können, wenn ein Lebewesen in Gefahr war. Damit hatte sie das Schicksal des einen Menschen besiegelt, den sie mehr liebte als alle anderen.

Ihre Schwestern schliefen tief und fest und das Geräusch ihres gleichmäßigen Atmens machte ihre jüngste Schwester wütend. Welche süßen Träume hatten sie? Warum wurde sie selbst fast jede Nacht von diesem Albtraum gequält? Während Elizabeth dalag und verbittert vor sich hin brütete, erinnerte sie sich an den letzten, neuen Teil ihres Traums. Sie fuhr hoch, so plötzlich kam ihr die Erleuchtung.

Sie wurde gerufen. Sie wusste nicht, was ihr Traum von Rosamunde bedeutete, aber sie wusste, wohin sie gehen musste, um es herauszufinden.

Nach Ravensmuir.

Alexander würde ihr natürlich niemals erlauben, eine solche Tollheit zu begehen, und Elizabeth konnte sich auch nicht vorstellen, dass Eleanor sich ihrer Sicht der Dinge anschließen würde

Was bedeutete, dass Elizabeth einen Plan brauchte.

KAPITEL 9

Die Sonne ging nur zögerlich auf, was Alexanders eigene Unsicherheit bei der Rückkehr in seine Halle widerspiegelte. Das Meer war an diesem Morgen wie versilbertes Glas, so ruhig, wie Alexander es nicht war, und der Himmel klarte auf. Die Küstenlinie lag im Nebel, der sich in den Buchten entlang des Ufers sammelte, doch Alexander betrachtete die fernen Wellen, die vom ersten Sonnenlicht vergoldet wurden. Sein Trupp galoppierte an der Küste entlang und überprüfte die Markierungen in diesem letzten Abschnitt der Grenzen von Kinfairlie.

Die See hatte Alexander schon immer in ihren Bann geschlagen und jetzt erkannte er, dass die Wurzel dieser Faszination in ihrer Veränderlichkeit lag. Hatte die Anziehungskraft, die seine rätselhafte Gattin auf ihn ausübte, einen ähnlichen Grund?

War die Faszination, die vom Meer ausging, ebenso verräterisch? Schließlich hatte es seine Willkür gezeigt, als es vor einem Jahr das Leben seiner beiden Eltern gefordert hatte. Hatte Eleanor ein ähnliches Schicksal für ihn geplant? Oder wurde der Lady zu Unrecht Übles nachgesagt?

Noch bevor die Sonne ihren Höchststand erreichte, war die Aufgabe erledigt und die Gruppe kehrte geschlossen nach Kinfairlie zurück. Die

Pferde verfielen in Galopp und brauchten keinen Ansporn, um in die bequemen Ställe von Kinfairlie zurückzukehren. Alexander hörte den Hufschlag und dachte einen Moment, dass nur die Geräusche, die seine eigene Gruppe machte, durch den Widerhall von den Wänden der Häuser im Dorf verstärkt wurden.

Aber nein. Schlachtrosse näherten sich. Alexander wusste das mit der Gewissheit eines Menschen, der mit Pferden aller Art aufgewachsen war. Und sie waren zahlreich, so zahlreich, dass er fürchtete, die Reiter verfolgten finstere Absichten. Nicht zum ersten Mal bedauerte er, dass die Ringmauer von Kinfairlie nie wiederaufgebaut worden war, und genauso, dass er kein Geld hatte, um sie jetzt wiederaufbauen zu lassen.

„Wer kommt da nach Kinfairlie?", rief Alexander, als er in seinen eigenen Burghof ritt und bemerkte, dass seine Wachen in die Ferne spähten. Sie standen an den wenigen erhöhten Stellen, die es gab, einschließlich der Trümmer der alten Mauer, und mehr als einer hatte seinen Bogen im Anschlag.

„Gottlob!", rief ein Posten sichtlich erleichtert. „Es ist der Laird von Ravensmuir!"

„In der Tat, gottlob!", sagte Alexander lächelnd und ging seinem jüngeren Bruder entgegen, um ihn zu begrüßen.

Wider Erwarten war es tatsächlich Malcolm. Welch ein Segen, dass sein Bruder nach Hause gekommen war, um Weihnachten mit ihnen zu feiern! Alexander hatte befürchtet, dass Malcolms Pflichten eine solche Reise in diesem Jahr nicht zulassen würden, obwohl Ravensmuir wirklich nicht weit entfernt war. Er winkte ihm zur Begrüßung begeistert zu.

Doch als Alexander die Anzahl von Malcolms Begleitern sah, verengten sich seine Augen und sein Arm erstarrte. Irgendetwas stimmte nicht.

Die ankommende Gruppe bestand aus einer ganzen Herde von Pferden, allerdings trugen nicht alle von ihnen Reiter. Jedes einzelne war ein prächtiges Ross aus der Zucht von Ravensmuir, jedes so schwarz wie die Nacht, jedes groß und stolz. Sie waren hochbeinig und reckten die Hälse, diese Tiere, die in der Christenheit ihresgleichen suchten. Ihre dunklen Mähnen wehten, ihre Nüstern blähten sich.

Alexander zählte alle acht Deckhengste aus Ravensmuirs Stallungen sowie die zwei Dutzend Stuten, von denen keine viel kleiner war als die Hengste. Sieben Fohlen waren in diesem Jahr geboren worden, das wusste er aus Malcolms Briefen, und alle sieben waren ebenfalls dabei.

Bestürzt stellte er fest, dass die Reiter, die Malcolm begleiteten, das Hauspersonal seines Bruders waren, seine Stallknechte und Knappen.

Sie alle würden etwas zu essen benötigen. Das war Alexanders erster Gedanke und sein zweiter war eine gedankliche Überprüfung seiner Vorräte. Erneut fühlte er sich von seinen tatsächlichen Lebensumständen heimgesucht. Jede Freude, die er empfand, musste in diesen Tagen anscheinend gedämpft werden.

Malcolm brachte sein Pferd vor Alexander zum Stehen, stieg ab und zog seine Handschuhe aus, während Alexander dasselbe tat. Malcolm nahm seinen Helm ab, wodurch sein ebenholzfarbenes Haar zum Vorschein kam, das Alexanders so ähnlich war. Sein Gesichtsausdruck war ungewöhnlich ernst.

„Was ist los?", fragte Alexander statt einer Begrüßung. Er vermutete, dass hinter Malcolms Ankunft irgendeine wichtige Angelegenheit steckte, nicht zuletzt, weil sein Bruder von allen Mitgliedern seines Hausstandes begleitet wurde.

Malcolm ergriff Alexanders ausgestreckte Hand und sah ihn dann mit festem Blick an. „Die Raben sind fortgeflogen."

Alexanders Mut sank. Das konnte nicht sein! Ein Blick auf Malcolm verriet ihm, dass er die Wahrheit sprach, dennoch fühlte er sich bemüßigt, zu widersprechen: „Aber sie verlassen Ravensmuir nie. Das weißt du genauso gut wie ich."

„Und doch sind sie fort."

„Sicherlich kehren sie bald zurück und legen nur einen kurzen Aufenthalt anderswo ein." Alexander zwang sich zu einem Lächeln. „Wer kann schon sagen, was Vögel vorhaben? Zweifellos gibst du die Hoffnung zu früh auf."

Malcom presste die Lippen aufeinander. „Sie fliegen nie auch nur für einen einzigen Tag fort, das weißt du genau. Sie sind schon die ganze letzte Woche weg."

„Aber –"

Malcolm unterbrach ihn mit ernster Miene: „Sie flogen gemeinsam los, Dutzende von ihnen, nach Osten, ohne zu krächzen. Sie haben auf mich gewartet, damit ich ihren Aufbruch miterlebe, davon bin ich überzeugt."

„Aber das ist Wahnsinn."

„Sie haben ausgeharrt, bis ich die Ställe verließ, damit ich sah, wie sie losflogen. Sie haben gewartet, um sicherzugehen, dass ich die Bedeutung ihrer Entscheidung verstehe."

Alexander legte seinem Bruder eine Hand auf die Schulter. Er konnte begreifen, dass Malcolm verbittert war. Es hieß, dass die Anwesenheit der Vögel auf Ravensmuir die Macht des herrschenden Lairds bestätigte, sodass es nicht viele Möglichkeiten gab, wie ihre Abwesenheit gedeutet werden konnte.

Den Geschwistern Lammergeier waren von der Wiege an Geschichten über die Raben von Ravensmuir erzählt worden, jedoch hielt Alexander sie für Ammenmärchen. Er hatte gedacht, dass Malcolm seine Ansicht teilte, denn der hatte noch weniger Verständnis für fantasievolle Erzählungen als er.

Beunruhigt betrachtete Alexander die Größe der aufmerksam lauschenden Gruppe und fragte sich, wie er all diese Seelen für den Rest des Winters ernähren sollte. „Ich glaube, du schenkst dieser alten Geschichte zu viel Glauben", sagte er in der Hoffnung, Malcolm zu beruhigen.

„Wie lässt sich dieses Vorkommnis anders erklären?", rief sein Bruder wütend. „Ravensmuir liegt in Schutt und Asche, das Labyrinth ist eingestürzt und die Burg ist darüber zusammengebrochen. Nicht einmal ein Kaninchen könnte sich noch einen Weg in die alte Halle bahnen, so liegt das Bauwerk in Trümmern. Der Laird selbst ist tot, verschollen in eben jenen Höhlen, seine Leiche wurde nie geborgen, und sein designierter Erbe ist noch unerfahren. Wie das alte Omen besagt: Die Raben sind fortgeflogen, weil es keinen wahren Laird auf Ravensmuir mehr gibt."

„Es ist nur ein Märchen, Malcolm."

„Es ist eine uralte Geschichte und ich sehe jetzt, dass sie wahr ist. Die

Raben halten mich nicht für würdig und deshalb haben sie mich verlassen." Malcolm seufzte und blickte düster in die Ferne, seine Stimme wurde leiser: „Ich würde es vorziehen, die alten Erzählungen außer Acht zu lassen, Alexander. Ich würde es vorziehen, ihnen keine Bedeutung beizumessen, aber diese Zeichen kann man nicht ignorieren. Die Vögel spiegeln lediglich meine eigene Überzeugung wider: Ich bin auf dieses Erbe schlecht vorbereitet. Es ist noch nicht einmal ein Jahr her, dass Onkel Tynan mich in sein Haus aufgenommen hat, und obwohl ich unter seiner Anleitung viel gelernt habe, ist das nur ein Bruchteil dessen, was ich wissen muss, um aus Ravensmuir etwas zu machen, vor allem, da es nun zerstört ist."

Alexander betrachtete die Gesellschaft, die fast ausschließlich aus Männern bestand, und stellte fest, dass sie ebenso unsicher wirkten wie ihr Grundherr. „Was wollt ihr nun tun?"

Malcolm blickte zurück zu denen, die ihm folgten. „Wir halten uns seit dem Einsturz der Burg in den Ställen auf. Es ist nicht richtig, dass diese Männer unter solchen Umständen und mit solch einer Ungewissheit über ihre Zukunft leben, obwohl sie mir gut gedient haben." Er begegnete Alexanders Blick erneut. „Ich bin hergekommen, um dich zu bitten, sowohl die Männer als auch die Pferde in deine Obhut auf Kinfairlie zu nehmen. Ich flehe dich an, dies zu tun. Ich überlasse dir alles, was ich habe, denn du bist eindeutig besser darauf vorbereitet als ich, eine Burganlage zu verwalten."

„Aber Kinfairlie hat den Laird von Ravensmuir immer als seinen Oberherrn angesehen."

„Ich würde dich zum Oberherrn von beidem machen."

Alexander wurde die Brust so eng, dass er kaum noch atmen konnte. „Und was wird aus dir?"

Malcolm richtete sich auf. „Ich habe vor, mein Glück zu suchen." Er stieß erneut einen Seufzer aus. „Und vielleicht werde ich mich mit der Zeit als würdig erweisen, die Bürde von Ravensmuir wieder auf mich zu nehmen, wenn du es für richtig erachtest, mir diese Verantwortung zu übertragen."

Alexander war versucht, seinem Bruder die Wahrheit über Kinfairlies

Finanzen zu sagen, doch er befürchtete, dass es zu viel für Malcolm wäre, wenn er wüsste, dass beide Anwesen in Gefahr waren. „Aber du bist bereits der Laird von Ravensmuir, Malcolm. Reicht dir dieser Titel nicht? Denk nach, bevor du deinen wertvollsten Besitz aufgibst."

Malcolm lächelte schwach, er sah viel älter aus als seine zwanzig Sommer. „In dem Zustand, in dem Ravensmuir sich befindet, genügt es mir nicht, sein Laird zu sein. Ich kann nichts für meinen Besitz tun, außer zuzusehen, wie er verfällt und in Vergessenheit gerät. Unser Erbe hat etwas Besseres verdient, Alexander, und ich beabsichtige, die Mittel aufzutreiben, um Ravensmuir wieder zu Ruhm und Ehre zu verhelfen. In der Zwischenzeit lege ich seine Verwaltung in gute Hände."

Alexander wusste nicht, was er sagen sollte. Nicht nur hielt er sich selbst kaum für fähig, ein solches Unterfangen zum Erfolg zu führen, Ravensmuir war außerdem eher eine Belastung als ein Gewinn, denn dazu gehörten weder ein Dorf noch Felder – der Laird bekam also keinen Zehnten. Seine Schatzkammer wurde einst durch den Handel mit religiösen Reliquien aufgefüllt, aber jetzt waren diese verkauft und weggebracht worden. Ravensmuir war als Vermächtnis von größerer Bedeutung – es war eine Burg auf einem Stück Land, die um der Familiengeschichte willen verteidigt werden musste –, besaß aber kaum Eigenwert.

Besonders nicht für einen Laird, der bereits mittellos war.

Malcolm legte Alexander eine Hand auf die Schulter, weil er die Gründe, warum sein Bruder Ravensmuir nicht annehmen wollte, offenbar falsch deutete. „Hab keine Angst um mich, Alexander. Ich werde einen Weg finden. Ich werde zurückkehren, um unser Erbe wiederaufzubauen, und wir werden beide wissen, dass mein Werk vollbracht ist, wenn die Raben erneut in Ravensmuirs Burghof landen."

In hilfloser Verzweiflung erhob Alexander seine Stimme: „Hör dir mal selbst zu, Malcolm. Du kannst deine Entscheidung nicht von dem Verhalten von Vögeln abhängig machen!"

Malcolm wurde noch ernster und sein Blick war stählern. „Ich kann es und ich tue es, denn die Raben von Ravensmuir sind nicht nur Vögel. Das solltest du genauso gut wissen wie ich."

Die Aussage seines Bruders schien Alexander nicht geheuer und er betrachtete Malcolm argwöhnisch. „Du hast doch wohl nicht gelernt, mit ihnen zu sprechen, wie es den Lairds von Ravensmuir nachgesagt wird?"

Malcolm wandte sein Gesicht ab. „Onkel Tynan hat mir viel beigebracht, aber es gibt immer noch mehr zu lernen. Nimmst du nun das Siegel von Ravensmuir an oder nicht?"

Alexander fluchte, fuhr sich mit der Hand durchs Haar und lief auf und ab. Vier Dutzend weitere Männer zu versorgen. Drei Dutzend riesige, hungrige Pferde. Ein Gebiet zu verteidigen, das sich über viele Meilen erstreckte, ohne dass er mehr Geld in seinen Truhen hatte. Angesichts der Hoffnung in den Gesichtern von Malcolms Leuten verließ ihn der Mut.

Aber was konnte er sonst tun?

„Ich werde es treuhänderisch für dich verwahren, nicht mehr und nicht weniger", sagte er entschlossen. „Onkel Tynan hat dich zu seinem Erben bestimmt und ich stehe zu seiner Wahl, ob du nun auf deine Fähigkeiten vertraust oder nicht."

„Wirst du auch die Pferde unterbringen? Du kannst sie gerne in meiner Abwesenheit für die Zucht verwenden, solange du dafür sorgst, dass sie nicht schlecht behandelt werden. Sie sind ebenfalls Teil unseres Vermächtnisses."

„Meine Stallungen sind bescheiden, aber sie stehen dir zur Verfügung", sagte Alexander resigniert. „Ich weiß nicht, wie die Tiere gefüttert werden sollen, denn wir haben keine Wintervorräte für eine so große Anzahl angelegt, aber –"

„Auf Ravensmuir gibt es Heu und Stroh", unterbrach Malcolm ihn mit fester Stimme. „Ich habe das letzte Geld dafür ausgegeben und das Futter gehört natürlich dir, denn jetzt bist du der Laird." Er kramte in seinem Beutel und drückte Alexander dann das Siegel von Ravensmuir in die Hand. Es schien mehr Gewicht zu haben, als Alexander erwartet hatte.

„Ich danke dir", sagte Malcolm, der offenbar erleichtert war, dass er die Last des Siegels abgeben konnte. Seine Stimme klang rau. „Ich wusste, dass du mir helfen würdest, Alexander. Du warst immer findig, trotz deiner vielen Späße, und du hast stets dort geholfen, wo es am nötigsten war."

„Du musst mindestens bis zum Dreikönigstag bleiben, denn du kannst nicht während der Festtage reisen." Alexander schaffte es, sich ein aufmunterndes Lächeln für seinen Bruder abzuringen. „Bis dahin könnten wir sogar gemeinsam eine Lösung für deine Sorgen finden."

Malcolms Lächeln wurde wehmütig. „Das bezweifele ich, Alexander, auch wenn ich diese Möglichkeit begrüßen würde." Er stieß einen weiteren Seufzer aus und sein Gesichtsausdruck spiegelte genau die Stimmung wider, in der Alexander die meiste Zeit des vergangenen Jahres verbracht hatte. „In Wahrheit weiß ich nicht, wohin ich reiten soll. Ich weiß nur, dass ich nicht bleiben kann." Sein Lächeln wurde breiter. „Vielleicht finde ich eine Erbin, die ich ehelichen kann."

„Vielleicht findest du eine Zauberin zum Heiraten", murmelte Alexander, denn er glaubte nicht, dass es eine Frau gab, deren Mitgift ausreichen würde, um beide Burganlagen wiederaufzubauen.

Sein Bruder schmunzelte.

„Komm, nimm die erste Mahlzeit des Tages mit uns ein", setzte Alexander hinzu. „Ein Problem wirkt immer weniger beängstigend, wenn man einen vollen Bauch hat."

Malcolm war einverstanden und Alexander befahl den Männern, die Pferde in den Stall zu bringen. Er rief seinen eigenen Stallmeister herbei und sorgte dafür, dass dessen Autorität auch Malcolms Stallmeister klar war, wenngleich sich die Männer offensichtlich miteinander beraten würden. Die beiden machten sich sofort daran, Ställe und Pferde zu begutachten und die Gruppe zu organisieren, die mit Wagen zurückfahren würde, um Ravensmuirs Vorräte zu holen.

Alexander betrachtete das Siegel, das so sehr mit der Geschichte seiner Familie befrachtet war, während Malcolm seinen eigenen Hengst in die Ställe führte. Mit gemischten Gefühlen drehte er das Siegel in den Händen und ließ das frühe Licht des Morgens darauf spielen. Einerseits war es eine Ehre, dieses Siegel zu führen, selbst wenn es nur für kurze Zeit war. Andererseits würde der Unterhalt von Ravensmuir auch noch den letzten Rest von Silberstaub aus seiner Schatzkammer fegen.

Er blickte zum Himmel hinauf, vielleicht in der Hoffnung auf göttlichen Beistand, und bemerkte eine Bewegung am Fenster seines Privatgemachs. Er schaute noch einmal hin und sah, dass es Eleanor war, deren offenes Haar im Wind wehte, während sie regungslos dastand. Sie beobachtete ihn, wie er sie beobachtete, und er war sich ihres Blickes sehr bewusst.

Er hatte das seltsame Gefühl, dass sie wusste, was er in der Hand hielt, dass sie wusste, was soeben geschehen war, obwohl sie die Worte wohl kaum gehört haben konnte. Und was würde sie von diesen Neuigkeiten halten? Sie lehnte sich aus dem Fenster, als wollte sie ihm etwas zurufen oder zur Vergrößerung seines Besitzes gratulieren.

Alexander schloss seine Faust um das Siegel und schob es in seine Tasche. Es mochte töricht sein, aber das gesamte Erbe seiner Familie in Händen zu halten, machte ihn doppelt entschlossen, zu überleben, was auch immer die Lady für ihn im Sinn haben mochte.

Die einfachste Lösung, so erkannte er mit plötzlicher Deutlichkeit, war sein erster Impuls gewesen: Er musste ihre Zuneigung gewinnen, denn keine Frau würde den Mann verlieren wollen, dem ihr Herz gehörte.

Nach seiner Rechnung hatte er mindestens neun Monate Zeit dafür, denn ein Sohn brauchte neun Monate, um sich der Welt zu zeigen – sich und sein Geschlecht.

Ein solches Kunststück bedeutete jedoch, dass Alexander zuerst Eleanors viele Geheimnisse enthüllen musste. Zum Glück war er verflucht hartnäckig, wie seine Schwestern oft behauptet hatten. Dies war eine Herausforderung, aus der er siegreich hervorzugehen gedachte. Er warf seiner Frau einen letzten Blick zu und bemerkte, dass sie sich in das Gemach zurückzog, dann schritt er in die Halle.

Er brauchte eine stärkende Mahlzeit, um sich der schwierigen Aufgabe zu stellen, die diese Lady für ihn darstellte.

PFERDE!

Eleanor erwachte von donnerndem Hufschlag. Sie war auf der Bettdecke eingeschlafen und trug immer noch das Gewand vom Vortag. Beim Geräusch der Pferde war sie sofort aufgesprungen und zum Fenster geeilt. Sie hielt den Atem an, als die prächtigsten Tiere, die sie je gesehen hatte, in den Burghof von Kinfairlie galoppierten. Es waren herrliche Geschöpfe, jedes von ihnen mit einem schwarz schimmernden Fell, das so dunkel war, dass es beinahe unnatürlich wirkte.

So etwas kannte sie nicht, dabei hatte Eleanor schon viele Rosse gesehen. Sie liebte Pferde so sehr, dass sie in einem ersten Impuls am liebsten zu den Ställen gelaufen wäre, um die Tiere zu begrüßen. Sie waren riesig, aber anmutig gebaut, ihre Nüstern blähten sich und ihre Hälse waren stolz gewölbt. Ihre Schweife und Mähnen waren lang und seidig und so dunkel wie Ebenholz. Sie stampften in majestätischer Ungeduld auf, wenn man sie zum Stehen brachte, als ob sie geradewegs bis nach Jerusalem laufen würden, ließe man ihnen ihren Willen.

Und es waren so viele! Eleanor lehnte sich an die Wand neben dem Fenster, ihre Knie waren weich vor Verlangen, auf einem dieser prachtvollen Tiere zu reiten. Sie wagte nicht, das Fenster zu verlassen, wagte kaum zu blinzeln, so begierig war sie, sich an ihrem Anblick zu ergötzen.

Erst jetzt bemerkte sie, dass Alexander vor ihnen stand, sein Schopf war fast so dunkel wie das Fell der eleganten Rosse. Der Mann, der mit ihm sprach, hatte die gleiche Haarfarbe und Größe wie er. Sie schienen sich zu streiten. Waren sie Freunde oder Familie? Eleanor konnte kein Wort verstehen und ihr Blick wanderte zwischen den Tieren und ihrem Ehemann hin und her.

Sie beschlossen wohl etwas, denn sowohl die Pferde als auch der Gast wandten sich den Ställen zu. Alexander blickte hoch und obwohl sie den Reflex hatte, sich zu verstecken, blieb sie stehen. Ihr Herz hüpfte in der Hoffnung, dass er zu ihr kommen würde, doch Alexander wandte sich wieder ab. Seine stumme Abweisung machte Eleanor traurig und mutlos.

Aber sie war keine schwache Maid, die sich in ihren Gemächern versteckte. Wenn Alexander nicht zu ihr kommen wollte, dann würde sie zu ihm hingehen.

~

MALCOLM GESELLTE SICH ZU ALEXANDER, als die Halle sich gerade zu beleben begann. Wachen und Söldner nahmen ihre Morgenmahlzeit an den Tischen ein, aber ihr Benehmen war verhaltener als sonst. Ein Feuer knisterte fröhlich im Kamin, denn die Flammen hatten den Julklotz noch kaum verzehrt. Der Geruch von frischem Brot erfüllte die Luft und in der Küche wurde gesungen. Es gab Bier, auch wenn es dünn war, und frische Kräuter waren auf dem Fußboden ausgestreut worden.

„Kinfairlie wirkt so anders." Malcolm runzelte die Stirn. „Was hat sich verändert?"

„Ich habe am ersten Weihnachtstag geheiratet", erklärte Alexander mit aller Unbekümmertheit, die er aufbringen konnte.

Sein Bruder sah ihn verwirrt an.

„Und meine Gattin hat die Führung des Haushalts übernommen."

„Du ... du hast ... geheiratet?", stotterte Malcolm. „Wen? Wie? Wann?" Er stellte seinen Becher schwer auf der Tafel ab. „Diese Woche?"

„Schade, dass du nicht früher hergekommen bist", sinnierte Alexander und weidete sich an dem Erstaunen seines Bruders. „Denn Madeline und Rhys waren Heiligabend hier, ebenso Vivienne und Erik."

„Warte einen Moment. Madeline und Vivienne waren hier und ihre Ehemänner, mit denen du sie ohne ihre Zustimmung verheiratet hast?" Ein Verdacht leuchtete in Malcolms Augen auf. „Und wann genau sind sie abgereist?"

„Gestern", gab Alexander zu.

„Und du hast geheiratet, während sie hier waren?"

„Wie ich bereits sagte."

Malcolm begann zu lachen. „Das war aber eine überstürzte Brautwerbung, Bruderherz!" Fünkchen tanzten in seinen Augen. „Als wir das letzte Mal miteinander sprachen, hattest du weder die Absicht zu heiraten, noch hattest du um die Gunst einer Maid gebuhlt."

„Ich begegnete der Lady erst am Heiligen Abend ..."

„Am Tag vor deiner Hochzeit! Als Madeline und Vivienne beide in dieser Halle weilten. Ich rieche Vergeltung, Alexander!"

„Allerdings ändert das nichts an meiner Bewunderung für sie."

„Gib es zu", beharrte Malcolm voller Schadenfreude. „Madeline und Vivienne haben sich an dir gerächt."

Alexander nickte. „Das heißt aber nicht, dass sich die Dinge am Ende nicht doch zum Guten wenden, wie sie es beide erlebt haben."

Malcolm nippte mit wissendem Blick an seinem Bier. „Die Verbindung ist also einvernehmlich?"

„Natürlich." Alexander hatte keine Lust, seinem Bruder seine Bedenken zu gestehen, denn jedes Detail, das er einem Geschwisterteil gegenüber zugab, würde sofort allen anderen mitgeteilt werden. Er hatte sie alle so lange vor der Wahrheit über Kinfairlies finanzielle Situation bewahrt, dass er sie instinktiv auch vor anderen harten Wahrheiten beschützen wollte. „In der Tat ist Eleanor sehr bestrebt, einen Sohn zu bekommen."

„Wirklich?" Malcolm kaute sein Brot, während er über diese Aussage nachdachte. Er betrachtete Alexander prüfend, als ob er vermutete, dass sein Bruder nur die Hälfte der Geschichte erzählt hatte. „Eine verliebte Frau ist kein so schreckliches Schicksal. Ich bewundere dich, Alexander, denn es scheint, dass alles für dich gut ausgeht, selbst wenn unsere Schwestern sich gegen dich verschwören. Das ist ein Kunststück!"

„Ich weiß nicht, ob sich weiterhin alles so gut entwickeln wird ..."

„Du bist zu bescheiden! Kinfairlie ist in deinen Händen sicher und es herrscht Frieden, du hast eine Halle voller Getreuer, einen Stall voll edler Pferde, zwei gut verheiratete Schwestern und eine Ehefrau, die sich einen Erben wünscht." Malcolms Tonfall verriet keine Bitterkeit, denn sein Wesen war nie von Neid geprägt gewesen. Dennoch verspürte Alexander den Wunsch, die Dinge richtigzustellen.

Er stützte sich mit dem Ellenbogen auf dem Tisch ab und senkte vertraulich seine Stimme: „Ich sage dir eine Sache, die nicht so gut läuft." Malcolm beugte sich näher zu ihm hin. Alexander schnitt eine Grimasse. „Ehrlich gesagt habe ich zu einem großen Teil verlernt, wie man um die Gunst einer Lady wirbt. Hast du einen Rat für mich?"

Malcolms Augen weiteten sich. „Du scherzt doch bestimmt."

„Sicher nicht."

„Du hast jeder Maid von hier bis London den Hof gemacht, und das nicht ohne Erfolg!"

Alexander schüttelte in komischer Verzweiflung den Kopf. „Es ist etwas anderes, mit Maiden zu schäkern, als Liebe im Herzen der eigenen Ehefrau zu entfachen."

„Ah, also wünschst du dir einmal in deinem Leben mehr als nur Vergnügen im Bett." Malcolm grinste, seine eigenen Sorgen waren vergessen. „Bist du etwa verliebt, Bruderherz?"

Alexander lächelte bloß.

Malcolm nickte, offenbar zufrieden. „Ich werde dir das Einzige erzählen, was ich über das Umwerben von Frauen weiß, denn mein Erfolg bei solchen Bemühungen könnte sich niemals mit deinem messen", sagte er. „Dieser Rat stammt von Onkel Tynan, und ich bin nicht sicher, ob er ihn mir anvertrauen wollte. Vielleicht hat er nur seine Gedanken laut ausgesprochen."

Alexander erhoffte sich nicht viel davon, denn Tynan war unverheiratet gestorben, nachdem er die Zuneigung, die ihm Rosamunde von ganzem Herzen entgegengebracht hatte, zurückgewiesen hatte. „Und was hat er gesagt?"

Malcolm runzelte die Stirn. „Dass es wichtig wäre, einer Lady Geschenke zu machen, während man sie umwirbt, und er fürchtete, dass er und Rosamunde nie ihr Glück gefunden haben, weil er ihr nichts bieten konnte, was sie nicht schon hatte."

„Er hätte ihr seine Liebe schenken können", bemerkte Alexander. „Denn die hätte sie anders nicht bekommen können."

Malcolm ging nicht darauf ein. „Ich denke, er glaubte, dass Gaben das Herz einer Frau erweichen, und es gefiel ihm nicht, dass Rosamunde selbst so viel Reichtum besaß. Er schenkte ihr nur den Silberring, den unser Großvater einst seiner eigenen Braut angesteckt hatte."

„Und Rosamunde hat ihn zurückgegeben."

Malcolm nickte. „Er trug ihn die ganze Zeit, nachdem sie ihn verlassen hatte, und starrte ihn jeden Abend schweigend an. Ich glaube, er wusste, dass er seine Chance vertan hatte. Vermutlich dachte er, das einzige Geschenk, das er ihr je gemacht hatte, wäre nicht das richtige gewesen."

Alexander starrte in seinen Becher und dachte darüber nach. Vielleicht lag ja doch eine gewisse Weisheit darin. Würde das richtige Geschenk, das er Eleanor im richtigen Augenblick überreichte, ihre Entschlossenheit, ihn loszuwerden, verschwinden lassen? Könnte er sich als ein Gemahl erweisen, der es wert war, dass man ihn behielt?

Eleanor liebte Pferde, das wusste Alexander mit Gewissheit. Er erinnerte sich an die Bewunderung in ihren Augen, als sie am Tag zuvor die Rosse der abreisenden Gruppen gestreichelt hatte. Ihr Gesicht hatte gestrahlt wie selten zuvor. Er konnte sich Eleanor auf einem der Rappen von Ravensmuir vorstellen und erinnerte sich nur zu gut daran, wie sie von Ewens Wohnsitz aus zu Fuß gegangen war. Vielleicht hatte sie ein Lieblingspferd zurückgelassen, weil sie ihr Ziel nicht genau kannte. Vielleicht hatte Ewen ihr ein eigenes Pferd verweigert.

Wie könnte er sie also besser davon überzeugen, dass er um ihre Zuneigung warb? Und wenn er ihr die Möglichkeit gäbe, vor ihm zu fliehen, würde das nicht zeigen, dass er sie nicht gegen ihren Willen festhalten wollte? Würde ihn das nicht besser aussehen lassen als ihre früheren Ehegatten?

Versuch machte klug.

Alexander sah Malcolm mit strahlendem Blick an. „Überlässt du mir Ravensmuirs Rosse vollständig?"

„Natürlich. Ich weiß, du wirst dafür sorgen, dass sie gut behandelt werden, und du verstehst genauso viel von der Zucht wie ich. Schließlich hast du jahrelang auf Ravensmuir gelebt, während Onkel Tynan dich zum Ritter ausgebildet hat."

„Dann werde ich eine Stute für meine Frau aussuchen", sagte Alexander und stand entschlossen auf.

„Ein großartiges Hochzeitsgeschenk!", stimmte Malcolm zu. „Ich werde dir bei der Auswahl helfen, denn ich kenne das Temperament eines jeden Pferdes. Wir finden eins, das ihrem Wesen entspricht."

Aber die Männer würden dies nicht in Abwesenheit der Lady tun müssen. Gerade als sie sich zielstrebig von der Tafel erhoben, sah Alexander Eleanor am Fuße der Treppe stehen. Sie schien innezuhalten und er verfluchte sich, weil er dieses Zögern, sich ihm zu nähern, verursacht hatte.

Er drehte sich um, lächelte und bot ihr seine Hand. „Eleanor, komm und lerne meinen Bruder Malcolm kennen.“

ELEANOR DURCHQUERTE die Halle mit bedächtigen Schritten und nutzte die Gelegenheit, um den Neuankömmling zu mustern. Dies war also einer der Brüder, die das Siegel von Kinfairlie gern an sich nehmen würden, sollte Alexander ohne einen Nachkommen sterben. Er war jünger als ihr Mann, aber nicht viel. Sie hatten das gleiche tiefschwarze Haar und denselben muskulösen Körperbau, aber Malcolm hatte grüne Augen. Eleanor fand, dass sie weit weniger attraktiv waren als leuchtend blaue Augen.

Sie lächelte höflich, während sie entschied, dass Malcolm niemals den Besitz ihres Mannes erhalten würde. Die Burganlage würde an ihren gemeinsamen Sohn übergehen, daran wollte sie fest glauben.

Sie begrüßten einander, dann lächelte Malcolm Eleanor an. „Reitest du oft?“, erkundigte er sich, und sie hatte das Gefühl, mitten in ein Gespräch hineingeplatzt zu sein.

„Natürlich, ich habe reiten gelernt, wie alle Edelfrauen“, erwiderte sie und warf Alexander einen Blick zu. Der sah so unschuldig aus wie ein Engel. Dieser Gesichtsausdruck war höchst ungewöhnlich für ihn, sodass sie sich fragte, was er im Schilde führte. „Warum willst du das wissen?“

„Ich habe Alexander gebeten, sich in meiner Abwesenheit um die Pferde aus meinem Stall zu kümmern, und er hat vor, dir eins zur Hochzeit zu schenken.“

Eleanor spürte, wie ihr bei dieser Aussicht das Blut aus dem Gesicht wich. Dieses Grauen konnte sie nicht noch einmal ertragen!

Sie merkte, dass sich ihre Lippen einen Moment lang stumm bewegten, bevor es ihr gelang, einen Laut von sich zu geben. „Ich brauche kein eigenes Pferd“, sagte sie mit unsicherer Stimme. „Aber ich danke dir für deine Absicht.“

„Es ist eine Absicht, die ich auf jeden Fall ausführen werde.“ Alexander nahm ihren Arm. „Komm mit und hilf uns bei der Auswahl.“

„Nein!“, schrie Eleanor so laut, dass sich alle Anwesenden zu ihr umdrehten. „Ich bitte dich, nein! Ich habe kein Verlangen nach einem Pferd.“ Sie sprach ungewöhnlich hastig in ihrer Angst, dass sich die Vergangenheit wiederholen würde. „Ich gehe gern zu Fuß, wirklich!“

Alexander beugte sich zu ihr hinüber, seine Augen funkelten. „Eleanor, das macht wenig Sinn“, sagte er in diesem ruhigen, aber festen Ton, der keinen Widerspruch duldete. „Du brauchst dir keine Sorgen um die Kosten zu machen“, fuhr er fort, weil er den Grund für ihren Protest falsch verstand. „Ich will, dass meine Lady ein eigenes Reitpferd bekommt. Punkt.“

„Ich werde keines auswählen“, beharrte sie und wusste, dass sie sich wie eine Närrin aufführte. „Ich werde mich nicht an diesem Vorhaben beteiligen.“ Und dann, weil er geneigt schien, darauf zu bestehen, log sie: „Ich habe Angst vor Pferden, Alexander.“

„Aber du hast doch gesagt, dass du schon in jungen Jahren reiten gelernt hast!“

„Das stimmt, und jahrelang bin ich trotz meiner Angst geritten. Aber ich habe etliche schlechte Erfahrungen gemacht und wage mich nicht mehr in die Nähe von Rossen.“

„Das beste Mittel nach einem Sturz ist, wieder in den Sattel zu steigen“, warf Malcolm hilfsbereit ein. „Und du brauchst nicht zu befürchten, dass die Pferde von Ravensmuir dich abwerfen. Sie lassen sich nicht so leicht aus der Ruhe bringen.“

„Nein!“, wiederholte Eleanor zu laut. „Ich nehme deine Gabe nicht an!“ Sie wandte sich wütend an Alexander, wohl wissend, dass sie sich verrückt anhörte, aber sie musste dieses Geschenk verhindern. „Sei so gütig, meine Ablehnung zu akzeptieren! ICH WILL KEIN PFERD!“

Die Anwesenden verharrten in verwundertem Schweigen. Eleanor drehte sich um und verließ die Halle. So schnell wie möglich rannte sie die Treppe hinauf, um Zuflucht im Privatgemach zu suchen. Sie drängte sich an einer von Alexanders Schwestern vorbei, ohne sich die Zeit zu nehmen, auf deren Fragen zu antworten, stürzte in das Zimmer und schloss sich ein.

Erst dann erlaubte Eleanor es sich, zu weinen. Nur ihre eigene Dummheit war an allem schuld, das stand fest. Sie hatte Blanchefleurs Andenken verraten, indem sie den Pferden am Vortag Zuneigung gezeigt hatte, und nun sollte diese Zuneigung gegen sie verwendet werden.

So wie es schon einmal passiert war.

Sie konnte nicht zulassen, dass dieses Verbrechen erneut geschah, sie konnte es einfach nicht und es war ihr egal, was sie sagen musste, um es zu verhindern. Sollten sie sie doch für verrückt halten. Solange die Rosse in Sicherheit waren, kümmerte es sie nicht.

ALEXANDER BLICKTE seiner Frau mit unverhohlenem Erstaunen nach.

„Wie ich gehört habe, würden sich die meisten Frauen über ein so großzügiges Geschenk freuen", meinte Malcolm.

„Das hätte ich ebenfalls erwartet." Alexander spürte, dass es um mehr ging als um die Ablehnung eines Geschenks. Eleanor war in Panik geraten. Er hatte das Entsetzen in ihren Augen gesehen, auch wenn er keinen Grund dafür erkennen konnte.

„Ich glaube, ihre Heftigkeit ist weniger verblüffend, wenn man von ihrer Angst weiß", fügte Malcolm hinzu.

„Ich bin mir nicht sicher, ob sie sich wirklich vor Pferden fürchtet." Alexander erzählte seinem Bruder von ihrer Reaktion am Tag zuvor. Malcolm war daraufhin genauso verwirrt wie er. „Ich denke, wir sollten trotz dieses Vorfalls ein Pferd für sie aussuchen", setzte Alexander hinzu.

„Vielleicht hält sie das Geschenk für zu großzügig", überlegte Malcolm. „Oder sie wagt nicht, zu glauben, dass sie ein eigenes Pferd haben könnte. Wenn sie die Tiere mag, könnte ihr das als eine zu hoch gegriffene Vorstellung erscheinen."

„Das ist gut möglich. Sie stand am Fenster, als ihr ankamt, sie weiß also, was für edle Rosse es sind", stimmte Alexander zu. „Vielleicht wagt sie nicht, sich eines zu wünschen, aus Angst, dass sie enttäuscht wird."

„Hast du deine Braut schon so sehr enttäuscht?", neckte Malcolm ihn.

Alexander hatte keine Gelegenheit, etwas zu erwidern, denn Isabella fegte ziemlich empört durch die Halle. „Was hast du deiner Braut angetan?", fragte sie. „Wie konntest du sie so früh am Tag schon zum Weinen bringen, Alexander? Sie ist an deine Streiche nicht so gewöhnt wie wir! Und das, nachdem du sie zwei Tage und zwei Nächte allein gelassen hast! Du bist wirklich ein ungehobelter Bursche!"

„Ich wollte ihr nur etwas schenken", rief er und hob beschwörend seine Hände. „Schickt es sich nicht für einen Mann, seiner Braut ein Geschenk zu machen?" Die Anwesenden schmunzelten über sein Verhalten und widmeten sich wieder ihrem Essen, obwohl es bei dem Klatsch und Tratsch in der Halle zweifellos zu einem guten Teil auch um den Laird und seine Lady ging.

„Offenbar glaubt sie dir nicht", stellte Isabella in bestimmtem Ton fest. „Weiß Gott, wie sie so schnell gemerkt hat, dass du gnadenlos sein kannst, wenn du jemanden aufziehst."

„Vielleicht hat sie ein außergewöhnlich gutes Wahrnehmungsvermögen", scherzte Malcolm, und Isabella jubelte bei seinem Anblick auf. „Malcolm! Ich wusste gar nicht, dass du hier bist!" Sie eilte zu ihm hin, um ihn zu umarmen, dann strahlte sie ihre Brüder an. „Du hättest uns erzählen sollen, dass er kommt", sagte sie zu Alexander.

„Das wusste ich auch nicht. Er ist gerade erst angekommen und ich habe nicht gewagt, dich so früh zu wecken. Ich vermutete, dass du viel länger schlafen würdest."

Dass Isabella gerne lange im Bett liegen blieb, war bekannt, und Malcolm lachte, als er daran erinnert wurde. „Bist du wirklich Isabella?", fragte er und trat einen Schritt zurück, um die fragliche Maid zu betrachten. „Du ähnelst ihr zwar, aber ich habe meine Schwester Isabella noch nie vor dem Mittag gesehen."

Isabella schlug nach seiner Schulter und verfehlte sie.

„Es sind Schuldgefühle, die sie wach halten", sagte Alexander feierlich. „Denn sie hat an Heiligabend versucht, mich umzubringen." Isabella schnappte bei diesem Vorwurf nach Luft und wollte diese Aussage einschränken, doch Malcolm ließ ihr keine Gelegenheit dazu.

„Warum hast du so lange gewartet?", fragte er sie. „Wir hätten ihn schon vor Jahren loswerden können. Es wäre so viel einfacher für uns gewesen, als wir noch jünger waren."

Alle lachten darüber, aber Alexander warf einen Blick zur Treppe. Würde es die Sache noch schlimmer machen, wenn er Eleanor hinterherging, und sollte er sie besser in Ruhe lassen? Tatsache war, dass sie noch nie so starke Gefühle gezeigt hatte wie bei der Aussicht, ein Pferd zu bekommen. Er hatte den Eindruck, dass der Schleier, der eins ihrer Geheimnisse verhüllte, sich ein wenig gehoben hatte.

Und er war sicher, der beste Weg, um dieses Geheimnis vollständig zu lüften, bestand darin, diesen Kurs weiterzuverfolgen.

„Isabella, kannst du uns behilflich sein?", bat er. „Du bist genauso groß wie Eleanor. Würdest du uns bei der Auswahl einer Stute unterstützen, die ihr gehören soll?"

„Du willst ihr ein Pferd schenken?" Isabella blieb vor Erstaunen der Mund offen stehen. Alexander hätte gewettet, dass in ihrer Erwiderung auch eine gehörige Portion Eifersucht mitschwang. „Ein Pferd ganz für sie allein?"

„Eine von Ravensmuirs Stuten", ergänzte Malcolm.

Isabella blieb angesichts dieser offenkundigen Ungerechtigkeit die Luft weg. „Aber du kennst sie doch erst seit ein paar Tagen! Mich kennst du schon mein ganzes Leben lang. Alexander, du musst mir ebenfalls ein Pferd zugestehen!"

„Jede Braut sollte ein Hochzeitsgabe bekommen", sagte Alexander milde. „Wenn du dir einen Mann aussuchst, wird er dir vielleicht auch ein Pferd schenken."

Isabella warf ihm einen bösen Blick zu. „Du willst mich nur dazu bringen, mich schnell für einen Freier zu entscheiden."

Alexander zuckte mit den Schultern. „Wenn du es hinausschiebst, kannst du mir keine Vorwürfe machen, wenn ich eine Entscheidung für dich treffe."

Isabellas Augen schossen Blitze, doch plötzlich betrachtete sie ihn misstrauisch. „Ein Pferd dieser Klasse ist kein kleines Geschenk für eine Frau. Du hast ihr bereits ein Schmuckstück gegeben."

„Jede Braut braucht auch einen Ring, um das Gelübde zu besiegeln", entgegnete Alexander.

„Siehst du?", stichelte Malcolm. „Die Ehe hat Vorzüge."

„Es ist mehr als das." Isabellas Augen funkelten. „Du bist in sie vernarrt!"

„Ich bin nicht in sie vernarrt", widersprach Alexander, aber seine beiden Geschwister lachten ihn so fröhlich aus, dass es ungehobelt erschien, die Sache zu vertiefen. Davon abgesehen war etwas Wahres daran, denn er war zumindest von seiner Frau fasziniert. „Kommt, ihr zwei, lasst uns ein Pferd für meine Lady aussuchen."

Er schickte sich an, aus der Halle zu gehen, ohne abzuwarten, ob sie ihm folgten, aber Anthony trat ihm kurz vor der Tür in den Weg. „Ich möchte Euch fragen, Mylord, ob die Männer in den Ställen zum Mittagsmahl bleiben werden."

Alexander behielt ein Lächeln auf den Lippen, denn er wollte nicht, dass Malcolm die ganze Tragweite dessen erkannte, was er von seinem älteren Bruder verlangt hatte. „Natürlich, Anthony. Tatsächlich wird die Gruppe aus Ravensmuir auf unbestimmte Zeit auf Kinfairlie verweilen, während Malcolm selbst nur bis zum Dreikönigstag unser Gast sein wird."

Anthonys Schock war deutlich zu erkennen, was bedeutete, dass er beträchtlich sein musste. Der ältere Mann war normalerweise geschickt darin, seine Gedanken zu verbergen.

Alexander sprach schnell weiter, damit Anthony seine Zweifel nicht zum Ausdruck bringen konnte: „In Ravensmuir gibt es Futter für die Pferde, die ebenfalls hierbleiben werden. Die Stallknechte wollen es heute abholen."

„Aber Mylord –"

„Es ist Weihnachten, Anthony, und ich bin sicher, dass unsere Gäste gut untergebracht werden können", erwiderte Alexander fröhlich.

Der Kastellan richtete sich zu seiner vollen Größe auf und sah Alexander in die Augen. „Vielleicht könntet Ihr einen Moment für den Koch erübrigen, Mylord, um zu entscheiden, welches Fleisch heute zur Mittagsmahlzeit serviert werden soll."

Es war nicht genug davon da, so viel wusste Alexander bereits. Er hielt den Blick des älteren Mannes fest und war erleichtert, dass der die Situation anscheinend verstanden hatte. „Heute ist das Fest der unschuldigen Kinder, nicht wahr?"

Der Kastellan nickte fast unmerklich.

„Und für einen solchen heiligen Tag bietet sich eine gewisse Zurückhaltung an", fuhr Alexander fort. „Weisen Sie bitte den Koch an, Brot mit dunklem Mehl zu backen, und bitten Sie ihn, die Menge an uns zur Verfügung stehendem Fisch zu ermitteln. Ich werde in Kürze zurückkehren, um alles mit ihm zu besprechen."

„Sehr wohl, Mylord." Anthony verbeugte sich und verließ die Halle.

„Ich hasse dunkles Brot", sagte Isabella leicht verärgert.

„Es ist besser als gar keins", entgegnete Malcolm. „Nach den letzten Monaten auf Ravensmuir ist mir jeder Bissen willkommen. Die Vorratskammer dort war nur höchst spärlich ausgestattet."

Isabella errötete. „Du hättest eher kommen sollen", schimpfte sie und nahm seinen Ellenbogen. „Auf Kinfairlie gibt es immer reichlich zu essen, darauf können wir uns alle verlassen."

Alexander sagte nichts dazu. Zu seiner Erleichterung wurde das Thema nun fallen gelassen, denn sie erreichten die Ställe und wie immer verdrängten die Pferde von Ravensmuir alle anderen Belange aus den Gedanken seiner Schwester.

Es waren in der Tat herrliche Tiere und seine eigene Bewunderung war nicht minder groß.

FÜR ELEANOR WAR eine solche Tränenflut untypisch Sie holte zitternd Luft und richtete sich auf. Sie hörte Schritte und Stimmen und schaute rechtzeitig aus dem Fenster des Privatgemachs, um zu sehen, wie Alexander mit Malcolm und einer seiner Schwestern den Burghof überquerte. Das feuerrote Haar der Maid und ihre Größe verrieten, dass es sich um Isabella handelte. Es war auch Isabella gewesen, der Eleanor auf der Treppe begegnet war. Die drei machten sich auf den Weg zu den Ställen, wobei Alexander mit einer solchen Entschlossenheit voranschritt, dass Eleanor erneut angst und bange vor seinen Absichten wurde.

Es quälte sie, wie wenig sie über ihn wusste. Schließlich hatte sie Millard vertraut und er hatte nicht nur ein übles Verbrechen begangen, sondern ihr auch noch die Schuld dafür gegeben. Eleanor würde es nie vergessen, so groß war ihre Abscheu, und sie befürchtete, das Verbrechen würde sich wiederholen.

Sie musste die Pferde zählen, und zwar sofort, bevor ein einziges Tier aus den Ställen geholt werden konnte.

Eleanor wischte sich die Tränen ab und rückte den Reif zurecht, der ihren Schleier hielt. Sie strich die Ärmel ihres Kleides glatt und vergewisserte sich, dass ihre Strumpfbänder richtig befestigt waren. Dann schloss sie die Tür auf und hängte den Schlüssel an ihren Gürtel. Sie benutzte den Rand der Treppe, wo die Stufen weniger knarrten, und huschte wie ein Gespenst hinunter.

Der Riegel an der Tür zur gemeinsamen Kammer der Schwestern klapperte, als Eleanor daran vorbeilief. Sie eilte weiter die Treppe hinunter, da sie nicht wollte, dass sie bei ihrem Vorhaben beobachtet wurde. Sie war schon fast in der Halle, als sie die Holztür über sich zuschlagen hörte, und ihre Schritte beschleunigten sich noch mehr.

In der Halle herrschte reges Treiben, aber sie war nicht geneigt, Höflichkeiten auszutauschen. Sie nickte und lächelte mehrere Männer an, die sich vor ihr verneigten, und strebte auf die Küche zu, als ob sie dort etwas zu tun hätte.

„Mylady!" Anthony verbeugte sich bei ihrem Anblick so tief, dass seine Stirn fast den Boden berührte. Der Koch, der neben ihm stand, schaute grimmig drein und nickte nur kurz zur Begrüßung. „Vielleicht könnt Ihr uns helfen, Mylady. Der Laird besteht darauf, dass die Frage des Fleisches für die Mittagsmahlzeit erst geklärt wird, wenn er von den Ställen zurückkehrt."

Eleanor klopfte das Herz bis zum Hals, während sie sich bemühte, sich ihre Bestürzung nicht anmerken zu lassen.

„Aber der Koch sagt, es ist schon spät, und er möchte seine Befehle sofort erhalten, wenn nicht noch eher."

„Natürlich", stimmte Eleanor zu und der Koch sah erleichtert aus. „Ich habe gehört, dass wir Gäste haben?"

„Heute Morgen sind zwanzig Mann von Ravensmuir eingetroffen, einschließlich der Leute, die bereits in der Halle sind", sagte der Koch und seine Verdrossenheit war deutlich zu spüren. „Es sind nur noch klägliche Reste vom Wildbret übrig. Der Laird hat für heute dunkles Brot verlangt, was die Sache sehr erleichtert, aber wir können nicht nur Brot servieren."

„Habt ihr Fisch?"

„Zwei Fässer geräucherten Fisch, Mylady. Der Laird schlug Fisch vor, aber ich hatte beabsichtigt, diesen zum Fasten am Freitag zu servieren."

„Wir werden uns Freitag Sorgen über den Freitag machen", sagte sie knapp. „Und es kann in der Tat ein Fastentag werden. Wir essen das Brot und den geräucherten Fisch – gebraten, wenn möglich, denn Männer, die gereist sind, bekommen gern eine warme Mahlzeit in den Bauch."

„Das lässt sich machen, Mylady."

„Und heute Abend wird es einen Eintopf geben, einen dünnen mit viel Bratensoße. Ist noch Grünkohl im Garten?"

Der Koch zog eine Grimasse. „Er ist nicht mehr so schmackhaft, wie er einmal war."

„Aber er ist vorhanden und er wird genügen, vor allem mit Wildbratensoße. Selbst an seinen heiligen Tagen kann der Herr nicht erwarten, dass wir mehr als unser Bestes geben."

Der Koch strahlte über diese Entscheidung. „Ich habe ein Stück Butter übrig, Mylady, und der Schnittlauch wächst noch, denn ich habe ihn in letzter Zeit nicht geschnitten. Der Fisch wird ein Festessen für einen König sein, darauf könnt Ihr Euch verlassen."

Eleanor lächelte. „Ich danke dir und ich freue mich schon darauf."

Sie wandte sich ab und Anthony war schnell neben ihr. „Ich danke Euch, Mylady, für Euer rechtzeitiges Eintreffen und auch für Eure Lösung."

„Wir brauchen eine Gruppe, die heute Nachmittag zur Jagd reitet, Anthony", sagte sie, weil sie dafür sorgen wollte, dass genügend Fleisch für die Mahlzeiten vorhanden war. „Mein Laird hat doch sicher Jagdgründe, oder?"

„Kinfairlie besitzt große Ländereien, Mylady, und die Wälder sind reich an Wild."

„Ausgezeichnet. Ein Hirsch oder ein anderes großes Tier wäre ideal, aber auch eine Wagenladung Fasane wäre willkommen. Egal, ob der Laird heute beschäftigt ist oder nicht, könnten Sie eine Jagdgesellschaft aus seinen Gästen zusammenstellen?"

Anthony runzelte die Stirn. „Nur wenige sind adlig, Mylady, also haben auch nur wenige das Recht, zu jagen."

Sie warf ihm einen strengen Blick zu. „Es geht darum, etwas auf den Tisch zu bringen, Anthony. Wenn der Laird die Gruppe nicht anführen kann, werden Sie sie anführen. Es ist mir gleichgültig, ob die Mitglieder adlig sind oder nicht – mich interessiert nur, dass sie mit genügend Fleisch für hundert Seelen für mindestens zwei Tage zurückkehren."

Anthony zog eine Augenbraue hoch. „Aber –"

„Es ist dem Ruf eines Lairds nicht zuträglich, wenn er seinen Gästen nichts zu essen anbieten kann, vor allem nicht zu dieser Zeit des Jahres. Sorgen Sie dafür, dass die Ehre unseres Lairds gewahrt bleibt. Ich verlasse mich auf Sie."

Anthony verbeugte sich. „Wie Ihr es anordnet, soll es geschehen, Mylady." Ob er überrascht oder erfreut war, konnte Eleanor nicht sagen, aber er sah sie mit einem strahlenden Blick an. „Wenn ich das bemerken darf, Mylady, es ist erfreulich zu sehen, dass Ihr in dieser Hinsicht ähnliche Ansichten vertretet wie der Laird. Erst gestern hat Mylord darauf bestanden, dass genügend Safran in die Sauce gegeben wird, ganz gleich, was es kostet."

Eleanor lächelte und war beruhigt, dass ihr eigener Rat mit dem ihres Gatten übereinstimmte. „Es ist Weihnachten, Anthony."

„In der Tat, Mylady, und auf Kinfairlie gibt es Segnungen im Überfluss."

Eleanor verließ die Halle und ging zu den Ställen hinüber, wo der süßliche Duft nach Heu und Pferdeleibern tausend Erinnerungen in ihr wach werden ließ. Ein Stallknecht nickte ihr zu. Er musste vierzig Sommer gesehen haben und somit eine gewisse Autorität besitzen, allerdings konnte Eleanor sich nicht erinnern, ihn zuvor schon einmal gesehen zu haben.

„Ich bitte um Verzeihung, aber wenn ich mich nicht irre, seid Ihr die Lady von Kinfairlie", sagte er und verbeugte sich mit einer Unbeholfenheit, die erkennen ließ, dass er es nicht gewohnt war, mit adeligen Damen umzugehen.

„Die bin ich." Ein seltsames Kribbeln durchlief Eleanor, als sie zum ersten Mal ihren Titel als Alexanders Frau geltend machte. „Wie ich höre, sind neue Pferde eingetroffen."

Dutzende von Pferden spähten beim Klang der Stimmen neugierig aus ihren Boxen und ihre Ohren zuckten. Eleanor konnte Alexander nicht sehen, denn die Ställe lagen trotz der hellen Morgensonne in tiefem Schatten.

„Die sind von Ravensmuir, Mylady. Ich habe sie hergebracht." Als sie einfach dastand und auf das starrte, was sie von den Tieren erkennen konnte, zögerte er und rang unentschlossen seine klobigen Hände. Es waren große Pferde, größer als alle, die sie bisher geritten hatte, größer, als sie vom Fenster des Privatgemachs aus vermutet hatte. Sie waren unglaublich schön. „Möchtet Ihr die jungen Pferde sehen?", bot er an. „Ich denke, da der Laird Pläne für sie hat, solltet Ihr sie lieber früher als später anschauen."

Eleanor stockte wieder der Atem vor Angst. „Ich werde sie mir alle ansehen", sagte sie entschieden. „Aber zuerst möchte ich bitte zu den Fohlen."

Der Stallknecht neigte den Kopf und drehte sich um, froh, eine Aufgabe zu haben. Er führte sie zu einer großen Box. „Passt auf, wo Ihr hintretet, Mylady. Sie sind noch nicht lange im Stall und man weiß ja nie. Und zwei der Stuten wollten absolut nicht von ihren Fohlen getrennt werden, also ist es recht eng hier."

Er öffnete die Holztür und Eleanor trat nur ein kleines Stück über die Schwelle. Die Fohlen drehten sich neugierig um, ihre Augen schimmerten in den Schatten. Sie schlugen mit den Schwänzen und eines hätte sich ihr vielleicht genähert, doch eine riesige Stute drängte sich dazwischen.

Gezielt stellte sie sich zwischen Eleanor und die Fohlen. Sie beschnupperte zuerst Eleanors Hände und ihr Haar. Es war, als wollte sich das Pferd von ihren Absichten überzeugen, und Eleanor hielt den Atem an. Die Prüfung schien zu lange zu dauern und einen Moment lang befürchtete sie, dass die Stute etwas von ihrer Treulosigkeit ahnte.

Wussten die Tiere von Blanchefleur, oder schlimmer noch, dass Eleanor nicht scharfsinnig genug gewesen war, um das Ross zu retten?

Die Stute schnaubte unvermittelt und warf den Kopf nach hinten, dann beugte sie sich vor und knabberte an Eleanors Haar. Überwältigt von dieser Zuneigung spürte Eleanor, wie ihr die Knie weich wurden. Sie streckte die Hand aus, um die Nase des Pferdes zu streicheln.

Daraufhin kamen auch die Fohlen näher und beschnupperten sie ebenfalls. Ihre Nasen waren wie feinster Samt, ihr Fell war seidenweich, ihre Hinterhand muskulös. Selbst die Fohlen waren fast so groß wie Eleanor, obwohl sie wohl erst im vergangenen Frühjahr geboren worden waren.

Es waren wunderschöne Tiere und obwohl Eleanor sich sehnlichst wünschte, eines davon zu besitzen, wagte sie nicht, eine andere Seele ihre Zuneigung zu ihnen sehen zu lassen. Sie hatte diesen Fehler schon einmal begangen. Widerstrebend zog sie die Hände weg, als sie sich der Anwesenheit des Stallknechts wieder bewusst wurde. Sie war nur hier, um die Zählung durchzuführen.

Aber dazu bekam sie keine Gelegenheit.

„Was tust du hier?", fragte Alexander, bevor sie sich umdrehen konnte.

Eleanors Herz sank wie ein Stein. Sie setzte eine Miene auf, die nichts von ihrer Freude verraten sollte, und wandte sich zu ihm um.

Er stand neben dem Stallknecht und runzelte verwundert die Stirn. „Ich dachte, du hättest Angst vor Pferden. Warum solltest du dann den Stall betreten, noch dazu allein?"

Eleanor begegnete Alexanders festem Blick und wusste sie nicht, was sie antworten sollte.

KAPITEL 10

Alexander hatte Eleanor bisher nicht sprachlos erlebt und er war nicht sicher, ob er sie in diesem Zustand jemals wieder sehen wollte.

Schon gar nicht wünschte er, noch einmal für diesen Umstand verantwortlich zu sein. Sie stand da und starrte ihn mit weit aufgerissenen Augen an, alle Farbe war aus ihrem Gesicht gewichen. Es bestand kein Zweifel, dass er ihr, wenn auch unabsichtlich, einen Schock versetzt hatte.

„Ich dachte, du magst keine Pferde", wiederholte er sanfter, und sie schien sich am Riemen zu reißen. Sie hob ihr Kinn und gewann ihre Fassung wieder. Er hatte das Gefühl, dass sie sich gegen ihn wappnete, und tatsächlich konnte er nicht mehr in ihren Gedanken lesen als bei einem Gegner mit heruntergelassenem Visier.

„Das ist auch so", erwiderte sie kühl. „Meine Ablehnung deines Geschenks schien dich jedoch zu beunruhigen, daher habe ich mich bemüht, meine instinktive Reaktion zu überwinden. Es ist schließlich die Pflicht einer Ehefrau, dafür zu sorgen, dass ihr Mann zufrieden ist."

Es war im Gegenteil die Lady, die durch die Aussicht auf sein Geschenk beunruhigt gewirkt hatte. Alexander war einfach nur verwirrt gewesen.

Ihr Protest wäre glaubhafter erschienen, wenn die Stute ihre Nase nicht so hartnäckig in Eleanors Haar gesteckt hätte. Alexander war hinreichend mit Pferden vertraut, um zu wissen, dass sie Menschen, die sie fürchteten oder nicht mochten, keine Zuneigung zeigten.

Das Pferd grub seine Nase mit einer gewissen Beharrlichkeit in den Halsausschnitt von Eleanors Kleid und es war unmöglich, zu glauben, dass die Stute jemanden, der Pferde ablehnte, eines derart freundlichen Angriffs für würdig befunden hätte oder dass eine solche Person diesen ertragen hätte. Eleanors Finger zuckten, als ob sie nur zu gern die Nase der Stute kraulen würde, also schenkte Alexander ihren Worten nicht viel Glauben.

In der Tat begann sein Blut zu kochen, weil sie log. Für wie dumm hielt sie ihn eigentlich? Und was war ihr Wort wert? Immerhin hatte sie geschworen, dass zwischen ihnen Ehrlichkeit herrschen sollte!

In diesem Moment beschloss er, so zu tun, als ob er ihre Lüge für wahr hielte, um zu sehen, wie lange sie darauf beharren würde.

„Du scheinst große Fortschritte zu machen", sagte er, als ob er die widersprüchlichen Anzeichen nicht bemerkt hätte und auch nicht verärgert wäre. Er trat ebenfalls in die Box und bedeutete dem Stallknecht mit einem Nicken, dass er gehen konnte. Eleanor versteifte sich und hob nicht einmal einen Finger, um die Pferde zu berühren. Die Fohlen drängten sich an sie und verrieten so, dass sie sie zuvor getätschelt hatte. „Bist du als Kind oft geritten?"

„Natürlich", räumte sie ein, als ob sie das lieber nicht getan hätte. „Meine Hauslehrer haben dafür gesorgt, dass ich mit Anmut reiten kann."

„Und das war auch gut so", sagte Alexander leichthin. Er kraulte die Stute an den Ohren, und das Tier schloss genüsslich die Augen. „Das ist Guinevere, falls ihr einander noch nicht vorgestellt wurdet."

„Benannt nach Artus' Königin?" Eleanor betrachtete das Pferd wachsam, obwohl eine verräterische Bewunderung in ihren Augen stand.

Alexander nickte und schluckte seinen aufsteigenden Unmut hinunter. Diese Frau hätte nicht überzeugend lügen können, wenn ihr Leben davon abhinge! Sie musste ihn für sehr dumm halten. „In der Tat, denn die Hengste können ihrer Anziehungskraft nicht widerstehen. Sie fohlt fast jedes Jahr, obwohl der Stallmeister alles tut, um das zu verhindern."

„Willst du nicht jedes Jahr mit ihr züchten?"

„Meine Familie hat die Gepflogenheit, die Stuten nur jedes zweite oder sogar dritte Jahr trächtig werden zu lassen, damit sie sich von ihrem Kraftakt besser erholen können." Alexander lächelte schwach. „Guinevere hat jedoch zu viele glühende Verehrer, um dieses Schema angemessen zu finden."

„Sie scheint gesund genug zu sein."

„Sie ist wirklich ein Wunder." Alexander führte Eleanors Finger zu Guineveres Nüstern. Dabei bedeckte er ihre Hand mit seiner, als würde er glauben, dass sie wirklich Angst vor Pferden hätte. Er spürte, wie sich ihre Finger instinktiv bogen, bevor sie ihre Hand wegzog.

„Sie ist zu groß, als dass man ihr trauen könnte. Sieh dir ihre Zähne an!"

„Sie ist so sanft wie ein Frühlingsregen", wandte Alexander ein. Er suchte Eleanors Blick und senkte seine Stimme, sodass nur seine Frau ihn hören konnte: „Du scheinst dich ungewöhnlich gut mit Pferden auszukennen."

Sie starrte ihn einen langen Moment an, dann schaute sie nach unten. „Trotzdem jagen sie mir in meinem tiefsten Inneren Angst und Schrecken ein", beharrte sie atemlos.

Sie stockte und Alexander trat näher an seine Frau heran. Sie hätte sich an ihm vorbeidrängen und den Stall verlassen können, aber er hielt sie am Arm fest, weil er die Wahrheit unbedingt erfahren wollte.

Doch Eleanor zitterte wie Espenlaub. Ihre Verletzlichkeit überraschte Alexander, und wie schon zuvor entwaffnete ihn diese völlig. Bevor er es sich anders überlegen konnte, zog er sie näher an sich heran. Sie stand bebend da, fast in seinen Armen, und er fragte sich, was sie so quälte.

„Zwinge mich nicht, ein weiteres Pferd zu besitzen, Alexander. Gewähre mir dieses Geschenk nicht, ich bitte dich. Wenn es jemals einen Funken Güte in deinem Herzen gab, dann mache mir dieses Zugeständnis. Und befrage mich nicht weiter zu dieser Angelegenheit, ich flehe dich an."

Alexander war erstaunt über dieses Ansinnen und genauso über die Tatsache, dass Eleanor es aussprach. Es war nicht ihre Art, Gefühle so deutlich zu zeigen. „Es sollte ein Hochzeitsgeschenk sein", sagte er.

„Kein Geschenk wäre ein besseres Geschenk", erwiderte sie mit Nachdruck.

Alexander hielt sie fest und wollte noch mehr fragen, aber auf den Wangen seiner Frau glitzerten Tränen. Was war geschehen, das sie so verstört hatte?

„Würdest du dir wenigstens diese Pferde ansehen?", schlug Alexander behutsam vor. „Es sind schöne Tiere und vielleicht sehen wir nie wieder so viele von ihresgleichen auf einmal."

Eleanor fuhr zusammen und umklammerte seinen Arm mit plötzlicher Heftigkeit. Alexander hatte keine Ahnung, was in sie gefahren war. „Was hast du mit den Fohlen vor?", fragte sie eindringlich. „Der Stallknecht sagte, du hättest Pläne für sie."

Alexander zuckte mit den Schultern, er sah keinen Grund für ihre Besorgnis. „Ich habe noch keine, auch wenn der Stallknecht das vielleicht glaubt. Mit den Fohlen würde man sicher einen guten Preis erzielen, aber es entspricht nicht der Gewohnheit meiner Familie, sich der Pferde von Ravensmuir so nebenbei zu entledigen. Wir behalten sie, bis sie mindestens zwei Jahre alt sind, also werden diese Fohlen nicht so bald aus unserer Obhut entlassen."

„Und dann?" Ihre Anspannung war ungebrochen, was ihm ein Rätsel war.

„Wir verschenken sie als Ehrengabe an Freunde und Verbündete, von denen wir wissen, dass sie es wert sind, ein solches Tier zu besitzen. Es sind Schätze und wir stellen sicher, dass jeder, der ein solches Tier sein Eigen nennt, es auch gut behandelt." Alexander lächelte in der Hoffnung, sie zu beruhigen. „Es gibt Schätze in dieser Welt, deren Wert ihren Preis übersteigt."

Sie musterte ihn, als wäre sie unsicher, ob sie ihm glauben sollte.

„Komm", schlug Alexander vor. „Komm und lerne mein Schlachtross kennen. Es wurde mir von meinem Onkel Tynan anvertraut, als ich mir meine Sporen verdiente. Ich habe Uriel in letzter Zeit vernachlässigt und ich muss dich warnen: Er könnte sich durchaus als würdig erweisen, den Namen ‚Das Feuer Gottes‘ zu tragen."

Es sollte ein Scherz sein, aber Eleanor lachte nicht. Sie ließ sich jedoch von Alexander aus der Box mit den Fohlen hinaus- und tiefer in die Stallungen hineinführen, obwohl sie sich an seinem Arm festkrallte.

Er konnte sich keinen Reim darauf machen, dass sie auf ihrem Weg durch die Ställe vor sich hinmurmelte. Wenn er sich nicht irrte, zählte sie die Pferde.

Aber warum? Wollte sie eine Bestandsaufnahme von Ravensmuirs Besitz machen? Dieser finstere Gedanke war ihm zwar unwillkommen, aber nicht so leicht von der Hand zu weisen. Das Vermögen, das er besaß, befand sich fast ausschließlich in diesen Ställen, und bei einem Verkauf würden die Pferde einen hohen Preis erzielen.

Alexander erlebte einen Augenblick der Angst. Hatte seine Frau einen Plan für sein Eigentum, den sie nach seinem vorzeitigen Ableben verfolgen wollte? Es war eine beunruhigende Aussicht, aber eine, die er nicht so leicht abtun konnte, nicht, wenn sie ihn so vehement belog.

Es half nichts – für jedes Rätsel, das er gelöst zu haben glaubte, beschwor Eleanor ein neues herauf. Und vielleicht zu seinem eigenen Schaden war Alexander mit jedem weiteren Geheimnis, das sie offenbarte, nur noch faszinierter. Er musste die Wahrheit von ihr erfahren, auch wenn er nicht wusste, wie er sie dazu bringen konnte, sie zu enthüllen.

Noch unsicherer war er, woran er erkennen sollte, dass er sie gefunden hatte.

Der Soßenmacher wurde Moira zum Verhängnis.

Moira wollte ihrer Herrin unbedingt eine Beobachtung anvertrauen, die sie gemacht hatte, was bedeutete, dass sie die Halle von Kinfairlie betreten musste. Moira war es zwar gelungen, an den Feierlichkeiten zur Hochzeit ihrer Herrin teilzunehmen, aber sie hatte nicht in der Halle verweilen können. In dieser Nacht waren die fröhlichen Gäste geradezu in den Burghof hinausgetrieben worden. Trotz all ihrer Bemühungen war es ihr seitdem nicht mehr gelungen, in die Burg hineinzukommen.

Der Kastellan war verflucht schnell, so viel stand fest.

Aber dieser Plan war ideal. Es war ein Leichtes, eine Ladung Holz zu nehmen und in die Küche von Kinfairlie zu marschieren, als gehörte sie dorthin, vor allem, wenn so viele andere das auch taten. Und Moira gehörte tatsächlich in die Mauern der Burg, denn ihre Herrin war nun die Lady dort.

Moiras treues Herz brannte angesichts der gewisperten Lügengeschichten, die sie über Lady Eleanor gehört hatte. Schlimmer noch, in dieser Burg war Verrat im Gange, der ihrer Herrin schaden würde, und zwar schon viel zu bald. Moira könnte die Sache in Ordnung bringen, sie wäre dazu in der Lage, wenn es ihr nur gelänge, ihre Herrin zu erreichen.

Erleichtert stellte sie fest, dass der Kastellan die Küche verlassen hatte. Sie folgte den anderen Frauen zu dem großen Haufen Holzscheite und bückte sich, um ihre Ladung dort abzulegen, wobei sie so tat, als würde sie sich in der Küche auskennen. So war Moira erstaunt, als sie sich aufrichtete und ein rundlicher, hellhaarige Mann seinen Schöpflöffel auf sie richtete.

„Wer bist du?“, fragte er laut genug, dass sich einige andere umdrehten.

Moira warf einen Blick hinter sich, denn sie wusste, dass sie selbst keine Aufmerksamkeit auf sich zog.

„Nay, ich meine dich“, beharrte der Mann. „Ich habe dich noch nie in dieser Burg gesehen. Wer bist du?“

Moira spürte, wie ihre Wangen heiß wurden. Sie war es nicht gewohnt, bemerkt zu werden. „Mach dich nicht lächerlich.“ In aller Eile erfand sie eine Lüge. „Ich arbeite schon seit Mittsommer hier.“

Er schüttelte den Kopf und kam näher. „Das glaube ich nicht. Ich würde mich an dich erinnern, da bin ich mir sicher. Wer bist du?“

„Aye, wer bist du?“, fragte der Koch. Er war ein stattlicher Mann und obwohl er nicht zornig aussah, führte allein schon seine Größe dazu, dass Moira vor ihm auf der Hut war.

„Ich bin bloß eine Frau, eine, die kaum beachtenswert ist“, erwiderte sie nicht ohne Stolz und zupfte ihre Schürze zurecht. „Und nun bitte ich um Entschuldigung, ich muss Holz für das Feuer holen."

„Nay, ich werde dich nicht entschuldigen, nicht, ohne deinen Namen zu kennen", beharrte der Soßenmacher.

Moira blickte ihn wütend an. „Mein Name ist nicht von Bedeutung."

Der Koch gluckste. „Sie hat deine Absicht erkannt, Cedric, und ist nicht erfreut über deine Bemühungen. Lass die Frau in Ruhe."

Die Ohren des Soßenmachers wurden feuerrot. „Ich will nur ihren Namen wissen. Das und nicht mehr ist meine Absicht."

Der Koch lachte noch lauter. „Die Soße muss angedickt werden, Cedric. Mach dich an die Arbeit."

Cedric murmelte etwas vor sich hin und warf Moira einen flehenden Blick zu. Als sie nicht reagierte, stieß er einen Seufzer aus. Er wandte sich seiner Soße zu und schaute nur noch gelegentlich in ihre Richtung.

Moira war froh über diese Pause und wollte sich zum Gehen wenden, doch der Koch legte einen Finger schwer auf ihre Schulter und hielt sie auf. „Ich weiß immer noch nicht, wie du heißt und woher du kommst", sagte er mit gesenkter Stimme, sodass die anderen in der Küche sich wieder ihrer Arbeit zuwandten.

Moira zuckte mit den Schultern. „Der Name einer unbedeutenden Frau ist doch sicher nicht so wichtig?"

Der Koch zog eine Braue hoch. „Der Name jeder Seele in meiner Küche ist von Bedeutung, denn ich werde nicht zulassen, dass jemand durch meine Tür in die Halle meines Lairds eindringt. Außerdem hast du gelogen, und das mit Leichtigkeit. Ich weiß, dass du zur Mittsommerzeit noch nicht hier warst. Cedric hat recht, denn ich bin sicher, dass du diese Schwelle noch nie zuvor überschritten hast." Er hielt ihren Blick fest und sah sie freundlich, aber bestimmt an. „Wer bist du?"

Moira sah keinen Ausweg mehr und straffte die Schultern. „Mein Name ist Moira Goodall und ich habe mich dem Dienst von Lady Eleanor Havilland verschrieben. Dieses Versprechen habe ich ihrer Mutter gegeben, als diese an der Schwelle des Todes stand."

Der Koch schürzte die Lippen. „Dieselbe Lady Eleanor, die unseren Laird geheiratet hat?"

Moira nickte. „Genau diese.“

„Aber sie kam ohne Bedienstete.“

Moira reckte das Kinn vor. „Ich bin ihr gefolgt, wie es meine Pflicht ist.“

Der Koch musterte sie einen Moment lang. Er neigte den Kopf und Moira dachte, sie könnte gehen, doch er fasste sie am Arm. „Der Wahrheitsgehalt deiner Geschichte lässt sich leicht feststellen“, sagte er. Er geleitete sie von der Küche in den dunklen Korridor, der zur Halle führen musste.

Erst in diesem Augenblick wurde Moira unruhig. Hatte Lady Eleanor sie womöglich aus einem bestimmten Grund auf Tivotdale zurückgelassen? War ihre Herrin vielleicht unzufrieden mit ihren Diensten?

Ihre Herrin würde sie doch nicht verleugnen?

ELEANOR FÜHLTE sich geschmeichelt von Alexanders Aufmerksamkeit und seiner Entschlossenheit, ihr bei der Überwindung ihrer angeblichen Angst vor Pferden zu helfen. Es war keine Tortur, ihn an ihrer Seite zu haben. Mit einer Reihe kleiner Gesten strich er mit den Fingern über ihren Ellenbogen, ihre Hand, ihre Nasenspitze, was ein Kribbeln in ihrem ganzen Körper auslöste.

Dieser Mann könnte Wollust in einer Leiche erwecken, da war sich Eleanor sicher. Er bedeckte ihre Hand mit seiner, als er ihr zeigte, wie man ein Pferd streichelte, er legte seinen Arm um ihre Taille, wenn er sie näher an eines der großen Pferde heranführte. Es war nichts Ungehöriges in seinem Verhalten, nicht zwischen einem Ehemann und seiner Frau, aber jede seiner Berührungen weckte in ihr das Verlangen, wieder mit ihm im Bett zu sein.

Trotzdem war es ein wenig lästig, im Mittelpunkt seiner Aufmerksamkeit zu stehen. Sie konnte die Pferde nicht richtig zählen und eine genaue Zahl war entscheidend, um deren Wohlergehen zu gewährleisten. Alexander ließ sich nicht dazu überreden, sie allein in den Stallungen zu lassen, die doch der Schauplatz ihrer Furcht sein mussten, und Eleanor hatte dies nur ihrer eigenen vorschnellen Lüge zuzuschreiben.

So kam es, dass ihre Schritte schleppend waren, als sie in die Halle zurückkehrten. Mit lachenden Augen wandte er sich ihr zu. „Du verlässt die Ställe also nur widerwillig?", neckte er sie und sein Verhalten ließ ihr Herz hüpfen. „Das Gegenmittel für deine Ängste scheinst du schon halb in dich aufgenommen zu haben."

Sie fragte sich, ob er ihre Lüge durchschaut hatte, und schämte sich, sie überhaupt ausgesprochen zu haben. „Vielleicht hast du meine Befürchtungen zum Verschwinden gebracht. Du weißt ganz genau, dass keine Frau mit Blut in den Adern deinen Beteuerungen widerstehen könnte", entgegnete sie.

Er lachte. „Dann gibt es hier in der Gegend eine verdammt große Anzahl blutleerer Frauen, so viel steht fest. Selbst du hast dich mir gegenüber widerspenstig gezeigt."

„Das wohl kaum!" Eleanor war sicher, dass auch für den flüchtigsten Beobachter offensichtlich war, dass sie sich zu ihm hingezogen fühlte, und zwar von dem Moment an, als sie sich zum ersten Mal begegnet waren. Unter seinem skeptischen Blick errötete sie. „Ich sehne mich nach deinen Liebkosungen, sobald ich dich nur sehe", gab sie zu und errötete, weil es die Wahrheit war. „Und deine Abwesenheit in der letzten Nacht hat mir wehgetan. Das musst du doch wissen."

„Wirklich?" Alexander blieb zwischen den Ställen und der Halle stehen. Das Sonnenlicht tanzte auf den letzten Schneeresten, die noch in den Ecken des Burghofs lagen. Der Himmel war klar und blau, ein Farbton, der zu Alexanders Augen passte und sie noch fröhlicher glitzern ließ. Er berührte ihren Arm mit einer Fingerspitze und lächelte schelmisch. „Was für Berührungen wohl?", sinnierte er.

Eleanor spürte den Druck seiner Fingerspitze und die Wärme, die durch ihre Chemise drang. „Du zwingst mich, dir einen Vorteil einzuräumen", warf sie ihm vor. „Bei deinem Streben nach Wahrheit zwischen uns."

Er lächelte strahlend und seine Fingerspitze glitt ihren Arm hinauf.

„Die Wahrheit ist nie leicht zu erlangen", murmelte er. „Aber diese wäre mir willkommen."

Seine Fingerspitze erreichte ihre Schulter und Eleanor richtete sich unter seiner unablässigen Liebkosung auf. Er beobachtete den Finger, der ihr Schlüsselbein nachzeichnete. Selbst durch die schützende Kleidung hindurch konnte sie seine Berührung so deutlich spüren, als stünde sie nackt vor ihm. Ihr ganzer Körper stand in Flammen, ihr Herz hämmerte, als ob sie tausend Meilen gelaufen wäre. „Du verlierst doch sicher nicht den Mut bei einer solchen Quest", sagte sie und ihre Worte klangen ungewöhnlich atemlos. „Ich dachte, du wärst ein Ritter mit einem starken Willen."

Er begegnete ihrem Blick und hielt sie mit diesem leuchtenden Blau gefangen. „Selbst der tapferste Krieger sollte sich nicht ohne die Unterstützung seiner Lady auf eine solche Quest begeben."

„Bittest du um meine?"

Er nickte, sein Gebaren verriet so viel Aufmerksamkeit, dass sie wusste, ihm entging keine Regung in ihrem Gesicht.

„Dann hast du sie", sagte sie leise. „Du brauchst mich nur um etwas zu bitten und wenn es in meiner Macht steht, werde ich es für dich tun."

„Wie steht es mit der Wahrheit?"

Eleanor schluckte. „Du musst nur danach fragen."

Er zog eine seiner dunklen Brauen hoch und seine Fingerspitze erreichte die Vertiefung unterhalb der Kehle, wo ihr Hals unbedeckt war. Eleanor hielt den Atem an, als er dort einen Kreis zeichnete. „Hast du deinen anderen Ehemännern auch so viel von dir preisgegeben?"

Eleanor schluckte und erwiderte dann entschlossen seinen Blick. Sie wollte, dass er sie verstand. „Keiner von beiden hat mich je nach der Wahrheit gefragt. Keiner war höflich zu mir." Sie nahm seine Hand, hob sie von ihrem Hals und drückte einen Kuss auf die Handfläche. „Keiner von beiden hat mich dazu verleitet, mich vor dem gesamten Haushalt unsittlich zu betragen." Dann lächelte sie und vermutete, dass er von ihrer Offenheit überrascht war. „Wie steht es um deine Wahrheitsliebe, Ehemann?"

In seinen Augen blitzte etwas auf, das man als Genugtuung

betrachten konnte. „Ich wusste nicht, dass ich dich zur Unsittlichkeit verleitet habe."

Eleanor spürte, wie ihr Lächeln breiter wurde. „Du erweckst absichtlich mein Verlangen, Mylord. Sei so ehrenhaft, mir auch ein paar Wahrheiten zu bekennen."

Alexander grinste. „Ich versuche natürlich, Begehren in dir hervorzurufen, obwohl es nicht an mir ist, zu beurteilen, wie gut mir das gelingt."

„Aber du musst doch wissen, dass du das tust." Sie legte seine Hand an ihren Hals und ließ ihn das Hämmern ihres Pulses spüren. Seine Augen weiteten sich leicht, dann tat sie den einzigen Schritt, der sie noch voneinander trennte. Sie legte ihre Lippen auf seinen Hals und flüsterte: „Wisset, Mylord, dass ich mich heute Mittag nach einem süßen Häppchen sehne, einem süßeren, als an der Tafel serviert wird."

Alexander gluckste. „Ich glaube, ich hätte schon früher um Ehrlichkeit bitten sollen", neckte er sie und legte seine Hände auf ihre Schultern. „Aber warum dieser Eifer, Eleanor? Soviel ich weiß, ist solch ein hitziges Verlangen für Frauen eher ungewöhnlich."

Sie betrachtete ihn einen langen Moment, dann gewährte sie ihm die Wahrheit, die er sich wünschte: „Und so war es bei mir bisher immer", gab sie leise zu. „Ich habe die Begegnungen im Bett nie genossen, Alexander. Ich habe die Berührungen meiner Ehemänner nur ertragen. Bis ich dich traf."

Er sah skeptisch aus.

„Gehört es nicht zu jedem Märchen, dass der Kuss des Helden die Leidenschaft weckt, die im Herzen seiner Lady verborgen liegt?"

Alexander lächelte. „Nun klingst du wie meine Schwester Vivienne, allerdings hätte sie wahrscheinlich gesagt, dass der Kuss des Helden den Frost im Herzen der Lady zum Schmelzen bringt. Sie würde darauf bestehen, dass die wahre große Liebe einer Lady einzig und allein der Mann ist, der die Liebe, die in ihr schlummert, zu erwecken vermag, und dass seine Tat der Lady seine Verdienste beweist."

„Du sprichst wieder von Liebe."

„Ich schätze ihre Vorzüge."

„Ich spreche von Lust und Vergnügen im Bett und davon, dass ich deine Zärtlichkeit in den letzten beiden Nächten vermisst habe."

„Das ist gut und schön, aber ich warne dich, ich will mehr."

Eleanor wandte sich von ihm ab und ging auf die Halle zu. Ihr Inneres war in Aufruhr, denn sie begriff, was er von ihr verlangte, und wusste, dass sie es ihm nicht geben konnte.

Sie drehte sich zu ihm um und die Worte sprudelten heraus, bevor sie es sich anders überlegen konnte: „Hier ist die Wahrheit, Alexander. Die Liebe zwischen Mann und Frau führt nur zu Bitterkeit und Leid. Die Liebe mag ein Wunder sein, aber dieses ist von kurzer Dauer und es ist dazu bestimmt, sich gegen die Liebenden zu wenden. Ich habe in jungen Jahren geschworen, dass ich niemals einen Mann lieben würde, dass ich meinen Ehemann niemals lieben würde, und ich halte mich an dieses Gelübde. Ich begehre dich, wie ich noch nie einen Mann begehrt habe. Das sollte genügen."

„Das genügt mir nicht", sagte er mit sanfter Überzeugungskraft. Er schritt auf sie zu und ergriff ihre Hand, bevor sie ihn stehen lassen konnte. „Ich wurde dazu erzogen, Liebe, Ehrlichkeit, Wahrheit und Gerechtigkeit zu erwarten, und genau das erwarte ich auch."

„Zwinge mich nicht, dich zu belügen!"

„Das tue ich nicht", erwiderte er mit großer Eindringlichkeit. „Du jedoch entscheidest dich, es zu tun."

Eleanor errötete und wandte den Blick ab – aus Angst, dass er sie wegen ihrer Lüge verachten würde, und aus noch größerer Angst, dass sich ihre Befürchtungen als richtig erweisen könnten.

„Erzähl mir von Ewen Douglas", bat er leise und Eleanor warf ihm einen erschrockenen Blick zu. „Alan hat behauptet, du hättest ihn getötet, und obwohl ich dem Wort dieses Mannes keinen Glauben schenke, frage ich mich doch, warum du Tivotdale mitten in der Nacht so überstürzt verlassen hast."

Eleanor richtete sich auf. Der Glanz in Alexanders Augen verriet ihr, dass alles von ihrer Antwort auf diese Frage abhing. „Ich habe dich schon einmal gewarnt, dass dir die Wahrheit nicht gefallen könnte."

Er neigte leicht den Kopf. „Und dennoch bitte ich dich darum."

Eleanor leckte sich über die Lippen. Ihr Herz raste, so sehr fürchtete sie, dass Alexander sie verstoßen und dieser zerbrechliche Traum so schnell zerstört werden würde.

Aber ihr blieb nichts anderes übrig. Sie hob ihr Kinn. „Alan hat recht. Ich habe Ewen Douglas tatsächlich getötet und deshalb bin ich von Tivotdale geflohen. Aber das ist nicht das Schlimmste."

„Sag es mir", drängte er angespannt.

„Ich bereue die Tat nicht und ich weiß, dass ich sie nie bereuen werde." Eleanor hielt seinem Blick trotzig stand, dann drehte sie sich um und marschierte weiter zur Halle. Sie glaubte, dass er ihr nicht folgen würde und dass alles, was sie sich von Kinfairlie erhofft hatte, zunichte gemacht worden war.

Dann fasste Alexander sie am Ellenbogen und passte seine Schritte den ihren an.

„Du verlässt mich nicht", sagte sie und hörte Erstaunen in ihrer eigenen Stimme.

„Ich kenne bereits einen guten Grund, warum du Ewen tot sehen musstest, und ich bezweifle nicht, dass es noch mehr gibt", erwiderte er so überzeugt, dass Eleanor vor Verwunderung der Mund offen stand. Sie blickte auf, weil sie befürchtete, dass er Scherze mit ihr trieb, aber Alexander lächelte ihr nur zu. „Ich danke dir für dein Vertrauen, Eleanor. Das verheißt in der Tat Gutes für unsere Ehe."

Eleanor blinzelte, als sie den restlichen Weg zur Halle gemeinsam zurücklegten. Kein Mensch hatte jemals im Zweifelsfall zu ihren Gunsten entschieden. Kein Mensch hatte jemals vermutet, dass sie einen Grund für ihre Taten gehabt haben könnte.

„Du hast in jungen Jahren der Liebe abgeschworen und ich möchte dich bitten, dies noch einmal zu überdenken", sagte Alexander, als sie sich der Schwelle näherten. „Dieses Gelübde hast du schließlich in Unkenntnis all dessen abgelegt, was du jetzt weißt."

Sie starrte ihn an und war erstaunt, dass sie genau diese Möglichkeit in Betracht zog. Das war das Gefährliche an diesem Mann, seinem attraktiven Gesicht und seinem Charme. Er könnte sie davon überzeugen, dass am Tag Nacht war oder in der Nacht Tag. Er könnte sie dazu bewegen, sich zu fragen, ob die Liebe überhaupt etwas wert war. Er konnte sie verführen, sodass sie darauf brannte, mit ihm ins Bett zu gehen, und sie dazu bringen, ihm einen Sohn zu gebären. Er konnte sie dazu verleiten, ihm ihr Herz zu schenken.

Und was würde mit ihr geschehen, wenn Alexander einen Sohn hatte? Dann würde er von dem Vermächtnis ihres Vaters erfahren, dann hätte er reichlich Geld für Kinfairlie, dann bräuchte er keine Lady mehr an seiner Seite, die sich weigerte, ihm ihr Herz zu öffnen.

Aber wäre es nicht schlimmer, verstoßen zu werden, wenn sie ihm ihr Herz geöffnet und ihn lieben gelernt hätte? Eleanor starrte ihn an, ohne zu wissen, was sie sagen sollte, und Alexander lächelte.

„Wer sich einbildet, das Herz einer Lady könnte mit Leichtigkeit gewonnen werden, ist ein Narr, denn was man leicht hergibt, hat selten einen Wert."

Eleanor focht seine Behauptung nicht an, denn sie begann zu fürchten, dass er die Wahrheit sprach. Was das für sie bedeuten würde, konnte sie nicht einmal erahnen.

Eleanor hatte kaum Gelegenheit, weiter darüber nachzudenken, denn Anthony kam ihnen am Eingang zur Halle entgegen. Der Koch ging neben ihm und zwischen den beiden Männern befand sich die letzte Frau, die Eleanor je erwartet hätte, wiederzusehen.

Und schlimmer noch, die Zofe sah verängstigt aus.

„Moira!", rief Eleanor aus. „Was machst du auf Kinfairlie?"

Moira knickste und die beiden Männer wechselten einen Blick. „Ich bin Euch gefolgt, Mylady, denn ich war sicher, dass Ihr mich nicht auf Tivotdale zurücklassen wolltet, und ich konnte das Versprechen nicht brechen, das ich Eurer Mutter auf ihrem Sterbebett gegeben habe."

Wie immer kamen die Worte überstürzt von Moiras Lippen. Die Zofe war nie wegen ihrer Diskretion geschätzt worden, sondern wegen ihrer Loyalität. In diesem Moment wünschte sich Eleanor, sie würde schweigen.

„Ich wollte dich nicht in Gefahr bringen, Moira. Ich wusste nicht, wo oder ob ich überhaupt irgendwo eine Zuflucht finden würde." Eleanor lächelte. „Ein so ungewisses Schicksal schien mir ein schlechter Lohn für deine jahrelangen Dienste. Ich hatte gedacht, du könntest ein Plätzchen auf Tivotdale finden."

Moira schnaubte. „Ich würde mich nicht freiwillig in dieser Burg aufhalten! Es ist unfassbar, wie niederträchtig man dort über Euch redet!" Sie warf einen Seitenblick zu Anthony. „Würden Sie sich unter die Herrschaft eines Menschen stellen, der es für richtig hält, Ihren Laird zu verleumden?"

Anthony öffnete den Mund und schloss ihn wieder, denn für gewöhnlich war er nicht abgeneigt, seinen eigenen Laird zu kritisieren. Eleanor sah, wie sich Alexander ein Lächeln verbeißen musste.

„Es ist unschicklich und es ist falsch", verkündete Moira. „Keine Zofe sollte auch nur schlecht über ihre Herrin flüstern. Ich habe ihnen gesagt, dass Ihr verdächtig erscheinen mögt, Mylady, aber dass wir wohl nur die eine Hälfte der Geschichte kennen. Mein Laird Ewen mag es verdient haben, für das zu sterben, was er Euch angetan hat, aber das ist nicht dasselbe wie die Gewissheit, dass Ihr ihn mit eigener Hand getötet habt." Moira holte tief Luft.

„Das reicht, Moira", warf Eleanor ein in einem Versuch, den Redeschwall der Zofe zu bremsen. Ihr Versuch misslang gründlich.

„Nein, das ist bei Weitem nicht dasselbe", fuhr Moira fort, „obwohl das nicht heißt, dass er es nicht verdient hätte, dieser Trunkenbold." Sie spuckte auf den Boden. „Kein Mann, der etwas taugt, behandelt eine Lady so schlecht, wie er Euch behandelt hat!"

„Moira, es reicht!"

„Euch das Kleinod Eurer Mutter in der Nacht Eurer Vermählung wegzunehmen!" Moira zeigte mit dem Finger auf den Kastellan, dann auf den Koch und beide Männer wichen in ihrem Unbehagen einen Schritt zurück. „Ein Mann, der seiner Lady in einer solchen Nacht keine Ehre erweist, ist ein Schurke und ein Schuft und ein schamloser Gauner, so viel steht fest. Ich würde mir nicht die Füße abtreten, um seiner Beerdigung beizuwohnen!"

„Was für ein Kleinod?", fragte Alexander leise und Eleanor wusste, dass er keine Ruhe geben würde, bis er die ganze Geschichte erfuhr.

„Das Stück hatte nur sentimentalen Wert und verdient kaum Beachtung", sagte sie hastig, bezweifelte jedoch, dass sie seine Neugier eindämmen konnte. Der Mann war verflucht entschlossen, Geheimnissen auf die Spur zu kommen! „Moira fand sein Verhalten unhöflich, mehr nicht."

„Wieder einmal hat Ewen seinen wahren Charakter gezeigt", murmelte Alexander.

„Ich bitte um Verzeihung, Mylady, aber das war noch lange nicht alles!", rief Moira. „Meine Lady zollt Anerkennung, wo sie nicht angebracht ist, wenn ich so kühn sein darf, dies zu bemerken."

„Wäre das nicht eine Kritik an deiner Herrin?", murmelte Anthony, aber Moira beachtete ihn nicht.

Stattdessen wandte sie sich an Alexander. „Dieses Schmuckstück gehörte der Mutter meiner Herrin, es ist das einzige Andenken an diese wunderbare Lady, das ihr geblieben ist, eine Lady, der ich diente, seit ich zehn Sommer alt war. Ich war dabei, als Lady Eleanor geboren wurde, ich war dabei, als Lady Yolanda ihr Leben aushauchte und der Laird sich die Haare raufte und wie ein Kind weinte."

„Moira", mahnte Eleanor. Sie protestierte nur der Form halber, denn sie wusste, dass die ganze Geschichte jetzt ans Licht kommen würde und sie nichts dagegen tun konnte.

Moira atmete stoßweise und bohrte ihren Daumen in ihre Brust. „Ich war dabei, als Lady Yolanda das Kruzifix von ihrem Hals nahm, es in meine bescheidene Hand drückte und mich schwören ließ, dass ich mich um das Wohlergehen ihres Kindes kümmern würde, dessen Geburt sie das Leben kostete, und dass ich dafür sorgen würde, dass ihre neugeborene Tochter dieses Schmuckstück bekam."

Moira drohte Alexander mit dem Finger. „Und ich habe dieses Schmuckstück mit meinem Leben beschützt und es für meine Herrin aufbewahrt, und der Vater meiner Lady Eleanor hat erlaubt, dass ich – ich! – es ihr um den Hals hängte, als sie das erste Mal das Wunder der Eucharistie feierte." Sie holte zitternd Luft und wischte sich eine Träne ab. „Er war ein harter Mann, Euer Vater, Mylady, aber er hatte ein gutes Herz."

„Moira, ich glaube, du hast genug gesagt", erwiderte Eleanor so entschieden, dass die Zofe errötete.

„Ganz im Gegenteil", widersprach Alexander. „Ich möchte mehr über dieses Kleinod hören." Eleanor hätte protestiert, aber sein Griff um ihre Hand wurde fester. Er warf ihr einen durchdringenden Blick zu. „Wenn ich mich nicht irre, hättest du es bei unserer Hochzeit gern getragen."

Eleanor nickte und wandte den Blick ab.

„Ganz recht, Mylord, denn es ist ein Schmuckstück, das jede Braut in der Linie meiner Lady Eleanor schmücken sollte. So hat es mir die wunderbare Lady Yolanda erzählt und so habe ich es mit eigenen Augen gesehen, und das mehr als einmal." Moira verstummte plötzlich. Der Blick der Zofe huschte zwischen dem Laird und der Lady hin und her, denn endlich verstand sie Eleanors Verhalten.

„Moira?", hakte Alexander nach.

Eleanor nickte fast unmerklich, denn der Schaden war bereits angerichtet.

Die Zofe lächelte. „Es war ein Kruzifix, Mylord, das sich seit Generationen im Besitz von Lady Yolandas Familie befand, so erzählte sie mir. Die Frauen in ihrer Familie trugen es am Tag ihrer Hochzeit sichtbar und sonst unter ihrem Gewand, damit es keine begehrlichen Blicke auf sich zog, und so hatte auch Lady Eleanor es am Tag ihrer Hochzeit mit Laird Ewen umgelegt, genauso wie bei ihrer Hochzeit mit Lord Millard."

„Und wie sah es aus?", bohrte Alexander weiter.

„Es war aus Rubinen gearbeitet, die in Gold gefasst waren, Mylord, so lang und so breit wie meine Hand, so glänzend wie die Sonne am Sommerhimmel. Es war ein Schatz, gewiss, und einer, den der ruchlose Laird Ewen meiner holden Lady gestohlen hat."

„Vermutlich ein Schatz, dessen Wert seinen Preis noch übersteigt", sinnierte Alexander. Eleanor spürte, dass sein Blick auf sie gerichtet war, ebenso wie die Aufmerksamkeit des Kochs und des Kastellans, aber sie starrte auf ihre Schuhspitzen. Ihr ganzes Inneres befand sich in Aufruhr angesichts der Ungerechtigkeit, die ihr von Ewens Hand zugefügt worden war, und obwohl sie sich einerseits danach sehnte, Alexander alles zu erzählen, fürchtete sie andererseits, dass er diese besondere Wahrheit nicht gut aufnehmen würde.

„In der Tat!", stimmte Moira lebhaft zu.

„Und du hast das Kruzifix nie zurückbekommen?", fragte Alexander Eleanor leise.

Sie war so sicher gewesen, dass er eine andere Frage stellen würde, eine weniger harmlose, dass sie hochschaute. In seinem Blick lag Nachdenklichkeit, eine Nachdenklichkeit, die ihr verriet, dass er seine tiefergehenden Fragen unter vier Augen stellen würde.

Es sprach viel für einen Mann, der vor den Hausbewohnern höflich zu ihr war. Eleanor atmete aus – sie hatte gar nicht gemerkt, dass sie die Luft angehalten hatte – und zwang sich zu einem kleinen Lächeln. „Es sollte mir zurückgegeben werden, wenn ich ihm einen Sohn gebäre, aber ich habe in Ewens Haus nie ein Kind empfangen." Sie zuckte mit den Schultern, als ob die Angelegenheit weniger wichtig wäre, als sie es tatsächlich war.

„Dieser Trunkenbold!", murmelte Moira.

Alexander überging diese Bemerkung. „Und du hast dir das Schmuckstück nicht zurückgeholt, als du fortgegangen bist?"

„Ich konnte es in der Nacht, als ich Tivotdale verließ, nicht finden", antwortete Eleanor mit einer Gelassenheit, die nicht erkennen ließ, wie panisch sie Ewens Kammer durchsucht hatte. „Obwohl ich wirklich betrübt war, dass ich eine so kostbare Erinnerung an meine Mutter verloren hatte."

„Wie es jeder Mensch mit Verstand und Gefühl gewesen wäre", sagte Alexander entschieden. „Ich heiße dich auf Kinfairlie willkommen, Moira. Sollte deine Herrin wünschen, dass du ihr weiterhin als Kammerzofe dienst, habe ich keine Einwände, und wenn nicht, wird sich in meiner Burg ein anderes Plätzchen für dich finden, aus Dankbarkeit für deine Treue zu meiner Gemahlin."

„Ich danke Euch, Mylord." Moira machte einen tiefen Knicks und sah Eleanor dann erwartungsvoll an. Der Koch verneigte sich und kehrte in die Küche zurück.

„Mein Gemahl, ich danke dir für deine Liebenswürdigkeit", sagte Eleanor. „Und ich würde mich mit Moira gerne darüber beraten, was zu tun ist, wenn du gestattest."

„Selbstverständlich." Bevor er ging, küsste Alexander ihr die Fingerspitzen und warf ihr einen bedeutungsvollen Blick zu. Eleanor bezweifelte nicht, dass dieser die Fragen ankündigte, die er ihr später stellen würde. Ihr Gatte sah so entschlossen aus wie noch nie zuvor in ihrer Gegenwart.

Er würde nach Ewen fragen und sie konnte nur auf seine Gnade hoffen.

Eleanor zog Moira beiseite, während Alexander sich in die Halle begab. „Ich möchte, dass du zu den Ställen hinübergehst", flüsterte sie der Bediensteten zu. „Ohne dass jemand dich bemerkt." Moira nickte eifrig. „Und dort sollst du die Pferde zählen. Es sind viele, gerade heute sind einige angekommen –"

„Ich habe sie gesehen! Was für herrliche Tiere!"

„Moira!", schalt Eleanor im Flüsterton und wünschte, es gäbe eine andere Person, der sie diese Aufgabe übertragen könnte. „Ich beschwöre dich, lass niemanden sehen, dass du die Ställe betrittst und wieder verlässt. Komm vor dem Abendessen zu mir und berichte, wie viele du gezählt hast. Das Gemach des Lairds liegt zwei Stockwerke über der Halle. Ich werde dafür sorgen, dass du ungehindert durchkommst."

„Ja, Mylady." Moira warf ihrer Herrin ein schüchternes Lächeln zu. „Ich bin froh, dass Ihr wohlauf seid, Mylady."

Eleanor erwiderte das Lächeln. „Und ich, dass es dir gut geht, Moira."

„Ich gratuliere Euch auch, Mylady. Niemand sagt auch nur ein böses Wort über den Laird von Kinfairlie."

Eleanor nickte und hoffte, dass sich sein Ruf bestätigen würde.

„Aber es gibt etwas, das ich Euch gestehen muss, Mylady."

Eleanor schüttelte den Kopf, denn sie wusste, dass die Zofe den ganzen Tag verplappern würde. „Ich danke dir für deine Mitteilungen, Moira, aber sie werden warten müssen. Beeile dich, meinen Auftrag auszuführen!"

~

ALEXANDER WAR ÜBERGLÜCKLICH. Eleanor hatte sich ihm anvertraut, und besser noch, sie hatte eine Wahrheit preisgegeben, die sicher nicht leicht zuzugeben war.

Es störte ihn nicht, dass sie Ewen Douglas getötet hatte. Er wusste, dass eine misshandelte Frau zurückschlagen und ihren Peiniger niederstrecken konnte. Dass Ewen so viel trank, bestärkte eine solche Annahme nur.

Alexander trauerte nicht um Ewen und er konnte es seiner Frau nicht verübeln, dass sie es ebenso wenig tat. Ihr Geständnis ermutigte ihn jedoch ungemein. Wenn sie ihm so etwas sagen konnte, dann vertraute sie ihm wirklich.

Und das konnte nur ein gutes Omen für ihre gemeinsame Zukunft sein.

Zu Alexanders weiterer Freude brauchte der Koch seinen Rat nicht mehr. Die Fragen zum Mittagsmahl hatte Eleanor bereits geklärt. An eine solche geschickte Unterstützung könnte er sich durchaus gewöhnen – es ließ die Last der Verantwortung weniger drückend erscheinen, wenn man sie teilte.

Alexander ging mit leichtem Schritt weiter und war zufrieden, dass er Eleanor auch Moiras Aufgaben bestimmen lassen konnte. Er war noch dabei, über die Einzelheiten nachzudenken, die ihm die redselige Zofe mitgeteilt hatte, als Anthony sich bedeutungsvoll räusperte.

„Ist das noch nicht alles, Anthony?"

„Ich fürchte nicht, Mylord. Meine Herrin hat den vorzüglichen Vorschlag gemacht, dass eine Gruppe heute Nachmittag zur Jagd reitet, um Fleisch für die morgige Mahlzeit zu besorgen. Eine Jagd würde Euren Gästen Unterhaltung bieten und ihre Bäuche füllen."

Alexander, der von den jüngsten Enthüllungen beflügelt war, konnte nicht anders, als seinen gestrengen Kastellan zu necken. „Und es ist eine gute Idee, Anthony." Er seufzte und runzelte die Stirn, gerade als sich Eleanor wieder zu ihnen gesellte.

„Gibt es ein Problem, mein Gemahl?", fragte sie.

Er schüttelte den Kopf, als drückten ihn schwere Sorgen. „Nur, dass mich meine Pflichten in zwei entgegengesetzte Richtungen ziehen. Ich hatte vor, den größten Teil des heutigen Tages mit meinen Abrechnungen zu verbringen, um sicherzugehen, dass sie bis zum Jahresende erledigt sind, aber dein Vorschlag, heute auf die Jagd zu gehen, ist gut.“

„Ihr wolltet wieder an Euren Rechnungsbüchern arbeiten?“, fragte Anthony, der vergeblich versuchte, seine Begeisterung zu verbergen. „Freiwillig, Mylord?“

„Natürlich freiwillig, Anthony. Ein Laird kann seine Pflichten nicht vernachlässigen und ich brauche Ihnen nicht zu sagen, dass der Abschluss der Bücher eine Aufgabe von erheblicher Bedeutung ist.“

„Gewiss, Mylord. Ihr werdet von mir in dieser Angelegenheit keine Widerrede hören.“

„Ah, aber das Fleisch …“ Alexander schüttelte den Kopf und legte seine Stirn erneut in Falten. „Ist es eine höhere Pflicht, seine Gäste zu unterhalten und gut zu bewirten oder den Besitzstand seiner eigenen Burganlage festzustellen?“

Dass Eleanor sich ein Lächeln verbeißen musste, verriet, dass sie zugehört hatte. „Vielleicht könnte ein anderer die Jagd anführen. Wie wär’s mit deinem Bruder?“

„Aber er ist heute schon geritten und es ist nicht seine Pflicht.“ Alexander warf seiner Lady einen spitzbübischen Blick zu und fand, dass es nicht schaden würde, sie ebenfalls zu necken. „Und ich könnte nicht von dir verlangen, dass du einen Falken auf die Faust nimmst und die Gruppe anführst angesichts deiner Angst vor Pferden.“

Zu ihrer Ehrenrettung errötete Eleanor und wandte den Blick ab.

Anthony wirkte aufrichtig besorgt. „Aber Mylord, die Bücher können doch sicher bis morgen warten?“

„Anthony! Ich bin schockiert, dass Sie so etwas vorschlagen! Wie oft haben Sie mir gesagt, dass das Verschieben einer Tätigkeit auf den nächsten Tag einen Mann nur dazu verleitet, sie wiederum auf den nächsten Tag zu verschieben und so weiter, sodass die Aufgabe nie erledigt wird!“

Anthony errötete und wandte seinerseits den Blick ab.

Alexander legte eine Hand auf sein Herz. „Ach, meine geliebten Rechnungsbücher! Die Pflicht ruft und ich muss sie für das kurzlebige Jagdvergnügen zur Seite legen! Das ist nur eine der Lasten, die mir aufgebürdet werden." Er ging zur Tafel hinüber und ließ beide mit etwas zurück, worüber sie nachdenken konnten.

Zu seiner Überraschung folgte Eleanor ihm. „Ich könnte mich an deiner Stelle um die Bücher kümmern, mein Gemahl."

Alexander drehte sich um.

Anthonys Augen weiteten sich vor Überraschung. „Mylady, eine solche Fähigkeit gehört üblicherweise nicht zu den Talenten einer Adeligen."

Sie hob ihr Kinn. „Mein Vater hat mich Lesen und Schreiben gelehrt und auch, wie man Bücher führt, damit ich nicht betrogen werde."

Die Männer wechselten einen Blick, aber Alexander erinnerte sich an ihre früheren Aussagen über ihre Pflichten in der Burg ihres Vaters und auch an ihre klugen Ratschläge, die den Zehnten und weitere Gebühren betrafen.

Doch wieso kam ihr Angebot ausgerechnet in diesem Moment? Das machte ihn stutzig. Warum sollte sie die Bücher von Kinfairlie sehen wollen? Um den Inhalt seines Geldbeutels besser abschätzen zu können? Glaubte sie ihm nicht, wenn er seine Armut beteuerte?

Oder wollte sie ihm lediglich behilflich sein? Er sah sie an. Sie hatte ihr Kinn hoch erhoben, ihr Blick war fest auf ihn gerichtet und er wollte ihr vertrauen.

Er betrachtete ihre vollen roten Lippen, die so fein geschwungen waren, erinnerte sich an ihr Geständnis, dass er ihre Leidenschaft mit Leichtigkeit entfachen konnte, und überlegte, ob er an einem anderen Festmahl teilnehmen sollte als an dem, das gerade in der Halle stattfand.

Aber dieses Vergnügen würde leider warten müssen.

„Das könnte ich nicht von dir verlangen, wo du doch schon so viel tust", sagte er höflich. „Komm, lass uns beim Mittagsmahl fröhlich sein, dann werde ich unsere Gäste auf die Jagd mitnehmen." Er zog sie eng an seine Seite, als sie auf die erhöhte Tafel zuschritten, und senkte seine Stimme, sodass nur sie seine Worte hören konnte: „Ich warne dich jedoch vor, dass ich heute Abend, wenn wir uns in unsere Gemächer zurückziehen, Lust auf etwas Süßes haben werde."

„Wie schade", murmelte sie, „denn ich habe ebenfalls Lust auf etwas Süßes, aber ich sehne mich jetzt danach." Dann schaute sie ihn mit einem Funkeln in den Augen an, das sein Blut in Wallung brachte, und er fragte sich, wie schnell seine Gruppe wohl ein oder zwei Böcke erlegen könnte.

~

AM ENDE WAR es kein Bock, der zu Boden ging.

Uriel, dem Alexander in letzter Zeit wenig Aufmerksamkeit geschenkt hatte, machte seinem Namen alle Ehre und legte eine furchterregende Wildheit an den Tag, als er aus den Ställen geführt wurde. Das Pferd beruhigte sich kaum, auch nicht, als Alexander selbst das Tier am Zaumzeug packte. Alle Hausbewohner sahen zu und Alexander hatte nicht vor, vor seinem widerspenstigen Ross zu kapitulieren.

Aus dem Augenwinkel sah er, wie Eleanors Zofe Moira aus den Ställen schlüpfte. Sie ging zu ihrer Herrin hinüber, dann flüsterte sie Eleanor etwas zu. Diese nickte, den Blick weiterhin auf Alexander geheftet. Der hatte wenig Zeit, sich über diese seltsame Begebenheit zu wundern, denn Uriel forderte seine ganze Aufmerksamkeit.

„Ruhig!", befahl er dem Tier leise und mit strenger Stimme. Er hielt die Zügel fest. „So fremd bin ich dir doch nun auch wieder nicht." Die Nüstern des Hengstes blähten sich, seine Ohren zuckten und in seinen Augen glomm Furcht. „Ist ihm etwas zugestoßen, Owen?", fragte er den Stallmeister, weil er sich die Stimmung des Pferdes nicht erklären konnte.

„Nicht, dass ich wüsste, Mylord. Er wurde täglich gebürstet und auf die Weide geführt, wie es bei uns üblich ist. Vielleicht nimmt er es Euch übel, dass Ihr ihn in letzter Zeit nicht geritten habt." Kinfairlies Stallmeister lächelte. „Er ist ein verdammt stolzes Ross."

Alexander gluckste ebenfalls. „Das ist wohl wahr." Er kraulte das Pferd am Ohr. „Wurdet Ihr in letzter Zeit vernachlässigt, Eure Hoheit?"

Uriel schnaubte und warf erneut den Kopf hin und her. Es war nicht ungewöhnlich, dass Uriel seine Gefühle kundtat, aber es war ungewöhnlich, dass er dies über Gebühr tat. Das Pferd rebellierte oft, beugte sich aber immer Alexanders Befehl.

Diesmal protestierte es sehr lange. Alexander konnte sich nicht erklären, warum. Der Hengst atmete heftig. Seine Augen blitzten, selbst als Alexander beruhigend auf ihn einsprach. Mit dem Hinterhuf stampfte er wütend auf.

„Ich werde ihn bürsten, bevor ich losreite, das besänftigt ihn“, sagte Alexander.

„Er ist gestriegelt worden, Mylord.“

„Trotzdem, eine vertraute Berührung kann beruhigend wirken.“ Auf Alexanders Worte hin holte ein Stallbursche die Bürste. Alexander striegelte das Pferd, die rhythmische Bewegung gefiel ihm. Tynan hatte immer gesagt, er solle erst Bekanntschaft mit einem Pferd machen, bevor er es ritt, und jedes Mal sein Vertrauen durch Aufmerksamkeit gewinnen. So sprach er mit Uriel über belanglose Dinge, ohne auf die zuschauende Hausgemeinschaft zu achten, und schwang sich dann entschlossen in den Sattel.

Uriel stieg auf die Hinterbeine.

Der Hengst wehrte sich gegen die Kandare, er wieherte mit einer Wildheit, die Alexander noch nie bei ihm erlebt hatte. Der Stallmeister fluchte und wollte die Zügel ergreifen, doch es gelang ihm nicht. Die Anwesenden wichen zurück.

Uriel schlug aus, warf den Kopf hin und her, Speichelfäden hingen ihm aus dem Maul. Er gab sich alle Mühe, Alexander aus dem Sattel zu werfen. Es war, als ob das Tier, das er so gut kannte und so sehr liebte, durch ein anderes Pferd, ein dämonisches Ross, ersetzt worden wäre.

Er kämpfte darum, die Kontrolle darüber zu erlangen, aber es war, als hätte das Ross noch nie einen Sattel getragen. Das war erschreckend, denn Uriel hatte zwar oft Eigenwilligkeit bewiesen, aber so wie in diesem Moment hatte er sich Alexander noch nie widersetzt.

Uriel sprengte davon und ließ die erstaunte Gesellschaft von Kinfairlie weit hinter sich. Er rannte wie der Wind, verzweifelt auf der Flucht vor einer Qual, die Alexander nicht erkennen konnte. Er hörte, wie die Leute schrien und die Jagdgesellschaft ihn verfolgte, er hörte das vertraute Brüllen seines Stallmeisters, aber er konnte nichts tun, außer sich festzuklammern.

Er befürchtete, dass Uriel bis nach London rennen oder auf dem Weg dorthin vor Erschöpfung umfallen würde, aber das Tier beachtete keinen seiner Befehle, stehen zu bleiben. Alexander hatte nur wenige Möglichkeiten: Er konnte sich abwerfen lassen oder versuchen, im Sattel zu bleiben. Er presste seine Schenkel fest gegen den Pferdeleib, beugte sich tief über Uriels Rücken und passte sich dem Rhythmus seiner Bewegungen an. Dabei hoffte er, dass das Tier irgendwann müde werden würde. Er sprach beständig mit ihm, damit das leise Murmeln seiner Worte es beruhigte.

Uriel zeigte jedoch keine Anzeichen von Beruhigung. Alexander wollte das Pferd in einem Bogen in Richtung Meer lenken, weil er dachte, der Hengst würde innehalten, wenn der Weg vor ihm nicht eben war.

Zuerst schien es, als würde das Pferd seinen Befehl missachten, aber es war zu gut abgerichtet und konnte sich dem Druck von Alexanders Schenkel gegen seine rechte Flanke nicht entziehen. Uriel wandte sich um, näherte sich immer mehr der Küste und Alexander trieb das Tier eine Landzunge hinunter, die nördlich von Kinfairlie ins Meer ragte.

Wenn das Pferd an dieser Stelle nicht zum Stehen kam, würden sie beide schwere Verletzungen davontragen.

Alexander ließ sich auf das Wagnis ein, fürchtete aber die Folgen, als Uriel sein Tempo nicht verlangsamte. Der felsige Rand der Landzunge kam näher und näher und noch näher. Alexanders Herz machte einen Satz vor Angst, weil sie gleich ins Meer stürzen würden.

Dann blieb Uriel ganz plötzlich stehen, stemmte seine Hufe in den Boden und senkte das Haupt. Alexander, der auf diese Bewegung nicht vorbereitet war, wurde mit dem Kopf voran über den Hals des Pferdes geschleudert. Er versuchte, auf den Füßen aufzukommen, aber es ging alles zu schnell.

Stattdessen landete er auf seinem Gesäß und brüllte vor Schmerz.

Dann schlug er mit dem Kopf und beiden Ellenbogen auf dem Felsen auf und rollte weiter, als wäre er bloß eine leere Hülle.

Endlich blieb er liegen. Er legte sich auf den Rücken und stöhnte. Sicher würde er grün und blau werden. Er hatte wenig Lust, aufzustehen und den Schaden an seinem Körper in Augenschein zu nehmen.

Wenigstens saß er nicht mehr auf Uriel im Sattel und er war auch nicht ganz tot. Das Pferd schnaubte in nächster Nähe, unverletzt. Das, so nahm er an, war das Beste, was man in dieser Situation erreichen konnte.

Allerdings würde es sich erweisen, dass auch viel Schlimmeres daraus erwachsen konnte.

KAPITEL 11

Owens Entsetzen kannte keine Grenzen, denn sein Laird und Herr war von einem Pferd verletzt worden, das Owen selbst versorgte. Er war irgendwie für Uriels Untat verantwortlich, davon war er überzeugt. Und so kam es, dass Kinfairlies Stallmeister Laird Alexander als Erster erreichte.

Owen fiel neben seinem gestürzten Laird auf die Knie und sprach ein Gebet, als sein Herr die Augen öffnete und ihm zuzwinkerte.

„Offenbar habe ich alles vergessen, was ich jemals über Pferde wusste, Owen", scherzte der Laird und machte damit deutlich, dass er dem Stallmeister nicht die Schuld für die Ereignisse gab. Er war ungewöhnlich freundlich, dieser Sohn des alten Lairds, und seine Liebenswürdigkeit bestärkte Owen nur noch mehr in seiner Entschlossenheit, das Rätsel zu lösen.

„Es war ein kluger Trick, ihn hierherzuführen, Mylord. Ich hatte schon Angst, dass er bis ans Ende der Christenheit rennen und dann vor Erschöpfung tot umfallen würde."

„Das habe ich auch gefürchtet, Owen." Der Laird versuchte, sich zu bewegen, und zuckte zusammen. Doch anscheinend beeinträchtigte der Sturz seinen Charme und seine gute Laune nicht, denn er grinste den

Stallmeister an. „Obwohl ich nicht glaube, dass meine Sorge um sein Wohlergehen mit gleicher Münze vergolten wurde."

Owen lächelte nicht. „Es passt nicht zu Uriel, Mylord. Ich kann mir nicht erklären, was über ihn gekommen ist."

„Das ist wahr. Es ist viele Jahre her, dass ich aus dem Sattel geworfen wurde, und noch nie hat Uriel solchen Anstoß an mir genommen." Der Laird runzelte die Stirn. „Ist er weggelaufen?"

„Er ist hiergeblieben, Mylord, stampft mit den Hufen und wirft den Kopf hin und her. Er ist schweißgebadet und zittert heftig. Vielleicht ist er zu müde, um weiterzufliehen."

„Dann geh zu ihm, Owen, und sieh, ob deine Berührung ihn beruhigt. Du hast etwas an dir, was einem unruhigen Tier oft guttut." Wieder blitzte das verschmitzte Lächeln des Lairds auf. „Ich glaube, ich bleibe noch einen Moment hier. Die Aussicht ist sehr schön."

Wie typisch für den Laird, anderen ein Lächeln zu entlocken, während er selbst offensichtlich Schmerzen litt! Es war kein Wunder, dass die Leute ihm mit solcher Hingabe dienten.

Owen stand auf und verbeugte sich, dann näherte er sich vorsichtig dem schwarzen Hengst. Uriel stampfte auf und atmete geräuschvoll. So gereizt war er ganz sicher noch nicht gewesen, als Owen ihn gesattelt hatte. Was war mit dem Tier los? Owen verstand etwas von Pferden, er kannte dieses hier und wusste, dass es einen Grund für Uriels Verhalten geben musste.

Dann sah er das Blut. Drei Rinnsale von rubinrotem Blut flossen die Seite des Hengstes hinunter.

Owen drehte sich erschrocken um, aber sein Laird blutete offensichtlich nicht, denn eine solche Menge Blut hätte Flecken auf seiner Kleidung verursacht.

Uriel war verletzt! Wie konnte das sein?

Der Rest der Gruppe traf lärmend ein, ihr Geschrei ließ den Hengst vor ihnen wegtänzeln. Owen rief den Stallmeister von Ravensmuir zu Hilfe, ebenso wie die drei kräftigsten Stallburschen in seinen Diensten. Sie bildeten einen immer enger werdenden Ring um den Hengst, dann ergriff der Stallmeister von Ravensmuir die Zügel und hielt sie fest. Die

Jungen bezwangen das Pferd mit ihren Händen, während Owen hastig den Sattel abschnallte und hochhob.

Uriel zitterte vom Kopf bis zum Schweif und Owen sah sofort, warum: Drei Dornen, jeder so lang und fast so breit wie das letzte Glied eines Fingers, steckten in der Unterseite des Sattels. Owen hatte so etwas noch nie gesehen.

Das Blut floss sauber und die Verletzungen waren nicht so tief, wie sie hätten sein können, aber dennoch war es grauenvoll, Uriels Fleischwunden zu sehen.

„Als Laird Alexander in den Sattel stieg, wurden die spitzen Dornen in Uriels Leib getrieben", sagte Ravensmuirs Stallmeister mit dem Gesichtsausdruck eines Mannes, den dieser Anblick anwiderte.

Owen richtete den Blick auf die Bediensteten, die mit ihm in den Ställen arbeiteten. „Aber ich habe Uriel selbst gesattelt und ich schwöre bei Gott, dass diese Dornen nicht da waren." Ihm kam die Galle hoch angesichts der Verletzung, die dem Pferd zugefügt worden war. „Niemals hätte ich eine solche Niedertracht begangen. Ich würde nie ein Pferd absichtlich verletzen, das müsst ihr doch alle wissen!"

Uriel beugte sich vor und knabberte an Owens Haar, vielleicht spürte er die Betroffenheit des Stallmeisters, vielleicht war er auch dankbar, dass dieser die Dornen entfernt hatte.

Ravensmuirs Stallmeister lächelte und dies milderte die harten Linien in seinem Gesicht. „Das Pferd spricht dich frei, Owen, auch wenn wir dadurch der Antwort auf die Frage, wer die Tat begangen hat, nicht näher kommen."

„Alexander!" Der Schrei der neuen Ehefrau des Lairds schallte über die Gesellschaft hinweg. Sie schwang sich mit der Leichtigkeit einer erfahrenen Reiterin aus dem Sattel, warf die Zügel des Zelters zur Seite und rannte zu ihrem Mann.

„Ich dachte, sie hätte Angst vor Pferden", murmelte einer der Stallknechte.

„Sie reitet mit der Selbstverständlichkeit von jemandem, der sein ganzes Leben lang im Sattel saß", sagte Ravensmuirs Stallmeister.

„Und ihre Zofe war in den Ställen", mischte sich ein Junge ein. Die anderen vier sahen ihn erstaunt an. „Ich habe sie gesehen. Sie sagte, sie wäre gekommen, um die sagenumwobenen Rosse von Ravensmuir zu sehen, aber sie ging sehr emsig von einer Box zur nächsten, als ob sie ein bestimmtes Pferd suchen würde."

„Und der Laird hat der Lady vor der Mittagsmahlzeit sein eigenes Pferd gezeigt", überlegte Ravensmuirs Stallmeister laut, bevor er Owens Blick begegnete.

„Ich habe das Pferd des Lairds allein gelassen, als es gesattelt war, verfluchter Narr, der ich bin, denn ich habe Uriel einen Apfel geholt." Owen streichelte die Nase des Tieres, während alle fünf gleichzeitig die Stirn runzelten. „Ich wünschte, du könntest uns sagen, was du gesehen hast, mein Freund."

„Der Laird muss davon erfahren", erklärte Ravensmuirs Stallmeister.

Owen beobachtete die Lady, die über die Wunden des Lairds jammerte, und fragte sich, ob er der Einzige war, der sich in diesem Moment an die Anschuldigungen von Alan Douglas erinnerte. Welchen Plan verfolgte die Lady? Welcher Schatten in ihrem Herzen wurde von ihrer Schönheit überstrahlt?

ELEANOR SPÜRTE DEN MOMENT, als die Bediensteten ihres Mannes ihr das Wohlwollen entzogen. Sie hatte große Angst um Alexander ausgestanden, doch zu ihrer Erleichterung war er nicht schwer verletzt.

„Ich bin männlich genug, um einen solchen Schlag gegen meinen Stolz zu verkraften", scherzte er, als sein Bruder ihm auf die Beine half. Eleanor entging nicht, dass er zusammenzuckte, als er seinen Fuß belastete, und eine Grimasse zog, als er seinen Rücken streckte, aber wenigstens waren keine Knochen gebrochen.

„Es ist nicht deine Männlichkeit, um die ich mir Sorgen mache", erwiderte sie und wollte nur sein Lächeln sehen.

„Nicht? Ich dachte, du wünschst dir sehnlichst einen Sohn."

Eleanor errötete und Alexander lachte. Dann wurde er plötzlich ernst und warf ihr einen scharfen Blick zu. „Wie bist du so schnell hierherge-kommen? Du bist doch sicher nicht geritten?"

Und da erkannte Eleanor ihren Fehler. Sie hatte nicht an ihre frühere Lüge gedacht, sondern nur daran, Alexander zu folgen und sicherzuge-hen, dass er nicht verletzt war. Sie richtete sich auf, wusste nicht, was sie sagen sollte, und sah Argwohn in jedem Gesicht, das ihr zugewandt war.

Nur Alexander schaute sie mit wissendem Blick an, als wäre er nicht überrascht. Er trat näher an sie heran und konnte nicht verhindern, dass er dabei zusammenzuckte, obwohl er eine Hand hob, um ihre Hilfe abzuwehren.

Eleanor wusste, dass sie kaum eine Chance haben würde, ihren Fehler auszumerzen. „Ich habe dich angelogen", gab sie leise zu und Alex-anders Miene verhärtete sich.

„Ich weiß." Sein Ton war kalt. Er zog eine Braue hoch und blickte sie starr an. „Und das, nachdem du mir Aufrichtigkeit gelobt hast."

Eleanor spürte, wie ihr das Blut aus dem Gesicht wich. Sie erkannte nur Zorn in Alexanders versteinerter Miene und wusste, dass sie vor einem Richter stand, der keinen Grund hatte, ihr Gnade zuteilwerden zu lassen. Sie hatte ihn belogen, sie hatte ihn getäuscht, sie hatte ihm die Wahrheit vorenthalten, nur weil diese hässlich war. Jetzt würden ihre Bemühungen, diese Ehe einen Erfolg werden zu lassen, ihre Zweisamkeit zerstören.

Es sei denn, sie könnte Alexander dazu bringen, ihr Gehör zu schen-ken. Mit Verspätung erinnerte sie sich daran, dass er am wütendsten auf die Enthüllung reagiert hatte, dass er belogen worden war, und ihr war klar, dass sie sich in einer fatalen Lage befand.

Vielleicht hatte sie mit dieser Entscheidung seine Unterstützung für immer verloren, auch wenn sie wusste, dass sie nicht anders hatte handeln können. Sie dachte wieder an Blanchefleur und ihr wurde übel von dem anhaltenden Geschmack ihrer eigenen dunklen Vergangenheit.

In diesem Moment erschien Kinfairlies Stallmeister mit drei blutigen Dornen auf der Handfläche und einem anklagenden Gesichtsausdruck.

„Die waren unter dem Sattel befestigt, Mylord. Sie waren noch nicht da, als ich Uriel sattelte, aber ich ließ ihn vor Eurer Ankunft kurz allein, um ihm einen Apfel zu holen. Thomas sagt, dass die Zofe meiner Lady – diejenige, die gerade erst angekommen ist – zu diesem Zeitpunkt in den Ställen war und dass sie in jede Box geschaut hat, als würde sie ein bestimmtes Pferd suchen."

Alexander machte ein grimmiges Gesicht. „Was sagst du da, Owen? Ich bitte dich, sprich geradeheraus."

„Ich will niemanden beschuldigen, Mylord, denn ich habe keine Beweise, aber es scheint, dass sich alles zu einem äußerst gerissenen Plan zusammenfügt. Ihr habt Eurer Lady vor der Mittagsmahlzeit Euer Ross gezeigt und ihre Zofe wurde zu dem Zeitpunkt auf der Suche nach einem Pferd beobachtet, als Dornen unter Uriels Sattel gesteckt wurden." Der Stallmeister straffte die Schultern. „Es sind dicke Dornen und Euer Sturz hätte tödlich enden können, Mylord, und so komme ich nicht umhin, mich an die Anschuldigungen zu erinnern, die Alan Douglas am Weihnachtstag in unserer Kirche erhoben hat."

Alexanders Gesichtszüge hätten in Stein gemeißelt sein können. In seiner Stimme lag unterdrückter Zorn, als er erwiderte: „Dann erinnerst du dich sicher auch daran, dass er keine Beweise vorlegen konnte, die seine Vorwürfe gegen die Lady untermauern."

Eleanor spürte, wie sich ihre Lippen öffneten. Verteidigte er sie?

Owens Miene wurde ebenfalls hart. „Ihr seid ein freundlicher Laird und wart immer gut zu mir, Mylord. Deshalb möchte ich es wagen, meine Gedanken weiter auszusprechen, auch wenn sie Euch vielleicht nicht angenehm sind. Ich fürchte um Euer Leben. Eure Gattin gibt selbst zu, dass sie sich mit Giften auskennt, und seit ihrer Ankunft hat es zwei Vergiftungen in unseren Mauern gegeben. Sie räumt selbst ein, dass sie zwei Ehemänner begraben hat, und Gerüchten zufolge ist mindestens einer von ihnen vor seiner Zeit gestorben. Obwohl es stimmt, dass es dafür keine Beweise gibt, erweist sich die Lady durch ihr eigenes Handeln als Lügnerin." Er zeigte auf den Zelter, den Eleanor geritten hatte. „Ich hörte, wie sie Euch heute Morgen erzählte, dass sie sich vor Pferden fürchtet, und doch ritt sie soeben mit außergewöhnlichem Geschick."

„Vielleicht ist mein Laird außergewöhnlich überzeugend, wenn es darum geht, meine Ängste zu zerstreuen", wagte Eleanor vorzubringen.

„Vielleicht hat meine Herrin die Unwahrheit gesagt", gab der Stallmeister zurück. Sein Blick war hart und seine Worte klangen scharf. „Niemand lernt in wenigen Stunden so zu reiten, wie Ihr es gerade getan habt. Ihr reitet, seit Ihr die Steigbügel erreichen konntet, darauf würde ich mein Seelenheil verwetten, und Ihr zeigt keine Spur von Angst vor Pferden."

„Du gehst zu weit, Owen", sagte Alexander leise.

„Ich will nicht unverschämt sein, Mylord –"

„Du bist es aber."

„Ich möchte nur dafür sorgen, dass Ihr gewarnt seid, Mylord, wenn Ihr das Unheil nicht selbst sehen könnt. Ist es nicht die Pflicht eines Mannes, der einem Laird zu dienen geschworen hat, dessen Güte mit Auskünften zu vergelten, selbst wenn diese schlecht sind?"

„Wenn dem so ist, dann sollte man solche Äußerungen nicht vor versammelter Mannschaft tun", sagte Alexander ruhig. „Ich respektiere deine Absicht, Owen, aber es geziemt sich nicht, vor allen, die einer Burgherrin dienen, schlecht über sie zu reden. Hättest du Beweise für deine Anschuldigungen, wäre das eine andere Sache, doch in diesem Fall wiederholst du nur Gerüchte und Andeutungen."

„Verzeiht, dass ich das sage, Mylord, aber es ist mehr als ein Gerücht." Mit diesen Worten legte Owen die drei Dornen in Alexanders Hand. „Mit Verlaub, Mylord, ich möchte mich jetzt um Uriels Verletzung kümmern."

Alexander neigte den Kopf und Owen warf Eleanor einen kalten Blick zu, bevor er sich abwandte. Sie sah, dass Alexander die blutigen Dornen in seiner Hand wendete, und seine Miene wurde grimmig.

„Owen", rief er leise und der Stallmeister blieb stehen, drehte sich aber erst einen Augenblick später zu ihm um. „Glaube nicht, dass ich es nicht begrüße, wenn du deine Meinung äußerst, selbst wenn sie schlecht ist. Mein Vater hat mich jedoch gelehrt, dass kein Laird und keine Lady in der eigenen Halle verurteilt werden sollte. Meine Verwandten haben eigenwillige Entscheidungen getroffen und es gibt reichlich Gerüchte über ihre Absichten, aber kein Einziger von ihnen hatte ein finsteres Herz. Die Dinge sind nicht immer so, wie sie erscheinen. Das war der Rat meines Vaters."

Owen wollte etwas entgegnen, aber Alexander hob einen Finger, um ihn zum Schweigen zu bringen. „Diese Angelegenheit wird geklärt werden, darauf kannst du dich verlassen, und wenn es Anklagen und Beweise gibt, werden wir alles vor dem Gericht von Kinfairlie verhandeln. Bis dahin empfehle ich dir und deinen Kameraden, mit Respekt von meiner Lady zu sprechen."

Owen schien gegen einen inneren Drang anzukämpfen, Widerspruch zu erheben. Sein Blick huschte zwischen dem Laird und der Lady hin und her, dann neigte er den Kopf. „Wie Ihr es sagt, so soll es geschehen, Mylord."

Alexander nickte knapp, dann wandte er sich an seinen Kastellan. „Wir werden nach Kinfairlie zurückkehren, Anthony, und ich werde mich für den Rest des Tages in meine Gemächer zurückziehen."

„Sehr wohl, Mylord. Ich werde nach einem Arzt schicken."

„Das ist nicht nötig, Anthony. Ich bin gesund und kräftig genug, um zu überleben." Alexander warf Eleanor einen so kalten Blick zu, dass sie bis ins Mark fröstelte, dann wandte er sich ab.

Ihre Ehe war vorbei, es sei denn, sie brachte die Dinge wieder in Ordnung.

„Nein!", rief sie, ehe man sie dort stehen lassen konnte. „Nein! Die Situation kann nicht so bleiben, wie sie jetzt ist. Es stimmt, dass ich euch über meine Angst vor Pferden belogen habe, aber ich will euch allen die Wahrheit sagen und ich will es jetzt tun."

Die Stallmeister und Knechte hielten inne und drehten sich ungläubig um. Alexander betrachtete Eleanor mit unergründlicher Miene und sie wusste, dass alles auf dem Spiel stand.

Je eher sie ihr Geständnis ablegte, desto besser.

„Das kann doch sicher warten, Mylady", meinte Anthony. „Ich möchte es Mylord bequem machen."

„Und ich möchte, dass die Wahrheit ans Licht kommt", entgegnete Eleanor. „Ich hätte eher alles bekennen sollen, das weiß ich nun, aber ich möchte euch die Angelegenheit jetzt erklären, bevor ein weiterer Augenblick vergeht." Sie tat einen zittrigen Atemzug. „Ich wünsche mir nichts sehnlicher, als dass ihr alle bezeugen könnt, dass meine Befürchtungen unbegründet sind."

„Befürchtungen?", wiederholte Anthony verwirrt. „Welche Befürchtungen erwecken wir in Euch?"

Eleanor straffte die Schultern. „Lasst mich davon erzählen."

ALEXANDER BETRACHTETE seine Lady mit einer Mischung aus Bewunderung und Stolz. Sie stand so gerade wie eine sorgfältig geschmiedete Klinge, ihr Kinn erhoben und mit der Haltung einer Königin. Sie sprach klar und überzeugend und ihre Worte drangen mit Leichtigkeit bis zu allen Anwesenden. Das Sonnenlicht ließ ihr Haar golden glitzern, denn ihr Schleier war bei dem Verfolgungsritt verloren gegangen, und es beschien ihre feinen Gesichtszüge. Eleanor war schön und schmerzerfüllt und ihm tat das Herz weh angesichts ihres Mutes.

„Es war einmal eine Frau, deren Vater sie mit einem Mann verheiratete, der viele Jahre älter war als sie", begann sie. Alexander wusste ganz genau, wer diese Frau war, und er sah, dass auch die anderen in der Runde dies vermuteten. „Sie war zwölf Sommer alt, während er schon zweiundsechzig Sommer erlebt hatte. Er war ein korpulenter Mann, der die Freuden der Tafel liebte und sich keinen Genuss entgehen lassen wollte. Man munkelte, er wäre grausam, wenn auch auf hinterlistige Weise, aber er war ein Kamerad des Vaters dieser Maid und sie zog es vor, zu glauben, dass er nicht getan hatte, was man sich zuflüsterte."

Sie nickte leicht. „Und tatsächlich sah es so aus, als wäre ihr Vertrauen in ihn gerechtfertigt, denn er war freundlich zu ihr. Als sie in sein Haus kam, hatte sie ihren eigenen Zelter mitgebracht, ein kastanienbraunes Pferd mit einem weißen Stern auf der Stirn. Als Mädchen hatte sie gedacht, dass diese Blesse wie eine Blume aussah, und deshalb hatte sie das Pferd Blanchefleur genannt. Es wurde in den Ställen ihres

Gemahls gut behandelt, wenngleich er sie oft neckte, dass sie das Tier mehr liebte als ihn."

Eleanor blickte einen Moment lang auf ihre Schuhe. „Sie stritt dies ab, doch sie fürchtete, dass er ihr Geheimnis durchschaut hatte. Es wäre allerdings ungewöhnlich für eine so junge Frau gewesen, innigste Zuneigung für einen Mann wie ihn zu empfinden." Eleanor schluckte und blickte in die Runde. „Und so war die Maid über alle Maßen erleichtert, als sie erfuhr, dass sie das Kind ihres Mannes unter dem Herzen trug. Er hatte verlauten lassen, dass er sich nichts sehnlicher wünschte als einen Sohn, und sie hoffte, dass sie ihm diesen Wunsch erfüllen konnte."

Bei diesem Hinweis auf einen Sohn runzelte Alexander die Stirn. Lag hier der Ursprung für Eleanors Beharren auf einem Kind dieses Geschlechts?

„Aber das Glück war der Maid nicht hold. Das Kind war erst fünf Monate in ihrem Bauch, als ihr Wasser brach. Sie kämpfte gegen die Wehen an, wollte den Preis, den ihr Mann so sehr begehrte, nicht hergeben, aber das Kind kam trotzdem. Es war klein, schrumpelig und rot – und es war tot." Sie leckte sich über die Lippen. „Es war ein Junge."

Die Stallknechte bewegten sich unruhig bei diesem unwillkommenen Detail und Alexander bemerkte, dass in den Augen einiger Mitleid stand. Er wartete ab, denn er vermutete, dass der Verlust des Kindes, selbst so spät in der Schwangerschaft, nicht die Ursache für die Narbe war, die Eleanor von diesen Ereignissen zurückbehalten hatte.

„Die junge Frau fürchtete die Vergeltung ihres Gatten, aber er war charmant und fürsorglich und zeigte Mitgefühl. Er drängte sie, sich hinzulegen, sich zu erholen, köstliche Häppchen zu sich zu nehmen. Er entlockte ihr ein Lächeln, wenn sie glaubte, keinen Grund zum Lächeln zu haben. Er erwies sich sogar als galanter, als sie es sich je vorgestellt hatte, und sie machte sich Vorwürfe, dass sie seine Verdienste nicht erkannt hatte. Drei Tage nach dem schmerzlichen Verlust ihres Kindes verkündete er, dass er zu Ehren seiner Frau ein Festmahl vorbereitet hatte."

Ein Raunen ging durch die Anwesenden. Eleanor kniff die Augen zusammen und blickte auf das Meer hinaus, erzählte ihre Geschichte aber dennoch weiter: „Zum Erstaunen der Ehefrau wurden keine Kosten gescheut. Sie konnte nicht begreifen, warum ihre Leistung so gefeiert werden sollte. Die Halle war brechend voll mit Adeligen und Nachbarn, alle in ihren prächtigsten Gewändern. Die Tafel ächzte unter der Menge der zubereiteten Speisen und ihr Gatte bestand darauf, dass alle auf die Gesundheit seiner Frau tranken. Sie war dankbar für sein Verständnis und aufs Neue entschlossen, ihm seinen Sohn zu schenken.

„Dann wurde auf Geheiß des Gatten das Hauptgericht serviert, ein Eintopf, von dem man der jungen Frau erzählte, er wäre speziell für sie zubereitet worden. Er wurde ihr mit viel Pomp auf dem feinsten Silberteller des Hauses serviert. Ihr Mann bestand darauf, dass sie als Erste davon aß und tüchtig zugriff, denn sie würde all ihre Kräfte benötigen. Tatsächlich durfte niemand einen Bissen davon nehmen, bevor sie nicht so viel davon zu sich genommen hatte, wie sie konnte.“

Eleanor knirschte sichtlich mit den Zähnen. „Es war ein seltsamer Eintopf, wie die junge Frau ihn noch nie gegessen hatte. Das Gericht duftete stark nach Gewürzen, denn bei der Zubereitung waren weder Kosten noch Mühe gescheut worden, und doch schmeckte das Fleisch seltsam.“

Owen, der Stallmeister, wandte sich angeekelt ab.

„Es war seidig glatt auf der Zunge, fettig, und die junge Frau fand wenig Geschmack daran. Ihr Mann bestand jedoch darauf, dass sie weiteraß, er füllte ihre Schüssel erneut und stand neben ihr, bis sie alles verspeist hatte. Und als sie so dasaß, vollgestopft mit einer Mahlzeit, die ihr nicht zugesagt hatte, begann er zu lachen, und das klang nicht angenehm. Er umklammerte ihre Arme mit aller Kraft, als er ihr etwas ins Ohr flüsterte, und sorgte so dafür, dass sie hören musste, was er sagte: ‚Wir haben beide in dieser Woche das verloren, was wir am meisten liebten, was eine Art Gerechtigkeit darstellt.‘ Sie verstand nicht, was er damit meinte. ‚Du hast meinen Sohn verloren und der Preis, den du dafür bezahlen musst, ist Blanchefleur.‘ Da wusste die junge Frau, was sie gegessen hatte, mit welchem Fleisch dieser Eintopf zubereitet worden war.“

Die Knechte brüllten über diese Ungeheuerlichkeit. „Barbar!", schrie der Stallmeister von Ravensmuir.

„Der Tod ist noch zu gut für einen solchen Lumpen", meinte Owen.

Eleanor richtete sich auf. „Und die junge Frau lief in den Stall, während ihr Mann über ihr Entsetzen lachte. Sie wollte nicht glauben, dass jemand so bösartig sein konnte, aber Blanchefleur war fort und der Stallknecht erzählte ihr die Wahrheit. Sie erbrach sich den ganzen Tag und die ganze Nacht, während sie in der Box weinte, in der ihr geliebtes Pferd gestanden hatte." Eleanor hob ihr Kinn, während ihr Tränen über die Wangen liefen. „Und so beschloss sie, nie wieder ein anderes Pferd zu lieben, vor allem, um das Leben des Tieres nicht in Gefahr zu bringen."

Mit feuchten Wangen wandte sie sich an Alexander. „Es tut mir leid, dass ich dich belogen habe. Aber der Koch sagte, wir bräuchten Fleisch und du würdest den Speiseplan nach deiner Rückkehr aus den Ställen festlegen, und der Stallknecht meinte, du hättest einen Plan für die Fohlen, und –" Sie rang nach Luft. „Und du hast darauf bestanden, mir eines dieser wundervollen Pferde zu schenken, und ich hatte solche Angst wie noch nie in meinem Leben." Sie fuhr sich mit der Hand über die Stirn. „Es tut mir leid, denn ich bin verständig genug, um zu wissen, dass niemand dir so treu dienen würde wie diese Männer, wenn du vom selben Schlag wie Millard wärst."

„Es war nicht dein Verstand, der deine Angst genährt hat", sagte Alexander leise. Er ging zu ihr hin, nahm ihre Hand in die seine und senkte seine Stimme: „Es war Liebe und die Angst vor ihrem Verlust. Es war das Herz, Eleanor, dein Herz, das du verleugnet hast."

Sie starrte ihn an, weinend und doch stolz, und als Ehrenbezeugung küsste er ihre Handfläche, während sie zitternd vor ihm stand. Er schloss ihre Finger über der Stelle, die er geküsst hatte, dann zog er sie fest an seine Seite. Er konnte sehen, wie schwer ihr dieser Bericht gefallen war – und es war in der Tat ein schreckliches Geständnis. Was war das für ein Mensch, der eine solche Tat beging? Alexander mochte gar nicht darüber nachdenken.

Er respektierte nicht nur, dass Eleanor sich ihrer Angst gestellt hatte, indem sie ein Geheimnis preisgab, an dem sie festgehalten hatte, sondern auch, dass sie dies getan hatte, um sein Vertrauen zu gewinnen.

„Wir kehren nach Kinfairlie zurück", sagte er. „Meine Lady und ich reiten den Zelter, auf dem sie hergekommen ist, und Uriel wird geführt."

Owen stellte sich ihnen zerknirscht in den Weg. „Mylady, ich bitte Euch um Vergebung für die Anschuldigungen, die ich heute gegen Euch erhoben habe. Es gibt keinen Menschen, der solchen Schmerz empfinden würde wie Ihr beim Verlust Eures Pferdes und dann ein Verbrechen begehen könnte wie das an Uriel."

„Der Augenschein sprach gegen mich, Owen", sagte Eleanor ruhig. Sie hielt sich an Alexander fest, offensichtlich geschwächt durch ihre aufwühlende Geschichte. „Ich weiß es zu schätzen und hoffe, dass du nie aufhören wirst, meinem Herrn Gemahl guten Rat zu erteilen."

„Niemals!" Owen verbeugte sich. „Ich möchte Euch um eine Gunst bitten, Mylady."

Alexander spürte die Verwirrung seiner Frau, während er ahnte, worum der Stallmeister bitten würde. „Deine Bitte kann nur erfüllt werden, wenn du sie aussprichst", sagte er, als Owen schwieg.

Der warf einen Blick auf Uriel, dann räusperte er sich. „Es heißt, dass die Talente einer Heilerin sowohl einem Pferd als auch einem Menschen nützen. Gibt es eine Salbe, die Ihr herstellen könntet, damit Uriel schneller genest? Ich möchte nicht, dass er wegen der Grausamkeit einer Person übermäßig leidet."

Eleanor schnappte nach Luft und Alexander lächelte. Der andere Stallmeister und die Knechte standen dabei und sahen zu, Anerkennung im Blick.

„Du würdest mir eine solche Aufgabe anvertrauen?", fragte sie voller Staunen.

Owen nickte schroff.

„Ich würde mich geehrt fühlen", setzte Eleanor mit belegter Stimme hinzu. „Ich wäre stolz, einem so prachtvollen Ross helfen zu dürfen."

Owen lächelte und verneigte sich, dann eilte er davon. Uriel, der anscheinend einverstanden war, warf den Kopf nach hinten und schnaubte energisch.

Alexander lächelte auf seine Frau herab. Er war sehr zufrieden mit dem, was sie an diesem Tag erreicht hatte.

„Du hast die Zuneigung eines jeden Mannes in meinen Ställen gewonnen", neckte er sie leise. „Und das nur mit einer Erzählung. Ich werde beten müssen, dass dir die Aufmerksamkeit eines einzigen Mannes genügt."

Eleanor richtete ihren strahlenden Blick auf ihn. „Ich kann nur hoffen, dass er sich als wirklich aufmerksam erweisen wird. Sage mir, mein Herr Gemahl, ist vor dem Abendessen noch Zeit für etwas Süßes?"

Sie liebte ihn.

Es war so offensichtlich, wie es nur sein konnte, und Eleanor wunderte sich, dass sie die Wahrheit nicht schon früher erkannt hatte. Eleanor liebte Alexander mit seiner Überzeugung, dass alles gut war, mit seiner Gewissheit, dass Ehrlichkeit und Humor alles richten würden, mit seiner Entschlossenheit, die ganze Geschichte zu hören, bevor er sich ein Urteil bildete.

Alexander war anständig, gerecht und gütig. Sie liebte es, dass die Menschen in seinem Haushalt ihm mit unerschütterlicher Ergebenheit dienten; sie liebte es, dass er jedes Wesen beschützte, das sich auf ihn verließ, egal ob groß oder klein, Mensch oder Pferd.

Sie liebte es, dass er sowohl nachdenklich sein konnte als auch verspielt, dass er klug war und sich nicht scheute, seine Gefühle zu zeigen. Und sie liebte, dass er Wahrheit und Ehrlichkeit über alles schätzte und belohnte, wenn man ihm diese entgegenbrachte.

Und das war nur ein Bruchteil dessen, was er ihr bot. Sie liebte es, dass Alexander im Zweifelsfall auf ihrer Seite stand wie noch nie jemand zuvor, dass er davon ausging, es gäbe einen Grund für jede Tat, die sie begangen hatte. Alexander gewährte ihr Entscheidungsfreiheit, er ließ ihr Zeit sowie ihre Ehre und Würde.

Er hatte sie davon überzeugt, dass der Wert dessen, was sie durch ihre Liebe zu ihm gewann, jedes Risiko bei Weitem überwog. Es war keine leichte Lektion für Eleanor und sie zweifelte nicht daran, dass sie wieder irren würde, auch wenn sie an seiner Seite war, aber sie wusste, dass Alexander ihr immer die Gelegenheit geben würde, jeden Fehltritt wiedergutzumachen.

Es war eine große Gabe, die er ihr anbot und die sie gerne annahm. Mit seiner eifrigen Erforschung ihrer Geheimnisse hatte er den letzten Schutzschild ihres geschundenen Herzens durchbrochen.

Das wollte sie ihm zeigen, und zwar auf die beste Art und Weise, die sie kannte.

Moira kam ihnen am Fuße der Treppe entgegen, aber Eleanor schickte die Zofe lächelnd weg. „Das Ergebnis deiner Zählung ist nun nicht mehr von Belang", sagte sie und zog an der Hand ihres Mannes.

Alexander folgte ihr, leicht humpelnd, und seine Augen glänzten geradezu angesichts ihrer Begeisterung. „Du hast es eilig, unsere Gemächer zu erreichen", neckte er sie. „Wahrscheinlich zieht es dich zu meinen Büchern."

Eleanor lachte. „Ich kann es kaum erwarten, dich für mich allein zu haben", erwiderte sie, ohne sich darum zu kümmern, was andere von ihren kühnen Worten halten könnten.

Alexander grinste. „Aber ich bin verletzt ..."

„Und ich kenne das beste Tonikum, um dich zu heilen."

Alexander wurde ein wenig ernster. „Du solltest wissen, dass ich nicht so sehr darauf aus bin, einen Sohn zu haben, wie andere Männer. Söhne und Töchter können zu ihrer Zeit kommen oder auch nicht. Was sich auch ergibt, es ändert nichts an einer guten Ehe."

„Ich strebe nicht nur nach einem Sohn ..."

Moira rang die Hände am Fuße der Treppe. Sie teilte die fröhliche Stimmung des Paares nicht. „Aber Mylady, es gibt noch etwas, das ich Euch unbedingt mitteilen muss!"

„Später, Moira, später ist noch früh genug."

„Aber –"

Eleanor hörte nicht auf die Bitten der Zofe und zog ihren Mann erneut vorwärts, bis er auf der Stufe direkt unter ihr stand. Sie umfasste Alexanders Gesicht mit beiden Händen, strich mit dem

Daumen über seine lächelnden Lippen und küsste ihn dann auf den Mund.

Sie hörte, wie er nach Luft schnappte, als sie ihm ihre Zuneigung zeigte, und dann legte er seine Arme um ihre Taille. Er zog sie näher zu sich heran, während er seinen Mund unter dem Druck ihrer Lippen öffnete. Er ließ sie sich nehmen, was sie von ihm haben wollte, und Eleanor freute sich, als sie merkte, dass nicht nur sie auf diese Umarmung reagierte.

Nur widerwillig beendete sie den Kuss, aber sie wollte herausfinden, ob seine Augen wieder voller Sterne waren. „Du siehst so froh aus", flüsterte sie voller Verwunderung.

„Wie könnte ein Mann nicht froh sein, wenn seine Frau ihn so ansieht, wie du mich ansiehst?"

„Wie sehe ich dich denn an?"

Sein Lächeln wurde spitzbübisch. „Als ob du mir mehr als nur ein Lächeln schenken wolltest."

Eleanor lachte. „Ich fordere dich heraus, eine weitere Quest auf dich zu nehmen."

„Eine weitere? Die Wertschätzung meiner Lady habe ich mir doch wohl verdient?"

Eleanor runzelte zum Spaß die Stirn. „Aber nicht ihr Lächeln. Du hast einmal gesagt, das Lächeln einer Kurtisane könnte in der Intimität des Bettes hervorgelockt werden. Ich bezweifle, dass du das erreichen kannst."

Sie sah nur das Aufblitzen seiner Augen, bevor er sie in seine Arme zog. Er nahm drei Stufen auf einmal, als er den Rest der Treppe hinauflief, trat die Tür zu ihrem Gemach hinter sich zu und küsste sie mit gemächlicher Hingabe, wobei er sie fest an seine Brust drückte. Eleanor genoss, dass er sie umarmte und sie völlig frei von Angst war, und sie wusste mit absoluter Sicherheit, dass ihr das Glück nun endlich hold war.

Als sie sich schließlich voneinander lösten, nahm sie den Schlüssel von ihrem Gürtel und drehte ihn zufrieden im Schloss um. „Ich werde dich nicht aus dieser Kammer entlassen, bis du deine Quest erfolgreich beendet hast", zog sie ihn auf und schenkte ihm ein verschmitztes Lächeln.

„Dann fangen wir am besten gleich an", sagte er voll Überschwang. „Denn ich kann mir nicht vorstellen, dass ein solches Ziel leicht zu erreichen ist."

ALS ELEANOR die Tür des Privatgemachs hinter ihnen abschloss, lächelte sie schüchtern und verwegen zugleich. Sie hielt Alexanders Blick fest, ihre Augen leuchteten, während ihre Wangen wegen ihrer Kühnheit erröteten.

Diese Lady war ein wahres Wunder. Alexander liebte Eleanors Vielschichtigkeit, er liebte es, dass sie so majestätisch wie eine Kriegerkönigin und so verletzlich wie ein neugeborenes Küken wirken konnte. Sie konnte ihn mit der Wildheit einer Wolfsmutter verteidigen und doch gab sie sich seinem Kuss so sanft hin, wie sich eine Blüte der Sommersonne öffnet. Er würde ihrer vielen Stimmungen nie überdrüssig werden, ihres schnellen Verstandes, ihrer erbitterten Verteidigung von allem, was ihr lieb und teuer war.

Sie durchquerte den Raum und kam zu ihm, hob die Hand und umfasste sein Kinn. Ihre Augen waren von einem klaren, leuchtenden Grün, frei von Schatten und Geheimnissen. Sie betrachtete Alexander, als wäre er ein Wunder, dann streifte sie seine Lippen mit ihren.

Ihr Kuss war schmachtend und leidenschaftlich zugleich. Mit der leisesten Berührung rief sie eine Reaktion bei ihm hervor und liebkoste ihn so, dass sein Blut in Wallung geriet. Es war das erste Mal, dass sie ihn von sich aus umarmte und Alexander sich nicht fragte, ob sie ihn ablenken wollte, oder zumindest ein wenig befürchtete, dass sie sich ihm nur hingab, um die Geheimnisse ihrer Gedanken vor seinem prüfenden Blick zu verbergen.

Sie bewegten sich zum Bett wie in einem Tanz, als wären sie eins, ohne ein Wort zu wechseln. Sie ergötzten sich an den Lippen des anderen, kosteten voneinander und liebkosten sich, ihre Hände fuhren unaufhörlich über den Körper des anderen. Es war, als würden sie sich zum ersten Mal begegnen, als gäben sie sich beide zum ersten Mal in ihrem Leben der Liebe hin. Alexanders Blut rauschte in seinen Ohren und Eleanors Herzschlag verriet ihm eine ähnliche Begierde.

Er schnürte ihr Gewand auf, während sie seinen Tappert beiseiteschob, und dabei küssten sie sich die ganze Zeit hungrig. Er entledigte sich seines Unterhemdes, während sie ihre Schuhe abstreifte, er löste ihre Chemise, während sie die Schnürung seiner Beinlinge öffnete. Er unterbrach ihren Kuss nur, um seine Stiefel auszuziehen, und sah zu, wie Eleanor ihr Haar ausschüttelte.

Sie kam zu ihm, trug nichts weiter als ein Lächeln und drückte ihn rückwärts auf die Matratze. Sie legte sich auf ihn und küsste ihn ausgiebig, wobei sie in sein Haar griff, als könnte er versuchen, sich ihr zu entziehen. Allein diese Vorstellung hätte Alexander zum Lachen gebracht, wenn er mit seinem Mund nicht Besseres zu tun gehabt hätte.

Eleanor überließ sich Alexander ganz und gar, und zwar mit Hingabe. Er konnte kaum glauben, wie sehr sich ihr Verhalten geändert hatte; er hätte nie gedacht, dass sie ihm so viel mehr zu geben hatte. Dass sie die Geschichte von Blanchefleur erzählt und Mitgefühl in seinem Haus erfahren hatte, vielleicht das erste Mitleid, das ihr jemals entgegengebracht worden war, schien Eleanor noch nachgiebiger gemacht zu haben. Sie öffnete sich Alexander und bereitete ihm das Festmahl, das nur sie zu bieten hatte.

Und er war in der Tat hingerissen, voller Bewunderung für seine Frau, für ihre Stärke und ihre Fähigkeit zu heilen. Es erstaunte ihn, dass sie trotz allem, was sie erlebt hatte, noch einen Funken Zärtlichkeit in sich trug, dass sie überhaupt die Möglichkeit in Betracht zog, ein Mann könnte ihr mehr bieten als alle anderen Männer in ihrem bisherigen Leben.

Er verwöhnte sie, wie er es zuvor getan hatte, und genoss am Ende ihren Schrei der Erlösung. Dann setzte sie sich rittlings auf ihn, wobei ihr Haar sie beide wie ein goldener Vorhang einhüllte. Er legte seine Hände um ihre Taille und hob sie an, sodass sie in die richtige Position zu sitzen kam.

Eleanor lachte, sichtlich angetan von dieser Stellung. „Du bist jetzt mein Gefangener", scherzte sie. Ihre Augen funkelten und er wünschte, das hätten sie immer schon getan.

„Und zwar ein williger, so viel ist sicher."

Sie bewegte sich, sodass er nach Luft schnappte. „Ich werde dich vielleicht niemals mehr freilassen", drohte sie.

„Kein Mann mit Verstand würde sich nach der Befreiung aus einer solchen Gefangenschaft sehnen."

Eleanor lachte. Sie bewegte sich bewusst und erkannte schnell, was ihn am meisten entflammte. Sie beugte sich zu ihm hinunter und küsste ihn erneut, wobei ihre Zunge in seinem Mund tanzte. Sie legte ihre Hand in seinen Nacken und hielt ihn mit ihrem Kuss fest, während sie sich auf ihm wiegte. Alexander griff mit einer Hand nach ihrem Po und schob seine Finger zwischen die Backen.

„Diesmal gleichzeitig", sagte er zwischen zwei Küssen, und sie atmete schwer, als er sie liebkoste. Sie passten zusammen, als wären sie füreinander geschaffen, sie bewegten sich, als wären sie dafür gemacht, nur miteinander und mit niemand anderem zu tanzen. Alexander sah, wie Leidenschaft die Augen seiner Frau zum Funkeln brachte, sah, wie sich ihre Wangen röteten, als ihre Erregung den Höhepunkt erreichte. Er selbst befand sich seit gefühlten tausend Jahren auf der Schwelle zum Orgasmus, während er dort auf sie wartete.

Plötzlich hielt sie den Atem an und ihre Augen wurden weit vor Lust. Ihre Lippen öffneten sich, ihre Wangen leuchteten rot, und bevor sie aufschreien konnte, sprang Alexander gemeinsam mit seiner Frau über diese Schwelle. Sie schrien auf und klammerten sich aneinander fest, und dann, als der Höhepunkt abebbte, begann sie zu lachen.

„Sicherlich haben meine Bemühungen kein Gelächter verdient", knurrte er zum Spaß und sie lachte nur noch lauter.

„Das nicht! Anthony wird sicher denken, dass du außerordentliches Vergnügen mit deinen Büchern hast", erklärte sie.

Alexander schmunzelte, dann küsste er sie ausgiebig. Er war der seltsamen Überzeugung, dass zwischen ihnen alles gut werden würde, dass sie in den Jahren, die sie miteinander verbringen würden, nur mehr über den anderen erfahren würden und dass ihre Verbindung mit jedem Tag besser werden würde.

Und das war Gewinn genug für jeden Mann.

~

NACH DEM MITTAGSMAHL gelang es Elizabeth schließlich, Malcolm in der Halle in eine Ecke zu drängen, wo sie ihn für sich allein hatte. Er war derjenige, der ihr bei ihrer Mission helfen konnte, und sie wollte die Chance haben, ihn ohne Alexanders Rat auf ihre Seite zu ziehen.

„Malcolm", murmelte sie, nachdem sie Höflichkeiten ausgetauscht hatten. „Ich muss dich um einen Gefallen bitten."

Malcolm lächelte. „Sicherlich solltest du einen Gefallen eher von Alexander erbitten. Ich habe nichts, was mir gehört, außer mich selbst und kann daher einer Dame wenig gewähren."

Elizabeth griff nach einem Becher Bier, den sie eigentlich gar nicht wollte. „Ich möchte nach Ravensmuir." Malcolm fuhr hoch, aber sie sprach hastig weiter: „Ich muss nach Ravensmuir. Ich muss Rosamunde suchen und mich um ihr Wohl und Wehe kümmern."

Malcolm legte eine Hand auf ihren Arm. „Elizabeth, Rosamunde ist tot", sagte er behutsam.

„Nein, nein, das kann nicht sein. Woher willst du das wissen? Wir haben weder ihren Leichnam noch den von Tynan gefunden. Sie könnten noch am Leben sein, unter den Trümmern, und auf unsere Hilfe warten –"

„Elizabeth!" Malcolm sprach so bestimmt, dass sie verstummte. „Keine Menschenseele könnte den Einsturz des Labyrinths von Ravensmuir überleben, geschweige denn monatelang. Außerdem wäre es leichtsinnig, sich in die Trümmer zu wagen, weil man nicht weiß, wie sie sich verschieben könnten."

Elizabeth rutschte auf der Bank nach hinten und betrachtete ihren Bruder unglücklich. „Du willst mich also nicht hinbringen?"

„Lass dir nur ja nicht einfallen, allein dort hinzugehen."

Elizabeth runzelte die Stirn und wandte den Blick ab, während sie gegen ihre Tränen der Enttäuschung ankämpfte. „Ich dachte, du würdest Onkel Tynans Leiche bergen wollen, um Gewissheit über sein Ableben zu bekommen und ihn, wenn nötig, ehrenvoll zu bestatten."

Malcolm griff über den Tisch hinweg nach ihren Händen und zwang sie, ihn anzuschauen. „Warum willst du das tun? Was, glaubst du, wirst du finden? Es ist Monate her, dass sie verschwunden sind, Elizabeth."

Sie seufzte und betrachtete ihre ineinander verschlungenen Hände. Sie konnte nichts verlieren, wenn sie ihm die ganze Wahrheit sagte. „Ich träume die ganze Zeit von Rosamunde. Sie ist im Labyrinth und es stürzt ein und sie ruft mich zu Hilfe." Sie wagte es, Malcolms Blick zu begegnen, der voll Mitleid war. „Ich muss nach Ravensmuir! Ich muss versuchen, ihr zu helfen!"

Er schüttelte den Kopf und hielt ihre Hände fest. Seine Wärme wirkte beruhigend. „Es wäre töricht, Elizabeth, und du würdest nicht finden, was du suchst."

„Wie kannst du das wissen?"

„Sie sind tot, auch wenn es nicht leichtfällt, das zu glauben." Malcolm seufzte. „Ich habe niemandem von euch davon erzählt, aber ich habe oft von Mama und Papa geträumt, nachdem sie auf dem Meer umgekommen waren. Ich träumte, sie riefen mich zu Hilfe und ich hätte sie im Stich gelassen. Ich muss diesen Traum an die zweihundert Mal gehabt haben." Er schaute sie mit festem Blick an. „Onkel Tynan hat es herausgefunden, weil ich mehr als einmal schreiend aufgewacht bin. Er sagte mir, es wäre der Kummer, der in meinen Gedanken eine Geschichte schuf. Er sagte mir, es würde vorübergehen, wenn ich mich an die neue Wahrheit gewöhnt hätte."

„Und war es so?" Elizabeths Mund war trocken, denn ihr gefiel sein Rat nicht.

„Ja. Ich habe diesen Traum nicht mehr." Er zwang sich zu einem Lächeln und drückte fest ihre Hände. „Ich schlage dir eine Abmachung vor, Schwesterlein. Ich werde am Dreikönigstag aufbrechen, um mein Glück zu finden, und wenn du bei meiner Rückkehr immer noch von diesem Traum geplagt wirst, bringe ich dich nach Ravensmuir."

„Versprochen?"

„Versprochen." Malcolm stieß mit seinem Becher an und Elizabeth trank mit ihm. Es war nicht das, was sie sich von ihrem Bruder gewünscht hatte, aber da es das beste Angebot war, das sie wahrscheinlich bekommen würde, musste es genügen.

Sie hoffte inständig, dass Malcolm nicht allzu lange brauchen würde, um sein Glück zu finden.

ALEXANDER UND ELEANOR liebten sich dreimal, bevor sie erschöpft in den Tiefen des großen Bettes einschliefen. Draußen war es dunkel geworden und die ersten Sterne waren durch das Fenster zu sehen.

Eleanors helles Haar lag wie ein Fächer auf Alexanders Brust und ihre Beine waren mit seinen verschlungen. Er hielt ihre Finger umschlossen, beide Hände ruhten über seinem Herzen, sodass sie den Herzschlag fühlen konnten, und er spürte den süßen Rhythmus ihres Atems auf seiner Haut. Das große Bett roch betörend nach der Lust, die sie heraufbeschworen und geteilt hatten. Obwohl Alexander Hunger hatte, war er so erschöpft, dass er keinen zwingenden Grund sah, sich zu rühren.

Bis Eleanor fröstelte. Sie schmiegte sich enger an ihn und er zog die Bettdecke höher. Sie gähnte und machte Anstalten, sich aufzusetzen. „Es ist schon spät. Ich sollte uns einen Happen aus der Küche holen, bevor sich alle zurückziehen."

„Sei nicht albern. Wenn du hungrig bist, gehe ich."

„Nein, du bist verletzt!" Ihr Ton ließ erlaubte keinen Widerspruch. Sie legte eine Hand auf seine Brust und drückte ihn zurück und er sank auf die Matratze, als hätte er keine Knochen.

„So verletzt bin ich nun auch wieder nicht." Er umfasste ihre Taille und zog sie auf sich. „Und es wäre nicht ritterlich, wenn ich dich eine Mahlzeit holen ließe."

„Du brauchst deine Kraft", schalt sie ihn. „Ich will diesen Sohn." Alexander schüttelte den Kopf und wunderte sich, dass sie in dieser einen Angelegenheit so beharrlich war, obwohl sie vor Kälte zitterte. „Und du stehst unter meiner Obhut, denn ich bin die Heilerin in dieser Kammer“, setzte sie hinzu und drohte ihm mit dem Finger.

Sie hätte ernsthafter – und weniger rührend – ausgesehen, wenn ihre Haare nicht so zerzaust und ihre nackten Brustwarzen sich in der Kälte nicht so vorwitzig aufgerichtet hätten. Alexander nahm das Gewicht einer Brust in die Hand und strich mit dem Daumen über die harte Spitze. Sie erschauerte.

„Du frierst zu sehr. Es ist meine edle Absicht, dich zu wärmen“, sagte er und küsste die Brustwarze.

Eleanor schnappte nach Luft und rekelte sich wie eine Katze unter seiner Liebkosung. „Es ist deine edle Absicht, noch einmal im Bett mit mir zusammenzukommen.“

„Ich werde dir viel Freude bereiten.“

„Das hast du bereits!“, protestierte sie lachend. „Wir müssen etwas in den Bauch bekommen, Alexander. Du bleibst hier, aber du solltest dir etwas überziehen. Es ist verflucht kalt in dieser Kammer und mein Vater hat oft gesagt, dass Hitze nötig ist, um einen Sohn zu zeugen.“

„Anthony konnte die Feuerschalen nicht anzünden, weil die Tür vor ihm verschlossen war.“ Alexander wurde ungeduldig, weil sie immer wieder von Söhnen sprach. „Eleanor, versteh doch: Es gibt keinen Grund, in aller Eile ein Kind zu zeugen. Zu gegebener Zeit werden die Kinder schon kommen.“

„Es besteht durchaus ein Grund zur Eile“, widersprach sie ihm. „Vor allem, wenn du deinen Schwestern die Wahl lassen willst, wen sie heiraten.“ Ihre helle Haut leuchtete förmlich in der Dunkelheit, als sie sich vom Bett erhob und zu dem Kleiderhaufen huschte, den sie auf den Boden geworfen hatten.

„Was soll das heißen?“ Alexander war verwirrt. „Was meinst du mit der Heirat meiner Schwestern? Wieso sollte es in dem Zusammenhang von Bedeutung sein, ob wir einen Sohn haben?“

Doch mehr verriet Eleanor nicht. Sie suchte nach ihrer Kleidung, während ihr eine Gänsehaut über den Rücken lief. Dabei hüpfte sie ein wenig, wahrscheinlich war der Boden kalt. „Oh, ich werde zu Eis gefroren sein, bevor ich meine Strümpfe finde!“

„Es ist nicht wichtig, was du trägst."

Sie warf ihm einen Blick zu. „Es ist immer wichtig, was die Gattin des Lairds trägt."

„Frauen!" Alexander stand auf, zog aber das Hemd nicht an, das sie ihm hinhielt. „Nimm doch einfach, was dir in die Finger kommt!"

„Nein!" Sie betrachtete ihn mit funkelnden Augen. „In der Küche wird immer noch darüber geredet, dass ich nach der Vollziehung unserer Ehe mit zwei verschiedenen Schuhen in die Halle gekommen bin."

Alexander grinste. „Deine Schnürsenkel waren auch verknotet. Ich erinnere mich, dass ich sie entwirrt habe."

„Warum hast du mir das nicht gesagt?"

„Es waren nicht deine Schuhe, die meine Aufmerksamkeit erregt haben."

Sie warf ihm einen bösen Blick zu, der furchterregender gewesen wäre, wenn ihre Augen dabei nicht so schelmisch geblitzt hätten. „Dann hilf mir, damit nicht ganz Kinfairlie über die verliebte Frau des Lairds lacht."

Er griff nach ihren Stiefeln. „Zieh zuerst diese an."

Sie schüttelte mit klappernden Zähnen den Kopf. „Die nicht."

„Warum denn nicht? Du frierst doch!"

„Weil es sich nicht ziemt, in der Halle Stiefel zu tragen. Ich werde meine Schuhe anziehen, wenn ich sie finden kann. Hier ist wenigstens ein Strumpf." Sie wühlte in den Kleidungsstücken, ohne auch nur einen Zunder anzustecken, der ihr bei ihrer Aufgabe geholfen hätte.

Er fluchte, und das nicht zum ersten Mal, über die Vorstellungen, die Frauen von Kleidung hatten. „Du willst lieber dünne Schuhe tragen und frieren, als gegen eine dumme Konvention zu verstoßen?" Er setzte Eleanor auf eine Truhe und schickte sich an, ihr einen Stiefel überzustreifen. „Das ist töricht –", war alles, was er sagen konnte, bevor sie vor Schmerz aufschrie.

Er zog ihr den Stiefel wieder aus und schaute hinein. Etwas Dunkles lauerte in dem Pelzfutter. Eleanor saß stumm auf der Truhe und rieb ihre Fußsohle, als er den Stiefel umdrehte.

Zwei Dornen fielen in seine Hand, die so lang und furchterregend waren wie die, von denen Uriels Fell durchbohrt worden war. Er blickte zur anderen Seite der Kammer, aber die drei, die Owen ihm übergeben hatte, lagen noch auf dem Tisch.

Diese zusätzlichen zwei waren in ihrem Stiefel verborgen gewesen – diesem Stiefel, den sie nicht hatte anziehen wollen –, als hätte jemand sie dort versteckt. Der Schlüssel zur Kammer glänzte an ihrem Gürtel, der zusammengerollt zu seinen Füßen lag.

Eleanor keuchte auf und Alexander begegnete ihrem Blick. Vor ein paar Tagen hätte er ihren Gesichtsausdruck für schuldbewusst halten können, weil ein dunkler Plan aufgedeckt worden war. „Vermutlich soll ich glauben, dass du heute schon zu viele Dornen für deine Zwecke verwendet und dir welche für ein ähnliches Vorhaben an einem anderen Tag aufgespart hast", sinnierte er. „Immerhin wolltest du deine Stiefel nicht anziehen. Man könnte glauben, du wusstest, dass die Dornen darin versteckt waren."

Eleanor atmete kaum, während Alexander die Dornen über seine Handfläche rollen ließ. Aber wenn sie davon gewusst hatte, wenn sie diejenige gewesen war, die Uriel verletzt hatte, dann hätte sie nicht nur versucht, ihn zu töten – vielleicht sogar zweimal –, sondern ihn auch immer wieder belogen.

Das konnte nicht sein.

Alexander wünschte sich die Art Ehe, von der er an diesem Nachmittag gekostet hatte und die sie gerade erst begonnen hatten, und das bedeutete, dass er seiner Gemahlin vertrauen musste, so wie sie gezeigt hatte, dass sie ihm vertraute.

Er hielt seiner aschfahlen Frau die Dornen hin. „Hast du eine bessere Erklärung?"

Eleanor erhob sich, sie sah klein und zerbrechlich aus. Ihr Blick fiel auf den Schlüssel an ihrem Gürtel. Dann sah sie ihn mit Angst in den Augen an. „Ich habe keine", flüsterte sie. „Ich weiß nichts darüber, schon gar nicht, woher sie kommen."

Alexander richtete sich auf. „Dann müssen wir herausfinden, wer in unserem Haus darauf aus ist, dich für etwas verantwortlich zu machen, was du nicht getan hast."

Eleanors Gesichtszüge erhellten sich vor Freude und er wusste, dass er sich richtig entschieden hatte. Sie warf sich an seine Brust, aber er hatte keine Gelegenheit mehr, ihre Umarmung zu genießen.

Denn in diesem Moment bliesen die Wachen kräftig in ihre Hörner und Geschrei erhob sich im Burghof. „Kinfairlie wird bestürmt!", brüllte einer und Alexander hastete zum Fenster.

Es stimmte. Eine wahre Armee ritt auf die Burg zu, das Mondlicht spiegelte sich in den Rüstungen und gezückten Klingen. Es kamen viele und sie waren voll bewaffnet, das Heer erstreckte sich bis weit in die Ferne. Alexanders Mut sank, denn er bezweifelte, dass man diese Streitmacht abwehren konnte.

„Schließ die Tür auf!", rief er Eleanor zu. „Wir werden angegriffen." Er zog sein Hemd und seine Beinlinge über und riss die Truhe auf, die sein Kettenhemd enthielt, während er gleichzeitig in seine Stiefel stieg. Er hörte einen Schrei an den Toren und wusste, dass er keine Zeit hatte, sich vollständig zu bewaffnen.

„Aber es herrscht doch Weihnachtsfrieden ..."

„Das scheint unsere Angreifer nicht zu kümmern." Alexander schlüpfte in seinen Tappert und griff nach seinem Schwert. Derweil öffnete Eleanor die Tür, ihre Augen waren vor Angst weit aufgerissen. „Such dir etwas, um dich zu bedecken, bleibe zusammen mit meinen Schwestern und sorge dafür, dass diese Tür gegen alle Angreifer verriegelt wird", forderte er sie auf und sie nickte.

Dann hielt sie ihn am Ärmel fest. „Aber sicher wirst du doch siegen?"

„Auf jeden Fall ist es vernünftig, vorsichtig zu sein. Bring dich mit meinen Schwestern in Sicherheit!" Er legte seine Hand in ihren Nacken, verharrte kurz für einen innigen Kuss und verließ dann eilig das Privatgemach.

Er stürzte die Treppe hinunter, nahm drei Stufen auf einmal und hielt nur einen Augenblick inne, um an die Tür der Kammer zu hämmern, die seine Schwestern sich teilten. „Schließt euch alle im Privatgemach ein", befahl er Vera, dann rannte er weiter.

Das Klirren von Stahl auf Stahl und der Geruch von Blut erfüllten bereits die Halle. Alexander war nicht der Einzige, der von dem Angriff überrascht worden war. Er befürchtete, dass sich dieser Kampf schnell entscheiden und nicht zu seinen Gunsten ausgehen würde.

Er stürzte sich ins Gefecht und hieb mit der Klinge nach einem Söldner. Er hatte sein Bestes für Kinfairlie getan und er würde bis zu seinem letzten Atemzug sein Bestes tun, aber in diesem Moment fürchtete er, dass sein Bestes nicht genug war.

Diese Schlacht würde die Abrechnung sein, die er schon erwartet hatte, und Alexander Lammergeier hoffte, dass er der Einzige sein würde, der den Preis für sein Versagen zahlen musste.

KAPITEL 12

Eleanor hatte nicht die Absicht, schicksalsergeben im Privatgemach zu warten, während ihr Mann unten in der Halle mit Sicherheit niedergemetzelt wurde. Es musste eine Möglichkeit geben, ihm zu helfen.

Wer auch immer da angriff, musste ein Schurke sein, denn niemand sonst verstieß gegen das Verbot, an den heiligen Tagen des Jahres zu kämpfen. Eleanor fürchtete, sie wusste, wer dieser Schurke sein könnte, denn sie hatte eng mit einer Familie von Schurken zusammengelebt, von denen einer bereits Interesse an ihrem Vermögen gezeigt hatte.

Alan Douglas.

Annelise, Elizabeth und Isabella kamen in Chemise und mit offenem Haar ins Privatgemach und redeten die ganze Zeit aufgeregt miteinander. Jede von ihnen trug irgendeinen Schmuckgegenstand bei sich sowie ihren Umhang und Stiefel. Ihre Augen waren vor Angst geweitet. Vera folgte ihnen mit einem Armvoll derber Wollkleider und brummte etwas vor sich hin, während sie die Mädchen wie verirrte Küken um sich scharte.

„Verschließt die Tür, Mylady", forderte sie Eleanor auf und legte die Kleidung auf einer Truhe ab. „Wir sind jetzt alle hier und mehr können wir nicht tun. Ich möchte, dass ihr Maiden eure Kleider und Stiefel anzieht, damit ihr besser auf alles vorbereitet seid, was vielleicht geschieht."

„Was könnte denn geschehen?", fragte Annelise schaudernd.

„Kleidet euch an", sagte Isabella knapp. „Wenn Alexander nicht gewinnt, wird diese Nacht kein Vergnügen für uns werden."

Bei dieser Bemerkung kniff Vera die Lippen zusammen.

„Wir müssen in der Lage sein, uns zu verteidigen." Elizabeth sah sich in der Kammer um.

„Was für Waffen hat Alexander?", fragte Isabella.

Zu Eleanors Überraschung gingen die Schwestern erstaunlich ungezwungen mit dem um, was ihr Bruder besaß, aber sie selbst hatte ja auch nie Geschwister gehabt, mit denen sie teilen musste. In wenigen Augenblicken hatten sie seine Waffenkiste durchwühlt und jede Schwester hielt eine Klinge in der Hand, die deutlich größer war als ihr Essmesser.

„Ich finde, wir sollten uns dem Kampf anschließen", meinte Elizabeth. „Alexander braucht jedes Schwert, das er in dieser Nacht auftreiben kann."

„Nein, nein, nein!", rief Vera. „Keine Jungfrau unter meiner Obhut wird sich in eine Halle voll kämpfender Männer begeben."

„Oder es wird am Morgen keine Jungfrau mehr hier geben", schloss Eleanor. Die Zofe nickte, doch die Schwestern hielten alle gleichzeitig den Atem an. Isabella öffnete den Mund, um eine Frage zu stellen, aber Eleanor blickte sie finster an. „Eine Vergewaltigung ist kein Weg, um zu erfahren, was sich im Bett abspielt", sagte sie entschieden und Isabella verstummte.

Annelise bekreuzigte sich und setzte sich hin, bleich vor Angst.

Die Geräusche von den Schwertkämpfen wurden lauter und noch mehr Männer schrien. Man sah Fackeln im Burghof brennen und zu Eleanors Erstaunen marschierte eine Gruppe von Menschen aus dem Dorf von Kinfairlie auf die Burg zu. Sie trugen Sensen und Messer, Keulen und Hacken, ihre Mienen waren grimmig.

„Da sind der Müller und sein Sohn Matthew." Annelises Tonfall zeigte, dass sie ebenso verwundert war wie Eleanor.

Isabella drängte sich dichter ans Fenster. „Und der Gerber mit seinem Lehrling und der Schmied", fügte sie hinzu.

„Gott im Himmel!", flüsterte Vera.

„Seht mal! Da ist Pater Malachy!" Elizabeth zeigte auf den Geistlichen. Die Magd riss die Hand des Mädchens zurück, damit sie am verdunkelten Fenster nicht bemerkt wurde. „Und der Bäcker, der Schafhirte und sogar der Silberschmied."

„Aber es ist weder ihr Recht noch ihre Pflicht, zu kämpfen", wandte Eleanor ein. „So ist nun mal die Ordnung, die unter den Menschen herrscht: Die einen arbeiten, die anderen beten und wieder andere kämpfen."

Vera warf ihr einen schiefen Blick zu. „Diese Ordnung herrscht in manchen Bereichen, das ist richtig. Aber kann man von einem Mann nicht erwarten, dass er ungeachtet seiner Berufung eine Klinge zur Verteidigung erhebt, wenn sein eigenes Heim in Gefahr ist?"

„Sie werden abgeschlachtet werden", flüsterte Eleanor. „Solche Werkzeuge können es nicht mit den Schwertern und Klingen von Rittern aufnehmen. Die Männer sind nicht ausgebildet und sie haben keine Rüstungen."

„Alexander hat auch keine Rüstung", entgegnete Elizabeth. „Dieser Kampf ist in jeder Hinsicht ungerecht. Ich bin froh, dass das Dorf uns zu Hilfe kommt."

„Sie haben ihre Liebe zu Kinfairlie", sagte Annelise leise. „Und das ist keine unbedeutende Waffe."

Eleanor hoffte, dass sie recht hatte.

Ein Mann schrie unten und Eleanor wusste, dass die Dorfbewohner von den Angreifern entdeckt worden waren. Ein Dutzend bewaffneter Männer drehte sich zu der herannahenden Gruppe um und lachte bei deren Anblick.

„Wir können hier nicht einfach nur warten!", protestierte Isabella. „Wir müssen etwas tun!"

Eleanor lehnte sich aus dem Fenster, als Sense und Schwert aufeinandertrafen, in der Hoffnung, besser sehen zu können, wie es den Dorfbewohnern erging. Sie konnte sich nicht vorstellen, dass sie bei der

Verteidigung von Kinfairlie sterben wollten, aber gleichzeitig konnte sie ihre Loyalität Alexander gegenüber gut verstehen. Auch sie würde alles für seine und Kinfairlies Sicherheit tun. Sie beugte sich weiter vor und erspähte ein Pferd, das ihr bekannt erschien. Als sie das Wappen auf den Schabracken sah, blieb ihr fast das Herz stehen.

Es war Alan Douglas.

Sie konnte dieses Massaker verhindern. Diese Erkenntnis überkam sie plötzlich. Alan Douglas wollte nur sie, oder genauer gesagt, er begehrte nur das Erbe, das sie ihm mit der Geburt eines Sohnes bringen würde.

Wenn sie sich Alan auslieferte, würde der Angriff auf Kinfairlie enden. Sobald Eleanor die Wahrheit erkannte, war ihre Entscheidung gefallen. Sie drehte sich um und nahm den Schlüssel von ihrem Gürtel. Sie schloss die Tür auf und Alexanders Schwestern scharten sich in ihrer Aufregung um sie.

„Was sollen wir jetzt tun?", fragte Elizabeth, die die Klinge, die sie sich ausgeliehen hatte, mit festem Griff umklammerte.

„Ihr werdet hierbleiben, wie es euch aufgetragen wurde", sagte Eleanor in bestimmtem Ton. Sie legte den Schlüssel in die Hand der Zofe und schloss Veras Finger fest darum. „Und du wirst die Tür hinter mir zuschließen. Mach sie nur für Alexander auf."

„Aber wo willst du hin?", fragte Isabella.

„Ich werde diesen Wahnsinn ein für alle Mal beenden", erwiderte Eleanor entschlossen und trat aus der Kammer. „Schiebt die Truhen vor die Tür", befahl sie. „Damit sie nicht gewaltsam von außen geöffnet werden kann."

Eleanor wartete auf dem Treppenabsatz, bis der Schlüssel im Schloss umgedreht wurde, und lauschte einen Moment lang dem einstimmigen Protest der drei Maiden. Vera befahl ihnen, zu tun, was die Hausherrin ihnen aufgetragen hatte, und Eleanor hörte, wie die schweren Truhen über den Boden geschoben wurden und dann gegen die Tür stießen. Sie war erfreut, dass sie keine zerbrechlichen Mädchen waren, die nicht mehr Kraft hatten, als für das Einfädeln einer Nadel nötig war. Sobald sie überzeugt war, dass sie so sicher waren, wie sie es ermöglichen konnte, lief sie hinunter in die Halle.

Alexander, Kinfairlie und all die Menschen, die verpflichtet waren, beiden zu dienen, brauchten das Opfer, das nur sie bringen konnte. Eleanor würde es nicht bereuen, keinen Augenblick, denn sie glaubte, dass sie so diesen Zufluchtsort und seinen Laird vor dem sicheren Untergang bewahren konnte.

Das wäre ein ausreichend starkes Vermächtnis für jede Frau.

DIE HALLE WAR VOLLER RAUCH. Jemand hatte eine Fackel in die auf dem Boden verstreuten Kräuter geworfen, aber diese waren so frisch, dass sie mehr qualmten als brannten. Nur wenige andere Fackeln waren angezündet, daher war die Halle voller Schatten. Malcolm spähte in das Gewirr von Männern und versuchte, sich einen Überblick zu verschaffen, um wen es sich bei jedem handelte.

Eines stand fest: Nur die Angreifer trugen Rüstungen, denn kein Mann auf Kinfairlie hatte Zeit gehabt, seine Rüstung anzulegen. Malcolm sah, wie sein Bruder die Treppe herunterkam und sich mit der für ihn typischen Zuversicht direkt ins Kampfgetümmel stürzte. Alexander hatte bereits zwei Männer getötet und ging auf einen weiteren los, als Malcolm zu ihm durchkam. Sie kämpften mehr oder weniger Rücken an Rücken und schlugen eine Schneise durch die Halle.

„Ich hoffe, du hast gut geschlafen", sagte Alexander zu Malcolm, als wären sie an einem friedlichen Morgen aufgestanden, um das Brot zu teilen. Er ächzte, als er sein Schwert in den Bauch eines Söldners rammte.

„Ziemlich gut", antwortete Malcolm in heiterem Ton. „Obwohl ich einräumen muss, dass ich mitten in der Nacht etwas Lärm gehört habe." Er hieb mit seiner Klinge nach den Knien eines Söldners und dieser fiel zu Boden. Malcolm lief schnell um ihn herum und stieß die Spitze seines Schwertes in das Auge eines Mannes, der versucht hatte, sich an ihn anzuschleichen.

„Ratten!", sagte Alexander, als würde er ein trauriges Geheimnis seiner Halle preisgeben. „Wir werden zu einem höchst ungewöhnlichen Zeitpunkt von ihnen heimgesucht."

Er pfiff seinem Bruder eine Warnung zu, der das Signal wie kein anderer verstand. Nicht umsonst hatten sich die beiden jahrelang gemeinsam im Kampf ertüchtigt!

Malcolm duckte sich gerade noch rechtzeitig, als Alexander die Klinge über seinen Kopf hinwegschwang und den Ellenbogen eines Angreifers traf. Der Mann heulte auf und ließ sein Schwert fallen. Malcolm hob es auf und warf es Alexander zu, der besser beidhändig kämpfen konnte.

Alexander schwang beide Klingen, während er einen anderen Söldner umkreiste und in lockerem Gesprächston fortfuhr: „Wie alles Ungeziefer müssen sie sorgfältig gejagt und vernichtet werden."

„Ach, deshalb habe ich also die Geräusche eines Schwertkampfes gehört", erwiderte Malcolm. Er parierte den Vorstoß eines Söldners, wobei die Klingen so aufeinandertrafen, dass sich die Handgelenke der Männer fast berührten. „Oh, schau mal dort!", rief Malcolm seinem Gegner zu, der dumm genug war, genau das zu tun. Während er abgelenkt war, erledigte Malcolm ihn mit einem Hieb.

„Wir werden dieses Jahr von besonders großem und abstoßendem Ungeziefer geplagt", meinte Alexander kopfschüttelnd. Stahl traf auf Stahl, als er und sein Gegner erbittert miteinander kämpften. Alexander stach mit einem Ächzen zu und stieß den Leichnam des Mannes zur Seite. „Ich entschuldige mich dafür, dass solche Erfordernisse den Schlummer eines Gastes gestört haben."

„Und da ist das größte Ungeziefer von allen." Malcolm deutete mit dem Kinn in Richtung der Tore. Alan Douglas war gerade unter dem Fallgitter hindurchgekommen. Er klappte sein Visier hoch, sein seltsam blasses Gesicht schien in den Schatten zu leuchten. Er schaute über die Gesellschaft hinweg und als sein Blick auf Alexander fiel, lächelte er sein grausames Lächeln, offenbar in der Erwartung eines leichten Sieges.

„Der Rattenkönig persönlich", murmelte Alexander und lief auf seinen Feind zu. „Er wird mir nicht so einfach den feinsten Bissen von meinem Tisch stehlen."

Die beiden stürzten sich aufeinander und Malcolm versuchte tapfer, Alexander den Rücken freizuhalten. Sein Bruder bewegte sich schnell auf Alan zu, und zwar so schnell, dass Malcolm einem Söldner in die Hände fiel, der ihn unbedingt tot sehen wollte.

Dieser Söldner versetzte Malcolm einen heftigen Stoß, der ihn in die Knie zwang. Malcolm täuschte eine größere Verletzung vor, als er tatsächlich hatte, und stieß sein Schwert nach oben. Der Gegner wurde davon überrascht und das Schwert glitt unter den unteren Rand seines Wamses. Malcolm trieb die Klinge tief hinein, zog sie wieder heraus und beförderte den Leichnam mit einem Fußtritt zur Seite.

Zu diesem Zeitpunkt war Alexander bereits von drei Männern und Alan umzingelt. Es war kein ehrlicher Kampf und obwohl Alexander gut mit dem Schwert umzugehen wusste, konnte Malcolm den Schweiß auf der Stirn seines Bruders sehen.

Malcolm stürzte sich brüllend mit in das Gefecht und lenkte die Männer so weit ab, dass Alexander einen von ihnen mit einem gezielten Stoß niederstrecken konnte.

„Eine Ratte weniger in meiner Behausung", zischte Alexander mit zusammengebissenen Zähnen, dann parierte er einen weiteren Angriff. Alan nutzte den Umstand, dass Alexander beschäftigt war, und hieb auf ihn ein, aber Alexander hatte immer noch die zweite Klinge in seiner linken Hand. Er schwang sie, während er gleichzeitig sein eigenes Schwert in die Kehle des Söldners rammte. Alan wich mit einem Schrei zurück.

Aus seinem Ohr lief Blut, wie Malcolm mit einem kurzen Blick feststellte. Er selbst hatte auch etwas zu tun, denn der vierte Mann, der Alexander angegriffen hatte, ging nun auf ihn los. Sie kämpften verbissen, dann drehte sich der Söldner unvermittelt um und schwang seine Waffe gegen Alexander. Malcolm pfiff, sein Bruder duckte sich und die breite Klinge fegte über Alexanders Kopf hinweg und traf seinen Gegner.

„Das war geschickt", meinte Alexander mit einem Grinsen. Er wies mit einem Kopfnicken auf den Söldner, der noch vor Malcolm stand. „Ich danke dir für dein rechtzeitiges Eingreifen."

Der Söldner brüllte vor Wut und hieb nach Alexander, der die blutige Klinge des Mannes mit seiner eigenen zurückhielt. Der Kampf ging hin und her, keiner von beiden konnte einen Vorteil erringen, doch dann trat Alan aus den Schatten.

Er lächelte und Malcolm öffnete den Mund, um Alexander eine Warnung zuzurufen, aber zu spät: Alan schwang sein Schwert und traf ihn am Hinterkopf.

Alexanders Augen weiteten sich kurz, dann schlug er so hart auf dem Boden auf, dass Malcolm das Schlimmste befürchtete. Blut breitete sich mit beängstigender Geschwindigkeit um Alexanders Körper aus.

„Nein!", schrie Malcolm, doch der Söldner stürzte sich auf ihn. In seinen Augen stand ein tödlicher Glanz. Malcolm duckte sich unter dem Hieb hinweg und bewegte sich auf den Mann zu. Der riss vor Schreck über Malcolms plötzliche Nähe die Augen auf, doch sie weiteten sich noch mehr, als er spürte, wie Malcolms scharfe Klinge ihm die Kehle durchschnitt.

Es war ein Trick, den Alexander Malcolm gelehrt hatte, nämlich in den Kreis zu treten, den ein schwingendes Schwert beschrieb, und obwohl es ein Wunder war, dass es in einer verzweifelten Situation wie dieser funktionierte, wünschte Malcolm, sein Bruder hätte den Erfolg miterlebt. Er wandte sich Alan zu, fest entschlossen, ihn zu töten, aber im selben Moment erhob sich die Stimme einer Frau.

„Nein!", schrie sie. „Hört auf zu kämpfen!"

Alan blickte zur Treppe, ein überlegenes Lächeln auf dem Gesicht. Er hob die Hand und rief, dass die Kämpfe unterbrochen werden sollten. Dabei sprach er so ruhig, als würde er an der Tafel nach Salz verlangen.

Malcolm drehte sich um, folgte Alans Blick und sah Alexanders Frau Eleanor auf der drittletzten Stufe stehen. Sie wirkte fehl am Platz, ihr Gewand war makellos, als würde sie am Hof des Königs zum Dinner erscheinen und nicht in einer blutigen Schlacht. Auch ihre Haltung war perfekt, ihr Auftreten majestätisch, ihre Contenance vollkommen.

Nur ihre Blässe verriet ihre Verzweiflung.

Ohne zu zögern, stieg sie die letzten Stufen hinunter und schritt durch die Halle, so schön wie ein ätherisches Wesen, so unerwartet wie ein Engel. Sie achtete nicht auf das, was ihr unter die Füße kam, und sie stolperte nicht.

Die Männer wichen zurück, um sie durchzulassen, und schienen über ihre Anwesenheit so erstaunt zu sein, dass sie ihre Schwerter sinken ließen. Malcolm zweifelte nicht daran, dass ihr Auftreten größere Macht hatte als Alans Befehl.

Ihre Schritte stockten erst, als sie sich der roten Blutlache näherte, in der Alexander lag. Sie hielt inne, ihre Fassung bekam erste Risse. Sie gab ein leises Geräusch von sich, einen Schmerzenslaut, und senkte den Kopf, als wollte sie ihre Tränen verbergen. Sie stand zwischen Malcolm und seinem gefallenen Bruder.

Malcolm bezweifelte nicht, dass Alexanders Verletzung tödlich war, aber Eleanor wäre in das Blut getreten. Sie wäre zu Alexander hingegangen, doch Alan schrie: „Rühr ihn nicht an. Sein Schicksal ist besiegelt, genau wie deins."

Eleanor zögerte einen Moment und Malcom konnte sehen, wie sie gegen den Drang ankämpfte, dem Befehl des Mannes zu trotzen. „Was, glaubst du, kannst du mir jetzt noch anhaben?", fragte sie leise.

Alan schmunzelte alles andere als freundlich.

Eleanor ließ die Luft entweichen und ihre Schultern, die bis dahin gestählt gewirkt hatten, gaben nach. „Es tut mir leid, mein Geliebter", flüsterte sie Alexander mit schwankender Stimme zu. Malcolm begriff nicht, wofür sie sich entschuldigte, denn die Schuld für diesen Angriff konnte man ihr nun wirklich nicht in die Schuhe schieben.

Oder doch?

Zu Malcolms Erstaunen wandte sie sich dann an ihn, obwohl sie Alan gegenüberstand. „Malcolm, ich möchte dich bitten, dieser Hexe Jeannie mitzuteilen, dass ich sie das Fürchten lehren werde, wenn sie nicht alles dafür tut, dass ihr Laird vielleicht doch noch von dieser Verletzung genesen kann." In ihren Worten schwang eine solche Überzeugung mit, dass Malcolm nicht daran zweifelte, dass sie tatsächlich nach Rache trachten würde. „Ob ich sie nun in dieser Welt finde oder in der nächsten, meine Vergeltung für jede Unfähigkeit, die sie in dieser Angelegenheit an den Tag legt, wird so erbittert sein, dass sie sich wünschen wird, sie hätte nie einen Atemzug getan."

Malcolm nickte. „Das werde ich tun."

Eleanor blickte auf Alexander herab und Malcom sah Tränen auf ihren Wangen glitzern. „Alexander hat mich mit einem Kuss betört", sagte sie mit heiserer Stimme, „während dieser Mann mich mit einer Klinge erobern will." Sie warf Malcolm einen Blick zu und ihre Augen waren von solch lebhaftem und durchdringendem Grün, dass ihm der Atem stockte. „Ein weiser Mann weiß, welche Waffe wirkungsvoller ist."

„Beugst du dich also dem Unvermeidlichen?", fragte Alan, der seine Stimme erhoben hatte, damit alle ihn hören konnten.

„Ich werde mit dir gehen, falls du das meinst, aber nur, wenn deine Männer ihre Schwerter sofort in die Scheide stecken", erwiderte Eleanor, als ob sie etwas hätte, womit sie verhandeln könnte. „Ihr werdet Kinfairlie verlassen und keiner von euch wird jemals wieder einen Schatten auf dieses Land werfen. Das sind meine Bedingungen dafür, dass ich mitkomme."

Alan nickte. „Einverstanden." Er steckte seine Klinge weg und warf einen verächtlichen Blick auf den Mann, der vor ihm auf dem Boden lag. „Auch wenn wir uns mit Gewalt alles hätten nehmen können, was wir wollen."

„Nur weil du falschgespielt hast", erwiderte Eleanor mit einer gewissen Heftigkeit. „Unter ausgeglichenen Bedingungen hättest du dir nicht so leicht einen Vorteil verschaffen können."

„Für eine, die sich meiner Macht unterwirft, sprichst du sehr kühn", sagte Alan mit einem finsteren Blick.

Eleanor lächelte kühl. „Ich bin für dich nur so lange von Wert, wie ich am Leben bin. Das wissen wir beide. Du magst meinen Körper besitzen, aber niemals wird dir mein Herz gehören, und du kannst mich nicht zum Verstummen bringen."

Zu Malcolms Erstaunen bestritt Alan dies nicht. Eleanor griff nach Malcolm, ihre Hand schloss sich kraftvoll um sein Handgelenk. „Bleibe bei ihm", bat sie mit ruhigem Nachdruck. „Keine Seele sollte den Schleier durchschreiten, ohne eine vertraute Hand auf der Schulter zu spüren."

Als Malcolm Anstalten machte, ihrem Befehl zu folgen, fühlte er, wie sie ihm etwas Hartes und Schweres in die Hand drückte. Instinktiv nahm er es an, ohne zu wissen, was es war.

„Weil dein Bruder mich gelehrt hat, dass es Schätze gibt, deren Wert weit über ihren Preis hinausgeht", flüsterte Eleanor ihm zu und achtete darauf, dass niemand ihre Worte hören konnte.

Malcolm vermutete, niemand hatte bemerkt, dass sie ihm etwas gegeben hatte, und schloss seine Finger darum, als ob er gar nichts in der Hand hätte.

Dann ging sie zu dem grinsenden Alan hinüber und Malcolm wusste, er bildete sich nicht nur ein, dass die Lady zitterte, als sie sich an die Seite dieses Schurken begab. Sie schreckte jedoch nicht vor dem zurück, was getan werden musste, und getreu Alans Wort zogen seine Männer friedlich hinter ihm aus Kinfairlies Halle ab.

Als sie weg waren, öffnete Malcolm schließlich seine Hand und fand einen Ring darin. Das smaragdgrüne Kleinod, das seine Mutter zum Zeichen ihres Ehegelübdes getragen hatte, das Schmuckstück, mit dem Alexander sein eigenes Gelöbnis besiegelt hatte, funkelte in seiner Handfläche.

Und Malcolm begriff, dass Eleanor sich ausgeliefert hatte, um Kinfairlies Sicherheit zu gewährleisten, allerdings konnte er sich immer noch nicht erklären, warum Alan sich mit der Lady als einzigem Preis begnügen sollte.

ALEXANDER ERWACHTE IN SEINER HALLE, ein Meer von Gesichtern über sich. Ein Antlitz fehlte auffallend. In seinem Schädel hämmerte es mit unheilvoller Macht. Seine Schwestern drängten sich um ihn und Isabella brach in Tränen aus, als er die Augen öffnete. Jemand wusch ihm den Hinterkopf mit einer scharfen Lösung, die Berührungen waren grob, aber nicht lieblos. Er konnte die Kräuter darin riechen und zuckte vor Schmerz zusammen.

„Ich bin noch nicht tot", sagte er mit gespielter Gereiztheit, obwohl ihn das viel Mühe kostete. „Es sei denn, ihr wollt, dass sich das ändert."

„Gelobt sei Gott!", rief Rose, die Frau des Kochs. „Der Laird spricht!"

Die Bewohner von Alexanders Burg schoben sich näher heran, ihre Mienen erhellten sich vor Erleichterung. Elizabeth jubelte und Annelise lächelte unter Tränen, Isabella umarmte Alexander so fest, dass es wehtat, aber er beschwerte sich nicht.

„Ich dachte, du hättest mich lieber tot gesehen", neckte er Elizabeth.

„So schlimm bist du nun auch wieder nicht" entgegnete sie. „Zumindest noch nicht."

„Niemand könnte besser dafür sorgen, dass sich die Eitelkeit eines Mannes in Grenzen hält, als eine Schwester", murmelte er und zwinkerte ihr zu. Sie lief rot an und machte Anstalten, nach ihm zu schlagen, besann sich dann aber eines Besseren und zog ihre Hand zurück. Alexander griff nach ihren Fingern und küsste ihre Knöchel, denn er wusste ihre Besorgnis zu schätzen, wie auch immer sie zum Ausdruck gebracht wurde.

Die Anstrengung machte ihn schwindlig, obgleich er sich noch immer auf dem Boden befand, und da wurde ihm klar, dass er tatsächlich verwundet war. Er schloss die Augen und die Übelkeit ließ nach. Er erinnerte sich nur noch daran, wie er Alans Mann gegenübergestanden hatte und dann an den Schmerz, der in seinem Hinterkopf explodiert war.

Danach nichts mehr. Er schaute sich erneut um, aber Eleanor war noch immer nicht da. Ihre Abwesenheit brachte ihn dazu, sich aufzurichten. Den Schmerz, der seine Bewegungen begleitete, ignorierte er.

Eine knorrige Hand legte sich fest auf seine Brust und drückte ihn zurück auf den Boden. „Alan Douglas ist fort, Mylord", sagte Jeannie, die den Grund für sein Drängen missdeutete. „Es gibt nichts, worum Ihr Euch kümmern müsstet, außer um Euer eigenes Wohlergehen."

„Ich suche nicht Alan, sondern meine Gemahlin." Alexander wollte sich wieder aufrichten, aber es gelang ihm nicht. Es war wirklich ärgerlich, dass die alte Hebamme seine Absicht mit einer einzigen, wenn auch starken Hand durchkreuzen konnte. „Was fehlt mir?", fragte er sie leise.

„Ihr habt eine Wunde am Hinterkopf, Mylord, aus der viel Blut geflossen ist. Es sieht schlimmer aus, als es ist, allerdings werdet Ihr trotz meiner Pflege einige Tage lang starke Schmerzen haben." Sie warf ihm einen listigen Blick zu. „Ihr seht nicht sehr gesund aus, Mylord."

„Ich muss meine Frau suchen." Entschlossen schob er ihre Hand weg.

„Ihr braucht Euch nicht zu bemühen, Mylord. Auch sie ist nicht mehr auf Kinfairlie", sagte Jeannie mit einiger Genugtuung.

Alexander stellte sich trotz des Protests der Hebamme unsicher auf seine Füße. Die Halle schwankte leicht, aber Malcolm trat an seine Seite und umfasste seinen Ellenbogen mit festem Griff. Alexander hielt sich an der Schulter seines Bruders fest und kämpfte darum, den Protest seiner Eingeweide zu unterdrücken.

„Sei gewarnt, Jeannie", sagte Malcolm. „Die Lady hat geschworen, dir etwas anzutun, wenn ihr Gemahl nicht fachkundig behandelt wird."

„Sie kann wohl kaum eine Hand gegen mich erheben, während sie bei Alan Douglas ist", schnaubte Jeannie. Sie lächelte zu Alexander hoch, ihre Augen glitzerten. „Wenn Euch niemand die Wahrheit sagen will, Mylord, dann tue ich es: Eure treulose Frau hat Alan Douglas Euch vorgezogen, und das, ohne einen Blick zurückzuwerfen."

„Sie hat nichts dergleichen getan!", protestierte Malcolm.

„Was wisst Ihr schon von Frauen, besonders von solchen, die Ränke zu ihrem eigenen Vorteil schmieden?", fragte Jeannie.

„Ist sie nicht freiwillig gegangen, ihre Hand auf seinem Arm? Ich habe keine Fesseln gesehen. Ich habe keinen Kampf miterlebt."

„Es war nicht so, wie du es andeutest", betonte Malcolm mit erhobener Stimme. „Sie hat ihr eigenes Wohlergehen für unseres geopfert."

Die Anwesenden in der Halle begannen zu murmeln, als sie näher herankamen, um die Einzelheiten dieses Streits zu hören. Alexander wusste nicht, was er von Eleanors Entscheidung halten sollte. Warum war sie mit Alan gegangen, nachdem sie sich erst vor wenigen Tagen geweigert hatte, dies zu tun? Sie hatte gesagt, er wolle sie an Ewens Stelle heiraten, und Alexander war sicher gewesen, dass sie diesen Wunsch nicht teilte.

„Sie hat ihren Laird für einen Mann verlassen, der ihrer Meinung nach ein besserer Gatte ist", entgegnete Jeannie. „Hat sie dir nicht den Ring meines Herrn zur Verwahrung gegeben?" Die alte Heilerin kicherte, als Malcolm überrascht zusammenzuckte. „Ich sehe mehr, als die meisten für glaubhaft halten würden, und jetzt weißt du, dass es stimmt."

„Sie wollte das Kleinod nur in Sicherheit wissen", erwiderte Malcolm. Alexander wurde es warm ums Herz, weil sein Bruder Eleanor verteidigte. „Sie wollte nicht, dass Alan den Ring in Besitz nimmt." Mit einem entschlossenen Zug um den Mund hielt er Alexanders Blick fest. „Sie sagte, es gebe Schätze, die mehr wert seien als ihr Preis."

Alexanders Hoffnung wuchs bei diesem Echo seiner eigenen Worte. Tatsächlich war es schwer vorstellbar, dass Jeannie die Sache richtig darstellte – nicht nach der Liebesbegegnung, die er und Eleanor am Tag zuvor erlebt hatten. Er war überzeugt gewesen, dass sie kurz davorstand, ihm ihr Herz zu schenken.

Er hatte vor, dafür zu sorgen, dass sie diese Chance bekam.

„Sie hielt dich für tot", fuhr Malcolm fort, der Alexanders Braut unbeirrt weiterverteidigte. „Sie sagte, es täte ihr leid, wenn ich auch nicht weiß, was sie meinte, und sie nannte dich ihren Geliebten." Seine Kieferpartie wirkte angespannt. „Bring eine noble Geste nicht in Verruf, Jeannie, nur weil es nicht deine eigene war."

Die Hebamme stützte eine Hand in die Hüfte. „Also kann man Jeannie nicht glauben, obwohl diese Frau, die sich selbst als Heilerin bezeichnet, nicht gemerkt hat, dass mein Herr noch atmete." Sie grinste spöttisch. „Oder wollt Ihr etwa behaupten, ich hätte ihn mit der Zauberkraft meines Trunkes aus dem Tod zurückgeholt? Wollt Ihr die alte Jeannie so loswerden?"

„Wir haben nicht den Wunsch, dich loszuwerden", erklärte Alexander, obwohl das nicht ganz der Wahrheit entsprach.

„Alan hat ihr verboten, sich Alexander zu nähern", sagte Malcolm mit Nachdruck. „Alles, was recht ist, aber kein Heiler und keine Heilerin könnte in der rauchgeschwängerten Dunkelheit dieser Halle alles auf diese Entfernung erkennen!"

„Und nenne schuldig, wer schuldig ist!", fauchte sie. „Ist sie nicht mit Alan Douglas weggegangen? Hat sie unseren Laird nicht in seinem eigenen Blut zurückgelassen? Hat sie nicht den Ring, der ihr Ehegelübde besiegelte, von ihrem Finger gezogen?"

„Hat Alan Douglas daraufhin nicht Kinfairlie verlassen?", fragte Malcolm und seine Stimme wurde leiser. „Hat ihre Tat nicht dafür gesorgt, dass wir alle den nächsten Morgen erleben?" Die Anwesenden hielten den Atem an und Alexander beobachtete, wie sein Bruder alle nacheinander ansah. „Hat sie Alan nicht das Versprechen abgerungen, unsere Grenzen zu wahren und Kinfairlie unbeschadet zurückzulassen, wenn sie ihn begleitet? Die Lady hat sich ihm ausgeliefert, um uns zu retten, so viel ist klar."

„Sie ist nicht das, wofür du sie hältst." Jeannie richtete sich zu ihrer vollen Größe auf. „Wurde der Laird nicht in der Nacht ihrer Ankunft vergiftet?"

„Durch dein Gebräu, Jeannie", wandte Malcolm ein.

Die alte Heilerin schnaubte. „Ein Gebräu, das ihm nicht geschadet hätte, wenn er von der Mahlzeit gegessen hätte, statt ihr durch den Schnee nachzueilen!" Die Leute warfen sich Blicke zu, was die alte Frau zu ermutigen schien. „Ich habe versucht, sie zu warnen, indem ich ihr eine Kostprobe ihrer eigenen Behandlung zuteilwerden ließ, aber es ist ihr gelungen, sich dieser Lehre zu entziehen."

Alexander runzelte die Stirn. „Was sagst du da? Was für eine Warnung hast du ihr gegeben?"

„Den letzten Wein, den sie angeblich für Euch wollte." Jeannie blies geräuschvoll den Atem aus. „Ich wusste, dass sie ihn selbst genießen wollte, und so habe ich ihn gewürzt, damit sie auch etwas hat von –"

„Du meinst den Wein, den Anthony getrunken hat?", unterbrach Alexander sie. Wut wallte in ihm auf.

„Du willst damit sagen, unsere Lady sollte krank werden?", fragte Anthony außer sich.

„Es war eine Lehre", beharrte Jeannie. „Und eine, die keine Seele getötet hätte." Sie zeigte mit einem Finger auf Anthony. „Sie hat Sie nicht vor dem Tod bewahrt. Sie wären sowieso wieder gesund geworden, mit oder ohne ihre Unterstützung."

„Raus!", brüllte Alexander. „Raus aus meiner Halle! Jeannie, du wirst nie wieder die Schwelle der Burg von Kinfairlie überschreiten!"

zustimmendes Gemurmel ging durch die Halle und die Leute nickten sich gegenseitig zu. Sie wichen zur Seite, um Jeannie durchzulassen, doch die glaubte anscheinend nicht, dass sie wirklich hinausgeworfen wurde. Helfende Hände drängten sie schließlich zur Tür und sie begann zu murren.

Sobald sie draußen war, richteten sich alle Blicke auf Alexander. „Meine Lady wurde zu Unrecht in Verruf gebracht", sagte er.

„Und sie hat sich geopfert, um uns alle vor Alan Douglas in Sicherheit zu bringen", fügte Malcolm hinzu.

„Solche Tapferkeit muss belohnt werden", pflichtete Alexander ihm voller Überzeugung bei. „Wir werden der Lady hinterherreiten."

Die Männer in der Halle bekundeten lautstark ihr Einverständnis und der Müller trat vor. „Mylord, ich möchte mit Euch reiten."

„Ich auch", erklärte sein Sohn Matthew. „Ich würde sogar zu Fuß nach Tivotdale gehen, wenn es Euch hilft, Eure Lady zurückzuholen."

Alexander lächelte, konnte aber wegen des Getöses nicht antworten. Außerdem hatte er Schwierigkeiten, sich auf den Beinen zu halten, und seine Sicht trübte sich. Diese Verletzung würde erst einmal ausheilen müssen, bevor er Eleanor von Nutzen sein konnte.

„Du wirst nicht so bald reiten", sagte Malcolm leise, der offensichtlich bemerkte, wie schlecht es seinem Bruder ging.

Alexander schwankte und Malcolm ergriff erneut seinen Arm. „Nein, nicht so bald." Es machte ihn verlegen, wie sehr er auf die Unterstützung seines Bruders angewiesen war. Mühsam erhob er seine Stimme: „Wir werden hinreiten, darauf könnt ihr euch verlassen, allerdings muss der Zeitpunkt noch festgelegt werden. Tatsächlich sollten wir warten, bis die zwölf Weihnachtstage vorüber sind, damit der Krieg ehrenhaft geführt werden kann." Er lächelte die Anwesenden mit seiner gewohnten Verwegenheit an. „Bis dahin, das versichere ich euch, werde ich nicht nur gesund sein, sondern auch einen Plan haben."

Die Gesellschaft billigte diese Idee lärmend, aber die Halle drehte sich um Alexander wie bei einem betrunkenen Tanz. Er spürte, wie er fiel, sah, wie sich Schatten mit beängstigender Geschwindigkeit um ihn schlossen.

„Dieser eigensinnige Narr", hörte er Anthony murmeln. Der Ton des Kastellans war tadelnd und liebevoll zugleich. „Mit einer solchen Verletzung hätte er nicht aufstehen dürfen. Wie kann ein so kluger Mann wie er sich als solch ein Narr erweisen?"

Narr. Dieses eine Wort brachte Alexander auf eine Idee, bevor die auf ihn eindringende Dunkelheit ihn ganz verschluckte.

ELEANOR WAR FAST ÜBEL vor Angst. Sie mochte weder die Linie von Alans Mund noch seine angespannte Kieferpartie. Es missfiel ihr, wie er sie am Oberarm packte, sobald sie aus Kinfairlies Halle traten, und sie so grob hinter sich herzerrte, dass sie strauchelte.

Sein Verhalten erinnerte sie zu sehr an seinen Bruder.

Aber Alan war nicht betrunken, wie Ewen es so oft gewesen war. Alans Schlag würde sein Ziel nicht verfehlen, er würde sich nicht verschätzen. Er würde nicht stolpern. Er würde nicht besinnungslos werden, bevor er sie schwer verletzen konnte.

Sie sah Matthew am Boden liegen. Blut rann aus seinem Arm und sein Gesicht war bleich. Sein Vater beugte sich besorgt über ihn, alle Dorfbewohner wirkten benommen.

„Ihr müsst die Wunde verbinden", sagte Eleanor, ohne nachzudenken. „Nehmt ein Stück Leinen und bindet es um seinen Arm. Haltet eure Finger darauf und das Blut wird aufhören zu fließen."

Sie sahen zu ihr hoch, zu erschrocken, um sie zu verstehen.

„Ein Stück Stoff!", wiederholte Eleanor und griff nach dem Saum ihres Gewandes. „Hier, ich gebe euch was."

„Das tust du nicht!", knurrte Alan und verstärkte seinen Griff. Er packte sie so fest, dass sie vor Schmerz aufschrie, aber er zog sie weiter zu seinem Pferd.

„Mylady!", rief der Müller.

„Ich komme schon zurecht", erwiderte Eleanor eilig, denn sie wollte nicht, dass sie noch mehr Unheil erlitten. „Kümmert euch um Matthew. Verbindet seine Wunde und bringt ihn zu Ceara. Er wird genesen, wenn ihr ihn rasch behandelt."

„Was machst du dir Sorgen um die Gesundheit eines ungebildeten Bauern?", fragte Alan spöttisch. „Oder war er derjenige, den du als Nächsten heiraten wolltest?"

Alan und seine Männer fanden diese Bemerkung äußerst amüsant, doch Eleanor teilte ihren Humor nicht. Sie wurde regelrecht in einen Sattel geworfen und ihr sank der Mut, als Alan seinen Fuß in den Steigbügel desselben Sattels setzte.

„Ich kann allein reiten", sagte sie hastig. „Ich habe die nötigen Fähigkeiten."

„Und du wirst bei der ersten Gelegenheit fliehen", entgegnete Alan skeptisch und rollte mit den Augen. „So dumm bin ich nicht."

„Ich gebe dir mein Wort, dass ich das nicht tun werde."

„Und was ist das Versprechen einer Frau wert?" Alan wartete ihre Antwort nicht ab, sondern schwang sich hinter sie in den Sattel. Er presste sie an sich und schloss seine behandschuhte Faust um ihre Brust, ohne sich zu bemühen, diese plumpe Geste vor seinen Männern zu verbergen. Eleanor stockte der Atem angesichts seiner unerwarteten Vertraulichkeit. Er verstärkte seinen Griff um ihre Brust und sie wusste, sie würde blaue Flecken davontragen.

„Ich bitte dich, verletze mich nicht", flüsterte sie.

Alan lachte. Er quetschte ihre Brust ein letztes Mal so kräftig, dass es ihr die Tränen in die Augen trieb, dann spornte er sein Pferd an. „Reitet los!", brüllte er. „In unserer eigenen Halle herrscht einladende Wärme, die wir genießen können."

Die Söldner lachten und Eleanor zweifelte nicht daran, dass Alan ein lüsternes Gesicht machte. Sie war froh, ihn nicht ansehen zu können, und fürchtete sich aufs Neue vor seinen Absichten. Würden sich alle

Söldner nacheinander an ihr gütlich tun? Ihr war klar, dass einigen diese Aussicht gefallen würde.

„Ich dachte, du wolltest mein Erbe." Sie hoffte, dass es ihr gelang, ihre Stimme ruhig klingen zu lassen.

„Welcher Mann wäre so dumm, dies nicht zu wollen?", gab Alan zurück.

„Der Vater eines jeglichen Sohnes, den ich zur Welt bringe, muss auch mein rechtmäßig angetrauter Gemahl sein, um in den Genuss des Erbes zu kommen", sagte Eleanor. „Aber ich bin sicher, dass dir dieses Detail bekannt ist."

„In der Tat. Du hast einen anderen Ehemann begraben, weil du dich über den Willen von Männern hinwegsetzen wolltest, aber diesen wirst du nicht so leicht loswerden."

„Du bist mein Kerkermeister, nicht mein Ehemann."

„Noch nicht." Mit plötzlicher Heftigkeit zerrte er an den Schnüren ihres Gewandes und zerriss dabei die Ösen. Er zwängte seine behandschuhte Hand durch die Öffnung und fasste ihr mit roher Gewalt in den Schritt. Eleanor zuckte zusammen und schnappte nach Luft, denn sein Griff war schmerzhaft. „Auch das wird mir gehören", raunte er ihr ins Ohr und ihr Herz raste vor Angst.

Obwohl sie wusste, dass eine Begegnung mit Alan im Bett unausweichlich war, musste sie sich etwas einfallen lassen, um diesen Schrecken hinauszuzögern. Hastig stieß sie hervor: „Du willst doch sicher nicht, dass der Schatten eines Zweifels auf deine Ansprüche fällt."

„Und was soll das heißen?"

„Dass ich beim Laird von Kinfairlie, meinem Gemahl, gelegen habe und, sollte sein Samen Früchte tragen, mein Erbe an seinen Nachkommen ausgezahlt wird, unabhängig davon, wer zu dem Zeitpunkt mein Ehemann sein mag."

Entgeistert löste Alan seinen Griff. „Das kannst du nicht machen!"

„Und ob ich das kann!" Eleanor bemühte sich, kühn zu klingen. „Denkst du etwa, dass mein Vormund meine Aussage, wer der Vater meines Kindes ist, in Frage stellen wird?" Eleanor wusste, dass Reinhard von Heigel, der Vertraute ihres Vaters und ihr Vormund, genau das tun würde, und zwar ohne das geringste Schuldgefühl. Wie Alan glaubte auch er, dass das Wort einer Frau keinen Wert hatte. Sie log Alan bewusst an, aber sie bedauerte es nicht.

Alan knurrte unzufrieden. „Dann werde ich seinen Nachkommen töten."

„Und dein Versprechen brechen, Kinfairlie unbeschadet zu lassen, und ohne Garantie, dass das Geld dann in deine Tasche fließt? Die Lammergeiers sind zahlreich und man sagt ihnen nach, dass sie über dunkle Kräfte verfügen. Willst du sie alle in einen Krieg verwickeln?"

„Ich könnte jedes Kind aus dir herausprügeln."

„Es kann leicht passieren, dass du mich dabei ebenfalls tötest." Eleanor schüttelte den Kopf und bemühte sich, den Eindruck zu erwecken, als hätte sie eine Wahl und wäre sich dessen sicher. „Ich werde dich heiraten, wenn ich das nächste Mal blute, und nicht einen Tag eher. Dann gibt es keine Unklarheit, wer der rechtmäßige Empfänger meines Erbes ist, sollte ich ein Kind gebären."

Alan stieß einen Seufzer aus und es schien Eleanor, als wäre das Pferd viele Meilen galoppiert, bevor er antwortete: „Ich gebe dir in diesem Punkt nach, aber nur, weil es meinen eigenen Zwecken dient." Er packte sie wieder fester, sodass sie zusammenzuckte, und seine Stimme wurde zu einem Knurren in ihrem Ohr: „Aber eins musst du wissen: Wenn du mich täuschst, wirst du für deine Niedertracht bezahlen. Ich will eine gehorsame Frau, selbst wenn ich sie dafür fesseln und schlagen muss. Eine Frau kann an Stellen blaue Flecken bekommen, die die Fruchtbarkeit ihres Schoßes nicht beeinträchtigen. Haben wir uns verstanden?"

Eleanor nickte, ihr Mund war trocken. Sie wusste nun, dass ihr Leben vorbei sein würde, sobald sie einen Sohn geboren und Alan ihr Erbe bekommen hatte. Er mochte bis zu diesem Tag auf seine Schläge achten, aber danach, wenn er sie nicht mehr brauchte, würde er sie töten.

Tivotdales Schatten ragte vor der Gesellschaft auf und Eleanor überkam bei diesem Anblick solche Furcht, dass sie sich daran erinnern musste, zu atmen. Was sie an diesem Ort erlitten hatte, war nicht leicht zu vergessen.

Zweifellos hatte sie für Kinfairlie und seine Bewohner eine gute Tat vollbracht, denn Alans Männer waren abgezogen, ohne weitere Gewalttaten zu vollbringen.

Obwohl sie das Schlimmste schon getan hatten. Tränen stiegen ihr in die Augen, denn sie war sich plötzlich ganz sicher, dass Alexander tot war. Sie hätte gern ihre Finger an seinen Hals gelegt, um sich zu überzeugen. Sie hätte gern ihr Ohr auf seine Brust gepresst, um auch ihre letzten Zweifel zu zerstreuen.

Aber um ehrlich zu sein, wollte sie gar nicht genau wissen, ob Alexander Lammergeier tot war. Sie wollte die leise, wenn auch vergebliche Hoffnung hegen, dass er noch lebte, dass er gesund werden und wieder lachen und Scherze auf Kosten seiner Schwestern machen würde. Sie wollte glauben, dass Kinfairlie seinen Laird und Beschützer nicht verloren hatte, dass Alexander das Hochzeitsgelübde von Matthew und Ceara miterleben und dass die Burganlage der friedvolle Zufluchtsort bleiben würde, den sie kennengelernt hatte. Selbst wenn Alexander sie vergaß oder sich entschied, ihr nicht zu folgen, würde Eleanor gern glauben, dass er noch atmete und Grund zur Fröhlichkeit fand.

Sie wusste jedoch, dass ihre Hoffnung töricht war, denn wenn sie die Augen schloss, konnte sie diese furchtbare Blutlache sehen, in der er gelegen hatte. Sie wusste auch, es war allein ihre Schuld, dass Kinfairlie dazu verflucht war, Alans schwere Hand zu spüren. Sie hätte niemals dort hinfliehen, niemals verweilen sollen. Sie hätte den Laird nicht lieben dürfen, denn es waren Alexander und ihre unerwartete Liebe zu ihm gewesen, die Eleanor bewogen hatten, Hoffnung zu empfinden.

Sie ritten unter Tivotdales Fallgitter hindurch und Eleanor wusste mit schrecklicher Gewissheit, dass sie diese Burg nie wieder lebend verlassen würde.

Doch obwohl der Verlust des Mannes, den sie liebte, Eleanor mehr schmerzte, als sie befürchtet hatte, bedauerte sie entgegen ihren Erwartungen nur eines: nicht, Alexander geliebt zu haben, sondern ihm nicht gesagt zu haben, dass seine Quest geglückt war und er ihr Herz erobert hatte. Sie wusste, wie viel Wert er der Liebe beimaß und dass er triumphiert hätte, wenn sie ihm seinen Erfolg kundgetan hätte. Sie hatte es ihm nicht gestanden, nicht einmal, als es ihr klar geworden war, und auch nicht, als sie die Gelegenheit dazu gehabt hatte.

Und jetzt würde sie diese Gelegenheit nie wieder bekommen.

Sie beschloss, dafür zu beten, dass sie und Alexander sich im Himmel begegnen würden, nur damit sie die Möglichkeit hätte, ihren Fehler wiedergutzumachen. Sie wollte sehen, wie er zufrieden lächelte, wie Sterne in seinen Augen aufleuchteten. Sie wollte ihn vor Freude über seinen Sieg lachen hören, einen Sieg, an dem er selbst sicher nie gezweifelt hatte.

Alan schwang sich aus dem Sattel und griff dann grob nach ihr, was sie mit bösen Vorahnungen erfüllte. Er ähnelte Ewen in diesem Moment so sehr, dass Eleanor jeglichen Mut verlor.

Sie befürchtete, dass sie in der Tat bald auf Alexander treffen würde.

VIER TAGE VERGINGEN und immer noch lag Alexander im Bett. Malcolm stand an der Tür zum Privatgemach Wache und war so unruhig, wie er es noch nie in seinem Leben gewesen war. Alexander war blass gewesen, als man ihn in sein Bett getragen hatte, und sein Körper hatte sich seltsam kalt angefühlt. Anthony hatte das Blut gestillt, das aus seiner Wunde floss, und in den letzten Tagen hatte die Verletzung zu heilen begonnen.

Aber Alexander schlief immer noch. Unter der genesenden Wunde hatte sich eine große Beule gebildet, die jedoch nicht mehr zu wachsen schien. In den wenigen Momenten, wenn Alexander wach war, fragte er nach Eleanor, ganz gleich wie oft man ihm erklärte, dass sie nicht mehr da war. In den ersten Tagen hatte er sich so oft erbrochen, dass Malcolm gedacht hatte, jede andere Krankheit wäre leichter zu ertragen als das.

Er hatte sich geirrt. Es war weitaus schwieriger, den unnatürlichen Schlaf seines Bruders zu beobachten. Sie hatten darüber diskutiert, ob sie Jeannie herbeirufen sollten, aber Malcolm war strikt dagegen und es wusste auch niemand, wo die alte Heilerin abgeblieben war.

„Und?", fragte Isabella plötzlich aus nächster Nähe und Malcolm fuhr zusammen.

„Genauso wie gestern", antwortete er und zwang sich, sie anzulächeln. „Vielleicht erholt er sich in seinen Träumen."

Isabella schnitt eine Grimasse. „Das klingt wie etwas, was Jeannie sagen würde, und wir alle wissen, dass sie die Hälfte von dem, was sie als Wahrheit hinstellte, erfunden hat. Eleanor würde die Wahrheit kennen."

Dem konnte Malcolm nicht widersprechen. Sie drehten sich beide um und beobachteten das gleichmäßige Heben und Senken von Alexanders Brust. „Fragt er immer noch nach ihr?", erkundigte sich Isabella im Flüsterton.

„Jedes Mal, wenn er aufwacht", antwortete Malcolm. „Und ihr Name ist das Einzige, was er im Schlaf murmelt."

Isabella lächelte, doch es war ein trauriges Lächeln. „Vielleicht träumt er, dass sie ihn pflegt."

„Vielleicht."

Annelise kam die Treppe herauf und blieb neben ihnen stehen. Sie wirkte bedrückt. Sie erkundigte sich nach Alexander und war über die Auskünfte ebenso wenig erfreut wie Isabella und Malcolm.

Sie zögerte. Etwas schimmerte in ihrer Hand und Malcolm runzelte die Stirn, während er versuchte zu erkennen, was es war. „Was hast du da?"

Annelise errötete. „Es ist ein Fläschchen mit Parfüm, das mir Rosamunde geschenkt hat."

„Für deine Hochzeitsnacht!", riet Isabella. Annelise nickte mit glühenden Wangen und Isabella wandte sich an Malcolm. „Ich habe meins Eleanor und Alexander geschenkt und Eleanor schüttete es in das Bad, das Alexander ins Privatgemach hatte bringen lassen."

„Rosamunde sagte, es würde Zärtlichkeit zwischen Mann und Frau erwecken", sagte Annelise vorsichtig.

„Ich weiß nicht, was passiert ist …" Isabella hielt einen Moment inne, doch Malcolm sagte nichts. „Aber es dauerte lange, bis sie in die Halle zurückkamen."

Annelise hielt ihm das Fläschchen hin wie eine Opfergabe. „Ich dachte, es könnte helfen."

„Alexander hat gewiss nicht vor, in dieser Nacht ein Bad zu nehmen", wandte Malcolm ein.

„Das weiß ich." Annelise lächelte traurig. „Doch Mama sagte einmal, dass Düfte eine starke Beschwörungskraft haben, und ich wusste, was Isabella mit ihrer Phiole gemacht hatte, und ich dachte –"

„Dass es ihn zurückrufen könnte", ergänzte Isabella zufrieden. „Ich halte es für eine gute Idee." Sie nahm Annelise das Fläschchen ab und marschierte damit ins Privatgemach.

„Lass mich sehen, was du machst!", beschwerte sich Annelise und lief hinter ihr her.

Malcolm folgte den beiden, um sie im Blick zu behalten. Sie blieben am Bett stehen und nicht zum ersten Mal hegte Malcolm den Verdacht, dass seine Schwestern eine Geheimsprache hatten, die keine Worte brauchte. Sie wechselten einen Blick, dann öffnete Isabella das Fläschchen.

Malcolm roch Blumen. Er dachte an den Sommer, obwohl er die Düfte, die ihm in die Nase stiegen, nicht genau benennen konnte. Er schloss die Augen und stellte sich vor, dass er in einem Garten voller Blüten stand, die Luft summte von Bienen und die Sonne übergoss alles mit Gold.

Annelise hatte eine Leinenserviette mitgebracht. Sie ließ einen winzigen Tropfen des Öls darauffallen, dann verschloss Isabella das Fläschchen wieder und Annelise hielt Alexander das Tuch unter die Nase. Atemlos warteten sie auf eine Reaktion.

Es kam keine.

Annelise schwenkte das Tuch erneut und Malcolm war betroffen über die Blässe seines Bruders. Alexanders Haut hatte die Farbe von Schnee und obwohl er so viel geschlafen hatte, waren unter seinen Augen schwache dunkle Ringe der Erschöpfung zu sehen. Er hatte abgenommen, sein Gesicht war schmaler geworden und sein Haar schien seinen Glanz verloren zu haben. Malcolm wandte den Blick ab. Er konnte die Vorstellung nicht ertragen, den Bruder zu verlieren, den er jeden Tag seines Lebens bewundert hatte, und sein Blick wurde von Tränen getrübt.

„Ich muss mit dem Laird sprechen", sagte eine Frau an der Tür.

Malcolm nutzte die Gelegenheit, um etwas für seinen kranken Bruder zu tun. „Du kannst nicht ins Privatgemach kommen. Er braucht seine Ruhe."

„Aber er muss wissen, was ich weiß. Ich habe versucht, es ihm und Lady Eleanor zu sagen, bevor die Burg angegriffen wurde, aber sie wollten nicht zuhören, und nun seht, was passiert ist!" Die ältere Zofe rang die Hände. Malcolm wusste nicht genau, wer sie war. „Und nun habe ich jeden Tag und jede Nacht versucht, diese Treppe hinaufzukommen, um dem Laird zu erzählen, was er wissen muss, und ich stoße auf ein Hindernis nach dem anderen."

„Es müssen Wachen aufgestellt werden, um den Laird zu schützen, denn es gab Angriffe auf sein Leben", sagte Malcolm. Er war nicht erfreut über die Kritik dieser Frau, denn er hatte die Posten selbst angewiesen, die Treppe zu verteidigen.

„Würdet Ihr ihm auch die Wahrheit vorenthalten?", fragte die Zofe. „Würdet Ihr verhindern, dass er von einem Spion in seiner eigenen Halle erfährt? Wollt Ihr nicht hören, welche Gefahren Euch drohen?" Sie zeigte auf sich selbst. „Ich weiß mehr als alle hier und obwohl ich versuche, meine Informationen weiterzugeben, wollt Ihr nichts davon zur Kenntnis nehmen. Es ist sicher eine Art von Stolz, eine sündhafte Art, die Männer von Verstand davon abhält, auf den Rat derer zu hören, die ihrer Meinung nach unter ihnen stehen."

Sie hielt inne, um Luft zu holen, und Malcolm nutzte die Gelegenheit, um seinerseits zu sprechen: „Wer bist du?"

Sie richtete sich hoch auf. „Ich bin Moira Goodall, die Zofe meiner Lady Eleanor, wie ich es ihrer sterbenden Mutter, Lady Yolanda, geschworen habe." Moira drohte Malcolm mit dem Finger. „Und sie war eine wunderbare Lady, eine Lady, die sich auf den Rat ihrer Haushaltsmitglieder verließ und nie davor zurückschreckte, sich einer Wahrheit zu stellen, so schmerzhaft sie auch sein mochte ..."

„Von welcher Wahrheit möchtest du uns erzählen, Moira?"

„Ich bin Lady Eleanor von Tivotdale aus gefolgt, so ergeben bin ich ihr, und Euer Bruder, der Laird, hat mich in Kinfairlie huldvoll wie ein

König willkommen geheißen. Dafür bin ich ihm außerordentlich dankbar, denn er hätte mich ohne Weiteres von seinen Toren wegschicken können und ich hätte nicht gewusst, wo ich hingehen sollte, aber Laird Alexander erlaubte mir, zu bleiben und mein Gelübde zu erfüllen, das ich der Mutter meiner Lady geleistet habe –"

„Das sind keine schlimmen Nachrichten, Moira", sagte Malcolm entschieden. „Auch wenn ich den guten Willen meines Bruders begrüße, der dir die Möglichkeit gegeben hat, deinen Dienst weiter auszuführen, muss diese Geschichte nicht unbedingt erzählt werden. Es gibt viele, die auf Kinfairlie willkommen geheißen wurden."

Moira blinzelte. „Aber genau das ist es, was ich meine und was der Laird wissen muss."

Malcolm schüttelte den Kopf und wollte die Frau fortschicken, aber Moira hielt ihn am Ärmel fest. Er blickte sie an und erkannte die Angst in ihren Augen.

„Ich bedaure nur, dass ich den Eindringling nicht früher bemerkt habe, denn dann hätte viel Unheil verhindert werden können."

„Was soll das heißen?" Malcolms Interesse war geweckt.

„Hier steht ein Mann in Diensten, ein Söldner, den ich von Tivotdale her kenne. Er muss mit der Gruppe gekommen sein, die Lady Eleanor am Weihnachtstag verfolgte, genau wie ich, und er muss sich mit Absicht weiter hier aufhalten, so wie ich." Moira schüttelte den Kopf. „Aber im Gegensatz zu mir, Mylord, würde ich wetten, dass dieser Mann auf Befehl von Laird Alan geblieben ist und dass es nicht seine Absicht war, Laird Alexander treu zu dienen."

„Ist er noch hier?"

Moira nickte lebhaft und Malcolms Hand legte sich auf den Griff seines Schwertes.

„Schließt diese Tür hinter mir ab", sagte er zu seinen Schwestern und eilte der Zofe hinterher. „Was, glaubst du, hat er getan?"

Moira leckte sich über die Lippen. „Es liegt mir fern, schlecht über einen Menschen zu sprechen, ohne dass ich Beweise gegen ihn habe, Mylord, aber dieser Mann ist für seine Gerissenheit und Heimtücke bekannt. Alan Douglas verlässt sich oft darauf, dass er alle verschwinden lässt, die ihm zu sehr im Weg sind."

„Du meinst, dieser Mann tötet?"

Moira nickte und schaute sich um, bevor sie mit gesenkter Stimme antwortete: „Diese Dornen, die unter dem Sattel meines Herrn gefunden wurden, die, von denen Stallmeister Owen gesprochen hat –"

„Sie sind groß. So große habe ich noch nie zuvor gesehen."

„Ich schon." Die Bedienstete hielt seinem Blick voll Überzeugung stand. „Sie wachsen an den Dornensträuchern von Tivotdale."

MALCOLM WAR SO SEHR DARAUF BEDACHT, den gefährlichen Eindringling in der Halle seines Bruders zu erwischen, dass er den Freudenschrei seiner Schwestern nicht wahrnahm.

Auch hörte er nicht, wie sein Bruder nach seiner Gemahlin fragte.

KAPITEL 13

Es gab Schlimmeres, als am Dreikönigstag der einzige Torwächter auf Tivotdale zu sein. Der Mann, der mit dieser Aufgabe betraut war, zweifelte nicht daran, allerdings schwand seine Überzeugung, als die Geräusche des fröhlichen Treibens in der Halle von Tivotdale immer lauter wurden. Die Nacht war kalt und dunkel und der Himmel sah nach Regen oder Schnee aus. Ein beißend kalter Wind wehte vom Moor her und er bemitleidete sich selbst ein wenig, weil er von den Feierlichkeiten des Abends ausgeschlossen war.

Er schaffte es immer, den Kürzeren zu ziehen. Natürlich patrouillierten noch andere am Rande des Dorfes, aber bestimmt würden sie eingeladen werden, die Wärme des einen oder anderen Kamins zu genießen, wohingegen er leicht vergessen wurde, weil ihn niemand sah. Er stampfte mit den Füßen, lief hinter dem geschlossenen Fallgitter auf und ab und versuchte, sich mit der Vorstellung zu unterhalten, was diese schlimmeren Dinge sein könnten.

Man könnte ihn an Wölfe verfüttern, Stück für Stück. Das wäre sicher schlimmer, als eine Nacht lang Torwächter zu sein. Aus der Halle drang Gelächter zu ihm herüber und er konnte Musik hören. Er seufzte, kroch tiefer in seinen Mantel hinein und lief weiter auf und ab.

Man könnte ihn bei lebendigem Leibe häuten und vierteilen – beides keine besonders vergnügliche Art, eine Nacht zu verbringen. Es wäre sicherlich schlimmer, als eine Nacht in der Kälte draußen zu stehen, selbst wenn es der einzige Abend war, an dem dieser Douglas-Laird etwas Großzügigkeit zeigte.

Er drehte sich um und blickte wehmütig zur Halle. Sie tranken dort Bier, das wusste er, und auch auf Kosten des Lairds. Er hatte das Wildbret gesehen, sowohl die gebratenen Keulen als auch den reichhaltigen Eintopf, als er eine Mahlzeit in der Küche eingenommen hatte, bevor er seinen Dienst antrat. Er hatte das frische Brot gesehen und gerochen, die Eier in Rotwein, den Hasen in Pfeffersauce, das Wildschwein in Senfsauce, reihenweise Taubenpasteten und gebratene Enten. Schon bei der Erinnerung daran lief ihm das Wasser im Munde zusammen und sein Magen knurrte.

Als er in der Küche erschienen war, hatte man ihm ein Stück altes Brot gegeben und eine Schüssel mit dünner Suppe gegeben, die aus den Resten des Vortages zubereitet worden war, und ihn geheißen, nicht im Weg zu sein.

Er könnte am nächsten Dreikönigstag genauso gut wieder den Kürzeren ziehen. Das wäre nicht nur schlimmer, sondern verfluchtes Pech.

Er drehte sich um mit der Absicht, noch einmal die Breite des Tores abzuschreiten, und richtete sich auf, als er eine kleine Gruppe auf der Straße sah, die bis ihm führte. Es war ein bunt zusammengewürfelter Haufen von Leuten in allen möglichen Gewändern und sie tollten eher umher, als dass sie liefen. Sie hatten keine Pferde und schienen recht freundlich.

Tatsächlich sangen sie. Er spitzte die Ohren und konnte die Worte gerade noch verstehen.

> *„Mit einem Bim-bam-bam,*
> *für Speis und Trank,*
> *bringen wir die alte Glocke zum Klingen.*
> *Ein frohes Weihnachtsfest euch allen,*
> *möge es Glück und Freud' euch bringen."*

Der Torwächter lächelte unwillkürlich, denn er hatte eine Vorliebe für Aufführungen jeglicher Art. Er fragte sich, woher diese Truppe kam, und nahm an, dass die Leute aus dem Dorf stammten. Sie waren anscheinend um die Kurve gekommen, die die Straße um das entfernte Wäldchen machte, allerdings gab es kein Ziel, das nahe genug lag, um diese Straße zu Fuß entlangzugehen.

Sie mussten den weiten Weg vom Dorf aus gewandert sein, sodass man sie von Weitem nicht sehen konnte.

Vielleicht hatte der Laird ihre Anwesenheit befohlen, denn es war bekannt, dass er in diesem Jahr ungewöhnlich zufrieden war. Seine Hochzeit würde am morgigen Tag gefeiert werden, daher der Überfluss auf der Tafel an diesem Abend. Nur ein Mann, der dümmer war als der Torwächter, würde annehmen, dass es unstatthaft wäre, wenn ein Mann die Witwe seines Bruders heiratete, und das einen Monat nach dem Tod des Bruders.

Es gab schlimmere Schicksale. Der Torwächter hätte Tivotdales Kerker mit dem Priester teilen können, der sich aus eben diesen Gründen geweigert hatte, die Trauungszeremonie durchzuführen.

Bestimmt war die herannahende Gesellschaft betrunken. Die Leute lachten und fielen sich gegenseitig über die Füße, sie stolperten und taumelten die Straße entlang. Einer von ihnen hatte eine Glocke, die aber nicht in einem gleichmäßigen Rhythmus läutete. Der Gesang war jedoch melodiös und verleitete den Torwächter dazu, im Takt mit dem Fuß zu wippen.

Ohne auf etwas anderes zu achten, sah er ihnen zu, wie sie immer näher kamen. Es war eine so ruhige Nacht, dass er bereits wusste, dass es nichts weiter zu beobachten gab. Es mussten so um die dreißig Personen von verschiedener Größe und unterschiedlichem Körperumfang sein. Sie waren ein unbekümmerter Haufen, sicher harmlos. Einige sahen aus wie Maiden, aber der Torwächter wusste, dass es sich in Wirklichkeit um junge Burschen handelte.

Ob der Laird die Leute nun bestellt hatte oder nicht, er würde erfreut sein, an diesem Abend ihre Unterhaltung zu genießen. Außerdem würde man dem Unglück Vorschub leisten, wenn man solchen Darstellern nicht die Möglichkeit gäbe, in seinem Haus zu tanzen und zu betteln. Der Torwächter war nicht bereit, das Schicksal herauszufordern.

Die Gruppe blieb ein halbes Dutzend Schritte entfernt stehen und einer trat keck vor. Sein Gesicht war geschwärzt, wahrscheinlich mit Ruß, wie die Gesichter aller seiner Begleiter. Er trug ein Stück roten Stoff, das er um den Kopf gewunden hatte. Der Torwächter hatte gehört, dass die Ungläubigen dies zu tun pflegten. Seine Stiefel waren verdreckt und ungewöhnlich hoch, sein Tappert hatte unzählige Farben und am Saum hingen silberne Glöckchen. Er hatte nichts Besorgniserregendes bei sich, nur einen Besen und mehrere Weinschläuche, deren Inhalt zweifelsohne für die fröhliche Stimmung der kleinen Gesellschaft verantwortlich war.

Er machte eine elegante Verbeugung und zwinkerte dem Torwächter zu, bevor er sang:

> *„Öffnet die Tür und wir gehen nach drinnen,*
> *ob wir verlieren oder gewinnen.*
> *Erheben wir uns, stehen wir oder fallen,*
> *doch tun wir unsere Pflicht, euch allen zu gefallen.“*

Die Gesellschaft applaudierte ihm, der Mann mit der Glocke läutete sie fröhlich und dann blickten alle erwartungsvoll zum Torwächter.

„Ja, eure Truppe wird heute Abend hier willkommen sein“, sagte der, während er nach dem Seil griff. „Schließlich feiert der Laird morgen seine Hochzeit und bestimmt wird er in dieser Nacht mehr Großzügigkeit an den Tag legen als sonst.“

Die Leute tauschten untereinander Blicke, zweifelsohne erfreut über diese Aussicht. Kaum zog der Pförtner das Tor hoch, schlüpften sie darunter hindurch.

Er drehte sich um, aber sie waren so flink wie Aale und ebenso schwer zu fangen. Wie Schatten huschten sie um ihn herum und es gelang ihm nicht, auch nur einen von ihnen zu erwischen.

„Hoi“, rief er, „wartet!“ Die Regeln verlangten, dass er jede Seele, die durch die Tore trat, nach Waffen durchsuchte, und er erlebte einen Augenblick der Angst, als die Gesellschaft ihn nur auslachte.

Sie wiederholten ihr Lied, ein halbes Dutzend von ihnen tanzte im Kreis um ihn herum, während die anderen in Richtung der Halle flitzten.

„Das ist verboten!", rief der Torwächter. „Das könnt ihr nicht machen! Ich muss sicherstellen, dass ihr keine Waffen tragt."

Bevor er mehr sagen konnte, wurde er von einem großen Mitglied der Truppe fest von der Seite umarmt. Der Torwächter war einen Moment verwirrt. An allen Orten waren Darsteller traditionell Männer, aber er spürte, wie sich zwei riesige Brüste gegen seinen Arm pressten.

„Hast du keinen Kuss für mich übrig?" Die Worte wurden von einer hohen, weiblichen Stimme gesprochen, die kaum ein leiser Hauch an seinem Ohr war. Das Interesse des Torwächters war sofort geweckt, denn es war ein langer und einsamer Herbst gewesen.

Er schloss die Augen und drehte sein Gesicht ein wenig. Die anschmiegsame Person küsste ihn herzhaft auf die Lippen und der Torwächter wurde von der leidenschaftlichen Umarmung mehr als nur ein wenig erregt.

Sie war schon wieder weg und tanzte mit ihren Kameraden den Korridor hinunter, als ihm bewusst wurde, dass er auch das Kratzen eines stattlichen Schnurrbartes gespürt hatte.

Und da wusste er genau, was schlimmer war, als am Dreikönigstag an den Toren von Tivotdale allein Wache zu schieben. Er rieb sich mit der behandschuhten Hand heftig über die Lippen und hoffte, dass niemand bemerkt hatte, wie sehr er diesen Kuss genossen hatte.

ELEANOR SCHOB das Fleisch von ihrer Seite des Tellers zu Alans hinüber. Er aß es mit unverhohlener Begeisterung und schien ihr Unbehagen nicht zu bemerken.

Aber eine andere Reaktion hatte sie von ihm auch gar nicht erwartet. Er sah in ihr kaum mehr als die Aussicht auf Reichtum sowie die

Wölbung einer Brust, was bedeutete, dass die Aufgabe, mit ihr einen Sohn zu zeugen, ihm nicht allzu unangenehm sein würde.

Keiner hatte sich die Mühe gemacht, ihr ein Lächeln zu entlocken. Niemand auf Tivotdale hatte auch nur zur Kenntnis genommen, dass sie unglücklich war. Man scherte sich nicht darum, was sie dachte, was sie empfand, ob sie sich willkommen oder zu Hause fühlte. Als sie vor fünf Jahren an demselben Tisch neben Ewen gesessen hatte, war ihr dieser Mangel nicht aufgefallen, aber jetzt spürte Eleanor ihn ganz deutlich.

Sie vermisste Kinfairlie und die ungezwungene Kameradschaft dort, die Zuneigung zwischen den Leuten und in der Herrscherfamilie. Sie vermisste die Lammergeier-Schwestern, ihr Mitgefühl für eine Fremde und ihre Bereitschaft, sie in die Familie aufzunehmen. Und sie sehnte sich schmerzlich nach Alexander, seiner Zuversicht, seinem Lachen, nach der Aufmerksamkeit, die er ihr entgegengebracht hatte.

Sie war überzeugt, dass sie auf Tivotdale niemals Sterne sehen würde, nicht in den Augen eines Mannes, nicht im Blick einer selbstbewussten und fröhlichen Maid, nicht einmal am Himmel über ihr.

Plötzlich schallte Gesang aus dem kurzen Gang vor der großen Halle zu ihr herüber. Es klang so schön, dass Eleanor dachte, sie hätte es sich eingebildet, denn solche Fröhlichkeit konnte unmöglich auf Tivotdale herrschen.

> *„Mit einem Bim-bam-bam,*
> *für Speis und Trank,*
> *bringen wir die alte Glocke zum Klingen.*
> *Ein frohes Weihnachtsfest euch allen,*
> *möge es Glück und Freud' euch bringen."*

Plötzlich ertönte eine Glocke und zog die Aufmerksamkeit aller, selbst des betrunkensten Söldners, in der großen Halle auf sich. Ein Mann mit rotem Turban, hohen Stiefeln und geschwärztem Gesicht trat selbstsicher in den Raum. Am Saum seines Tapperts hingen Glöckchen, aber die waren nicht die Ursache des Läutens. Er stand erwartungsvoll da, während seine Gefährten, die sich offensichtlich noch außerhalb des

Raumes aufhielten, den Vers erneut sangen. Sein selbstbewusstes Auftreten hatte etwas Vertrautes, doch Eleanor wagte nicht, es zu benennen.

Die auf Tivotdale versammelten Gäste stießen einander an bei dieser Aussicht auf Unterhaltung und selbst Alan lehnte sich mit einem Becher Bier zurück und lächelte. Er gab dem Mann ein Handzeichen, der sich daraufhin mit einer solchen Anmut tief verneigte, dass Eleanors Herz einen Schlag aussetzte.

Es konnte nicht Alexander sein, nicht wirklich. Sie biss sich auf die Lippe und bemühte sich, gleichgültig zu wirken, während sie den Mann eingehend betrachtete.

Der Neuankömmling schwang seinen Besen mit aller Macht und begann, die Halle zu fegen, während er seine Strophe sang.

> *„Platz, meine Herren, Platz brauche ich,*
> *Für Galgacus und sein Gefolge.*
> *Einen grausamen Kampf werdet ihr erleben*
> *Zwischen Galgacus und dem Schwarzen Ritter.*
> *Wenn ihr nicht glaubt, was ich nun sage,*
> *Tritt ein, Schwarzer Ritter, den Weg mach frei.“*

Er trat zur Seite, klemmte sich den Besen mit einer schwungvollen Geste unter den Arm und wies mit der Hand auf die Tür. Ein Mann trat herein und blickte mit einem fürchterlich finsteren Blick von einer Seite zur anderen. Seine Rüstung bestand aus zusammengebundenen Kochtöpfen, deren Böden vom Gebrauch schwarz waren, was die Gesellschaft von Söldnern zum Lachen brachte. Auch sein Gesicht war geschwärzt, aber Eleanor konnte kaum noch atmen.

Es war Malcolm. Sie wusste es genau.

Sie zwang sich, nur geringes Interesse an dem Geschehen zu zeigen, obgleich ihr Herz inzwischen raste. Alexander war nicht nur am Leben, sondern auch gekommen, um sie zu holen! Sie konnte seine List nicht erraten, aber angesichts des betrunkenen Zustands von Alans Söldnern standen die Chancen auf Erfolg gut.

Doch warum griff er während der heiligen Tage an? Es war verboten und auch wenn sie froh war, dass er gekommen war, fürchtete sie doch um seine unsterbliche Seele, weil er eine solche Entscheidung getroffen hatte.

Sie stocherte augenscheinlich lustlos in ihrem Fleisch herum.

„Du solltest zuschauen!", schimpfte Alan. „Dies wird mich am Ende eine Menge Geld kosten."

Eleanor zuckte mit den Schultern. „Ich mache mir nichts aus solcher Narretei."

Alan schüttelte den Kopf und wandte sich offensichtlich fasziniert wieder dem Paar vor der erhöhten Tafel zu.

Dann sang der Schwarze Ritter:

> *„Ich komme herein – ich, der Schwarze Ritter,*
> *Ich komme ins Land, um tapfer zu kämpfen.*
> *Ich werde hier gegen Galgacus fechten,*
> *diesen tapferen Mann von großem Mut.*
> *Sein Blut mag noch so heiß jetzt sein,*
> *Bald werde ich es erkalten sehen."*

Alexander tat so, als wäre er überrascht, und sang:

> *„Galgacus? Steht vor der Tür?*
> *Tot wird der Prahler am Boden liegen."*

Ein Mann sprang durch die Türöffnung. Er hatte einen Topf als Helm auf dem Kopf, aber er trug ein Kettenhemd. Er schwang eine Waffe, die in Eleanors Augen echt genug aussah. Sie musste genau in sein geschwärztes Gesicht blicken, um ziemlich sicher zu sein, dass es sich um den Müller von Kinfairlie handelte.

> *„Galgacus bin ich, voran ich schreite,*
> *Ein mutiger Kämpfer, edel und kühn.*
> *Mit meiner Klinge an meiner Seite,*

gewann ich drei Kronen aus purem Gold.
Ich bin es, der Ungläubige tötet,
Und Dutzende zur Schlachtbank führt.
Ich bin es, der in diesem Kampf
Die Tochter des Königs gewinnen wird."

Eine vertraute Gestalt trat in den Raum und klimperte mit den Wimpern. Es war der Stallmeister, der wieder diese zwei runden Brotlaibe unter seinem Hemd trug. Er verbeugte sich und einer davon fiel heraus und rollte davon, sodass Owen unter den Bänken hinterherkriechen musste.

Alans Männer lachten schallend und Malcolm sang wieder:

„Galgacus nennt sich selbst einen Sieger,
Ich halte mich für genauso gut.
Ich werde mich ihm nicht ergeben!
Lieber verlier ich mein kostbares Blut."

Er hob sein Schwert und die beiden sangen gemeinsam:

„Den Schlachtruf lassen wir erschallen,
Seht, wer am Ende im Kampf wird fallen!"

Sie stürzten sich aufeinander und ihre Klingen klirrten. Ihr Schwertkampf führte sie quer durch die Halle, hin und her, jede ihrer Gesten war übertrieben. Obwohl die Söldner über ihre Possen lachten, erkannte Eleanor in ihrem Kampf Geschicklichkeit, besonders bei Malcolm. Er stolperte und rollte sich ab, er wich den Angriffen des Müllers mit katzenhafter Behändigkeit aus. Er versteckte sich hinter einem Dienstmädchen und musste sie in den Hintern gekniffen haben, denn sie kreischte und schlug nach ihm. Bei seinem erstaunten Gesichtsausdruck brüllten die Söldner vor Lachen.

Dann fiel er hin, bevor die Klinge seines Gegners auch nur in seine Nähe gekommen war, und der Müller erstarrte. „Du solltest doch noch nicht fallen", flüsterte er und warf einen Blick auf die Gesellschaft, die alles genau beobachtete.

Malcolm setzte sich auf. „Dann töte mich eben jetzt", flüsterte er so laut, dass alle es hören konnten. „Es wird niemandem auffallen."

„Sie sind noch nicht einmal in der Lage, einen Kampf vorzutäuschen", murmelte Alan kopfschüttelnd und leerte seinen Becher.

Der Müller schaute sich scheinbar verzweifelt um, dann beugte er sich hinunter. „Aber wo ist die Blase? Woher sollen sie wissen, dass du tot bist, wenn du nicht blutest?"

Malcolm sah plötzlich bestürzt aus. Er suchte unter den unzähligen Töpfen, aus denen seine Rüstung bestand, dann hielt er etwas hoch, das wie eine gestopfte Wurst aussah. Beide Männer strahlten triumphierend.

Malcolm sprang auf und sie kämpften erneut, wobei sie offenbar den Teil wiederholten, bei dem sie den Fehler gemacht hatten.

Galgacus wollte mit seiner Klinge in die Wurst stechen, verfehlte sie aber und die Klinge traf scheppernd einen Topf. Der Schwarze Ritter fiel trotzdem hin, obwohl er keine Verletzung hatte, und zeigte dann nachdrücklich auf die Wurst auf seiner Brust. Galgacus stach erneut zu und diesmal durchbohrte er die Wurst, aus der etwas Rotes auf den Boden spritzte.

Die Anwesenden bejubelten sowohl die Illusion einer echten Wunde als auch die Tatsache, dass sie es richtig hinbekommen hatten. Galgacus beugte sich zu seinem gefallenen Gegner hinunter, offenbar von Reue über seine Tat erfüllt.

> *„Leute, seht, was ich getan:*
> *Ich habe den Schwarzen Ritter gefällt!*
> *Ist ein Zauberer zugegen,*
> *Der diesen edlen Ritter heilt?"*

Er blickte die Anwesenden flehend an, die sich alle ebenfalls umschauten. Da trat eine Gestalt mit einem Umhang in die Halle und hob die Hände. Selbst seine geschwärzten Gesichtszüge konnten nicht verhindern, dass Eleanor Pater Malachy erkannte. Er drehte sich um sich selbst und durchquerte mit wehendem Umhang den Raum, während er sang:

„Es gibt einen solchen Zauberer,
Der den edlen Ritter heilen kann."

Er blieb neben dem gefallenen Schwarzen Ritter stehen und schaute sichtlich erstaunt auf ihn herunter. Alexander trat vor.

„Und was könnt Ihr heilen, oh Zauberer?"

Pater Malachy nickte zuversichtlich in die Runde.

„Jedwede Krankheit heile ich:
Hinken und Humpeln, Lähmung und Gicht,
Rasende Schmerzen, innen und außen.
Und wenn ein Teufel im Menschen steckt,
Ruf ich ihn und er kommt heraus."

Alexander und der Müller nickten anerkennend und Pater Malachy sang weiter:

„Schickt mir ein Weib, neunzig Jahre alt,
Und ich mach sie wieder jung und prall."

„Ich brauche dieses Talent auch!", rief ein vorwitziger Mann aus der Runde und die übrigen lachten.

„Dann nimm meine Frau!", rief ein anderer zur Belustigung aller.

Alexander erhob erneut seine Stimme:

„Wie wollt Ihr ihn heilen, Zauberer?"

Pater Malachy erhob einen Finger.

> *„Ich habe hundert Trünke*
> *Und drei mal dreizehn Sprüche.*
> *Doch eins muss ich gestehen:*
> *Das allerbeste Mittel*
> *Ist Eau de Vie so stark*
> *Wie Branntwein aus Sizilien.“*

Mit einer triumphierenden Geste zog er einen Weinschlauch hervor, kippte ihn um und spritzte sich selbst einen Schluck in den Mund. Er schüttelte den Kopf, als wäre er von der Stärke des Alkohols beeindruckt, dann spritzte er etwas auf den gefallenen Ritter. Er verfehlte den Mund des Mannes, sodass der „Tote“ nach seinem Heilmittel schnappte wie ein Fisch auf dem Trockenen.

Die Gesellschaft grölte, vor allem als der Schwarze Ritter wieder gesund und munter auf die Füße sprang. Doch nicht der geheilte Mann sang seine Zeilen, sondern der Zauberer wiederholte seinen letzten Vers:

> *„Ich habe hundert Trünke*
> *Und drei mal dreizehn Sprüche.*
> *Doch eins muss ich gestehen:*
> *Das allerbeste Mittel*
> *Ist Eau de Vie so stark*
> *Wie Branntwein aus Sizilien.“*

Er bespritzte den Söldner am nächsten Tisch mit etwas Branntwein. Der Mann nahm die Flüssigkeit mit seinem Mund auf und sein Gesicht erhellte sich. „Es ist wirklich Branntwein!“, schrie er und riss den Mund auf für mehr.

Der Zauberer kam seinem Wunsch nach und schon bald brüllte die ganze Halle nach dem teuren und ungewöhnlichen Getränk.

„Ich brauche ebenfalls ein Heilmittel!“, rief ein Mann auf der anderen Seite der Halle.

„Ich auch!“

Die Gesellschaft der Unterhaltungskünstler schien bereit zu sein, ihren Vorrat an diesem seltenen Getränk zu teilen. Weitere Gestalten mit geschwärzten Gesichtern strömten in die Halle und sangen zur Begrüßung ein Liedchen, das im Lärm der Halle unterging.

Inzwischen verteilte Alexander Weinschläuche an seine Begleiter und schon bald spritzte das Getränk in mehreren Schwallen in alle Richtungen. Innerhalb weniger Augenblicke hatten Alans Söldner Branntwein im Gesicht und auf ihren Tapperts, aber das kümmerte keinen einzigen von ihnen. Alexanders Männer hatten viel Alkohol mitgebracht und das verriet Eleanor, dass ihr Gatte einen Plan hatte.

In dem Moment, als sie die Glocke von Tivotdales Kirche die Stunde schlagen hörte, bemerkte Eleanor, dass ein großer Teil des Branntweins auf die Tischwäsche verschüttet wurde.

Eins, zwei, drei, vier.

„Genug!", brüllte Alan, als das Chaos in seiner Halle überhandnahm. Alexander drehte sich um und spritzte einen langen Strahl Alkohol direkt in Alans Mund, sodass jeder Protest in einem Gurgeln unterging. Eleanor unterdrückte ein Lächeln, denn es wäre ein Fehler, über diesen Mann zu lachen, genauso wie es ein Fehler gewesen wäre, über die Taten seines Bruders belustigt zu sein.

Fünf, sechs, sieben, acht.

In Tivotdales Halle befanden sich jetzt etwa dreißig Darsteller. Die einen bildeten einen großen Kreis in der Mitte des Raumes, die übrigen hatten sich zu den Wänden der Halle bewegt – unbemerkt, denn die Aufmerksamkeit von Alans Männern war auf die unerwartete Fülle an Alkohol gerichtet.

Neun, zehn.

„Irgendetwas stimmt hier nicht", sagte Alan plötzlich und erhob sich. Eleanor fürchtete, dass jeglicher Plan zum Scheitern verurteilt war, denn Alan legte seine Hand auf den Griff seines Schwertes.

Elf, zwölf. Beim letzten Glockenton erkannte Eleanor die Wahrheit: Die Heiligen Tage waren vorbei. Das Kriegsverbot galt nicht mehr.

Beim letzten Schlag trat Alexander vor. Er entleerte seinen Weinschlauch über Alan und zielte dabei nicht auf dessen Mund. Alan prustete, entrüstet, weil er von Alkohol durchnässt war, aber bevor er etwas sagen konnte, zwinkerte Alexander.

Eleanor raffte ihre Röcke und machte sich bereit, wegzulaufen, denn sie wusste, dass sie gewarnt worden war. Im selben Moment griffen die Mitglieder von Alexanders Gesellschaft, die an den Wänden standen, nach den brennenden Fackeln und warfen sie auf die Tische.

Die Flammen verschlangen die alkoholgetränkten Tischtücher und brannten mit beängstigender Geschwindigkeit lichterloh. Alan brüllte vor Wut. Er griff nach Eleanor, aber die war bereits über den erhöhten Tisch gesprungen.

Alexander fing sie auf und schob sie hinter sich. „Wie könnte ich eine so kluge Frau nicht lieben?“, überlegte er laut und sie erglühte förmlich vor Freude.

Mit einer geschmeidigen Bewegung zog Alexander sein Schwert aus der Scheide, die in seinen hohen Stiefeln verborgen war, und wandte sich Alan zu. Eleanor schaute sich um und stellte fest, dass alle Mitglieder der scheinbar betrunkenen Gruppe bewaffnet waren und einen stahlharten Blick hatten. Es befanden sich nicht nur Dorfbewohner aus Kinfairlie darunter, sondern auch einige Söldner aus Kinfairlies Halle. Diejenigen, die in Alans Diensten standen und deren Gewänder nicht in Flammen standen, brüllten und stürzten sich in den Kampf.

„Du wieder“, sagte Alan und zog seine eigene Klinge. „Ich habe dich schon einmal getötet und ich werde dich auch ein zweites Mal töten.“

„In einem fairen Kampf?“ Alexander schüttelte den Kopf. „Ich glaube nicht.“

Alan lachte. „Ein verletzter Mann liegt schnell wieder am Boden. Du hast bei unserem letzten Treffen einen tödlichen Hieb abbekommen. Es wird nicht viel nötig sein, um dich ganz tot zu sehen.“ Er schwang sein Schwert, das mit der Spitze auf Eleanor zeigte. „Und dieses Mal brauchst du von mir keine solche Freundlichkeit zu erwarten, wie du sie bisher erlebt hast.“

„Du weißt nichts von Freundlichkeit“, entgegnete sie.

Da sprang Alan vom Podest herunter, auf dem der erhöhte Tisch stand. Seine Klinge traf mit voller Wucht auf Alexanders Schwert und brachte ihn fast zum Straucheln. Alexander befreite seine Klinge und schlug schnell zu, bevor Alan seinen Schwung vollenden konnte. Alan fluchte und wo das Schwert ihn getroffen hatte, befleckte Blut seinen Ärmel.

„Ein Kratzer, mehr nicht", knurrte er. „Doch diesen Angriff werde ich dir mit mehr als nur mit gleicher Münze heimzahlen."

Ihre Klingen kreuzten sich erneut und Alexander schob Eleanor aus der Gefahrenzone. Malcolm kämpfte sich zu ihnen durch, um seinem Bruder den Rücken freizuhalten, trotzdem hatte er ein aufmunterndes Lächeln für sie übrig. Sie sah plötzlich, dass sie umringt war von dem Müller, dem Stallmeister, Pater Malachy und Matthew, dem Sohn des Müllers. Die Männer verteidigten sie mit aller Kraft und bewegten sich langsam und stetig auf die Tür zu.

Ein Söldner stürzte sich unerwartet auf die Gruppe und verletzte Pater Malachy. Der Mann schrie auf und die kleine Truppe zauderte einen Moment, so ungewohnt war es für sie, zu kämpfen. Zwei von Kinfairlies Kämpfern stießen zu ihnen, ihre Hiebe waren furchterregend.

Eleanor griff an dem Priester vorbei und nahm eine Fackel, die auf einem der aufgebockten Tische brannte. Sie schwang sie und schlug damit nach Alans Söldner. Sein von Alkohol durchtränkter Tappert stand mit beängstigender Geschwindigkeit in Flammen und sogar sein Bart brannte. Der Mann fiel vor Schreck und Schmerz auf den Rücken. Eleanor wirbelte die brennende Fackel in der Hand herum, fest entschlossen, ihren Teil beizutragen.

„Mylord braucht unsere Hilfe!", schrie Matthew plötzlich.

Sie sahen alle gleichzeitig, dass die überlebenden Söldner von Tivotdale eine Barriere zwischen Alexander und Malcolm und der Tür gebildet hatten. Die beiden Männer kämpften mit so viel Einsatz, dass sie ihre missliche Lage nicht bemerkt hatten.

„Sie wollen sicherstellen, dass es kein Entrinnen gibt, selbst wenn Alan fällt", stieß Eleanor voll Hass auf Alan Douglas und alle, die ihm dienten, hervor.

„Was sollen wir jetzt tun?", fragte der Müller.

„Wir müssen sie daran hindern", erwiderte Eleanor. Sie entzündete eine weitere Fackel und reichte sie an Matthew weiter. „Feuer ist unsere beste Waffe, aber betet, dass die Flammen nicht auch unseren Untergang bedeuten."

„Ich würde gerne für meinen Laird sterben", sagte Matthew entschlossen.

Die anderen nickten zustimmend und die kleine Truppe griff gemeinsam die Söldner an, die ihnen am nächsten standen. Innerhalb weniger Augenblicke hatten sie diese in eine Flammenwand verwandelt. Männer fielen um, schrien, wälzten sich am Boden.

Eleanor löschte mit der flachen Hand eine Flamme auf der Schulter des Priesters und auch die anderen passten aufeinander auf. Die Leute aus Kinfairlie an den Wänden des Raumes folgten ihrem Angriffsplan und bald musste sich Eleanor zusammenreißen, als sie den Geruch von brennendem Fleisch wahrnahm. Die Halle füllte sich mit Rauch und es wurde so heiß, dass ihr eigener Körper zu schmoren schien.

Sie fragte sich, ob sie es überhaupt bis zur Tür schaffen würden. Als sie Alexander und Malcolm erreichten, sah sie, dass das Tuch um Alexanders Kopf verrutscht war. An der Schädelbasis befand sich eine rote Narbe und darunter eine Beule.

Er hätte nicht auf den Beinen sein dürfen, geschweige denn einen Kampf austragen! Sein Haar war dunkel von Schweiß und er biss die Zähne zusammen, aber er gönnte Alan keine Atempause.

Bis Alexander ganz unerwartet ins Straucheln geriet. Eleanor hielt vor Entsetzen den Atem an. Alan trat vor, seine Augen glänzten, er war begierig darauf, ihn zu töten. Triumphierend hob er sein Schwert und wollte es auf Alexanders Kopf niedersausen lassen.

„Nein!", schrie Eleanor, doch ihr Schrei wurde vom Lärm in der Halle verschluckt.

In dem Moment, als Alan zum Todesstoß ausholte, rammte Alexander ihm seine Klinge von unten in den Bauch. Alan röchelte, sein Schwert fiel ihm aus der Hand und er stolperte rückwärts. Alexander trieb seine Klinge noch höher und tiefer hinein, bis Eleanor sicher war, dass Alan sie schmecken konnte. Die Augen des Mannes wurden starr.

„Hast du bei unserer Vorstellung nicht aufgepasst, Alan?", fragte

Alexander. „Tss!" Er schüttelte den Kopf. „Die Wahrheit, dass die Toten auferstehen, hattest du direkt vor Augen. Du hättest klug genug sein müssen, um die Warnung zu verstehen." Er zog seine Klinge, die in ganzer Länge mit Blut befleckt war, aus Alans Leib, dann versetzte er ihm einen Fußtritt, sodass der nach hinten fiel. Die Flammen nahmen ihn in ihre feurige Umarmung, sein Tappert brannte knisternd.

Alexander drehte sich um und ergriff Eleanors Hand. Da ihre Aufgabe nun erfüllt war, entfloh die Gruppe dem Gemetzel in Tivotdales brennender Halle.

Eleanor wusste, dass es eine letzte Sache gab, die sie Alexander noch gestehen musste, auch wenn sie das jeden Preis, den sie bisher gewonnen hatte, kosten könnte. Der Mann hatte sie um Ehrlichkeit gebeten und es war höchste Zeit, ihm die Wahrheit zu offenbaren.

Und zwar die ganze Wahrheit, egal, wie hässlich sie war.

Das Fallgitter von Tivotdale war geöffnet und Alexander atmete auf. Sein Kopf hämmerte mit schmerzhafter Wucht, aber es würde keine Erleichterung für ihn geben, bevor sie sich nicht in der Burg von Kinfairlie in Sicherheit gebracht hatten. Drei Schatten lösten sich von der Mauer und er wappnete sich, doch es waren nur seine Schwestern, die Eleanors Zofe Moira immer noch besorgt im Auge behielt. Isabella und Elizabeth passten ihre Schritte denen der Gesellschaft an und Elizabeth nickte als Zeichen ihres Erfolges.

Alexander zwinkerte ihr erfreut zu. Er hatte um den Erfolg ihres Plans gefürchtet, sogar um das Leben seiner Schwestern gebangt, doch sie hatten ein Argument vorgebracht, das er nicht entkräften konnte. Vor lauter Kopfschmerzen konnte er kaum noch denken, geschweige denn eine kluge Bemerkung machen, aber er wagte nicht, seinem Bedürfnis, jetzt anzuhalten, nachzugeben.

„Du lässt dich von deinen Schwestern begleiten?", fragte Eleanor ihn entrüstet. „Wie konntest du die dir anvertrauten Maiden in solche

Gefahr bringen? Ich dachte, du wärst ein Mann, der sich seiner Verantwortung bewusst ist!"

Seine Frau musste noch viel über seine eigensinnigen Schwestern lernen, aber Alexander kam nicht dazu, ihr das zu sagen.

„Er hätte uns nicht zurücklassen können", mischte Isabella sich grimmig ein. „Selbst wenn er uns in unserer Kammer eingesperrt hätte, hätten wir einen Weg gefunden, ihm zu folgen und ihn zu unterstützen."

„Und wenn sie mitgingen, konnte ich auch nicht zurückbleiben, Mylady", fügte Moira hinzu. „Ich habe ein ebenso mutiges Herz wie alle anderen und ich sehe nicht tatenlos zu, während Ihr aus den Fängen dieser Schurken befreit werdet."

„Aber mir sind viele zu Hilfe gekommen", wandte Eleanor ein. Sie warf Alexander einen vernichtenden Blick zu. „Du hättest deine Schwestern nicht in eine solche bedrohliche Lage bringen dürfen." Sie presste die Lippen zusammen. „Und du hättest dich selbst mit deiner Heldentat nicht dieser Gefahr aussetzen dürfen. Wie willst du den ganzen Weg nach Kinfairlie laufen? Ich sehe deine Narbe, Alexander Lammergeier, und ich bin Heilerin genug, um zu wissen, dass du bei dieser Unternehmung viel riskiert hast."

„Ich habe alles riskiert", sagte er und gab ihr einen schnellen Kuss, der sie erröten und verstummen ließ. Er hielt ihren Blick fest. „Und ich bereue es nicht."

Sie blinzelte ihre Tränen weg und hielt seine Hand fester, das erste äußere Zeichen, dass sie erleichtert war. Alexander beschleunigte seinen Schritt, denn sie befanden sich noch nicht außerhalb der Grenzen von Tivotdale.

„Wir hätten dich Alan Douglas nicht ausliefern können!" Isabella zog eine Grimasse und erschauderte. „Er war nie ein Mann von Ehre."

„Und außerdem", sagte Elizabeth mit einigem Selbstvertrauen, „bin ich die Einzige, die ein Schloss knacken kann. Alexander konnte mich nicht zurücklassen."

Eleanor runzelte die Stirn, denn offensichtlich verstand sie die Bedeutung dieser Fähigkeit nicht. Da erfüllte ein furchterregendes Ächzen hinter ihnen die Luft. Alexander blickte sich um und konnte gerade noch sehen, wie das Dach von Tivotdale barst und sich so verschob, dass die schwere Masse in die große Halle fiel. Rauch stieg aus den Rissen auf und das fahle Orange der Flammen spiegelte sich auf den Steinen wider.

Die letzten der Wachen, die wohl geschlafen hatten, schrien bei diesem Anblick auf. Sie riefen sich gegenseitig etwas zu und brüllten, als sie die fliehende Gruppe entdeckten.

„Lauft!", schrie Alexander, denn nun war es egal, ob sie gehört wurden. Ein Pfeil bohrte sich neben ihm in den Boden. „Lauft!"

Die gesamte Truppe ergriff die Flucht, alle rannten, so schnell sie nur konnten. Von allen Seiten wurden Pfeile auf sie abgeschossen, die sich in die Erde bohrten. Alexander hörte jemanden vor Schmerz aufstöhnen. Einer der Dorfbewohner hielt sich die blutende Schulter, lief jedoch verbissen weiter.

Alexander spürte, dass er seine Umgebung nicht mehr richtig erfassen konnte. Alan hatte erbitterter gekämpft, als er erwartet hatte, wenngleich er sich in jenem Moment seiner eigenen Schwäche nicht bewusst gewesen war. Jetzt jedoch spürte er die volle Auswirkung seiner früheren Verletzung.

Er fühlte, wie Malcolm seinen Arm nahm, und wusste, dass Eleanor den anderen festhielt.

„Wir werden es nie schaffen", murmelte sie.

„Natürlich werden wir das", widersprach Malcolm.

„Du traust den Lammergeiers wenig zu", neckte Alexander sie mit schwacher Stimme. Eleanor warf ihm einen besorgten Blick zu. Plötzlich erfüllte das willkommene Geräusch von Pferdehufen die Luft. „Siehst du? Hilfe naht."

Eleanor drehte sich um und zog die Stirn in Falten. In der Finsternis der Nacht war es leichter, die Pferde zu hören, als sie zu sehen.

„Schlachtrosse", flüsterte sie und Alexander lächelte. „Unsere Schlachtrosse", bestätigte er.

Der Boden erbebte, als sich die Pferde näherten, und die kleine Gruppe jubelte. Alexander sah eine große Herde Pferde von Ravensmuir auf sie zukommen. Ihre gebogenen Hälse waren so schwarz wie Ebenholz, ihre Mähnen und Schweife, dunkel wie die Mitternacht, glänzten und wehten im Wind. Ihre Hufschläge klangen sicher und entschlossen. Die Sättel waren leer, bis auf drei.

Das strahlende Gesicht des Stallmeisters von Ravensmuir wurde sichtbar, denn er saß auf dem vordersten Pferd. Zwei seiner Stalljungen ritten an den Seiten, aber die Tiere waren so diszipliniert – oder vielleicht so klug –, dass sie ihr Ziel zu kennen schienen, ohne dass man sie dort hinlenken musste.

Tänzelnd umringten sie die kleine Gruppe, als diese aus dem Schussfeld der Bogenschützen herauskam, und Uriel beugte sich vor, um Alexander zu beschnuppern. Owen und Malcolm hievten Alexander regelrecht in den Sattel seines Schlachtrosses und er spürte Eleanors beunruhigten Blick.

„Ich reite mit ihm", sagte sie zu Owen. Der schüttelte den Kopf.

„Nein, Mylady." Er ergriff die Zügel einer großen Stute und reichte Eleanor die Hand, damit sie ihren Fuß in den Steigbügel setzen konnte. „Es ist geziemender, dass Ihr Euer eigenes Pferd reitet."

Es war ein Moment, den Alexander auskostete, und er wusste, dass er sich noch tausendmal daran erinnern würde. Seine Frau schaute offensichtlich sprachlos zwischen dem Stallmeister und dem Pferd hin und her. Dann blickte sie zu Alexander und Tränen füllten ihre wunderschönen grünen Augen.

„Guinevere hat darauf bestanden", sagte er leichthin. Er fühlte sich jetzt besser, wo er im Sattel saß. „Ich habe dir erzählt, dass sie sich nicht um unseren Rat schert, aber ich habe ja auch eine Vorliebe für Frauen, die ihren eigenen Kopf haben."

„Ich kann nicht ... Ich sollte nicht ..." Eleanors unzusammenhängende Worte verrieten, dass sie sich freute. Sie streichelte die Nase der Stute, sichtlich überwältigt.

„Natürlich kannst du!", schimpfte Isabella. „Du bist die Lady von Kinfairlie und gehörst zur Familie. Da ist es nur angemessen."

„Beeilt Euch, Mylady", sagte Owen, der zu dem brennenden Tivotdale zurückblickte.

Eleanor brauchte keine weitere Ermutigung. Sie schüttelte den Kopf und schwang sich mit dem Geschick einer Frau, die das Reiten gewohnt war, in den Sattel. Ihre leuchtenden Augen verrieten Alexander, wie entzückt sie war.

„Du musst mich mitnehmen", forderte Isabella Eleanor auf. „Dies wird für mich wahrscheinlich das sein, was dem Besitz eines Pferdes von Ravensmuir am nächsten kommt." Sie warf Alexander einen schalkhaften Blick zu, den dieser jedoch ignorierte. Elizabeth ritt unterdessen auf einer kleineren Stute, im Sattel hinter ihr saß Moira, die vor der Größe des Pferdes geradezu erzitterte.

Die Gruppe wendete und die Pferde galoppierten in Richtung Kinfairlie. Eleanor ritt an Alexanders linker Seite, Malcolm an seiner rechten und die beiden Pferde seiner Schwestern liefen links von Eleanor. Tivotdale blieb hinter ihnen zurück und wurde zu einem schwachen roten Schimmer in der Ferne. Am Morgen würde nichts mehr von den Brüdern übrig sein, die seine Frau so misshandelt hatten, und nicht mehr viel von ihrer Burg.

Alexander fand das nur gerecht.

„Mylady, ich wusste nicht, dass Ihr Euch die Schuld an Ewens Tod gebt", sagte Moira, als sie an der Baumgruppe vorbeiritten, in der die Pferde versteckt gewesen waren, und Tivotdale nicht mehr zu sehen war.

Eleanor schreckte auf. „Natürlich tue ich das. Wie könnte ich nicht?"

„Was ist passiert?", fragte Alexander, der genau wusste, was Moira bekannt war, seiner Lady aber nicht.

Eleanor sah ihn ruhig an. „Er kam berauscht in unsere Kammer, wie es seine Gewohnheit war. Er verschloss die Tür, entledigte sich seiner Kleidung, bestand darauf, dass wir beieinanderlagen, und als ich mich weigerte, weil er betrunken war, hob er die Hand, um mich zu schlagen, wie er es schon oft getan hatte." Sie schluckte. „Und ich ließ es mir nicht mehr gefallen."

Ihre Worte schwebten in der Luft, alle in der Gruppe hörten aufmerksam zu. Alexander verstand, warum sie sich anfangs vor ihm gefürchtet hatte und in Panik geraten war, als er die Tür abgeschlossen hatte. „Hat er dich immer verprügelt?"

„Im ersten Jahr nicht, obwohl er immer grob zu mir war. Erst als ich keinen Sohn bekam, und das trotz seiner Bemühungen, wurde er so wütend auf mich."

Wieder diese Forderung, dass sie Söhne bekommen sollte. Alexander vermutete, ihre Erwartung, dass er Söhne von ihr verlangen würde, stammte aus ihrer Erfahrung mit ihren vorherigen Ehemännern. Er griff nach ihrer Hand und sie umklammerte seine, während sie sich noch mehr im Sattel aufsetzte. „Du hast es also nicht hingenommen, dass er dich noch einmal schlug", sagte er, um sie zu ermutigen, fortzufahren.

„Nein. Und deshalb schlug ich zurück", gestand sie. „Um ehrlich zu sein, ich habe ihm einen Schlag versetzt, bevor er mich schlagen konnte, so betrunken war er. Er fiel um und bewegte sich nicht mehr." Sie schluckte mehrmals. Ich wusste, dass mein Leben so gut wie vorbei war, wenn sie mich auf Tivotdale wegen des Mordes an Ewen vor Gericht stellen würden, also floh ich voller Angst, mitten in der Nacht."

Sie sah Alexander wieder an, ein Flehen in ihren Augen. „Und so kam ich zufällig hierher. Kinfairlie ist ein ganz besonderer Zufluchtsort, der beste, den man sich vorstellen kann. Es war, als hätte jemand meine Schritte gelenkt. Und so vertraue ich diese Wahrheit seinem Laird an, denn ich weiß, dass er die Wahrheit vorzieht, auch wenn sie verwerflich ist, und ich bitte ihn um Gnade."

„Du brauchst seine Gnade nicht", sagte Alexander leise. „Denn deine Wahrheit ist nur ein Teil der ganzen Wahrheit."

Eleanor blinzelte erstaunt. Sie sah Alexander stirnrunzelnd an und er deutete auf Moira, die sich gewichtig räusperte.

„Ich kam an diesem Morgen in Eure Kammer, Mylady, und sah, dass Ihr fort wart. Meinen Lord Ewen fand ich auf dem Boden liegend vor und ich dachte zuerst, dass er dort nur schlummerte. Gott weiß, der Mann war schon tausendmal fern von seinem Bett im Vollrausch eingeschlafen. Er schnarchte und am Kopf hatte er eine Beule. Wahrlich, ich hatte großes Mitleid mit Euch, dass Ihr ein solches Schwein von Ehemann ertragen musstet."

„Er schnarchte?“, rief Eleanor aus. „Wie kann er geschnarcht haben?“

„Aye, Mylady, er schnarchte. Er war lebendig. Ich ging, um meinen Herrn Alan zu holen, denn ich wusste, dass mindestens ein Mann nötig sein würde, um Ewen in sein Bett zu hieven. Ich dachte, dass Ihr nur aufgestanden und in die Halle oder die Küche gegangen wärt.“

Moira holte tief Luft. „Ich brachte Alan in Eure Kammer und er beugte sich über seinen Bruder, der inzwischen aufgehört hatte, zu schnarchen. Alan hielt in einer Weise inne, die mich veranlasste, genauer hinzusehen. Er fragte, wo Ihr wärt, und ich gab zu, dass ich es nicht wusste. Er bemerkte, dass Euer Umhang und Eure Stiefel verschwunden waren, als ob Ihr fortgegangen wärt. Ich konnte mir das nicht erklären. Ich schaute mich in der Kammer um und suchte nach einem Grund, warum Eure Kleidung nicht mehr da war, und hätte ich mehr Zeit darauf verwendet, hätte ich das, was er tat, nicht bemerkt.“

Eleanor umklammerte Alexanders Finger.

„Ich habe das Messer gesehen“, fuhr Moira fort. „Die Klinge blitzte im morgendlichen Sonnenlicht auf, als er sie in die Kehle seines eigenen Bruders rammte. Ich hörte das Gurgeln von Ewens Tod, aber ich hatte meine fünf Sinne beisammen und tat so, als würde ich nach Euren Strümpfen suchen. Alan erhob sich, so ruhig, wie ein Mann nur sein kann, drehte sich um, blickte mir in die Augen und teilte mir mit, dass meine Lady ihren Gatten erstochen hätte. Er sagte, dass sein älterer Bruder von der Witwe dieses Bruders ermordet worden wäre und er nun die Last übernehmen müsste, Laird von Tivotdale zu sein.“

„Aber Ewen hat mir nie erlaubt, ein Messer mitzuführen!“, rief Eleanor aus. „Womit hätte ich ihn erstechen sollen?“

„Ich war nicht die Einzige, die dieses Detail bemerkte, Mylady, jedoch sagte ich nichts. Diejenigen, die sich mit Alan Douglas deswegen anlegten, kamen im Verlies in den Genuss seiner Gastfreundschaft.“

Eleanors Lippen bewegten sich, doch vor Überraschung brachte sie keinen Ton heraus. Alexander hielt weiterhin lediglich ihre Hand.

„So wie sich ein anderer Mann im Kerker von Kinfairlie befindet“, stellte Elizabeth genüsslich fest.

„Wer?“ Eleanor blickte von einem zum anderen.

„Einer von Alans Söldnern, der zurückblieb, als jene Armee dich am Weihnachtstag in Kinfairlie gesucht hat", erklärte Alexander.

„Er hat die Dornen unter Uriels Sattel gelegt", fügte Malcolm voller Verachtung hinzu.

„Und ich habe ihn in der Halle erspäht", sagte Moira. „Ich habe ihn sofort erkannt und obwohl ich mir anfangs nicht erklären konnte, warum er auf Kinfairlie war, wurde sein Plan bald klar." Sie nickte zufrieden. „Laird Alexander sorgte dafür, dass er zu Recht für seinen Versuch verurteilt wurde, den Laird des Anwesens zu Fall zu bringen."

„Was wird mit ihm geschehen?", fragte Eleanor Alexander.

Er zuckte mit den Schultern, sagte aber entschlossen: „Ein Schicksal wird ihn ereilen, das seinem Verbrechen angemessen ist. In einigen Monaten wird zweifellos Gestank aus den Kerkern von Kinfairlie aufsteigen. Wir werden sie reinigen lassen, wie es sich im Frühling für die gesamte Burg gehört." Er begegnete ihrem Blick. „Vielleicht finden wir in den Kerkern etwas, das wir vergessen haben."

Eleanor hielt seinem Blick unbeirrt stand. „Es ist nur gerecht, dass er leidet", sagte sie mit Nachdruck. „Er wird Zeit haben, seine Sünden zu bereuen." Dann runzelte sie die Stirn. „Aber was ist mit dem Trunk, der Anthony niedergestreckt hat?"

„Es war Jeannies Gebräu", verriet Elizabeth.

„Jeannies?"

„Sie hatte ihn für dich bestimmt", fuhr Alexander fort. „Als Warnung, damit du ihre Talente nicht unterschätzt." Eleanors Lippen wurden schmal, aber Alexander ließ ihr keine Gelegenheit zu sprechen. „Ich würde mich freuen, wenn meine Gemahlin bereit wäre, die Pflege und das Wohlergehen der Menschen von Kinfairlie in ihre Hände zu nehmen, da unsere frühere Heilerin es für angebracht hielt, uns zu verlassen."

Eleanor lächelte und umschloss seine Hand fester. „Es wäre mir ein Vergnügen."

Alexander erwiderte ihr Lächeln. Dann drehte er sich um und sah die Silhouette von Kinfairlie, die vor ihnen aufragte, den Turm, der sich vom Silber des Meeres abhob, und verspürte plötzlich Stolz beim Anblick seines Wohnsitzes.

Des Wohnsitzes, in dem sie beide lebten. Es war kein luxuriöses, aber ein hübsches Zuhause, und er war sicher, dass sich mit Eleanor an seiner Seite sein Schicksal zum Besseren gewendet hatte.

Irgendwie würden sie Kinfairlie wieder zu Wohlstand bringen.

„Es gibt noch etwas, das du haben solltest", sagte Elizabeth, als Eleanor dachte, dass es nichts mehr zu beichten gäbe. Das Mädchen nestelte an etwas, was sie an ihren Gürtel geknotet hatte, und reichte Eleanor einen in Stoff eingewickelten Gegenstand. „Alan war so vorhersehbar." Verächtlich schüttelte sie den Kopf. „Es lag ganz oben in seiner Schatztruhe."

Das Gewicht des Päckchens war ihr so vertraut, so lieb geworden, dass Hoffnung in Eleanor aufkeimte. „War das das Schloss, das du geknackt hast?", riet sie.

Elizabeth lächelte voller Stolz. „Genau. Rosamunde hat mir diese Fertigkeit bei einem ihrer Besuche beigebracht, als es kaum etwas anderes zu tun gab und wir beide keine Lust zum Sticken hatten. Ich habe aber nie geglaubt, dass ich diese Fähigkeit einmal nutzen würde."

„Nimm dich in Acht, Schwesterherz", mahnte Alexander, wobei sein neckischer Ton nicht darüber hinwegtäuschen konnte, dass er viel blasser war als sonst. „Du wirst noch das schwarze Schaf in unserer Familie werden."

„Das ist mir egal!" Elizabeth reckte ihr Kinn vor.

Bevor sie weiterreden konnte, meldete sich Isabella zu Wort: „Mach es auf!", drängte sie.

Eleanor schloss ihre Hand um den stoffumwickelten Gegenstand und ihr Herz machte einen Sprung, weil ihr die Form so bekannt vorkam. Ihr Mund wurde trocken und sie spürte, wie ihr Herz pochte. „Ich hätte nie gedacht, dass ich es wiedersehen würde", sagte sie mit belegter Stimme.

Die anderen warteten geduldig, während sie überwältigt dasaß. War ihnen die Bedeutung ihrer Gaben bewusst? Eleanor konnte nicht glauben, dass sie eine solche Fülle verdiente – oder aber sie waren großzügiger als alle Seelen, denen sie je begegnet war.

Vorsichtig packte sie das Kleinod aus. Halb fürchtete sie, dass sie sich geirrt hatte, dass ihr das verheißene Geschenk vor ihren Augen wieder entrissen werden würde.

Aber nein. Alexander enttäuschte sie nie. Die Rubine im Kruzifix ihrer Mutter funkelten im Sternenlicht, das Schmuckstück schimmerte auf ihrer Handfläche.

Eleanor kamen Tränen der Freude. „Ich danke euch", wisperte sie und sah sie nacheinander an. „Ich danke euch, euch allen. Es ist die einzige Erinnerung an meine Mutter, die ich habe, und ich bin erstaunt, dass ihr bereit wart, euer Leben zu riskieren, um es mir zurückzugeben. Danke!" Alexander legte seine Hand auf ihre und sie holte zitternd Luft, während sie mit bebenden Fingern das Kleinod berührte.

„Leg es um!", drängte Elizabeth.

Eleanor brauchte keine weitere Aufforderung, um die goldene Kette über ihren Kopf zu ziehen. Das Schmuckstück reichte ihr bis knapp unter das Schlüsselbein und sein Gewicht war ihr unendlich willkommen. Sie lächelte Alexander an, der sie mit leuchtenden Augen betrachtete. „Du hast mir Geschenke gemacht, die ich nie erwartet hätte", flüsterte sie.

„Ich gestehe dir nicht mehr und nicht weniger zu als das, was du verdienst", sagte er und küsste ihre Fingerknöchel. Die anderen wandten sich ab, um miteinander zu sprechen, und gewährten den beiden so einen ungestörten Moment.

„Ich wünschte, ich hätte es an unserem Hochzeitstag tragen können." Eleanor strich über das Kruzifix. „Man sagt, es bringt Glück."

Alexander grinste. „Wenn man bedenkt, wie viel Glück du in den beiden Ehen hattest, bei deren Schließung du es getragen hast, bin ich ziemlich froh, dass du es bei unserer Hochzeit nicht anhattest. Du kannst es von heute an tragen."

„In der Tat, das werde ich, denn ich finde, dass diese Heirat ein Glücksfall ist."

„Guinevere ist ebenfalls ein Hochzeitsgeschenk, wenn auch ein verspätetes", sagte Alexander. „Ich hoffe, du wirst sie bei guter Gesundheit und lange reiten, genauso wie ich hoffe, dass wir eine gute und langjährige Ehe führen werden."

Eleanor fühlte sich leichter und gesegneter als je zuvor. „Ich danke dir, auch wenn ich bedaure, dass ich nur ein einziges Geschenk habe, das ich dir in diesem Moment überreichen kann."

Alexander zog eine Braue hoch. „Ist das so?"

„Das ist so." Sie hielt seine Hand fest. „Mein Gemahl hat es geschafft, mein Herz in seinen Besitz zu bringen, und so übergebe ich es deiner Obhut. Ich liebe dich, Alexander Lammergeier." Sie lächelte ihn an. „Ich weiß aus zuverlässiger Quelle, dass alle guten Ehen darauf aufgebaut sind."

„So habe ich das auch immer gesehen", sagte er mit einem Augenzwinkern.

Sie ritten in den Burghof, die Pferde stampften und schnaubten. Knappen kamen aus den Ställen gelaufen und Dorfbewohner scharten sich um die Gruppe, begierig, Einzelheiten über ihr Abenteuer zu erfahren. Anthony schritt aus der Halle, rief Befehle und kümmerte sich darum, dass den Verwundeten sofort geholfen wurde.

Aber Eleanor hatte nur Augen für ihren Ehemann. Er war blasser, als ihr lieb war, obwohl er sich immer noch kraftvoll bewegte. Er stieg ab, dann hob er sie aus dem Sattel.

„Du hättest mich nicht zurückholen sollen, nicht bevor deine Wunde verheilt ist", schalt sie ihn – sie konnte sich nicht zurückzuhalten.

Er grinste und hielt sie so, dass sich ihre Füße ein kleines Stück über dem Boden befanden, als wollte er sie wieder in den Sattel setzen. „Soll ich dich nach Tivotdale zurückbringen und dich später abholen?", fragte er im Scherz und sie lachte laut.

„Du weißt, was ich meine", erwiderte sie und legte ihre Arme um seinen Hals. „Ich liebe dich. Ich bin über alle Maßen froh, an deiner Seite zu sein, aber ich sorge mich um dein Wohlergehen."

Er beugte sich hinunter und küsste sie auf die Stirn. „So wie ich mich um deines sorge." Ihm versagte beinahe die Stimme, als er sie enger an sich drückte. „Ich hatte keine andere Wahl, Eleanor. Ich liebe dich zu sehr, um dich einem solchen Schicksal zu überlassen." Seine Arme umschlossen sie und mehr würde sie niemals brauchen. „Du musst wissen, dass ich das Geschenk deiner Liebe immer wie einen Schatz bewahren werde", flüsterte er. „Aber du solltest dir bewusst sein, dass du im Gegenzug mein Herz gefangen hältst."

„Ich gelobe, es zu hegen, wie es das verdient." Sie streckte eine Hand aus und wischte ihm etwas von dem Ruß aus dem Gesicht, dann hob sie anklagend den Finger. „Du, mein Herr, benötigst ein Bad."

„Und ich soll allein baden?"

„Nie wieder!"

Alexander lachte und Eleanor war glücklicher als je zuvor in ihrem Leben. Anthony räusperte sich in unmittelbarer Nähe, dann hielt er seinem Laird etwas hin, das in seiner Hand verborgen war. „Das möchtet Ihr vielleicht haben, Mylord", sagte er und lächelte dann Eleanor an. „Willkommen zu Hause, Mylady."

„Zu Hause", wiederholte Eleanor und spürte, wie ihr wieder die Tränen kamen.

Alexander öffnete seine Hand. Der Smaragdring seiner Mutter kam zum Vorschein und seine Augen leuchteten auf. „Der gehört an diesen Finger." Er hob Eleanors linke Hand und hielt den Ring darüber. Er zog eine Augenbraue hoch, als sie ihren Finger durch den goldenen Reif schob und damit erneut das annahm, was er ihr anbot.

„Und du, mein Gemahl, brauchst einen Sohn", sagte sie mit Nachdruck.

„Ich brauche die heilende Zärtlichkeit meiner Lady", sagte er und forderte ihre Lippen in einem besitzergreifenden Kuss. Eleanor erwiderte seine Umarmung mit Inbrunst, ohne sich darum zu kümmern, wer Zeuge ihrer Leidenschaft wurde. Wie immer brachten seine Berührungen ihr Blut in Wallung und sie konnte es kaum erwarten, sich mit ihm in das Privatgemach und das große Bett zurückzuziehen.

Die Anwesenden um sie herum jubelten und als Alexander schließlich den Kopf hob, bemerkte Eleanor, dass ihre Hand sanft auf der Beule an seinem Hinterkopf lag.

Sie war nicht groß, aber auch nicht klein.

Eleanor runzelte die Stirn und sah ihn mit gespielter Betroffenheit an. „Vierzehn Tage Bettruhe, mein Gemahl, und keinen Augenblick weniger. Das ist es, was dich heilen wird."

„Ein Ehrenmann kann sich nur jedem Befehl seiner Lady fügen." Alexanders Augen funkelten schelmisch.

Eleanor lachte und stellte sich auf die Zehenspitzen, um ihn richtig zu küssen, und es gefiel ihr, wie er auf ihre Liebkosung reagierte. Alexanders Eroberung ihres widerstrebenden Herzens war ein Sieg, der wahrlich gefeiert werden musste.

EPILOG

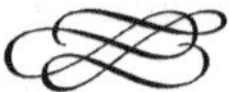

Es war Oktober auf Kinfairlie und Alexander wusste, dass in seiner Burg irgendein Schabernack getrieben wurde.

Erst im Monat zuvor hatte Kinfairlie seinen ersten Herbstjahrmarkt veranstaltet und das mit Eleanors klugem Rat. Obwohl es einige Dinge gab, die in Zukunft verbessert werden konnten, betrachtete er das Ganze als Erfolg. Seine Grenzen waren sicher, es war etwas Geld in seinen Schatztruhen. Auf Tivotdale hatte es Saatgut gegeben, das sie im Frühjahr abgeholt hatten, und das Wetter war hervorragend gewesen. Die Ernte war gut ausgefallen.

Alexander war so zufrieden, dass er sich um ein bisschen Schabernack keine Gedanken machte. Seine drei jüngeren Schwestern wirkten selbstgefällig und er ertappte sie dabei, wie sie über ein Geheimnis kicherten, das sie nicht preisgeben wollten. Sogar Eleanor, hochschwanger mit seinem Kind, schien ihm etwas zu verheimlichen. Er fragte nicht nach der Geschichte, ja, er tat so, als ob er ihre vielen Andeutungen nicht wahrnehmen würde, denn er kannte diese Vorzeichen gut.

Es war ein Scherz im Gange und er sollte die Zielscheibe sein. Er fürchtete nicht, dass es sich um einen üblen Streich handelte, denn seine Frau war eindeutig daran beteiligt. Tatsächlich tat sie so geheimnisvoll, dass sie sogar die Anstifterin gewesen sein könnte, und deshalb war ihm leicht ums Herz. Die Lady war seit ihrer Hochzeit regelrecht aufgeblüht und Alexander wusste, nun offenbarte sie ihr wahres Wesen. Dass sie ihm genug vertraute, um einen Scherz zu machen, sogar einen auf seine Kosten, war wirklich erfreulich.

Alexander hoffte nur, dass die vier Frauen ihm ein wenig von seinem Stolz lassen würden, obwohl er bezweifelte, dass dies der Fall sein würde.

ALEXANDER VERGASS seinen Verdacht in dem Augenblick, als Eleanors Wehen einsetzten. Das Kind kam früher als erwartet und der ganze Haushalt geriet in Aufruhr, als ihr Wasser brach. Alexander war froh, dass Jeannie seit damals sein Haus nicht mehr betreten hatte, denn er hätte sie bestimmt nicht damit betraut, Eleanor bei der Geburt ihres Kindes zu helfen.

Frauen eilten hin und her, Kessel mit dampfendem Wasser wurden ins Privatgemach geschleppt und ein Läufer wurde zu einer Hebamme geschickt. Eleanor wurde zu dem großen Bett im Privatgemach geleitet, Annelise stützte sie und Vera und Moira übernahmen gemeinsam die Führung.

Nur Alexander hatte keine Aufgabe, die er erfüllen konnte. Ihm wurde von den beiden beherzten Bediensteten sogar untersagt, sein eigenes Gemach zu betreten.

„Aber ich muss an der Seite meiner Lady sein", wandte er ein, wohl wissend, dass er verloren hatte.

„Dort ist kein Platz für einen Mann, Mylord", beharrte Moira.

„Es wird oft gesagt, dass ein Mann, der bei der Geburt seines eigenen Kindes dabei ist, seine Frau nie wieder auf dieselbe Weise ansehen wird wie vorher", führte Vera aus.

In dem Moment schrie Eleanor und alle drei zuckten zusammen. „Wir haben einen langen Tag vor uns, Mylord", sagte Moira mit falscher Fröhlichkeit.

„Das erste Baby braucht immer am längsten", fügte Vera hinzu. Die beiden lächelten Alexander mit einer kecken Zuversicht an, die er nicht zu teilen vermochte. Dann erschienen Elizabeth und Isabella, atemlos vom Laufen, und die Zofen nickten ihnen zu und ließen sie in die Kammer eintreten. „Meine Herrin wird Euren Beistand zu schätzen wissen", meinte Vera.

„Aber –", protestierte Alexander und streckte die Hand nach dem Riegel aus.

„Wir werden Euch rufen, Mylord, wahrscheinlich jedoch nicht so bald", sagte Moira knapp und mit Autorität. Dann verschwanden die Frauen im Privatgemach und schlugen Alexander die Tür vor der Nase zu.

Schlecht gelaunt stapfte er hinunter in seine Halle. Eleanor schrie erneut, ihr letzter Schrei endete mit einem Keuchen, das ihn erschaudern ließ.

„Ihre Schreie folgen nicht dicht aufeinander, Mylord", erklärte Anthony und bot seinem Laird einen Becher Bier an. „Das Kind wird noch nicht so bald kommen."

Alexander warf seinem Kastellan einen vielsagenden Blick zu, nahm das Bier entgegen und trank die Hälfte in einem Zug.

Beide Vorhersagen trafen zu. Der Tag zog sich in die Länge und Alexander lief so unermüdlich in der Halle auf und ab, dass er hätte schwören können, er würde Spuren im Boden hinterlassen. Eleanor schrie in Abständen auf, ihre Schreie wurden lauter und kamen immer schneller hintereinander. Als die Nacht die Halle zu verdunkeln begann und das Kind immer noch nicht da war, fragte sich Alexander, wie sein Vater diese Tortur achtmal durchgestanden hatte – ganz zu schweigen von seiner Mutter.

„So lange dauert es noch gar nicht, Mylord, auch wenn es so erscheint." Anthony stellte einen weiteren Becher Bier vor seinen Herrn auf den Tisch, zusammen mit einer Scheibe Brot und etwas Käse.

„Fast ein ganzer Tag ist lang genug!", protestierte Alexander.

„Es gibt Frauen, die mehrere Tage und Nächte in den Wehen liegen, bevor das Kind bereit ist, das Licht der Welt zu erblicken", behauptete Anthony, der diese Tatsache mit einer Gelassenheit hinnahm, die Alexander sauer aufstieß. „Ich bezweifle nicht, dass es für Eure Lady noch beschwerlicher ist als für Euch, zu spüren, wie die Zeit verstreicht."

„Das bezweifle ich ebenfalls nicht, Anthony." Alexander trank einen Schluck Bier, dann begann er wieder, ruhelos in der Halle auf und ab zu laufen.

„Ihr möchtet eine Aufgabe haben", stellte sein Kastellan fest. „Aber wahrhaftig, Mylord, Ihr habt Euren Anteil an diesem Unterfangen schon vor vielen Monaten geleistet."

„Danke, dass Sie mich daran erinnern, dass ich für die Schmerzen meiner Lady verantwortlich bin."

Der Kastellan schüttelte den Kopf. „Das ist alles ganz natürlich, Mylord, und Lady Eleanor ist jung und gesund. Soweit ich weiß, gibt es vor dem zweiten Tag wenig Grund zur Besorgnis."

Alexander richtete sich auf. „Ich danke Ihnen, Anthony. Ich werde beten, dass die Tortur der Lady bald ein Ende hat."

Eleanor unterstrich diese Bemerkung mit einem Schrei, der lauter und länger war als die anderen zuvor. Im Privatgemach ertönte ein Freudenruf und sie hörten ermutigende Stimmen.

„Das Baby", flüsterte Anthony.

„Ich halte es nicht mehr aus", sagte Alexander, als seine Frau erneut und noch lauter schrie. Die Frauen, die bei ihr waren, riefen aufmunternde Worte und er konnte nicht länger in der Halle verweilen.

Am Eingang zur Halle kam Unruhe auf, aber Alexander war das gleichgültig. Er lief zielstrebig auf die Treppe zu, entschlossen, dass zwei ältere Frauen ihn diesmal trotz ihrer Überzeugungen nicht aufhalten würden.

Anthony räusperte sich plötzlich laut. „Ihr habt Besuch, Mylord."

„Er oder sie kann bis morgen warten", entgegnete Alexander knapp, ohne einen Blick zurückzuwerfen. „Bitte sorgen Sie dafür, dass unser Gast es bequem hat, aber ich habe weder Zeit noch Geduld, heute jemanden zu unterhalten."

„Ihr werdet vielleicht anders darüber denken, sobald Ihr wisst, wer ich bin", ließ sich eine unbekannte Stimme mit leisem Humor vernehmen.

Alexander, der dabei war, die Treppe hinaufzusteigen, drehte sich auf halbem Weg um und sah einen älteren Mann in seiner Halle stehen. Dieser Mann hatte klare Augen und stand erwartungsvoll da. Er war nicht mehr ganz jung, hatte eine dichte, weiße Haarmähne und sein Gewand war sehr kostbar. Ringe schmückten die meisten seiner Finger, sein Tappert war reich mit goldenen Stickereien verziert und ein pelzgefütterter Mantel in sattem Schwarz fiel ihm über die Schultern. Vier Pagen standen hinter ihm, ihre Haltung verriet Achtsamkeit und ihre Gewänder spiegelten die Farben seiner Bekleidung wider.

Alexander zwang sich zu einem dünnen Lächeln. „Ich bezweifle, dass ich anders darüber denken würde", entgegnete er höflich. „Wie Ihr vielleicht bemerkt habt, bringt meine Frau gerade unser Kind zur Welt und sie ist am heutigen Abend meine einzige Sorge." Er wies auf Anthony. „Trotzdem heiße ich Euch auf Kinfairlie willkommen und gehe davon aus, dass wir uns morgen besser kennenlernen werden. Bis dahin ist mein Haus das Eure."

Eleanor schrie erneut auf und Alexander nickte dem Gast und dem Kastellan zu. Kaum hatte er einen Schritt getan, drang ein weiterer Schrei an seine Ohren.

Es war der Schrei eines Babys.

Oben jubelten die Frauen und Alexander rannte die restlichen Stufen hinauf, wobei er drei auf einmal nahm. Er stürzte in sein Gemach und sah zu seiner Erleichterung, dass Eleanor noch lebte. Er ging direkt zu ihr hin und küsste erst ihre Hand, dann ihre Stirn. „Wie geht es dir?"

„Ich bin froh, dass diese Aufgabe erledigt ist." Trotz ihrer Erschöpfung lächelte sie ihn an. Ihre Stirn war schweißnass und das Laken blutdurchtränkt, aber sie lebte und war ganz rot im Gesicht.

„Ich bin auch froh."

„Sag mir, Alexander, bist du entschlossen, acht Kinder zu bekommen, wie deine Eltern?", fragte sie mit funkelnden Augen.

„Eines wird genügen", antwortete er mit Nachdruck, denn er war unsicher, ob er noch mehr Tage wie diesen ertragen könnte.

„Du brauchst doch sicher einen Sohn?", neckte Eleanor ihn. Ihre

Augen blitzten vor unerwartetem Humor, doch Alexander verstand den Scherz nicht.

„Beides, ein Sohn oder eine Tochter, ist mir recht", sagte er. „Solange meine Lady gesund ist."

Eleanor lächelte. „Törichter Mann", flüsterte sie, ohne dass Tadel in ihrer Stimme mitschwang. „Du brauchst einen Sohn, sogar mehr als die meisten Männer."

Isabella trat an Alexanders Seite, ein dickes Bündel im Arm. „Sieh nur", sagte sie mit einem solchen Stolz, als wäre das Kind ihr eigenes. Sie hielt es Alexander hin und er lächelte über das rote, empörte Gesicht des Babys. Behutsam legte sie es ihm in den Arm und prompt brüllte es noch lauter.

Er hatte keine Zeit, nach dem Geschlecht zu fragen, geschweige denn, warum seine Frau so sehr darauf bestand, einen Sohn zu bekommen, bevor die Frauen gleichzeitig entsetzt nach Luft schnappten.

„Wer seid Ihr?", rief Vera. „Und was habt Ihr in dieser Kammer zu suchen?"

„Ihr werdet meine Herrin sicher nicht in diesem Zustand sehen", schimpfte Moira und warf ein sauberes Leinentuch über Eleanors Knie.

„Mein Herr!" Alexander richtete sich auf, als er seinen Gast zu diesem Zeitpunkt in dem Gemach sah.

Der ältere Herr schaute sich interessiert um, als würde er Alexanders Besitz anhand seiner Einrichtung abschätzen.

„Ihr geht zu weit! Es gehört sich kaum für einen Gast, meine Lady in einer solchen Lage zu sehen." Er und Vera machten Anstalten, dem Mann den Weg zu versperren, doch der zog angesichts dieses Hindernisses nur eine Augenbraue hoch. Er spähte über ihre Schultern und lächelte dünn. „Guten Abend, Eleanor", sagte er knapp.

Zu Alexanders Erschrecken setzte Eleanor sich auf, richtete ihre Chemise und strich sich das Haar glatt. „Guten Tag, Lord Reinhard."

„Du kennst ihn?", fragte Alexander halblaut.

Eleanor nickte. „Ich habe ihn nach Kinfairlie eingeladen, damit er an diesem Tag als unser Gast eintrifft."

„Ts, ts", machte Reinhard missbilligend. „Allerdings hätte deine Einladung dringender ausfallen müssen. Du hast mir nämlich geschrieben, dass dieses Kind frühestens in einer Woche kommen würde. Du hast es zu früh auf die Welt gebracht, Eleanor, und hättest dadurch beinahe alles verloren."

„Es tut mir leid, Mylord." Eleanor senkte sittsam den Blick.

„Es ist nicht ihre Schuld, Mylord", sagte Moira und stellte sich neben Eleanor, als wollte sie sie beschützen. „Ein Baby kommt, wann es will."

„Und es gibt jede Menge Zeugen für den Fall, dass Ihr später gekommen wärt", bemerkte Elizabeth. Sie stellte sich neben Eleanor, wie um sie zu verteidigen. Alexander beobachtete, wie Annelise sich neben Elizabeth aufbaute, während Isabella sich neben ihm aufrichtete.

„Was bedeutet das?", fragte Alexander. „Was hat es hiermit auf sich?"

Sie beachteten ihn nicht.

„Ich habe es kaum geschafft, rechtzeitig anzukommen, um das Ereignis zu bezeugen, und egal, was du glaubst, es ist von entscheidender Bedeutung, dass ich die Ankunft des Babys bestätige", schnaubte Reinhard.

„Ist das Kind nicht gesund?" Alexander bekam es mit der Angst zu tun. Er blickte auf das Bündel in seinen Armen hinunter.

Eleanor ergriff seine Hand. „Dem Baby geht es gut."

Alexander schaute verwirrt zwischen den beiden hin und her.

Reinhard schnippte mit den Fingern und einer seiner Pagen – die ihm zum Entsetzen von Moira und Vera ebenfalls in das Privatgemach gefolgt waren – gab ihm einen Federkiel. Reinhard schnippte erneut mit den Fingern und man reichte ihm eine Schriftrolle aus Pergament, die mit einer beeindruckenden Anzahl von Bändern versehen war. Er entrollte sie, wobei viele roten Wachssiegel zum Vorschein kamen, und räusperte sich.

Dann schob er das Laken über Eleanors Knien mit der Spitze des Federkiels zur Seite.

„Was ist das für eine Frechheit?", brüllte Alexander. „Ich protestiere gegen diese unwürdige Behandlung meiner Frau!"

„Es muss sein", versuchte Eleanor ihn zu besänftigen.

„Lass ihn tun, was er tun muss", riet Isabella Alexander und hielt ihn am Arm zurück.

Sie waren beide verrückt geworden, davon war er überzeugt, weil sie das Betragen dieses Mannes nicht als anstößig empfanden.

„Es scheint, dass du tatsächlich vor sehr kurzer Zeit ein Kind geboren hast, Eleanor", sagte Reinhard mit einiger Anerkennung.

„In der Tat, das habe ich, Mylord."

„Es wäre natürlich ideal gewesen, wenn ich bei der Geburt zugegen gewesen wäre und damit bezeugen könnte, dass dieses Kind zweifelsohne aus deinem Schoß stammt, aber man muss sich wohl mit dem begnügen, was möglich ist, nehme ich an."

„Ich bitte nochmals um Entschuldigung, Mylord."

Reinhard brummte etwas und machte eine Notiz auf seinem Pergament, dann sah er sich in der Kammer um. Sein Blick fiel auf das Kind in Alexanders Armen und er durchquerte den Raum. „Und das ist vermutlich der fragliche Säugling?"

„Natürlich", antworteten die Frauen einstimmig.

„Was ist der Grund für diesen Wahnsinn?", fragte Alexander, doch Eleanor berührte seinen Ellenbogen mit einer Fingerspitze, um ihn zum Schweigen zu bringen. „Vertrau mir", flüsterte sie. Ihre Augen blitzten so vergnügt, dass ihr Verhalten ihn mehr beruhigte, als alle ihre Worte es vermocht hätten.

Reinhard, der offensichtlich nicht viel von kleinen Kindern hielt, schob mit der gefiederten Spitze seines Federkiels das Wickeltuch beiseite. Seine Lippen kräuselten sich leicht, aber er machte weiter. Bald kam der kleine Penis des Babys zum Vorschein, doch der Junge protestierte gegen diese intime Geste mit neuerlichem Schreien.

„Ein Junge." Reinhard nickte Eleanor beifällig zu. „Gut gemacht."

„Ich habe mir Mühe gegeben, Mylord", antwortete sie und schenkte Alexander ein Lächeln. Sie drückte seine Hand und ihre Augen leuchteten vor Freude so sehr, dass er gleichzeitig entzückt und verwirrt war.

„Aber was hat das zu bedeuten?", fragte er. „Wer seid Ihr?"

Reinhard richtete sich auf, beleidigt über diese Frage. „Ihr wisst es nicht?"

Alexander schüttelte den Kopf. Seine Schwestern kicherten und stießen sich gegenseitig an.

Der ältere Mann richtete seinen Blick auf Eleanor. „Du hast es ihm nicht gesagt?"

Sie errötete. „Er hat mich um meiner selbst willen geheiratet."

„Wirklich?" Reinhard blinzelte. Er schaute einigermaßen erstaunt zwischen den Eheleuten hin und her, dann schüttelte er den Kopf. „Und da sagt man in diesen Tagen, die Welt wäre nicht voller Wunder", sinnierte er.

„Da muss ich widersprechen. Meine Lady ist ein Wunder an sich –"

Reinhard brachte Alexander mit einer Handbewegung zum Schweigen. „Das bestreite ich nicht. Ich will damit nur sagen, dass ein Mann, der mehr sieht als das Gewicht seines eigenen Geldbeutels, ein Wunder ist." Er schaute Alexander mit wachem Blick an. „Und Ihr seid also der Vater dieses Kindes?"

„Das bin ich."

„Ohne jeden Zweifel?"

Alexander wollte sich entrüsten, doch Eleanor unterbrach ihn mit einer weiteren Berührung. „Sei nicht beleidigt", riet sie ihm. „Denn es steht viel auf dem Spiel." Dann wandte sie sich an Reinhard. „Wir wurden am Weihnachtstag getraut, Mylord, und seitdem war ich mit keinem anderen Mann zusammen."

„Das ist nun mehr als zehn Monate her. Ausgezeichnet." Reinhard machte einen weiteren Vermerk, dann stockte seine Feder über dem Pergament. „Und wie lauten Euer voller Name und Titel?"

„Alexander Lammergeier, Laird von Kinfairlie", gab Eleanor Auskunft, ehe Alexander etwas gegen die Aufdringlichkeit dieses Mannes hätte einwenden können.

„Hervorragend." Reinhard zeichnete sein Pergament mit einem Schnörkel, dann schnippte er erneut mit den Fingern. Er übergab seinen Pagen Pergament und Schreibfeder und auf seinen gemurmelten Befehl hin huschten sie hinaus. Dann faltete er seine Hände und erwiderte Alexanders Blick, ohne ein Wort zu sagen.

Die Kammer füllte sich mit erwartungsvollem Schweigen. Nach

einem Moment begann Reinhard, die Ausstattung des Privatgemachs erneut zu begutachten. Alexander runzelte die Stirn, als der Gast einen Schemel betrachtete, als ob er etwas daran auszusetzen hätte, aber Eleanor schüttelte kaum merklich den Kopf.

Die Pagen kehrten kurz darauf zurück. Sie trugen kleine, aber offensichtlich schwere Truhen. „Und wo möchtet Ihr die Münzen sicher aufbewahren, Laird Alexander?", fragte Reinhard. Vier Pagen und ein älterer Mann blickten ihn erwartungsvoll an.

„Welche Münzen?", fragte Alexander.

Wider Erwarten lächelte Reinhard dünn. „Ihr wisst es wirklich nicht. Erlaubt mir, dass ich mich richtig vorstelle."

Alexander merkte nicht an, dass eine solche Vorstellung längst überfällig war.

„Ich bin Reinhard von Heigel, der Freund und Vertraute des verstorbenen Etienne Havilland, Baron von Breton. Etienne war natürlich der Vater Eurer Frau und hat mich mit der Vollstreckung seines Testaments beauftragt."

Alle Anwesenden bekreuzigten sich und Reinhard nahm diese Geste der Höflichkeit mit einem Nicken zur Kenntnis.

Dann fuhr er fort: „Etienne bestand darauf, dass sein Vermächtnis nur auf einen männlichen Erben übergehen konnte, und als er wusste, dass er nur eine Tochter haben würde, verfügte er, dass sein Nachlass treuhänderisch verwaltet werden sollte, bis seine Tochter Eleanor einen Sohn zur Welt bringen würde. Etienne legte fest, dass der Vater dieses Sohnes sein Erbe wird und dass ich, sollte er vor mir aus dieser Welt scheiden, dieses Vermögen als Treuhänder verwalte."

Reinhard räusperte sich und warf Eleanor einen strengen Blick zu. „Ich muss gestehen, ich hatte gehofft, dass Eleanor viel früher von einem Sohn entbunden werden würde. Es war sehr beschwerlich, Etiennes beträchtlichen Reichtum zu verwalten. Tatsächlich befürchtete ich, selbst abzuleben, bevor ein Erbe geboren wurde." Er lächelte verkniffen. „Ich gratuliere dir und deinem Ehemann, dass ihr dafür gesorgt habt, dass dies nicht eingetreten ist."

„Reichtum?", wiederholte Alexander und betrachtete die Truhen mit einer neuen Gewissheit darüber, was sie enthielten.

„Reichtum im Überfluss", erklärte Reinhard. Er öffnete die Truhen und enthüllte, dass jede mit Münzen gefüllt war. Eine enthielt Goldmünzen, die anderen drei waren voll Silbermünzen. „Deshalb, mein Herr, habe ich gefragt, wo Ihr Euer Erbe sicher verwahren wollt."

Anthony hüstelte und zog damit alle Blicke auf sich, auch die von Alexander, der nicht bemerkt hatte, dass sein Kastellan sich der wachsenden Gesellschaft im Privatgemach angeschlossen hatte. „Ich würde vorschlagen, Mylord, dass die Münzen gezählt werden, bevor man sie in die Schatzkammer von Kinfairlie bringt, um sicherzustellen, dass alles wie vorgesehen abgeliefert wurde."

„Ein sehr vernünftiger Vorschlag", meinte Reinhard.

Alle schauten Alexander an. Seine Schwestern grinsten und warteten darauf, wie er diesen außerordentlichen Reichtum aufnehmen würde.

„Du wusstest davon?", fragte er Eleanor.

„Was glaubst du, warum die Männer mich so unbedingt heiraten wollten?", erwiderte sie.

Er schüttelte den Kopf. „Abgesehen von diesem einen Grund fallen mir tausend weitere Gründe ein."

Mehr Belohnung als das Lächeln, das die Lady ihm als Antwort schenkte, hätte er sich nicht erhoffen können. Er setzte sich auf die Bettkante und sie streichelte die Wange ihres gemeinsamen Sohnes. Alexander wünschte sich nichts sehnlicher, als mit Eleanor die Wunder zu erkunden, die in ihrem Kind steckten.

„Seht euch die winzigen Fingerchen und Zehen an", flüsterte Isabella voller Ehrfurcht.

„Er ist perfekt", hauchte Annelise.

„Genau wie seine Mutter", meinte Alexander und Eleanor lief rot an.

Anthony räusperte sich nachdrücklich. „Mylord?"

„Im Stockwerk über diesem, Anthony, werden wir die Kammer mit den drei Fenstern als unseren Zählraum nutzen", sagte Alexander entschlossen, ohne aufzublicken. „Bitte sorgen Sie dafür, dass die Fenster von innen gesichert werden und eine Wache an die Tür gestellt wird.

Nur Sie oder ich werden eingelassen, sobald die Münzen dort gelagert wurden, und wenn das geschehen ist, möchte ich Sie bitten, unserem geschätzten Gast, Lord Reinhard, meine beste Gastfreundschaft zu erweisen.“

„Sehr wohl, Mylord.“ Nach Anthonys Verbeugung verließen die Männer schließlich das Gemach.

„Gottlob!“, murmelte Vera. „Ich dachte schon, sie würden nie gehen!“

„Männer im Geburtszimmer“, gluckste Moira. „Das ist schockierend!“

„Und dazu auch noch Fremde!“, stimmte Vera mit einem gehörigen Maß an Empörung zu. Sie tätschelte dem Jungen mit einer Fingerspitze die Wange. „Du bist ein schlaues Kerlchen, dass du dich von Anfang an in ein wohlhabendes Haus begeben hast!“ Das Baby gurgelte, anscheinend zufrieden damit, verhätschelt zu werden. „Von dem hier können wir einiges erwarten, so viel steht fest.“

„Seine Anwesenheit ist genug“, erklärte Eleanor.

„Du hättest dein Gesicht sehen sollen!“, sagte Elizabeth und bohrte Alexander ihren Finger in den Arm. Dann ahmte sie die grimmige Miene nach, die ihr Bruder kurz zuvor noch gehabt hatte. „Ich dachte, du würdest ihn aus dem Fenster werfen!“

„Es ist gut, dass du das nicht getan hast, denn er hätte Anstoß daran nehmen können“, meinte Annelise.

„Denk an all das Geld, Alexander“, flüsterte Isabella. „Denk an das, was man damit machen könnte.“

Alexander sah auf seine lächelnde Frau hinunter und hielt ihren Blick fest. Er wusste sehr genau, was er damit tun würde, und er vermutete, dass sie dieselben Gedanken hatte. Kinfairlie hatte zwar einige Schulden, aber das war nichts im Vergleich mit dem, was Eleanor in seine Schatztruhen gebracht hatte.

„Seltsam“, sinnierte er. „Ich sehe drei Hochzeiten vor mir, über die die ganze Christenheit sprechen wird, so schön werden die Bräute sein.“

Seine Schwestern schrien empört auf und Alexander lachte sie aus.

„Natürlich wird sich jede Maid den Mann zum Gatten wählen, den sie am meisten liebt“, warf Eleanor ein. „Und sie wird es zu einem Zeitpunkt tun, den sie für richtig hält.“

Alexander ergriff die Hand seiner Frau. „Und bis dahin und darüber hinaus wird Kinfairlie abgesichert sein."

Eleanor seufzte zufrieden und die beiden schenkten einander ein Lächeln, das den Raum regelrecht aufheizte.

„Hinfort mit euch", rief Alexander mit gespielter Entrüstung. „Ich hätte gern einen Moment allein mit meiner Frau."

Murrend gingen alle hinaus und als die Tür fest geschlossen war, beugte er sich zu Eleanor hinunter. „Denn sie und keine andere ist das Kronjuwel von Kinfairlie", murmelte er, bevor sich seine Lippen auf ihre legten.

Und die Lady schien nicht geneigt, ihm zu widersprechen.

DIE BALLADE VON ROSAMUNDE

DIE BALLADE VON ROSAMUNDE

Galway, Irland – April 1422

Es war schon spät und das Wirtshaus war gut besucht. Padraig saß in der Nähe des Kamins und beobachtete, wie der Schein des Feuers auf den Gesichtern der dort versammelten Männer tanzte. Das Bier ließ Wärme durch seinen Körper strömen. Näher würde er dem Gefühl, von der heißen Sonne des Mittelmeers beschienen zu werden, wahrscheinlich nie mehr kommen.

Er hätte nach Süden fahren sollen, wie Rosamunde ihn geheißen hatte. Am besten hätte er ihr Schiff und dessen Inhalt verkauft, wie sie es ihm aufgetragen hatte. Doch er war von Kinfairlie aus nur bis nach Galway gesegelt – und er war bloß so weit gekommen, weil seine Mannschaft ihn gezwungen hatte, den Unglücksort zu verlassen.

Wo Rosamunde ihr Leben verloren hatte.

Stattdessen war er hierher zurückgekehrt, an den Ort, wo er aufgewachsen war, zu dem Grab seiner Mutter und dem Wirtshaus, das von seiner Schwester und ihrem Mann geführt wurde. Der geschäftige Hafen und die Straßen mit dem Kopfsteinpflaster, die hohen Tore und die Erinnerungen übten eine gewisse Anziehungskraft auf ihn aus, aber er würde das alles, ohne zu zögern, gegen eine Reise mit Rosamunde über die Weltmeere eintauschen.

Vielleicht würde Galway genügen müssen.

Padraig war schon immer ein Freund der Musik gewesen und nur ein Lied konnte ihn über Rosamundes Abwesenheit hinwegtrösten. Er spürte, wie sein Fuß wippte und seine Sorgen verflogen, während ein Einheimischer von Abenteuern sang.

„Ein Lied!", rief Declan, der Wirt, als die muntere Weise zu Ende ging. „Wer kennt noch ein Lied?"

„Padraig!", rief seine Schwester. Sie war eine hübsche Frau, die keinen Unfug duldete. Padraig vermutete, dass es Leute gab, die sie mehr fürchteten als ihren Mann. Darin war sie ihrer Mutter sehr ähnlich. „Sing das traurige Lied, das du neulich angefangen hast", bat sie.

„Andere haben eine bessere Stimme", protestierte er.

Die ganze Gesellschaft widersprach lautstark, und so gab Padraig nach. Er nippte an seinem Bier, dann stand er auf, um die Ballade zu singen, die er selbst komponiert hatte.

> *„Eine Piratenkönigin Rosamunde war,*
> *Mit grünen Augen und rotgold'nem Haar.*
> *Sie machte mit ihren Reliquien,*
> *Parfüm und Seide reichen Gewinn.*
> *Voll war ihr Schiff von kostbaren Schätzen,*
> *Die sie gesammelt an vielen Plätzen.*
> *Das schönste Juwel auf dem Schiff jedoch war*
> *Die kühne Piratin mit dem rotgold'nen Haar.*
> *Ihre Klinge war schnell, scharf war ihr Blick,*
> *Manch gebrochenes Herz blieb im Hafen zurück."*

„Ah!", seufzte der ältere Mann, der Padraig am Tisch gegenübersaß. „Diese Frau wäre es wert, dass man sein Herz an sie verliert."

Die Anwesenden nickten zustimmend und beugten sich vor, um der nächsten Strophe noch besser lauschen zu können. Seine Schwester hörte sogar auf, die Gäste zu bedienen. Sie lehnte sich gegen das größte Fass im Schankraum und beobachtete Padraig lächelnd.

> *„Die Reliquien waren mal falsch, mal echt,*
> *Rosamundes Sippe war beides recht.*
> *Niemand konnt' die Piratin betrügen,*
> *Sie durchschaute alle Lügen.*
> *Ihre Feinde besiegte sie auf den Meeren,*
> *Fand einen Mann, den sie liebte in Ehren.*
> *Ihre Natur nicht von Hingabe zeugte,*
> *Seinem Willen sie sich jedoch beugte,*
> *Verließ die See, zog in sein Haus,*
> *Und hauchte dort ihr Leben aus.*
> *Der Mann, den sie liebte, war ihrer nicht wert –"*

Padraig stockte. Die Leute blickten ihn erwartungsvoll an, doch ihm fiel kein passender Reim ein. Er erinnerte sich an den Anblick von Ravensmuirs Klippen und der Höhlen, die eingestürzt waren und nun in Schutt und Asche lagen, an den aufsteigenden Staub, an seine Männer, die ihn festhielten, damit er nicht in den Trümmern nach Rosamunde suchte. Unzufrieden stellte er seinen Krug ab und sang noch einmal leise die letzte Zeile. Es half nichts. Er hatte hundert, wenn nicht tausend Reime gesungen, aber diese Geschichte blieb ihm im Halse stecken wie keine andere.

„Ihre Abwesenheit an uns allen zehrt", schlug seine Schwester vor.

Ihr Mann schnaubte. „Du hast keine Musik im Blut, Frau, so viel steht fest."

„Der Tod ihres Sohnes den Kummer mehrt", warf der alte Mann vom anderen Ende des Tisches ein.

Padraig schüttelte den Kopf und runzelte die Stirn. „Sie hatte kein Kind."

„Aber sie könnte eins haben", beharrte der alte Mann. „Schließlich ist es nur eine Geschichte."

Die anderen lachten.

Doch dies war nicht nur eine Geschichte. Es war die Wahrheit. Rosamunde hatte es gegeben. Sie war eine Piratenkönigin gewesen. Weit war sie gesegelt, um religiöse Reliquien zu kaufen und zu verkaufen, und sie war sowohl schön als auch verwegen gewesen.

Und wegen der Treulosigkeit des Mannes, für den sie alles aufgegeben hatte, war sie nun für immer verloren.

Padraig betrauerte diese Wahrheit jeden Tag und jede Nacht.

Er verfluchte Tynan Lammergeier, den Mann, der ihm Rosamundes Gesellschaft genommen hatte, und er verabscheute die Vorstellung, dass die beiden nun in irgendeinem Jenseits für immer zusammen sein könnten. Es war ungerecht, dass ein Mann, der Rosamundes wahre Natur nie geschätzt hatte, nun ihre Gegenwart für alle Ewigkeit genießen durfte.

Denn Padraig hatte sie wirklich geliebt.

Seine Mutter hatte ihn gewarnt und ihm gesagt, dass er der Sohn seines Vaters wäre, dass er sich nur einmal verlieben und dabei sein Herz für immer verlieren würde. Es hatte ihn dennoch erschüttert, dass ihre Mahnung offenbar zutraf.

Aber er hatte seinen Mund gehalten. Beim Abschied von Rosamunde hatte er über Freundschaft gesprochen, nicht von den tiefen Gefühlen, die er in seinem Herzen trug.

Nun würde er nie die Gelegenheit haben, seinen Fehler wiedergutzumachen. Es waren fast sechs Monate vergangen, seit Rosamunde in die Höhlen unter Ravensmuir, Tynans Stammsitz an der schottischen Küste, hinabgestiegen war, sechs Monate, seit diese Höhlen eingestürzt waren und Rosamunde für immer unter sich begraben hatten, und noch immer tat Padraig das Herz weh.

Er bezweifelte, dass es jemals heilen würde.

Er wusste, dass er einer Frau wie ihr nie wieder begegnen würde.

Padraig setzte sich und nahm mehrere tiefe Züge von seinem Bier. „Lasst einen anderen singen", sagte er. „Ich bin zu berauscht, um Verse zu dichten."

„Noch eine Geschichte!", rief der Wirt. „Komm, Liam, sing das Lied vom Festumzug der Feen." Die Anwesenden stampften mit den Füßen und applaudierten – Liam war offensichtlich sehr beliebt am Ort.

Padraig sah, wie sich ein schlaksiger Mann auf der anderen Seite des Raumes erhob.

Er selbst hatte jedoch die Lust auf Geschichten verloren. Er ließ den Rest seines Bieres stehen, warf eine Münze auf den Tisch und lief zur Tür.

„Was du als Gast verzehrst, wird uns heute Abend fehlen", sagte seine Schwester leise, als er an ihr vorbeiging. Ihre dunklen Augen glänzten im schummrigen Schankraum und er wusste, dass sie tiefer in sein Herz blickte als alle anderen. Sie fragte jedoch nie nach Einzelheiten, sondern bot ihm lediglich eine Bleibe an.

„Ein Mann sollte an mehr gemessen werden als an der Menge Bier, die er trinken kann", erwiderte Padraig, der sich selbst für das tadelte, was aus ihm geworden war. Seine Schwester errötete, als hätte er sie gescholten, und wandte sich ab. Padraig streckte eine Hand nach ihr aus, er hatte seinen Kummer nicht an ihr auslassen wollen, aber sie eilte bereits davon, um einen anderen Gast zu bedienen.

Er konnte nichts richtig machen.

Nicht ohne Rosamunde.

Sollte ihr Verlust der Schatten sein, der über all seinen Tagen und Nächten lag?

Tief unter den Hügeln nördlich von Galway legte Finvarra, der Hohe König der *Daoine Sidhe*, seine Finger aneinander und betrachtete das Schachbrett. Es war ein wunderschönes Spiel mit Figuren aus Alabaster und Obsidian, das Brett selbst war aus Achat und Ebenholz gefertigt und mit feiner Emaillearbeit eingefasst. Wenn er eine Figur berührte, erwachte sie zum Leben und bewegte sich nach seinem unausgesprochenen Willen über das Brett. Der gesamte Hofstaat hatte sich um das Spiel versammelt und die Feen schauten mit wachen Augen zu.

Finvarra war groß und schlank, feingliedrig selbst für diese Feen, die ungewöhnlich anziehend aussahen. Seine Augen waren so dunkel wie der Himmel um Mitternacht, seine langen Haare von einem so tiefen

Blauschwarz wie das Meer bei Dunkelheit, seine Haut war so hell wie das Mondlicht, sein Schritt so leicht wie der Wind im Gras. Er besaß sowohl Güte als auch Entschlossenheit und war ein guter Herrscher über die Feen.

Seine Halle lag unter dem Hügel Knockma und war so prunkvoll, wie es ein Hof nur sein konnte. Die Damen trugen schimmernde Gewänder aus feinster Seide, ihre hauchzarten Flügel waren mit tausend Farben bemalt. Die Männer am Hof trugen edle silberne Rüstungen, ihr Gebaren war kämpferisch und galant zugleich, aus ihren Augen leuchtete der Schalk. Die Pferde an Finvarras Hof waren temperamentvoll und leichtfüßig, glänzend und schön in ihren prächtigen Geschirren, an denen silberne Glöckchen hingen. Er besaß Pferde in allen Farben, Fuchshengste und weiße Stuten, Rappen und mahagonibraune Stuten mit elfenbeinfarbenen Fesseln. Jedes einzelne Ross war so herausgeputzt, dass seine Farbe und Stärke besonders gut zur Geltung kamen. Der goldene Honigwein war süß in Finvarras Halle und die Becher auf der Tafel füllten sich von selbst, wenn niemand hinsah.

Der ganze Hofstaat war still und scharte sich um das bevorzugte Schachbrett des Königs. Alle sahen zu und wussten, dass mehr als nur ein Sieg auf dem Spiel stand.

Wie immer.

Finvarra hielt nichts von niedrigen Einsätzen.

Finvarra spielte, um zu gewinnen.

Die Spriggan Darg saß dem König gegenüber und rutschte unruhig hin und her. Die kleine diebische Fee war vor Kurzem im Laderaum des Schiffes von Padraig Deane, einem blauäugigen und gut aussehenden Piraten mit gebrochenem Herzen, von Schottland nach Irland gereist. Da sie beim unerlaubten Eindringen in Finvarras *Sid* erwischt worden war – ein Verbrechen, das mit dem Tode bestraft wurde –, spielte die Spriggan um ihr Leben.

In Wahrheit war Finvarra des Spiels überdrüssig. Die mögliche Ausbeute bei einem Gewinn war nicht so bemerkenswert und die Spriggan war nur eine mittelmäßige Gegnerin. Er hatte das Gefühl, dass die Pracht des Spielbretts an die ruppige kleine Kreatur verschwendet war. Ganz sicher galt das für sein Können.

Dann hörte Finvarra in der Ferne den Klang eines menschlichen Liedes:

„Eine Piratenkönigin Rosamunde war,
Mit grünen Augen und rotgold'nem Haar ..."

Wie üblich weckte die Erwähnung einer schönen sterblichen Frau Finvarras Interesse. Er wandte den Kopf, um zu lauschen, als die Spriggan ein Fauchen ausstieß. *„Eine Diebin war sie, voll Häme und Gier, doch sie bekam nicht das Beste von mir."*

„Du kanntest diese Sterbliche?"

Darg hob eine Faust. *„Von mir gestohlen! Das hat sie gewagt, doch ich habe sie ihrem Laird versagt. Ohne mich wär' sie nun nicht mehr am Leben, dafür muss sie mir ihre Treue geben."* Die Spriggan lachte gackernd, dann verschob sie vorsichtig einen Bauern. Es war eine schlechte Entscheidung. *„Sie ist nicht tot, verwunschen jedoch, ich wähle meine Rache noch."*

So war Finvarra neugierig geworden. Er schnippte mit den Fingern und seine Frau Una drückte ihm seinen silbernen Spiegel in die Hand. Sie kannte ihren Gemahl gut. Als sie ihm den Spiegel reichte, strich sie liebevoll über seine Hand, doch Finvarra beachtete ihre Geste der Zuneigung nicht.

Er bildete sich ihr missmutiges Naserümpfen nicht ein, aber Unas Wohlgefallen kümmerte ihn im Augenblick nicht. Bestimmt nicht, wenn er eine schöne Frau besitzen konnte. Er murmelte dem Spiegel etwas zu und dessen Oberfläche begann, vor seinen Augen zu wirbeln. Das Bild dieser Rosamunde erschien so plötzlich, dass Finvarra der Atem stockte.

Sein Blut floss schneller.

Una, die seine Reaktion immer richtig deuten konnte, drehte sich auf dem Absatz um. Sie schritt aus der Halle, ihre Hofdamen huschten hinter ihr her wie Spatzen. Finvarra bemerkte die schlechte Stimmung seiner Gemahlin nicht.

Diese Rosamunde war nicht nur schön, sondern sie hatte auch ein energisches Kinn, das auf ein temperamentvolles Wesen schließen ließ.

Finvarra musste mehr erfahren. Er berührte seine Lieblingsfigur, die Dame, und ließ seinen Finger ihren geschnitzten Rücken hinaufgleiten. Sie verstand seine Absicht genau, wandelte über das Brett, blieb an der gewünschten Stelle stehen und steckte die Hände demütig in ihre Ärmel.

Wenn doch nur alle Damen so fügsam wären!

„Schach", murmelte er mit einem Lächeln.

„Nein! Ich sterbe nicht nach deinem Willen!" Die Spriggan sprang wütend auf, rannte über das Spielbrett und trat die Figuren nach links und rechts weg. *„Wir müssen das Spiel noch einmal spielen!"*

Finvarra schüttelte den Kopf.

Die Spriggan verstreute alle Figuren auf dem Boden und stürzte sich auf Finvarra. Sie war ihm nicht gewachsen, denn sie war nur so groß wie der goldene Kelch des Königs. Finvarra fegte die übel gelaunte Kreatur mit dem Handrücken zur Seite, sodass sie der Länge nach zu Boden stürzte.

Die elegant gekleideten Feen traten zurück und flüsterten miteinander über die schlechten Manieren der Spriggan. Sie zischte alle an und versuchte dann, zu fliehen. Zwei Elfenritter packten sie und hielten sie fest, während sie biss und um sich schlug.

„Ich habe kein Interesse an deinem Leben", sagte Finvarra mit sanfter Autorität. Die Spriggan stockte und starrte ihn verwirrt an. Dieses Wesen war gerissen und Finvarra formulierte seine Bedingung absichtlich so, dass es keinerlei Missverständnis geben konnte: „Ich würde dein Leben gegen einen bestimmten Schatz in deinem Besitz eintauschen."

Dargs Augen verengten sich zu feindseligen Schlitzen. *„Ich sehe kein Juwel, das ich entbehren könnte ..."*

„Die Frau", verkündete Finvarra und kam wahrscheinlich einer groben Schimpftirade zuvor. „Ich tausche dein Leben gegen das deiner Gefangenen, Rosamunde."

Der Spriggan betrachtete ihn misstrauisch. *„Du willst mich verspotten, mich bitten sehen, bevor ich zustimme, lass mich gehen."*

Finvarra erhob sich und klatschte in die Hände. „Dies ist kein Scherz.

Wenn Rosamunde meinen Hof ziert, bist du frei." Er packte die Spriggan und hielt sie so fest, dass sie erbleichte. Er senkte sein Gesicht zu ihren scharfen Zügen hinunter und blickte sie böse an. Darg zappelte. „Aber wenn du mich täuschst, gehören mir sowohl dein Leben als auch die Frau."

Dargs Augen funkelten und Finvarra wusste, dass die Kreatur ihn bereitwillig täuschen würde. Er winkte seinen Waffenmeister herbei, der auf seines Herrn Geheiß einen feinen roten Faden hervorholte. Diesen Faden, der aus Seide zu sein schien, jedoch überaus stark war, knotete Finvarra fest um die Brust der Fee. Damit brachte er die Spriggan in seine Gewalt. Sie wehrte sich und verzog das Gesicht, wenn das Band mit ihrer Haut in Berührung kam.

„Zu fest ziehst du den Knoten zu, betrügst, wenn ich das Richtige tu."

„Nur ich kann diese Fessel lösen, aber das werde ich nicht tun, bevor du unsere Abmachung erfüllt hast."

Darg zerrte weiter an dem Faden, ihr Unmut war offensichtlich. Sie warf einen Blick in die Runde, dann presste sie die Lippen zusammen und richtete sich auf. Mit erstaunlicher Hochnäsigkeit sagte sie zu ihm: *„Was du befiehlst, das soll geschehen. Dargs Redlichkeit, die wirst du sehen."*

Finvarra unterdrückte ein Lachen. Er bezweifelte nicht, dass die Kreatur versuchen würde, sowohl die Schnur zu zerreißen als auch den Schwur zu brechen, aber er wusste, dass solche Bemühungen zum Scheitern verurteilt waren. „Morgen bei Sonnenuntergang", ordnete er an. „Ich möchte sie in zwei Nächten, bei dem Ritt zu Beltane, an meiner Seite haben."

Die Spriggan schnitt eine Grimasse angesichts des Zeitdrucks, doch bevor sie etwas einwenden konnte, kam Finvarra ihr mit einer Handbewegung zuvor. „Das ist genug Zeit. Und wenn nicht, dann ..." Er hob eine Augenbraue und das Band um die Brust der Spriggan zog sich noch ein Stückchen enger zu. Darg schrie auf, schwor, sie wäre einverstanden, und eilte vor sich hin murmelnd durch den Königshof. Drei Elfenritter folgten ihr in gebührendem Abstand und stellten sicher, dass sie die Halle verließ, um ihren Auftrag auszuführen.

Finvarra betrachtete den Weg, den Una genommen hatte, hörte sie in der Ferne schluchzen und beschloss, noch ein wenig länger in seiner Halle zu bleiben. Er klatschte in die Hände und verlangte, dass Musik gespielt wurde, denn ganz im Gegensatz zu Una war ihm zum Feiern zumute.

Schließlich würde er bald einen neuen Preis haben, den er auskosten konnte.

~

ROSAMUNDE TRÄUMTE.

Hätte man sie gefragt, hätte sie gesagt, dass sie wohl bis in alle Ewigkeit von Tynan träumen würde. Aber ihr Traum führte sie weiter in die Vergangenheit, zu einer Abtei an der Küste Irlands.

Sie war vom Bischof herbeigerufen worden, der die Einnahmen seiner abgelegenen Diözese durch den Erwerb einer heiligen Reliquie erhöhen wollte. Pilger brachten Geld und die Gläubigen hatten bereits den Weg nach Compostela gemacht. Viele hatten keine Lust – oder nicht die Mittel –, ins Heilige Land zu reisen. Der Bischof sah eine gute Gelegenheit, so wie viele seinesgleichen.

Er war jedoch nicht erfreut darüber gewesen, dass eine Frau seinem Ruf gefolgt war. Obwohl Rosamunde nichts über ihn wusste, kannte sie seinen Standpunkt recht gut. Er hatte sich zuerst an ihren männlichen Begleiter gewandt in der Annahme, er wäre der Anführer, aber Eugene war schnell einen Schritt zurückgetreten und hatte auf Rosamunde gedeutet.

Der Bischof hatte die Lippen zusammengepresst und Rosamunde war sicher gewesen, dass er sie betrügen wollte.

Sie hatten sich in einer Zelle getroffen, die vor Jahrhunderten von einem einsamen Mönch genutzt worden war. Es handelte sich um eine kegelförmige Behausung aus behauenen Steinen an der Küste. Die Abgeschiedenheit war günstig für Rosamundes Schiff und bot die nötige Diskretion für einen solchen Kauf.

Doch dies war gleichzeitig auch gefährlich – ein tückischer Aspekt ihres Handels.

Es war eine windige Nacht, in der Sturmwolken vom westlichen Horizont heranzogen. Die Flamme in der Laterne des Bischofs tanzte wild, selbst in der Zelle. Der Mann hatte sich in einen langen dunklen Mantel gehüllt und die Kapuze tief heruntergezogen, um seine Gesichtszüge zu verbergen, und er wurde von zwei Männern begleitet.

Schweigend standen sie hinter ihrem Herrn, einer zu seiner Linken und einer zu seiner Rechten. Sie trugen keine Livree und ihre Mienen waren ausdruckslos. Rosamunde zweifelte nicht daran, dass sie angewiesen worden waren, alles zu vergessen, was sie in dieser Nacht sahen. Welche Reliquie der Bischof auch auswählte, man würde sie in Kürze in der Krypta der Kirche „entdecken".

Einer der Männer hatte strahlend blaue Augen und einen festen Blick. Er musterte Rosamunde unverhohlen, was sie verwunderte. Sie bemühte sich, ihn nicht zu beachten.

„Ich habe Gawain Lammergeier erwartet!", beschwerte sich der Bischof.

Rosamunde lächelte. „Mein Vater hat das Familiengeschäft vor einigen Jahren an mich übergeben. Er segelt nicht mehr hinaus."

„Haben Sie keinen Bruder?"

„Mein Bruder hat den Familiensitz als sein Erbe ausgewählt."

Der Bischof schnaubte missbilligend. Es war offensichtlich, dass es ihm nicht beliebte, mit ihr Geschäfte zu machen, aber gleichzeitig wollte er eine Reliquie. Seine fahlen Hände bewegten sich unruhig unter den Säumen seiner Ärmel.

„Vielleicht möchtet Ihr sehen, was ich mitgebracht habe", sagte sie, wohl wissend, dass er in Versuchung kommen würde. Immerhin hatte sie das Beste aus ihrem derzeitigen Bestand dabei.

Zuerst war da ein besticktes blaues Tuch, das angeblich von der Jungfrau Maria getragen worden war. Es war schmuddelig, was es echt erscheinen ließ, aber in dem Betrachter kam keine Andacht auf. Der Bischof machte eine flüchtige lobende Bemerkung darüber.

Es gab eine beschädigte Dornenkrone, deren Herkunft von allen, die Rosamunde in den letzten Jahren gesehen hatte, am überzeugendsten belegt war. Wahrscheinlich war sie trotzdem eine Fälschung. Rosamunde hatte schon zu viele davon gesehen, um an die Echtheit irgendeiner Dornenkrone zu glauben. Der Bischof strich darüber, bewunderte die Reliquie und zog sie ernsthaft in Erwägung.

„Wie viele Dornenkronen können existieren, Exzellenz?", fragte der Mann mit den blauen Augen. „Es soll schon eine in Paris und eine weitere in Palästina geben."

„Ist das die echte?", fragte der Bischof.

Rosamunde zuckte mit den Schultern. „Wer kann das schon sagen?"

Der Bischof trommelte mit den Fingern. „Es darf kein Zweifel an der Echtheit bestehen, und ich kann mir nicht vorstellen, wie die Dornenkrone so weit gekommen sein könnte."

Schließlich war da noch eine lange dunkle Haarsträhne. Offensichtlich war sie alt, aber das Haar glänzte noch immer und war ordentlich geflochten. Es roch schwach nach Parfüm, allerdings vermutete Rosamunde, dass dieser Duft im Laufe der Jahre künstlich verstärkt worden war. Das Beste war, dass die Strähne in einem juwelenbesetzten Reliquienbehälter aufbewahrt wurde, der mit meisterhafter Handwerkskunst gefertigt worden war. Er war verziert mit Bildern von Jesus, wie er Lazarus heilte. Dieser Behälter befand sich wiederum in einer schlichten Holzkiste.

Obwohl der Bischof beim Anblick der Holzkiste eine Grimasse zog, leuchteten seine Augen auf, als der Reliquienbehälter zum Vorschein kam. „Was ist das?"

„Es soll das Haar von Maria, der Tochter des Lazarus, sein." Rosamunde öffnete das Behältnis und der Bischof holte vor Entzücken tief Luft. „Sie hat Jesus mit duftendem Öl gesalbt, als er in das Haus ihres Vaters kam, und seine Füße mit ihrem Haar getrocknet."

Der Bischof tat so, als wäre er hin- und hergerissen, aber Rosamunde wusste, wofür er sich entscheiden würde. Und tatsächlich wählte er das Haar. Sie handelten den Preis aus, dann deutete er auf den Mann hinter sich.

Der andere Mann, der mit den faszinierend blauen Augen, beobachtete Rosamunde während des gesamten Vorgangs aufmerksam. Sie spürte, er wusste ebenfalls, dass der Bischof sie betrügen wollte. Sie verschränkte die Hände hinter dem Rücken und gab Eugene ein heimliches Zeichen.

Das Geschäft wurde abgeschlossen, Rosamunde zählte die Münzen und legte sie in ihren Geldbeutel. Dann händigte sie dem Mann des Bischofs die Reliquie aus. Komplimente und Formalitäten wurden ausgetauscht. Sie trennten sich, wobei Rosamundes Intuition sie die ganze Zeit warnte. Eugene stand hinter ihr, als sie die Zelle verließen, und beide suchten das Land links und rechts mit den Augen ab, während sie zur Jolle zurückkehrten.

Rosamunde war froh, ihr Schiff zu sehen, das immer noch da lag, wo sie es vertäut hatte. Die Laterne am Heck mit dem roten Filter war angezündet worden und so wusste sie, dass es in ihrer Abwesenheit nicht überfallen worden war. Kein Geräusch von Verfolgern war zu hören.

Vielleicht hatte ihre Intuition sie getäuscht.

Sie stieß einen hohen Pfiff aus, ein Signal für Thomas, der außer Sichtweite auf der Jolle wartete. Sie und Eugene rannten los, weil sie es eilig hatten, von dort wegzukommen.

Rosamunde war nicht darauf vorbereitet, Thomas tot und in einer Blutlache auf dem Boden des Bootes vorzufinden.

Sie war auch nicht darauf vorbereitet, in der Dunkelheit von zwei anderen Männern angegriffen zu werden, die sich auf sie stürzten und auf sie einschlugen. Es geschah schnell, in Gelände, das sie nicht kannte. Der Geldbeutel wurde ihr vom Gürtel gerissen, Eugene wurde niedergestochen, die beiden anderen Reliquien landeten auf dem Boden.

Ihre Klinge wurde ihr entrissen, sie bekam einen Schlag ins Gesicht und fiel auf die Knie. Ein Mann packte sie von hinten. Der andere Angreifer stürmte auf sie zu, sein Schwert blitzte, und Rosamunde dachte, nun wäre es aus mit ihr.

Sie hatte sicher nicht damit gerechnet, dass der blauäugige Mann hinter ihrem Angreifer aus den Schatten springen würde.

„He!", schrie er und der Angreifer fuhr überrascht herum.

Der blauäugige Mann schlitzte ihn von der Gurgel bis zur Leiste auf und beförderte seine Leiche mit einem Tritt ins Meer. Derjenige, der Rosamunde festhielt, ließ sie los und floh. Der Mann des Bischofs verfolgte ihn und stach auf ihn ein, bis er sich nicht mehr rührte. Dann kehrte er zu Rosamunde zurück.

Sie sah die Entschlossenheit in seinem Blick, als er ihr den prall gefüllten Geldbeutel überreichte, der ihr gestohlen worden war.

„Seine Diebereien widern mich an", sagte er ruhig. Seine Stimme war so fest wie sein Blick. Rosamunde sah nach Eugene und war froh, dass er noch atmete. Der blauäugige Mann half ihr, ihn zur Jolle tragen. Eugene zuckte zusammen, als er auf den Boden des Bootes gelegt wurde. Für Thomas kam leider jede Hilfe zu spät. Rosamunde würde ihn auf See bestatten, wie es sein Wunsch gewesen wäre.

Sie sah zu dem Mann auf, der sie gerettet hatte. „Ich danke Ihnen für Ihre Hilfe."

„Gern geschehen." Er blickte landeinwärts, dann wieder zu ihr zurück und bedachte sie mit einem kurzen, verschwörerischen Lächeln. „Ich fürchte, ich habe heute Nacht meine Anstellung verloren. Brauchen Sie Verstärkung auf Ihrem Schiff?"

Rosamunde stellte fest, dass er ihr sehr gefiel. „Ich habe immer Bedarf an Leuten mit einem tapferen Herzen und einer schnellen Klinge." Die Spießgesellen des Bischofs rührten sich nicht, ein Zeichen für die Tüchtigkeit dieses Mannes. „Haben Sie einen Namen?"

„Padraig Deane."

Rosamunde schüttelte seine Hand. Sie mochte die Wärme seiner Haut, die Festigkeit seines Händedrucks. Es entsprach nicht ihrer Natur, an Land zu bleiben, und sie sehnte sich immer danach, wieder auf See zu sein. Aber er ließ sie ans Verweilen denken.

„Willkommen, Padraig. Es gibt kein größeres Kompliment, als zu wissen, dass man jemandem sein Leben anvertrauen kann." Sie sah sein Lächeln, bemerkte, wie er errötete, dann sammelten sie die Reliquien ein. Als Padraig die Jolle zum Schiff zurückruderte, beobachte sie das Spiel des Mondlichts auf seinen Muskeln, Er war entschlossen, unerschütterlich und fürchtete sich nicht davor, zu tun, was er für richtig hielt.

Und nun fragte sich Rosamunde, wie es sein konnte, dass sie in all den Jahren, die er ihr gedient hatte, nicht seine Vorzüge erkannt hatte.

Wieso fiel es ihr jetzt wie Schuppen von den Augen?

~

PADRAIG WANDERTE durch die Straßen von Galway, ohne auf den Weg zu achten, bis er das Tor in der normannischen Stadtmauer erreichte. Er warf einen Blick zurück zum Hafen, dann nach vorn zu den Hügeln, die in Sternenlicht und Schatten gehüllt waren. Er entschied sich, durch das Tor zu gehen und die Stadt zu verlassen, wohl wissend, dass der Weg nicht ohne Risiko war. Er war nur zur Hälfte Ire, halb Stadt- und halb Landmensch, doch nicht für jeden wären solche Details von Bedeutung.

Ihn selbst kümmerte sein eigenes Schicksal nicht mehr so sehr wie früher.

Und in dieser Nacht konnte er menschlicher Gesellschaft nichts abgewinnen. Eigentlich sollte er den Ort lieben, an dem er aufgewachsen war, aber stattdessen fühlte er sich nur auf dem Meer wirklich zu Hause.

Rosamunde war genauso gewesen.

Er lief weiter, während der Mond am Himmel immer höher stieg. Die Kirchenglocken läuteten in weiter Ferne hinter ihm und die Sterne über ihm funkelten.

Er hörte das Rascheln von kleinen Tieren im Gebüsch, das Plätschern von fließendem Wasser und spürte, wie der Einfluss des Biers auf seinen Körper nachließ und Trauer in seinem Herzen aufwallte.

Stunden nach seinem Aufbruch blieb er mitten auf der Straße stehen und warf einen Blick zurück auf die schlafende Stadt. Die Füße taten ihm weh und er wusste, er sollte umkehren.

Padraig wollte dies gerade tun, als er plötzlich eine Frau singen hörte, schöner, als er je zuvor jemanden hatte singen hören. Es hätte ein Engel sein können und er wurde von dem Klang geradezu magisch angezogen.

Zunächst konnte er die Worte nicht verstehen und eilte näher heran.

„Una, die Königin der Feen,
Die größte Schönheit, die je ward gesehen,
War Jahrhunderte des Königs Gemahlin.
Nur nach seiner Liebe stand ihr der Sinn.“

Vor Padraig erhob sich ein niedriger, mit Gras bewachsener Hügel. Ein Kreis aus großen Steinen umgab die Kuppe wie eine Krone, außerhalb dieses Steinkreises wuchs ein Weißdornbaum.

Ihm sträubten sich die Haare im Nacken, denn von klein auf hatte seine Mutter ihn gelehrt, in der Gegenwart von Feen vorsichtig zu sein. Und Orte wie diesen bevorzugten sie.

Nur mit Mühe konnte er die Silhouette einer Frau auf dem Hügel ausmachen. Sie saß auf einem Stein in der Mitte des Kreises und kämmte ihr langes Haar – und er wusste sogleich, dass sie diejenige war, die sang. Zu ihren Füßen saßen zwei weitere Frauen, eine mit einer Leier, wie sie Padraig noch nie gesehen hatte, die andere summte mit ihrer Herrin mit. Sie waren wunderschön, ätherische Wesen im Mondlicht.

Die Stimme hatte einen lieblichen Klang und Padraig wollte mehr von dem Lied hören. Er ging näher heran. Dabei versuchte er, sich geräuschlos zu bewegen, um die Frauen nicht zu erschrecken.

Sobald er in den Steinkreis trat, drehte sich zu seinem Erstaunen die Frau mit dem Kamm zu ihm um. Sie lächelte, ließ ihre Hand in den Schoß sinken und sang für ihn.

Aus der Nähe konnte er mehr als nur ihren Umriss erkennen. Ihre goldenen Haare glänzten wie das Sonnenlicht, ihre Augen leuchteten so blau wie ein südliches Meer. Überwältigt von ihrer Anmut näherte Padraig sich ihr noch mehr.

> *„Finvarra jedoch liebte sterbliche Frauen,*
> *Ob blond oder schwarz, er wollt' sie anschauen.*
> *Er schwor sich, die Piratin zu kriegen,*
> *Die gierige Spriggan zu besiegen.*
> *Diese Fee eine Frau gefangen hielt,*
> *Die sein Herz mit Wollust hatte erfüllt.*
> *Und deshalb seine Gemahlin bangte,*
> *Dass Rosamund' in sein Bett gelangte."*

Padraig blinzelte. Sie besang doch sicherlich nicht seine Rosamunde?

Die Frau stand auf und er sah, dass sie groß und feingliedrig war. Sie trug ein Kleid, das ihre Kurven umspielte und bis zu den Knöcheln reichte, ein Kleid so blau wie ihre Augen und reich mit goldenen Stickereien verziert. Saum und Ärmelaufschläge waren mit Edelsteinen besetzt und Padraig kam es so vor, als hätten ihre seidenen Schuhe die Farbe des Mondlichts.

Oder vielleicht war sie aus Mondlicht gemacht. Sie wirkte körperlos, als sie auf ihn zuschritt, wie von dieser Welt und auch wieder nicht. Träumte er? Der Rocksaum schwang, als hätte er einen eigenen Willen. Lichter funkelten um den Steinkreis herum. Er erinnerte sich an Irrlichter, die sagenumwobenen Lichtlein der Feen, und begriff, dass er sich in deren verwunschenes Reich verirrt hatte.

Erst als die Frau direkt vor ihm stand, bemerkte er die zahlreichen kleinen Höflinge, die ihren Saum trugen. Sie alle reichten ihm kaum bis zu den Knien und hatten grüne Livreen an. Ihre Gesichter waren scharfgeschnitten, ihre Augen schmal und ihr Haar wurde von Zweigen gehalten.

Padraig erinnerte sich an ihre Worte und wusste, wen er vor sich hatte.

Una, die Feenkönigin.

„Sei gegrüßt, Padraig, der du über die Meere segelst“, sagte sie mit einer Stimme, die so wohlklingend war wie ihr Gesang.

„Seid gegrüßt, schöne Königin.“ Padraig verneigte sich tief, denn er kannte den Preis, den man zahlen musste, wenn man eine Fee beleidigte.

„Vielleicht hast du erraten, dass ich dich hergerufen habe. Ich habe dein Lied gehört und vermute, dass wir ein gemeinsames Ziel haben.“

„Ihr habt mein Lied gehört?“ Padraig blickte über seine Schulter zurück und konnte die Lichter der Stadt nicht mehr erkennen. „Aber das war meilenweit weg. Es ist unmöglich, dass Ihr es erlauscht habt ...“

Una legte eine Fingerspitze auf seine Lippen, um ihn zum Schweigen zu bringen. Ihre Berührung war so kalt wie Eis und so sanft wie Seidensamt.

Sie lächelte. „Sie ist nicht tot, deine Rosamunde.“ Ihre Lippen wurden schmal und sie wandte die Augen ab. „Und nun hat mein Gemahl, der seinen Blick mit Hilfe seines verräterischen Spiegels über das ganze

Feenreich schweifen ließ, die schlummernde Rosamunde entdeckt. Er beabsichtigt, sie an Beltane zu der Seinen zu machen."

„Ich will Euch nicht zu nahe treten, Mylady, aber Rosamunde ist tot", sagte Padraig bedächtig. Er wusste um die Neigung der Feen, Sterbliche zu täuschen. „Ich habe das herabgestürzte Felsgestein gesehen, ich habe versucht, sie aus den zerstörten Höhlen zu bergen. Sie kann nicht überlebt haben."

Una lächelte. „Die Spriggan Darg hat sie gefangen genommen, als Rosamunde beinahe gestorben wäre."

„Darg!", rief Padraig aus. Er erinnerte sich gut an die hinterlistige Spriggan und ihre Entschlossenheit, sich an Rosamunde zu rächen.

Una beobachtete ihn aufmerksam. „Du kennst diese Kreatur."

„In der Tat, Mylady, allerdings dachte ich, die Spriggan wäre noch auf Ravensmuir."

Unas Lächeln schwand. „Nein. Sie kam auf deinem Schiff hierher."

Padraig runzelte die Stirn. Auf ihrer letzten Reise waren Dinge verschwunden, darunter auch Bier, das die Spriggan bekanntermaßen leidenschaftlich gern trank. Es war möglich, dass Una die Wahrheit sprach.

„Sie ist in unseren *Sid* eingedrungen. Sie hat mit meinem Gemahl gewettet und verloren, daher wird sie ihm Rosamunde morgen bringen. Du musst sie ihm wegnehmen."

„Mylady! Ein Mann, der den Feenkönig bestiehlt, wird nicht mehr die Gelegenheit bekommen, davon zu erzählen!"

Una lächelte. „Mit meiner Hilfe wirst du nicht entdeckt werden." Sie drückte ihm einen goldenen Ring in die Hand. „Trage dies und du wirst für jeden unsichtbar sein."

Der Ring war kalt, so kalt wie das Grab. Ihn nur in der Hand zu halten, erfüllte Padraig mit Grauen. Er hatte keine Angst, sein Leben für Rosamunde zu riskieren, nicht einmal davor, den Zorn des Feenkönigs auf sich zu ziehen, doch da war noch etwas, was er wissen musste.

„Bei allem Respekt, Mylady, ich möchte mich erst vergewissern, was Rosamundes Wünsche sind. Mir scheint, es ist äußerst angenehm, am Königshof der Feen zu leben. Vielleicht möchte sie gar nicht weg."

Una lachte, aber nicht wegen seines Kompliments. „Du musst das alte Rätsel kennen – das, in dem Wahrheit steckt."

„Welches meint Ihr, Mylady?"

Schalkhaftigkeit blitzte in ihren Augen. „Was für eine Gabe begehrt eine Frau am meisten von einem Mann?"

Padraig zuckte die Achseln, da er die Antwort nicht wusste. Reichtum? Annehmlichkeiten? Liebe? Es gab so viele Möglichkeiten, dass er sich nicht entscheiden konnte. Er vermutete, die Antwort hing von der Frau ab.

Una lehnte sich näher zu ihm hin. „Sie will ihren Kopf durchsetzen." Ihre Augen leuchteten hell und die Höflinge, die ihren Saum trugen, kicherten. „Ich vermute, du bist ein würdiger Liebhaber, Padraig Deane, und ich zolle deiner Liebe meinen Tribut und mache dir ein Geschenk."

„Ihr wart bereits zu freundlich ..."

Bevor Padraig zu Ende sprechen konnte, legte die Feenkönigin ihre Hände um sein Gesicht. Sie kam näher, ihr kalter Atem strich über seine Haut, dann küsste sie ihn auf den Mund. Er schmeckte Tod und Verlust. Ein Schauer überlief ihn, der ihn bis ins Mark erzittern ließ.

Dann verlor Padraig die Besinnung.

ROSAMUNDE TRÄUMTE von einem anderen Tag in ihrer Vergangenheit.

Morgenrot färbte den Himmel, ein sicheres Zeichen für Unheil, und die dunklen Wolken, die über sie hinwegjagten, verhießen ebenfalls nichts Gutes. Trotzdem schlug Rosamundes Herz höher beim Anblick der vertrauten Klippen, die vor ihr aufragten – der Klippen, auf denen die Burg thronte, die sie so gut kannte wie die Linien ihrer eigenen Hand.

Ravensmuir.

Regiert von Tynan, dem strengen, aber gerechten Laird, der sie in sein Bett mitgenommen und später geschworen hatte, sie niemals zu heiraten. Der Mann, der diesen Haufen Steine ihr vorgezogen hatte.

Zweimal.

In ihrem Traum war sie sicher, dass sie diese letzte Begegnung, diese letzte verhängnisvolle Zurückweisung, noch einmal erleben und ihn wiedersehen würde.

Aber das geschah nicht. Sie träumte wieder von Padraig und ihrem endgültigen Abschied.

Rosamunde stand an Deck ihres Schiffes und starrte auf das Land, das immer näher kam. Ihr Herz klopfte vor Furcht, dass Tynan sie bemerken könnte und in den Höhlen unterhalb der Burg auf sie warten würde. Sie erlebte noch einmal den Moment ihrer Ankunft, fühlte Hoffnung und Vorfreude, doch gleichzeitig war ihr bewusst, was danach in diesen Höhlen geschehen war. Sie erinnerte sich wieder an die Beklemmungen, die sie an jenem Morgen verspürt hatte, und begriff, dass dies eine Warnung gewesen war. Trotz seiner Bitte um Verzeihung hatte Tynan wieder einmal seiner Burg den Vorrang gegeben.

Und er war gestorben.

War sie nicht auch gestorben?

Padraig kam an Deck und stellte sich neben sie, aber als Rosamunde sich zu ihrem Freund und engsten Vertrauten umdrehte, sah sie ihn zum ersten Mal mit klarem Blick. Er war groß und kräftig, dieser Padraig. Lebenserfahrung milderte seine Mimik und seine Entscheidungen. Sie bemerkte, dass sein dunkles Haar an den Schläfen einen silbrigen Schimmer hatte, und um seine Augen herum zeichneten sich Lachfältchen ab. Seine Bräune ließ seine Augen in einem noch strahlenderen Blau erscheinen und plötzlich fiel ihr auf, wie so voller Leben er war.

Wie männlich.

Im Nachhinein konnte sie deutlich erkennen, was sie Tag für Tag in seiner Gesellschaft übersehen hatte. Padraig war im gleichen Alter wie sie und sie hatten gemeinsam schon tausend Abenteuer erlebt. Er hatte keine Angst vor ihrer Ehrlichkeit und schon gar nicht vor ihrem Temperament. Er lachte schnell, war klug, er wagte es, sie herauszufordern, wenn er glaubte, dass sie im Unrecht war. Er war zutiefst loyal und sie hatte sich immer auf ihn verlassen können.

Ihr Herz begann zu pochen, als ihr das Ausmaß ihres Irrtums und ihre eigene blinde Torheit aufgingen.

„Ich werde allein in die Höhlen gehen", sagte sie im Traum und spürte, wie ihr die Worte, die sie damals ausgesprochen hatte, über die Lippen kamen. Ihr Ziel war die Wiederbeschaffung eines silbernen Rings, den Tynan ihr einst geschenkt hatte. Die Spriggan Darg hatte ihn als Preis für ihre Hilfe gefordert, doch sie hatte Tynan den Ring zurückgegeben, nachdem er sie abgewiesen hatte. Sie hätte ihn nicht an sich nehmen dürfen, aber an diesem Tag war sie zurückgekehrt, um ihn zu stehlen und so die Zukunft ihrer Nichte zu sichern.

„Ich werde dich begleiten", sagte Padraig mit Entschlossenheit in der Stimme. Rosamunde erkannte, dass sie beide dieses Bestreben hatten, diejenigen zu beschützen, die sie liebten. Diese Fähigkeit, in die Dunkelheit hineinzugehen, damit andere es nicht tun mussten.

Sie und Padraig hatten sich gemeinsam am Rande der Gesellschaft bewegt und allen getrotzt, indem sie die Konventionen in Frage gestellt hatten.

Sie hatten sich gegenseitig den Rücken gestärkt.

Wohingegen Tynan die Konventionen aufrechterhalten hatte. Er hatte Rosamunde als nützlich empfunden, ihre Gunst im Bett angenommen, sie jedoch nie respektiert oder die Absicht gehabt, sie zu ehelichen. Rückblickend war es keine Überraschung, dass Tynan sie in Wahrheit nie geliebt haben konnte.

„Nein, diesmal nicht", widersprach sie Padraig in ihrem Traum, genau wie an jenem schicksalhaften Morgen.

Sie sah Padraig als den, der er war. Sie sah die Inbrunst in seinen Augen. Seine Angst um sie. Sie sah seine Tapferkeit und Treue und sie erriet das Geheimnis, das er in seinem Herzen bewahrte.

Und Rosamunde bedauerte, dass sie dem falschen Mann ihre Liebe geschenkt hatte.

An jenem Tag hatte sie so etwas geahnt. Beunruhigende Gedanken hatten ihr keine Ruhe gelassen, sie gedrängt, sich anders zu entscheiden, und ihre Worte mit ungewohnter Eile hervorsprudeln lassen. „Nimm das Schiff", sagte sie zu ihm, in diesem Traum so wie damals. „Bring mich an Land, dann nimm das Schiff und segle südwärts nach Sizilien."

In all den Jahren hatten sie oft gescherzt, dass sie eines Tages alles verkaufen und ihr Leben auf Sizilien beenden würden. Sie hatten beide die schwüle Hitze dort der Kühle des Nordens vorgezogen.

„Aber was ist mit der Ladung?" Padraigs Unmut war deutlich zu spüren.

„Verkaufe alles da, wo du einen guten Preis dafür bekommst, und behalte den Erlös."

„Aber —"

„Ich bin es dir schuldig nach all den Jahren, die du mir treu gedient hast." Es war eine glatte Lüge und sie hatten es beide gewusst, damals schon.

„Aber was ist mit dem Schiff?"

„Verkaufe es ebenfalls oder behalte es. Das ist mir gleichgültig, Padraig." Rosamunde stieß einen schweren Seufzer aus und gestand sich ein, dass der Schatten der Furcht ihr Herz berührte. „Ich habe Reichtum besessen und ich bin geliebt worden. Liebe ist besser."

Das war eine Lüge. Tynans Liebe hatte ihr nie gehört, nur die Illusion seiner Liebe, und davon hatte sie sich verführen lassen. Sie hatte nicht mehr als den körperlichen Ausdruck von Liebe erfahren und das war ein armseliges Geschenk.

Andererseits erkannte Rosamunde in ihrem Traum, dass Padraigs Liebe schon seit Jahren zum Greifen nah gewesen war und nur darauf gewartet hatte, dass sie sie zuließ.

„Es wird dir gut ergehen", sagte sie in ihrem Traum. „Das habe ich vorausgesehen und wir wissen, dass alles, was ich sehe, auch eintritt." Diese Erklärung ihrer Gabe, in die Zukunft zu schauen, erschien ihr nun wie Ironie.

„Und was siehst du für dich selbst?", fragte Padraig leise und sah sie so prüfend an, dass Rosamunde seinem Blick kaum standhalten konnte. Er runzelte die Stirn und wandte sich ab. „Ich habe immer gesagt, dass du weiter blickst als die meisten, aber nicht erkennst, was du direkt vor Augen hast."

In seiner Aussage steckte eine Wahrheit, die ihr an jenem Morgen unter dem rotgefärbten Himmel entgangen war. Sie erklärte, dass es ihr

Schicksal sei, auf Ravensmuir zu sein, und sah in ihrem Traum, wie sehr diese Aussicht Padraig missfiel.

Wie hatte sie ein solches Geschenk übersehen können?

Wie war es möglich, dass sie die Zuneigung von jemandem nicht bemerkt hatte, der sie besser kannte als sie sich selbst? Sie war eine Närrin gewesen und hatte deshalb ihr Leben verloren. Wenn sie doch noch eine Chance hätte! Sie würde die Gelegenheit, die Padraig ihr bot, beim Schopfe fassen.

„Lebe wohl, Padraig", hörte sie sich sagen. „Möge der Wind immer deine Segel blähen, wenn du es brauchst."

Padraig legte seine Arme um sie und drückte sie fest an sich. Sie konnte seine muskulöse Stärke spüren, seine Entschlossenheit und seine Kraft, die er oft im Zaum hielt. In ihrem Traum schloss sie die Augen und genoss, was sie durch ihre eigene Torheit verloren hatte.

Seine Stimme war heiser, als er erwiderte: „Wir haben hunderte Male Rücken an Rücken gekämpft, Rosamunde, und ich werde dich stets als meine Freundin betrachten." Er bedachte sie mit einem intensiven Blick aus seinen blauen Augen. „Du warst immer meine einzige Kameradin, doch deine Freundschaft war so wertvoll für mich, dass ich keine anderen Gefährten brauchte."

„Niemand hat je einen Freund gehabt, der treuer war als der, den ich in dir gefunden habe", sagte sie und ihr Herz schmerzte angesichts ihrer eigenen Dummheit.

„Ich schon", erwiderte Padraig voller Leidenschaft. Sein Blick bohrte sich in sie hinein, dann wandte er sich ab und starrte auf die Klippen von Ravensmuir. „Ich schon", wiederholte er leise.

Und in ihrem Traum tat Rosamunde, was sie an jenem Tag hätte tun sollen: Sie streckte ihre Hand aus und berührte Padraigs Schulter. Sie sah seine Überraschung, als er sich zu ihr umdrehte, dann drückte sie ihn an sich, hörte das Dröhnen ihres eigenen Pulses in ihren Ohren und küsste ihn.

Es war ein süßer, feuriger Kuss, der dazu führte, dass Verlangen sie durchströmte, ein Kuss mit einem Hauch von Bedauern, ein liebevoller

Kuss voll Sehnsucht und Kraft. Er machte sie schwindlig und weckte Leidenschaft in ihr.

Plötzlich war Rosamunde hellwach und blinzelte an eine Decke, die sie nicht wiedererkannte.

War sie nicht tot?

Anscheinend nicht. Sie war bloß allein. Sie berührte ihre Lippen, holte tief Luft und wagte es, sich diese zweite Chance zu wünschen.

PADRAIG FUHR aus dem Schlaf hoch, sein Herz raste und sein Atem kam stoßweise. Er war erregt, aufgewühlt, er konnte Rosamunde noch auf seinen Lippen schmecken.

Auch hatte er offenbar draußen auf dem Feld geschlafen.

Die Sonne ging auf, vergoldete die Hügel und ließ die Tautropfen funkeln. Verwirrt schaute er sich um. Er war allein. Ihm war kalt und seine Kleidung fühlte sich feucht an vom Tau. Der Steinkreis war ein Dutzend Schritte entfernt und schwieg von seinen Geheimnissen. Die Frauen waren verschwunden, falls es sie je gegeben hatte. In seinen Ohren hallte keine Musik wider. Kein Leierspiel. Da waren keine kleinen Feen, keine Fußspuren im Gras.

Padraig hörte, wie ein Mann seine Kuh anschrie, die er auf der Straße zur Stadt trieb.

Er fuhr sich mit den Fingern durchs Haar und mit der Zunge über die Lippen. Noch einmal schmeckte er Rosamundes Kuss und schloss die Augen, als er den Rausch der Lust fühlte, der ihn bei ihrer Berührung erfasst hatte.

Rosamunde hatte ihn nie geküsst.

Außer in seinem Traum.

Er hatte in der Nacht zuvor zu viel getrunken. Es war das Bier, das ihn verwirrte, sein Verlangen nährte und ihn auf Abwege führte.

Padraig stemmte sich hoch und zog eine Grimasse angesichts der Strecke, die er zurücklegen musste, um in die Stadt zu gelangen. Seine Füße taten immer noch weh und sein Kopf schmerzte. Er wollte die

Zweige von seiner Kleidung abklopfen, als er bemerkte, dass er etwas in der Hand hielt.

Es war ein Stein. Er war rund mit einem Loch in der Mitte und hatte die Farbe von Gold. War dies der goldene Ring, der ihm, wie er glaubte, von der Feenkönigin überreicht worden war?

Padraig lächelte über seinen törichten Traum. Er war betrunken gewesen. Und doch war ein Stein mit einer solchen Form ungewöhnlich. Möglicherweise brachte er Glück. Er war mit allen abergläubischen Vorstellungen eines Seefahrers vertraut und mit noch ein paar mehr dank seiner Mutter, die in diesen Hügeln aufgewachsen war und Ehrfurcht vor den Feen hatte. Außerdem wäre es ein Fehler, das Geschenk wegzuwerfen, wenn die Geberin Zeuge seiner Unhöflichkeit werden könnte.

Padraig steckte den Stein in seine Tasche und lief durch das feuchte Gras. Während er zu seiner Unterkunft in Galway zurückkehrte, genoss er die Erinnerung an Rosamundes Kuss.

Selbst im Traum war es eine süße Belohnung gewesen und reichte aus, um seinen Schritt zu beflügeln.

~

„Doch Rosamunde war nicht tot,
Konnt' atmen, fühlen, sehen.
Verloren war sie unterm Hügel,
Gefangen bei den Feen.
Manch Wunder hat sie da erlebt,
Viel Schönheit dort gesehen,
Doch Rosamunde wollte nicht
Bleiben bei den Feen.“

~

DIE SPRIGGAN DARG war kein Wesen, das Rosamunde gerne sah.

Einsamkeit war besser als die Gesellschaft dieses Geschöpfs.

Dass die kleine Fee eine rote Schnur um die Brust geknotet hatte, war merkwürdig und trug gewiss nicht zur Verbesserung ihrer Stimmung bei. Sie zischte und spuckte, kniff Rosamunde, um sie aufzuwecken, und zwickte sie dann in die Fersen, damit sie schneller lief.

„Beeil dich, beeil dich, der König wartet nicht.“

„Wohin gehen wir? Ich dachte, das Feenland wäre die Zwischenwelt.“

Darg schnatterte Unverständliches vor sich hin, wie es ihre Art war, wenn sie sich ärgerte. Die Kreatur führte sie tiefer hinein in die Höhlen unter Ravensmuir und Rosamunde war froh, ihre Vergangenheit hinter sich zu lassen.

Jedoch waren es nicht wirklich die Höhlen und Gänge unter Ravensmuir. Diese waren Rosamunde wohlbekannt, denn sie waren jahrzehntelang ihr geheimer Zugang zur Burg gewesen. Als Kind hatte sie dort gespielt, das Labyrinth erkundet und ihre Freude an den versteckten Winkeln gehabt. Die Höhlen waren feucht und aus grauem Stein, dunkel und erfüllt vom fernen Plätschern fließenden Wassers.

Die Gänge, denen Darg nun folgte, kannte Rosamunde nicht. Bis zum Einsturz des Labyrinths und Tynans Tod hatte sie diesen von goldenem Licht erleuchteten Eingang nie gesehen. Sie vermutete, dass Darg ein Portal für sie geöffnet hatte, aber sie wusste nicht, wo genau es sich befand.

Dieses Gewölbe konnte man nicht wirklich als Höhle oder gar als Labyrinth bezeichnen. Tatsächlich hatte Rosamunde nicht einmal das Gefühl, unter der Erde zu sein. Es herrschte strahlender Sonnenschein – es war dasselbe goldene Licht, das durch das unvermutete Portal gefallen war. Der klare blaue Himmel wölbte sich hoch über grünen Feldern. Die Luft war erfüllt von Musik und herrlichem Gesang und jedes Wesen, dem sie begegnete, war wunderschön.

Es dauerte eine Weile, bis Rosamunde auffiel, dass sie nur Edelleute sah. Es gab Adelige, die ritten und jagten auf fein geschmückten Pferden, die von so majestätischer Statur waren, dass die Tiere es mit den berühmten Schlachtrossen von Ravensmuir aufnehmen konnten. Die Frauen waren in bunte Gewänder aus Samt und Seide gekleidet, ihr langes Haar floss über ihre Schultern oder war zu Zöpfen geflochten. Sie trugen Blumenkränze und ihre Gewänder waren reichlich mit Juwelen verziert. Auch in ihr Haar waren Edelsteine eingeflochten. Viele spielten beim Reiten Instrumente. Goldene Flöten und silberne Leiern gab es reichlich in diesem seltsamen Land. Auch das Lachen der Frauen klang wie Musik.

Die Männer sahen ebenso gut aus. Sie waren groß, schlank und muskulös. In ihren Augen lag ein schalkhaftes Funkeln. Ihre Rüstungen glänzten, als wären sie aus Silber, ihre Banner waren wunderschön bestickt und ihre Pferde galoppierten mit stolz gewölbtem Hals. An jedem Zaumzeug hingen silberne Glöckchen.

Das Land selbst war fruchtbar, die Bäume trugen reichlich und Blumen blühten überall. Rosamunde glaubte, Früchte aus Gold und Silber und Blüten aus kostbaren Juwelen zu sehen, aber Darg blieb nicht stehen, damit sie sich umschauen konnte. Auf jedem Baum sangen Vögel und ihr Gesang mischte sich so schön mit den Melodien der Damen, dass Rosamunde das Gefühl hatte, sie machten gemeinsam Musik.

Ihr wurde leichter ums Herz, allein weil sie durch dieses schöne Land lief, selbst in Dargs mörderischem Tempo. Rosamundes Wunden begannen zu heilen und sie hegte die Hoffnung, dass sie weiterleben könnte, auch ohne Liebe. Sie blickte mit einem Optimismus in die Zukunft, den sie verloren geglaubt hatte.

Sie fragte sich, wo Padraig war.

Wie sie von diesem Ort zu ihm gelangen konnte.

„Wo sind wir?", rief sie Darg zu, die vor ihr hereilte und dabei die ganze Zeit etwas vor sich hin murmelte.

„Welch töricht' Sterbliche du doch bist! Weißt nicht, wo das Land der Feen ist."

Das Land der Feen. Rosamunde war eine nüchtern denkende Frau, die nie an unsichtbare Dinge oder an Orte geglaubt hatte, zu denen sie nicht reisen konnte. Träumte sie etwa?

Ein Schmetterling flatterte auf ihre Schulter, seine Flügel trieften geradezu von Farbe, seine Schönheit übertraf die eines irdischen Insekts bei Weitem.

Plötzlich erkannte Rosamunde, dass es eine winzige geflügelte Frau war. Die Fee lachte über ihre Überraschung, ein Klang wie Glockengeläut, dann flog sie davon. Schimmernd verschwand sie im Blau des Himmels.

„Warum halten wir uns nicht etwas länger in diesem märchenhaften Reich auf?", fragte Rosamunde Darg.

„Zu spät kommen wir, das darf nicht sein! Finvarras Ungeduld ist nicht klein." Die Spriggan zerrte wieder an dem roten Band, das um ihre Brust geknotet war. Missmutig spuckte sie ins Gras und packte Rosamunde. *„Schneller, schneller, wenn aufgeht der Mond, müssen wir steh'n vor seinem Thron."*

„Wer ist Finvarra? Und warum gehen wir zu ihm?"

„Du stellst schon wieder eine Frage. Vergeudest nur das Licht am Tage. Finvarra will, dass wir uns eilen, drum dürfen wir hier nicht verweilen."

Sie überquerten eine Brücke, darunter strömte ein Fluss aus Honigwein. Rosamunde nahm einen Hauch des honigsüßen Duftes wahr und sah einen Schwarm Bienen am Ufer herumfliegen. Ein prächtig gekleideter Freier bot seiner Dame einen goldenen Kelch mit diesem Trunk. Sie errötete, flatterte mit den Flügeln, klimperte mit ihren Wimpern und nahm seine Gabe an.

„Aber warum suchen wir diesen Finvarra auf? Wer ist er und welche Macht hat er über dich?"

Darg fuhr jählings herum und warf Rosamunde einen zornigen Blick zu. *„Eine Wette verlor ich, der Preis war mein Leben. Drum muss ich dich ihm als neue Frau geben. König zu sein, ist seine Pflicht, lange geduldet er sich nicht."* Darg riss an der roten Schnur, dann ließ sie sie angewidert los. *„Das Band, das er zuzog, bereitet mir Qualen; bis du ihm gehörst, muss ich mit Schmerz zahlen."*

„Du hast mich an den Feenkönig verschachert?" Rosamunde stemmte die Hände in die Hüften. „Was, wenn ich keine Lust habe, sein Spielzeug zu sein? Oder auch das eines anderen Mannes? Ich werde mich nicht gefügig an seinen Hof begeben, egal, was du ihm versprochen hast."

„Ich gab ihm mein Wort, schwor bei meinem Leben. Drum werde ich dich Finvarra übergeben."

„Das wirst du nicht." Rosamunde drehte ihrer niederträchtigen Entführerin den Rücken zu, denn sie war nicht gewillt, ihr eine solche Unterwerfung zu erleichtern. Sie betrachtete die schöne Landschaft und entdeckte einen Mann, der sich um zwei Pferde kümmerte, die am Ufer Honigwein tranken. Er sah gut aus und sein strahlender Blick ruhte auf ihr.

Sein Haar war so dunkel wie die Mitternacht und wenn sie die Augen zusammenkniff, hätte sie ihn für Padraig halten können.

Nur dass Padraig weder Flügel noch spitze Ohren hatte.

Vielleicht könnte er ihr helfen, Padraig zu finden.

Der Feenritter schaute sie freundlich an und Rosamunde erwiderte sein Lächeln. „Ich werde hier mein Herz erfreuen", sagte sie zu Darg und wandte der Kreatur wieder den Rücken zu.

„Nein!", schrie Darg, wie sie zuvor schon mal in Rosamundes Gegenwart geschrien hatte. Die warf einen ängstlichen Blick zurück und rannte los, als sie sah, dass die Spriggan sich in eine große und bedrohliche schwarze Wolke verwandelt hatte. Wenn die Fee wütend war, konnte sie ihre Gestalt mit furchterregender Geschwindigkeit verändern. Ihr letzter derartiger Ausbruch hatte zu Tynans Tod geführt, weil dabei die Höhlen zerstört worden waren.

„Ich rettete dein Leben, um es ihm zu geben", schrie die Spriggan. *„Ich tausche es ein, um weiterzuleben."*

Rosamunde rannte, so schnell sie konnte, und spürte, wie die anderen Feen sie mit Verwunderung beobachteten. Doch sie konnte vor Dargs Zorn nicht davonlaufen. Ihr Mut schwand, als die dunkle Wolke sie in einen Nebel einhüllte, der so schwarz war wie die Nacht.

Dann wurde sie hochgerissen und fortgetragen, hilflos wie ein Schmetterling im Sturm. Sie glaubte, jemanden rufen zu hören, aber Darg ließ nicht von ihr ab.

Finvarras Geliebte. König oder nicht, Rosamunde hatte kein Interesse an seiner Zuwendung. Allein die Tatsache, dass er das Leben einer Fee gegen eine Frau eintauschen wollte, ohne Rücksicht auf etwas anderes als sein eigenes Begehren, ließ ihn in keinem guten Licht erscheinen. Rosamunde wehrte sich und kämpfte gegen Darg an, obwohl sie wusste, dass es vergeblich war, und sie wünschte sich erneut einen treuen Freund, der Rücken an Rücken mit ihr kämpfte.

Padraig. Wie hatte sie nur so blind sein können?

~

PADRAIG BETASTETE den seltsamen Stein in seiner Tasche, als er an diesem Abend in das Wirtshaus zurückkehrte. Es wurde bereits dunkel und die Sonne glühte orange, kurz bevor sie hinter dem Horizont verschwand.

Er konnte die Erinnerung an seinen Traum nicht verscheuchen und in Wahrheit wollte er es auch gar nicht. Der Traum, Rosamunde zu küssen, hatte den Schatten von seinem Herzen genommen und ihm das Gefühl gegeben, dass sein Leben auch ohne seine Partnerin an seiner Seite noch einen Sinn haben könnte.

„Du wirkst heute Abend ziemlich selbstzufrieden", sagte seine Schwester, als sie ein Bier vor ihn hinstellte. Sie lächelte, stützte die Hände in die Hüften und sah ihn an. „Du hast also eine Eroberung gemacht?"

Padraig lachte, zum ersten Mal seit Langem. „Es war nur ein Traum, aber ein angenehmer."

„Das muss ein ganz besonders schöner Traum gewesen sein", sagte sie mit einem neckischen Lächeln. „Du hast also von einer Dame geträumt?"

„Von keiner anderen als der Feenkönigin", erklärte Padraig bereitwillig. „Und sie gab mir ein Andenken."

Seine Schwester wurde ernst. „Das hat sie getan?" Ihre Vorsicht erinnerte Padraig stark an ihre Mutter.

„Einen Ring, der unsichtbar machen kann." Padraig schmunzelte über diese abwegige Vorstellung, dann griff er in seine Tasche, um ihr den Stein zu zeigen. Er dachte, sie würde sich über den Beweis seines betrunkenen Traums amüsieren, aber als er das Geschenk aus der Tasche zog, hatte er wieder einen goldenen Ring in der Hand.

Padraig starrte ihn an und blinzelte verwundert. „Vor einem Moment war es noch ein Stein", flüsterte er.

Seine Schwester schnappte nach Luft und wich einen Schritt zurück.

„Ein Feen-Kleinod." Sie bekreuzigte sich schnell. „Pass auf dich auf, Padraig. Ein Mann entzieht sich nicht so leicht der Gunst der Feenkönigin."

Padraig hörte ihre Warnung kaum. Dank seiner Mutter kannte er alle Geschichten über das Feenvolk. Er konnte einfach nicht glauben, dass der Ring zweimal seine Form verändert hatte.

Doch wenn es sich um einen Feenring handelte, würde der Zauber, der auf ihm lag, nur in der Nacht wirken und nicht am Tag. Er stand auf, ließ sein Bier stehen und schaute zur Tür des Wirtshauses hinaus. Die Sonne war bereits vollständig untergegangen und die Dämmerung – die Zeit, die für Feen so machtvoll ist – war angebrochen.

Er starrte auf den goldenen Reif. Was, wenn sein Traum wahr gewesen wäre? Wenn dieser Ring wirklich die Kraft besaß, von der Una gesprochen hatte? Und er Rosamunde aus dem Reich der Feen zurückholen könnte?

Was wäre, wenn sein Traum von diesem Kuss ihm die Frage beantwortet hätte, was Rosamunde sich wirklich wünschte? Wollte sie nicht nur die Freiheit, sondern auch ihn?

Aber bevor er es wagte, den Feenhügel zu betreten, bevor er es wagte, eine Frau zu entführen, die für das Bett des Hohen Königs der Feen bestimmt war, wollte Padraig sich der Kräfte des Rings vergewissern.

Er legte eine Münze für das Bier auf den Tisch und ließ es stehen, denn es mundete ihm nicht mehr. Er ging hinaus auf die Straßen von Galway, schlüpfte in eine Gasse und streifte den Ring über.

Als er wieder auf die belebte Hauptstraße trat, lief zu seinem Erstaunen ein Mann direkt in ihn hinein und runzelte die Stirn über das Hindernis, das er zwar spüren, doch nicht sehen konnte.

Padraig verbrachte eine Stunde damit, die Macht des Rings zu erproben, aber es zeigte sich deutlich, dass kein menschliches Auge ihn wahrnehmen konnte.

Als Nächstes würde er das Kleinod bei den Feen ausprobieren. Er lieh sich ein Pferd und ritt wie ein Verrückter zu dem Steinkreis, wo er Una in der Nacht zuvor hatte singen hören.

~

„So traf die Königin den Mann,
Der Rosamundes Liebster war,
Und schenkte ihm den Zauberring,
Der ihn machte unsichtbar.
So kam es, dass er sich entschied,
Der armen Lady beizusteh'n
Und atemlos mit diesem Ring
Zum Feenhügel hinzugeh'n.

Er sah die Lady Rosamund'
In Gold und weißem Kleide.
Juwelen schmückten reich ihr Haar,
Ihr Gürtel war aus Seide.
Ein Stern glänzte auf ihrer Stirn,
Aus Leder war'n die Schuh.
Nie hatte sie so sehr gestrahlt.
Das raubte ihm die Ruh."

~

Rosamunde war ungehalten.

Zwar war der Hof vornehm genug und man erwies ihr großzügige Gastfreundschaft. Ihr waren etwa zwei Dutzend Hofdamen zugeteilt worden, die sich mehr um das sorgfältige Flechten ihrer Haare kümmerten, als sie es selbst je hätte tun können. Ihr gefielen die herrlichen Stoffe, die Juwelen und der offensichtliche Reichtum.

Hingegen missfiel ihr, dass sie Darg nicht hatte entkommen können, und vor allem das Triumphgeheul der Kreatur, als Finvarra die rote Schnur entfernte. Die Spriggan war so schnell verschwunden, als hätte es sie nie gegeben.

Rosamunde vermisste die boshafte Kreatur nicht.

Finvarra war ein gut aussehender Mann mit einer selbstbewussten Ausstrahlung. Seine Augen waren seltsam, oder zumindest schienen sie nicht zu seinem Erscheinungsbild zu passen. Er sah aus, als hätte er nicht mehr als dreißig Sommer gesehen, sein Körper war jung und kräftig, sein Gesicht glatt und attraktiv. Aber seine Augen, die waren von den Schatten der Erfahrung erfüllt. Darin lag die Erinnerung an Traurigkeit, an Freude, an Triumph und Niederlage. Wäre es ihre Wahl gewesen, ihn zu treffen, oder wäre sie ihm begegnet, als beide noch frei und ungebunden waren, hätte der Elfenkönig Rosamunde vielleicht fasziniert.

Doch sie sah, dass seine Leidenschaft für sie nicht mehr als Wollust war. Sie würde eine Eroberung sein, eine Mätresse, ein Spielzeug, das er wegwerfen würde, wenn er ihrer Reize überdrüssig war.

Rosamunde war nie so klein und unbedeutend gewesen und sie wollte auch jetzt nicht anfangen, so zu werden.

Seine Zuneigung erinnerte sie an Tynans angebliche Liebe und sie würde das tun, was sie damals verabsäumt hatte: sie verschmähen. Zumindest hatte sie aus ihrem Fehler gelernt.

Und dann war da noch die Sache mit Finvarras Gemahlin Una, die sich auf die andere Seite der Halle zurückgezogen hatte. Una, die selbst von großer Schönheit war, hatte ihre Hofdamen um sich geschart. Sie tuschelten miteinander und zeigten auf sie.

Finvarra ignorierte seine Frau so geflissentlich, dass Rosamunde vermutete, sie selbst war nur ein Spielball in einem ständigen Kampf zwischen dem König und seiner Ehefrau.

Das war weit weniger als das, was sie sich vom Leben erhoffte.

Sie hatte versucht, zu fliehen, ohne Erfolg. Diese Jungfrauen, die vorgeblich für ihr Vergnügen sorgen sollten, waren auch damit betraut, sie gefangen zu halten. Ihr Gehör war scharf, ihr Blick noch schärfer und ihre Wachsamkeit ließ niemals nach.

Rosamunde verschränkte die Arme vor der Brust, lächelte dünn und weigerte sich, an den Festlichkeiten teilzunehmen. Wenn Finvarras Interesse an ihr nachließ, würde sie vielleicht eher aus dem Feenreich verbannt werden.

Angesichts des Glanzes in seinen Augen, wenn er in ihre Richtung blickte, schien das unwahrscheinlich, doch Rosamunde hatte herzlich wenige andere Möglichkeiten.

Diese Rolle einer verwöhnten Frau sagte ihr nicht zu. Sie mochte es nicht, dass sie nicht selbst über ihren Weg entscheiden und ihr eigenes Schicksal wählen konnte. Das stand in krassem Gegensatz zu ihrem bisherigen Leben und Rosamunde brannte geradezu darauf, zu dem zurückzukehren, was sie kannte.

Aber zuerst musste sie irgendwie von diesem Königshof fliehen.

Die Musik war mitreißend, so laut und lieblich und melodisch. Die Feen tanzten mit einer Kraft, die erstaunlich war, sie schienen nie zu ermüden. Die Fülle an Speisen war verlockend, alle Arten von Süßigkeiten und Konfekt wurden den Gästen zum Genuss angeboten. Der Honigwein roch in der Tat wunderbar, aber Rosamunde fürchtete, nicht mehr klar denken zu können, wenn sie davon trank. So stand sie einfach nur da und schaute zu und die Zeit zog sich in die Länge.

Stunden später begannen die Feen mit einem weiteren munteren Tanz. Es war offensichtlich, dass Rosamundes Hofdamen von der Musik gefesselt waren, sie blickten fröhlich und ihre Zehen wippten. Rosamunde ermutigte eine nach der anderen, auf die Tanzfläche zu gehen, bis sie sich endlich unbeobachtet fühlte.

Diese Pause würde nicht lange andauern, aber sie würde sie genießen.

Kaum war sie allein, legten sich die Hände eines Mannes auf ihre Schultern. Er stand dicht hinter ihr, wer auch immer er war, sie spürte seinen Atem in ihrem Haar und seine Brust an ihrem Rücken. Rosamunde zuckte zusammen, dann weiteten sich ihre Augen, als sie das Murmeln einer ihr wohlbekannten Stimme hörte.

„Hinter dir, in deinem Rücken, wie immer", flüsterte Padraig und das Gefühl seines Atems in ihrem Nacken verursachte ein Kribbeln an ihrem ganzen Körper. „Sag nichts und hör zu."

Das Herz schlug Rosamunde bis zum Hals und sie fürchtete, dass ihre Hofdamen es hören könnten. Sie versuchte, ruhiger zu werden, während sie die Stärke von Padraigs Fingern auf ihren Schultern und seine Wärme an ihrem Rücken fühlen konnte. Sie blickte zur Seite, sah jedoch seine Hände nicht.

„Ein Zauber", murmelte er und sie hörte den vertrauten humorvollen Klang in seiner Stimme. „Ich weiß nicht, wie lange er anhalten wird."

Rosamunde wurde der Mund trocken. Sie zweifelte nicht daran, dass Padraig in Gefahr wäre, wenn die anderen bemerken würden, dass sich ein Eindringling in ihrer Mitte befand. Sie schaute sich in der Halle um und stellte fest, dass niemand Padraig sehen konnte. Keiner ahnte etwas von seiner Anwesenheit.

Dann spürte Rosamunde, wie sich Unas Blick auf sie richtete, und sie sah, wie die Frau schwach lächelte.

Konnte Una ihn sehen?

Oder war sie einfach nur froh, dass Rosamunde die Feierlichkeiten nicht genoss?

„Ich weiß nicht, wie viel du weißt", sagte Padraig im Flüsterton. „Du bist im *Sid* des Hohen Königs der Feen, Finvarra, und er hat vor, dich zu seiner Mätresse zu machen."

Rosamunde nickte ganz leicht.

„Entscheide dich, Rosamunde, ob du an diesem Ort bleiben willst oder ob ich dir zur Flucht verhelfen soll." Padraigs Stimme wurde noch leiser und sein Griff verstärkte sich. „Ich muss dich allerdings warnen: Ich habe ebenfalls Erwartungen. Ich hätte dir meine Liebe schon vor Jahren gestehen sollen. Ich würde dich lieben. Immer an deiner Seite sein. Ich würde versuchen, dich glücklich zu machen."

An dieser Aufgabe konnte der Mann wahrhaftig nicht scheitern. Rosamunde schloss die Augen, überwältigt von Freude über seine Worte.

„Meine rechte Hand, wenn du hierbleiben möchtest", murmelte er. „Die linke, wenn du die Meine sein willst."

Ohne zu zögern, hob Rosamunde die Hand, als würde sie ihr Haar glätten, und strich dabei mit den Fingerspitzen über Padraigs linke Hand. Sie spürte, wie ihm der Atem stockte.

Unas Lächeln wurde breiter und selbstgefällig, dann nahm sie eine Süßigkeit von einem Tablett, das ihr dargeboten wurde. Die Augen der

Elfenkönigin funkelten und Rosamunde fürchtete, dass sie von Una getäuscht wurden.

„Iss nichts", warnte Padraig sie. „Trinke nichts. Wenn du auch nur das Geringste verzehrst, wirst du für immer hier gefangen bleiben."

Rosamunde berührte seine Fingerspitzen, um ihm zu zeigen, dass sie verstanden hatte. Sie war unendlich froh, dass sie seit ihrer Ankunft noch keinen Bissen zu sich genommen hatte.

„Morgen Abend reiten die Feen in einer Prozession zu Beltane aus. Du musst die Gesellschaft begleiten und so nah am Rand der Gruppe reiten, wie du kannst. Ich werde dich abholen."

Zuvor würde sie irgendwie die Bedingungen für eine Freilassung in Erfahrung bringen. Sie bezweifelte nicht, dass Padraig eine Prüfung bestehen musste, um ihre Freiheit zu erwirken.

Rosamunde spürte das Brennen seiner Lippen an ihrem Nacken. Sie schloss die Augen und wünschte, sie könnte sich in seine Umarmung schmiegen. Das Geschenk, ihn bei sich zu haben, machte ihr die Brust eng.

Dann war Padraig verschwunden, wie ein Schatten, der von der Nacht verschluckt wurde.

Da war nur noch das Glitzern in Unas Augen mit dem wissenden Blick, der auf ihr lag.

Was für einen Verrat hatte die Feenkönigin geplant?

～

„Sie planten und ihre Ziele waren,
Die Träume für immer zu bewahren.
Doch der Sterbliche war nicht verborgen für alle,
Trotz des Ringes sah Una ihn in der Halle.

Die Absicht der Königin war nicht gut,
Für den Gatten empfand sie nichts als Wut.

ES WAR BELTANE, und Padraig war genug der Sohn seiner Mutter, um zu wissen, dass in dieser Nacht der Nächte alles möglich war.

Denn an Beltane und dann an Samhain hatten die Feen die meiste Macht.

Er war sich dessen voll bewusst, als er seine Vorbereitungen traf.

Er kaufte das Pferd, das er sich heimlich ausgeborgt hatte, und der Stallmeister war froh, das Tier loszuwerden, das in der Nacht zuvor so plötzlich verschwunden war. Padraig erwarb das Ross zu einem besseren Preis, als er sonst vielleicht gezahlt hätte. Er bereitete es sorgfältig vor und achtete darauf, dass sein Geschirr kein Eisen enthielt, damit die Feen nicht merkten, dass es keines von ihren war.

Es war ein edler Hengst, ein hochbeiniges schwarzes Pferd mit einem stolzen Gang. Seine lange Mähne war dunkel, seine Augen leuchteten mit einem Feuer, das in Padraig die Frage aufkommen ließ, ob es mehr über die Feen wusste als er. Man sagte, dass diese die besten Pferde züchteten, und dieses Pferd war von guter Abstammung.

Es hatte nicht einmal am Feenhügel gescheut, sondern ruhig am Weißdornbaum auf ihn gewartet.

Padraig verkündete seine Absicht, mit der Morgenflut zu segeln, und ließ sein Schiff für die Reise ausrüsten. Seine Schwester bot ihm erneut an, bei ihr zu bleiben, doch er wusste, dass sie zu verschieden waren, als dass er in ihrem Haus hätte leben können. Ihr Mann war nicht allzu unglücklich über die Abreise eines berüchtigten Seeräubers. Padraig räumte einen Teil des Laderaums frei, um Platz für das Pferd zu schaffen, denn er war nicht geneigt, es einfach zurückzulassen.

Er versuchte, zu schlafen, damit er bei Einbruch der Nacht in Bestform war. Als sich die Dunkelheit über das Land breitete und die

Beltane-Feuer auf den Hügeln entzündet wurden, führte Padraig sein Pferd zum alten normannischen Tor. Ihm schlug das Herz bis zum Halse, als er sich in den Sattel schwang und in die Nacht hinausritt. Als er die Straße verließ, steckte er sich den Ring an den Finger.

„Schwarz wie die Nacht sein edles Pferd war,
Und er mit dem Ring war unsichtbar.
Mit donnernden Hufen rannte sein Ross,
Es war so kühn, sein Stolz so groß!
Der Liebhaber vor einer Prüfung stand,
Nur mit seiner Lady Ruhe er fand.
Im Schein der Feuer von den Hügeln
Konnt' er seine Glut kaum zügeln.
Er ritt um das Herz seiner Königin.
Was hatte die Feenfrau im Sinn?"

PADRAIG ERREICHTE DEN STEINKREIS, doch dort war es ganz still. Kein Lüftchen regte sich und alles war in Dunkelheit gehüllt. Er fürchtete, dass er zu spät gekommen und die Prozession bereits ausgeritten war – oder dass die Feen seine Absicht womöglich erraten hatten und auf die Tradition verzichteten, um den Preis, Rosamunde, zu behalten.

Es gab vieles, worauf er verzichten würde, um sie an seiner Seite zu haben.

Ein leichter Wind erhob sich und raschelte in den Zweigen des Weißdorns, der an einer Seite des Steinkreises wuchs. Sein Hengst schnaubte und warf den Kopf hin und her, dann hörte Padraig einen Fanfarenstoß in der Ferne.

Dieser einzelne Ton war so klar wie ein Bergbach und so lieblich wie ein Sommermorgen. Der Klang ließ sein Herz schmelzen, zerstreute seine Bedenken, erfüllte ihn mit Sternenlicht und Entschlossenheit.

Die Mitte des Hügels bekam Risse und klaffte dann weit auseinander. Im Erdreich öffnete sich ein Portal, das breit genug war, dass vier Pferde nebeneinander hindurchtraben konnten. Padraig erblickte die darunterliegende Halle, die er in der Nacht zuvor besucht hatte, und packte die Zügel fester.

Goldenes Licht strömte aus dem verborgenen Königshof in die Dunkelheit der Nacht und die Prozession zog heraus. Musik begleitete die Feen, das Geläut von zehntausend silbernen Glöckchen, die an tausenden Geschirren hingen. Die Rosse tänzelten voller Stolz in ihrer Pracht und Schönheit. Die Flammen der Beltane-Feuer auf den benachbarten Hügeln schlugen höher, als wollten sie ihre Ehrerbietung erweisen, sie loderten hinauf bis zu den Sternen.

Und die Feen lachten.

Padraig starrte voll Ehrfurcht auf diese prunkvolle Erscheinung.

„Sieh da, er schaute der Feen Schar,
Der Umzug viel schöner als andere war.
Er sah kühne Ritter, Silber und Gold,
Kleider so fein und Jungfrau'n so hold.
Er hörte Musik, er roch den Wein.
Fürwahr, nichts konnte fröhlicher sein.

Irrlichter tanzten über dem Hügel,
Licht so schillernd wie Feenflügel,
Als wären die Sterne zur Erde gefallen,
Zu leuchten den munteren Feen allen.
Nun konnte er seine Geliebte seh'n,
Sie ritt zur Linken des Königs der Feen."

IN DER GRUPPE befanden sich auch einige Pferde ohne Reiter – oder vielleicht waren ihre Reiter zu klein, als dass man sie hätte sehen können. Padraig hätte sein Pferd dort hingelenkt, um sich der Gruppe anzuschließen, doch das Tier schien bereits zu wissen, was er vorhatte. Es lief nebenher, als hätte es das schon ein Dutzend Mal getan.

Der Umzug schlängelte sich über die Hügel, ins Tal hinunter und den nächsten Hügel wieder hinauf. Kleine Feen huschten zu der einen oder anderen Kate und holten sich die Geschenke, die dort für sie hinterlassen worden waren. Sie teilten Milch und Bier mit ihren Gefährten, schleckten den Haferbrei und ließen auf ihrem Weg Goldmünzen fallen. Wie zur Begrüßung knackte und knisterte jedes Beltane-Feuer stärker, an dem sie vorbeikamen, und Finvarra lachte. Seine Frau, die zu seiner Rechten ritt, lächelte, aber aus ihren Augen strahlte keine Freude.

Auch in Rosamundes starrem Blick lag keine Fröhlichkeit.

Um sein Ross zu ermutigen, zwischen den anderen Tieren hindurchzugehen, streichelte Padraig seinen Hals und trieb es näher an das Königspaar heran. Der Hengst brauchte nur wenig Ermunterung und Padraig fragte sich, ob der Feenkönig eine natürliche Anziehungskraft auf Pferde ausübte.

Genauso wie die Beltane-Feuer seine Anwesenheit würdigten.

Padraig wusste nicht, wie lange sie unterwegs waren, und auch nicht, wie weit der Weg war, den sie zurückgelegt hatten. Er dachte nur daran, sich Rosamunde noch mehr zu nähern, ohne Aufmerksamkeit zu erregen, und er machte beständig Fortschritte dabei. Sie durchquerten ein Tal und ritten eine weitere Anhöhe hinauf. Als sie den Gipfel erreichten, sahen sie am Fuße der Hügel das schimmernde, dunkle Wasser des Lough Corrib. In dieser Nacht erblickte Padraig mehr Sterne als je zuvor und ein perlmuttfarbener Mond glänzte hoch oben am Himmel.

Als sie den Hügel wieder hinunterritten, kam sein Pferd Rosamunde so nahe, dass er den Saum ihres Kleides berühren konnte.

Der Augenblick war gekommen.

～

„Er gab die Sporen, galoppierte heran,
Erreichte die Liebste, ergriff sie dann.
Er stahl die Frau aus der Feen Schar,
Die für Finvarra so begehrenswert war.
Das Pferd entfloh, die Feen schrien,
Finvarra rief: ‚Lasst sie nicht ziehen!‘
‚Halt fest‘, schrie Rosamunde, ‚und reite,
Sonst stiehlt sie dich von meiner Seite.‘
Und Padraig hielt sie, er ritt voll Mut,
Als Una ihren Zorn entlud.“

❧

DIE MITGLIEDER DER GRUPPE DRÄNGELTEN, um sich in gute Positionen zu bringen, als sie mit dem Abstieg begannen. Die Feen waren in Feierlaune und es ging weniger geordnet zu als beim Verlassen des Hügels. Ihr Lachen war lauter geworden und ihre Lieder klangen fröhlicher.

Padraig stürzte sich zielsicher in die Gruppe. Er rammte seine Fersen in die Flanken des Hengstes und das Pferd setzte zu einem kraftvollen Sprung an. Padraig schlang seinen Arm um Rosamundes Mitte, riss sie von ihrem Ross und setzte sie seitlich vor sich in den Sattel.

Dann floh er.

Als der Hengst den Hügel hinuntergaloppierte, zersprang Padraigs goldener Ring in zwei Teile. Er fiel ihm vom Finger und wurde unter den Hufen der Pferde zertrampelt, sodass Padraig für die Feen sichtbar wurde.

„Betrüger!“, schrien sie. „Dieb!“

„Holt meine Mätresse zurück!“, brüllte Finvarra.

Padraig gab dem Pferd die Sporen. Das Ross raste vor dem Umzug der Feen den Hügel hinunter und rannte so schnell, dass der Boden unter seinen Hufen zu verschwimmen schien.

„Schneller!“, drängte Rosamunde und blickte zurück. „Schneller!“

Padraig hörte den süßen Schall von Unas Lied in der Ferne, traute ihrem Gesang jedoch nicht.

„Padraig!" Rosamunde schlang ihre Arme um seinen Hals. „Sie will dich dazu bringen, mich zu verschmähen. Lass dich nicht täuschen."

Welche Prüfung ihm bevorstand, ahnte Padraig nur einen Herzschlag, bevor sie begann.

~

„Sie verwandeln mich in ein uraltes Weib,
Nur Haut und Knochen ist dann noch mein Leib,
Eine Leiche, die modert im Grab so kalt.
Sei tapfer, mein Liebster, und fest mich halt."

~

IN SEINEN ARMEN verwandelte sich Rosamunde in eine hässliche Alte, die tausend Jahre der Entbehrungen hinter sich zu haben schien. Ihre Haut war verrunzelt und wirkte wie altes Leder, ihre Augen waren gelb und sie hatte keine Zähne mehr.

Die Erscheinung lachte ihn gackernd an und sah aus, als wollte sie ihn verschlingen. Padraig konnte die Knochen ihres Schädels unter dem abgelösten Fleisch ihres Gesichts erkennen, er roch den fauligen Gestank der Verwesung und fühlte ihre skelettartigen Finger, die sich um seinen Hals krallten. Angewidert verspürte er den Drang, sie hastig von sich zu stoßen.

Padraig sagte sich, dass es nur ein Zauber war, und hielt sie weiter fest.

~

„Eine züngelnde Schlange werd' ich nun sein,
Ich winde mich über Stock und Stein.
Mein giftiger Biss nimmt dir das Leben,
Nur du kannst den Zauber von mir heben."

~

ROSAMUNDE VERWANDELTE sich in eine riesige grüne Schlange, die Padraigs Griff zu entgleiten drohte. Die Schlange bleckte ihre Zähne und ihre Augen glitzerten bösartig, als sie sich zum Angriff aufrichtete. Er hatte keinen Zweifel, dass ihr Biss giftig war, aber er ließ sie nicht los.

Schließlich gab es in Irland keine Schlangen. Padraig wusste, dass auch dies nur ein Trick der Feen war.

Er hörte Unas Lied, merkte, dass sie immer lauter sang, und wusste, dass noch Schlimmeres auf ihn wartete. Drei Prüfungen würde er bestehen müssen, so nahm er an, und die letzte würde die härteste sein. Er umklammerte die sich windende grüne Schlange und hoffte, dass er sie festhalten konnte. Das Pferd rannte und ließ den Zug der schreienden Feen hinter sich, die sich an seine Fersen geheftet hatten.

Die Schlange verdrehte sich in seinen Händen und krümmte sich, aber Padraig hielt sie ganz fest. Er musste an Rosamundes Tapferkeit denken, die mehr als einem Adeligen, der im Unrecht gewesen war, die Stirn geboten hatte. Padraig erinnerte sich an den betrügerischen Bischof, dem er einst gedient hatte, und das gab ihm die Kraft, den Feen weiterhin standzuhalten.

Sie kamen dem See immer näher und er fragte sich, was das Pferd tun würde. Er erwog, es um das Gewässer herumzulenken, doch dann veränderte Rosamunde erneut ihre Gestalt.

~

„Zuletzt werd' ich zur Flamme werden,
Glühend wie sonst nichts auf Erden,
Ein Beltane-Feuer, lodernd und heiß.
Liebster, mein Liebster, gib mich nicht preis."

~

IN SEKUNDENSCHNELLE WURDE Rosamunde in Padraigs Armen zu einer Flamme. Das gleißende Licht blendete ihn und vor Schreck hätte er beinahe losgelassen.

Er schrie auf und verstärkte seine Umklammerung. Die Flammen verbrannten seine Haut, leckten an seinem Leib. Er verschloss die Augen vor dem Anblick seines brennenden Körpers und die Nase vor dem Geruch seiner eigenen Vernichtung. Er hielt die Feuersäule fest, auch wenn er jetzt befürchtete, dass er doch nicht genug Kraft haben würde, gegen die Feen zu bestehen.

Padraig dachte daran, wie Rosamundes Haar im Sonnenlicht aussah.

Er entsann sich ihrer kühnen Haltung auf dem Schiff, wenn sie ins Abenteuer gesegelt waren, und des Lichts in ihren Augen, als sie sich zum ersten Mal begegnet waren. Er vergegenwärtigte sich ihre Entschlossenheit, selbst als die Spriggan Darg ihre Seekarten gestohlen und das Schiff in einer Flaute gefangen gehalten hatte.

Er rief sich ins Gedächtnis, wie stolz sie auf ihre Nichten war, und ihre Freude, sie gut verheiratet zu sehen. Er dachte an ihre Leidenschaft und ihr Selbstvertrauen und sammelte seine Kräfte, indem er sich bewusst machte, warum er diese Frau von ganzem Herzen liebte. Padraig kniff die Augen zu, als der Schmerz sich bis ins Unerträgliche steigerte.

Er durfte seine Liebe nicht verlieren.

Spontan sprach er das Vaterunser und erinnerte sich an die Ratschläge seiner Mutter. Tränen liefen ihm über die Wangen, als er das vertraute Gebet sprach. *Vater unser ...*

Das Pferd blieb abrupt stehen, bäumte sich auf, dann senkte es den Kopf. Padraig wurde über seinen Hals geschleudert und keuchte laut auf, als er in den See platschte.

Er sank in die Tiefe, hielt Rosamunde weiterhin fest und das kalte, dunkle Wasser des Sees umfloss ihn. Er spürte, wie sich die Flamme in seinen Armen wieder in eine Frau verwandelte.

Eine Frau, die er mehr liebte als das Leben selbst.

Und da wurde Padraig bewusst, dass er gesiegt hatte. Gemeinsam tauchten sie aus dem Wasser auf und Rosamundes Lächeln genügte, um Padraigs Nächte für immer zu erhellen.

Bevor sie miteinander sprechen konnten, räusperte sich ein Mann in unmittelbarer Nähe.

Finvarra stand am Ufer und hielt die Zügel des stampfenden schwarzen Hengstes. „Und so geht der Sieg in diesem Wettstreit an dich", sagte der Hohe König der Feen. Er strich dem Pferd liebevoll über die Nase und das Tier stupste ihn an. Finvarra lächelte und seine Augen funkelten. „Ich werde dieses Pferd in meine Obhut nehmen, da es uns einst gestohlen wurde und nun seinem rechtmäßigen Besitzer zurückgegeben wird."

Padraig verstand jetzt, warum das Pferd nicht vor den Feen gescheut hatte und sich dem Umzug so leicht anschließen konnte. Dass man es wiedererkannt hatte, war möglicherweise der Grund, warum man überhaupt zugelassen hatte, dass es sich zu der Gruppe gesellte.

Dann wurde ihm klar, warum es ihn abgeworfen und dadurch sowohl ihn als auch Rosamunde gerettet hatte. Padraig vermutete, dass es sich dafür bedanken wollte, dass er es zu Finvarra zurückgebracht hatte.

„Du bist ein Mann, der gerissener ist als die meisten." Finvarra lächelte. „Ich hätte gerne mit dir Schach gespielt."

„Bei allem Respekt, Mylord, ich habe wenig, was ich mein Eigen nennen kann, und nichts, was ich verlieren möchte." Padraig hielt seinen Arm weiter um Rosamunde geschlungen und bemerkte, wie der Blick des Königs zwischen ihnen hin und her huschte.

„Sollte seine Treue ins Wanken geraten", sagte Finvarra zu Rosamunde, „bist du an meinem Hof immer willkommen."

„Ich danke Euch, Mylord, und ich danke Euch auch für Eure Gastfreundschaft", erwiderte Rosamunde und verneigte sich.

„Ihr und Eure Gefährten werden in unserem Haus immer gern gesehene Gäste sein", fügte Padraig hinzu und verbeugte sich ebenfalls.

Finvarra lächelte, sein Blick schweifte zu seiner Frau hinüber, die in einiger Entfernung auf ihrem Pferd saß. „Es ist kein Verbrechen, ein schönes Juwel zu begehren", sagte er leise, „aber ein seltener Triumph, eins zu besitzen. Ich gratuliere dir, Padraig Deane. Möge deine Liebe niemals nachlassen."

Damit wandte sich Finvarra um und führte das tänzelnde Pferd zurück zu der Gruppe. Padraig spürte die Kälte der Nachtluft auf seiner nassen Haut, als er mit Rosamunde eng an seiner Seite dastand und seinen Blick nicht von der scheidenden Gesellschaft losreißen konnte. Er bezweifelte, dass er sie jemals wiedersehen würde. Sie ritten voran, zogen wie im Traum über die Hügel und ließen nur das Echo ihres silberhellen Lachens zurück.

Und Rosamunde.

„Danke", sagte sie und schaute lächelnd zu ihm auf.

„Gern geschehen. Ich bin froh, dich gesund wiederzusehen." Padraig blickte sie an, er wusste, was er sich wünschte, wagte jedoch nicht, es zu früh auszusprechen.

Es passte zu Rosamunde, dass sie keine derartige Zurückhaltung zeigte. Sie warf ihre Arme um seinen Hals und ließ ihre Finger durch sein Haar gleiten. „Es tut mir leid, Padraig, dass ich mich so sehr geirrt habe. Ich liebe dich, ich glaube, ich habe dich immer geliebt, aber ich wünschte, ich hätte die Wahrheit eher erkannt."

Padraig beugte sich vor, um ihre Lippen mit seinen zu berühren, und ihm ging das Herz auf, weil sein Traum nun wahr werden sollte. „Ich weiß, dass ich dich immer geliebt habe", murmelte er an ihrem Mund.

Rosamunde lachte. „Dann werde ich meinen Fehler für den Rest meines Lebens büßen müssen."

„Ich glaube nicht, dass dies so mühsam werden wird."

„Ich auch nicht!"

Padraig lachte bei dieser Aussicht, dann wurde er ernst. Rosamundes Augen waren von dem sattesten Grün, das man sich vorstellen konnte, und erfüllt von einer Überzeugung, die ihm den Atem raubte. „Heirate mich, Rosamunde. Heirate mich und besiegele unseren Bund, damit alle es sehen können. Allerdings habe ich dir wenig zu bieten, nur mich selbst."

„Du hast dein Schiff."

„Es ist dein Schiff und der Inhalt gehört auch dir. Ich besitze nur mich selbst."

„Das ist mehr als genug. Ich werde dich heiraten, Padraig, und ich werde deine Liebe mein Leben lang jeden Tag und jede Nacht in Ehren halten."

Es war alles, was er sich je gewünscht hatte, und noch viel mehr.

Bei Rosamundes Kuss durchströmte ihn eine willkommene Hitze – eine Hitze, die ihre Gegenwart immer wieder entfachen würde. Padraig wusste, dass alles, was er erlitten hatte, sich gelohnt hatte, denn nun bekam er, was sein Herz begehrte.

Als er den Kopf hob, funkelten ihre Augen und ihre Wangen waren gerötet. Sie blickte zitternd vor Kälte um sich. „Sag mir nur, dass wir in wärmere Gefilde segeln."

„Ich dachte an Sizilien." Padraig lächelte, als Freude ihr Gesicht erhellte. „Mit der Morgenflut. Alles ist vorbereitet."

Rosamunde lachte. „Ein Mann voller Selbstvertrauen und dazu einer, der mein Herz erobern will."

„Ich dachte, diesen Preis besäße ich bereits", neckte er sie und erfreute sich an ihrem Lachen.

„Da hast du recht." Rosamunde legte eine Hand an seine Wange, so feierlich, wie er sie noch nie gesehen hatte. Ihre Stimme sank zu einem inbrünstigen Flüstern: „Oh, Padraig, zweifle nie daran, dass ich dir gehöre." Eine Träne glitzerte in ihrem Auge und ihm war bewusst, dass dies bei der verwegenen Frau selten vorkam. „Ich habe die Wahrheit vielleicht sehr spät erkannt, aber ich werde sie jetzt nie mehr vergessen."

„Ich werde nicht zulassen, dass du sie je vergisst", gab er zurück und zwinkerte ihr zu. Rosamunde lächelte und er hob sie schwungvoll in seine Arme und entfernte sich vom See. Er hatte eine Idee, wie sie sich vor dem Rückweg in die Stadt aufwärmen konnten.

Ein Blick zu seiner Lady verriet ihm, dass sie denselben Gedanken hatte. Wieder einmal würden sie die Konventionen durchbrechen und nur ihrem Herzen folgen. Aber von diesem Tag an würden sie es gemeinsam tun.

Padraig Deane hatte nicht erwartet, dem Himmel jemals so nahe zu kommen.

～

„*Padraig das Herz seiner Lady gewann,*
Sie blieb für immer in seinem Bann.
Eine Piratenkönigin sie war
Mit grünen Augen und rotgold'nem Haar.
Rosamundes Liebster ließ sie nie geh'n
Bewies seine treue Liebe den Feen.
Beide dachten sie oft an das Land der Sage
Und so lebten sie glücklich bis ans Ende ihrer Tage."

DES KREUZFAHRERS BRAUT
DIE RITTER VON SANKT EUPHEMIA, BAND 1

Gaston kämpfte für Pflicht und Ehre ... bis Ysmaine ihn dazu verführte, um ihre Liebe zu kämpfen ...

Als der Tempelritter Gaston unerwartet den Besitz seiner Familie erbt, weiß er, dass er eine Frau und einen Erben braucht. Eine Vernunftehe mit einer hilfsbedürftigen Witwe erscheint als eine praktische Lösung. Betraut mit dem Überbringen einer Fracht für die Templer, verlässt das frisch vermählte Paar Jerusalem. Das Leben, wie Gaston es seit seiner Jugend gekannt hat, ist vorüber, und er stellt fest, dass nur noch wenig nach Plan verläuft – besonders, was die Beziehung zu seiner geheimnisvollen neuen Frau angeht, deren Gegenwart ein unerwartetes Feuer in ihm schürt ...

Zweifach verwitwet, zweifelt Ysmaine daran, dass sie je wieder eine Ehe eingehen wird, schon gar keine, die ihr zum Vorteil gereicht – bis der schroffe Streiter, der sich als ihr Retter entpuppt, ihr Herz erobert. Sie ist entschlossen, Gaston zu beweisen, dass eine Ehe für sie beide mehr bereithält als einen Erben, aber zuerst muss sie das Vertrauen des Mannes gewinnen, den sie so impulsiv geheiratet hat ...

Keiner von beiden weiß, dass Gaston ein kostbarer Schatz des Templerordens anvertraut wurde – und dass jemand in ihrer Reisegruppe diese Beute um jeden Preis für sich haben will. Kann Gaston, umgeben von Fremden, es wagen, seiner neuen Frau zu vertrauen? Kann Ysmaine ihn davon überzeugen, ihr anzuvertrauen, was er weiß? Können sie das Rätsel gemeinsam lösen, bevor der Schurke seine Pläne in die Tat umsetzt und alles verloren ist?

Des Kreuzfahrers Braut
Die Ritter von Sankt Euphemia, Band 1
Jetzt erhältlich!

~

ÜBER DEN AUTOR

Die mit Preisen ausgezeichnete Bestsellerautorin Claire Delacroix hat über siebzig Romane und Erzählungen veröffentlicht. Ihr erstes Buch, „Romance of the Rose", erschien 1993. Ihre Werke sind USA-Today-Bestseller und gehören auch landesweit zu den bestverkauften Büchern. Ihr mittelalterlicher Liebesroman „The Beauty" war ihr erstes Werk, das es auf die Bestsellerliste der New York Times schaffte.

Claire Delacroix ist das Pseudonym, das Deborah Cooke für ihre historischen und fantastischen Liebesromane benutzt. Sie schreibt auch moderne und paranormale Liebesgeschichten unter ihrem eigenen Namen und veröffentlichte außerdem Bücher als Claire Cross. 2009 wurde sie Writer in Residence der Toronto Public Library. Es war das erste Mal, dass die Stadtbibliothek von Toronto dieses Residenzstipendium im Genre „Liebesroman" vergab. 2012 wurde Deborah Cooke die Ehre zuteil, vom Verband amerikanischer Liebesromanautoren und -autorinnen (Romance Writers of America, RWA) zur Mentorin des Jahres ernannt zu werden. Sie steht ebenfalls auf der Ehrenliste dieses Verbandes.

Claire lebt mit ihrer Familie in Kanada und strickt leidenschaftlich gern.

http://Delacroix.net